James Lee Burke • Sturm über New Orleans

Für John und Kathy Clark

Mein Dank gilt Glen Pitre für seinen persönlichen Bericht über die Einsiedlerspinnen und über die Verzweiflung der Menschen, die auf dem Highway 23 vor dem Sturm zu fliehen versuchten.

JAMES LEE BURKE

Sturm über New Orleans

Aus dem Amerikanischen von Georg Schmidt

Mit einem Nachwort von Oliver Huzly

PENDRAGON

Die amerikanische Originalausgabe erschien unter dem Titel „The Tin Roof Blowdown" bei Simon & Schuster, New York.

Pendragon Verlag
gegründet 1981
www.pendragon.de

Gedruckt auf holz- und säurefreiem Naturpapier

5. Auflage

Deutsche Erstausgabe
Veröffentlicht im Pendragon Verlag
Günther Butkus, Bielefeld 2015
© by James Lee Burke 2007
© für die deutsche Übersetzung
by Pendragon Verlag Bielefeld 2015
Alle Rechte vorbehalten
Lektorat: Eike Birck, Anja Schwarz
Umschlag und Herstellung: Uta Zeißler, Bielefeld
Umschlagfoto: Image by © 68/Ocean/Corbis
Satz: Pendragon Verlag auf Macintosh
Gesetzt aus der Adobe Garamond
ISBN 978-3-86532-450-4
Gedruckt in Deutschland

Einen Gruß an meine deutschen Leser

Mit Dave Robicheaux bin ich seit 1987 zusammen. Gewiss ist er kein perfekter Mann, er hat seine Schwächen und Sünden und Dämonen. Aber er versucht, das Richtige zu tun. Wir alle wissen von uns selbst, wie schwierig oder beinah unmöglich so etwas manchmal werden kann. Da leide ich als Autor oft mit Dave, er ist mir nah.

Nie aber war ich so froh, ihn zu haben – und bin es bis heute –, als es galt, mit den seelischen Folgen jener verheerenden Katastrophe umzugehen, die wir unter dem Namen „Hurrikan Katrina" kennen. Dave hat mir geholfen, den Schmerz, den Schock und die Schande von Katrina ein wenig von der Seele zu heben. Was damals in New Orleans geschah, das war nicht nur eine Naturkatastrophe, das war das größte Versagen einer Regierung, der denkbar größte Verrat an der eigenen Bevölkerung. Es war ein Verbrechen. Eine nationale Schande. Eine Wunde, die in den Geschichtsbüchern auf immer festgehalten bleiben wird.

Manche sagen, dies sei mein politischstes Buch. Sicher ist es mein wütendstes. Nichts davon habe ich zurückzunehmen. Die Dave-Robicheaux-Romane, sagt man mir, waren längere Zeit in Deutschland nicht mehr zugänglich. Dass der Faden jetzt wieder aufgenommen wird, ist eine wunderbare Nachricht. Beinahe noch mehr freut mich, dass dies nun mit „Sturm über New Orleans" geschieht.

Dieses Buch liegt mir am Herzen. Wenn Sie es gelesen haben, wissen Sie warum.

James Lee Burke

Ehe denn die Berge eingesenkt waren,
Vor den Hügeln war ich geboren,
Da er die Erde noch nicht gemacht hatte
Und was darauf ist, noch die Berge des Erdbodens.
Da er die Himmel bereitete, war ich daselbst,
Da er die Tiefe mit seinem Ziel fasste.
Da er die Wolken droben festete,
Da er festigte die Brunnen der Tiefe,
Da er dem Meer das Ziel setzte und den Wassern,
Dass sie nicht überschreiten seinen Befehl,
Da er den Grund der Erde legte:
Da war ich der Werkmeister bei ihm,
Und ich hatte meine Lust täglich,
Und spielte vor ihm allezeit,
Und spielte auf seinem Erdboden,
Und meine Lust ist bei den Menschenkindern.

(Sprüche Salomos, 8, 25 – 31)

1

In meinen schlimmsten Träumen kommen immer Szenen mit braunem Wasser und Elefantengrasfeldern im Abwind der Rotorblätter vor. Die Träume sind in Farbe, aber ohne Ton, ohne die erstickten Stimmen im Fluss, die Explosionen unter den Hütten der Dörfer, die wir niedergebrannt haben, oder das Knattern des Jolly Green und der Kampfhubschrauber, die im Tiefflug über das Blätterdach kommen, wie Insekten vor einer geschmolzenen Sonne.

Im Traum liege ich auf einem Regencape, ausgedörrt vom Blutersatzmittel, der Oberschenkel und die Seite von Wunden zerfetzt, die von Wölfen stammen könnten. Ich bin davon überzeugt, dass ich sterben werde, wenn ich nicht bald am Bataillonsverbandsplatz mit Plasma versorgt werde. Neben mir liegt ein schwarzer Corporal, der nur seine Hose und die Stiefel anhat und dessen Oberkörper aufklafft, als ziehe sich ein roter Reißverschluss von der Achselhöhle bis zum Unterleib, eine Verletzung, die so schwer, so traumatisch und schrecklich anzuschauen ist, dass er nicht begreift, was ihm widerfahren ist.

„Ich hab den Drehwurm, Lieutenant. Wie seh ich aus?", sagt er.

„Wir haben das große Los gezogen, Doo-doo. Wir kriegen einen Heimflug", erwidere ich.

Sein Gesicht ist schweißüberströmt, der Mund so glänzend wie frisch aufgetragener Lippenstift, als er zu lächeln versucht.

Der Jolly Green wird beladen und hebt mit Doo-doo

und zwölf anderen Verwundeten ab. Ich starre nach oben auf seinen sonderbar rechteckigen Umriss, die wirbelnden Rotorblätter vor dem lavendelblauen Himmel und ärgere mich insgeheim, dass wir zurückgelassen werden und auf den Transporthubschrauber warten müssen, auch auf die Gefahr hin, dass starke nordvietnamesische Einheiten durch das Gras anrücken. Dann bekomme ich die aberwitzigste, grausamste und scheinbar ungerechteste Begebenheit meines ganzen Lebens zu sehen.

Als der Jolly Green über dem Fluss aufsteigt und in Richtung Südchinesisches Meer abdreht, schießt eine Rakete im Fünfundvierzig-Grad-Winkel aus dem Blätterdach und explodiert im Laderaum. Der Rettungshubschrauber erbebt einmal und bricht auseinander, während die Treibstofftanks in einem gewaltigen Feuerball hochgehen. Die Verwundeten an Bord sind in Flammen gehüllt, als sie aufs Wasser herabstürzen.

Nach und nach kommen sie ums Leben – durch herumfliegende Splitter und Kugeln, durch flüssiges Feuer auf der Haut und durch Ertrinken. Genau genommen müssen sie dreimal sterben. Ein mittelalterlicher Foltermeister hätte sich kein teuflischeres Schicksal ersinnen können.

Wenn ich aus dem Traum erwache, muss ich lange auf der Bettkante sitzen bleiben, die Arme um die Brust geschlungen, als hätte ich mir eine Erkältung eingefangen oder die Malaria würde sich wieder einmal in mir austoben. Ich rede mir ein, dass es nur ein Traum war, denn wenn es Wirklichkeit wäre, hätte ich Geräusche gehört und nicht nur Bilder gesehen, die heute Geschichtsstoff sind und von jenen als irrelevant betrachtet werden, die entschlossen sind, die Historie zu wiederholen.

Außerdem sage ich mir, dass die Vergangenheit nur eine moderne Erinnerung ist und ich sie nicht noch einmal durchleben und auffrischen muss, wenn ich es nicht will. Als trockener Alkoholiker weiß ich, dass ich es mir nicht leisten kann, meiner Regierung Vorwürfe dafür zu machen, dass sie eine ganze Generation junger Männer und Frauen belogen hat, die einer guten Sache zu dienen glaubten. Und ich darf auch denen nichts nachtragen, die uns wie Kuriositäten, wenn nicht wie Parias behandelten, als wir heimkehrten.

Wenn ich mich wieder schlafen lege, sage ich mir einmal mehr, dass ich nie wieder das ungeheure Leid unschuldiger Zivilisten mitansehen oder miterleben muss, wie unsere Landsleute verraten und im Stich gelassen werden, wenn sie uns am dringendsten brauchen.

Aber das war vor Katrina. Das war, bevor ein Sturm mit größerer Wucht als die Bombenexplosion, die Hiroshima zerstörte, das Antlitz von Südlouisiana wegfetzte. Das war, bevor eine der schönsten Städte der westlichen Hemisphäre dreimal gemordet wurde, und nicht nur von den Naturgewalten.

2

Im Mittelpunkt meiner Geschichte steht ein liebenswerter Mann namens Jude LeBlanc. Als ich ihn kennen lernte, war er ein hübscher Junge, der den *Daily Iberian* austrug, auf der Catholic High School Baseball spielte und jede Woche in derselben Kirche beichtete, in die auch ich ging. Obwohl seine Mutter schlecht ausgebildet war und niedere Arbeiten verrichtete und sein Vater beim Blowout einer Ölquelle umgekommen war, lächelte er ständig, war voller Selbstvertrauen und ließ sich von keinem Missgeschick unterkriegen.

Ich habe gesagt, er lächelte. Das ist nicht ganz richtig. Jude strahlte in die Welt und wich ihren schlimmsten Schlägen aus, wusste, dass man bei einer Prügelei sein Blut schlucken muss, und zeigte den Leuten nie, dass er verletzt war. Er hatte die schmalen Augen und die kastanienbraunen Haare seiner jüdischen Mutter, und er kämmte sie glatt zurück, wie eine Figur aus einem Film der dreißiger Jahre. Irgendwie überzeugte er andere, dass die Erde ein angenehmer Ort war, dass der Tag schön war und uns allen nur Gutes widerfahren würde. Aber während ich zusah, wie Jude zum Mann heranwuchs, musste ich noch einmal die alte Lektion lernen, dass oftmals die besten Menschen in unserer Mitte dazu bestimmt sind, Gäste im Garten Gethsemane zu werden.

Gewöhnliche Männer und Frauen halten sich mittels Uhren oder Kalender an den natürlichen Ablauf der Zeit. Nicht so die Bewohner von Gethsemane. Hier sind ein paar ihrer Geschichten, und jede von ihnen wirkt sich auf absonderliche Art und Weise auf das Leben eines Jungen aus New Iberia aus, der ein guter Mann geworden war und seinerseits nichts tat, was die Ereignisse hätte heraufbeschwören können, die ihm das Schicksal auferlegen sollte.

Am Freitag, dem 26. August 2005, wacht Jude LeBlanc in seiner im zweiten Stock gelegenen Wohnung im French Quarter auf, von der aus er freie Sicht auf den Innenhof und die Türme der St. Louis Cathedral hat. Es regnet heftig, und er sieht, wie das Wasser durch die Abflussrohre auf die Beete mit Hibiskus, Bananenstauden und Hortensien hinabschießt und sich auf den eingesunkenen Ziegeln staut, zwischen denen wilde Pfefferminzblätter sprießen.

Einen Moment lang vergisst er den geballten Schmerz, der rund um die Uhr unter seinem Rückgrat tobt. Die Latina, die Natalia heißt, bereitet in der Küche neben dem Wohnzimmer Kaffee und warme Milch für ihn zu. Ihr ärmelloses Baumwollkleid ist dunkelrot und mit knochenfarbenen Blumen bedruckt, die rosa Staubgefäße haben. Sie ist eine schmächtige Frau, deren kräftige Hände und stramme Muskeln über das Leben hinweg täuschen, das sie führt. Sie wirft ihm über die Schulter einen kurzen Blick zu, voller Sorge und Mitleid mit dem Mann, der seine Haare nach hinten kämmt wie Mickey Rooney in den alten amerikanischen Filmen, die sie sich in einer Videothek ausgeliehen hat.

Wenn sie anschaffen geht, arbeitet sie mit einem Zuhälter zusammen, der ein freies Taxi fährt. Sie und ihr Lude suchen für gewöhnlich in den frühen Morgenstunden entlang der Bourbon Street nach Freiern und bringen sie entweder zu einem Privatparkplatz hinter einem ausgebrannten Gebäude an der Tchoupitoulas Street oder zu einem baufälligen Holzhaus an der North Villere Street, das dem Schwager des Zuhälters gehört, und vermeiden dadurch Auseinandersetzungen mit ihren besser organisierten Konkurrenten, die zumeist gute Beziehungen sowohl zu den Cops als auch den Überresten des alten Mob pflegen.

Natalia bringt ihm ein Tablett mit seinem Kaffee, der warmen Milch und einem mit Puderzucker bestreuten Beignet vom Café du Monde. Sie zieht die Jalousien herunter, dreht den elektrischen Ventilator zu ihm hin und fragt: „Soll ich's für dich machen?"

„Nein, im Moment brauch ich's nicht. Ich warte noch 'ne Weile."

„Ich glaube, du hast letzte Nacht nicht geschlafen."

Er sieht zu, wie das Regenwasser vom Dach stürzt und antwortet nicht. Während er auf dem Klappbett sitzt, schlingen sich Lichttentakel um seine Oberschenkel und tasten nach seiner Leiste. Natalia setzt sich neben ihn, so dass ihr Kleid zwischen den Knien durchhängt. Sie hat dichte schwarze Haare, die sie so oft wäscht, dass sie stets glänzen und zauberhaft aussehen, wenn sie sie auf die Schultern fallen lässt. Sie raucht und trinkt nicht, und niemals haftet ihrer Kleidung oder der Haut auch nur ein Hauch des Lebens an, das sie führt, wenn man von den Spuren an der Innenseite ihrer Schenkel einmal absieht.

Sie wirkt gedankenverloren, entweder seinet- oder ihretwegen, das weiß er nicht genau. Für sie ist Jude LeBlanc ein Rätsel, aus dem sie nie ganz schlau wird, aber offensichtlich akzeptiert und liebt sie ihn, unabhängig von dem, was er ist oder nicht ist, und unterwirft ihn keinem Urteil.

„Kann ich sonst noch irgendwas für dich tun?"

„Zum Beispiel?"

„Manchmal hab ich das Gefühl, dass ich dir gar nichts Gutes tu, dass ich dir nichts geben kann", sagt sie.

„Du hast mir Frühstück gemacht", sagt er.

Sie steht auf und kniet sich hinter ihm auf das Klappbett, massiert ihm die Schultern, zieht ihn kurz an sich und legt die Wange an seinen Hinterkopf. „In Mexiko gibt's Mittel, die die Pharmafirmen nicht auf den hiesigen Markt lassen", sagt sie.

„Du bist mein Heilmittel", sagt er.

Sie hält ihn fest, und einen Moment lang wünscht er, er könnte all die Verzweiflung, Hoffnungslosigkeit und das bedrückende Gefühl der Verlorenheit loswerden. Aber wie erklärt man anderen, dass eine falsche Gleason-Auswertung der Prostatabiopsie so viel Schaden anrichten kann? Die meisten Menschen kennen den Begriff gar nicht. Zudem möchte er anderen nicht ihr Vertrauen in die medizinische Wissenschaft nehmen. Das wäre in gewisser Weise das Gleiche, als nähme er ihnen den einzigen Glauben, den sie haben.

Die Gleason-Skala hatte angezeigt, dass sich der Krebs noch nicht außerhalb der Prostata ausgebreitet hatte. Infolgedessen hatte der Chirurg darauf verzichtet, die Erektionsnerven zu entfernen. Das befallene Gewebe, das er dringelassen hatte, wucherte in die Lymphknoten und die Samenleiter.

Natalia schmiegt sich an ihn, drückt den Unterleib an seinen Rücken, und er spürt, wie sich Begierden regen, die er sich nicht eingestehen will, und hofft vielleicht insgeheim, sie könnten die Gewissensbisse bannen, die ihn daran hindern, seiner Einsamkeit zu entrinnen.

Er steht auf und versucht seine Erektion zu verbergen, während er seine Hose anzieht. Sein Priesterkragen ist vom Nachttisch gefallen, und am unteren Rand hat sich ein Büschel Tierhaare mit Dreck vom Fußboden verfangen. Er geht zur Spüle und versucht ihn zu säubern, reibt den Schmutz aber nur tiefer in den weißen Kragen und spritzt zudem noch Fett aus einem nicht abgespülten Topf darüber. Er stützt sich auf die Hände, kann nicht mehr verbergen, wie nutzlos er sich vorkommt.

Draußen fegt der heftige Wind den Regen in dichten Schleiern vom Dach. Ein Blumentopf kippt vom Balkon und birst unten auf den Ziegeln. Die hölzernen Lamellenfensterläden eines Nachbarn auf der anderen Seite des Hofes rütteln an den Scharnieren, dass es wie Hammerschläge klingt.

„Willst du heute etwa in den Ninth Ward?", fragt Natalia.

„Nur dort will man mich haben", erwidert er.

„Bleib bei mir", sagt sie.

„Hast du Angst vor dem Sturm?", fragt er.

„Ich hab Angst um dich. Du musst hier bleiben, bei mir. Du kommst nicht ohne deine Medizin aus."

Sie nennt es Medizin, um ihm nicht wehzutun, auch
wenn sie weiß, dass er zweimal wegen Rezeptdiebstahls
festgenommen wurde und einmal mit Morphium von einem Überfall, dass er im Grunde genommen um keinen
Deut besser ist als sie oder jeder andere Junkie im Quarter.
Der Witz dabei ist, dass eine Bäuerin aus der Dritten Welt,
die anschaffen geht, um ihre eigene Sucht zu finanzieren,
ihn inniglich liebt und achtet wie nur wenige aus der Gesellschaft, der er entstammt.

Die jähe Zärtlichkeit, die er mit einem Mal für sie emp-
findet, lässt seine Lust zerrinnen. Er drückt ihr einen Kuss
auf den Mund, dann geht er hinaus in den Regen, hält sich
eine Zeitung über den Kopf und erwischt einen der wenigen Busse, die noch in den unteren Teil des Ninth Ward
fahren.

3

Otis Baylor bezeichnet sich voller Stolz als Zugereisten aus North Alabama, der überall in der Welt zuhause ist, sei es in New Orleans, in New Iberia oder wo immer ihn seine Versicherungsgesellschaft hinschickt. Er hat eine überschwängliche Art an sich, ist großzügig im Geben und hängt an seiner Familie. Wenn überhaupt möglich, weigert er sich, über andere zu urteilen oder sich von der Voreingenommenheit seiner Altersgenossen oder der Menschen aus dem Waldland beeinflussen zu lassen, in dem er geboren ist und wo er als Junge miterlebte, wie sein Vater und sein Onkel in voller Klansmontur an Versammlungen unter dem Flammenkreuz teilnahmen.

Otis lernte das Versicherungsgeschäft von der Pieke auf und zog auf der Hungerleidertour durch die Neger- und Arbeiterviertel von Birmingham. Wo andere Vertreter gescheitert waren, gelang Otis ein glänzender Erfolg. Bei einem Vertreterkongress in Mobile erkundigte sich ein zynischer Rivale nach seinem Geheimnis. „Behandle die Leute mit Respekt, und du wirst staunen, wie sie reagieren", antwortete Otis.

Heute fährt er zeitig bei Regen und dichtem Verkehr nach Hause und sagt sich, dass die Naturgewalten weder ihm noch seiner Familie etwas anhaben werden. Sein Haus wurde 1856 gebaut und war ein stummer Zeuge der Besetzung durch die Yankees, der Gelbfieberepidemien, dem Lynchen italienischer Einwanderer an Straßenlaternen und der Flutwellen, nach denen die Leichen ertrunkener Clip-

permatrosen in den Bäumen hingen. Die Männer, die Otis'
Haus gebaut hatten, hatten gute Arbeit geleistet, und er ist
davon überzeugt, dass er und seine Familie mit den benzinbetriebenen Generatoren in der Remise, den Taschenlampen und Medikamenten, den Lebensmittelkonserven
und Wasserflaschen, die er in den Vorratskammern und
auf dem Dachboden verstaut hat, auch die schlimmsten
Naturkatastrophen überstehen können.

Vertrau auf Gott, aber vertrau auch auf dich selbst. Das
sagte Otis' Vater immer.

Aber als er auf den Regen blickt, der durch die immergrünen Eichen auf seinem Hof fegt, flackert eine andere
Angst in ihm auf, die noch beunruhigender ist als die Aussicht auf den Hurrikan, der auf die Stadt zuwirbelt und
den Golf von Mexiko in seinen Schlund saugt.

Otis hat stets geglaubt, dass man mit Fleiß und Fürsorge
für sich und die Seinen weiterkommt. Seiner Ansicht nach
gibt es so was wie Glück oder Pech nicht. Er glaubt, dass
Wehleidigkeit zu einer Selbstbedienungsmentalität geführt
hat, die er niemals unterstützen wird. Wenn es den Menschen schlecht geht, ist das für gewöhnlich eine Folge ihres
eigenen Verhaltens, sagt er sich. Die Schlange hat Eva nicht
gezwungen, die verbotene Frucht zu pflücken, und Gott
hat nicht verlangt, dass Kain seinen Bruder erschlägt.

Aber wenn Otis' Ansicht richtig ist, warum war dann so
ein unverdientes, brutales Leid über seine reizlose, trauri-
ge und übergewichtige Tochter gekommen, sein einziges
Kind, das so wenig Selbstwertgefühl hatte, dass es über-
glücklich war, als es von einem zaundürren Jungen mit

Schuppen auf den Schultern und einer Brille, mit der er aussah, als hätte er Fischaugen, zum Abschlussball eingeladen wurde.

Nach dem Ball waren Thelma und ihr Begleiter auf dem Interstate 10 zu einer Party gefahren, nur dass der Junge, der erst zwei Monate zuvor nach New Orleans gezogen war, sich verfuhr und in ein Wohnviertel nicht weit vom Desire Welfare Project geriet. Ohne zu überlegen, stellte er den Motor ab und fragte einen Passanten nach dem Weg. Als er feststellte, dass seine Batterie leer war und er den Motor nicht mehr anlassen konnte, ging er zu einem Münztelefon, um Otis anzurufen, und ließ Thelma allein.

Die drei schwarzen Schlägertypen, die auf sie stießen, waren vermutlich aufgekratzt vom Gras und Weinverschnitt. Doch das allein war keine Erklärung für die Brutalität, mit der sie über Otis' Tochter herfielen. Sie stopften ihr ein rotes Halstuch in den Mund, drehten ihr die Arme auf den Rücken und drängten sie zwischen zwei Häuser. Dann vergewaltigten und schändeten sie sie abwechselnd und verbrannten ihre Haut mit Zigaretten.

Zwei Jahre sind seither vergangen, aber Otis sucht immer noch nach einer Erklärung. Die Täter wurden nie gefasst, und Otis bezweifelt, dass es jemals dazu kommt. Psychiater, Therapeuten und der Pfarrer von Otis' Kirche konnten kaum etwas zu Thelmas Genesung beitragen, wenn „Genesung" das richtige Wort ist. Er wacht mitten in der Nacht auf und setzt sich ins Herrenzimmer, damit seine Frau nicht bemerkt, welche Seelenqualen er leidet.

Noch wichtiger aber ist, dass er trotzdem nicht verbittert werden oder es seinen Nachbarn gleichtun will, die einen Teil der vierzig Prozent Wähler stellten, die bei der Gouverneurswahl für den ehemaligen Klansmann und Nazi David Duke stimmten.

Er macht ein Sandwich mit Käse, Salat und Mayonnaise, legt es auf ein Tablett neben eine Dose Soda und eine langstielige Rose und trägt es zu Thelmas Zimmer. Sie sitzt über ihren Schreibtisch gebeugt, trägt ein schwarzes T-Shirt, schwarze Jeans mit großen Messingnieten und hat Kopfhörer auf. Er hat keine Ahnung, was sie sich anhört. Manchmal begeistert sie sich für Aufnahmen von Vogelstimmen oder Wasserfällen, ein andermal hört sie Heavy-Metal-Bands, bei denen Otis wünschte, er wäre taub geboren.

„Ich dachte, du möchtest vielleicht einen kleinen Imbiss", sagt er.

Sie hat den Mund mit rotem Lippenstift bemalt, die Haare sind dunkel und frisch gewaschen, zu einem kurzen Pony geschnitten, der aussieht wie ein Helm. Ihr Pfannkuchengesicht hat die immer gleiche Miene, die anderen das Gefühl vermittelt, es läge an ihnen, wenn sie nicht mit ihr ins Gespräch kommen. Sie leidet abwechselnd unter Magersucht, Esssucht und Bulimie. Normalerweise würde man sie nicht als liebenswerten Menschen bezeichnen. Aber warum sollte sie das auch sein?, fragt sich Otis. Wie viele junge Mädchen sind seelisch darauf vorbereitet, mit den Schäden klarzukommen, die ihr diese Männer zugefügt hatten?

Sie isst ihr Sandwich, ohne die Kopfhörer abzunehmen oder mit ihm zu sprechen. Er bückt sich und zieht ihr die Schaumgummipolster vom Kopf.

„Kannst du deinem alten Herrn nicht mal Hallo sagen?", fragt er.

„Hi, Daddy", sagt sie.

„Willst du mir mit den Fensterläden helfen, wenn du fertig bist?"

Sie schaut zu ihm auf. Ein bohrender Gedanke scheint sich hinter ihren Augen zu verbergen, wie ein dunkler Vogel mit gekrümmtem Schnabel. „Ein Typ vom Katastrophenschutz hat gesagt, es wird furchtbar."

„Kann schon sein. Aber wir sind hart im Nehmen."

Er versucht ihre Miene zu deuten. Furchtsam oder besorgt wirkt sie nicht. Er fragt sich sogar, ob sie nicht eher erwartungsvoll ist. Sie liest Nostradamus und steht auf Weltuntergangsprophezeiungen, so als wollte sie ihr eigenes Unglück auf andere übertragen.

„Die Versicherungsgesellschaften werden die Stadt bescheißen, nicht wahr? Macht deine Firma bei Wasserschäden Vorbehalte geltend?", sagt sie.

„Das ist doch albern."

Er verlässt das Zimmer und schließt die Tür hinter sich, unterdrückt die Wut, die sich in seiner Brust ausbreitet.

Unten kippt seine Frau Dreißig-Pfund-Beutel mit gestoßenem Eis in die Gefriertruhe. Sie heißt Melanie und besteht darauf, dass er sie nicht „Mel" nennt, obwohl er ihr diesen Kosenamen gegeben hat, als sie miteinander gingen.

„Warum machst du das?", fragt er.

„Damit wir unsere Lebensmittel frisch halten können, wenn wir einen totalen Stromausfall haben", erwidert sie, während ihr eine Wolke kalter Luft ins Gesicht schlägt.

Er will ihr erklären, dass er mit dem Aufstellen der benzinbetriebenen Generatoren bereits Vorsorge dafür getroffen hat, dass sie im Grunde genommen nur den Platz wegnimmt, den sie für sämtliche leicht verderblichen Sachen nutzen könnten.

Aber er widerspricht ihr nicht. Er war Witwer, als er sie vor fünf Jahren an einem Strand auf den Bahamas kennen lernte. Sie war geschieden, tief gebräunt, goldhaarig und wunderschön, viel jünger als er, eine körperlich starke Frau mit kessem, unbeirrtem Blick und weit auseinander liegenden Augen, deren Lachen andeutete, dass sie sich nicht um Konventionen scherte und durchaus Lust auf sexuelle Abenteuer hatte. Sie war eine Frau, die sowohl Freundin als auch Geliebte sein konnte.

Otis war seinerzeit dreiundfünfzig, vorzeitig kahl geworden, aber stolz auf seine kräftigen Hände und Schultern, und er schämte sich weder wegen seiner Libido noch der heftigen Schweißausbrüche, wenn er arbeitete, oder dem Testosterongeruch, der manchmal in seiner Kleidung hing. Er war so, wie er war, und versuchte nichts anderes vorzutäuschen. Offensichtlich fand ihn Melanie oder „Mel" nicht unattraktiv.

Sie waren in vielerlei Hinsicht gegensätzlich, aber jeder schien eine Reihe von Vorzügen zu besitzen, die die Unzulänglichkeiten des anderen wettmachte, sie mit ihrer urbanen Kultiviertheit und einem Abschluss in Wirtschaft an der University of Chicago, er mit seinem Arbeitsethos und seiner verständnisvollen Art im Umgang mit Menschen.

Sie verabschiedeten sich auf den Bahamas, ohne ihre kurze Beziehung bis zum Letzten auszukosten, telefonierten aber weiter miteinander und schickten sich Geschenke und E-Mails. Zwei Monate vergingen, und in einer Sommernacht, als der Himmel noch hell war und er die Einsamkeit nicht mehr ertragen konnte, bat Otis Melanie, sich mit ihm im Ritz-Carlton in Atlanta zu treffen. Er war überrascht, dass sie sich im Bett so wild gebärdete und in ihrer ersten gemeinsamen Nacht dreimal kam, was ihm noch mit keiner anderen Frau passiert war. Eine Woche später machte er ihr einen Heiratsantrag.

Seine Freunde dachten, er wäre zu ungestüm und ließe sich von einer zwanzig Jahre jüngeren Frau ausnutzen. Aber was habe ich schon zu verlieren?, hatte er ihnen erklärt. Seine Tochter brauchte eine Mutter; Otis brauchte eine Frau; und seien wir doch ehrlich, hatte er gesagt, eine Frau mit Melanies Aussehen läuft einem nicht jeden Tag über den Weg.

Nach einem Jahr wurde ihm allmählich klar, dass er eine schwierige, wenn nicht launische Frau geheiratet hatte. Sie war oft starrsinnig, auch wenn es nur um Kleinigkeiten ging. Sie kündigte das Kabelfernsehen, weil der Techniker Schmutz in den Flur geschleppt hatte. Sie warf Otis vor, er gebe den Kellnern zu viel Trinkgeld und ließe den Gärtnern Schlampereien durchgehen. Sie hatte eine ganze Palette an Wutausbrüchen und Unmutsäußerungen auf Lager, die sie gezielt dazu benutzte, um in aller Öffentlichkeit für peinliche Szenen zu sorgen und letzten Endes ihren Kopf durchzusetzen.

Ein Bekannter in Chicago hat ihm erzählt, dass Melanies ehemaliger Mann Alkoholiker war. Die Mitteilung seines Freundes über Melanies Vorleben hat Otis nur noch mehr verwirrt. Melanie lebt streng abstinent, und Otis versteht nicht recht, inwieweit das Verhalten ihres Ex-Mannes etwas mit ihren Launen und der Unberechenbarkeit zu tun haben kann, die sie heute an den Tag legt.

Aber nach dem Überfall auf Thelma hatte sich Melanie auf eine Art und Weise verändert, mit der sich Otis nur schwer abfinden kann. Jeden Abend war sie müde, klagte über Übelkeit und wollte unbedingt über finanzielle Probleme reden, die es gar nicht gab. Er spürte, wie sich ihr Rücken versteifte, wenn er sie im Bett berührte. Samstags und sonntags wachte sie eine Stunde vor ihm auf und ging nach unten, widmete sich ihrem Alltag und machte so jegliche zärtlichen Annäherungsversuche seinerseits zunichte.

Einmal hatte er gesehen, ohne dass sie es bemerkte, wie sie seine Kleidung von der Stuhllehne nahm, daran roch und sie dann angewidert in den Korb für die Schmutzwäsche warf.

Jetzt, da der schwerste Sturm in der Geschichte von Louisiana auf die Stadt zuzieht, fragt er sich, ob sie ihm die Schuld an dem Überfall auf seine Tochter gibt. Ist sie deshalb so gereizt und kritisiert alles, was er macht? Traut sie ihm nicht mehr zu, dass er seine Familie beschützen kann?

„Ich geh ins Fitnessstudio. Willst du mitkommen?", sagt er.

„Jetzt? Bist du bei Sinnen?"

„Mein Vater hat immer gesagt: ‚Habe Respekt vor Mutter Natur, aber nagel die Fensterläden zu und lass dich nicht von ihr ängstigen'."

Sie kann ihre Langeweile kaum verbergen, als er seinen Vater erwähnt, einen Sägemühlenarbeiter, der nach der neunten Klasse die Schule verließ. „Nimm Thelma mit", sagt sie.

„Die mag das Studio nicht."

Ohne darauf einzugehen, holt Melanie Geschirr aus der Spülmaschine und verstaut es scheppernd in den Schränken.

„Was ist los? Warum bist du so wütend auf mich?", sagt er.

Ihre Augen funkeln, als wollte sie ihm eine unverblümte Antwort geben. Der Moment verstreicht. „Ich bin nicht wütend. Ich finde es bloß nicht gut, dass sich Thelma die ganze Zeit in ihrem Zimmer aufhält. Vielleicht sollte sie sich einen Job besorgen", sagt sie.

Aber insgeheim hat Otis immer vermutet, dass seine Frau so wie viele Nordstaatler ist. Sie mag Farbige im Allgemeinen und solange sie nicht näher mit ihnen zu tun hat. Aber im persönlichen Umgang mit ihnen fühlt sie sich unwohl. Schon in der Nacht, in der sich der Überfall ereignete, ist ihm klargeworden, dass ihre Freunde nichts davon erfahren sollen, dass ihre Stieftochter von Schwarzen vergewaltigt wurde.

„Denkst du, ich lasse Thelma irgendwie im Stich?", fragt er.

Sie mustert ihre Hände über der Spüle, betastet die Knochen, die Fingergelenke. Seit einiger Zeit klagt sie über Arthritis, obwohl sie seit mindestens einem Jahr nicht beim Arzt gewesen ist. Sie blickt auf den Regen, der auf den Philodendron, die Bananenstauden und die chinesischen Hanfpalmen im Garten neben dem Haus trommelt.

„Wieso lässt du sie mit einem Idioten zum Ball gehen, der sich die Schuppen nicht aus den Haaren waschen, geschweige denn seine Begleiterin vor einer Horde Tiere beschützen kann?", sagt sie.

„Hast du nie einen Fehler gemacht, als du in dem Alter warst?", erwidert er.

„Von der Tragweite? Nein, dazu musste ich warten, bis ich eine reife Frau war", sagt sie.

Er hängt sich seine Trainingstasche über die Schulter und geht den überdachten Fußweg zur Remise entlang, stößt mit dem Wagen rückwärts unter das Laubdach der Eichen und auf die Straße und rammt dabei die Mülltonne in die Hecke. Melanies letzte Aussage wird er niemals aus seinem Gedächtnis tilgen können, egal, um welche Erklärung oder Entschuldigung sie sich bemüht, wenn überhaupt.

Bei dem Gedanken hat er das Gefühl, als lege sich kalter Dunst um sein Herz, und einen Moment lang verschwimmen die Straße, der vom Wind gepeitschte Mittelstreifen und die verschlungenen lila und rosa Neonbuchstaben der Drogerie an der Ecke vor seinen Augen.

Das Fitnessstudio ist fast leer, und vom Basketballplatz hallt das Scheppern eines Stahlrings, von dem Bälle eines einsamen Werfers abprallen. Der Werfer ist Tom Claggart, Otis' Nachbar, ein Export-Import-Mann, der mit Geschäftsfreunden in einem Privatflugzeug zu Wildfarmen im Westen fliegt, wo sie auf Tiere schießen, die kurz vor der Ankunft der Jäger aus Käfigen oder Gehegen freigelassen werden. Tom hat Otis augenzwinkernd erzählt, dass er und seine Freunde außerdem auf einem Privatflugplatz unweit eines Bordells am Stadtrand von Las Vegas landen.

„Hast du alles niet- und nagelfest gemacht?", sagt er, während er den Basketball mit beiden Händen festhält.

„Weitgehend", sagt Otis.

Toms Oberkörper ist so massig wie ein Zypressenstumpf, sein Kopf kugelrund. Jede Woche stutzt ein Barbier ihm den weiß melierten Schnurrbart, seift ihm dann den Schädel ein und rasiert ihn mit dem Messer.

„Ich glaube, wenn er aufs Festland trifft, ist hier die Affenkacke mächtig am Dampfen", sagt Tom.

„Ich weiß nicht, ob ich dir folgen kann", erwidert Otis.

„Die schwarzen Iren werden nach Naturkatastrophen bockig." Tom lächelt, als hätten sie beide ein persönliches Geheimnis.

„Ich nehme an, wir werden's rausfinden", erwidert Otis.

Tom wirft den Ball über den Platz und schaut ihm hinterher, als er aufprallt und über die Ahorndielen in den Schatten rollt. Äste peitschen gegen die Fenster hoch an der Wand, über die der Regen in Schlieren rinnt. Er zieht eine nachdenkliche Miene. „Ich habe noch nie mit dir drüber geredet, aber meine Schwägerin hat mir erzählt, was mit deiner Tochter passiert ist. Haben sie die Typen erwischt?"

„Noch nicht."

„Eine Schande. Wenn sie sie bis jetzt nicht haben, kriegen sie sie wahrscheinlich auch nicht mehr."

„Kann man nicht sagen", erwidert Otis.

„Hast du eine Knarre?"

„Warum?"

„Bis Montag fallen diese Mistkerle über die ganze Gegend her. An deiner Stelle würde ich aufhören, an meinem Schniepel rumzuspielen und zur Besinnung kommen."

„Wie kommst du darauf, dass du so mit mir reden kannst?"

„Ich spreche bloß als Freund und Nachbar."

„Lass es."

„Das sieht dir nicht ähnlich, Otis."

Das meinst du, du Trottel, sagt sich Otis und staunt über seine Bissigkeit.

4

Es ist Samstagabend, und lange Autoschlangen strömen auf dem Interstate 10 aus New Orleans in Richtung Norden, obwohl sich bereits Gerüchte verbreitet haben, dass bis St. Louis, Missouri, kein Motelzimmer mehr frei ist. Aber für die Frohgemuten geht das Leben im French Quarter mit Volldampf weiter.

In einer Eckkneipe an der Ursulines Street, in der die Weihnachtsbeleuchtung nie abgenommen wird, ist Clete Purcel an einem Fenster in Stellung gegangen, damit er ein Cottage mit geschlossenen Fensterläden auf der anderen Straßenseite beobachten kann, vor dem ein Schwarzer in einem falsch geparkten Lieferwagen eine Zigarette raucht. Der Regen hat aufgehört, und die Luft ist unnatürlich grün und mit dem stickigen, drückenden Geruch des Golfs geschwängert. Durch die Wolken dringt sogar ein knochenweißer Lichtstreifen, so als zeige sich gleich wieder der Sonnenuntergang. Der Schwarze in dem Lieferwagen spricht in ein Handy und bläst den Zigarettenqualm aus dem Fenster, wo er wie feuchte Baumwolle in der Luft hängt. Dann dreht er den Kopf herum und starrt auf die Bar, und einen Moment lang denkt Clete, er hätte ihn entdeckt.

Aber der Schwarze betrachtet eine Frau mit hohen Absätzen und hautengen Shorts, die raschen Schrittes den Gehsteig entlangläuft, so dass ihr die mit Pailletten und Fransen besetzte Handtasche an den Hintern schlägt. Der Inhaber der Bar öffnet sämtliche Türen und lässt einen

Schwall frischer Luft herein, die nach Salzwasser und nassen Bäumen riecht. Die Nachtschwärmer im Lokal tun so, als wären schlechte Zeiten angebrochen und wieder vergangen.

„Willst du noch was trinken? Geht aufs Haus", sagt der Inhaber.

„Seh ich so aus, als ob ich meine Drinks nicht bezahlen kann?", sagt Clete.

„Nein, du siehst aus, als ob du Hummeln im Hintern hast. Vielleicht solltest du mal wieder vögeln."

Clete wirft dem Inhaber einen Blick zu, bei dem dieser die Augen abwendet. Der Inhaber ist Jimmy Flannigan, ein ehemaliger Proficatcher, der jetzt Ohrringe trägt und sich in einem Salon am Airline Highway sämtliche Körperhaare entfernen lässt.

„Dann vögelst du eben nicht. Aber du machst meine Gäste nervös. Keiner hat Lust, sich von einem wild gewordenen Zirkuselefanten zertrampeln zu lassen."

Clete hat es längst aufgegeben, sich mit Jimmys Beleidigungen auseinander zu setzen. „Ich hab 'ne Neuigkeit für dich. Durch diese Spelunke könnte die Apokalypse rauschen, ohne dass es deine Gäste merken", sagt er.

Jimmy gießt aus einer Scotchflasche mit verchromtem Schankaufsatz einen Schuss Whiskey in Cletes Glas. Der Scotch und die Milch vermischen sich wie marmorierte Eiscreme. „Was frisst an dir, Purcel? Einfach neben der Kappe?", fragt er.

Clete trinkt sein Glas halb aus. „So was Ähnliches", sagt er.

Wie soll er Jimmy Flannigen die Beklommenheit und das Déjà-vu-Gefühl erklären, bei dem sein Mund trocken wird und die Kopfhaut spannt? Oder ihm beschreiben, wie Hubschrauber von einem Hausdach in einen mit blutroten Wolken gestreiften Himmel aufsteigen, während Horden entsetzter vietnamesischer Zivilisten miteinander rangeln und die Marineinfanteristen der Vereinigten Staaten anflehen, sie an Bord zu lassen? Man lernt es früher oder später: Es gibt Erfahrungen, die man mit niemandem teilen kann, nicht mal mit Leuten, deren Fahrschein vom gleichen Schaffner gelocht worden ist.

Clete wendet sich wieder dem Fenster zu und versucht sich auf den Schwarzen zu konzentrieren, der auf der anderen Straßenseite parkt. Der Schwarze ist Andre Rochon, ein dreiundzwanzigjähriger Ausgebüxter, dessen verwirkte Kaution weniger wichtig ist als die Auskunft, die er über zwei andere Ausgebüxte geben kann, die bei Cletes Arbeitgebern, Nig Rosewater und Wee Willie Bimstine, mit dreißig Riesen in der Kreide stehen.

Zwei Drinks später hat sich noch immer nichts verändert. Und Clete hat nach wie vor ein mulmiges Gefühl im Bauch und Kopfschmerzen, als schnüre ihm jemand eine Klaviersaite um den Schädel.

Clete ist davon überzeugt, dass er einen sich anbahnenden Meth-Deal beobachtet. Die beiden anderen Beteiligten sind die Melancon-Brüder, elende Klugscheißer und beide wegen bewaffneten Raubüberfalls, illegalen Besitzes von Schusswaffen und Einschüchterung von Zeugen vorbestraft. Clete vermutet, dass jeden Moment einer der Brüder, vielleicht aber auch beide, bei dem Cottage mit den geschlossenen Fensterläden auftauchen werden.

Aber allem Anschein nach tut sich weder in dem Cottage noch draußen irgendwas, und der Mann in dem Lieferwagen wird unruhig, schaltet das Radio ein und aus, lässt den Motor an und stellt ihn wieder ab.

Was tun?, fragt sich Clete. Rochon, einen unbedeutenden Ausgebüxten, dingfest machen oder es darauf ankommen lassen, dass die Melancon-Brüder aufkreuzen? Wenn der Sturm morgen Nacht oder Montagfrüh aufs Festland trifft, wird das Gesindel entweder in der Stadt auf Plündertour gehen oder wie Treibgut in sämtliche Himmelsrichtungen zerstreut werden. So oder so wird es fast unmöglich sein, Rochon oder die Melancons einzufangen.

Clete beschließt loszulegen.

Er klemmt sich eine kalte Zigarette in den Mund, kämmt sich vor dem Spiegel hinter der Bar die Haare und setzt seinen Porkpie-Hut auf. Seine cremefarbene Hose ist gebügelt, die rotbraunen Slipper sind gewienert, das Hawaiihemd strafft sich um seine mächtigen Schultern. Ein versteckter .25er ist mit einem Klettverschluss um seinen Knöchel geschnallt, in der einen Hosentasche hat er einen Totschläger und eine Stiftlampe, in der anderen ein Paar Handschellen. Er wünschte, er wäre in einem Flugzeug und stiege über die Highways auf, die mit Pkw, Bussen und Lastwagen verstopft sind, deren Scheinwerfer alle nach Norden weisen. Oder über New Iberia, wo er ein zweites Büro und ein Zimmer auf einem alten Motelgelände an der East Main Street gemietet hat. Aber man überlässt seinen Geburtsort weder schlimmen Gesellen noch einer Naturkatastrophe, sagt er sich und fragt sich, ob ihm in vierundzwanzig Stunden noch genauso zumute sein wird.

„Willst du dich doch mit einer Freundin treffen?", sagt Jimmy.

„Nein, ich bin mit 'nem Scheißkerl auf der Straße verabredet, der schon längst 'ne Bremsspur in der Kloschüssel sein sollte", sagt Clete. „Wenn's da draußen in ein paar Minuten hoch hergeht, will ich die Polizei nicht dabeihaben. Hast du mich verstanden?"

„In dieser Bar ist die 911 eine historische Jahreszahl."

„Du bist ein Prachtstück, Jimmy. Leg ein paar Schläuche aufs Dach."

„Was ist mit dir?"

„Hast du schon mal gehört, dass in New Orleans Zirkuselefanten ertrunken sind? Siehst du, das gab's noch nie."

Clete tritt hinaus auf den Gehsteig. Der Lichtstreif am Himmel ist verschwunden und schwarze Wolken ziehen über ihn hinweg. Er spürt, dass das Barometer jetzt rasch fällt, und es riecht nach Schwefel, faulen Eiern oder Wasserkäfern, die in die Gullys gespült wurden und dort gestorben sind. Andre Rochon schaut geradeaus und hat die Unterarme auf dem Lenkrad liegen, aber Clete weiß, dass Rochon ihn entweder für einen Cop oder einen Kautionsadvokaten hält und überlegt, ob er die Sache aussitzen oder seinen Wagen anlassen und zur North Rampart Street abzischen soll.

Clete überquert die Straße, klappt das Etui mit seiner Dienstmarke auf und hält sie Rochon vors Gesicht. „Steig aus dem Fahrzeug und halt die Hände so, dass ich sie sehe", sagt er. „Das ist kein Vorschlag. Mach es oder du kommst in den Knast."

Seine Worte sind sorgfältig gewählt und sollen Rochon von vorneherein klarmachen, dass er die Wahl hat, dass er mit ein bisschen Entgegenkommen und Gewitztheit trotz des Nichterscheinens vor Gericht vorerst ungeschoren und auf freiem Fuß bleibt.

Rochon tritt auf den Asphalt und schließt die Tür hinter sich. Er trägt Tennisschuhe ohne Socken, eine mit Farbe bekleckste Hose und ein T-Shirt der Louisiana State University, das um die Rippen und an den Achselhöhlen kunstvoll zerschnippelt ist. Seine Arme sind mit einfarbigen Tattoos übersät. Er riecht nach Angstschweiß und den fauligen Essensresten zwischen seinen Zähnen. Sein Gesicht ist schmal, der eine Mundwinkel zu einem Grinsen verzogen. Er streicht sich über die bloße Haut an seinem Bauch wie ein Narziss. „Bist du ein Privatdetektiv, Bruder?", sagt er.

Clete wirft einen Blick auf die Straßenlaterne an der Ecke und klappert mit den Wimpern. „Schau, mir gibt man keine Spitznamen, und schon gar keine rassistischen", sagt er. „Im Moment stehst du bis zur Unterlippe in der Scheiße. In der nächsten Minute passiert zweierlei. Entweder lieferst du mir die Melancon-Brüder oder du bist auf dem Weg ins Zentralgefängnis. Falls du im Untergeschoss sein willst, wenn der Hurrikan kommt, lässt sich das regeln."

„Eddy und Bertrand sin schon evakuiert. Ich will bloß

nach meinem Neffen schaun. Ich sag die Wahrheit, Mann." Rochon drückt die Hand ans Brustbein und zieht eine ernste Miene.

„Schau, du machst was, das mich stört. George W. Bush legt immer die Hand auf die Brust, wenn er den Leuten zeigen will, dass er's ehrlich meint. Hältst du dich für George W. Bush? Hältst du dich für den Präsidenten der Vereinigten Staaten?"

Rochon ist verwirrt, blickt hierhin und dorthin. „Warum drangsaliern Sie mich so? Wegen irgendwas, das Eddy und Bertrand angestellt ham?"

„Nein, weil du deinen Gerichtstermin sausen lassen und Nig und Wee Willie um deine Kaution geprellt hast. Außerdem riechst du schlecht. Willie und Nig können Leute nicht leiden, die sich weder duschen noch die Zähne putzen und schlecht riechen. Sie müssen jedes Mal die Stühle einsprayen, wenn du in ihr Büro kommst. Jetzt hast du sie obendrein noch beleidigt."

„Mann, Sie ham was Falsches getrunken."

Cletes Hände fühlen sich steif und trocken an. Er ballt ein ums andere Mal die Fäuste und leckt sich die Lippen. Er spürt, wie sich eine gefährliche Wut in ihm zusammenbraut, die nur wenig mit Andre Rochon zu tun hat.

„Klemm dich an dein Handy und sag Eddy und Bertrand, sie sollen den Lappen aus ihrem Arsch ziehen und herkommen", sagt er.

„Ich hab ihre Nummer nicht."

„Wirklich? Tja, dann wollen wir doch mal sehen, was du hast."

Clete schleudert ihn an die Seitenwand des Lieferwagens und klopft ihn ab. Als Rochon den Kopf umdrehen und etwas sagen will, knallt Clete sein Gesicht so heftig ans Blech, dass es sich verbeult.

„Scheiße", sagt Rochon, dem das Blut aus der Nase tropft und über die Oberlippe rinnt. „Das hab ich nicht verdient."

„Was hast du in dem Lieferwagen?"

„Gar nix. Und Sie ham kein Wisch, um da reinzuschaun, auf keinen Fall."

„Ich arbeite für einen Kautionssteller. Ich brauche keinen Wisch. Ich darf Staatsgrenzen überschreiten, deine Tür eintreten und dein Haus auseinandernehmen. Ich kann dich aufgreifen und festhalten, wo immer ich will und so lange ich will. Weißt du, warum das so ist, Andre? Wenn jemand Kaution für dich stellt, wirst du sein Eigentum. Und wenn in diesem Land irgendwas geachtet wird, dann ist es persönliches Eigentum."

„Ich hab nix, Mann. Machen Sie, was Sie wollen. Ich hab nix gemacht. Wenn das vorbei is, zeig ich Sie an."

Clete öffnet die Fahrertür und leuchtet mit der Stiftlampe unter die Vordersitze und in den Laderaum. Der selbstgebaute Plankenboden ist leer bis auf ein aufgerolltes Polyäthylenseil, das auf einem Reservereifen liegt. Ein rosa Plüschbär mit weißen, auf die Tatzen genähten Ballen klemmt zwischen Boden und Blechwand.

Clete schaltet die Lampe aus, dann schaltet er sie wieder ein. Beim Anblick des Plüschtiers und des Seils fällt ihm ein Zeitungsartikel ein, den er vor etlichen Wochen gelesen hat. Ging es um eine Entführung? Im Ninth Ward? Er ist sich fast sicher, dass der Artikel in der *Times-Picayune* stand, kann sich aber nicht mehr an die Einzelheiten erinnern.

„Wem gehört der Plüschbär?", sagt er.

„Meiner Nichte."

„Wofür ist das Seil?"

Clete hört, wie hinter ihm ein Auto mit kaputtem Auspufftopf um die Ecke biegt. „Ich bring dich ins Zentralgefängnis. Hör auf zu grinsen."

Dann hört Clete, wie das Auto mit dem kaputten Auspufftopf beschleunigt, worauf sich eine Radkappe löst und auf den Gehsteig fliegt. Er dreht sich gerade um, als der Kühlergrill eines 1970er Spritschluckers die offene Tür des Lieferwagens aus den Angeln reißt und ihm in Gesicht und Körper rammt. Einen Moment lang sieht er zwei Schwarze vorne in dem Spritschlucker sitzen, dann wird er rückwärts auf die Straße geschleudert, Haut und Haare mit Glassplittern übersät. Er landet so hart auf dem Asphalt, dass es ihm die Luft aus der Lunge treibt und er kraftlos und japsend liegenbleibt. Der Spritschlucker rollt über seinen Porkpie-Hut und schlingert am Ende der Häuserzeile um die Ecke. Als Clete die Tür von seiner Brust schieben will, wirft Andre Rochon seinen Lieferwagen an und donnert in entgegengesetzter Richtung davon, wo seine roten Rücklichter einmal an der Kreuzung aufleuchten, bevor sie in der Dunkelheit verschwinden.

Jimmy Flannigan und Cletes andere Freunde aus der Bar heben ihn auf, wischen das Glas von seiner Kleidung, tasten ihn ab wie gequetschtes Obst und staunen, dass er noch lebt. Jemand ruft sogar die 911 und erfährt, dass jeder Cop und Sanitätswagen im Orleans Parish bereits heillos überlastet ist. Clete steht benommen und missmutig mitten auf der Straße und kann nicht fassen, dass er gerade von drei Drecksäcken überrumpelt wurde, die ohne Anleitung nicht mal einen Kaugummi von ihren Schuhsohlen kratzen können.

Er sagt seinen Freunden, dass sie wieder in die Bar gehen sollen, dann öffnet er die Tür des Cottage. Drinnen sitzt ein Junge, der allenfalls siebzehn ist, am Boden, schaut sich im Fernsehen ein Comic an und hat eine Papiertüte voller Kleidung neben seinem Fuß stehen. Der Fernseher läuft ohrenbetäubend laut. „Stell das ab", sagt Clete.

Der Junge tut, wie ihm geheißen. Er trägt die typische weite Hose und das zu große T-Shirt eines Straßengangsters, aber die Kleidung sieht aus wie frisch aus dem Karton, und sein Körper ist so schmal, als bestünde er aus Stöcken.

„Wo sind deine Leute?", fragt Clete.

„Meine Tante steht schon am Dome an, um uns Feldbetten zu besorgen. Mein Onkel Andre bringt mich gleich hin", erwidert der Junge. „Alle sollen Essen für fünf Tage mitnehmen. Das ham sie gesagt."

„Andre Rochon ist dein Onkel?"

„Ja, klar."

„Wie heißt du?"

„Kevin Rochon."

„Dein Onkel musste woanders hin. Wenn du zum Superdome willst, musst du laufen."

„Is nix weiter dabei", sagt der Junge und widmet sich wieder dem Comic.

Richtig, sagt sich Clete.

Er geht wieder in die Bar, verzichtet auf Scotch mit Milch und bestellt sich einen geeisten Krug Bier und drei randvolle Schnapsgläser mit Jim Beam. Binnen einer Stunde ist er genauso betrunken wie alle anderen, fühlt sich geborgen in dem verschwitzten Ambiente aus Jukeboxmusik und alkoholisiertem Frohsinn. Zwei gestrandete UCLA-Studentinnen tanzen auf dem Tresen, und eine von ihnen zieht an einem Joint, den sie sich mit einem Roachclip an die Lippen hält. Jimmy Flannigan legt die Hand um Cletes Nacken und drückt zu, als halte er sich an einem Hydranten fest. „Ich komm grade vom Superdome. Du solltest die Schlangen sehen. Sämtliche Leute aus der Sozialsiedlung Iberville wollen da rein", sagt er.

„Aha?", erwidert Clete, der nicht recht weiß, worauf er hinauswill.

„Warum schicken die sämtliche Leute aus den Sozialsiedlungen zum Dome?", fragt Jimmy.

„Er hat Tribünen", sagt Clete.

„Und warum brauchen die Leute aus den Sozialsiedlungen Tribünen?"

„Wenn der Lake Pontchartrain die Stadt überschwemmt, finden vielleicht ein paar von den armen Hunden eine Luftblase unter dem Dach und ersaufen nicht", sagt er.

5

Am Sonntagnachmittag ziehen graue Wolken über New Iberia und die Blätter der immergrünen Eichen entlang der Main Street werden von einem gelegentlichen Windstoß gezaust. Das Ende des Sommers ist mit dem Geruch nach Staub, fernem Regen und dem Rauch der Grillfeuer im City Park auf der anderen Seite des Bayous angebrochen, aber ohne einen Hinweis darauf, dass südlich von uns ein brodelnder weißer Wirbel aus Wind und Wasser, der so groß ist, dass ihm nur Satellitenfotos gerecht werden, auf die Küste von Louisiana und Mississippi zurast.

Als ich am Fernseher den Verlauf des Sturms verfolge, habe ich das Gefühl, Augenzeuge eines sich anbahnenden Infernos zu werden. Seit zwei Tagen bittet Kathleen Blanco, die Gouverneurin von Louisiana, jeden, der zuhören will, um Hilfe. Ein Vertreter des staatlichen Katastrophenschutzes hat bei einem Interview auf CNN völlig die Fassung verloren, wedelt mit den Armen und hat rote Flecken im Gesicht, als hätte er gerade mit dem Trinken aufgehört. Er stellt unmissverständlich fest, dass zweiundsechzigtausend Menschen sterben werden, wenn der Sturm der Kategorie 5 seine derzeitige Stärke beibehält und direkt über New Orleans hereinbricht.

Meine Adoptivtochter Alafair, die gerade am Reed College fertig geworden ist, geht ans Telefon in der Küche. Ich hoffe, dass der Anruf von Clete Purcel kommt, der sich bereit erklärt, New Orleans zu verlassen und in unserem Haus abzusteigen. Er ist es nicht. Der Anruf kommt von

Helen Soileau, Sheriff des Iberia Parish, die andere Sorgen hat.

„Wir haben grade Herman Stanga hopsgenommen", sagt sie. „Wir haben sein Meth-Labor gefunden und zwei seiner Mulis geschnappt."

„Weißt du, wie oft wir Herman Stanga schon hopsgenommen haben?"

„Deswegen möchte ich, dass du den Fall übernimmst, Pops. Diesmal kriegen wir ihn dran."

„Der Umgang mit Herman Stanga ist so, als ob man Hundekacke mit den Händen aufhebt. Such dir jemand anders, Helen."

„Die Mulis interessieren mich im Moment mehr als Stanga. Ich habe sie beide in der Arrestzelle."

„Was ist an Leuten interessant, die ein Minuszeichen vor ihrem IQ haben?"

„Komm her, check es aus."

Die vergitterte Zelle hat keine Fenster und riecht nach dem Desinfektionsmittel, mit dem sämtliche Stahl- und Betonflächen geschrubbt worden sind. Die beiden Männer, die drin eingesperrt sind, haben ihre Hemden und Schuhe ausgezogen, die Füße auf eine Holzbank gestützt und machen Liegestütze. Ihre muskulösen Arme und Brüste sind blau vor auftätowierten gotischen Buchstaben. Ihre Achselhöhlen sind rasiert, die breiten Rückenmuskeln wirken hart wie Fassreifen, ihre Taille läuft schmal zu, und die Bäuche sind vom Brustbein bis zur Leiste flach wie ein Brett. Bei jedem Liegestütz ballt sich ein Netz aus Sehnen unter der straffen Haut. Sie haben Hände wie Maurer, beziehungsweise wie Männer, die Swimmingpools mit Salzsäure reinigen oder bei klirrender Kälte Steine brechen und behauen. Ihre kräftigen Körper erinnern an eine stramm aufgezogene Stahlfeder, zum Zerreißen gespannt, die auf den geringsten Auslöser wartet.

Einer von ihnen bricht seine Übungen ab, setzt sich auf die Bank und atmet durch die Nase ein und aus, ohne Helen und mich zu beachten, die nur einen halben Meter von ihm entfernt sind und ihn betrachten wie ein Zootier.

„Ich steh auf deine Tattoos. Seid ihr Eighteenth Streeter?", sage ich.

Er grinst, ohne zu antworten. Sein Haar ist so kurz geschoren, dass man die Narben auf seiner Kopfhaut erkennen kann.

„Latin Kings?", frage ich.

„Wer?", sagt er.

„Wie wär's mit Mara Salvatrucha?", sage ich.

Er zögert, bevor er antwortet, breitet die Finger über die Knie und tippt mit den Fußsohlen spielerisch auf den Boden. „Wie kommen Sie darauf, Mann?", fragt er.

„Das ‚MS‘, das aufs eine Lid tätowiert ist, und die ‚13‘ auf dem anderen waren Anhaltspunkte", sage ich.

„Sie haben mich drangekriegt, Mann", sagt er. Grinsend blickt er zu mir auf. Aber der schwarze Glanz in seinen Augen zwingt einen dazu zu schlucken, statt das Lächeln zu erwidern.

„Ich dachte, ihr Jungs wärt drüben an der Westküste oder baut euch in Nordvirginia was Neues auf", sage ich.

Er schaut wie gebannt geradeaus, als könne er in den Schatten in der Zelle einen Sinn erkennen. Aber vielleicht starrt er auf Bilder, die ihm durch den Kopf gehen, und erinnert sich an Taten, die der Beweis dafür sind, dass nicht alle von uns den gleichen Stammbaum haben. Er wirft den Kopf vor und zurück, als wolle er eine Verspannung lösen, wie ein Preisboxer, der in der Ecke sitzt und auf den Gong zur ersten Runde wartet. „Wann gibt's was zu beißen?", sagt er.

„Das Essen wird um sechs geliefert", sagt Helen.

Der andere Mann steht auf, kehrt uns den schmalen Hintern zu, beugt sich vornüber und berührt seine Zehenspitzen. Ich werfe einen Blick auf den Computerausdruck auf meinem Klemmbrett. „Ihr Straßenname ist Chula?", sage ich zu dem Mann, der auf der Bank sitzt.

„Ja, Mann, Sie haben's kapiert."

„Was bedeutet der Name?", frage ich.

„‚Hau ihn weg‘, Mann. Wie beim Jai alai. Bevor der Typ den Ball an die Wand donnert, schrei'n alle: ‚Chula! Hau ihn weg.‘"

„Ihr habt ein eindrucksvolles Vorstrafenregister. Lewisburg, Pelican Island, Marion", sage ich. „Warum gebt ihr euch mit einem Kleinstadtluden wie Herman Stanga ab?"

„Dem Schwarzen? Wir haben bloß angehalten und nach dem Weg gefragt. Dann sind die Cops über uns hergefallen", sagt der sitzende Mann.

„Yeah, so ein Fehler kann passieren", erwidere ich. „Aber folgendermaßen sieht's aus, Chula. Ein Hurrikan zieht auf, und wir haben keine Zeit für irgendwelchen Quatsch von Auswärtigen, die hier nichts verloren haben. Schaun Sie, Louisiana ist kein Staat, es ist ein Drittweltland. Das heißt, dass wir richtig sauer werden, wenn Auswärtige herkommen und denken, sie können ihre Füße an uns abwischen. Ihr Typen seid Fixer, deshalb will ich euch nichts vormachen. In Angola einzusitzen kann richtig schlimm sein, vor allem, wenn wir euch wegen einer üblen Strafsache hinschicken. Wenn ihr den Kopf für Herman Stanga hinhalten wollt, bitte sehr. Aber entweder ihr rückt vorher damit raus, oder wir nehmen euch in die Mangel."

Der Mann, der seine Zehenspitzen berührt hat, hält inne und dreht sich zu mir um. „Pass auf, Mann", sagt er.

Er springt mit einem Fuß an die Wand, schlägt einen Salto und steht im nächsten Augenblick wieder aufrecht da. „Was halten Sie davon? Hab ich in El Salvador von den Typen gelernt, die meine ganze Familie umgebracht und mich abwechselnd vergewaltigt haben, bevor sie mich an 'nen Schausteller verkauft haben. Kommen Sie, Mann, sagen Sie mir, was Sie davon halten."

„Ehrlich gesagt, hätten Sie meiner Meinung nach bei dem Schausteller bleiben sollen", erwidere ich.

Ich will sie mit der Bemerkung nicht ködern. Aber genau das geschieht. Als Helen und ich schon fast wieder auf dem Korridor sind, zieht der Mann mit dem Straßennamen Chula eine Blechtasse an den Gitterstäben hin und her. „Hey, Sie da, der Typ mit der *Maricona*, meine Schwester vögelt mit 'nem süchtigen Priester aus New Iberia. Sie haben gesagt, wir haben hier nix verloren? Hat das nix mit dem Kaff hier zu tun, Mann?"

Helen kehrt zur Zellentür zurück und spannt die Arme an. „Wie hast du mich genannt?", sagt sie.

Chula zuckt die Achseln und lächelt verhalten. „Ich will mich nicht mit Ihnen anlegen. Ihr Freund da hätte sich nicht über jemand lustig machen sollen, der an einen Schausteller verkauft worden is", sagt er. Er lehnt sich an die Wand, so dass die Schattenstreifen der Gitterstäbe auf sein Gesicht fallen, und löst sich von der Welt rundum.

Daheim versuche ich die Männer in der Arrestzelle zu vergessen. Molly, meine Frau, ist eine ehemalige Nonne, die einst für die Maryknolls in Mittelamerika im Einsatz war. Sie hat Sommersprossen auf den Schultern und dichte dunkelrote Haare, die im Nacken kurz geschnitten sind. Sie und Alafair sammeln im Garten Geräte zusammen und schließen sie im Schuppen hinter der Auffahrt ein. Die Luft ist drückend, kühl und riecht nach Regen, die immergrünen Eichen, Pekanbäume und der Bayou sind so reglos wie Abbildungen auf einem Gemälde. „Hat Clete angerufen?", frage ich.

„Nein, aber ich habe ihn angerufen. Er will nicht weg", sagt Molly. Sie mustert mein Gesicht. Sie weiß, dass ich nicht über Clete nachdenke. „Ist im Gefängnis irgendwas vorgefallen?"

„Ein hiesiger Priester namens Jude LeBlanc ist vor etwa einem Jahr in ein schwarzes Loch gefallen. Er ist unheilbar an Krebs erkrankt, morphiumsüchtig und hat sich drei, vier Haftbefehle eingehandelt."

Eigentlich will ich nicht darüber reden. Wenn mit dem

Alter die Weisheit kommt, dann insofern, als einem klar wird, dass reden meistens sinnlos ist und man sich aus den Problemen anderer Leute raushalten soll.

„Was hat das mit dem Gefängnis zu tun?", fragt Molly.

„Ein Mitglied einer salvadorianischen Gang namens MS-13 hat gesagt, seine Schwester war mit Jude in der Kiste."

„Hast du ihn gefragt, wo dein Freund ist?"

„Straftäter stärkt man nicht. Egal, wie viele Asse sie im Ärmel haben", sage ich.

Ein heftiger Windstoß fegt durch den langen Korridor aus Bäumen, die den Bayou Teche säumen, kräuselt Wasser wie alte Haut und erfüllt die Luft mit dem Geruch nach Fischrogen und Laub, das sich im Schatten gelb und schwarz verfärbt hat. Katrina wird in den nächsten sieben Stunden irgendwo rund um den Lake Pontchartrain aufs Festland treffen.

„Lass uns das Abendbrot zubereiten", sagt sie.

„Ich habe keinen großen Appetit", sage ich.

Ihr Gesicht wirkt trocken und freudlos, die Wangen sind leicht eingesunken. Sie stößt den Atem aus. „Herrgott, diese armen Menschen", sagt sie.

Ein Hurrikan lässt sich nicht so leicht beschreiben, ebenso wenig wie das Feuerwerk bei einem B-52-Angriff im Zielgebiet. Ich habe Überlebende von Letzterem gesehen. Sie leiden derart, dass man es nicht miterleben möchte. Sie weinen und geben Maunztöne von sich. Ihre Worte sind unverständlich. Ich habe immer vermutet, dass sie sich einer Gruppe angeschlossen haben, die in der Bibel als Gefangene des Himmels bezeichnet wird, auf eine Art und Weise gesalbt, gegen die sich die meisten von uns wehren würden, selbst wenn wir erkennen würden, dass es der Finger Gottes ist, der unsere Stirn berühren will.

Ein Hurrikan der Kategorie 5 besitzt eine Sprengkraft von der mehrfachen Stärke der Atombombe, die 1945 auf Hiroshima abgeworfen wurde. Aber anders als Massenvernichtungswaffen von Menschenhand schafft ein Hurrikan ein Umfeld, das sich unsere Naturgesetze gefügig macht. Zunächst wird die Luft giftig grün und so dicht, dass man sie regelrecht greifen kann. Blitz und Donner stellen sich fast wie verlässliche Freunde ein, verklingen dann im Äther, als ginge nur ein kurzer Sommerschauer nieder. Regenringe sprenkeln die Dünung zwischen den weiß gekrönten Wogen, und der Wind riecht nach Salzgischt und hartem Sand, der sich in der Sonne aufgeheizt hat. Man fragt sich, ob all die Vorbereitungen und Warnungen nicht viel Lärm um nichts gewesen sind.

Dann scheint die Flut vom Land zurückzuweichen, als hätte sich mitten im Golf ein riesiger Abfluss aufgetan. Die Palmen richten sich in der Windstille auf, die Wedel sind mit einem Mal reglos. Man schluckt, damit das Knacken im Ohr aufhört, und kommt sich ebenso ohnmächtig vor wie an Bord eines Flugzeugs, das gefährlich an Höhe verliert. Im Süden baut sich ein langer, schwarzer Höcker am Erdenrand auf, wölbt sich aus dem Wasser wie ein gewaltiger Wal und erstreckt sich über den ganzen Horizont. Man traut seinen Augen kaum. Der schwarze Höcker rauscht jetzt auf die Küste zu, wird größer und immer schneller, so dass der eigene Kamm vom Wasser verschlungen wird, bevor er sich brechen kann.

Man nennt das eine Flutwelle. Ihre Wucht kann Dammsysteme in Schlangenlinien aus schwarzem Sand verwandeln und eine Stadt dem Erdboden gleichmachen, vor allem, wenn sie keine natürlichen Schutzwälle hat. Die Wallinseln vor der Küste von Louisiana sind längst erodiert oder abgebaggert, auf Lastkähne verladen und zum Bestreuen von Parkplätzen verkauft worden. Die petrochemischen Unternehmen haben Kanäle in einer Länge von rund sechzehntausend Kilometer durch das Marschland gegraben, durch die Salzwasser einsickern und die Süßwassergebiete vom Plaquemine Parish bis zum Sabine Pass vernichten kann. Die Deiche entlang des Mississippi sorgen dafür, dass sich hunderte Tonnen Schlamm über den Rand des Kontinentalschelfs schieben, und verhindern, dass sie entlang der Küste nach Westen strömen, wo sie am dringendsten gebraucht werden. Das Marschland von Louisiana schrumpft jedes Jahr um rund hundertzwanzig Quadratkilometer.

Es ist ein Uhr morgens, und ich höre den Wind in den Eichen und Pekanbäumen. Die gerippten Fensterläden am Haus sind festgehakt und beben leicht im Rahmen. Nur das Flackern der Blitze in den Wolken oder ein jäher Regenguss, der unser Wellblechdach mit Kiefernnadeln übersät, deuten auf ein Unwetter hin. Zwei Stunden östlich von uns müssen die Menschen in New Orleans, soweit sie nicht evakuiert wurden, mitansehen, wie ihre Stadt vom Antlitz der Erde gefegt wird. Warum werden die einen verschont, die anderen nicht? Ich habe keine Ahnung. Aber ich will unbedingt verhindern, dass sich zwei Neuankömmlinge in unserer Kommune in unserem Gefängnis sicher und geborgen fühlen, während anständige Menschen in ihren eigenen Häusern ertrinken.

Ich rufe den Nachtschließer an und sage ihm, dass er die beiden MS-13-Mitglieder getrennt unterbringen soll.

„Was ist, wenn sie mich fragen, warum?"

„Sagen Sie ihnen, im Bezirk Iberia dürfen Homosexuelle nicht in der gleichen Zelle eingesperrt werden."

„Was soll ich ihnen sagen?"

Eine halbe Stunde später fahre ich zu meiner Dienststelle und lese noch mal die Faxe und Computerausdrucke zu den beiden MS-13-Mitgliedern durch. Jeder Straftäter hat einen schwachen Punkt. Man muss ihn nur finden. Sie können ausgekochte Knackis oder verschlagen wie ein Tier sein, aber wenn sie sich dem Justizsystem stellen müssen, rennen sie ins offene Messer.

Ich hinterlege meine Schusswaffe am Eingang zum Arrestbereich und bitte den Nachtschließer, Felix „Chula" Ramos in den Vernehmungsraum zu bringen. Als Chula kommt, ist er in klirrende Taillen- und Beinketten gelegt. Er trägt nur eine weiße Boxershorts, die auf der tätowierten Haut sonderbar harmlos wirkt.

„Lösen Sie die Fesseln, Cap."

Der Nachtschließer ist alt und hat rosa Ginflecken im Gesicht. Er interessiert sich weder für das theatralische Gehabe anderer noch will er sie vor sich selbst retten. „Kannste vergessen", sagt er. Chula sitzt an dem Metalltisch aus Regierungsbeständen, hat die eine Hand locker auf der Platte liegen und mustert mich von oben bis unten. „Ich könnte Ihnen die Kehle aufreißen. Bevor Sie einen Mucks machen, so schnell", sagt er und schnipst mit den Fingern.

Ich reibe mir die Müdigkeit aus den Augen. „Ihr Komplize, wie heißt er doch, Luis, ist ein Dummkopf, aber ich glaube, Sie sind noch dämlicher als er."

Die Haut unter Chulas linkem Auge zuckt, als liefe ein Insekt darüber. „Sagen Sie das noch mal."

„Ihr zwei habt mich und den Sheriff beleidigt, weil gegen euch Haftbefehle von Seiten des Bundes vorliegen und ihr gedacht habt, ihr könnt in Nullkommanichts in eine schicke Bundeshaftanstalt verduften. Dazu wird es nicht kommen."

„Wollen Sie damit sagen, Sie schicken uns nach Angola?"

„Irgendwann, aber vorerst überstellen wir Sie ins Zentralgefängnis in New Orleans. Beachten Sie, dass ich ‚Sie' gesagt habe, nicht ‚euch'. Im Bezirk Orleans liegen Haftbefehle gegen euch beide vor. Es ist Kleinkram, aber wir halten uns ans Protokoll und schaffen Sie noch vor Tagesanbruch rüber."

„Die ganze Stadt wird von der Landkarte geblasen. Wollen Sie mich veräppeln, Mann?"

„Mit etwas Glück werden die Häftlinge im Zentralgefängnis nicht vom Personal im Stich gelassen. Aber wer weiß? Das Gehalt der öffentlich Bediensteten im Bezirk Orleans ist beschissen. Können Sie in einem überfluteten Raum voller anderer Leute Wasser treten?"

„Das is nicht komisch, Mann."

„Der Sheriff und ich haben uns über euer Strafregister

51

schiefgelacht. Ihr Komplize hat 'ne Bank in Pennsylvania ausgeraubt, aber ein Farbbeutel ist in der Tasche explodiert und hat sämtliche Scheine versaut. Deshalb hat Ihr dämlicher Freund fünfundsiebzigtausend Dollar heißes Geld zu einer Münzwäscherei gebracht und die Scheine ein ums andere Mal gewaschen, bis sie rosa waren. Dann wollte er damit einen vierzigtausend Dollar teuren SUV kaufen. Dieser Blödian hat Sie nicht nur ausgetrickst, er hat Sie nach Strich und Faden beschissen. Sie sitzen zehn Jahre in Angola ein, die Hälfte davon seinetwegen. Wenn Sie glauben, ich lüge, dann rufen Sie mich an, wenn Sie mit den schweren Jungs eingesperrt sind. Wissen Sie, was da oben ein Midnight Special ist? Stellen Sie sich einen verschwitzten, zweieinhalb Zentner schweren Schwarzen vor, der Ihnen einen Güterzug in den Arsch jagt."

Ich zwinkere ihm zu. Er starrt auf die undurchsichtige weiße Tür und runzelt die Stirn. Ich höre ihn in der Stille atmen. Draußen schlägt ein Blitz ein, und einen Moment lang flackern die Lichter im Gebäude. „Was wollen Sie, Mann?"

„Sie haben gesagt, Ihre Schwester war mit einem süchtigen Priester in der Kiste."

6

Am Vormittag gaben die Nachrichtensprecher im ganzen Land bekannt, dass Hurrikan Katrina seine Richtung geändert und sich von einem Sturm der Kategorie 5 auf Kategorie 3 abgeschwächt habe, bevor er auf das Festland traf, wo er Gulfport verwüstete, aber die Stadt verschonte, deren Schutz man vergessen hatte.

Die Straßen von New Iberia waren mit Autos verstopft, desgleichen jede andere Ortschaft und Stadt im Südwesten von Louisiana, der Parkplatz des Wal-Mart diente als Koordinationszentrale der fundamentalistischen Kirchen, die ohne zu zögern ihre Türen für jeden öffneten, der Hilfe brauchte. Aber die Sonne schien, der Wind brachte nur ein paar vereinzelte Regentropfen, und die Blumen entlang der East Main Street blühten eher wie im Frühling als im Sommer. Wir atmeten alle durch, glaubten, wir hätten das Schlimmste überstanden und die Warnungen der Schwarzseher durch unseren gemeinsamen Glauben widerlegt.

Aber die Nachrichtensprecher irrten und wir ebenfalls. Für New Orleans brach die lange Nacht der Leiden erst an.

Im Laufe der Nacht hatten die orkanartigen Winde und eine Flutwelle gewaltige Wassermassen in das Mississippi River Gulf Outlet gedrückt, im Volksmund „Mr. Go"-Kanal genannt, durch den ganzen St. Bernard Parish bis in den Orleans Parish und die tief gelegenen Wohngebiete entlang des Intercoastal Canal. Nach Sonnenaufgang, sagten die Bewohner des Lower Ninth Ward, hätten sie Explosionen unter dem Deich gehört, der das Wasser des Lake Pontchartrain zurückhielt. Rasch verbreiteten sich von Haus zu Haus Gerüchte – entweder Terroristen oder Rassisten sprengten den einzigen Schutzwall, der verhinderte, dass der ganze See die größtenteils schwarze Bevölkerung im Lower Nine ertränkte.

Die Gerüchte stimmten natürlich nicht. Die Deiche brachen, weil sie von der Bausubstanz her zu schwach waren und kaum einen Sturm der Kategorie 3 überstehen konnten, geschweige denn einen der Kategorie 5. Jeder Katastrophenschützer im Staat wusste es. Das Army Corps of Engineers, das für die Wartung der Deiche zuständig war, wusste es. Im National Hurricane Center in Miami wusste man es.

Der Kongress der Vereinigten Staaten und die derzeitige Regierung in Washington, D.C., aber offenbar nicht, da man erst ein paar Monate zuvor die Mittel zur Ausbesserung der Deiche drastisch gekürzt hatte.

Ich hatte von einem Mitglied der MS-13-Gang den Aufenthaltsort meines süchtigen Priesterfreundes Jude Le-Blanc erfahren. Aber am Montagmorgen um neun wurden alle meine Pläne über den Haufen geworfen, als Helen Soileau, die ihre Dienstmarke bereits an einer Kordel um den Hals hängen hatte, in mein Büro kam. „Lass alles stehen und liegen, Pops. Die halbe Dienststelle wird in die Große Schmuddlige abkommandiert", sagte sie.

„Was ist los?"

„Such dir was aus", erwiderte sie.

Die ersten schweren Sturmschäden sahen wir erst, als wir ein gutes Stück hinter Morgan City waren. Das Zuckerrohr auf den Feldern war platt gedrückt, als wäre es mit Dampfwalzen in die schwarze Erde gemahlen. Telefonmasten waren mitten durchgebrochen, Reklameschilder zerfetzt, die Dächer von Einkaufszentren abgedeckt. Der vierspurige Highway war mit Laub und grauem Schlamm aus den überfluteten Wäldern zu beiden Seiten der Straße bedeckt und tausende kreischender Vögel schwärmten am Himmel umher, als hätten sie keinen Platz zum Landen. Helen fuhr mit düsterer Miene, hinter uns kam ein Dutzend weiterer Dienstfahrzeuge mit rotierenden Blinklichtern. Einige hatten schlingernde Boote im Schlepptau, die bis an die Bordwand mit Erste-Hilfe-Ausrüstung, benzinbetriebenen Generatoren, gespendeten Lebensmitteln, Kleidung und Wasserflaschen beladen waren, alles mit Planen festgezurrt.

Helen war eine attraktive, muskulöse Frau, deren Intelligenz und Integrität ich immer bewundert hatte. Sie hatte als Politesse beim New Orleans Police Department angefangen, zu einer Zeit, als Frauen inmitten ihrer männlichen Kollegen einen schweren Stand hatten. Da sie ihr androgynes Äußeres nicht zu kaschieren versuchte, war sie für einige Mitarbeiter ein gefundenes Fressen, allen voran ein Zivilfahnder namens Nate Baxter, ein verkommener Cop bei der Sitte, der meiner Meinung nach in eine Seifenschale gehörte.

Eines Morgens beim Appell, kurz nachdem ein Heckenschütze vom Dach eines Hotels im Quarter aus das Feuer auf Fußgänger eröffnet hatte, wandte sich Nate nach der

Ansprache des Wachhabenden an alle uniformierten Streifenpolizisten.

„Ich will jeden Schwanz draußen im Schussfeld haben, mit kugelsicherer Weste und voller Ausrüstung", sagte er. „Wir haben nur ein Ziel. Dieser Typ wird ausgeschaltet. Niemand sonst wird verletzt, weder Zivilisten noch Cops. Ist das allen klar?"

So weit, so gut.

Nate wandte sich an Helen und verzog den Mundwinkel. „Helen, können Sie uns sagen, ob ‚jeder Schwanz' auch für Sie gilt oder nicht?", sagte er.

Etliche Cops lachten. Helen saß vornübergebeugt in der zweiten Reihe, hatte den Blick noch immer auf den Notizblock gerichtet, der auf ihrem Schenkel lag. Ein, zwei Mann hüstelten, dann kehrte Stille ein.

„Schön, das Sie das Thema Genitalien angesprochen haben", sagte sie. „Vor ein, zwei Wochen hat mir ein Informant erzählt, dass Ihnen ein paar Transen auf dem Rücksitz eines Streifenwagens einen runterholen mussten, als Sie bei der Sitte waren. Seinerzeit hat sich der Informant Rachel genannt. Aber Rachel ist ein Mann und heißt eigentlich Ralph. Ralph hat gesagt, Sie hätten sich einer Penisvergrößerung unterzogen. Da ich nicht die gleiche Toilette benutze wie jeder Schwanz, weiß ich nicht, ob Ralph lügt oder nicht. Vielleicht wissen es die anderen Herrschaften hier."

Nachdenklich starrte sie in die Luft. Nate Baxters weiterer beruflicher Werdegang war von diesem Moment an im Eimer. Er setzte auf dem Verwaltungsweg einen Rachefeldzug gegen Helen in Gang und wurde deshalb von seinen Kollegen stets als gehässiger Feigling betrachtet, der so was nicht auf Augenhöhe regeln konnte.

Wir waren jetzt auf der Brücke über dem Mississippi, eine breite, atemberaubend angeschwollene braune Wasserfläche, in deren Strömung sich ein Hausboot drehte, während es unter uns vorbeitrieb. Helen riss mit den Zähnen das Papier von einem Müsliriegel und spie es aus dem Fenster.

„Was macht dir zu schaffen?", fragte ich.

„Nichts", erwiderte sie und mampfte den Riegel.

Ich hakte nicht nach. Wir kamen zur anderen Seite der Brücke und bogen auf eine auf Stelzen stehende Ausfahrt über überfluteten Wäldern ab, deren Äste entlaubt waren und voller Müll hingen.

„Wir sollen uns hier mit einem halben Dutzend Dienststellen absprechen, das NOPD eingeschlossen. Ich sage, scheiß drauf", sagte sie. „Ich will mit allen Leuten von uns reden, bevor wir reinfahren. Wir tun unsere Pflicht und halten uns an unsere eigenen Maßstäbe. Das heißt, wir schießen nicht auf Plünderer. Sollen die Versicherungen die Schäden übernehmen. Aber wenn jemand auf uns schießt, ballern wir ihn aus den Socken."

Sie schaute mich an. „Was ist daran so komisch?", fragte sie.

„Ich wünschte, ich wäre noch beim NOPD gewesen, als du da warst."

„Willst du das näher ausführen?"

„Nein, Ma'am, wirklich nicht", erwiderte ich.

Sie biss in ihren Müsliriegel und nickte mir ein weiteres Mal zu, dann fuhr sie in die Stadt. Keiner von uns war auf das vorbereitet, was uns erwartete.

Es waren nicht die zahllosen abgedeckten Häuser mit den eingedrückten Fenstern, die sich kilometerweit erstreckten, nicht die Straßen, in denen der Müll schwappte, oder die immergrünen Eichen, die sich durch die Dächer gebohrt hatten. Die völlige Wehrlosigkeit der Stadt war es, die uns überwältigte. Das Stromnetz war zerstört worden und im St. Bernard und Orleans Parish war die gesamte Wasserversorgung zusammengebrochen. Die Pumpen, die das Wasser aus den Gullys pressen sollten, waren ihrerseits überflutet und nutzlos. Gasleitungen brannten unter Wasser und gelegentlich schossen Flammen aus dem Boden und schleuderten in Sekundenschnelle hunderte von versengten Blättern eines uralten Baumes in den Himmel. Die ganze Stadt war binnen einer Nacht auf den technologischen Stand des Mittelalters zurückgeworfen worden.

Aber als wir unter dem auf Stelzen stehenden Highway hindurch in Richtung Convention Center fuhren, bot sich mir ein Anblick, den ich niemals vergessen werde und der für mich ein Sinnbild all dessen wurde, was ich in New Orleans, Louisiana, am Montag, dem 29. August, im Jahr des Herrn 2005 erlebte. Der Leichnam eines fetten Schwarzen trieb, bäuchlings im Wasser schaukelnd, vor einer Verpfählung. Sein Sonntagsstaat hatte sich mit Luft aufgebläht, die Arme waren zu beiden Seiten ausgestreckt. Schmutzig gelber Schaum, von unseren Reifen aufgewirbelt, schwappte über seinen Kopf. Die Leiche sollte mindestens drei Tage dort bleiben.

Im Convention Center brach jeglicher Anschein von Ordnung zusammen – hier herrschte heilloses Chaos. Tausende von Menschen, die dort Schutz gesucht hatten, waren aufgefordert worden, Lebensmittel für fünf Tage mitzubringen. Viele von ihnen kamen aus den Sozialsiedlungen oder den ärmsten Wohngegenden der Stadt, besaßen kein eigenes Auto und hatten am Monatsende nur wenig Geld oder Nahrungsmittel. Viele von ihnen hatten Alte oder Kranke mitgebracht – Diabetiker, Gelähmte, Alzheimerkranke, Dialysepatienten. Eine gleißende Sonne stand am Himmel, die Luft war dunstig und glitzerte vor Feuchtigkeit. Auf dem Betonplatz vor dem Center wimmelte es vor Menschen, die Schatten oder sauberes Trinkwasser suchten. Fast alle brüllten wütend auf Polizeiwagen und Medienfahrzeuge ein.

„Willst du hier einen Kommandostand aufschlagen?", sagte ich.

Ich sah, wie sich Helen auf die Unterlippe biss, die Hände um das Lenkrad schlang. „Nein, die reißen uns in Stücke", sagte sie. „Die Straßen ins Quarter sollen trocken sein. Ich fahr runter zum Jackson Square …"

„Stopp!"

„Was ist los?"

„Ich hab grade Clete Purcel gesehen. Dort, beim Eingang."

Helen ließ das Fenster runter und blinzelte in den

Dunst. Der heiße Luftschwall, der durchs Fenster drang, fühlte sich an wie Dampfschwaden aus einer Wäscherei. „Was macht Clete da?", sagte sie.

Es dauerte einen Moment, bis wir die Szene deuten konnten, die sich vor dem Convention Center abspielte. Ein großer, von der Sonne verbrannter Mann, der eine schmutzige cremefarbene Hose und ein an der Schulter aufgeplatztes Tropenhemd trug, versuchte einen umgekehrten Karton über den Leichnam einer älteren Weißen zu stülpen, die in einem Rollstuhl saß. Die Tote war zusammengesackt, so dass Clete den Karton nicht ansetzen konnte, ohne sie aus dem Stuhl zu stoßen.

„Moment, Helen", sagte ich und stieg aus dem Streifenwagen, ehe sie etwas erwidern konnte.

Aus dem Augenwinkel sah ich, wie sie wendete, kurz stehen blieb und in Richtung French Quarter fuhr, gefolgt vom Rest unserer Karawane. Aber Helen war eine gute Seele und sie wusste, dass ich bald wieder zu ihr stoßen würde, wahrscheinlich mit Clete im Schlepptau. Außerdem wusste sie, dass man einen Freund nicht zurücklässt, egal, was alle übrige Welt macht.

Ich hielt die Frau aufrecht im Rollstuhl, während Clete ihren Kopf und Oberkörper mit dem Karton abdeckte. Dann schlug mir aus ihrer Kleidung ein Geruch entgegen, der Erinnerungen an einen Krieg in einem fernen Land heraufbeschwor, den ich vergessen wollte.

„Findest du das schlimm? Geh mal ins Center. Sämtliche sanitären Einrichtungen sind kaputt. In den Ecken liegen Tote. Straßenratten schießen da drin mit Knarren rum und vergewaltigen, wen sie wollen", sagte Clete. „Hast du eine Wumme übrig?"

„Nein, wo ist deine?"

„Hab ich an der Royal verloren, glaub ich. Ein ganzer Balkon kam auf die Straße runter. Ein Blumentopf hat mich getroffen." Er wischte sich mit der flachen Hand den Schweiß aus den Augen und starrte auf die Überreste der Stadt und die Plünderer, die durch die Straßen wateten, die Arme mit allem beladen, was sie tragen konnten. „Schau dir diese Scheiße an. Wer braucht da noch Terroristen?"

Für diejenigen, die nicht darüber nachgrübeln wollen, dass der Mensch möglicherweise vom Affen abstammt und dementsprechend genetisch geprägt ist, oder die der Überzeugung sind, dass gesellschaftliches Wohlverhalten einem grundlegenden menschlichen Bedürfnis entspringt, sollten die Ereignisse der nächsten Tage ebenso ernüchternd wie trostlos sein. Helen hatte sich Gedanken darüber gemacht, dass sie die Leitung ihrer Dienststelle womöglich an das NOPD, an eine Staats- oder Bundesbehörde abtreten musste. Das war das geringste unserer Probleme. Es gab keine übergeordnete Dienststelle. Die Kommandostruktur und das Kommunikationssystem des NOPD waren durch den Sturm zerstört worden. Vier- bis fünfhundert Polizisten, rund ein Drittel der Mannschaftsstärke, waren in höher gelegene Gegenden getürmt. Der Kommandostand, den das NOPD in einem Gebäude an der Canal Street eingerichtet hatte, war überflutet worden. Die Diensthabenden allerdings, das muss man ihnen lassen, harrten aus und wateten zwei Tage lang durch das brusttiefe Wasser vor dem Gebäude. Sie hatten weder Verpflegung noch Trinkwasser und viele mussten in die Hose machen und ständig ihre Funkgeräte über dem Kopf halten, damit sie trocken blieben.

Von einem Boot oder einem höher gelegenen Standort aus sah New Orleans, soweit das Auge reichte, wie eine karibische Stadt aus, die in den Wogen versunken war. Die Sonne knallte gnadenlos vom Himmel, es war so feucht, dass man das Gefühl hatte, als krabbelten einem Ameisenkolonnen unter der Kleidung herum. Der Grundriss einer Wohngegend ließ sich nur mehr anhand grüner Tupfer erkennen, wenn hier und da ein Straßenbaum aus dem Wasser ragte, oder an den endlosen Reihen von Dächern, übersät mit Menschen, die auf den Ziegeln hockten und sich die Hände versengten.

Noch nie hatte ich einen derartigen Geruch erlebt. Das Wasser war schokoladenbraun, und auf ihm trieb ein blau-grün schillernder Teppich aus Öl und Chemikalien. Kot und Klopapier waren aus den Abwasserkanälen geschwemmt worden. Ein grauenhafter, Würgereiz erregender Gestank hing in der Luft und haftete allem an, was wir berührten. Tote Tiere, darunter auch Hirsche, wogten im Kielwasser unserer Rettungsboote. Desgleichen Menschen, manchmal nur eine Schulter, ein Arm oder Hinterkopf, die plötzlich auftauchten und wieder im Schaum versanken.

Sie ertranken auf Dachböden und im ersten Stock ihrer Häuser. Sie ertranken am Rand des Highway 25, als sie aus dem Plaquemines Parish fahren wollten. Sie ertranken in Altenheimen, auf Bäumen und Autodächern, während sie

hektisch den Helikoptern zuwinkten, die über sie hinweg-
flogen. Sie starben in Krankenhäusern und Pflegeheimen,
an Dehydration und Hitzschlag, und sie starben, weil auch
die fürsorglichste Schwester nicht stundenlang einen Ventilator halten konnte, ohne eine Pause zu machen.

Falls sich jemandem die Gelegenheit bietet, den Mit-
schnitt eines Handynotrufs von einem dieser Dachböden
zu hören, sollte er so schnell wie möglich weggehen, es sei
denn, er will mit Stimmen leben, die ihn den Rest seiner
Tage im Schlaf heimsuchen.

Die United States Coast Guard war ununterbrochen
im Einsatz, kam im Tiefflug, die Sonne im Rücken, ohne
Rücksicht auf Heckenschützen oder herabhängende Kabel, und zog mit dem Abwind ihrer Hubschrauberrotoren
eine Spur durchs Wasser. Die Männer der Küstenwache
hackten Löcher in Dächer und schnallten verängstigte
Menschen, die noch nie geflogen waren, an die Zugge-
schirre der Seilwinden. Sie drückten Kinder an ihre Brust
und fette, zweieinhalb Zentner schwere Frauen und brachten sie wie barmherzige Engel in höher gelegene Gebiete.
Sie retteten über dreiunddreißigtausend Menschen, und
niemand, egal was in unserer Geschichte noch geschehen
mag, wird jemals den Mut und die Hingabe überbieten
können, die sie nach Katrina bewiesen.

Am ersten Tag, dem 29. August, war der Himmel nach
Sonnenuntergang wie verwaschene Tinte, gestreift vom
Qualm der Brände, die Vandalen im Garden District gelegt
hatten. Ab und zu gab es auch Licht, zuckende Blitze am
Himmel, Wetterleuchten oder manchmal die Feuerstrei-

fen von Leuchtspurgeschossen aus automatischen Waffen. Sämtliche Regeln und Vorschriften gingen über Bord.

Die Plünderer nahmen sich zuerst die Apotheken, Schnaps- und Schmuckläden vor und arbeiteten sich dann durch das ganze Angebot. Eine Gruppe skrupelloser Cops des NOPD hatte im zehnten Stock eines Hotels in Downtown ihr Diebeslager aufgeschlagen, verstaute Beutegut in den Zimmern, terrorisierte die Geschäftsführung und drohte einen Reporter zu erschießen, der sie interviewen wollte. Andere Polizisten aus New Orleans fuhren mit den Autos der Cadillac-Niederlassung davon. Gangsterbanden hatten sich im Garden District zusammengerottet und führten sich auf wie Alarichs Horden, brannten Häuser nieder, die vor dem Bürgerkrieg erbaut wurden, und schleppten alles davon, was nicht niet- und nagelfest war.

Menschen, die im Superdome und im Convention Center evakuiert waren, versuchten über die Brücke in den Jefferson Parish zu laufen. Die meisten waren schwarz, manche hatten Kinder auf dem Arm, alle waren erschöpft, hungrig und halb verdurstet. Sie wurden von bewaffneten Polizisten aus dem Jefferson Parish in Empfang genommen, die mit Schrotflinten über ihre Köpfe hinwegschossen und niemanden aus dem Orleans Parish herausließen.

Vor dem Convention Center erschoss ein Cop vom NOPD einen Schwarzen mit einer 12er Schrotflinte durch die Scheibe eines Streifenwagens, während hunderte von Menschen zuschauten. Der Cop raste davon, bevor die Meute über das Fahrzeug herfallen konnte. Augenzeugen sagten, er hätte das Opfer überfahren. Der Cop wiederum behauptete, der Mann hätte ihn mit einer Schere angegriffen.

Einen halben Straßenzug vom staatlichen Krankenhaus entfernt zählte ich die Leichen von neun Schwarzen, die alle bäuchlings im Kreis trieben, wie Fallschirmspringer im freien Fall, die nur von einem Luftpolster hoch über der Erde gehalten werden.

Wir hörten Geschichten über Schüsse von Hausdächern und aus Fenstern. Katastrophenschützer in Rettungsbooten bekamen Angst vor den Leuten, die sie in Sicherheit bringen sollten. Einige Leute, die von der Küstenwache aus dem Lower Nine geflogen wurden, sagten, die Schüsse wären ein verzweifelter Versuch, die Bootsbesatzungen auf sich aufmerksam zu machen, die in der Dunkelheit nach Überlebenden suchten. Wer sagte die Wahrheit? Welcher Cop, Feuerwehrmann oder freiwillige Helfer, der am Bug eines Rettungsbootes kniete und sich darauf vorbereitete, ein Seil auf ein Hausdach zu werfen, wollte es herausfinden? Wer wollte sich eine Kugel aus einem AK-47 einfangen?

Das Charity und Baptist Memorial Hospital waren zu Nekropolen geworden. Die Untergeschosse waren überflutet, und Straßengangster kippten die Rettungsboote um, die die Patienten evakuieren wollten. Ohne Strom, Eis, genießbare Nahrung oder fließendes Wasser musste das Krankenhauspersonal für die Hilflosesten auf den Stationen sorgen – Traumaopfer mit frischen Schussverletzungen, die auf lebenserhaltende Apparate angewiesen waren,

Patienten, die gerade eine Operation hinter sich hatten, und die Allerschwächsten, die Alten und Verängstigten, alle in einem Gebäude, das in seinem eigenen Gestank versank.

Aber viele Cops des NOPD taten ihre Pflicht, standen zu ihrem Diensteid und arbeiteten in den nächsten zweiundsiebzig Stunden unermüdlich mit uns anderen. Unter ihnen waren viele alte Kritiker und Feinde von Clete, aber sogar die verbiestertsten mussten zugeben, dass Clete Purcel ein wunderbarer Mann war, wenn man ihn auf seiner Seite hatte – jemand, der einem den Rücken freihält, auf die Sprünge hilft und den Tornister trägt. Er kannte jede Straße und jedes Rattenloch in New Orleans und hatte in sämtlichen Bayous, Buchten und Kanälen geangelt, von Barataria bis zum Lake Borgne. Er war mit Nutten und Hochstaplern per du, mit Ladendieben, versoffenen Priestern und Junkies, mit Nacktbarbesitzern, gefeuerten Cops, Stripperinnen und Einbrechern, mit Straßenkötern, Kautionsadvokaten, Journalisten und alten Mafiosi, die am Stadtrand ihre Blumengärten pflegten. Tapferkeit war für ihn etwas Selbstverständliches. Seine Unempfindlichkeit, was Schmerz und Beleidigungen anging, war für seine Feinde wie Gallessig, die Treue zu seinen Freunden so unverbrüchlich, dass er grundsätzlich bereit war, sein Leben für sie hinzugeben.

Aber nicht einmal Katrina konnte Clete die Lust auf leibliche Genüsse nehmen. Am 31. August sagte er, er wollte nach seinem Apartment und Büro an der St. Ann Street im Quarter sehen. Zwei Stunden vergingen, ohne dass Clete kam. Es war Nachmittag, und Helen und ich waren mit einem Boot draußen in Gentilly, umgeben von Wasser und Häusern, aus denen allmählich der Leichengeruch drang. Die Mischung aus Hitze, Feuchtigkeit und völliger Windstille war fast unerträglich, die Sonne wie ein wabernder Ballon unter dem Wasserspiegel. Helen stellte den Motor ab und ließ uns im Kielwasser treiben, bis wir im Schatten unter einem auf Stelzen stehenden Teilstück des Interstate 10 waren. Ihr Gesicht und die Arme waren von der Sonne verbrannt, ihr Hemd steif vom getrockneten Salz.

„Geh ihn suchen", sagte sie.

„Clete kann selber auf sich aufpassen", sagte ich.

„Wir brauchen jeden Schwanz. Sag ihm, er soll sich herschwingen."

„Das hat Nate Baxter immer gesagt."

„Erinner mich dran, dass ich mir den Mund mit Ajax ausspüle", erwiderte sie.

Ich ließ mich von einem anderen Boot auf trockenen Boden bringen und ging dann zu Fuß ins Quarter. Das Quarter war von Wind und Regen gebeutelt worden, Fensterläden waren aus den Angeln gerissen, ganze Balkons weggebrochen, deren Plankenböden wie wellige Klaviertastaturen auf der Straße lagen. Aber das Quarter war nicht überflutet worden, und in einigen Bars, die benzinbetriebene Generatoren einsetzten, war seit drei Tagen der Bär los – die Gäste waren derart zugeknallt und eingeweicht, dass sie aussahen wie Wachsfiguren, die man unter einer Heizlampe vergessen hatte.

Ich fand Clete in einer Eckkneipe, zwei Blocks von seinem Büro entfernt, das Tropenhemd und die cremefarbene Hose schwarz vor Öl, die sonnenverbrannte Haut schälte sich, sein Gesicht glühte von dem großen Krug Bier, den er trank, und dem Whiskeystamper, der drin rumkullerte. Eine brünette Frau mit Trägertop, abgeschnittener Jeans und Stöckelschuhen saß neben ihm und drückte ihm den Oberschenkel ans Bein. Ihr Brustansatz war mit Rosengirlanden tätowiert, um ihren Hals hing eine Kette mit roten und grünen Glasperlen, ihre Wimperntusche war verlaufen wie bei einem Clown.

„Zeit zum Aufbruch, Cletus", sagte ich.

„Freu dich des Lebens, Großer. Trink 'ne Zitronenlimo. Der Typ hat kalte Shrimps auf Trockeneis", sagte er.

„Du bist stockbesoffen."

„Na und? Das ist Dominique. Sie ist eine Künstlerin aus Paris. Wir wollen noch ein Weilchen rüber zu mir. Hast du das große Flugzeug drüberfliegen sehn?"

„Nein, hab ich nicht. Komm mal mit raus."

„Das war die Air Force One. Nach drei Tagen hat der Büschel 'ne Luftparade gemacht. Jesses, jetzt geht's mir besser."

„Hast du mich gehört?"

Er beugte sich über den Tresen, füllte seinen Krug unter dem Zapfhahn und kippte ein Glas Beam hinein. Er setzte den Krug an, trank ihn in einem Zug aus und schaute mir unverwandt in die Augen. Er lächelte mich frohgemut an. „Das ist unser Land, Großer. Wir haben dafür gekämpft", sagte er. „Ich sag, scheiß auf die ganzen Schwanzlutscher. Niemand kriegt die Große Schmuddlige klein, solange die unzertrennlichen Zwei von der Mordkommission auf dem Posten sind."

Ich hatte keine Ahnung, wovon er redete. Aber bei den Anonymen Alkoholikern diskutiert man nicht mit Betrunkenen. In Clete Purcels Fall drang man nicht in die private Kathedrale ein, in der er manchmal lebte.

„Ich sag Helen, dass du später zu uns stößt", sagte ich.

Er legte mir seinen mächtigen Arm um die Schulter und ging mit mir zur Tür. Die Wolke aus Testosteron und Bierschweiß, die aus seinen Achselhöhlen stieg, war atemberaubend.

„Gib mir 'ne Stunde Zeit. Ich muss mich bloß waschen und für mich und Dominique was zum Abendessen machen", sagte er.

„Abendessen?"

„Was hast du dagegen?"

„Diese Frau ist nicht aus Frankreich. Sie hat früher in einem Massagesalon in Lafayette gearbeitet. Sie war eine von Stevie Giacanos Huren."

„Wer ist schon vollkommen? Bei so gut wie jeder Frau, die ich kennen lerne, hast du irgendwas zu meckern."

„Das besagt einiges über dein Urteilsvermögen, nicht über meines."

Ich sah, wie er kurz zusammenzuckte, bevor ich die Worte zurücknehmen konnte. Er nahm den Arm von meiner Schulter und trat hinaus auf den Gehsteig. Die Straße war mit Putz, Glasscherben, Kaminsteinen, Bierdosen und roten Plastikbechern, Dachziegeln und tausenden von Wasserkäfern übersät, die aus den Gullys geschwemmt worden waren und unter den Füßen zerknackten, wenn man auf sie trat. Aber im schwindenden Nachmittagslicht, im Schatten des Gebäudes hinter uns, beim Knattern einer Mardi-Gras-Flagge, die jemand an einem Balkon aufgezogen hatte, hatte ich einen Moment lang das Gefühl, dass uns nach wie vor ein älteres und reizvolleres Bild von New Orleans geblieben sein könnte.

„Was ich gesagt habe, tut mir leid, Clete."

Er kniff die von weißen Fältchen durchzogenen Augenwinkel zusammen. Mit zwei Fingern zog er einen Zettel aus der Brusttasche seines Hemds und hielt ihn mir hin. „Abgesehen davon, dass sie malt, kennt Dominique auch noch zufällig jedes Mädchen, das im Quarter anschaffen geht. Suchst du immer noch den süchtigen Priester, der mit der Schwester von dem MS-13-Typ zusammen ist?", sagte er.

Man konnte Clete Purcel nicht abwimmeln oder gegen den Strich bürsten.

7

Auf dem Rückweg zu unserem Treffpunkt mit Helen schauten wir bei der Wohnung vorbei, in der Jude LeBlanc mit der Latina namens Natalia Ramos lebte. Aber die Tür war verschlossen, und die Fensterläden waren zu. Eine Nachbarin, eine Cajun, die dem Sturm getrotzt hatte, sagte, Jude wäre am Freitagnachmittag in den Ninth Ward aufgebrochen und Natalia hätte beschlossen, zu ihm zu gehen. „Ich hab gehört, dass da unten schlimme Sachen passiert sind. Vielleicht kommen sie nicht zurück", sagte die Nachbarin.

„Wissen Sie, wohin sie im Neunten wollten?", fragte ich.

„Dort gibt's 'ne Kirche, wo sich keiner über ihn erkundigt. Natalia hat gesagt, sie is mit Gipsmörtel verputzt und hat einen Glockenturm", erwiderte sie.

„Danke", sagte ich und wollte gehen.

„Hey, Sie?", sagte die Nachbarin.

„Ja?"

„Vielleicht isses nicht richtig, dass er als Priester mit 'ner Frau zusammenlebt und so, aber das is ein guter Mann, jawoll."

In dieser Nacht erlebte ich surreale Szenen, die meiner Vermutung nach eher dem Unterbewussten als dem Bewusstsein entsprangen. Die Menschen sahen aus und benahmen sich wie manchmal in unseren Träumen – irgendwie unwirklich, die Leiber schillernd vor Schweiß, die Kleidung zerlumpt, wie Wesen, die sich inmitten einer Mondlandschaft ihrem Schicksal ergeben.

Ich sah einen Mann in einem Ruderboot, der sich mit

aller Kraft in die Riemen legte, den Rücken zwei Leichen zugekehrt, die im Bug lagen, die Miene stoisch und entschlossen, als könnte er mit seinem Einsatz die schlimmsten Schicksalsschläge ungeschehen machen.

In einem Baum sah ich ein schwarzes Baby hängen, dessen kleine Hände in der Strömung trieben, die Plastikwindel makellos weiß im Mondschein. Ich sah Leute, die sich aus Plastikbeuteln, die sie in einem Café erbeutet hatten, Senf und Ketchup in den Mund drückten und alles, was sie hatten, miteinander teilten. Drei Meter weiter lag eine tote, mit Fliegen übersäte Kuh, um deren Hals ein Strick hing, auf der Ladefläche eines kaputten Pick-ups.

Ein fetter Mann, der eine Boxerhose und eine verspiegelte Sonnenbrille trug, trieb auf einem Bett aus Schläuchen an uns vorbei, balancierte einen Zwölferpack Bier auf dem schwabbligen Bauch und hatte eine Hand zum Gruß an ein vorbeiziehendes Propellerboot erhoben.

„Wollen Sie auf trockenen Boden gebracht werden?", sagte ich.

„Und mir die ganze Show entgehen lassen? Soll das ein Witz sein?", erwiderte er und riss ein weiteres Bier auf.

Ich sah Kids aus einem vor dem Bürgerkrieg gebauten Haus rennen, das sie gerade in Brand gesteckt hatten, so dass sich ihre Silhouetten vor den Flammen abzeichneten wie eine Schar Unholde an Halloween. Als die Gasleitungen explodierten, regneten Funken auf die ganze Nachbarschaft herab. Zwei Blocks weiter gingen Männer der Bürgerwehr mit Schrotflinten und Jagdgewehren in einem Fischerboot, das von einem Elektromotor angetrieben wurde, auf Streife.

Einer von ihnen hatte eine Lampe um den Kopf geschnallt, ein anderer trug einen Safarihut mit Leopardenfellband. Sie ließen eine silberne Flasche kreisen und waren ausgelassen wie Schweine in der Suhle. Ich weiß nicht, ob sie ihre Beute fanden oder nicht. Genau genommen war ich zu müde, um mich darum zu scheren.

Wir hörten Gerüchte, dass Eliteeinheiten, Special Forces, Rangers oder Navy SEALs, unter schwarzer Flagge Heckenschützen ausschalteten. Wir hörten, dass ein Alligator im ersten Stock eines überfluteten Hauses am Industrial Canal einen Hirsch gefressen haben sollte. Ein paar Cops vom NOPD sagten, das Personal im Bezirksgefängnis des Orleans Parish sei aus der Stadt getürmt und habe die Insassen ertrinken lassen. Andere sagten, der Mob habe in Downtown einen Kommandoposten gestürmt, weil man dachte, dort würden Lebensmittel und Wasser verteilt. Ein Deputy hatte die Nerven verloren und mit einer Schnellfeuerwaffe in den Nachthimmel geschossen, was binnen kurzer Zeit ein Übriges zu der weit verbreiteten Überzeugung beitrug, die Cops würden willkürlich Unschuldige töten.

Die Zahl der Plünderer, Brandstifter und Gewalttäter nahm von Stunde zu Stunde zu, ohne dass wir sie irgendwo unterbringen konnten. Wir ließen Plünderer laufen, nur um sie zwei Stunden später in improvisierten Arrestarealen wiederzusehen. Einige der Festgenommenen waren wahrscheinlich Mörder, Drogendealer oder Soziopathen, die den Sturm ausgenutzt hatten, um Konkurrenten zu beseitigen oder alte Rechnungen zu begleichen. Als am Flughafen ein mit Maschendraht umzäuntes Lager angelegt wurde, steckten wir die Schlimmsten in Schulbusse, die sie auf dem I-10 in den Jefferson Parish bringen sollten.

Dabei hörte ich, wie eine am Handgelenk angekettete Frau einen Deputy aus Iberia anschrie, der sie die Stufen eines wartenden Busses hochschieben wollte. Schwerfällig setzte sie sich auf den Bordstein und zog andere mit sich herunter.

„Was ist los, Top?", fragte ich den Deputy.

„Die hat einen Feuerwehrmann angespuckt und ihm das Gesicht zerkratzt. Hat irgendwas von einem Priester auf einem Kirchendach gebrüllt", sagte der Deputy. „Ich glaube, die spinnt. Außerdem hatte sie verschreibungspflichtige Medikamente bei sich."

Die Frau sah aus wie eine Latina und trug ein schmutziges Sommerkleid, das mit knochenfarbenen Blumen bedruckt war. Ihre Haare und die Haut waren glitschig vor Öl, die bloßen Füße blutig.

„Wer ist der Priester?", fragte ich sie.

Sie blickte zu mir auf. „Pater LeBlanc", antwortete sie.

„Jude LeBlanc?", fragte ich.

„Kennen Sie ihn?", sagte sie.

„Ich kannte in New Iberia einen Priester, der so hieß. Wo ist er?"

„Im Lower Nine, bei St. Mary Magdalene. Er hat dort ausgeholfen, weil sie keinen festen Priester haben."

„Können Sie sie laufenlassen?", fragte ich den Deputy.

„Gern", sagte er und beugte sich mit seinem Handschellenschlüssel über die Kette.

Sie geriet aus dem Gleichgewicht, als sie aufstand. Ich

stützte sie mit einer Hand und führte sie zu einer Erste-Hilfe-Station. „Was ist mit Ihren Füßen passiert?", sagte ich.

„Ich hab vor zwei Tagen meine Schuhe verloren. Wir waren auf einem Dach, das keine Ziegel hatte. Die Nägel haben aus den Brettern geragt."

„Wo ist Jude, Natalia?"

„Woher wissen Sie meinen Namen?"

„Ihr Bruder ist Chula Ramos. Er ist Mitglied der MS-13. Er hat mir von Ihnen und Jude erzählt."

Sie riss sich von mir los und schaute mich an. Ihr Sommerkleid klebte an der Haut, die Stirn war von Insekten zerstochen. Ein mit Suchscheinwerfern bestückter Helikopter kurvte über uns und jagte Plünderer im Business District.

„Wo ist mein Bruder? Wollen Sie durch ihn an Jude rankommen?", sagte sie.

„Ich würd mich an Ihrer Stelle nicht so aufführen, oder wollen Sie wieder an die Kette?"

Sie ließ den Blick über mein Gesicht schweifen, biss sich auf den Mundwinkel. „Er wollte die Leute in Mary Magdalene überreden, sich in Sicherheit zu bringen. Aber viele von ihnen hatten kein Auto. Deshalb sind alle rauf in die Kirche, weil sie einen großen Dachboden hat. Jude hat ein Boot vorbeitreiben sehen, eins mit Motor. Er ist hinterher geschwommen, in der Dunkelheit. Das war vor zwei Nächten."

Ich sah, wie Helen mir zuwinkte. In einem der Busse war eine Schlägerei ausgebrochen und durch die Fenster sah ich die Umrisse von Männern, die aufeinander eindroschen.

„Fahren Sie fort", sagte ich.

„Ich hab gesehen, wie er das Boot angeworfen und zurück zur Kirche gesteuert hat. Ich habe mit einer Taschenlampe geleuchtet, damit er besser sehen konnte. Es war ein grünes Boot, auf dessen Bordwand eine Ente gemalt war, und ich habe ihn im Heck sitzen sehen, wie er genau auf die Kirche zugesteuert hat. Er wollte alle vom Dachboden rausholen. Er hatte von irgendwem eine Axt und wollte ein Loch ins Dach hacken, weil das Fenster nicht so groß war, dass alle Leute durchgepasst haben.

Ich hab gehört, wie er aufs Dach eingehackt hat. Das Wasser ist gestiegen, und ich hab nicht gewusst, ob wir alle schnell genug durch die Bretter kommen. Dann hat das Hacken aufgehört, und ich hab viele Schritte gehört, dann hat jemand geschrien. Ich glaube, das war vielleicht Jude."

Das Getöse der Propellerboote, die im Leerlauf tuckernden Dieselmotoren der Busse und Lastwagen, das Knattern der Hubschrauberrotoren wirkten wie ein Zahnarztbohrer, der auf einen bloßgelegten Nerv trifft. Helen verlor die Geduld und blinkte mir mit einer Taschenlampe zu.

„Ich muss jetzt gehen", sagte ich. „Lassen Sie Ihre Füße behandeln und danach steigen Sie auf den Lastwagen da drüben. In ein, zwei Stunden fährt er zu einer Notunterkunft im Bezirk St. Mary. Ich schreibe meine Handynummer auf meine Visitenkarte. Ich möchte, dass Sie mich anrufen, wenn Sie in der Unterkunft sind."

„Diejenigen, die nicht aus dem Fenster gekommen sind, sind ertrunken", sagte sie.

„Sagen Sie das noch mal?"

„Fast alle Leute auf dem Dachboden sind ertrunken. Ich hab die Kinder aus dem Fenster geworfen, aber ich hab sie im Wasser nicht mehr gesehn. Die meisten andern waren zu alt oder zu dick. Ich hab sie einfach zurückgelassen und bin auf einen dicken Baum zugeschwommen, der vorbeigetrieben ist. Ich hab sie in der Dunkelheit brüllen gehört."

Ich wollte etwas sagen, sie irgendwie aufrichten, aber manchmal sind Worte nichts wert. Ich ging weg und begab mich zu Helen und den anderen Mitarbeitern meiner Dienststelle, die alle mit Problemen beschäftigt waren, die sowohl handfest als auch behebbar waren.

Als ich Ausschau nach Clete Purcel hielt, konnte ich ihn im Getümmel nicht sehen.

8

Otis Baylor war stolz darauf, wie sein Haus dem Sturm standgehalten hatte. Das Haus mit den zwei Ziegelsteinkaminen, von einem Clipper-Kapitän, der später an der Seite des konföderierten Admirals Raphael Semmes kämpfte, aus Eichen- und Zypressenholz erbaut, hatte dank der geschlossenen Fensterläden keine Glasscheibe verloren und auch keine Löcher in den Decken davongetragen, obwohl hundert Kilogramm schwere Äste aufs Dach gekracht waren. Otis' Nachbarn waren ohne Strom und Telefonverbindung, seit sich das Zentrum des Hurrikans nordwärts nach Mississippi gepflügt hatte, aber Otis' Generatoren arbeiteten wunderbar und tauchten sein Haus in ein weiches, rosig-weißes Licht, wie eine Geburtstagstorte.

Am Dienstagmittag räumte er abgebrochene Äste von seiner Auffahrt und zerlegte sie mit seiner Kettensäge in kleine Stücke, wollte anschließend sein Auto aus der Remise holen und sich bei der Niederlassung seiner Firma in Nordlouisiana melden. Die Straße war noch überflutet, und das Wasser stand bis in die Gärten, aber Otis war davon überzeugt, dass irgendwann die Unwetterpumpen der Stadt Wirkung zeigen und den nördlichen Teil von New Orleans entwässern würden. Warum auch nicht? Die Stadt war 1965 untergegangen und schöner denn je zuvor wiedererstanden. Man musste nur die richtige Perspektive wahren.

Als aber die Stapel zersägter Äste in seinem Garten immer höher wurden, sah er ein, dass er einen Bockkran bräuchte, um die größten Trümmer von seiner Auffahrt wegzuräumen, und er stellte fest, dass vermutlich achtzig Prozent seiner Nachbarn geflohen waren und ihre Häuser denjenigen überlassen hatten, die eindringen wollten. Er verurteilte sie nicht, konnte aber nicht verstehen, dass jemand sein Haus den Naturgewalten oder gesetzlosen Männern überließ.

Bei Sonnenuntergang färbte sich der Himmel rot, und hunderte von Vögeln fielen in seinem Garten ein und taten sich an den Würmern gütlich, die an die Erdoberfläche gespült worden waren. Otis ging in die Küche, goss sich ein Glas Whiskey ein, gab einen Teelöffel Honig dazu und trank es langsam, während er durch das hintere Fenster auf die goldenen Streifen des Sonnenlichts schaute, die unheilvoll schön auf die geborstenen Zweige seiner Bäume fielen.

„Die Toilettenspülung geht nicht", sagte seine Tochter Thelma.

„Hast du den Tank mit Wasser aus der Badewanne gefüllt?", fragte er.

„Sie geht nicht, weil alles wieder hochkommt. Es ist ekelhaft", sagte Thelma.

„Die Kanalisation wird im Nu wieder in Ordnung sein. Du wirst schon sehen."

„Warum sind wir nicht weg, so wie alle anderen? Es war dumm, dass wir geblieben sind."

„Dieses eine Mal stimme ich ihr zu", warf Melanie, seine Frau, von der Küchentür aus ein. Sie rauchte eine Zigarette, lehnte am Türrahmen und hatte ihre goldenen Haare tadellos frisiert.

„Ich habe uns ein kaltes Abendessen zubereitet – Hähnchensandwiches und Gurkensalat, dazu Eiscreme zum Dessert", sagte Otis. „Wir haben allerhand Grund, dankbar zu sein."

„Wie unsere Besucher da draußen", sagte Melanie. Sie nickte zur Vorderseite des Hauses hin und blies Rauch aus dem Mundwinkel.

Otis stellte sein Whiskeyglas ab und ging ins Wohnzimmer. Durch die Vorderfenster und das Ästegewirr der umgestürzten Bäume im Garten bemerkte er vier junge Schwarze, die mit einem Boot ein Stück weiter oben an der Straße unterwegs waren. Sie hatten den Benzinhahn zugedreht und den Motor am Heck des Bootes hochgekippt, damit die Schraube nicht an der Bordsteinkante hängenblieb, als sie in den überfluteten Vorgarten eines dunklen Hauses trieben.

Einer von ihnen stieg ins Wasser und zog das Boot an der Fangleine zur Haustür.

„Warum rufen wir unseren schwarzen Bürgermeister nicht an?", sagte Melanie.

„Dieses Gerede nützt gar nichts", sagte Otis.

Melanie schwieg eine Zeit lang. Er hörte, wie sie ihre Zigarette ausdrückte, spürte dann, dass sie unmittelbar hinter ihn trat. „Kannst du erkennen, ob sie bewaffnet sind?", fragte sie.

„Ich kann sie im Schatten nicht gut sehen." Otis warf einen Blick durch ein Seitenfenster. „Dort ist Tom Claggart. Ich nehme an, wenn sie Ärger wollen, sind sie bei Tom an der richtigen Adresse."

„Tom Claggart ist ein Wichtigtuer und ein Trottel. Außerdem ist er ein Hurenbock", sagte Melanie.

Otis drehte sich um und starrte seine Frau an.

„Schau mich nicht so an. Toms Frau hat mir erzählt, dass er ihr die Syphilis angehängt hat. Er und seine Freunde gehen bei ihren Jagdausflügen in den Puff."

Otis wollte nicht über Tom Claggart reden. „Wir sind nicht dafür verantwortlich, was die Vandalen draußen auf der Straße machen. Ich geh raus und brülle sie an, aber die Besitzer dieser Häuser haben ihre Entscheidung getroffen und das lässt sich jetzt nicht ändern."

„Provoziere sie nicht. Wo ist dein Gewehr?"

„Unser Haus ist hell erleuchtet. Die sehen, dass es bewohnt ist. Sie kommen nicht her."

„Das kannst du nicht wissen."

„Diese Sorte haust unter Steinen, Melanie. Die fühlen sich bei Tageslicht nicht wohl."

Sie stand jetzt noch näher bei ihm, und ihr rauchiger Atem strich ihm über das Gesicht. „Ich habe Angst, Otis", flüsterte sie. Sie hakte sich bei ihm unter. Er spürte die Spitze ihrer Brust. Er konnte sich nicht erinnern, wann sie ihre Bedürfnisse so offen gestanden hatte, so abhängig von seiner Kraft gewesen war. „Leg das Gewehr in unser Schlafzimmer. Ich weiß, dass du eins hast. Ich habe dich neulich damit gesehen."

„Ich behalt es in der Nähe. Ich versprech's."

Sie stieß den Atem aus und legte ihre Wange an seine Schulter. Innerhalb von zehn Sekunden war die verbitterte Gattin, mit der er gelebt hatte, verschwunden, und an ihre Stelle war die bezaubernde, intelligente Frau getreten, die er vor Jahren im Sternenlicht an einem Strand auf den Bahamas kennen gelernt hatte.

Otis wartete, bis Melanie und Thelma den Esszimmertisch deckten, dann holte er ein Fernglas aus seinem Schreibtisch im Herrenzimmer und richtete es auf die Männer, die auf der anderen Seite des Mittelstreifens in Häuser einbrachen. Tom Claggart klopfte ans Seitenfenster. Otis entriegelte die Verandatür und zog sie auf.

„Was ist los?", fragte er.

„Der Snoop-Dog-Fanclub plündert die ganze Gegend", sagte Tom.

„Was soll ich dagegen tun?"

Tom Claggarts rasierter Kopf war mit Schweißperlen übersät, sein Hemd voller Schmutzstreifen. „Wir müssen unsere verfluchte Wohngegend zurückerobern. Machst du mit oder nicht?"

„Ich möchte nicht, dass du in der Nähe meines Hauses eine solche Ausdrucksweise benutzt."

„Die Typen da draußen feilen sich die Zähne, Otis. Du solltest das doch wissen, wenn man bedenkt, was mit Thelma passiert ist."

„Wenn sie versuchen, bei mir einzubrechen, bring ich sie um. Bislang haben sie's noch nicht versucht. Und jetzt kümmer dich um deine Familie, Tom."

„Meine Familie ist weg." Toms Miene war ausdruckslos, als er es sagte, seine kleinen Augen waren rund und leblos, als wollte er etwas mitteilen, das er selbst noch nicht ganz verstanden hatte.

„Tut mir leid. Ich kann dir nicht helfen", sagte Otis.

Otis schloss die Verandatür und verriegelte sie. Als er Toms Gesichtsausdruck durch das Glas sah, bedauerte er ihn zutiefst, so wie er einst seinen ungebildeten, abgearbeiteten Vater bedauert hatte, dessen Selbstwertgefühl so gering war, dass er die Kutte des Ku-Klux-Klan angelegt hatte, um zu erfahren, wer er war.

„Wer war das?", fragte Thelma.

„Ein Kerl, der nie irgendwas Wertvolles besitzen wird", sagte Otis.

„Was soll das heißen?", fragte Thelma.

„Das heißt, dass wir jetzt essen sollten", sagte Otis und klopfte ihr liebevoll auf den Rücken.

Doch ein paar Minuten später wurde Otis Baylor klar, dass er an einer dieser Wegkreuzungen seines Lebens stand, an denen eine scheinbar unbedeutende Entscheidung oder ein Ereignis die Richtung, die man einschlägt, für immer verändert. Er hatte vergessen, das Fernglas in die Schreibtischschublade zurückzulegen, und Thelma hatte es genommen und suchte damit im schwindenden Zwielicht die Straße ab.

Sie erstarrte, und ein dumpfer Laut drang aus ihrer Kehle, als wäre sie auf einen spitzen Stein getreten.

„Was ist los, Kleines?", fragte er.

„Die Typen in dem Boot", erwiderte sie.

„Die nehmen sich, was sie haben wollen, und hauen wieder ab. Die kommen nicht hierher."

„Nein, *sie* sind es, Daddy."

Er nahm ihr das Fernglas ab und richtete es auf die vier

schwarzen Männer, die jetzt weiter unten an der Straße waren, immer noch auf der anderen Seite des Mittelstreifens. „Das sind die Männer, die dich überfallen haben?", sagte er.

„Derjenige, der vorne im Boot ist, mit Sicherheit. Er hat ständig Zigaretten angezündet und gelacht, als sie es mit mir getrieben haben", sagte sie. „Der Typ hinter ihm, der mit dem Hammer in der Hand, sieht genauso aus wie der Typ, der …"

„Was?"

Sie verzog jetzt das Gesicht. „Der mich gezwungen hat, ihn in den Mund zu nehmen", sagte sie.

Otis räusperte sich kurz, so als wäre ein kleiner Knochensplitter in seinem Schlund stecken geblieben. Er spürte, wie er mühsam Atem holte, die Hände öffnete und zu Fäusten ballte, während sich sein Mund so trocken anfühlte wie nie zuvor. „Bist du dir völlig sicher?"

„Glaubst du mir etwa nicht? Denkst du, ich suche mir irgendwelche schwarzen Typen raus, die ich noch nie gesehen habe, und erzähle Lügen über sie? Traust du mir das zu?"

Ihre Miene war so elend, dass er sie kaum anschauen konnte.

Er ging auf die vordere Veranda und blickte die Straße entlang zu den vier Männern. Sie saßen in einem großen, grün gestrichenen Aluminiumboot und waren im Schatten der Häuser kaum zu erkennen. Er stieg die Treppe in den ersten Stock hinauf und zog im Flur die Schnur der zusammenklappbaren Stiege herunter, die auf den Dachboden führte. Sein Springfield lehnte an einem Karton mit der

Kleidung, die wegzugeben er nie über sich gebracht hatte. Das Gewehr war ein Geschenk von seinem Vater zu seinem sechzehnten Geburtstag gewesen, das beste, das Otis je erhalten hatte, da sein Vater nur wenig besessen hatte, nicht einmal das Bretterhaus, in dem sie wohnten, und sein kostbarster Besitz war das Springfield-Gewehr gewesen.

Es war eine Militärwaffe und hatte noch immer den ursprünglichen, dunkel gemaserten Schaft, den Lederriemen und das eiserne Visier, aber mit seinem gut geölten, mühelos zu bedienenden Verschluss und seiner Treffsicherheit war es unvergleichlich.

Der Dachboden war staubig und trocken, seltsam gemütlich und friedlich im schummrigen Licht der Glühbirne, die an einem Kabel hing. Otis öffnete den Verschluss, nahm eine Schachtel mit Munition aus überschüssigen Militärbeständen und drückte eine .30-06-Patrone nach der anderen ins Magazin. Er spürte, wie sich die Feder unter seinem Daumen straffte, schob den Kammerstengel nach vorn und verriegelte ihn, so dass ein spitzes Stahlmantelgeschoss wie angegossen im Verschluss saß.

Er kletterte die zusammenklappbare Stiege hinab und ging durch sein Schlafzimmer zu der doppelten Glastür, die auf den Balkon führte. Aber der Himmel war jetzt dunkel, Mond und Sterne waren vom Rauch verhangen, und durch das Gewirr der umgestürzten Bäume im Garten seines Nachbarn konnte er nichts erkennen. Er öffnete die Balkontür, trat hinaus und schlang sich den Riemen des Gewehrs um den linken Unterarm. Die warme Luft, die von seinen Blumenbeeten aufstieg, ließ ihn an den Frühling denken, an Neuanfänge, voraussagbare Jahreszeiten. Aber der Herbstgeruch, der im Wind hing, war seiner Ansicht nach bezeichnender für seine Situation. Es war die Jahreszeit des Todes, und die war für Otis nicht mit dem Hurrikan, sondern mit der Vergewaltigung seiner Tochter angebrochen.

Er hatte nie versucht, anderen die Wut zu beschreiben, die er verspürte, als er seine Tochter in der Notaufnahme des Charity Hospital sah. Die Täter hatten ihr sogar die Brüste verbrannt. Eine schwarze Polizistin hatte ihn zu trösten versucht, ihm versprochen, dass das NOPD alles in seiner Macht Stehende tun werde, um die Männer zu fassen, die Thelma geschändet hatten. Sie sagte, seine Tochter bräuchte ihn. Sie sagte, er sollte sich nicht den Gedanken hingeben, die ihn umtrieben. Sie sagte, er sei jetzt ein Unbeteiligter und müsste darauf vertrauen, dass andere die Peiniger seiner Tochter jagten, dass ihn der Fall rein rechtlich nichts mehr anginge.

Otis warf der Polizistin einen Blick zu, bei dem sie zusammenzuckte. Von diesem Augenblick an beschloss er, nie wieder jemandem zu zeigen, wie groß die Wut war, die in ihm kochte, nicht bis er die drei gesichtslosen Schwarzen gefunden hatte, die ihm Tag und Nacht nicht aus dem Kopf gingen.

Otis bezweifelte, dass sich andere Menschen die Gedankengänge, die fixen Ideen vorstellen konnten, auf die ein Vater kommt, wenn er jeden Morgen mit dem Wissen aufwacht, dass die Abartigen und Feiglinge, die das Leben seiner Tochter ruiniert haben, womöglich nur ein paar

Kilometer von ihm entfernt sind und über ihre Tat lachen. Vielleicht sind die Gefühle eines Vaters steinzeitlichen Ursprungs, sagte er sich, genauso wie der Schutz der Höhle. Vielleicht sind diese Gefühle aus irgendeinem Grund ein fester Bestandteil des Bewusstseins und sollten nicht in Frage gestellt werden.

Nachdem Thelma wegen Marihuanabesitzes festgenommen worden war, hatte Otis an mehreren Zusammenkünften der Anonymen Alkoholiker im Garden District teilgenommen. Der einzige Mann, der dort ebenso wortkarg war wie er, war ein gepflegt wirkender Buchprüfer, der für eine religiöse Stiftung tätig war. Fünf Zusammenkünfte lang saß der Buchprüfer höflich auf einem Stuhl und steuerte nie ein Wort bei. Eines Abends fragte der Gruppenleiter den Buchprüfer, ob die Zusammenkünfte ihm oder seiner trunksüchtigen Frau geholfen hätten. Der Buchprüfer schien einen Moment lang über die Frage nachzudenken. „Als meine Tochter auf einem Klassenausflug von ihrem Lehrer vergewaltigt wurde, habe ich daran gedacht, zehntausend Dollar zu waschen und ihn kastrieren zu lassen. Aber ich bin mir noch nicht ganz klar, ob das richtig ist oder nicht. Daher, ja, ich glaube, man könnte sagen, dass ich gewisse Fortschritte gemacht habe."

In dem Raum war es so still, dass Otis dachte, sämtliche Luft wäre herausgesogen worden. Nach der Zusammenkunft folgte er dem Buchprüfer zu seinem Auto. Kurz zuvor hatte es geregnet, und die Luft war vom Duft der Magnolienblüten durchdrungen und von den Lauten der Baumfrösche erfüllt.

„Hey", sagte Otis.

„Ja?", sagte der Buchprüfer.

„Gönnen Sie sich was Schönes, mein Guter", sagte Otis.

„Wollen Sie mir irgendwas sagen?", sagte der Buchprüfer.

„Hab ich doch gerade getan", erwiderte Otis.

Jetzt lief er nach unten und drückte ein geladenes Gewehr an seine Brust. Er hörte, wie Thelma in der Küche mit Melanie redete und ihr erklärte, sie sei sicher, dass mindestens zwei der Männer in dem Boot sie überfallen hätten. Dann erzählte sie Melanie zum ersten Mal in allen Einzelheiten, was sie ihr angetan hatten.

Otis trat auf das schwammige St.-Augustine-Gras, das wie ein tiefer, blau-grüner Teppich in seinem Vorgarten wucherte. Vier Häuser weiter sah er auf der anderen Straßenseite den Strahl einer Taschenlampe hinter den Fenstern im ersten Stock eines Hauses umherwandern, in dem einst Varina Davis, die Frau des konföderierten Präsidenten gewohnt hatte. Aber das grüne Boot sah er nicht, und er fragte sich, ob er es mit den gleichen Vandalen zu tun hatte oder einem anderen Trupp. Er ging durch Tom Claggarts Garten, lief am Rand des schmutzigen Wassers entlang, das den Gehsteig bedeckte und fast bis zu Toms Galerie reichte. Plötzlich war er in das weiße Licht einer batteriebetriebenen Laterne getaucht, mit der Tom just in diesem Moment auf die Galerie kam.

„Schalt das Ding aus!", sagte Otis.

„Hast du die Typen entdeckt?", fragte Tom.

„Ich bin mir nicht sicher. Geh wieder rein, Tom."

„Ich hab ein paar Jungs herkommen lassen. Wir können

die Straße abriegeln und die Sache an der Wurzel packen. Verstehst du, worauf ich rauswill?"

„Nein."

Tom schaltete seine Laterne aus. „Klopf an die Tür, wenn du die Kavallerie brauchst", sagte er. „Meine Freunde machen keine Gefangenen."

Otis watete auf die Straße, bis er mit den Füßen den Bordstein am Rand des Mittelstreifens berührte. Aber auch auf dem Mittelstreifen ging ihm das Wasser bis an die Knöchel, und er sah das v-förmige Kielwasser einer Wassermokassinschlange, die auf einen Haufen Eichenzweige zuschwamm, die über einem Auto lagen.

Er stellte sich hinter einen Palmenstamm und starrte auf das Haus, in dem es schepperte und krachte, als würden Möbelstücke umgestürzt und Geschirr zerschlagen. Er sah sich in Gedanken durch die Tür brechen, die Treppe hinaufstürmen und einen nach dem anderen aus dem Verkehr ziehen, bis die Wände mit dem Blut aus den Austrittwunden gesprenkelt waren und ihre Leiber wie Sandsäcke zu Boden schlugen.

Nein, Auge um Auge muss es sein, dachte er. Thelma hatte nur zwei der vier Männer wiedererkannt. Er durfte nicht willkürlich töten, wenn er überhaupt dazu fähig war. Das war leichter gesagt als getan. Könnte er abdrücken, wenn es darauf ankam? War er bereit, es Männern wie Tom Claggart und seinen Freunden gleichzutun?

Aber wenn ihn die Plünderer bedrohten, wenn sie bewaffnet waren oder sich keinen Einhalt gebieten ließen, das wäre was anderes, nicht wahr?

Eine Straße weiter ging ein Haus in Flammen auf, und orangefarbene Funken stoben hoch in den Himmel auf. In der Ferne hörte er Schüsse, und er sah, wie ein Hubschrauber auf dem Dach eines Krankenhauses zu landen versuchte, und fragte sich, ob Heckenschützen auf ihn feuerten. Mit feuchten Händen hielt er den Gewehrschaft, seine Augen brannten vom Schweiß. Als er schluckte, schmeckte sein Speichel metallisch wie Blut.

Er ging zur anderen Seite, trat vom Mittelstreifen und rückte entlang der Straße vor, an Autos vorbei, deren Fenster zerschlagen und deren Stereoanlagen aus dem Armaturenbrett gerissen worden waren. Er watete in den Vorgarten des Hauses, das die Plünderer ausraubten, und sah, wie der Strahl der Taschenlampe im Obergeschoss von Zimmer zu Zimmer wanderte. Dann fiel er ins Treppenhaus und huschte in den Flur, als der Kerl mit der Lampe die Treppe herabstieg. Otis schlang sich den Riemen um den linken Arm, stützte den Gewehrlauf an den Stamm einer immergrünen Eiche und wartete, dass die Tür aufging.

Aber die Taschenlampe erlosch, und im Haus kehrte Dunkelheit ein. Die Tür wurde nicht geöffnet.

Wo war das Boot?

Otis starrte in den Schatten zu beiden Seiten des Hauses, sah aber nichts. Dann, als ein Wetterleuchten durch die Wolken zuckte, bemerkte er, dass die Flut hinter dem Haus höher stand als vorne. Durch die Gasse, an der die Garagen lagen, strömte ein dunkler, reißender Fluss, der einen schiffbaren Kanal durch die ganze Wohngegend gegraben hatte.

Jemand warf ein Motorboot an und Otis sah den Bug des Aluminiumbootes durch die Gasse pflügen, dann die dunklen Schemen von vier Männern, die vornübergebeugt drinhockten.

Er hängte sich das Gewehr über die Schulter und ging nach Hause. Tom Claggart und seine Freunde unterhielten sich lautstark in Claggarts Garten, zündeten sich Zigaretten an, luden ihre Waffen durch, grinsten Otis an. Zwei von ihnen trugen olivgrüne T-Shirts und Tarnhosen mit großen, aufgenähten Taschen. „Haben Sie welche für uns übrig gelassen?", fragte einer der Männer.

„Sie haben nicht angebissen", erwiderte Otis.

„Schade", sagte der Mann.

„Ja, schade. Nichts geht über schwarzes Elfenbein an der Wand", sagte Otis.

Er hatte es so gallig und spöttisch wie möglich gesagt. Aber seine Zuhörer meinten darin die Äußerung eines Gleichgesinnten zu erkennen. Sie johlten über die Anspielung. Für Otis sollte dieser Moment wie ein schmutziger Fingerabdruck im Nebel sein, der sich nicht tilgen ließ und ihn auf eine Art und Weise heimsuchte, die er sich niemals hätte vorstellen können.

9

Eddy und Bertrand Melancon hielten nichts von verzwickten Sachen. Sie machten es sich so einfach wie möglich. Wenn sich eine gute Gelegenheit bot, nutzte man sie. Könnte man in die Klemme geraten, ließ man die Finger davon. Irgendwas nicht in Ordnung damit?

Eddy und Bertrand sahen den Sturm als eine Gabe Gottes. Seit dreihundert Jahren hatten die Weißen in New Orleans Geld auf Kosten der Schwarzen verdient. Höchste Zeit, dass man sich was zurückholte. Der ganze Uptown-Bereich der Stadt, vom Lee Circle über die St. Charles Avenue bis in den Carrolton District, war wie ein Baum voller reifer Pfirsiche, den man nur schütteln musste. Die Melancon-Brüder waren noch nie in Häuser eingestiegen. Sie hatten sich auf bewaffnete Raubüberfälle spezialisiert, nahmen nur lohnenswerte Opfer aus und fanden, dass Einbrüche bloß was für Blödmänner waren, die es verdient hatten, wenn sie vor die Mündung einer 12er Schrotflinte gerieten. Aber wenn zehntausende von Häusern und Läden verlassen und ohne Strom waren, die Alarmanlagen nutzlos, und die Cops entweder abgehauen waren oder sich selbst bedienten, was sollte man da machen? Sich in das stinkende Getümmel im Superdome oder im Convention Center stürzen und zusehen, dass man einen Platz am Boden fand, wo noch keiner ein Ei gelegt hatte?

Das Boot, das sie im Ninth Ward geklaut hatten, war für ihre Zwecke bestens geeignet. Es war breit, hatte wenig Tiefgang, gepolsterte Sitze und einen 75 PS starken Motor.

Solange sie sich auf Schmuck, Münzsammlungen, Knarren und Tafelsilber konzentrierten und keine schweren Sachen wie Fernseher und Computer einluden, konnten sie bis zur Morgendämmerung möglicherweise Wertsachen im oberen fünfstelligen Bereich zusammentragen. Sie mussten es sich nur einfach machen. Der einzige Typ zwischen ihnen und dem Zentralgefängnis war Purcel, dieser weiße Affe, ein Kübel voller Waltran, der die Dreckarbeit für Wee Willie Bimstine und Nig Rosewater machte, und dem waren sie im Quarter mit ihrer Karre über den fetten Arsch gefahren und hatten den Mistsack liegen lassen, ohne dass er wusste, wie ihm geschah.

Jetzt zogen sie von Haus zu Haus, durch eine überflutete Straße, an der jede immergrüne Eiche in den Gärten umgeknickt war und nur in einer Hütte das Licht funktionierte, während über ihnen Hubschrauber zum Dach des Krankenhauses flogen und weit und breit kein Polizeiboot in Sicht war. Bertrand und Eddy nahmen sich gerade das Obergeschoss einer Villa vor, in der Himmelbetten standen wie in *Vom Winde verweht*, und Eddy stopfte den Pelzmantel einer Frau in einen Wäschesack, dazu eine Handvoll Halsketten, die er am Boden ihrer Höschenschublade gefunden hatte.

Bertrand richtete die Taschenlampe zur Decke der Kleiderkammer. „Schau, was wir hier ham, Mann", sagte er.

Eddy hielt inne und blickte nach oben, auf die Platte, die sein Bruder aus der Wand der Kleiderkammer hebelte. Beide Brüder waren kräftig gebaut, die Muskeln an ihren Schultern prall und hart wie Eisen von den Dreißig-Kilo-Hanteln, die sie in jeder Hand stemmten. Bertrand hatte sich ein rotes Halstuch um den Kopf gebunden, ansonsten waren die Brüder bis zur Taille nackt und schwitzten heftig in der Hitze, die im Haus herrschte.

Bertrand griff in die Wand und holte einen kurzläufigen, schwarz-weißen Revolver mit schachbrettartig gemusterten Walnussgriffschalen und eine durchsichtige Plastiktüte voller weißer, körniger Kristalle heraus. „Oh Mama, der Privatvorrat von 'nem Weißling und ein kurzer .38er. Der Typ wird schwer stinkig sein", sagte er. „Moment. Das is noch nicht alles."

Bertrand steckte sich den Beutel mit dem Kokain vorne in die Hose und reichte den Revolver seinem Bruder. Er griff erneut in die Wand und holte fünf Bündel Hundertdollarscheine heraus, jedes mit einem Gummi umwickelt. Er pfiff. „Kannst du den Scheiß glauben? Die Arschgeige is in der Szene."

„Vielleicht sollten wir die Bude nicht ausnehmen", sagte Eddy.

„Hey, Mann, keiner weiß, dass wir da sin. Das is unsre Nacht. Wir lassen uns das nicht entgehn."

„Du hast recht, Mann. Die Itaker ham nix mehr zu melden, gar nix. Was machst du da?"

Bertrand steckte die gebündelten Scheine in den Sack, während seine Augen im Schein der Taschenlampe zuckten. „Mach dir keine Gedanken drüber."

Ein dritter Mann betrat das Zimmer. Er hatte sein rot-goldenes T-Shirt ausgezogen und zusammengeknüllt und wischte sich damit den Schweiß von der Brust und aus den Achselhöhlen. Er trug eine mit Farbe bekleckste Hose und Tennisschuhe ohne Socken. An seinem Kinn sprossen Bartstoppeln, die wie schwarzer Draht wirkten. „Kevin glaubt, er hat jemand auf der Straße gesehn", sagte er.

„Der Junge macht sich schon die ganze Nacht in die Hose. Ich hab dir gesagt, du sollst ihn nicht mitnehmen", sagte Bertrand.

„Er sagt doch bloß, was er gesehn hat, Mann", sagte der dritte Mann. Sein Blick fiel auf Bertrands Taille und die Plastiktüte, die aus dem Hosenbund ragte. „Wo hast du die Düse her?"

„Von der gleichen Stelle, wo wir den .38 her ham. Und jetzt kümmer dich um Kevin. Wir kommen hier klar. Und ich will auch nix mehr davon hörn, dass jemand auf der Straße is. Da draußen is Michael Jackson und *Thriller* los. Die Stadt is 'n Friedhof, und wir ham die Schaufeln und die Grabsteine. Wenn die Arschgeige reinkommt, fängt er sich 'ne .38er ein. Hast du mich verstanden, Andre? Schwing dich nach unten und mach das Boot klar. Aber wirf's nicht an, bis wir da sind."

„Was habt ihr in dem Wäschesack?", sagte der dritte Mann.

„Andre, wann kapierst du's endlich?", sagte Bertrand.

„Ich frag ja bloß", erwiderte der dritte Mann. „Wir machen das zusammen, nicht wahr?"

„Richtig. Also tu, was man dir sagt", sagte Eddy.

Andre schnaubte und ging die Treppe hinunter. Bertrand schlug mit einer Faust auf die andere und ließ den Blick durch das Zimmer schweifen. „Da is noch mehr. Ich spür's. Ich kann das Geld in den Wänden riechen", sagte er.

„Was du riechst, sind die Blumen, die überall rumstehn. Was für Leute stellen denn kurz vor 'nem Hurrikan Blumenvasen in jedes Zimmer?", sagte Eddy.

Die Frage war berechtigt. Wer konnte es sich leisten, alle drei, vier Tage Schalen mit frischen Rosen, Orchideen und Nelken in einem Dutzend Zimmer aufzustellen? Wer wollte so was? Bertrand starrte auf die Wasserflecken auf der Tapete und drückte gegen das weiche Lattenwerk darunter, während sein Magen brannte und Schweißbäche unter seinem Stirnband hervorrannen. „Die Wände sind prallvoll damit, Eddy. Das is'n Versteck oder so was Ähnliches", sagte er.

„Gib's auf, Mann", sagte Eddy. „Hier oben isses brühwarm. Das müssen mindestens fünfundvierzig Grad sein."

Bertrand warf seinem Bruder einen durchdringenden Blick zu und verzog das Gesicht, als sich seine Geschwüre wieder meldeten. Das konnte der große Fang sein. Warum mussten ihn seine Innereien jetzt im Stich lassen, warum hatte er immer das Gefühl, als wäre sein Kopf voller Glasscherben? Warum lief nichts locker?

„Na schön", sagte er und holte leise Luft.

„Schon besser", sagte Eddy. „Immerzu machst du dir Sorgen und regst dich über Sachen auf, die du nicht ändern kannst. Wir ham die Welt nicht gemacht. Wird Zeit, dass du das Leben genießt und dir nicht ständig Gedanken machst."

Der Strahl der Taschenlampe tanzte vor ihnen her, als sie

beide nach unten gingen. Dann schaltete Bertrand das Licht aus, und sie stiegen mit Andre und seinem Neffen ins Boot. Der Himmel war von einem Feuer im nächsten Häuserblock orange verfärbt, und inmitten des Rauchs, des Dunstes und der Feuchtigkeit roch die Luft, als wenn auf der städtischen Müllkippe an einem kalten Tag Abfälle brannten.

Bertrand warf einen Blick zurück zum Haus. Aus irgendeinem Grund, der ihm nicht ganz klar war, hatte er das Gefühl, als wäre sein Leben durch das Eindringen in dieses verlassene, aus der Zeit vor dem Bürgerkrieg stammende Gebäude unwiderruflich verändert worden. Zum Guten oder zum Schlechten? Warum wirbelten nur immerzu diese Messer in ihm umher und stachen in seine Eingeweide?- Plötzlich, so als hätte sich ein Kameraverschluss geöffnet, sah er vor seinem inneren Auge einen Plüschbären neben einem Mädchen liegen, das gegen das Polyäthylenseil ankämpfte, das um ihre Arme und Knöchel geschlungen war, mit dem Fuß auf den Boden des Lieferwagens eindrosch. Er verdrängte das Bild und hielt das Gesicht in den Wind, als ihr Aluminiumboot die überflutete Gasse entlangraste, während Mülltonnen im Kielwasser des Motors schaukelten und über ihnen Helikopter flogen, um die Verzweifeltsten der Verzweifelten aus dem Krankenhaus zu bergen, in dem Bertrand Melancon zur Welt gekommen war.

Es war kurz vor Mitternacht, als sich Otis bettfertig machte. Er nahm die Patrone aus der Kammer des Springfield, drückte sie ins Magazin und verriegelte den Verschluss. Er lehnte das Gewehr neben das Erkerfenster, von dem aus er den ganzen Vorgarten im Blick hatte, überprüfte noch einmal sämtliche Türen und gab Thelma einen Gutenachtkuss. Dann machte er für sich und Melanie zwei Old Fashioneds und brachte sie auf einem Silbertablett mit drei Stücken Schokolade nach oben.

„Wozu ist das alles?", fragte sie.

„Wir sollten uns was Gutes gönnen. Morgen wird ein schöner Tag. Ich glaube fest daran."

Sie trug ein rosa Nachthemd und hatte im Bett gelesen. Die benzinbetriebenen Generatoren lieferten nicht genügend Strom für die Klimaanlage, aber der Deckenventilator lief, und in dem Windhauch, der durchs Fenster strich, wirkte ihre bloße Schulter kühl und bezaubernd. Sie legte ihr Buch auf den Boden, biss in ein Stück französische Schokolade und schob sich mit den Fingerspitzen kleine Krümel in den Mund. Sie lächelte ihn an. „Mach das Licht aus", sagte sie.

Später, als Otis einschlief, waren seine Gedanken friedlich, die ganze Wut und der innere Aufruhr verflogen, die ihn umgetrieben hatten, seit seine Tochter überfallen worden war. Sein Zuhause hatte Katrina überstanden. Seine Frau war wieder so wie früher. Und er war sowohl zielstrebig und entschieden als auch mit einem gewissen Maß an Barmherzigkeit hinter den Tätern hergewesen. Vor allem aber hatte er in einer Zeit, da alle Ordnung zusammenbrach, sein Haus zu einer sicheren Zufluchtsstätte gemacht, den Vorgarten und die Auffahrt in Lichtschein getaucht, der die Dunkelheit und die Männer bannte, die darin umherstreiften. Es hätte ihm schlimmer ergehen können.

Hinten in der ausgeplünderten Rite-Aid-Drogerie hatte Bertrand Melancon das Gefühl, als fräßen Feuerameisen seine Magenwand weg. Andre und sein Neffe wussten immer noch nichts von den Geldbündeln in dem Wäschesack, aber es war nur eine Frage der Zeit, bis sie es sahen oder dahinterkamen, weshalb Eddy so hibbelig war. Vielleicht ist es besser, wenn wir die Beute fair und ehrlich aufteilen und die Sache hinter uns bringen, dachte er. Der Rite Aid war auseinandergenommen worden und stockfinster, aber es war ein guter Platz zum Abhängen, ein paar Lines erstklassigen Schnee aus dem Haus voller Blumen zu ziehen und über alles nachzudenken. Yeah, das war es. Link niemand, dann musst du nicht ständig nach hinten schauen. Aber die kalte Kohle aufzuteilen, die er gefunden, die er aus der Wand gerupft hatte, fiel ihm nicht leicht. Aus etlichen Gründen, persönlichen und anderen.

„Schau, ich und Eddy ham 'ne Überraschung für euch. In dem letzten Haus war Geld in der Wand. Wir geben euch jetzt euren Anteil, falls irgendwas schiefgeht und ein paar von uns geschnappt werden", sagte Bertrand.

Kein Laut war zu hören. Andre saß auf einem Metallschreibtisch und trank aus einer warmen Cola-Dose, die er unter einem kaputten Regal vorne im Laden gefunden hatte. Er hatte sein schmutziges LSU-T-Shirt weggeworfen, und im Wetterleuchten, das flackernd durchs Fenster fiel, wirkte seine Haut wie staubiges Leder, die Brustwarzen wie braune Groschen. „Wieso erfahrn wir das erst jetzt?", fragte er.

Bertrand erschlug eine Mücke an seinem Hals und mus-

terte sie. „Weil ich da hinten keine Scherereien wollte",
sagte er. „Weil ich nicht ständig alles erklären kann. Weil
du einen Anteil von was kriegst, das du nicht gefunden
hast, und dein junger Verwandter hier noch mal das Gleiche, obwohl weder du noch er was dazu beigetragen ham.
An deiner Stelle wär ich ein bisschen bescheiden und dankbar für das, was ich krieg."

„Wir ham immer ehrlich aufgeteilt, nicht wahr?", sagte
Eddy.

„Wenn's nicht ehrlich gewesen wär, würd ich's nicht wissen, oder?", sagte Andre.

Aber Bertrand scherte sich nicht mehr darum, ob Andre
ihm und Eddy glaubte oder nicht. Das Haus dahinten an
der überfluteten Gasse knarrte vor Kohle. Noch zehn Minuten mit Hammer und Brecheisen und er hätte die Wände oben bis zum Fußboden freigelegt. Bertrand konnte die
Geldstapel beinahe sehen, die ihm auf die Schuhe fielen.

Er schaute auf seine Uhr. Ein Uhr morgens. In knapp
einer halben Stunde konnten er und Eddy in der Gasse
sein, den Motor abstellen und das Boot per Hand von der
Nebenstraße ziehen. Niemand würde erfahren, dass sie
dort waren. Da sie sich da drin bereits auskannten, kämen
sie wahrscheinlich ohne Taschenlampe aus. Das war fette
Beute, Mann. Er hatte sich gegenüber Andre und seinem
Neffen richtig verhalten, aber jetzt wurde es Zeit, wieder
loszulegen. Pfeif auf den diplomatischen Scheiß.

„Ich und Eddy gehn zurück. Ihr bleibt hier", sagte Bertrand.

Andre kniff sich in den Bauch, seine Augen waren ausdruckslos, die Lippen geschürzt. „Wieso werden wir zurückgelassen?"

„Ich stell dir 'ne bessere Frage", sagte Bertrand. „Warum fummelst du ständig an dir rum?"

„Warum lässt du mich nicht in Ruhe, Mann? Falls du's noch nicht gemerkt hast, die Busse und Straßenbahnen fahren nicht", sagte Andre. „Solln wir unsre Beute durch die Stadt schleppen?"

„Andre hat recht, Mann. Einer für alle und alle für einen. Wir gehn gemeinsam zurück", sagte Eddy. Er zündete sich eine Zigarette an und stieß den Rauch aus, ohne sie aus dem Mund zu nehmen. Er schaute zu Andres Neffen. „Bist du dabei, mein kleiner Bruder?"

Kevin, dessen drahtige Haare vor Schweiß glänzten, saß am Boden und aß eine Teigtasche. Er wischte sich mit seinem T-Shirt den Mund ab. „Ich hab kein Schiss", sagte er.

Bertrand hätte Eddys Kopf am liebsten gegen eine Kommode gerammt.

Otis schlief wie ein Toter, während seine Frau den Hintern an ihn drückte und der Deckenventilator einen Windhauch über sie fächelte. Er träumte von seinen Eltern und dem kleinen, gelben Haus, in dem er aufgewachsen war. Im Frühling war das Gras immer kühl und voller Klee, und wenn sein Vater von der Arbeit in der Sägemühle heimkam, spielten sie im Vorgarten Ball. Auf einer Wiese hinter dem Haus waren Kühe und Pferde, und neben dem Haus stand ein großer Zürgelbaum, der in den heißesten Stunden des Tages seinen Schatten aufs Dach warf. Otis hatte das Haus, in dem er aufgewachsen war, immer geliebt, und er hatte seine Angehörigen geliebt und stets geglaubt, dass er von ihnen ebenso geliebt wurde.

Er hatte es bis zu dem Herbstnachmittag geglaubt, an dem sein Vater entdeckte, dass seine Frau ihm untreu war, und ihren Geliebten auf der Treppe vor der Baptistenkirche erschoss, in der er als Pastor diente, dann nach Hause kam und von einem freiwilligen Constable erschossen wurde, der einst sein Angelgefährte gewesen war.

Otis setzte sich im Bett auf. Dann ging er ins Badezimmer und wollte sich das Gesicht waschen. Der Hahn gab ein lautes, trockenes Quietschen von sich und bebte in der Wand.

„Was war das?", sagte Melanie vom Bett aus.

„Ich bin's bloß. Ich habe vergessen, dass kein Wasser läuft."

„Ich dachte, ich hätte draußen irgendwas gehört."

Er ging wieder ins Schlafzimmer, tappte mit bloßen Füßen über den Teppichboden. Er hörte lediglich das stete Surren des Deckenventilators und den Wind in den Bäumen auf der Nordseite des Hauses. Er schaute hinaus auf die Straße. Der Mond war durch die Wolken gedrungen und überzog das Flutwasser mit schwarzem Glanz. Ein abgerissener Palmwedel scharrte an einem Baumstamm auf dem Mittelstreifen, und eine Mülltonne drehte sich in einem Strudel neben einem verstopften Gully.

„Ich habe schlecht geträumt. Wahrscheinlich hab ich im Schlaf geredet", sagte er.

„Bist du dir sicher, dass da draußen keiner ist?"

„Ich habe dir nie erzählt, wie mein Vater gestorben ist."

Sie richtete sich auf, das Gesicht vom Kissen zerknautscht. „Ich dachte, er hatte Leukämie."

„Hatte er auch. Aber daran ist er nicht gestorben. Er wurde von einem Freund von ihm erschossen, einem Constable. Er wollte meine Mutter umbringen", sagte Otis. Er saß auf der Bettkante und starrte ins Leere, hatte seiner Frau den Rücken zugekehrt.

Eine Zeit lang herrschte Stille. Als er sich wieder hinlegte, ergriff Melanie seine Hand. „Otis?", sagte sie und blickte in die Dunkelheit.

„Ja?"

„Das dürfen wir niemandem sagen. So was ist in deiner Familie nicht vorgefallen."

Im Mondschein, der durch das Fenster fiel, wirkte ihr Gesicht wie aus Alabaster gemeißelt.

„Sag das noch mal!", sagte Otis.

„Du bist in New Orleans ein angesehener Mann, leitender Angestellter einer Versicherungsgesellschaft. Und das wirst du auch bleiben. Die Geschichte, die du gerade erzählt hast, hat nichts mit unserem heutigen Leben zu tun."

„Mel?", setzte er an.

„Bitte. Ich habe dir gesagt, du sollst mich nicht so nennen. Das ist wahrlich nicht zu viel verlangt."

Otis ging nach unten in sein Herrenzimmer, legte sich auf die schwarze Ledercouch und zog sich ein Kissen über den Kopf, denn seine Ohren rauschten wie der Wind in Muschelschalen.

Bertrand war sauer auf Eddy und blieb es auch auf dem ganzen Rückweg zu dem Haus, in dem sie die Kohle, das Dope und den kurzen .38er gefunden hatten. Eddy spielte gern den großen Macker, schmeichelte sich bei den Leuten ein, klemmte sich eine Zigarette in den Mund, zündete sie mit einem Zippo an, ließ den Deckel zuschnappen, als wäre er der Typ, der das Sagen hat. Bloß, dass Eddy großzügig mit etwas umging, bei dem es ihm nicht zustand, in diesem Fall der fettesten Beute ihres Lebens. Andre saß rückwärts im Bug des Bootes, als wäre er der Späher, suchte den Horizont ab wie eine Art Einzelkämpfer, der Osama Bin Laden aus dem Verkehr ziehen will.

Was für Witzfiguren. Vielleicht wurde es Zeit, dass er die beiden sausen ließ.

Aber der eigentliche Grund für Bertrands Wut auf Eddy und Andre hatte wenig mit der Beute in dem Haus zu tun und er war sich auch darüber im Klaren. Jedes Mal, wenn er in ihre Gesichter schaute, sah er seines, und das, was er darin sah, ließ das Feuer in seinem Bauch wieder auflodern.

Vielleicht konnte er sich von Eddy und Andre absetzen und irgendwo anders von vorne anfangen. Vergessen, was sie getan hatten, als sie zugedröhnt waren. Yeah, vielleicht konnte er es sogar wieder gutmachen, dem Mädchen eine Nachricht schreiben und sie von einer andern Stadt aus an die Zeitung schicken. Es war sowieso nicht seine Idee gewesen. Eddy war es, der immer scharf auf weiße Mädchen war, immer krankes Zeug daherredete, wenn sie an einer roten Ampel neben einem anhielten. Andre war ein Sexfreak, seit er aus dem Bezirksgefängnis des Lafourche

Parish entlassen worden war. Bertrand ging nie einer ab, wenn man Leuten wehtat.

Aber sooft Bertrand den Überfall in Gedanken auch durchging, was seine Beteiligung anging, kam er immer wieder zu einer Erkenntnis: Er hatte von sich aus mitgemacht, und als er die angewiderte Miene des Mädchens gesehen hatte, das sie aus dem Auto mit der leeren Batterie gezogen hatten, hatte er ihr mehr Gewalt angetan als Andre und sein Bruder.

In diesen Augenblicken hasste er sich und wünschte manchmal sogar, jemand würde ihm eine Kugel ins Hirn jagen und den Gedanken ein Ende setzen, die das Brennen in seinem Bauch auslösten.

Die Straße war stockdunkel, bis auf ein Haus, dessen Besitzer offenbar Generatoren laufenließ. Am Ende des Blocks stellte Eddy den Motor ab und ließ das Boot zwischen großen Haufen aus teilweise überfluteten Eichenästen in den Garten neben dem Haus treiben, in das sie vor drei Stunden eingebrochen waren.

Kurz darauf rissen sie alle vier in sämtlichen Zimmern Rigipsplatten, Lattenwerk und Putz von der Wand. Genau genommen machte es ihnen sogar Spaß, die Bude auseinanderzunehmen. Die Luft und die Teppichböden waren weiß vor Staub, die Blumenvasen zerschlagen und die Blumen verstreut, die Küche ein Trümmerhaufen, und überall hingen Stromkabel wie Spaghetti aus den Wänden.

„Die Arschgeige kann mit den Schubladen grillen, wenn er heimkommt", sagte Eddy. „Hey, Mann, schau mal in die Küche."

Bertrand konnte es kaum glauben. Andre hatte seine Hose aufgeknöpft und pisste in hohem Bogen in die Spüle.

„Das is eklig, Mann", sagte Bertrand.

„Du hast recht", antwortete Andre. Er drehte sich um, spritzte den Herd und eine offene Schublade voller Gewürze ab, und hob noch etwas Pisse für den Kühlschrank auf.

Das war's, sagte sich Bertrand. Er wollte sich abseilen.

Dann hebelte Eddy mit dem Brecheisen eine Sperrholzplatte aus der Decke der Speisekammer und ein Schwall gebündelter Fünfzig- und Hundertdollarscheine ergoss sich über sie. „Oh Mann, du hast von Anfang an recht gehabt, Bertrand, das is 'ne verfluchte Bank."

Zu viert sammelten sie das Geld ein und warfen es in einen Plastikmüllsack, und Bertrand versuchte mitzuzählen, als ein Bündel nach dem anderen am Boden landete. Bei sechzigtausend war er mit seinen Rechenkünsten am Ende.

„Wir sin reich", sagte Andre. „Wir sin reich, Mann. Wir sin reich. Das glaubt uns keiner."

„Ganz recht, weil du's niemand erzählst", sagte Bertrand.

„Hey, Mann, Andre is cool. Red nicht so mit 'nem Bruder", sagte Eddy.

„Eddy, ich möchte, dass du dir das Schmalz aus den Ohren kratzt und genau zuhörst. Das is das letzte Mal, dass du dich auf meine Kosten aufführst wie der Großarsch", sagte Bertrand.

„Hey, wie Andre gesagt hat, wir sin alle reich. Wir ham keine Zeit für Streitereien untereinander", sagte Kevin.

„Brennen wir das Haus nieder? Ich meine, damit wir die Fingerabdrücke und so loswerden?"

Die drei Älteren starrten ihn mit offenem Mund an.

Ein Stück weiter oben an der Straße, auf der anderen Seite des Mittelstreifens, waren Tom Claggart und seine beiden Freunde auf Pritschen eingenickt, die sie auf Claggarts Wohnzimmerboden aufgestellt hatten, weil sie hofften, etwas von dem leichten Wind abzubekommen, der durch die Tür zog, und soweit wie möglich der Hitze zu entrinnen, die sich unter den Decken staute.

Ihre Pistolen, Schrotflinten und Jagdgewehre lehnten am Sofa oder hingen an den Sessellehnen. Die Schachteln mit den Messing- und Schrotpatronen waren ordentlich auf dem Sims über dem Kamin verstaut. Sämtliche ausgetrunkenen Bierdosen, Brotpapier, die leeren Behälter mit Cornedbeef, Truthahnfilets, Senf und Meerrettich sowie die schmutzigen Pappteller, Plastikgabeln und -löffel waren eingepackt und in geruchsundurchlässigen Tüten verpackt. Wenn sich einer von ihnen erleichtern musste, ging er in den Garten hinter dem Haus und nahm einen Spaten mit.

Kein Jagdcamp hätte sauberer und ordentlicher sein können. Die Sache hatte nur einen Haken. Tom Claggart und seine Freunde hatten die ganze Nacht über noch nicht die Gelegenheit gehabt, einen Schuss abzugeben, obwohl sie und mehrere andere per Boot und zu Fuß zwei angrenzende Wohngegenden erkundet hatten, in denen die Funken brennender Häuser wie Glühwürmchen zwischen den immergrünen Eichen hindurchtrieben. Es war einfach ungerecht.

„Fahr nicht zu dem erleuchteten Haus, Mann. Fahr auf dem gleichen Weg zurück, den wir gekommen sind", sagte Bertrand vom Bug des Bootes aus.

„Nein, Mann, wir haun ab. Wir ham den Leuten nix getan. Die tun uns auch nix", sagte Eddy, der seitlich im Heck saß und Gas gab.

„Du hörst einfach nicht zu, Mann", sagte Bertrand, dessen Worte im Röhren des Motors untergingen.

Das Boot kurvte zwischen abgebrochenen Ästen auf der Straße vorbei und scharrte über den Bordstein entlang des Mittelstreifens. Andre lachte, steckte die Hand in den Plastiksack und betastete die stramm gebündelte Kohle, sein Neffe aß einen der Schokoriegel, die sie im Rite Aid gefunden hatten. Der Wind hatte den Rauch von der Straße geweht, das Wasser war schwarz, durchsetzt von regenbogenfarben schillernden Ölteppichen, aus einem geplatzten Kanalrohr schoss ein Geysir in die Luft wie eine Fontäne im Park. Wenn Bertrand mit seinem Beuteanteil heil aus dieser Sache rauskam, wollte er New Orleans für immer verlassen und an einem anderen Ort von vorne anfangen, vielleicht drüben an der Westküste, wo die Leute in ordentlichen Gegenden mit Parks, Stränden und hübschen Supermärkten um die Ecke wohnten. Yeah, ein Ort, an dem immer fünfundzwanzig Grad herrschten und wo er mit dem erbeuteten Geld ein Restaurant oder eine Autowäscherei eröffnen und in einem nagelneuen Cabrio die von Palmen gesäumten Avenues entlangkacheln konnte, während Three 6 Mafia aus den Lautsprechern dröhnte.

Yeah, genau so würde es sein.

Der Motor hustete einmal, sprotzte und erstarb. Das Boot hob sich in seinem Kielwasser und glitt an eine umgestürzte Eiche, deren Zweige laut über die Aluminiumbordwand schabten. Bertrand spürte, wie sich seine Gesichtshaut zusammenzog und seine Ohren in der Stille knackten. „Ich glaub's nicht", sagte er.

„Der Sprit is alle. Is nicht meine Schuld", sagte Eddy.

„Hast du nicht auf die Anzeige geachtet?", sagte Bertrand.

„Du hast auch nicht drauf geachtet, Mann. Hör auf, mich zu nerven", sagte Eddy.

„Vielleicht is was in die Leitung gekommen", sagte Andre.

„Er is alle, Mann", sagte Eddy.

Andre stand unbeholfen auf und brachte das Boot zum Schaukeln. Er zog den Benzinkanister zu sich und schmiss ihn wieder hin. „Was machen wir jetzt?"

„Du hältst die Schnauze. Mach keinen solchen Krach", sagte Bertrand.

„Ich will ja bloß helfen, Mann. Wir können es schleppen", sagte Andre.

„Das Wasser da draußen is zwei Meter tief", sagte Bertrand.

Andre wollte wieder etwas sagen.

„Lass mich nachdenken", sagte Bertrand.

Schweigend saßen die vier in der Dunkelheit und jedes

Mal, wenn der Wind das Boot erfasste, stachen ihnen die Zweige der umgestürzten Eiche in die Augen und in den Nacken.

Bertrand stieg über die Bordwand ins Wasser. „Ihr wartet hier. Unternehmt nix. Redet nicht. Macht keinen Krach. Spielt nicht mit dem Geld in dem Sack rum. Bleibt im Boot hocken und haltet den Mund. Habt ihr das kapiert?"

„Was hast du vor?", sagte Eddy.

„Hörst du das Geräusch? Der Mann da drüben hat Generatoren in der Garage. Das heißt, dass er Benzinkanister in der Garage hat."

„Warum läufst du so gebückt, mit der Hand auf dem Bauch?", fragte Andre.

„Weil ich wegen euch Magengeschwüre krieg", erwiderte Bertrand.

„Ich hab's nicht so gemeint. Du bist ein schlauer Kerl", sagte Andre.

Nein, bloß nicht so blöd wie ihr, dachte Bertrand.

Er watete über den Mittelstreifen und näherte sich der Auffahrt des erleuchteten Hauses. Eine Glühbirne brannte vorne auf der Galerie, eine andere unter dem Schutzdach neben dem Haus. Das Licht in der Küche fiel durch das Fenster auf einen Teil der Auffahrt und des Gartens hinter dem Haus. Sein Herz hämmerte gegen die Rippen, der Puls schlug in seinem Hals. Er stolperte über einen Randstein und wäre fast der Länge nach ins Wasser gefallen. In der Dunkelheit meinte er Augen zu sehen, die aus dem Gestrüpp und den Ästen im Garten zu ihm schauten. Er fragte sich, ob er den Verstand verlor. Er blieb stehen und starrte in den Garten, dann wurde ihm klar, dass Waldkaninchen Zuflucht vor dem Wasser gesucht hatten und in die abgebrochenen Äste geklettert waren, wo sie wie Vögel hockten, ihr Fell vor Feuchtigkeit funkelnd.

Bertrand wich dem Licht aus und watete zur anderen Seite des Schutzdaches. Er lief zwischen zwei großen Kameliensträuchern hindurch, deren nasse Blätter über seine Arme strichen, und betrat einen Autostellplatz neben einem Gebäude, das die Weißen in der Gegend hier „Remise" nannten. Warum nennen sie es Remise, wenn's bloß eine Garage ist?, fragte er sich. Weil man damit jedem klarmachen kann, dass Robert E. Lee 1865 in ihre Kommode gekackt hat?

Hinter dem halboffenen Tor der Remise hörte er mindestens zwei Generatoren tuckern. Dann machte er einen Umweg durch den Garten hinter dem Haus und überquerte das Nachbargrundstück, schaute sich um und holte etwas unter seinem Hemd hervor. Er beugte sich kurz vornüber, dann kehrte er in Otis Baylors Garten zurück, während seine Geschwüre ihre Wurzeln tiefer in seine Magenwand gruben. Er trat in die Remise und wartete, bis sich seine Augen an die Dunkelheit gewöhnt hatten. Fünf Benzinkanister waren entlang der Wand aufgereiht. Er nahm mit jeder Hand einen und ging in Richtung Straße, über das St.-Augustine-Gras bei dem Schutzdach, das unter seinen Füßen quatschte, während das Benzin in den Kanistern hin und her schwappte. Er hatte es durchgezogen. Gut so, Bertrand. Rein ins Getümmel, mein Bruder, sagte eine Stimme in ihm.

111

Dann war er aus dem Lichtkreis, der in den Garten fiel, wieder auf der sicheren Straße und im warmen Wasser, das seine Knöchel bedeckte und an seinen Waden emporstieg wie ein alter Freund. Bald schon würde er sich von Eddy und den Rochons trennen und es geschafft haben, endlich frei sein, mit jeder Menge Geld für gute Ärzte und ein schönes Leben. Dann hieß es Adios, ihr blöden Arschgeigen, Bertrand Melancon ist nach Kalifornien unterwegs.

Dann sah er, wie Eddy, der eine kalte Zigarette im Mund hatte, das Boot hinter dem Haufen abgebrochener Äste hervorzog und ihre natürliche Deckung preisgab. Andre und Kevin waren ebenfalls aus dem Boot gestiegen und lotsten es um Hindernisse im Wasser, alle in Sichtweite des Hauses, aus dem Bertrand gerade die Benzinkanister gestohlen hatte.

„Verflucht, was machst du da, Mann? Warum bleibt ihr nicht, wo ihr seid?", sagte Bertrand.

„Wieso hast du so lang gebraucht? Hast du dir da drüben einen runtergeholt? Tank auf, und dann nix wie weg", sagte Eddy.

Er klappte sein Zippo auf, ließ das kleine Zahnrad über den Feuerstein rollen – einmal, zweimal, dreimal.

„Eddy …", hörte sich Bertrand sagen.

Die Flamme des Zippo loderte in der Dunkelheit auf, erfasste die Zigarette, fiel auf das fragende Lächeln, das um seinen Mund spielte, so als hätte er nicht verstanden, was sein Bruder gesagt hatte.

Bertrand hörte einen Knall hinter sich, brachte das Geräusch aber nicht mit dem Geschehen in Verbindung, das vor ihm stattfand. Eine rote Blume schoss aus Eddys Kehle, und einen Sekundenbruchteil später wurde Kevin Rochons Schädeldach abgerissen und sein Hirn wie frisch gekochter Haferbrei auf dem Wasser verspritzt.

10

In jedem amerikanischen Slum gibt es zwei Einrichtungen, die nie von Randalierern abgefackelt werden: das Bestattungsinstitut und das Büro des Kautionsadvokaten. Nach Clete Purcels Ansicht bestand der größte Vorteil beim Aufspüren von Ausgebüxten für Kautionsadvokaten wie Nig Rosewater und Wee Willie Bimstine darin, dass ihre große Klientel aus Übeltätern von Haus aus Schleimer waren, die sich ständig bei den Leuten einschmeicheln wollten, die über ihr Leben bestimmten. Schwere Jungs, die in Angola gesessen hatten und sich eher in einer finsteren Gasse mit einem Totschläger verprügeln ließen, als einen Freund zu verpfeifen, würden ihre Mütter verkaufen, um weiterhin Nigs und Willies Wohlwollen zu genießen.

Von dem Moment an, da Clete Purcel im Quarter überfahren worden und sein Porkpie-Hut von Reifenabdrücken gezeichnet war, ging die Kunde um: Bertrand und Eddy Melancon sowie ihr nichtsnutziger Freund Andre Rochon waren Haifischfutter.

Während die Melancons, Rochon und sein Neffe Kevin mit dem Motorboot durch den ganzen Uptown-Bereich von New Orleans fuhren, geklautes Speed aus Apotheken schluckten, warmes Bier tranken, Brathähnchen aus einem Winn-Dixie aßen und über die unglaubliche Beute lachten, die sie zusammengetragen hatten, wurden sie mindestens zweimal von Lumpenpackgenossen verpfiffen, die in dem Maschendrahtlager am Flughafen gelandet waren, wo Vertreter von Nig und Willie Unmengen von Arbeit erledigten.

Aber es war nicht der Verrat durch seine Kumpanen, der zur Bertrands Untergang führte. Wahrscheinlich zum ersten Mal in seinem Leben nahm er keine Rücksicht auf sich selbst und lud seinen Bruder in das Boot, während sich Andre verpisste und Eddy tassenweise Blut aus seiner Kehle vergoss.

Bertrands Hände zitterten, als er den Bootsmotor auftankte. Er ging davon aus, dass der Schütze noch irgendwo da draußen war, entweder in einem der Gärten oder in einem der Häuser an der Straße. Er war davon überzeugt, dass er ihn ins Visier nahm, mit Zielfernrohr oder Kimme und Korn auf sein Gesicht, die Brust oder den Unterleib anlegte, sich Zeit ließ, es genoss und sich auf die Unterlippe biss, während er den Finger um den Abzug legte. Bei der bloßen Vorstellung hatte Bertrand das Gefühl, als ziehe ihm jemand die Haut mit Zangen ab. Seine Hände waren nicht nur von Eddys Blut und Speichel glitschig, sondern zitterten so sehr, dass er mit dem Daumen vom Anlasserknopf abrutschte, als er ihn herunterdrücken wollte.

Als der Motor ansprang, gab er Vollgas und röhrte durch die Fluten, dass Kevins Leiche im Kielwasser schaukelte. An der Kreuzung donnerte er über ein totes Tier und hörte die Schraube in der Luft aufwinseln, bevor sie wieder ins Wasser tauchte. Beinahe wäre er von einem NOPD-Boot voller schwerbewaffneter Cops gerammt worden. Er pflügte durch ihr Kielwasser und kurvte durch eine Querstraße in eine Gasse, wo er anhielt und die Müll- und Wäschesäcke zwischen das Sparrenwerk einer Garage klemmte. Weiter vorn sah er die Lichter eines Hubschraubers, der auf einem Krankenhausdach landete. Er nahm das Gas zurück, holte tief Luft und atmete langsam aus. Er und Eddy hatten eine sichere Zufluchtsstätte gefunden, einen Ort, an dem sich jemand um seinen Bruder kümmern und ihm das Leben retten konnte. Es war das Gebäude, in dem sie beide zur Welt gekommen waren. Es war fast so, als kämen sie heim.

Bertrand hatte noch nie von Dantes neuntem Kreis der Hölle gehört. Aber er sollte demnächst eine Führung bekommen.

Im Erdgeschoss des Krankenhauses stand das Wasser fast einen Meter hoch. Die Flure waren finster, von den Lichtstrahlen der Taschenlampen einmal abgesehen, die das Personal bei sich hatte. Der stechende Geruch nach Medikamenten und menschlichen Ausscheidungen im Wasser zwang Clete dazu, sein Hemd über den Mund zu ziehen, damit er atmen konnte, ohne würgen zu müssen. Zweimal versuchte er nach dem Weg zu fragen, aber das Personal drängte sich an ihm vorbei, als wäre er nicht da. Er gab es auf und ging nach draußen, sog die Nachtluft ein, und der Schweiß in seinem Gesicht war mit einem Mal so kühl wie Eiswasser.

Ein schwarzer Streifenpolizist des NOPD, der mindestens zweieinhalb Zentner auf die Waage bringen musste, richtete die Taschenlampe auf Cletes Gesicht. Mit der anderen Hand stützte er eine abgesägte .12er Remington-Pumpgun auf die Hüfte. Seine unrasierte Kinnlade sah aus, als wäre sie mit schwarzem Staub überzogen, und er verströmte einen Geruch wie schimmlige Kleidung und Männerschweiß. Er hieß Tee Boy Pellerin und hatte einst, als er noch bei der Staatspolizei war, mit bloßen Händen einen Streifenwagen von der Brust seines Partners gehoben.

„Was suchst du, Purcel?", sagte er.

„Einen Angeschossenen namens Eddy Melancon", erwiderte Clete.

„Ist er am Leben oder tot?"

„Weiß ich nicht. Lagern sie im Krankenhaus Tote ein?", sagte Clete.

„Ich wünschte, es wäre so. Ich hab vier davon in einem Boot. Ich hab schon in der ganzen Stadt versucht, sie loszuwerden. Niemand hat eine Kühlmöglichkeit. Meinst du Eddy Melancon aus dem Ninth Ward?"

„Yeah, Bertrand Melancons Bruder. Nig Rosewater hat gehört, dass es Eddy erwischt hat, als er auf dieser Seite der Claiborne ein Haus geplündert hat."

„Versuch's im zweiten Stock. Die Traumaopfer, die die Notaufnahme überstanden haben, werden da oben verstaut. Hast du eine Taschenlampe?"

„Hab ich verloren."

„Nimm die da. Ich hab noch eine in Reserve. Bist du schon mal oben gewesen?"

„Nein."

Tee Boy schaute ins Leere, als hätten ihn gerade ein langer Tag und eine lange Nacht eingeholt.

„Und was ist oben?", fragte Clete.

„Die Geriatrie ist im zweiten Stock. An deiner Stelle würde ich da nicht hingehen", sagte Tee Boy.

„Was willst du damit sagen?"

„In diesem Haus gibt's keine guten Geschichten, Purcel. Nach der heutigen Nacht bete ich zu Gott, dass er mich nicht im Bett sterben lässt."

Clete stieg die Treppe in den zweiten Stock hinauf. Es war zum Ersticken heiß, als hinge der Dampf von gekochtem Gemüse unter den Decken. Glasscherben knirschten unter seinen Füßen. Er betrat die Station, in der man die Alten auf den Flur gerollt hatte, damit sie etwas von dem schwachen Wind abbekamen, der durch die kaputten Fenster auf der Südseite des Gebäudes drang. Die Leute auf den Rollbahren trugen Hemden, die steif vom eingetrockneten Essen und ihrem eigenen Kot waren. Ihre Haut schien einen fauligen Schimmer auszustrahlen, der ihn an Fische erinnerte, die von den Wellen an einen heißen Strand gespült worden waren. Eine Frau packte Clete am Hemd, als er vorbeiging. Ihr Gesicht war blutleer, die Augen milchig blau, wie bei einem Neugeborenen, das zum ersten Mal in die Welt blickt.

„Kommt mein Sohn?", sagte sie.

„Ma'am?", sagte Clete.

„Bist du es? Bist du mein Sohn?"

„Ich glaube, er muss jeden Moment hier sein", sagte Clete, der einen Kloß im Hals hatte, und ging rasch weiter.

Die Intensivstation glich einem Siechenhaus. Wasserflecken hatten sich an der Decke gebildet, aus denen es wie aus riesigen Farbblasen auf die Patienten tropfte, von denen die meisten noch ihre Straßenkleidung trugen. Die Patienten, die man aus der Notaufnahme nach oben gebracht hatte, waren angeschossen, niedergestochen oder zusammengeschlagen worden, sie hatten Stromschläge erlitten, waren von Autos angefahren oder halbtot aus Gullys gezogen worden. Einige hatten gebrochene Knochen, die noch nicht gerichtet waren. Eine Frau, bei der achtzig Prozent der Haut verbrannt waren, war in ein Laken gewickelt worden, das an den Wunden klebte. Ein Mann, der von der Schraube eines Propellerbootes erwischt worden war, gab Laute von sich, die Clete nicht mehr gehört hatte, seit er auf einem Bataillonsverbandsplatz im Zentralen Hochland gelegen hatte. Fast alle Patienten waren durstig. Die meisten brauchten Morphium. Alle, die sich nicht bewegen konnten, mussten sich in ihre Kleidung erleichtern.

Clete packte einen Assistenzarzt am Arm. Er war drahtig wie ein Langstreckenläufer, seine Augen zuckten, sein Schädel glitzerte vor Schweiß. „Lassen Sie mich los", sagte er.

Clete hob die Hände. „Ich habe eine Zulassung als Kautionsadvokat. Ich suche einen Flüchtigen namens Eddy Melancon. Ein Informant hat gesagt, sein Bruder hätte ihn in dieses Krankenhaus gebracht."

„Wen kümmert's."

„Die Opfer seiner Verbrechen."

Der Assistenzarzt schien darüber nachzudenken. „Ja, Melancon, ich hatte mit ihm zu tun. Das dritte Bett da drüben. Ich glaube, er ist nicht allzu gesprächig."

„Ist er am Leben?"

„Wenn man es so nennen will."

„Hey, Doc, ich weiß, dass ihr hier die Härte am Laufen habt, aber ich hab auch nicht meinen besten Tag. Wie wär's, wenn Sie Klartext reden?"

„Sein Rückenmark ist durchtrennt. Wenn er überlebt, ist er bis an sein Lebensende schlaff wie ein Sack. Wollen Sie mit seinem Bruder reden?"

„Er ist hier?", sagte Clete verblüfft.

„Vor fünf Minuten war er's noch. Der Assistenzarzt leuchtete mit seiner Taschenlampe den Flur entlang, zu einem Mann, der an einem offenen Fenster saß. „Sehen Sie? Viel Spaß."

Clete bahnte sich einen Weg zwischen den Bahren hindurch und tippte Bertrand Melancon mit der Taschenlampe an die Schulter. „Hallo, Arschloch. Erinnerst du dich an mich? Das letzte Mal hast du mich durch die Windschutzscheibe von deinem Auto gesehen", sagte er.

„Ich weiß, wer Sie sin. Sie arbeiten für die Juden in dem Kautionsbüro", sagte Bertrand.

„Zufällig bin ich auch der Typ, den du mit deinem Auto überfahren hast."

„Ich hab kein Auto. Und Sie stehn mir im Wind, okay?"

Clete spürte, wie sein Mund trocken wurde und feine Nähte in seinem Kopf platzten. „Hast du Lust, ganz und gar aus dem Fenster zu fliegen?"

„Machen Sie doch, was Sie wolln, Mann."

Für Clete verkörperte Bertrand Melancon all das, was er an der Klientel, mit der er tagtäglich zu tun hatte, am meisten hasste. Sie waren von ihren Großmüttern aufgezogen worden und hatten keine Ahnung, wer ihre Väter waren. Weil sie ihre ersten sexuellen Erfahrungen im Knast gemacht hatten, bestand Sex für sie aus Raub und Beute-machen. Sie logen immer, selbst wenn sie keinen Grund dazu hatten, und es gab keinerlei Methode, zu ihnen durch-zudringen. Sie waren immun gegen Beleidigungen, ihrem eigenen Schicksal gegenüber gleichgültig und bar aller Schuldgefühle oder Scham. Was Clete aber am meisten zu-setzte, war seine Befürchtung, dass vermutlich jeder, der aus solchen Verhältnissen stammte, genauso werden würde.

„Dreh dich um. Wir gehen zu einem Cop namens Tee Boy Pellerin", sagte Clete und löste die Handschellen, die hinten an seinem Gürtel hingen. „Du wirst auf ihn ste-hen. Er ist selber im Lower Nine aufgewachsen. Er hat 'ne Schwäche für Straßengangster, die ihre eigenen Leute aus-rauben und ihren Kindern Meth verkaufen. Du darfst ihm nur nicht auf die Füße treten. Er hasst es, wenn man ihm die Schuhe verschrammt."

Clete legte die Handschellen stramm um Bertrands Handgelenke und riss ihn herum, damit er ihm ins Gesicht schauen konnte. „Hab ich dich lachen gehört?"

„Ich hab nicht gelacht, Mann."

„Doch, hast du. Ich hab dich gehört."

„Ehrlich gesagt, isses mir egal, was Sie machen, Sie Fett-sack. Sie sollten mal baden. Bringen Sie's hinter sich. Ich hab's satt, Ihnen zuzuhörn."

Clete hätte ihm am liebsten eine gedonnert. Nein, er wollte ihn auseinandernehmen, in Stücke zerlegen. Aber war das der wahre Grund für seine Wut? Tatsache war, dass er keine Macht über einen Mann hatte, der versucht hat-te, ihn zu überfahren. Er konnte ihn nirgendwo hinbringen. Clete war von einem Propellerboot voller Cops, die anschließend auf der Avenue zum Carrolton District weiterfuhren, zum Krankenhaus mitgenommen worden. Das Zentralgefängnis stand unter Wasser, und er hatte keine Möglichkeit, Bertrand zu dem Gefangenenlager am Flughafen zu bringen. Mit etwas Glück konnte er ihn bei Tee Boy in Gewahrsam geben und von Nig das Ausgebüxtenhonorar einkassieren, dazu einen Bonus, weil er Eddy Melancon im Krankenhaus unter den Lebenden angetroffen hatte, aber es bestand die Gefahr, dass Bertrand das Chaos nach Katrina nutzte, um wieder durchs Netz zu schlüpfen.

Außerdem war Andre Rochon noch da draußen, und mit dem hatte Clete noch ein besonderes Hühnchen zu rupfen.

Clete führte Bertrand eine Treppe hinab und stieß ihn nach draußen.

„Ich wehr mich doch gar nicht, Mann. Schubsen Sie mich nicht so rum", sagte Bertrand.

„Halt's Maul", sagte Clete und führte ihn zu Tee Boy, der auf einer niedrigen Mauer saß, die den Parkplatz vom Hospital trennte. Tee Boy aß ein Sandwich, das noch halb in Alufolie eingewickelt war.

„Was hast du da?", fragte er.

„Bertrand Melancon, drei Haftbefehle, bewaffneter Raubüberfall, Einschüchterung von Zeugen und allgemeines beschissenes Benehmen, seit er auf die Welt geschmissen wurde. Ich übergebe Bertrand Melancon in deinen Gewahrsam. Ich hab ihn bereits darauf hingewiesen, was mit Leuten passiert, die dir auf die Füße treten."

„Das ist nicht komisch, Purcel."

„Du hast recht, ist es nicht. Bertrand und sein Bruder Eddy haben mich am Samstagabend mit ihrem Auto überfahren. Sie haben es getan, als ich den Lieferwagen von seinem Schleimscheißerfreund Andre Rochon durchsucht habe. Hinten in dem Lieferwagen hab ich ein Plüschtier und ein aufgerolltes Polyäthylenseil gesehen. Kurz bevor mich das Stinktier hier überfahren hat, hab ich mich an einen Zeitungsartikel über drei Schwarze erinnert, die ein fünfzehnjähriges Mädchen entführt haben. Sie kam von einem Straßenfest im Lower Nine zurück und hatte einen Plüschbär dabei. Diese Typen haben das Mädchen in einen Lieferwagen gezerrt, gefesselt und vergewaltigt. Du wohnst doch noch im Lower Nine, nicht wahr, Tee Boy?"

„Yeah", erwiderte Tee Boy, wischte sich Krümel aus dem Gesicht und ließ den Blick auf Bertrand ruhen.

„Meinst du, dieses außergewöhnliche Exemplar junger Männlichkeit könnte möglicherweise ein Verdächtiger sein?", fragte Clete.

„Was ist damit, mein Junge?", sagte Tee Boy.

„Was soll womit sein?", erwiderte Bertrand.

„Hast du vor, mir auf die Füße zu treten?"

„Sin Sie verrückt, Mann?"

Tee Boy versetzte ihm mit der flachen Hand einen heftigen Schlag ins Gesicht, einen, bei dem die Augäpfel in den Höhlen erbeben. „Ich habe dir eine Frage gestellt. Willst du sie beantworten?"

„Nein, Sir, ich hab nicht vor, Ihnen auf die Füße zu treten."

„Hast du im Lower Nine ein Mädchen gekidnappt und vergewaltigt?"

„Ich hab meinen Bruder ins Krankenhaus gebracht, weil ihm jemand in die Kehle geschossen hat. Ein Junge, der ebenfalls bei uns war, is umgebracht worden. Ich wollte nicht weglaufen. Ich bin hergekommen, weil ich Hilfe gebraucht hab. Ich hab meinen Gerichtstermin verpasst, weil ich krank war. Das is alles, was gegen mich vorliegt. Hörn Sie auf, mich zu schlagen."

„Dreh dich um. Schau zu dem Boot, das an der Autostoßstange festgemacht ist", sagte Clete. „Siehst du die Leiber da drin? Das sind Tote. Du wirst an sie gekettet. Es ist ein weiter Weg bis zum Gefangenenlager am Flughafen. Wenn du an Tee Boys Stelle wärst und vier Leichen am Hals hättest, dazu ein Stück Hundekacke wie dich, und die Gelegenheit, die ganze Menagerie an einer passenden Stelle im Wasser zu versenken, was würdest du tun?"

Aber Clete war klar, dass er nur mit Platzpatronen schoss. Bertrand hatte gesehen, wie sein Bruder durch eine Kugel zu Schlabberpampe geworden war, und dagegen belegten die erfundenen Horrorgeschichten eines Ausgebüxtenjägers allenfalls den zweiten Platz auf der nach oben offenen Schreckensskala. Clete bemerkte außerdem, dass auch Tee Boy Pellerin ihm nicht zuhörte, dass er den Blick auf Bertrand gerichtet hatte und das Gesicht zu einem Grinsen verzog, als er Hinweise und Erkenntnisse, von denen Clete keine Ahnung hatte, miteinander in Verbindung brachte.

„Willst du mich einweihen?", sagte Clete.

„Wir hatten vor zwei, drei Stunden eine Meldung über

einen Schusswechsel mit einem Todesopfer. Vier Plünderer waren mit einem Boot in Richtung Claiborne unterwegs. Ein Kid wurde von einem Volltreffer am Kopf erwischt. Rate mal, wessen Hütte sie sich grade vorgenommen hatten?"

„Keine Ahnung", erwiderte Clete.

„Der Typ besitzt 'nen Blumenladen. Außerdem eine Reihe von Dienstleistungsunternehmen für Damenbegleitung. Seine Frau sieht aus wie Frankensteins Braut." Tee Boy fing an zu lachen.

„Sidney Kovick?", sagte Clete.

„Dieses Pack hat den gefährlichsten Gangster von New Orleans abgerippt und obendrein sein Haus auseinander genommen. Einer von unsern Jungs war drin und hat gesagt, es sieht aus, als wär jemand mit 'nem Feuerwehrauto durch die Wände gefahren." Tee Boy verschluckte sich an seinem Sandwich und lachte so heftig, dass ihm die Tränen über die Wangen liefen. „Hey, Junge, wenn du irgendwas von Sidney Kovick gestohlen hast, dann schick es ihm per Nachnahme aus Alaska, kauf dir anschließend 'ne Knarre und erschieß dich. Mit etwas Glück findet er dein Grab nicht."

Tee Boy stand auf und hustete in seinen Handteller, bis seine Knie nachgaben.

„Wer is dieser Kovick?", sagte Bertrand zu Clete. „Ihr wollt mich bloß verarschen, stimmt's?"

11

Nach sieben Tagen wurde ich wieder nach New Iberia versetzt. Natalia Ramos, die Gefährtin von Pater Jude LeBlanc, hatte ich fast vergessen. Genau genommen hatte ich sie bewusst aus meinen Gedanken verdrängt. Ich wollte nichts mehr mit New Orleans und dem Kummer anderer Leute zu tun haben. Ich wollte nur wieder am Bayou Teche sein, bei meiner Familie, bei Tripod, unserem Waschbär, und Snuggs, unserem nicht kastrierten Kampfkater. Ich wollte morgens bei Kaffeeduft und dem Geruch nach schimmligen Pekanschalen im Garten aufwachen, den Kameliensträuchern, von denen der Tau tropfte, und den Fischen, die im Bayou laichten. Ich wollte inmitten der großartigen gold-grünen, von der Sonne gesprenkelten Verheißung eines Südlouisiana aufwachen, in dem ich großgeworden war. Ich wollte nichts mit der Geschichte zu tun haben, die in unserem Staat stattfand.

„Das Telefon klingelt, Dave", rief Alafair aus der Küche.

„Würdest du bitte rangehen?"

Durch die Tür sah ich, wie sie Spiegeleier und Schinkenstreifen in einer schweren Eisenpfanne briet, die sie ohne Topflappen hochhob, während sie mir den Rücken zukehrte. Ich konnte kaum glauben, dass es sich um das gleiche kleine Indianermädchen aus El Salvador handelte, das ich vor vielen Jahren aus einem im Meer versunkenen Flugzeug gezogen hatte. Scheppernd stellte sie die Pfanne auf den Herd und nahm den Hörer ab, lehnte sich mit dem Hintern an das Abtropfbrett und warf mir einen Blick zu.

„Ob Dave Robicheaux da ist? Moment. Ich guck nach",
sagte sie. Sie senkte den Hörer, ohne die Sprechmuschel
abzudecken. „Dave, bist du da? Wenn ja, möchte dich eine
Frau sprechen."

Das kommt davon, wenn die Tochter aufs Reed College
geht und Kickbox-Vereinen beitritt.

Ich nahm ihr den Hörer aus der Hand. „Hallo?", sagte ich.

„Hier is Natalia Ramos, Mr. Robicheaux. Ich bin hier in
der Unterkunft, zu der Sie mich geschickt haben. Haben
Sie rausgefunden, wo Jude geblieben is? In der Unterkunft
erfahr ich von niemand was. Ich dachte, Sie haben vielleicht eine Liste mit den Leuten, die von der Küstenwache
aufgelesen wurden."

„Nein, Ma'am, leider nicht."

„Jude hat ständig Schmerzen wegen seinem Krebs. Er is
runter in den Lower Nine, um seinen Leuten die Kommunion zu erteilen. Er hatte immer Angst davor, den Leuten
bei der Messe die Kommunion zu erteilen."

„Tut mir leid, Ms. Ramos, aber ich verstehe nicht, worauf Sie hinauswollen."

„Seine Hände zittern ständig. Er denkt, er lässt den
Kelch fallen. Er hat bei der Messe immer einen andern
Priester die Kommunion erteilen lassen. Aber diesmal
wollte er die Messe lesen und den Leuten selbst die Kommunion erteilen."

Im Hintergrund hörte ich Stimmen in einem großen
Raum widerhallen, möglicherweise in einer Turnhalle oder
einem Magazin der Nationalgarde. Alafair brachte mein
Frühstück zum Küchentisch und setzte Teller, Messer und

Gabel, Kaffeetasse und Untersetzer vorsichtig ab, um keinen Lärm zu machen. Ihre langen schwarzen Haare fielen bis auf die Schulter und in ihrer Jeans und der rosa Bluse sah sie bezaubernd aus.

Ich wusste nicht, was ich zu Natalia Ramos sagen sollte. „Wo sind Sie?", fragte ich.

„In der Oberschule in Franklin."

„Ich bin in einer Dreiviertelstunde da."

„Wo is Chula?", fragte sie.

„Ihr Bruder?"

„Ja, wo haben Sie ihn hingebracht?"

„Ins Bezirksgefängnis von Iberia, gemeinsam mit seinem Komplizen."

Ich rechnete mit einer scharfen Erwiderung. Aber ich irrte mich.

„Vielleicht kann ihm da jemand helfen. Das Gefängnis is der einzige Ort, an dem Chula je zurechtgekommen is. Ich warte auf Sie, Mr. Robicheaux."

Ich legte den Hörer wieder auf die Gabel und bereute bereits, dass ich den Anruf entgegengenommen hatte.

„Wer war das?", fragte Alafair.

„Eine mittelamerikanische Prostituierte und Süchtige, die mit einem katholischen Priester zusammengelebt hat."

Ich setzte mich und fing an zu essen. Ich spürte Alafair hinter mir, wie einen Schatten, der sich vor dem Licht abzeichnet. Sie legte mir die Hände auf die Schultern. „Dave, du bist der großherzigste Mann, den ich je kennen gelernt habe", sagte sie.

Ich spürte, wie das Blut in meinem Nacken kribbelte.

In der Turnhalle der High School in Franklin, unten am Bayou im St. Mary Parish gelegen, waren reihenweise Feldbetten aus Militärbeständen aufgebaut. Überall rannten Kinder umher, drinnen und draußen, warfen sich Frisbees zu, die ein einheimischer Kaufmann aus seinem Laden hergebracht hatte. Ich fand Natalia auf der Schattenseite des Gebäudes, wo sie Kleidung wusch, die Arme tief in einer Aluminiumwanne, die Schöße ihres Denimhemds unter den Brüsten verknotet. Ich bat sie, mir noch einmal die letzten Minuten mit Jude LeBlanc zu schildern.

„Er hat das Boot zum Kirchendach gebracht. Er war oben und hat mit einer Axt ein Loch gehackt, um alle rauszuholen. Dann hab ich da oben Gerangel gehört. Ich hab ihn nicht mehr gesehen."

Im Schatten war es warm, aber ihr Gesicht wirkte kühl und trocken, und unter ihrer dunklen Haut zeichneten sich die Rippen ab. Sie trug Sandalen und eine weite Männerkhakihose und sah aus wie eine Bäuerin aus der Dritten Welt, die die Kleidung von Kindern wäscht, die ihr nicht gehören. Sie wirkte nicht wie eine Prostituierte oder ein Junkie.

„Haben Sie irgendwelche Drogen in die Unterkunft mitgenommen?", sagte ich.

„Sind Sie hergefahren, um mich das zu fragen?"

„Sie hatten welche bei sich, als Sie aufgegriffen wurden. Ich habe Sie freigekriegt und hierher geschickt. Damit bin ich für Sie verantwortlich. Und deswegen frage ich Sie, ob Sie irgendwelche Drogen in die Unterkunft mitgenommen haben."

„Ich hab versucht, clean zu werden. In der Turnhalle gibt's ein paar Leute, die eine Gruppe der Anonymen Narkotiker gründen wollen. Ich hab vor, wieder zu den Treffen zu gehen."

Sie hatte auf meine Frage geantwortet, ohne sie zu beantworten. „Ms. Ramos, wenn ich rausfinde, dass Sie in dieser Unterkunft Betäubungsmittel nehmen oder verteilen, lasse ich Sie rauswerfen oder in den Knast stecken."

Sie wrang eine Kinderjeans aus und legte sie auf den Wannenrand. „Ich muss nach New Orleans zurück."

„Ich glaube, das ist ein Fehler."

„Ich seh ständig Jude in der Dunkelheit ertrinken, ohne dass ihm einer hilft."

„Jude ist ein Stehertyp. Ich rate Ihnen, ihn dementsprechend zu behandeln."

„Er hat bei der Messe am Samstagnachmittag immer ein besonderes Versöhnungsgebet für alle Huren, Junkies und das Straßenvolk gesprochen. Er hat jedem die Absolution erteilt, allen zugleich, egal, was sie gemacht haben. Jemand hat ihn angegriffen, um an sein Boot zu kommen. Ich glaube, sie haben ihn umgebracht. Ich muss es rausfinden. Ich kann nicht weiterleben, ohne zu wissen, was aus ihm geworden is."

„Ms. Ramos, zehntausende von Menschen werden im Moment vermisst. Die FEMA versucht ..."

„Wieso is niemand gekommen?"

„Pardon?"

„In der ganzen Gegend sind die Leute ertrunken, und niemand is gekommen. Eine große, fette Schwarze in einem roten Kleid stand auf einem Autodach und hat zum Himmel gewunken. Ihr Kleid is im Wasser getrieben. Sie war 'ne halbe Stunde auf dem Autodach und hat gewunken, während das Wasser immer weiter gestiegen is. Ich hab gesehn, wie sie vom Auto gefallen is. Es ging ihr bis über den Kopf."

Ich wollte keine weiteren Geschichten über Katrina hören. Die Szenen, die ich in den sieben Tagen unmittelbar nach dem Sturm gesehen hatte, würden mich nie wieder loslassen. Auch die Wut, die sie in mir hervorriefen, konnte ich mir nicht leisten. Und ich wollte mich nicht mit dem unterschwelligen Rassismus in unserer Gesellschaft auseinander setzen, der bereits sein garstiges Haupt reckte. Laut der *Washington Post* hatte ein Abgeordneter in Baton Rouge einer Gruppe von Lobbyisten erklärt: „Endlich sind wir den sozialen Wohnungsbau in New Orleans los. Wir haben es nicht geschafft, aber Gott."

Wie erklärt man so eine Aussage den Menschen, die der schlimmsten Naturkatastrophe in der amerikanischen Geschichte zum Opfer gefallen sind? Man kann es nicht. Man versucht eine zusammengebrochene Welt nicht zu reparieren, und man legt gebrochenen Menschen kein Heftpflaster an, sagte ich mir.

„Ich glaube, Jude möchte, dass Sie in der Unterkunft bleiben. Sie können hier allerhand Gutes tun. Ich verspreche Ihnen, dass ich mein Bestes tun werde, um herauszufinden, was aus ihm geworden ist", sagte ich.

„Ich glaube, er hat über Sie geredet", sagte sie.

„Wie bitte?"

„Jude hat gesagt, er hat früher die Zeitung zu einem Polizisten ausgetragen, der einen Köderladen besessen hat. Er hat gesagt, der Polizist war ein Säufer, aber er wär ein guter Mann, der den Leuten zu helfen versucht hat, die keine Macht haben. Sind Sie das?"

Sie wusste, wie man jemanden ködert.

Nach dem Mittagessen fuhr ich zur Sheriff-Dienststelle des Iberia Parish und ging nach oben in mein Büro. Der normale Berufsalltag im Iberia Parish stand in ebenso krassem Gegensatz zu den sieben Tagen, die ich in New Orleans verbracht hatte, wie sich die Zuversicht, die man in der Blüte seiner Jugend hat, von der geistigen Verfassung eines Mannes unterscheidet, der von einer tödlichen Krankheit befallen worden ist. Das Innere des Gebäudes war makellos und von Sonne durchflutet. Stetig strömte kühle Luft aus den Gebläsen in der Wand. Eine der Sekretärinnen hatte Blumen auf die Fensterbretter gestellt. Eine Schar Deputys in tadellosen Uniformen und gewienerten Waffengurten trank vorne an der Rezeption Kaffee und aß Donuts. Von meinem Bürofenster im ersten Stock aus blickte ich über das Blätterdach der Palmen und immergrünen Eichen hinweg, die einer Arbeitergegend Schatten spendeten, und hinter der Kathedrale sah ich einen Friedhof mit weiß getünchten Ziegelgruften, wo uns die Toten der Konföderation daran erinnern, dass Shiloh nicht nur ein Begriff aus der Geschichte ist.

Helen blickte durch das Glas in meiner Tür, dann kam sie ohne anzuklopfen herein. „Schick siehst du aus, Pops", sagte sie.

„Das krieg ich oft zu hören", erwiderte ich.

Sie ging an mein Fenster und blickte auf den Sunset Limited, der unten auf den Bahngleisen vorbeifuhr. Sie trug eine eng sitzende Hose und eine weiße Bluse mit kurzen Ärmeln und tadellos gebügelten Aufschlägen. Ein gelber Notizblock steckte in ihrer Gesäßtasche. Sie hakte ihre Daumen seitlich in den Waffengurt. „Ausgeruht?"

Ich kniff die Augen zu und öffnete sie wieder. „Sprich's aus, Helen."

„Ich habe grade mit der FEMA und dem FBI telefoniert. Der Öffentliche Dienst und die gesamte Verwaltung von New Orleans sind zusammengebrochen. Wir werden mit einem Haufen Arbeit eingedeckt, die wir nicht gebrauchen können."

„Solltest du das nicht der gesamten Dienststelle sagen?"

„In diesem speziellen Fall geht es um einen von Clete Purcels Ausgebüxten. Außerdem geht es um einen Typ, den du kennst, einen gewissen Otis Baylor."

„Ein Versicherungsmann?"

„Genau der isses. Die FBIler glauben, dass womöglich eine ganze Reihe von Morden auf das Konto von Bürgerwehren geht, die sich während des Sturms ein bisschen Spaß gönnen wollten. Sie meinen, Otis Baylor hat möglicherweise ein paar Plünderer umgelegt, die grade Sidney Kovicks Haus ausgeräumt hatten."

„Bei Sidney Kovick sind Einbrecher gewesen?"

„Yeah, offenbar die vier dämlichsten Scheißer von ganz New Orleans. Einer hat sich den Kopf wegballern lassen, und der andere ist sein Leben lang querschnittsgelähmt.

Die FBIler glauben, dass Baylor einen Brass auf Schwarze hatte, weil sie seine Tochter vergewaltigt haben, und vermutlich die Gelegenheit genutzt hat, um ein, zwei von den Schweinehunden aus dem Verkehr zu ziehen."

„Das sieht ihm nicht ähnlich."

„Die FBIler kriegen Druck, weil sie hinter den Straßengangstern her waren und weiße Schützen davonkommen ließen. Die Ermittlung gegen Baylor soll wahrscheinlich eine Art Feigenblatt für sie sein. Jedenfalls sollen wir tun, was wir können. Einverstanden, Bwana?"

„Was hat Clete Purcel damit zu tun?"

Sie zog den Notizblock aus ihrer Gesäßtasche und warf einen Blick darauf. „Der Bruder des Querschnittsgelähmten ist ein gewisser Bertrand Melancon. Clete hatte ihn in seinem Gewahrsam, hat ihn aber bei der Überstellung ins Gefangenenlager verloren. Jetzt kommt das Allerbeste, Dave. Clete hat den FBIlern erzählt, dass die Melancon-Brüder und ein Freund von ihnen, ein gewisser Andre Rochon, möglicherweise die Schänder der Tochter sein könnten."

„Mit welcher Begründung?"

„Clete sagt, Rochons Lieferwagen hätte Spuren enthalten, durch die man Rochon und möglicherweise auch die Melancons mit einer Entführung und Vergewaltigung im Lower Nine in Verbindung bringen könnte."

„Yeah, er hat mir von diesen Typen erzählt. Das waren diejenigen, die ihn kurz vor dem Sturm überfahren haben. Soll ich mir Baylor vornehmen?"

„Was dagegen?"

Ich kannte mal einen Bordschützen in Vietnam, der keinen Urlaub außerhalb des Landes machen wollte, aus Angst, er würde desertieren und nicht zum Dienst zurückkehren. Deshalb stand er zugekifft am MG in der Tür seines Huey, war im Busch zugekifft und in Saigon, und er zog seine Tour durch, ohne auch nur ein Mal die Freiluftirrenanstalt von Indochina zu verlassen. Während Helen auf meine Antwort wartete, kam mir der Standpunkt meines Freundes weitaus vernünftiger vor als früher.

Am nächsten Morgen nahm ich mir in aller Frühe einen Streifenwagen und fuhr nach New Orleans zurück. Der Himmel über dem Marschland war immer noch voller Vögel, die anscheinend weder ein Ziel noch ein Zuhause hatten. Nach vier Tagen waren Angehörige der 82. Luftlandedivision in der Stadt eingetroffen, worauf die Plünderungen und Gewalttaten größtenteils aufgehört hatten. Aber noch immer standen achtzig Prozent der Stadt unter Wasser, und zehntausende von Menschen hatten nach wie vor keine Unterkunft.

Ich bog an der St. Charles Avenue ab und suchte mir zwischen Haufen von umgestürzten Bäumen und durch etliche Nebenstraßen einen Weg in Richtung von Baylors Haus. Schließlich stellte ich meinen Wagen ab und watete oder lief den Rest des Wegs durch die Vorgärten.

Die Veranda vor Otis Baylors Haus war abgerundet und hatte ein halbrundes Dach, das auf dorischen Säulen ruhte. Ich hob den Messingring an der Tür und klopfte. Das Wasser war bis auf die Straße zurückgewichen, der Mittelstreifen ragte heraus. Ein Stück weiter unten, auf der anderen Straßenseite, sah ich das Haus von Sidney Kovick. Ein Arbeitstrupp entfernte die Sperrholzplatten von den Panoramafenstern.

Otis Baylor öffnete die Haustür. Sein Gesicht war rundlich und ausdruckslos, wie bei jemandem, der gerade von einer Beerdigung kommt. „Ja?", sagte er.

„Ich bin Dave Robicheaux, von der Sheriff-Dienststelle Iberia, Mr. Baylor", sagte ich. „Ich habe den Auftrag, bei den Ermittlungen wegen einer Schießerei mitzuhelfen, die vor Ihrem Haus stattfand. Sie kennen mich vielleicht aus New Iberia."

Er bot mir nicht die Hand zum Gruß. „Was kann ich für Sie tun?"

„Ich habe ein kleines Problem. Vor Ihrem Haus wurde einem Oberschüler das Hirn weggeballert, und ein Nichtsnutz, der bei ihm war, hat eine Kugel ins Rückenmark abbekommen. Die FBIler meinen, dass es womöglich Bürgerwehrmänner gewesen sein könnten. Offen gestanden glaube ich nicht, dass diese Ermittlung zu irgendwas führt, aber unsere Dienststelle ist der Stadt New Orleans zur Unterstützung zugeteilt, und wir müssen tun, was wir können."

Einen Herzschlag lang, einen Sekundenbruchteil, wandte er den Blick ab.

„Kommen Sie rein", sagte er und hielt die Tür auf. „Sie haben Glück, dass Sie mich daheim angetroffen haben. Ich nutze mein Haus zurzeit als Büro, aber normalerweise bin ich mit meinen Gutachtern unterwegs. Möchten Sie einen Tee? Ich habe noch Eis in der Kühltruhe."

„Nein, danke. Ich mach es so schnell, wie ich kann, Sir."

Er geleitete mich in sein Herrenzimmer und bat mich, Platz zu nehmen. Bei den Büchern auf seinen Regalen handelte es sich größtenteils um Nachschlagewerke und Lexika, oder sie waren von Buchclubs erworben, die sich auf populärwissenschaftliche Geschichtswerke und Biographien spezialisiert hatten. Sein Schreibtisch quoll vor Papier über. Durch das Seitenfenster sah ich einen Mann mit kugelrundem Kopf, der auf einer Leiter stand und den abgebrochenen Ast einer Eiche von seinem Dach zu zerren versuchte.

„Ein Ermittler des FBI sagt, Sie hätten einen Schuss gehört, wüssten aber nicht, woher er kam", sagte ich.

„Ich habe geschlafen. Von dem Schuss bin ich aufgewacht. Ich hab aus dem Erkerfenster geschaut und einen Jungen im Wasser treiben sehen, und ein anderer Typ lag halb im Bug eines Bootes."

„Besitzen Sie eine Schusswaffe, Mr. Baylor?"

„Otis bitte. Ja. Ein Springfield, Modell 1903, mit Kammerverschluss. Wollen Sie es sehen?"

„Im Moment nicht. Danke für das Angebot. Sind Sie rausgegangen, nachdem Sie den Jungen im Wasser gesehen haben und den anderen, der halb im Boot lag?"

„Bis ich angezogen war, hatte ein Typ den Verletzten ins Boot geladen und war bereits um die Ecke. Ein anderer Typ ist davongerannt."

„Waren sie alle schwarz?"

„Soweit ich das erkennen konnte. Es war dunkel."

„Und Sie haben niemand anderen auf der Straße, auf einer Veranda oder an einem Fenster gesehen?"

„Nein."

Ich öffnete den Aktenordner in meiner Hand und las aus den Notizen vor, die mir ein FBI-Agent aus Baton Rouge telefonisch durchgegeben hatte. „Die FBIler und die Jungs vom NOPD glauben, dass der Schuss auf dieser Straßenseite abgegeben wurde."

„Möglicherweise. Ich habe keine Ahnung."

„Die einzigen bewohnten Häuser in unmittelbarer Nähe waren Ihres und das Ihres Nachbarn."

„Ich kann nichts zu den Schlussfolgerungen anderer Leute beisteuern, was diese Sache angeht. Ich habe Ihnen gesagt, was ich gehört und gesehen habe." Er schaute auf seine Uhr. „Wollen Sie das Springfield sehen?"

„Wenn Sie nichts dagegen haben."

Er ging nach oben, kehrte mit dem Gewehr zurück und reichte es mir mit offenem Verschluss und leerem Magazin. „Stehe ich wegen der Schüsse unter Verdacht?"

„Im Moment sieben wir Verdächtige aus."

„Warum haben Ihre Freunde meine Schusswaffe nicht mitgenommen? Ich hätte das gemacht."

„Weil sie keine Möglichkeit hatten, Beweismittel zu verwahren. Weil sie keine Vollmacht dazu hatten. Weil der ganze Apparat zusammengebrochen ist."

Aber hier spielte noch eine andere Tatsache eine Rolle, die ich ihm nicht anvertraut hatte. Die Kugel, die Eddy Melancon an der Kehle getroffen und Kevin Rochons Schädeldach weggerissen hatte, war nicht stecken geblieben und die Metallspuren in den Wunden hatten nur wenig Beweiskraft.

Ich hob das Gewehr und roch am Schloss. „Haben Sie's gerade geölt?"

„Ich weiß nicht mehr genau, wann ich es gereinigt habe."

„Darf ich die Munition sehen, die dazugehört?"

„Ich weiß nicht mal, ob ich welche habe."

„Was für Munition verschießen Sie damit?"

„Das Gewehr ist vom Kaliber .30-06. Es verschießt Patronen vom Kaliber .30-06."

Ich saß auf einem weichen, burgunderroten Ledersessel, durch die Bäume draußen fiel grün-goldenes Herbstlicht. Aber die behagliche Umgebung passte nicht zu der inneren Unruhe, die mich erfasste. „Darauf wollte ich nicht hinaus, Sir. Das ist eine Militärwaffe. Schießen Sie mit Spitzgeschossen mit Metallmantel?"

„Ich schieße auf Scheiben. Ich gehe nicht auf die Jagd. Ich schieße mit der Munition, die es zu kaufen gibt. Was soll das?"

„Mit Militärmunition auf die Jagd zu gehen, ist verboten, weil sie das Tier glatt durchschlägt und nur verletzt, statt es zu töten. Ich glaube, die beiden Opfer der Schießerei wurden eher von einem Metallmantel- als von einem Bleispitzgeschoss erwischt. Noch was Anderes. Sie bezeichnen den Toten als ‚Jungen‘, die anderen Plünderer aber als ‚Typen‘."

„Ist mir nicht aufgefallen."

„Sie haben recht, der Tote war ein Teenager. Sowohl der Verletzte als auch sein Bruder sind Erwachsene. Der Mann, der geflohen ist, war vermutlich Andre Rochon, ebenfalls ein Erwachsener. Sie sprechen von diesen Typen so, als ob Sie sie kennen, als hätten Sie sie von Nahem gesehen."

Er verdrehte die Augen, wollte etwas sagen und ließ es dann sein. Er saß auf einem Stuhl an seinem Schreibtisch, sein langärmliges weißes Hemd war zerknittert. Mit seiner teilnahmslosen Miene, den großen, kräftigen Händen und seiner widerborstigen Art erinnerte er mich an einen Farmer, der von seiner Frau gezwungen wurde, in die Kirche zu gehen. Ich schaute ihn in der Stille unverwandt an.

„Hören Sie, Mr. Robicheaux ..."

„Dave bitte."

„Ich habe Ihnen alles gesagt, was ich weiß. Im Moment warten in Louisiana und Mississippi tausende von Menschen darauf, dass sie etwas von ihrem Versicherungsvertreter hören. Das bin ich. Ich wünsche Ihnen alles Gute, aber dieses Gespräch ist vorbei."

„Ich fürchte, es ist nicht vorbei." Ich schloss den Aktenordner und legte ihn neben meinen Fuß, als wäre der Inhalt nicht mehr von Bedeutung. „Vor Jahren habe ich im Evangeline Hotel in Lafayette mal an einem Kongress von Polizisten aus Louisiana und Mississippi teilgenommen. An diesem Wochenende hatte das FBI den Pearl River auf der Suche nach dem Opfer eines Lynchmords abgesucht. Den Gesuchten fanden sie nicht, aber drei andere, deren Leichen in zwei Teile zersägt waren. Ich war in der Hotelbar, als ich vier Zivilfahnder in einer Nische hinter mir lachen hörte. Einer sagte: ,Habt ihr von dem Nigger gehört, der so viele Ketten geklaut hat, dass er nicht durch den Pearl schwimmen konnte?' Ein anderer Detective sagte: ,Wisst ihr, wie man ihn gefunden hat? Sie haben mit einem Scheck von der Sozialhilfe über dem Wasser gewedelt, worauf der Krauskopf auftaucht und brüllt: ‚Hier bin ich, Boss.' Wegen dieser Leute habe ich mich nicht nur geschämt, weil ich ein Polizist war, ich habe mich geschämt, weil ich ein Weißer war. Ich glaube, Sie sind genauso wie ich, Mr. Baylor. Ich halte Sie nicht für einen Rassisten oder Bürgerwehrtypen. Ich weiß, was Ihrer Tochter widerfahren ist. Wenn meine Tochter von Abartigen und Sadisten überfallen werden würde, wäre ich ebenfalls versucht, strenge Gerechtigkeit zu üben. Ein Vater, dem es nicht so ginge, wäre kein richtiger Vater."

Seine blauen Augen wirkten lidlos, die großen Hände, deren Rücken rau wie ein Seestern waren, lagen auf den Knien.

„Rücken Sie lieber gleich damit raus, Partner", sagte ich. „Der Justizapparat will gezielt Zeichen setzen. Lassen Sie sich nicht von irgendwelchen Bürokraten am Wickel kriegen."

Er blieb auf Blickkontakt, verbarg seine Gedanken vor mir. Dann riss er sich von allen Vermutungen und Schlussfolgerungen los, mit denen er sich beschäftigt haben mochte, und schaute zur Tür.

„Hi, Melanie. Das ist Mr. Robicheaux, aus New Iberia. Er war in der Gegend und hat kurz vorbeigeschaut, um zu sehen, wie es uns geht. Ich habe ihm gesagt, dass es uns gut geht", sagte Otis Baylor.

„Ja, ich erinnere mich an Sie. Schön, Sie wiederzusehen", sagte seine Frau und bot mir die Hand zum Gruß, hatte in der anderen einen geeisten Drink. „Uns geht's ganz gut, wenn man's recht bedenkt." Sie blickte auf das Springfield-Gewehr, das an meinem Sessel lehnte. „Es geht doch nicht um die Neger, auf die geschossen wurde, oder? Wir haben den Behörden bereits alles gesagt, was wir wissen. Ich kann kaum glauben, dass sich so etwas vor unserem Haus ereignet hat."

Ich ging nach nebenan und schaute zu dem Mann mit dem kugelrunden Kopf hoch, der auf der Leiter stand und mit einem abgebrochenen Eichenast auf seinem Dach kämpfte. Draußen in der Gasse lud ein Gabelstapler einen mächtigen Generator von der Ladefläche eines Lasters.

„Könnte ich Sie sprechen, Sir?", rief ich und hielt meine Dienstmarke hoch.

Der Mann mit dem kugelrunden Kopf, dessen Gesicht von der Arbeit gerötet war, stieg die Leiter herab. Ich erklärte ihm, wer ich war und warum ich in der Gegend war. „Tom Claggart", sagte er, reichte mir seine fleischige Hand und begrüßte mich freundlich.

„Hat das FBI oder die Stadtpolizei schon mit Ihnen geredet?"

„Einen Moment."

Er ging zur Gasse und erklärte dem Gabelstaplerfahrer, wo er den Generator abstellen sollte. Dann kehrte er zurück, blickte sich aber noch einmal um und überzeugte sich davon, dass der Generator an der richtigen Stelle landete, in einem mit alten Ziegeln ausgelegten Patio, der halb im Schlamm versunken war.

„Ich hab einen Freund, der Schiffsbauer ist. Er hat mir einen von seinen Generatoren gegeben", sagte er. „Ich hätte ihn vor dem Sturm aufstellen sollen, so wie Otis. Was haben Sie gesagt?"

„Ist das FBI oder die Stadtpolizei hier gewesen?"

„Nein, ich wünschte, sie wären es."

„Haben Sie den Schuss gehört?"

„Ich habe gar nichts gehört. Ich habe fest geschlafen. Ich hätte diese Mistkerle durchs ganze Viertel gejagt."

„Aha. Warum wünschten Sie, dass das FBI oder das NOPD mit Ihnen geredet hätte?"

„Um ihnen zu sagen, dass sie in dieser gottverdammten Stadt aufräumen sollen, deswegen."

Ich nickte, um eine freundliche Miene bemüht, und hatte den Blick auf sein Blumenbeet gerichtet. „Besitzen Sie Schusswaffen, Sir?"

„Worauf Sie einen lassen können."

„Glauben Sie, einer Ihrer Nachbarn hatte es in dieser Nacht einfach satt, sich ausrauben und einschüchtern zu lassen?"

„Können Sie sich etwas deutlicher ausdrücken?"

„Die Leute haben die Schnauze voll. Manchmal haben sie auch Schiss und die Schnauze voll. Eine Hausfrau greift zum Revolver und ballert durch die Fensterscheibe auf einen Eindringling. Wie sich herausstellt, ist der Typ ein notorischer Frauenschänder. Auf den meisten Polizeirevieren gibt's dafür beim Morgenappell Beifall."

Er schaute mich mit verkniffenem Mund und ausdrucksloser Miene an.

„Der zweite Zusatzartikel zur Verfassung gibt uns das Recht, Waffen zu tragen, um unser Heim und unsere Angehörigen zu beschützen", sagte ich. „Wenn Anarchie herrscht, halten es auch die Guten manchmal für nötig, radikale Maßnahmen zu ergreifen. Ich glaube, ihr Standpunkt ist nachvollziehbar. Haben Sie mich verstanden, Mr. Claggart?"

„Otis hat ein schweres Kreuz zu tragen", erwiderte er.

„Das ist mir klar." Ich blickte ihn unverwandt an.

Er schnaubte und schaute zu Otis Baylors Haus. Einen Moment lang meinte ich einen finsteren Zug in seinem Gesicht zu sehen, eine Spur von Verbitterung oder Neid. „Er hat irgendwas von wegen schwarzes Elfenbein an die Wand hängen gesagt."

„Mr. Baylor hat das gesagt?"

„An dem Abend, als ein paar Typen in die Häuser auf der anderen Straßenseite eingebrochen sind."

„Haben das noch andere gehört?"

„Zwei Freunde, die mit mir im Garten waren. Otis war mit seinem Gewehr unterwegs. Hören Sie, ich kann's ihm nicht verübeln. Wir haben sogar angeboten, ihm zu helfen."

„Würden Sie bitte die Namen und Adressen Ihrer Freunde aufschreiben?"

„Hoffentlich bring ich niemand in Schwierigkeiten. Ich wollte mich bloß richtig verhalten", sagte er und nahm mir meinen Stift und den Notizblock aus der Hand.

Wer Nachbarn wie Tom Claggart hatte, brauchte keine Feinde.

Aber nicht weit weg war noch ein weiterer Beteiligter, den ich unbedingt befragen wollte. Sidney Kovick war ein rätselhafter Mann, der vom Charakter her entweder ein Soziopath oder ein meisterhafter Schauspieler war. Er war hoch aufgeschossen, gut gebaut, hatte dunkle Haare, dicht beisammenstehende Augen und eine kantige Stirn und trug elegante Kleidung und auf Hochglanz gewienerte rotbraune Slipper mit Bommeln. Beim Gehen schien er sich zum unhörbaren Klang von Geld und Macht zu wiegen. Wenn er ein Zimmer betrat, senkten alle Leute die Stimme, auch diejenigen, die ihn nicht kannten.

Er war an der North Villere Street aufgewachsen und hatte als Fahrer bei UPS gearbeitet, bevor er sich zu den Fallschirmjägern gemeldet hatte und nach Vietnam gegangen war. Er war mit einem Bronze Star und einem Purple Heart heimgekommen, schien aber keinerlei Wert auf sein Heldentum zu legen. Sidney hatte es bei der Army gefallen, weil er sie durchschaut hatte und ihre Geradlinigkeit und Berechenbarkeit schätzte. Außerdem sagten ihm die vielen krummen Geschäfte zu, die ihm dort geboten wurden. Er lieh Kameraden Geld zu zwanzig Prozent Zinsen, hatte Beziehungen zu Zuhältern in der Bring-Cash Alley von Saigon und verkaufte ganze Lastwagenladungen von PX-Waren auf dem vietnamesischen Schwarzmarkt. Sidney hielt nichts davon, seinen Fähigkeiten geographische Grenzen zu setzen.

Wenn jemand Sidney wegen irgendeines Problems um seinen Rat bat, bekam er immer die gleiche Belehrung zu hören: „Zeig den Leuten nie, was du denkst."

Er besaß einen Blumenladen, mochte Filme und hatte immer eine Nelke im Revers stecken. Sein Lieblingsspruch war ein Zitat frei nach einem Satz von Rhett Butler in *Vom*

Winde verweht: „Beim Aufstieg und Fall von Staaten werden große Vermögen gemacht." Sidney war zum Amtseinführungsball des Gouverneurs eingeladen, fuhr beim Mardi Gras auf den Prunkwagen mit und trat einst bei einer Flugschau über dem Lake Pontchartrain auf, bei der er auf der Tragfläche eines Doppeldeckers stand. Altgediente Cops betrachteten ihn als erfrischende Abwechslung zu dem Straßengesindel, mit dem sie es normalerweise zu tun hatten. Der einzige Haken bei so viel Verklärung war, dass Sidney Kovick einem das Licht ausblasen und dabei ein Glas Burgunder trinken konnte.

Arbeiter gingen bei ihm ein und aus. Ohne anzuklopfen, trat ich durch die Haustür. Innen sah es aus, als wäre eine Wikingerhorde durchmarschiert. Sidney stand in seinem Esszimmer und blickte zu einem Kronleuchter auf, den jemand mit einem Eisenrechen zu verhedderten Fetzen zerschreddert hatte.

„Die haben Sie hart erwischt, was?", sagte ich.

Er starrte mich an, als ginge er Gesichter auf einer Rolodex-Scheibe durch. „Yeah, das Lumpenpack ist eindeutig außer Rand und Band. Ich glaube, wir brauchen einen Massenabwurf von Verhütungsmitteln über zwei Dritteln der Stadt. Was machen Sie hier, Dave?"

„Ich ermittle wegen der Schüsse auf die Typen, die in Ihr Haus eingebrochen sind."

„Einbrecher pissen einem nicht in den Ofen und den Kühlschrank."

„Da haben Sie recht", sagte ich, während Putz unter meinen Füßen knirschte. „Sieht so aus, als hätten sie sämtliche

Wände und einen Teil der Decke aufgerissen. Glauben Sie, die waren hinter was Besonderem her?"

„Yeah, dem Geheimnis des Da-Vinci-Code. Sind Sie immer noch trocken?"

„Ich bin noch bei den Anonymen Alkoholikern, falls Sie das meinen."

„Tun Sie nicht so hochnäsig. Ich wollte Ihnen ein paar Fingerbreit Beam anbieten, weil das alles ist, was ich habe. Aber ich wollte Sie nicht beleidigen. Ich habe gehört, dass einer der Schwarzen in 'ne Nacktschnecke verwandelt wurde."

„So heißt es. Ich habe ihn noch nicht vernommen."

„Aha?"

Ich war mir nicht sicher, ob er zuhörte oder mich bitten wollte, den Satz zu wiederholen. Er trug einem Arbeiter auf, eine Leiter zu holen und den zerschlagenen Kronleuchter abzunehmen. Dann berührte er die kaputte Platte des Esstisches und wischte sich die Finger ab. „In welchem Krankenhaus ist die menschliche Schnecke?", sagte er.

„Warum fragen Sie?"

„Er tut mir leid. Jemand, der die Häuser anderer Leute so zurichtet, muss 'ne Mutter haben, die durch 'ne geplatzte Darmfistel geschwängert wurde."

„Sie verstehen sich auszudrücken, Sidney."

„Hey, ich bin in New Orleans geboren. Das war mal 'ne schöne Stadt. Erinnern Sie sich an die Musik und den Vergnügungspark draußen am Lake Pontchartrain? An die Karren der Eisverkäufer an den Straßenecken und die Familien, die vorne auf ihren Verandas saßen? Wann sind Sie

das letzte Mal bei Nacht eine Straße in New Orleans ent-
langgelaufen und haben sich sicher gefühlt?"

Als ich nicht antwortete, legte er mit dem Finger auf mich
an. „Drangekriegt", sagte er.

Auf dem Weg nach draußen sah ich Sidneys Frau im
Garten. Sie stammte aus einem Fischerdorf unten im Plaquemines Parish, einer geologischen Anomalie, die sich
wie eine Nabelschnur in den Golf von Mexiko erstreckt.
Sie war ebenso groß wie ihr Mann, hohlwangig, mit tiefliegenden Augen und Schultern wie ein Mann. Jahrzehntelang waren die Angehörigen ihrer Familie politische
Verbündete eines Richters, der für seinen Rassismus be-
rüchtigt war, der Plaquemine Parish wie sein persönliches
Lehen regierte und einmal sogar ein Vorhängeschloss an
einer katholischen Kirche anbringen ließ, als der Bischof
einen schwarzen Priester als Pfarrer einsetzte.

Aber anscheinend hatte sie wenig mit ihrer Familie ge-
mein, jedenfalls soweit ich das sehen konnte. Sogar Eunice
Kovicks Vater hatte einmal über seine Tochter gesagt: „Bei
dem Gesicht von dem armen Mädchen würde ein Zug auf
einem Feldweg umkehren, aber sie hat ein gutes Herz und
füttert jeden streunenden Hund und jede Nigra im Bezirk."

Warum sie Sidney Kovick geheiratet hatte, konnte ich
nicht nachvollziehen.

„Wie geht's Ihnen, Eunice?", sagte ich.

„Ganz gut. Und Ihnen, Dave?"

„Die Sache mit eurem Haus tut mir leid. Seid ihr gut
versichert?"

„Wir werden's erfahren."

„Haben Sie irgendeine Ahnung, warum diese Typen Wände und Decken aufgerissen haben?"

„Was hat Sidney gesagt?"

„Er wollte keine Mutmaßungen anstellen."

„Ehrlich?"

Ihr Lächeln war eins der süßesten, das ich je bei einer Frau gesehen habe.

„Wir sehen uns, Eunice", sagte ich.

„Jederzeit", erwiderte sie.

Meine letzte Station war das Krankenhaus, in dem Bertrand Melancon seinen angeschossenen Bruder abgesetzt hatte.

12

Aber ich erfuhr, dass Eddy Melancon in ein Krankenhaus in Baton Rouge verlegt worden war. Mit eingeschaltetem Blinklicht fuhr ich durch den dichten Verkehr auf dem I-10. Als ich zur Stadtgrenze von Baton Rouge kam, waren die Straßen mit Pkw, Lastwagen, Bussen und Einsatzfahrzeugen verstopft. Obwohl ich mit dem Streifenwagen Vorfahrt hatte, war ich erst gegen drei Uhr nachmittags beim Our Lady of the Lake Hospital.

Ich wünschte fast, ich hätte es nicht getan. Ich vermutete, dass Eddy Melancon in seinem kurzen Leben wahrscheinlich vielen Menschen nicht wiedergutzumachendes Leid zugefügt hatte, aber wenn es so etwas wie ein Karma gab, dann war es mit der ganzen Wucht einer stachligen Abrissbirne auf ihm gelandet.

In seinem Bett wirkte er schwerelos, hatte Augen wie ein Waschbär, als ob die Haut rund um die Höhlen mit Kohlenstaub eingerieben worden wäre. Sein Körper hing voller Drähte und Schläuche, die Arme lagen leblos zu beiden Seiten. Ich klappte das Etui mit meiner Dienstmarke auf und erklärte ihm, wer ich war. „Wissen Sie, wer auf Sie geschossen hat?", fragte ich.

Er richtete den Blick auf mein Gesicht, antwortete aber nicht.

„Können Sie sprechen, Eddy?"

Er schürzte die Lippen, sagte aber nichts.

„Kam der Schuss von hinten oder von vorne?", sagte ich.

Er gab ein nasses Klicken von sich und einen Laut, der

klang, als wenn Luft aus der geplatzten Blase eines Fußballs entweicht. „Yeah", flüsterte er.

„Haben Sie das Mündungsfeuer gesehen?"

„Nein."

„Sie haben den Schuss gehört, aber kein Mündungsfeuer gesehen?"

„Yeah. Ich hab's nicht gesehn."

„Ist Ihnen klar, dass ihr Sidney Kovicks Haus auseinander genommen habt?"

„Ich bin in keim Haus gewesn."

„Richtig", sagte ich. Ich zog meinen Stuhl näher ans Bett. „Hören Sie mir zu, Eddy. Wenn Sie Leute besuchen kommen, die Sie nicht kennen, dann überzeugen Sie sich davon, dass es Cops sind. Lassen Sie sich von niemandem, den Sie nicht kennen, aus diesem Krankenhaus wegbringen."

Er schaute mich fragend an.

„Wenn Sie bei Sidney fette Beute gemacht haben, wird er sie Ihnen wieder abnehmen", sagte ich. „Er wird sämtliche Mittel anwenden, die wirken."

Eddy versuchte zu sprechen, dann verschluckte er sich an seinem Speichel. Ich beugte mich über ihn, hielt das Ohr an seinen Mund. Sein Atem roch wie das Grab, seine Worte brachen sich feucht an meinen Wangen.

„Sagen Sie das noch mal."

„Wir ham ein Boot genommen. Das is alles", sagte er.

„Von Sidney Kovick?"

„Im Lower Nine. Ich bin in keim Haus in Uptown gewesn."

Ich legte ihm meine Visitenkarte auf die Brust. Viel Glück, Partner. Ich glaube, Sie brauchen es", sagte ich.

Als ich an diesem Abend nach Hause kam, schlief ich wie ein Toter.

Bei Sonnenaufgang aß ich auf der Treppe hinter dem Haus eine Schale Müsli mit Bananenscheiben und trank Kaffee und heiße Milch. Grauer Nebel hing zwischen den immergrünen Eichen und Pekanbäumen, und sowohl Tripod, unser dreibeiniger Waschbär, als auch Snuggs, unser Kater, waren bei mir und fraßen Sardinen aus der Dose neben meinen Füßen. Molly öffnete die Fliegendrahttür und setzte sich zu mir. Sie trug noch ihren Morgenmantel. Sie tippte mir mit den Fingernägeln an den Nacken. „Alafair ist über Nacht bei den Mansons geblieben", sagte sie.

„Wirklich?", sagte ich.

Sie blickte die Böschung zum Bayou hinab. Im Schatten am Fuß der Bäume waren die gold-roten Blüten der Wunderblumen noch geöffnet. Draußen im Nebel hörte ich einen schweren Fisch in den Seerosenfeldern springen. „Hast du Lust reinzugehen?", fragte ich.

Um zehn Uhr kam Helen Soileau in mein Büro. „Wie bist du gestern klargekommen?", sagte sie.

„Ich hab alles aufgeschrieben, was ich rausgefunden habe, und ans FBI in Baton Rouge gefaxt. In deinem Fach liegt eine Kopie. Außerdem habe ich mit jemand vom NOPD telefoniert. Ich glaube nicht, dass das irgendwohin führt."

„Du glaubst nicht, dass Otis Baylor auf diese Typen geschossen hat?"

„Sein Nachbar ist anscheinend bereit, ihn zu belasten, aber ich hatte das Gefühl, dass der Nachbar selber einen Dachschaden hat. Ich glaube, unter dem Schlamm und den Trümmern kommen noch monatelang Leichen zum Vorschein. Wer will sich wegen zwei Plünderern um den Schlaf bringen, die sich ein Hochleistungsgeschoss eingefangen haben, als sie die Häuser anderer Leute zerstört haben?"

„In Ordnung, machen wir weiter. Das Erholungscenter im City Park ist voller Evakuierter. Wir müssen ein paar von ihnen nach Houston schaffen, wenn wir können. Das Iberia General und das Dautrieve Hospital platzen aus allen Nähten. Eins sag ich dir, Streak, ich habe in meinem Leben schon manchen Scheiß gesehen, aber so was noch nicht."

Ich konnte ihr nicht widersprechen. Genau genommen wollte ich nicht einmal einen Kommentar dazu abgeben.

„Was hast du von Lyndon Johnson gehalten?", fragte sie.

„Bevor oder nachdem ich in Vietnam war?"

„Als fünfundsechzig der Hurrikan Betsy New Orleans erwischt hat, ist Johnson in die Stadt geflogen und in eine Unterkunft voller Leute gegangen, die aus Algiers evakuiert worden waren. Es war dunkel da drin, und die Leute waren verängstigt und wussten nicht, was aus ihnen werden soll. Er hat eine Taschenlampe auf sein Gesicht gerichtet und gesagt: ‚Mein Name ist Lyndon Baines Johnson. Ich bin Ihr gottverdammter Präsident und erkläre Ihnen hiermit, dass meine Regierung und das Volk der Vereinigten Staaten hinter Ihnen stehen'. Nicht schlecht, was?"

Aber ich hörte nicht zu. Einen Punkt aus der Ermittlung gegen Otis Baylor hatte ich Helen gegenüber nicht erwähnt, weil sie keine Komplikationen wollte, und schon gar nicht, wenn sie außerhalb unseres Zuständigkeitsbereiches lagen.

„Ich habe gestern bei Sidney Kovicks Haus vorbeigeschaut und kurz mit ihm geplaudert. Die Plünderer haben die Rigipsplatten, das Lattenwerk und den Putz von einem Großteil der Wände und Decken gerissen."

„Eins zu null für das Pack."

„Ich glaube, die haben Sidney schwer ausgenommen. Sidney hatte nie Zoff wegen der Steuer. Ich würde mich nicht wundern, wenn die Wände voller Kohle gewesen wären."

„Na und?"

„Er wollte rauskriegen, in welchem Krankenhaus der querschnittsgelähmte Plünderer ist."

„Und?"

„Der Querschnittsgelähmte ist im Our Lady of the Lake in Baton Rouge. Ich habe versucht, ihn zu warnen, aber er wollte nicht hören."

Helen zupfte an ihrem Ohrläppchen. „Bwana?"

„Was ist?"

„Egal, was mit diesen Typen passiert, sie haben's sich selber zuzuschreiben. Kapiert?"

„Ich habe doch gar nichts dagegen."

Clete Purcel hatte Bertrand Melancon nicht bei der Überstellung in das improvisierte, mit Maschendraht umgebene Gefängnis am Flughafen aus dem Gewahrsam verloren. Bertrand ging auf dem Weitertransport verloren, bei

Gonzales, als der Häftlingsbus, mit dem er fuhr, auf ein aufgeweichtes Feld stieß, wo man auf dem Höhepunkt des Sturms ein Gefangenenlager angelegt hatte. Hunderte von Häftlingen aus den Gefängnissen von zwei Bezirken drängten sich auf dem Feld, dazu die Wachen, während Blitze über ihren Köpfen explodierten und der Regen ihnen fast die Kleidung vom Körper riss. Viele von ihnen, nehme ich an, machten die gläubigsten Augenblicke ihres Lebens durch. Aber als Bertrand Melancon eintraf und man ihm befahl, sich bei einem Miet-WC anzustellen, war das Drama, das seine Mithäftlinge erlebt hatten, bereits Geschichte, und das Feld war einfach ein aufgewühltes, mit Müll übersätes Stück Farmland, auf dem sich Reiher und verirrte Möwen um Abfälle balgten.

„Wie lang müssn wir hierbleibn, Mann?", fragte Bertrand einen Wärter.

„Das Four Seasons ist im Moment ein bisschen überfüllt. Aber wir haben den Zimmermädchen gesagt, dass sie eure Zimmer so schnell wie möglich vorbereiten sollen", erwiderte der Wärter.

Ein Großteil der Häftlinge in den Bussen wollte nicht fliehen. Die meisten waren müde, von Moskitos zerstochen, von der Sonne verbrannt und krank vom schlechten Essen. Sie wollten in einer klimatisierten Haftanstalt, in der es saubere Betten und heiße Mahlzeiten gab, vor dem Fernseher sitzen. Wenn sie die Wahl gehabt hätten, wären sie am liebsten in einem Gebäude untergebracht, das zwei Meter dicke Wände und ein Fundament hatte, dem auch die Sintflut nichts anhaben konnte.

Bertrand hatte andere Pläne. Als der Bus im Zwielicht auf den Highway stieß, stemmte er die Gitter am Rückfenster auf und ließ sich in einen Straßengraben fallen. Seine Abwesenheit wurde nicht bemerkt, bis der Bus auf halbem Weg nach Shreveport war.

Nig Rosewater kam höchstpersönlich in Cletes Apartment an der St. Ann Street, um ihm die Nachricht zu überbringen. Man konnte nicht behaupten, dass Nig einen Hals wie ein Hydrant hatte. Er hatte schlicht gar keinen Hals. Seine Hängebacken und das Kinn schienen direkt auf der Schulter zu sitzen, und das gestärkte Hemd und die goldene Kragennadel konnten den äußeren Eindruck auch nicht verbessern. Genau genommen wirkte er mit seiner goldenen Krawatte wie ein Schwein, das einen gebutterten Maiskolben frisst.

„Nig, ich habe die Fracht geliefert. Ich habe eine Empfangsbestätigung samt Unterschrift für die Überstellung in den polizeilichen Gewahrsam. Ab dem Moment wurde Bertrand Melancon Eigentum des Bezirks Orleans", sagte Clete. „Die andere Hälfte von deinen ausgebüxten dreißig Riesen ist im Our Lady of the Lake. Du schuldest mir drei Riesen."

„Mit dem Fang von dem Gemüse im Krankenhaus hattest du nichts zu tun. Folglich macht dein Honorar allenfalls fünfzehnhundert", erwiderte Nig. „Und deswegen bin ich auch nicht hier. Heute Morgen um sieben haben zwei von Sidney Kovicks Leuten an meine Tür gehämmert. Ich hab ihnen gesagt, dass ich nicht weiß, wo Bertrand Melancon und Andre Rochon sind, denn wenn ich das wüsste, wäre ich im Moment keine fünfzehn Riesen los. Folglich wollten sie wissen, in welchem Krankenhaus das Gemüse ist. Ich sag ihnen, das wüsste ich auch nicht, weil mich die Regierung nicht zu Rate zieht, wenn sie die Leute durchs ganze Land verfrachtet.

Einer von den Typen sagt: ‚Ihre fünfzehn Riesen sind Klopapier. Entweder liefern Sie uns die Kameraden, die in Mr. Kovicks Haus eingebrochen sind, oder Mr. Kovick denkt sich, dass alles, was sie gemacht oder mitgenommen haben, auf Sie geht.‘“

Cletes Apartment lag über seinem Büro. Es war ein strahlender, sonniger Tag, und die toten Vögel, die der Sturm an die Hauswand getrieben hatte, türmten sich auf dem Balkon, wo der Wind ihr Gefieder zerzauste.

„Mir ist nicht klar, inwiefern irgendwas davon auf mich zurückfallen soll, und schon gar nicht, wenn du mich um meine Fangprämie linkst“, sagte Clete.

„Kauf dir einen besseren Ohrenschmalzentferner, Purcel. Diese Typen haben Sidney irgendwas weggenommen, das er weder bei der Versicherung noch als geschäftlichen Verlust geltend machen kann. Seine Jungs haben gesagt, meine fünfzehn Riesen sind Klopapier. Was sagt dir das? Diese Blödmänner sind auf fette Beute gestoßen, vielleicht auf irgendwas, das sie nicht loswerden. Was ist, wenn es Inhaberobligationen sind oder irgendwelches militärisches Hightech-Zeug? Wer hätte denn ein Interesse daran, zwei Straßenratten auf Kaution davonkommen zu lassen? Wer hätte die Beziehungen, um das, was das Gesocks bei Sidney hat mitgehen lassen, zu verticken oder zu waschen?“

Clete schnäuzte sich in ein Taschentuch, um seinen Gesichtsausdruck zu verbergen. „Ich sage, steh das durch und sag ihnen, sie können dich. Lass dich von Sidney nicht rumschubsen."

„Du kotzt mich an."

„Jesses, das tut mir aber leid."

Das Apartment hatte keinen Strom, und Nig schwitzte in seinem Sportsakko. „Warum räumst du die toten Vögel nicht von deinem Balkon? Hier drin stinkt's", sagte Nig, dessen Augen vor Angst schimmerten.

Vor dem Hurrikan hatte Clete Badewanne, Waschbecken und Spüle mit Wasser volllaufen lassen. Jetzt benutzte er es tagtäglich, um sich zu waschen, zu rasieren, die Zähne zu putzen und den Toilettentank aufzufüllen. Als Nig weg war, zog Clete frische Sachen an, kämmte sich die Haare und streifte sein Nylonschulterholster mit dem blau-schwarzen Smith & Wesson über. Er ging nach unten in den Innenhof und ließ seinen neuesten Cadillac an, ein altes, taubenblaues Cabrio, dessen Lack mit Blasen übersät war, das Verdeck voller Schimmelflecken. Sobald der Motor ansprang, schoss eine mächtige Wolke aus Ölqualm aus dem Auspuff. Den Porkpie-Hut schief auf dem Kopf, stieß Clete auf die Straße, kaute auf seiner Unterlippe und fragte sich, inwieweit er einem Mann zusetzen konnte, dessen Potenzial weder die Unterwelt noch die Ordnungshüter von New Orleans jemals richtig eingeschätzt hatten.

Auf der anderen Seite des Flusses, in Algiers, hatten ganze Wohnviertel den Sturm ohne Überflutung und nur mit zeitweiligem Stromausfall überstanden. Als er mit offenem Verdeck über die Brücke fuhr, schaute Clete zurück und sah den glasigen Schimmer des braunen Wassers, das immer noch den Großteil von New Orleans bedeckte, und die Ströme aus Schlamm, die Autos wie Beton gefüllt hatten. Der Eindruck war so krass und endgültig, dass er unwillkürlich aufs Gaspedal trat und beinahe auf einen Tanklastwagen geprallt wäre.

In Algiers parkte er vor einem Blumenladen, der sich in einem roten Ziegelbau an einer Wohnstraße befand. An einem Tisch im Schatten einer grün-weiß gestreiften Markise, die über dem Schaufenster ausgezogen war, spielten zwei von Sidney Kovicks Angestellten Rommé. Die beiden Männer waren Überbleibsel der alten Mafiafamilie Giacano und hatten für eine kurze Zeit gedacht, ihre beste Zeit wäre vorbei, bis der 11. September 2001 wie ein Geschenk des Himmels über sie kam und der Regierung nicht mehr das Pack, das in den Sozialsiedlungen Crack verdealte, ein Dorn im Auge war, sondern junge Männer aus dem Nahen Osten, die sich im hiesigen Wal-Mart mit Handys eindeckten.

Clete trat auf den Gehsteig, öffnete seine Jacke und zog mit den Fingerspitzen seinen .38er aus dem Schulterholster. Er hielt ihn hoch, so dass die beiden Männer ihn sehen konnten, und legte ihn dann auf den Beifahrersitz des Caddy. „Behalt ihn im Auge, ja, Marco?", sagte er.

„Kein Problem", sagte Marco.

„Hey, Purcel, dein Cabrio sieht aus, als ob es Herpes hat", sagte der andere Mann.

„Yeah, ich weiß. Ich hab deiner Schwester gesagt, sie soll

sich nicht draufsetzen. Aber was will man machen?", erwiderte Clete, als er den Laden betrat, wo eine Glocke über ihm bimmelte.

Drinnen war es eisig, die Glasschränke waren rauchig vor Kälte. Der hochaufgeschossene Mann hinter dem Ladentisch trug eine Seersucker-Hose und ein langärmliges blaues Hemd mit offenem Kragen, so dass die schwarzen, dicht gelockten Haare auf seiner Brust zu sehen waren.

„Wie läuft's, Sidney?", sagte Clete.

Sidney nahm eine Handvoll Rosen und steckte eine nach der anderen in eine grüne Vase. „Hat dich Nig Rosewater hergeschickt?"

„Nig sagt, du willst das Pack, das dich ausgenommen hat. Das ist verständlich. Aber damit sind wir schon zu viert – du, ich, Nig und Wee Willie Bimstine. Ich muss dir mitteilen, dass wir keine Ahnung haben, wo die Typen sind."

„Lüg mich nicht an. Du hast bereits einen Typ im Krankenhaus gefunden. Aber er ist nicht mehr da."

„Ganz recht, ich hab ihn gefunden, und er wurde an einen ,unbekannten Ort' verlegt. Also sag mir nicht, dass ich lüge."

„Und warum bist du hier?"

„Weil deine Boten offenbar eine unterschwellige Drohung ausgesprochen haben, als sie Nig heute Morgen besucht haben. Meiner Ansicht nach zeugt das von mangelnder Klasse."

„Mangelnder Klasse?"

„Hat dein Laden ein Echo?"

Sidney nickte zu einem Tisch hin, der an der Seitenwand stand. „Setz dich. Ich wollte grade was essen. Willst du einen Kaffee?"

„Einen Stuhl, auf dem Charlie Weiss oder Marco Scarlotti gesessen haben, würde ich nicht anrühren, es sei denn, er wurde gegen Filzläuse eingesprüht."

Sidney schob die Hand unter sein Hemd, kratzte einen Insektenstich an seiner Schulter und schaute auf seine Fingerspitzen. „Stimmt es, dass du einen FBI-Informanten kaltgemacht hast, als du beim NOPD warst? Einen Typ, der nichts geahnt hat?", sagte er.

„Was ist damit?", sagte Clete und wandte den Blick von Sidneys Gesicht ab.

„Gar nichts. Du bist ein ungewöhnlicher Typ, Purcel."

Clete räusperte sich und fasste sich wieder. „Folgendermaßen sieht's aus. Auf die eine oder andere Art werde ich Andre Rochon und Bertrand Melancon wieder der Justiz übergeben. Weil ich nämlich ganz persönlich einen Brass auf diese Typen habe und das nicht das Geringste mit dir zu tun hat. Aber das heißt nicht, dass wir nicht ins Geschäft kommen. Wenn ich Kohle oder Sachen aus deinem Haus sicherstelle, zahlst du mir zwanzig Prozent Finderlohn. Wenn dir das nicht passt, kannst du zusehen, was du von deiner Versicherung kriegst.

Unterdessen lässt du Nig, Willie und mich in Ruhe. Ich kenne die Geschichte mit der Kettensäge und dem Typ in Metairie. Ich persönlich halte das für Mafia-Blödsinn. Nichtsdestotrotz kümmere ich mich um das Pack, und Heckel und Jeckel da draußen halten sich raus. Klingt das annehmbar, Sidney?"

„Zehn Prozent Finderlohn."

„Fünfzehn."

„Ich komm auf dich zurück."

„Leck mich."

Sidneys Blick schweifte zum Schaufenster, vor dem seine beiden Männer im Schatten Karten spielten. „Wie kommst du drauf, dass du liefern kannst?"

„Das ist wie beim Beten. Was hast du zu verlieren?"

Sidney steckte nacheinander drei weitere Rosen in die Vase. „Vermassel es nicht", sagte er. Er richtete den Blick auf Clete, und ein Sonnenstrahl fiel quer über sein Gesicht, wie eine Messerklinge.

„Bist du verrückt?", sagte ich zu Clete, als er anrief und mir mitteilte, was er getan hatte.

„Was sollte ich machen? Mir und meinem Brötchengeber von einem Tier wie Kovick drohen lassen?", sagte er.

Im Hintergrund hörte ich ein Geräusch, als wenn Bowlingpins auseinander krachen. „Warum streust du dir nicht einfach Glasscherben in dein Frühstück? Spart dir Zeit und die Mühe, mit Kovick rumzualbern", sagte ich.

„Wie lautet der Spruch von Machiavelli von wegen, dass man seine Freunde in der Nähe, aber seine Feinde noch näher um sich haben sollte?"

„Yeah, das ist von Machiavelli und es ist Mist", erwiderte ich.

„Schau, ich brauch eine Unterkunft. Ich hab immer noch keinen Strom, und aus meinen Abflüssen wächst irgendwas mit schwarzen Ranken."

„Was ist mit deinem Zimmer im Motel?"

„Das wurde an ein paar Evakuierte vermietet."

„Bleib bei uns", sagte ich, um einen möglichst ausdruckslosen Tonfall bemüht, während ich mir allerlei alptraumhafte Ereignisse mit Clete als Hausgast vorstellte.

„Molly hat nichts dagegen?"

„Nein, sie wird sich freuen."

„Ich bin in einer Bowlingbahn an der East Main. Ich kurve rüber. Sag Molly, sie soll nichts kochen. Ich hab für alles gesorgt. Alles ist paletti, Großer."

Und er kam rübergekurvt, um Punkt 18:00 Uhr, mit einem Kübel voller Brathühnchen und Buttermilchbiskuits sowie einem großen Karton mit gebratenen Austern und Schmutzigem Reis. Außerdem brachte er eine Tüte mit Papptellern, Plastikmessern und -gabeln, Papierservietten und einen Sechserpack Dr. Pepper mit. Er stellte alles auf den Tisch, während Molly und Alafair ihr Lächeln zu verbergen versuchten.

„Clete, wir haben Teller und Besteck", sagte ich.

„Man muss ja nichts einsauen", sagte er.

Molly schüttelte hinter seinem Rücken den Kopf, um mich von jeder weiteren Belehrung abzuhalten. Alafair war nicht so diplomatisch. „Hast du da drin auch Salat, Clete?", fragte sie.

„Na klar", erwiderte er und holte stolz einen Literkübel mit Kartoffelsalat aus dem Beutel.

Aber Cletes gute Laune war oft nur ein Zeichen von Sorgen und Erinnerungen, die er nur wenigen Menschen anvertraute. Für alle Welt war er ein Trickser und verantwortungsloser Hedonist, der auf Schritt und Tritt Chaos und Verderben verbreitete. Aber er träumte noch immer von zwei Erwachsenen, die sich im Schlafzimmer stritten, davon, wie er in kurzen Hosen auf Reiskörnern knien musste, die sein Vater auf den Boden gestreut hatte, und von flüssigem Feuer, das in hohem Bogen in einem Dorf voller Strohhütten niederging. Auch wenn er manchmal beunruhigt wirkte, würde er nie zugeben, dass er gerade aus dem Fenster geblickt und in der Dunkelheit eine tote Mamasan gesehen hatte, die ihn anstarrte.

Nachdem wir gegessen hatten, unternahm er allein einen langen Spaziergang in den City Park, kehrte dann zurück und ging in unserem Gästezimmer zeitig zu Bett. Kurz nach vier Uhr morgens hörte ich Tripod an der Wäscheleine hin- und herlaufen, an der wir seine Kette angehängt hatten. Ich zog meine Khakis an, ohne Molly zu wecken, und öffnete die Hintertür. Clete saß in Unterhosen an unserem Redwood-Tisch, die Haut vom Mondlicht benetzt. Als er hörte, wie die Fliegendrahttür aufging, nahm er eine Halbliterflasche Bourbon von der Tischplatte und stellte sie neben seinen Schenkel.

„Du musst das nicht verstecken", sagte ich.

„Ich konnte nicht schlafen. Ich dachte, ich hätte Donner gehört. Aber der Himmel ist klar."

Ich setzte mich neben ihn. „Was zehrt an dir, Partner?"

„Ich war in meiner alten Wohngegend im Irish Channel. Ich habe das Haus immer gehasst, in dem ich aufgewachsen bin. Ich habe meinen alten Herrn gehasst. Aber ich war dort und hab gesehen, was der Sturm angerichtet hat, und ich hatte ein Gefühl, wie ich's noch nie gehabt habe. Ich habe mich nach meinem Alten gesehnt und dem Rattern, das sein Milchlaster von sich gegeben hat, wenn er um vier Uhr morgens weggefahren ist. Ich habe mich danach gesehnt, dass meine Mama in der Küche Pfannkuchen bäckt. Es war, als wäre meine ganze Kindheit endgültig vorbei, aber ich wollte nicht, dass sie vorbei ist. Es war so, als wäre ich gestorben und keiner hat mir Bescheid gesagt."

Er nahm die Flasche von der Bank und schraubte sie auf. Sie war in eine braune Papiertüte gewickelt und der Mondschein funkelte auf dem Hals. Er setzte sie an den Mund und kippte sie hoch. Ich konnte den Bourbon riechen, als er über seine Zunge schwappte. Ich stellte mir die bernsteinfarbene Flüssigkeit in dem gelben Fass vor, in dem sie reifte, die Bläschen, die sie im Flaschenhals bildete, wenn sie luftdicht verkorkt wurde, das Glucksen, das sie von sich gab, wenn sie über Eis und Minzblätter in ein Glas gegossen wurde. Unwillkürlich schluckte ich und fasste mir an die Stirn, als ziehe sich eine Ader in meinem Kopf zusammen.

„Man nennt das die Erkenntnis der eigenen Sterblichkeit", sagte ich.

„Was?"

„Das Gefühl, das du gehabt hast, als du bei deinem alten Haus gewesen bist."

„Ich soll Angst haben, dass ich sterbe?"

„Du hast die Große Schmuddlige sterben sehen, Clete. Das ist so, als hätte man eine Affäre mit der großen Hure von Babylon. Wenn du endlich zur Vernunft kommst und sie dir vom Leib hältst, stellst du fest, dass sie die einzige Frau war, die du je geliebt hast."

Clete setzte die Flasche erneut an, schluckte rhythmisch und betrachtete mich mit einem Auge, als hätte jemand aus einem seiner Träume mit ihm gesprochen.

Aber Clete war nicht der einzige Freund oder Bekannte aus New Orleans, der im Iberia Parish Zuflucht suchte. Zwei Wochen, nachdem ich losgeschickt worden war, um bei der Ermittlung wegen der Schüsse auf Kevin Rochon und Eddy Melancon zu helfen, rief mich Helen Soileau in ihr Büro. Sie spie ein Stück von ihrem Daumennagel von der Zunge.

„Otis Baylor ist grade mit seiner Familie wieder in die Stadt gezogen. Offenbar besitzen sie immer noch ein Haus an der Old Jeanerette Road", sagte sie.

Ich wartete, dass sie fortfuhr.

„Glaubst du, er hat die zwei Plünderer umgelegt, oder nicht?"

„Du meinst, ob er der Typ dazu ist? Nein, ich glaube es nicht. Aber …"

„Was?"

„Seine Tochter ist drei Dreckskerlen in die Hände gefallen und hat Fürchterliches durchgemacht. Ich weiß nicht, was ich an seiner Stelle tun würde."

„Den letzten Satz habe ich nicht gehört."

„Vielleicht dachte Baylor, sie wollten in sein Haus einbrechen. Vielleicht hat er die Nerven verloren."

„Wenn dieser Typ Dreck am Stecken hat, wird er unseren Bezirk nicht als Zufluchtsort benutzen. Rede mit seiner Frau und Tochter."

„Ich würde die Sache lieber abgeben."

„Ich wäre bei meinem Tod lieber nicht dabei. Raus mit dir."

Baylors Haus war ein dunkelgrünes, einstöckiges Gebäude aus dem 19. Jahrhundert, mit hohen Fenstern und Decken und einem spitzen Wellblechdach voller Rostschlieren, die im Schatten einen rötlichen Ton hatten, nicht viel anders als meines. Es hatte eine breite, mit Fliegendraht umgebene Galerie und stand ein Stück vom Bayou entfernt unter Pekanbäumen, Palmen und einer einsamen immergrünen Eiche voller Virginiamoos. Eine Hollywoodschaukel war mit Ketten an einem Eichenast aufgehängt, und auf der mit Schiefern belegten Auffahrt stand ein brauner Honda, dessen Lack mit Vogelkot übersät war. Ein etwa neunzehnjähriges Mädchen öffnete die Tür.

„Ich bin Dave Robicheaux von der Sheriff-Dienststelle", sagte ich und klappte meine Dienstmarke auf. „Ist Mr. Baylor da?"

„Er ist auf der Arbeit."

Sie trug eine schwarze Turnhose und ein weißes T-Shirt, das voller kleiner Laubbrösel war. „Ich habe gerade den Garten aufgeräumt, als Sie geklingelt haben."

„Sind Sie Otis Baylors Tochter?"

„Ich bin Thelma Baylor."

„Ist Ihre Mutter da?"

„Meine Stiefmutter ist im Lebensmittelladen."

„Kann ich mit Ihnen reden? Ich ermittle wegen der

Schüsse auf die Plünderer vor Ihrem Haus in New Orleans. Wir haben ein, zwei Hinweise, aber ich kann mir immer noch nicht recht vorstellen, wo die Typen waren, als auf sie geschossen wurde."

„Was spielt das für eine Rolle? Sie wurden niedergeschossen."

„Das stimmt, nicht wahr? Darf ich reinkommen?"

„Sie können mir beim Laubrechen zuschauen, wenn Sie wollen."

Ich folgte ihr durch die Küche in den Garten. Zu beiden Seiten ihres schlichten Eigenheims standen Plantagenhäuser aus der Zeit vor dem Bürgerkrieg, wie man sie normalerweise nur auf Postkarten sieht. Hundert Meter weiter unten am Bayou, auf der anderen Seite der Zugbrücke, befand sich ein Trailerslum, in dem jede nur vorstellbare Form von gesellschaftlichem Verfall zum Alltag gehörte. „Gefällt es Ihnen in New Iberia?", fragte ich.

„Staut sich beim Wal-Mart immer der Verkehr, oder ist das nur wegen des Sturms?", sagte sie und zog einen Bambusrechen durch das Laub, das schwarz und faulig war.

Ich hatte den Eindruck, dass sich diese Sache länger hinziehen würde. Ich setzte mich auf die hintere Treppe. „Haben Sie die Schüsse gehört?"

Sie blickte ins Leere, hielt mit dem Rechen kurz inne. „Ich habe einen Schuss gehört. Ich bin davon aufgewacht."

„Nur einen Schuss?"

„Ja."

„Wo haben Sie geschlafen?"

Ihr Gesicht wirkte im Schatten blass und rund, ausdrucksios, ihr Lippenstift unnatürlich glänzend, die Pony-fransen streng wie ein Nonnenschleier. „In meinem Zimmer."

„Im Obergeschoss?"

„Ja, mein Zimmer ist oben. Wollen Sie mit meinem Vater reden? Mir ist nicht klar, inwiefern das etwas nützen soll."

„Glauben Sie, Ihr Nachbar Tom Claggart wäre dazu fähig, zwei Plünderer abzuknallen?"

„Mr. Claggart ist ein aufgerichteter Penis mit aufgemalten Armen, Beinen und einem Gesicht. Ich weiß nicht, wozu er fähig ist."

Zeit für einen Vorstoß, sagte ich mir. „Ich weiß, dass Sie vor zwei Jahren überfallen wurden, Miss Thelma. Ich habe eine Tochter, die ein bisschen älter ist als Sie. Wenn ich der Meinung wäre, dass ihr Gefahr droht, vor allem von Männern, die Ihnen so etwas angetan haben, würde ich ihnen den Kopf abreißen."

Der Rechen wurde langsamer, ihre Brust hob und senkte sich.

„Ich habe meine Mutter und eine Frau durch gewalttätige Männer verloren", fuhr ich fort. „Ich halte Männer, die Frauen misshandeln, ausnahmslos für Feiglinge. Meiner Meinung nach sollte ein Mann, der eine Frau vergewaltigt, zuallererst auf dem Injektionstisch landen."

Sie rührte sich nicht. Erdkörner klebten an ihrem Mundwinkel.

„Ich glaube, Sie haben mehr gesehen, als Sie mir sagen", sagte ich.

„Ich habe einen Typ mit dem Gesicht nach unten im Wasser treiben sehen. Ein anderer Typ war verletzt. Ein dritter ist durch das Wasser davongerannt. Ein vierter hat versucht, den Verletzten im Boot festzuhalten."

„Das ist sehr genau. Ich danke Ihnen dafür." Ich machte mir eine Notiz und steckte meinen Stift weg, so als wären wir fertig. „Wo war Ihr Vater?"

„In seinem Schlafzimmer."

„Wo war Ihre Mutter?"

„Sie ist meine Stiefmutter. Meine Mutter ist tot."

„Wo war Ihre Stiefmutter?"

„Im Schlafzimmer, bei meinem Vater."

„Hat Ihr alter Herr auf diese Typen geschossen?"

„Wenn Sie ihm nicht glauben, glauben Sie mir auch nicht. Wieso fragen Sie überhaupt?"

„Ich glaube, Sie haben eine schwere Last zu tragen, Miss Thelma. Ich möchte Ihnen nicht noch mehr aufbürden."

„Halten Sie den Mund, Mr. Robicheaux."

„Wie bitte?"

„Wieso nehmen Sie an, Sie wüssten, was mit mir passiert ist? Wieso nehmen Sie an, meine Angehörigen wollen sich an Leuten rächen, gegen die wir nichts haben? Ich kann Leute wie Sie nicht ausstehen. Sie haben keine Ahnung, wie es ist, wenn man vergewaltigt wurde. Wenn ja, wären Sie nicht so herablassend und würden nicht versuchen, mich zu beeinflussen."

„Ich bitte um Entschuldigung, wenn ich Ihnen diesen Eindruck vermittelt habe."

„Das ist kein Eindruck."

Ich stand von der Treppe auf und wischte mir den Hosenboden ab. „Es tut mir trotzdem leid."

„Lecken Sie mich."

Als ich den Garten verließ, warf ich einen Blick nach hinten. Ihr Körper schien in einer Wolke aus Lichtpunkten, Staub, Rauch und verdorrten Laubteilchen zu schweben. Als sie ihre Arbeit wieder aufnahm und den Rechen so heftig über den Boden zog, dass die Bambuszinken an den Wurzeln einer Zypresse zersplitterten, strahlte sie in ihrer ganzen Konzentration und Wut eine Rechtschaffenheit aus, die ich immer mit Alafair in Verbindung brachte.

Tags darauf rief ich im Haus der Baylors an und bat Mrs. Baylor, zu einer Vernehmung in die Dienststelle zu kommen.

„Wieder wegen der Plünderer, auf die geschossen wurde?", sagte sie.

„Ganz recht."

„Ist das unbedingt nötig?"

„Ja, Ma'am."

„Wir sind draußen an der Old Jeanerette Road, gleich hinter der Alice-Plantage. Warum kommen Sie nicht her, wenn Sie mit mir reden wollen?"

Mir wurde klar, dass Thelma ihrer Stiefmutter nichts von meinem Besuch erzählt hatte. „Aber gern."

„Mr. Robicheaux, lassen Sie uns die Sache anders angehen. Ich bin fest davon überzeugt, dass Sie mit uns nur Ihre Zeit verschwenden, aber trotzdem wären wir gern mit Ihnen befreundet. Dürfen wir Sie und Ihre Familie zum

Abendessen einladen? Ich glaube, Sie werden einsehen, dass wir ehrliche Menschen sind und Sie in jeder erdenklichen Art und Weise unterstützen wollen. Aber Tatsache ist, dass wir nur Zuschauer waren und keine Ahnung haben, wer auf diese Leute geschossen hat."

„Das ist sehr freundlich. Aber ich muss mich an die Vorschriften halten. Sind Sie in der nächsten halben Stunde daheim?"

„Nein, ich habe einen Arzttermin."

„Wie wär's mit morgen?"

„Ich bin mir nicht sicher. Darf ich Sie anrufen?"

„Ich muss jetzt einen Termin mit Ihnen machen, Mrs. Baylor."

„Das ist leider nicht möglich. Ich habe versucht, Ihnen entgegenzukommen, Mr. Robicheaux. Aber allmählich wird mir das ein bisschen lästig. Ich verabschiede mich jetzt lieber. Ich wünsche Ihnen viel Erfolg bei Ihrer Ermittlung."

Die Verbindung wurde unterbrochen.

Falscher Zug, Mrs. Baylor.

Ich ging in Helens Büro. „Ich habe gestern mit Otis Baylors Tochter gesprochen, und seine Frau hat mir gerade einen oscar-reifen Auftritt in Sachen Hochnäsigkeit geboten", sagte ich.

„Ganz langsam, Pops", sagte sie und lehnte sich auf ihrem Drehstuhl zurück.

„Sie lügen", sagte ich und breitete meine Notizen auf Helens Schreibtisch aus. „Schau, sowohl Otis als auch seine Tochter sagen, sie hätten nur einen Schuss gehört. Beide benutzen die gleiche Ausdrucksweise. Sie sagen: ‚Ich bin davon aufgewacht.‘ Als ich gegenüber der Tochter von mehreren Schüssen gesprochen habe, hat sie mich sogar berichtigt. Ich habe mich von Anfang an an Baylors Aussage gestört, dass er nur einen Schuss gehört hat. Das sagt niemand, wenn er von Gewehrfeuer geweckt wird. Die Leute wissen lediglich, dass sie ein erschreckendes Geräusch aus dem Schlaf gerissen hat. Sie zählen die Schüsse nicht.“

Ich sah, dass Helen jetzt ganz Ohr war.

„Sowohl Otis als auch Thelma schildern das, was sie gesehen haben, in der gleichen Abfolge. Jeder von ihnen hat zunächst von einem Mann gesprochen, der im Wasser trieb. Vier Typen waren in dem Boot oder in der Nähe. Aber Otis und Thelma erwähnen zuerst den Jungen, der im Wasser trieb. Warum nicht den Typ, dem das Blut aus dem Mund spritzte? Ich glaube, sie haben ihre Geschichte vorher abgesprochen.“

Helen rieb sich den Nacken. Immer wenn sie nachdenklich war, machte ihr Gesicht eine Art Geschlechtsverwandlung durch, die sowohl bezaubernd als auch rätselhaft wirkte. Meiner Meinung nach steckten mehrere unterschiedliche Personen in ihr, aber das sagte ich ihr nicht. Zahlreiche Männer und Frauen waren im Lauf der Jahre ihre Liebhaber gewesen, unter anderem auch Clete Purcel. Manchmal schaute sie mich auf eine Art und Weise an, bei der mir sexuell unwohl wurde, so als hätte eine der Frauen, die in ihr steckte, beschlossen fremdzugehen.

„Hast du noch irgendwas von den FBIlern oder vom NOPD gehört?“, fragte sie.

„Nein."

„Schreib alles auf, was du mir grade erzählt hast, und fax es nach Baton Rouge. Sag ihnen, sie sollen ihren Scheiß selber wegräumen, wenn du schon mal dabei bist. Ich will dieses Zeug vom Hals haben."

„Warum die Meinungsänderung?"

„Hast du dir den Wetterbericht angeschaut?"

„Nein", sagte ich.

„Dieser neue Hurrikan, wie heißt er doch gleich, derjenige, der Texas erwischen sollte?"

„Rita?"

„Der macht's doch nicht."

Steckt hinter den Ereignissen in unserem Leben eine Absicht? Oder geschehen Dinge einfach, so ähnlich als wenn einem ein Haufen Schrott um die Ohren fliegt? Wenn Letzteres der Fall ist, wie geht man dann damit um?

Wenn man sich jemals die Gesetzmäßigkeiten bei der hohen Kunst des Wettens erschlossen zu haben meint, an einem Würfelspiel teilgenommen hat, bei dem einem die Hände schwitzen, oder glaubt, man hätte die geistigen Kräfte, intuitiv die nächste Karte zu erahnen, die beim Black Jack gezogen wird, hat man wahrscheinlich schon oft den falschen Rubikon überschritten und kennt die folgende Erfahrung: Man hat etwas Magisches in seinen Händen und seinem Gang. Der magentarote Himmel über der Rennbahn und die Flamingos, die aus einem von Gras umgebenen Teich im Innenbereich aufsteigen, sind Zeichen dafür, dass nichts schiefgehen kann. Die Würfel im Casino fühlen sich so hart und kantig wie Rubine an, und man verdoppelt bei jedem Wurf den Einsatz. Das Dekolleté einer jungen Frau, die am Black-Jack-Tisch die Karten gibt, ist bei allem Reiz nicht so erregend, als wenn man beim Siebzehn und vier bei der fünften Karte einen niedrigen Wert zieht.

Man weiß, dass man nicht verlieren kann, dass Gott einen nicht verlieren lassen will. Andere rücken näher zu einem, so wie Motten um ein helles Licht schwärmen, das in einem Kristallbehältnis brennt. Sie keuchen beeindruckt auf, sowohl über die Kühnheit, die man an den Tag legt, als auch darüber, wie der Glaube an einen selbst bestätigt wird. Sie wollen sich an einen drängen und die Kräfte aufnehmen, die man hat.

Dann geht alles den Bach runter. Das Pferd, auf das man gewettet hat, wird disqualifiziert, weil der Jockey in der hinteren Kurve den Gaul eines anderen Reiters gerammt hat. Die Würfel liegen einem wie Bleiklumpen in der Hand und bringen bloß Dreier, Sechser- und Zweierpäsche. Die junge Geberin beim Black Jack teilt einem nur hohe Karten zu, schlägt einen immer wieder und unterdrückt ein Gähnen, während man ihren Ausschnitt wie eine widerrufene Einladung nur Zentimeter vor dem Gesicht hat.

Willkommen in der „Todeszone". Es ist ein besonderer Ort, den jeder heillose Zocker sucht, ohne sich dessen bewusst zu sein. Man muss sich nur mal nach dem siebten Rennen an die Bar begeben. Die Menschen sind selig wie vollgefressene Säue. Sie haben das Geld für die Lebensmittel, die Miete, die Hypothek und die Ratenzahlung fürs Auto verloren, sogar die Zinsen, die sie dem Kredithai schulden. Aber jetzt sind sie in Sicherheit, weil sie nichts mehr zu verlieren haben. Außerdem haben sie jetzt ein für alle Male den eindeutigen Beweis dafür, dass sich alles gegen sie verschworen hat, um sie zu betrügen und zu schädigen. Gott ist an ihrem Versagen schuld, nicht sie. Ihre Seele ist jetzt in Trockeneis gepackt, die Schlacht vorüber.

Als ich in das Kaffeezimmer der Dienststelle ging, schauten mehrere Deputys in Uniform CNN. Ihre Mienen und ihre Haltung erinnerten mich an die Hubschrauberpiloten, die ich viele Jahre zuvor im Morgengrauen bei einer Einsatzbesprechung im Südchinesischen Meer gesehen hatte. Die meisten dieser Piloten waren Unteroffiziere und allenfalls zwanzig Jahre alt. Aber ich konnte nie die unterdrückte Anspannung in ihren Gesichtern vergessen, ihren bewusst zurückhaltenden Tonfall und die selbst auferlegte Ichbezogenheit in ihrem Blick, die einem verrieten, dass die Morgendämmerung tatsächlich kommen würde, wie der Donner aus China über die Bucht.

Der Hurrikan Rita erreichte Windgeschwindigkeiten von fast dreihundert Stundenkilometern und sollte ursprünglichen Voraussagen zufolge irgendwo in der Gegend von Matagorday Bay, nordöstlich von Corpus Christi, aufs Festland treffen. Dann änderte er seine Richtung weiter nach Osten. Die verantwortlichen Dienststellen in Houston, die eine Wiederholung der Katrina-Katastrophe in ihrer eigenen Stadt befürchteten, veranlassten eine Massenevakuierung, durch die sämtliche Highways bis San Antonio und Dallas verstopft wurden. Dann änderte der Hurrikan seine Richtung erneut und hielt diesmal mit fast an Sicherheit grenzender Wahrscheinlichkeit auf Beaumont und Port Arthur zu.

Texas würde den Schlag einstecken müssen. Uns drohte nur geringe Gefahr, nicht mehr als ein paar leichte Windschäden, umgestürzte Bäume und zeitweiliger Stromausfall. Wir atmeten erleichtert auf. Die Vorsehung hatte uns ein Freilos gewährt.

Dann trieb uns das National Hurricane Center in Miami jeglichen Hochmut aus. Genau genommen war die Vorhersage geradezu unglaublich. Louisiana würde mit voller Wucht getroffen werden, von fünf Meter hohen Flutwellen und Sturmwinden, die vom Sabine Pass bis zur anderen Seite des Atchafalaya sämtliche Dächer abdecken würden. Darüber hinaus, und das war noch unglaublicher, teilte man uns mit, dass der Sturm im Cameron Parish aufs Festland stoßen würde, genau südlich von Lake Charles, dem gleichen Ort, über den 1957 das Auge von Audrey hinweggefegt war. Die Flutwelle, die dem Sturm von '57 vorausging, war wie ein riesiger Hammer über das Gerichtsgebäude und die Innenstadt hereingebrochen, hatte alles in Trümmer geschlagen und fast fünfhundert Menschen getötet.

„Waren Sie in der Gegend, als Audrey zugeschlagen hat?", fragte ein Deputy, als ich zu dem Fernseher hochschaute.

„Yeah, war ich", erwiderte ich.

„Auf einer Bohrinsel?"

„In einer Seismographenbarke", sagte ich.

„War ziemlich schlimm, was?"

„Wir sind einigermaßen durchgekommen", sagte ich.

Er war ein martialisch wirkender Mann mit Bürstenschnitt, zu viel Stärke in der Uniform und einem Zahnstocher im Mundwinkel. Er nahm den Zahnstocher heraus, warf ihn in einen Papierkorb und wandte sich wieder dem Fernseher zu. Ich hörte ein nasses Geräusch in seiner Kehle, als er schluckte.

Niemand will zweimal in den gleichen Krieg ziehen. Man tut seine Pflicht und Schuldigkeit, begibt sich in die Todeszone und sollte hinterher in Sicherheit sein. Leider läuft es nicht so.

13

New Iberia und Lafayette waren jetzt voller Evakuierter, die vor dem Hurrikan Rita flohen oder bereits vor Katrina geflüchtet waren. Das Geschäft mit Schusswaffen und Munition florierte. Das anfängliche Mitleid mit den aus New Orleans Evakuierten machte eine sonderbare Wandlung durch. In rechtslastigen Talkshows ließen sich massenhaft wutentbrannte Anrufer darüber aus, dass die Flüchtlinge eine einmalige Unterstützung von zweitausend Dollar erhielten, damit sie sich Lebensmittel kaufen und eine Unterkunft suchen konnten. Das alte Schreckgespenst des Südens war wieder da, nackt, roh und geifernd – der totale Hass auf die Ärmsten der Armen.

Am Freitagabend war die Luft bei Sonnenuntergang golden wie Pollen, als wäre der Altweibersommer angebrochen. Das sinkende Barometer schien auf kaum mehr als einen Schauer hinzudeuten. Was wie Regenringe aussah, waren Brassen, die am Rand der Seerosenfelder auftauchten. Ich hörte meinen älteren Nachbarn hinter einem offenen Fenster Klavier spielen. Dann wurde die Luft kühl und feucht, Blätter wurden von den Bäumen im Garten gefegt und wirbelten über die Böschung zum Wasser hinab. Während sich der Himmel mit Staub füllte, breitete sich ein Schatten über die Höfe und Gärten der Häuser entlang der East Main Street aus, und dann kräuselte sich der Bayou mit einem Mal unter einem heftigen Wind, der aus Südosten wehte. Mein Nachbar stand vom Klavier auf und schlug die Fenster zu. Von meiner Hintertreppe aus sah ich, wie das Aluminiumdach über einem Picknicktisch im City Park weggerissen wurde wie der Deckel einer Sardinendose, durchs Gras flog und sich ein ums andere Mal überschlug. Ich sah einen Mann, der seelenruhig weiter angelte, als ein Blitz mitten im Park in eine Eiche einschlug. Ich sah einen Mann mit nacktem Oberkörper, der in einem Propellerboot an unserem Grundstück vorbeiröhrte und mit gelassenem Lächeln zum Himmel aufblickte. Ich hörte eine Luftschutzsirene auf der City Hall tröten.

Um Mitternacht trat ich den Dienst an und bekam die Gelegenheit, einmal mehr über die biblische Ermahnung zu meditieren, dass der Vater im Himmel seine Sonne aufgehen lässt über die Bösen und über die Guten und es regnen lässt über Gerechte und Ungerechte. Bis auf ein paar weggerissene Schindeln oder Äste, die auf Telefon- und Stromleitungen krachten, blieb die East Main Street verschont. Aber im Süden des Iberia Parish schossen dreieinhalb Meter hohe Wasserfluten in Wohnwagen und tiefer gelegene Häuser. Aber das war noch gar nichts im Vergleich zu dem Schicksal, das die Küstenbezirke ereilte.

Eine Flutwelle aus Salzwasser, Schlamm, toten Fischen, Ölschlick und organischem Müll löschte den südlichen Rand von Louisiana buchstäblich aus. Weiter im Inland zerstörte sie alles, was sie nicht auslöschte. Im ganzen Marschland war nahezu jedes Haus unbewohnbar geworden, jeder Telefonmast auf Bodenhöhe abgebrochen, jede Straße unpassierbar. Die Reis- und Zuckerrohrfelder waren mit Salz verkrustet, die landwirtschaftlichen Geräte im Schlamm begraben, die Siedlungen unten am Golf eingeebnet, so dass nur mehr verzogene Rohrstücke aus dem Sand ragten, der aussah wie Schmirgelpapier.

Am schlimmsten litten die Tiere. Allein in den Bezirken Vermillion und Cameron ertranken schätzungsweise hunderttausend Rinder. Sie drängten sich auf Galerien, versuchten auf Traktoren und Zuckerrohrwagen zu klettern und landeten sogar auf Dächern. Aber sie ertranken dennoch.

Ich stand mit einem Fernglas auf einer Heuballenpresse, den Blick nach Süden gewandt, und suchte den Horizont von Osten nach Westen und wieder zurück ab. Ich sah nicht ein Lebewesen. Weder einen Hund noch eine Katze, nicht einmal Vögel. Die Bäume waren bis auf die Borke entlaubt und sahen aus wie knotige Finger. Ziegelhäuser waren zu Schrott zertrümmert. Fünfzehn Meter lange Shrimpboote lagen hunderte Meter vom Wasser entfernt kieloben. Ertrunkene Schafe stauten sich am Tor einer Entwässerungsschleuse, wie Zootiere, die sich an die Gitterstäbe ihres Käfigs drängen. Auf den Friedhöfen wurden Gruften zerstört, Särge in Wohngegenden geschwemmt und einmal sogar durch das zerbrochene Schaufenster eines Geschäfts gespült. Ich sah mindestens dreißig Hereford-Rinder, die sich in einem Stacheldrahtzaun verfangen hatten, die Bäuche in der Hitze aufgedunsen, während Schwärme von Gnitzen über ihnen hingen.

Am Montagmorgen war ich fix und fertig.

„Geh heim, Streak", sagte Helen.

„Nein", sagte ich.

„Warum nicht?"

„Ich geh heim, wenn du gehst", sagte ich.

„Ich war letzte Nacht zu Hause und bin zurückgekommen. Ich habe zu Abend gegessen und frische Sachen angezogen. Außerdem hab ich ein bisschen geschlafen. Ich habe dir die Verantwortung überlassen, während ich weg war."

Ich starrte sie mit ausdrucksloser Miene an.

„Geh heim, Bwana", sagte sie.

Als ich nach New Iberia fuhr, trockneten die Straßen in der Sonne, und die Gehsteige waren mit nassem Laub verklebt. Ich parkte meinen Pick-up auf der Auffahrt und ging ins Haus. Aber Alafair, Molly und Clete waren weg. Im leeren Haus zog ich meine Kleidung aus und ging unter die Dusche, wie ein Kriegsveteran, der aus einem Land zurückkehrt, das ihm noch immer nicht aus dem Kopf geht, von dem er aber niemals irgendjemandem etwas erzählen wird. Dann setzte ich mich auf den Boden der Duschkabine, ließ mir das Wasser auf den Rücken pladdern und schlief ein.

Während Rita die Küste von Louisiana zerschredderte, lag Eddy Melancon hochgestützt in einem Bett nahe einem Fenster im dritten Stock des Our Lady of the Lake in Baton Rouge. Er hatte freie Sicht auf den Nachthimmel, den auf Stelzen gebauten Highway und die Regenschleier, die über die Autoschlangen fegten, die sich in die Stadt schoben und sie verließen. Aber Eddy scherte sich kaum um die Aussicht oder darum, dass eine Schwester eigens zu ihm gekommen war, um sein Bett zu verschieben und ihn mit den Kissen aufzurichten, damit er sich die Stadt und das Feuerwerk am Himmel anschauen konnte. Eigentlich musste Eddy Melancon ständig an sich selbst denken. Er lag hier im Bett, als wäre er aus dreitausend Meter Höhe gestürzt, ohne jede Körperbeherrschung, gefühllos, schlaff, wurde über Schläuche ernährt, deren Nadeln in seinen Adern steckten, ohne dass er sie spürte. Es war, als wäre er in seinem eigenen Körper lebendig begraben. Jedes Mal, wenn er einschlief, sah er bruchstückhafte Bilder vor seinem inneren Auge, die zu dem Moment hinführten, da jemand ein Gewehr auf ihn angelegt hatte. Er hörte das trockene Scharren des kleinen Zahnrades an seinem Feuerzeug, hörte und roch dann das aufflammende Benzin. Er sog gerade den Rauch tief in die Lunge, als er ein spitzes Geschoss sah, das über das Wasser zischte, durch das Feuer flog und einen dumpfen Ton von sich gab, als es in seinen Körper eindrang, wieder austrat und sein Rückenmark zerfetzte, als wäre es eine trockene Knolle.

Im Traum wollte er die Arme vors Gesicht schlagen oder ins Wasser hechten. Aber er konnte sich nicht bewegen, weder davonrennen noch das brennende Feuerzeug fallenlassen. Wenn er aufwachte, glaubte er einen Moment lang, sein Entsetzen käme nur von dem Alptraum und er hätte seine Muskelkraft wiedererlangt, könnte ins Bad gehen und in eine Schüssel pinkeln, während sich der Tag und die Welt seinen Bedürfnissen anpassten. Aber die Lähmung umschloss ihn wie Beton. Er schob die Zunge zwischen den Lippen hindurch, schloss und öffnete im Dunkeln die Augen und wartete darauf, dass irgendeine Regung oder ein Gefühl in seinen Körper zurückkehrten. Er senkte den Blick auf seine auf dem Bettlaken liegenden Hände und wartete darauf, dass sie seinen geistigen Befehlen gehorchten. Dann hörte er einen Schrei in seinem Kopf, der lauter war als jede Stimme, die er je vernommen hatte.

Eddy betrachtete die Regenschleier, die am Fenster herunterrannen, und die Schattenmuster, die sie auf seine Haut warfen. Als die beiden Männer in grüner Klinikkleidung sein Zimmer betraten, dachte er, sie wollten seinen Katheter überprüfen, ihn waschen oder ihm einen gläsernen Strohhalm zum Mund führen. Vielleicht wollten sie auch mit ihm reden. Sein Kehlkopf war unversehrt. Solange er reden konnte, hatte er sein Leben noch ein bisschen im Griff. Er konnte mit diesen Typen über seine Heilungsaussichten reden. Es muss doch möglich sein, ein kaputtes Rückenmark zu flicken, dachte er. Yeah, er musste bloß in ein besseres Krankenhaus kommen, in Houston, Boston oder New York, in solche Städte. Dort gab es jede Menge guter Ärzte und Reha-Programme. Yeah, lass die Arschgeigen hier mit ihren Bettpfannen rumspielen, sagte er sich.

Einer der Männer in Grün starrte auf Eddy herab, so dass sein Gesicht wie ein weißer Ballon über ihm schwebte. „Wie geht's Ihnen?", fragte er.

„Mir geht's okay", flüsterte Eddy.

Warum hatte er so geantwortet? Wie ein Kid, das Wassermelonenkerne ausspuckt und für Mr. Charlie einen Stepptanz hinlegt. So hatte er bislang noch nie mit dem Klinikpersonal gesprochen. Was war an diesen Typen anders?

„Weil wir möchten, dass Sie es bequem haben, wenn wir Sie runter in den OP bringen", sagte der Mann.

„Es is mitten in der Nacht", sagte Eddy.

„Hier geht alles drunter und drüber, Eddy. Der Sturm hat uns schwer zugesetzt", sagte der Mann. Er gähnte und schaute auf seine Uhr. „Wir bringen Sie runter ins Foyer. Ich muss heim zu meinen Kindern."

Der zweite Mann schob eine Krankentrage neben Eddys Bett. Als ein verästelter Blitz über den schwarzen Himmel zuckte, konnte Eddy das Gesicht des Mannes deutlich sehen. Es war nach innen gewölbt, die Augen lagen tief in den Höhlen, der Kopf war länglich und kahl, die Lippen rosa wie ein Radiergummi an einem Bleistift. Der zweite Mann löste die Drähte und Schläuche, die Eddy kurz zuvor noch als Ärgernis betrachtet hatte.

„Was machen Sie, Mann?", sagte er.

Der Mann mit dem nach innen gewölbten Gesicht blickte lächelnd auf ihn herab. „Nur ruhig. Sie sind in guten Händen", sagte er.

Dann hoben ihn die beiden Männer in Grün hoch, als wäre er gewichtslos, und legten ihn behutsam auf die Krankentrage. Als sie ihn durch den Flur in Richtung Aufzug schoben, blickten sie immer wohlwollend auf ihn herab, tätschelten ihn beruhigend, wenn er etwas sagen wollte. Er hörte die Aufzugtüren im Erdgeschoss aufgehen, spürte dann, wie die Räder der Trage in einen Durchgang rumpelten. Im nächsten Moment nahm er einen Luftschwall wahr und das erneute Säuseln von Schiebetüren, und er roch den Regen und die Auspuffgase und hörte Sirenen durch die Straßen jaulen. Die beiden Männer hoben die Bahre hoch und luden sie hinten in einen Krankenwagen.

„Wer seid ihr? Was macht ihr mit mir?", sagte Eddy. „Hilfe!"

Der Mann mit dem nach innen gewölbten Gesicht und den tiefliegenden Augen stieg zu ihm ein und schloss die Tür. Eddy rutschte auf der Bahre hin und her, als der Krankenwagen auf die Straße stieß und mit hoher Geschwindigkeit davonfuhr.

„Angst?", sagte der Mann.

„Ich hab vor nix Angst", erwiderte Eddy. „Weder vor weißen Bauerntrampeln noch vor sonst was."

„Das solltest du aber", sagte der Mann und schob sich einen Schokoriegel in den Mund. Lächelnd kaute er die Schokolade.

Clete Purcel arbeitete in seinem Zweitbüro an der Main Street und wohnte in unserem Haus, aber dreimal kehrte er wegen der Melancon-Brüder und Andre Rochon nach New Orleans zurück. Er versuchte anhand eines Stadtplans die Fluchtwege nachzuvollziehen, die Bertrand Melancon unmittelbar nach den Schüssen vor Otis Baylors Haus eingeschlagen haben könnte. Er lief durch Gärten und Gassen, und an einer Kreuzung stieß er auf eine Frau, die die Überreste ihrer Küche auf die Terrasse warf, Geschirr und Gläser auf den Steinplatten zerdepperte.

„Kann ich Ihnen helfen?", sagte sie, als sie bemerkte, dass er sie beobachtete. Schweiß rann aus ihrem Haarband.

Er zeigte ihr seine Privatdetektivplakette und berichtete

ihr von der Schießerei unten an der Straße. Er nannte ihr das Datum und die ungefähre Zeit, zu der die Schüsse gefallen waren.

„Ich weiß über alles Bescheid. Ich glaube, die haben es verdient", sagte sie. Sie trug ein Trägertop, Shorts und Flip-Flops und hatte kastanienbraune Haare, die ihr in die Stirn hingen. Ihre Haut war ungewöhnlich weiß und mit Malen übersät. Clete bezweifelte, dass sie sich in Trägerhemd und Shorts sehen lassen würde, wenn es in ihrem Haus nicht so heiß wäre.

„Zwei von den Typen sind immer noch auf freiem Fuß. Ich würde sie gern finden. Sie waren in einem grünen Aluminiumboot unterwegs, mit einem Außenbordmotor."

„Was denn, glauben Sie etwa, die haben irgendwo auf der Straße angehalten und warten auf Sie?"

„Nein, ich glaube, die haben hier irgendwo Diebesgut abgeladen. Ich würde es gern für meinen Klienten sicherstellen."

Sie ging zur Grenze ihres Vorgartens, stützte die Hände in die Hüfte und schaute zur Kreuzung. Am Ansatz ihrer Brüste waren blaue Adern. „Ich habe gesehen, wie so ein ähnlicher Außenborder beinahe ein Propellerboot voller Cops gerammt hätte. Ein Schwarzer saß am Heck. Ich hatte den Eindruck, dass ein anderer Typ unten in der Bilge liegt. Sie sind hinter meinem Haus abgebogen und in die Gasse gefahren. Sind das diejenigen, hinter denen Sie her sind?"

„Klingt nach ihnen. Haben sie angehalten?"

„Ich wünschte, sie hätten es getan."

„Pardon?"

„Wenn Plünderer in mein Haus eingebrochen wären, hätte ich ihnen Schinkensandwiches mit Rattengift vorgesetzt. Ich habe das Gift mit Senf vermischt, damit sie's nicht schmecken. Ich hab ein Dutzend davon gemacht."

Clete kritzelte ihre Aussage bezüglich des Bootes in sein Notizbuch. „Darf ich Ihnen eine persönliche Frage stellen?"

„Was denn?", sagte sie und kniff den linken Augenwinkel zusammen.

„Warum zerdeppern Sie Ihr Geschirr?"

„Weil mir die gottverdammte Versicherung grade mitgeteilt hat, dass meine Police nicht für Wasserschäden gilt. Weil ich mir dachte, dann sollen sie den Bruchschaden kriegen, den sie anerkennen. Weil sie mich grade um jeden Cent beschissen haben, den ich bei meiner Scheidung gekriegt habe."

Clete blickte die Straße entlang und unterdrückte ein Lächeln. „Tut mir leid, ich habe Ihren Namen nicht verstanden. Haben Sie Lust, eine Pause einzulegen, irgendwas essen zu gehen?", sagte er.

Es war Mittag, am Mittwoch, und ich war in Cletes Büro in New Iberia, das sich in einem renovierten Ziegelbau an der Main Street befand, und hörte mir den Bericht über seinen jüngsten Abstecher nach New Orleans an. In die aus dem 19. Jahrhundert stammende Blechdecke waren Lilienmuster eingeprägt, alte Schusswaffen zierten die Wände. Durch das hintere Fenster blickte man auf einen Patio mit schattenspendenden Topfpalmen und Bananenstauden, in dem Clete oft zu Mittag aß. Aber heute redete er ununterbrochen über die Melancon-Brüder, Andre Rochon und die Frau, die er in der Straße kennen gelernt hatte, an der auch Otis Baylors Haus stand.

Ich war der Meinung, dass Clete immer noch wegen Katrina überdreht war und sich jetzt einer fixen Idee hingab, weil er glaubte, wenn er die Typen dingfest machte, die ihn mit ihrem Auto überfahren hatten, könnte er irgendwie all die Geschehnisse rückgängig machen, durch die eine prachtvolle karibische Stadt allen möglichen Schakalen zum Fraß vorgeworfen wurde.

„Ich bin dahintergekommen, Großer", sagte er. „Bertrand Melancon wäre fast mit einem Propellerboot voller Cops zusammengestoßen, deshalb ist er hinter Courtneys Haus …"

„Wessen Haus?"

„Die Kleine, von der ich dir erzählt habe, diejenige, die auf ihrer Terrasse Geschirr zerschmissen hat. Bertrand ist durch die Gasse abgehaun und hat Sidney Kovicks Zeug irgendwo unterwegs versteckt. Das Krankenhaus ist nur drei Blocks von Courtney entfernt. Ich glaube, ich habe sogar sein Boot gefunden. Es war unter einem Haufen Bäume eingeklemmt. Der Motor war weg, aber es ist ein grünes Aluminiumding. *Ducks Unlimited* ist auf den Rumpf gemalt. Jede Wette, dass sie es von einem Rettungsdienst geklaut haben."

„Ich glaube, du wendest mehr Zeit für diese Typen auf, als du solltest", sagte ich.

„Wie kommst du denn auf diese glorreiche Idee?"

„Auch wenn du dir diese Typen vorknöpfst, holst du New Orleans nicht zurück, Clete. Sie ist fort. Die Stadt, die wir gekannt haben, werden wir uns künftig in Büchern mit alten Fotos anschauen."

Er stand vom Schreibtisch auf und starrte aus dem Fenster. Er trug ein kurzärmliges grünes Hemd, das mit blauen Hüttensängern und Blumen bedruckt war. Sein Nacken war ausrasiert, die Haare waren leicht eingeölt und frisch geschnitten. Ich sah, wie sein Hals rot anlief. „Sag das nicht über New Orleans."

„Na schön, ich lass es. Die Typen, die zwei Tage lang die Leute haben absaufen lassen, werden Milliarden in den Wiederaufbau armer Wohngegenden stecken."

Er drehte sich um und schaute mich an. Die abgeplattete Narbe, die sich durch eine Augenbraue und über die Nase zog, hatte die gleiche matte Farbe und Form wie ein überlanger Gummiflicken. „Die Plakette, die ich habe, könnte aus einer Müslipackung stammen. Die einzige Glaubwürdigkeit, die ich habe, ist der Respekt, den ich Abschaum wie den Melancons einflöße. Ich wünschte, es wäre anders. Ich wünschte, ich wäre noch beim NOPD. Aber meine Polizeikarriere habe ich schon vor langer Zeit vermasselt. Halt mir keine Vorträge, Streak."

Eine ganze Weile herrschte Schweigen.

„Ich habe heute Morgen über mein Handy einen Anruf von Bertrand Melancon bekommen", sagte er.

„Die Melancons haben deine Nummer?", erwiderte ich und war froh, über etwas anderes reden zu können.

„Nig hat sie Bertrand gegeben. Er sagt, sein Bruder wurde aus dem Our Lady of the Lake entführt. Er will, dass ich ihn zurückhole. Das wollte ich dir sagen, aber du hast mich ständig unterbrochen."

„Wer hat ihn entführt?"

„Bertrand glaubt, dass es Sidney Kovicks Leute waren."

„Was hast du ihm gesagt?"

„Dass ich nicht für Straßenpack arbeite, und schon gar nicht für welches, das ich für Frauenschänder halte."

„Was gibt's sonst noch?"

„Ich habe einen Fehler gemacht. Ich hätte mir was einfallen lassen sollen, wie ich ihn zu fassen kriege. Bertrand muss in dem Haus irgendwas gefunden haben, das er bei keinem Hehler verticken kann. Ich habe sogar den Eindruck, dass er sich nicht sicher ist, was er überhaupt hat."

„Du redest unsinniges Zeug."

„Das hab ich Bertrand auch gesagt. Er will einen Deal mit Sidney machen, damit er seinen Bruder zurückkriegt, aber er glaubt, dass das, was er hat, so heiß ist, dass Sidney ihn, Eddy und Andre Rochon umbringt, sobald er es zurückkriegt."

„Lass dich nicht noch tiefer in die Sache reinziehen."

„Du hast noch nicht mal die Hälfte davon gehört. Bertrand fing an, von Leichen zu reden, die im Lower Nine unter Wasser waren. Er hat gesagt, sie haben unter seinem Boot geleuchtet. Er hat gesagt, er kommt wegen irgendwas, das er gemacht hat, in die Hölle. Ich hab ihm gesagt, er soll sich mit seinem Blödsinn an einen Priester wenden und meine Handynummer verlieren. Weißt du, was er gesagt hat?"

Ich wollte nichts mehr davon hören. Cletes Gesicht war

voller roter Flecken, so wie immer, wenn sich seine Leber nach einem Drink sehnte.

„Bertrand hat gesagt, der letzte Mensch, den er sehen will, ist ein Priester. Er hat gesagt, es war ein Priester, der die Leichen im Wasser zum Leuchten gebracht hat."

„Ich gehe", sagte ich.

„Siehst du, was passiert, wenn ich offen zu dir bin?", brüllte er mir hinterher.

Mein Schädel hämmerte, als ich in die Dienststelle zurückkehrte. Wegen der hohen Anzahl von Todesopfern in New Orleans stand noch immer Katrina im Mittelpunkt des Medieninteresses, aber Hurrikan Rita hatte uns ebenfalls übel zugesetzt und zudem tausende von Häusern entlang der Südostküste von Texas dem Erdboden gleichgemacht oder überflutet. In Lake Charles und Orange, Texas, sahen ganze Straßenzüge aus wie ein Holzlager, über das ein Tornado hinweggefegt ist. Mein Telefon auf dem Schreibtisch und die Handys klingelten unentwegt. Mein Eingangskorb quoll über, mein Postfach war voller rosa Mitteilungszettel. Jeder Cop, Feuerwehrmann und Sanitäter musste nachts mit ein paar Stunden Schlaf auskommen, manchmal auf dem Schreibtisch. Cops und Feuerwehrleute aus anderen Staaten wurden uns zugeteilt, aber das Arbeitspensum war unglaublich. Ich hatte keine Zeit, mir Gedanken über Leute zu machen, die für sich eine schlechte Wahl getroffen hatten oder denen ich nicht helfen konnte, Pater Jude LeBlanc eingeschlossen.

Vergebliche Worte, vergebliche Worte.

In seinem Büro hatte Clete im Zusammenhang mit dem Aluminiumboot etwas erwähnt, das mir nicht aus dem Kopf ging. Ich griff zu dem Telefon auf meinem Schreibtisch und gab seine Nummer ein. „Du hast gesagt, du hättest das Boot gefunden, das Bertrand Melancon benutzt hat?"

„Yeah, es lag umgekippt unter einem Haufen Äste und Müll beim Eingang zur Notaufnahme", erwiderte er. „Es sah so aus, als wären Blutflecken am Bug."

„Auf den Rumpf waren die Worte *Ducks Unlimited* gemalt?"

„Yeah, was ist damit?"

„War sonst noch was am Rumpf?"

Er dachte kurz nach. „Eine Wildente, mit ausgebreiteten Flügeln. Worum geht's?"

„Jude LeBlancs Freundin hat gesagt, Jude hätte ein Boot gefunden, mit dem er seine Gemeindemitglieder vom Dachboden der Kirche evakuieren wollte. Sie hat gesagt, eine Ente wäre draufgemalt gewesen. Jude wollte ein Loch ins Dach hacken, als ihn jemand angegriffen hat. Sie hat ihn nie wieder gesehen."

Er antwortete nicht, und mir wurde klar, dass Clete irgendetwas getan hatte, das er mir nicht erzählen wollte.

„Was verbirgst du?", fragte ich.

„Bertrand Melancon hat mich noch mal angerufen, vor etwa drei Minuten. Er möchte, dass man ihm hilft, will sich aber nicht stellen. Er glaubt, ich trete ihm entweder in den Arsch oder übergebe ihn an Sidney Kovick. Deshalb hab ich ihm deine Handy- und die Büronummer gegeben. Wenn du nicht mit dem Typ reden willst, leg einfach auf."

„Du hast genau das Richtige gemacht."

„Ich fass es nicht. Geht's dir gut?", fragte er.

An diesem Abend aßen Molly und ich allein am Küchentisch. Clete hatte sein altes Zimmer in dem Motel wiederbekommen, das ein Stück hinter dem Winn-Dixie lag, und Alafair arbeitete als freiwillige Helferin in der Obdachlosenunterkunft im City Park.

„Ich dachte, du möchtest zur Abwechslung mal ein geschmortes Steak. Schmeckt's dir nicht?", sagte sie.

Ich konnte mich nicht auf ihre Frage konzentrieren. „Ich glaube, Jude LeBlanc ist möglicherweise im Lower Nine ertrunken. Aber vielleicht wurde er auch ermordet", sagte ich.

Ich sah ihr den unausgesprochenen Ärger am Gesicht an, wie die Erinnerung an einen bösen Traum, den das Tageslicht nicht vertreiben kann. „Dave, niemand kann etwas an dem ändern, was in New Orleans passiert ist. Ich erinnere mich an Jude. Ich mochte ihn. Aber er war ein kranker Mann."

„Ich habe möglicherweise Kenntnis von einem Mord. Ich bin Polizist. Ich kann nicht einfach sagen: ‚Tut mir leid, du Mistkerl, ich habe meine eigenen Probleme'."

Sie schaute durch das Fenster auf die Schatten der Pekanbäume und immergrünen Eichen, auf die weite Wasserfläche des Bayou Teche, der jetzt fünf Meter hoch in unserem Garten stand. Sie legte ihre Gabel auf den Teller und tippte mit dem Daumen an eine Schwiele in ihrer Hand. „Vielleicht solltest du dich hinlegen und ein bisschen ausruhen, bevor du wieder zum Dienst gehst."

„Ein Dreckskerl namens Bertrand Melancon hat Clete erzählt, er hätte im Lower Nine die Leichen ertrunkener Menschen unter seinem Boot leuchten sehen. Ich glaube, der und ein paar andere üble Typen haben Jude überfallen und sein Boot genommen. Ich glaube, das hat Jude und die Menschen, die auf dem Dachboden einer Kirche darauf warteten, dass er sie rettet, das Leben gekostet. Das kann man nicht einfach so abtun."

Ihr Teller war noch halbvoll. Sie nahm ihn, ging hinaus und blickte die Böschung hinab, als wollte sie sich die Abenddämmerung ansehen. Ich dachte, sie hätte vor, sich an den Picknicktisch zu setzen und ihr Abendbrot allein aufzuessen. Aber sie kratzte ihr geschmortes Steak, den Reis, die braune Soße und den Sahnemais für Tripod und Snuggs auf den Boden. Als sie wieder hereinkam, wusch sie in der Spüle ihr Geschirr, das Messer und die Gabel ab, legte sie auf den Abtropfständer und schnaufte. „Ich glaube, ich mache einen Spaziergang. Möchtest du mitkommen?", sagte sie.

„Im Moment nicht, danke."

„Dann bis später."

„Ich mag das Essen wirklich, Molly. Mir gehen bloß all die Toten nicht aus dem Kopf. Ich denke an sie und möchte am liebsten jemand umbringen. So ist das eben."

Ich hörte, wie sie die Haustür hinter sich schloss. Durch das Seitenfenster sah ich, wie der Sohn meines Nachbarn, ein massiger, femininer Mann mittleren Alters, im Garten hinter dem Haus eine Bierflasche mit langem Hals ansetzte und in ruhigen Zügen trank, während sich ein Streifen Abendsonne im Glas spiegelte.

Fünfzehn Minuten später hielt ein brauner Honda am Straßenrand. Alafair stieg aus und bedankte sich bei der jungen Frau am Steuer, dann kam sie herein. „Wo ist Molly?", sagte sie.

„Macht einen Spaziergang. Wer war das?"

„Thelma Baylor. Sie hilft in der Notunterkunft."

„Wirklich?", sagte ich.

„Sie sagt, du warst bei ihr zu Hause."

„Das stimmt."

„Sie sagt, du glaubst, ihr Vater hätte auf ein paar Schwarze geschossen."

„Möglicherweise."

„Ich glaube nicht, dass Mr. Baylor so ein Mann ist."

„Vielleicht ist er's nicht, Alf."

„Sprich mich nicht mit diesem dämlichen Namen an."

„Mr. Baylors Tochter wurde von drei verkommenen Schwarzen geschändet und mit Zigaretten verbrannt. Wenn dir so was passieren würde, wäre ich möglicherweise nicht mehr der Mann, für den du mich hältst."

„Rede nicht so, Dave."

„Ich will dir nicht vorschreiben, mit wem du verkehrst, aber ich würde den Kontakt zu Thelma Baylor abbrechen."

„Das ist voreingenommen und ungerecht."

„Das gilt sicher auch für Mörder."

„Wovon redest du?"

„Wie du gesagt hast, scheint Mr. Baylor nicht der Typ zu sein, der einem siebzehnjährigen Jungen den Schädel wegschießt. Aber was ist mit seiner Tochter? Glaubst du, sie könnte in Frage kommen?"

„Ich komme von der Unterkunft heim und habe das Gefühl, als wäre ich durch Spinnweben gelaufen."

„Hast du schon gegessen?"

„Herrgott!", sagte sie.

Im Zirpen der Zikaden ging ich über die Bahngleise zu einem Treffen der Anonymen Alkoholiker, das zweimal die Woche in einem Cottage gegenüber von der alten High School stattfand, die ich vor vielen Jahren besucht hatte. Nach der Zusammenkunft ging ich ins Büro und sortierte die Papierstapel in meinem Eingangskorb. Um 22:14 Uhr klingelte mein Handy.

„Sin Sie Mr. Robicheaux?", fragte der Anrufer.

„Der bin ich."

„Die Arschgeigen in Baton Rouge unternehmen nix wegen meinem Bruder."

„Könnten Sie auf Ihre Ausdrucksweise achten?"

„*Was*, mein Bruder is gekidnappt worden, und Sie störn sich an meiner verfluchten Ausdrucksweise?"

„Ich rate mal. Sie sind Bertrand Melancon."

„Schau, Mann, ich weiß nicht, ob an den Steinen Blut is oder was, ich will bloß meinen Bruder wiederham."

„Steine, an denen Blut ist?"

„Hörn Sie schwer?"

Meine Nerven waren überreizt, meine Batterien auf null. Das Verhalten von gewalttätigen und dummen Menschen ist immer gleich. An Problemen mit der Einstellung und dem Bezugsrahmen ist man selbst schuld, nicht sie. Wenn man Profi ist, wird man lakonisch und teilnahmslos und wendet ihre Energie gegen sie. Aber mir war nicht danach.

„Hören Sie zu, Sie Blödmann, Ihr Bruder wurde angeschossen, weil er's drauf angelegt hat. Ich weiß nicht, von welchen ‚Steinen‘ Sie reden, und ich bin auch nicht der Hüter Ihres Bruders.“

„Ich hab versucht, das dem Fettsack, diesem Purcel zu erklärn, aber er wollte nicht zuhörn. Ich will mit dieser Stadt nix mehr zu tun ham, Mann. Ich will meinen Bruder wegschaffen. Ich will alles wiedergutmachen, was wir gemacht ham. Ich red kein Stuss, Mann. Helfen Sie mir oder nicht? Wenn nicht, sagen Sie's gleich.“

„Wo sind Sie?“

„Sie müssen mir Ihr Wort geben, Mann.“

„Sie fallen nicht in meine Zuständigkeit. Die Haftbefehle gegen Sie sind im Bezirk Orleans erlassen worden. Was Besseres kann ich nicht bieten.“

Ich hörte ihn in die Sprechmuschel atmen. „Kennen Sie sich in Jeanerette aus? Seh ich 'nen Streifenwagen oder 'ne Uniform, mach ich die Düse.“

14

Der Club war aus Bimssteinblöcken gebaut, hatte ein flaches Blechdach, das von einer Scheune stammte, und lag an einer Seitenstraße in Jeanerette, nicht weit von der Zugbrücke über den Teche entfernt. Der Himmel war schwarz, aber Halogenlampen strahlten die Reklameschilder an, die auf den Autoschalter hinwiesen, an dem der Inhaber der fröhlich vorfahrenden Kundschaft geeiste Daiquiris für fünf Dollar verkaufte. Der Lichtschein der Lampen fiel auch auf die eisernen Streben der Zugbrücke und das Wasser der Bayous, das hoch oben um die Verpfählung strömte und aussah wie gelber Rost. Als ich aus meinem Pick-up stieg, hallte die Nachtluft vom Fiepen der Baumfrösche wider, und der Wind wehte durch ein Zuckerrohrfeld draußen in der Dunkelheit. Ich wollte den Club nicht betreten. Ich wollte nicht den Zigarettenqualm einatmen, den Geruch nach Desinfektionsmitteln und kaltem Schweiß, und mich in eine Welt begeben, in der ich einen Großteil meiner Jugend und meines Erwachsenenlebens zugebracht hatte. Doch genau das machte ich.

Im Innern war es dunkel, bis auf das Neonschild mit der Bierreklame und die Lichtstreifen, die durch die halb offenen Toilettentüren fielen. Die Sitznischen entlang der Wand bestanden aus Holz und PVC und waren voller Kerben, aufgeschlitzt, zersplittert, mit Zigaretten versengt und erinnerten mich an eine Reihe von Käfigen. Ein Großteil der Gäste war entweder Afro-Amerikaner, Arbeiter, eingefleischte Cajuns oder Leute, die sich Kreolen nannten und beiderseits der Rassengrenzen lebten. Es war ein Lokal, in dem weder Freude noch Verzweiflung herrschten, in dem es selten zu Gewalt oder einem ersten Rendezvous kam. Es war ein Lokal, in das die Leute gingen, wenn sie abschalten wollten, wo Uhren keine Rolle spielten und Fox News ihnen versicherte, dass die Probleme, die sie hatten, bloß von anderen Leuten erfunden worden wären.

In einer Nische im hinteren Teil des Clubs sah ich einen jungen Schwarzen sitzen, ein Bier und ein Stück weißes Boudin aus der Mikrowelle vor sich, das auf dem Wachspapier lag, in das es eingepackt war. Er trug einen Fedora mit schmaler Krempe und einer kleinen roten Feder im Band, wie ihn John Lee Hooker immer trug. Aber er hatte den gleichen gehetzten Knastblick wie der Junge, dessen Foto sich in einem braunen Ordner im Aktenschrank meines Büros befand. Er blickte auf. „Sin Sie Robicheaux?"

Ich setzte mich ihm gegenüber. „Am Telefon haben Sie mich mit ‚Mister' angesprochen. Sie dürfen mich auch jetzt ‚Mister' oder ‚Detective' nennen."

„Meinetwegen."

„Ich habe eine lange Nacht vor mir. Haben Sie irgendetwas, das für uns von Interesse sein könnte?"

„Mann, sin Sie stinkig. Was is Ihnen denn über die Leber gelaufen?"

„Sie."

„Ich? Was hab ich Ihnen denn getan?"

„Ich habe aus ziemlich zuverlässiger Quelle erfahren, dass Sie, Ihr Bruder und Ihre Freunde vermutlich Frauenschänder sind."

„Wie wär's, wenn Sie 'n bisschen leiser reden, Mann?"

Ich spürte, wie eine Stimmgabel in mir anschlug. Ich habe mal amerikanische Soldaten gesehen, die an Bäume gehängt und lebendigen Leibes gehäutet worden waren. Die Wut, die mich damals packte, war so groß, dass sie alles Menschliche zunichte machen und falsche Vorwände für das Unrecht liefern kann, das wir anderen zufügen. In diesem Moment ging es mir mit Bertrand Melancon genauso.

Ich ging an die Bar, kaufte mir eine Flasche Wasser und setzte mich wieder. Ich trank einen Schluck und schraubte die Flasche wieder zu. „Was haben Sie aus Sidney Kovicks Haus mitgehen lassen?"

Er versuchte ständig meine Miene zu deuten, so als betrachtete er ein gefährliches Tier durch die Gitterstäbe eines Käfigs. „Einen .38er, ein bisschen Kohle, Silberbesteck und andern Scheiß. Schaun Sie, Mann, bevor ich noch irgendwas sag …"

„Was hat es mit diesen ‚Steinen' auf sich, von denen Sie ständig reden?"

„Nein, Mann, erst müssen wir die Gerüchte abklärn, die ich gehört hab. Über diesen Kovick. Hat er wirklich jemand mit der Kettensäge das Bein abgetrennt?"

„Sidney und seine Frau haben früher in Metairie gewohnt. Sie hatten einen fünfjährigen Sohn. Er war mit seinem Dreirad auf der Auffahrt des Nachbarn. Der Nachbar kam betrunken heim, hat ihn überfahren und getötet. Etwa sechs Monate später verschwand der Nachbar. Keiner weiß, was aus ihm geworden ist. Aber ein paar Leute sagen, Sidney hätte einen Regenmantel und ein Paar Gummihandschuhe angezogen, wäre in einen Keller in Shreveport gegangen und hätte eine grauenhafte Tat begangen. Ich weiß nicht, inwieweit man dem Glauben schenken kann oder nicht."

Bertrand wirkte gequält und schien vor Angst regelrecht grau zu werden. Er klemmte die Hände zwischen die Oberschenkel und atmete mit zusammengebissenen Zähnen ein. „Mann, so was will ich nicht hörn."

„Wenn man sich mit Sidney anlegt, läuft es darauf hinaus. Erzählen Sie mir was von den Steinen, die Sie aus Sidneys Haus mitgenommen haben."

„Kein Hehler will sie anrührn. Alle wissen Bescheid. Der Typ, der die Steine hat, wird in 'ne Kühlkammer gehängt, Stück für Stück. Das is kein Quatsch, Mann. Drei verschiedne Typen ham mir das gesagt. Deswegen ham sie sich Eddy gegriffen. Während wir hier sitzen, nehmen die Eddy in die Mangel. Ich darf gar nicht dran denken."

Sein Atem roch säuerlich, nach Angst, sein Gesicht schimmerte ölig. Er griff sich an den Bauch und schloss die Augen.

„Fehlt Ihnen was?", sagte ich.

„Ich hab Magengeschwüre."

„Und da essen Sie Boudin und trinken Alkohol?"

„Schaun Sie, was is, wenn ich den Großteil von dem Zeug für Sie in 'nem Sack hinterlasse, vielleicht ein bisschen was behalte, und Sie es Mr. Kovick geben?"

„Woher kam der Schuss?"

Er schluckte, war irritiert, wütend über seine Ohnmacht und darüber, dass ich das Gespräch in eine andere Richtung lenkte. „Hab ich nicht gesehn. Ich hab ihn bloß gehört und gesehn, wie Eddy umkippt."

„Wissen Sie, was mich stört, Bertrand? Sie erwähnen Kevin Rochon mit keinem Wort. Er war siebzehn. Er war der Einzige von euch, der keine Vorstrafe hatte. Ihm wurde das Hirn weggeballert, und Sie reden immer nur von sich und Ihrem Bruder."

„Wir ham Andre gesagt, er soll ihn nicht mitnehmen. Das is nicht unsre Schuld. Warum geben Sie keine Ruh?"

„Sie haben im Lower Nine ein Boot geklaut, nicht wahr?"

Ich sah, wie er die Finger wieder über seinen Bauch breitete und den Mund aufsperrte, als ihm ein jäher Schmerz durch die Eingeweide fuhr. „Ich kann das nicht ab. Ich wünschte, es hätt mich erwischt, statt Kevin oder Eddy. Ich will bloß meinen Bruder wiederham. Ich will bloß raus."

Er spielte nicht. Meiner festen Überzeugung nach hatte sich Bertrand Melancon in einem Gebiet niedergelassen, in dem es keine geografischen Grenzen gibt, eins, das wir mit Mythologie und alten Religionen in Verbindung bringen.

„An Ihrer Stelle würde ich Kovicks Sachen zu seinem Blumenladen in Algiers schaffen. Mit etwas Glück lässt er Ihren Bruder frei und ist nicht hinter Ihnen her."

Ich versuchte, auf Blickkontakt mit ihm zu bleiben und nicht zu zwinkern, aber er sah mir die Lüge an.

„Ich bin tot, nicht wahr?"

„Sagen Sie mir, was Sie dem Priester im Lower Nine angetan haben?"

„Der Fettsack hat gesagt, Sie wärn aufrichtig. Aber Sie sin nicht anders als ich. Sie kommen einem krumm, probiern jeden Trick, wolln mich krank und ängstlich machen, damit Sie das kriegen, was Sie wolln. Die Leute ham unter Wasser geleuchtet. Das is da draußen passiert, Mann. Will mir keiner glauben. Aber ich hab's gesehn. Hoffentlich land ich bei denen. Vielleicht geht's Ihnen eines Tages mal genauso, Sie Arschgeige."

Er nahm sein Boudin samt dem Wachspapier, in dem es erhitzt worden war, und ging damit hinaus. Ich schraubte die Wasserflasche auf und trank einen Schluck. Ich wunderte mich darüber, wie leicht es mir gefallen war, einen angeschlagenen Mann auseinander zu nehmen. Im Club herrschte Totenstille. Ich hörte die Kohlensäure in meiner Flasche sprudeln.

Molly schlief, als ich heimkam, das Gesicht der Wand zugekehrt, so dass sich ihre Hüfte unter dem Betttuch abzeichnete. Ich hängte mein Hemd und die Hose über eine Stuhllehne, ging aber nicht ins Bett. Stattdessen setzte ich mich in einen streifigen Flecken Mondlicht und lehnte mich an das Bettgestell. Ich saß lange so da, weiß aber nicht genau, warum. Draußen hörte ich die Zugbrücke an der Burke Street scheppern und das Brummen der schweren Arbeitsboote, die den Bayou hinabfuhren.

„Was machst du da unten?", sagte Molly über mir.

„Ich wollte dich nicht aufwecken."

Ich hörte, wie sie sich über die Matratze schob, damit sie mich besser sehen konnte. „Du wirst mir doch nicht verrückt, oder?"

Sie meinte es scherzhaft.

„Ich habe Erinnerungen, die ich nicht loswerde, egal, was ich mache", erwiderte ich. „Es ist, als wollte man sich selber einen Sukkubus austreiben. Ich habe nicht deine spirituelle Überzeugung, Molly. Ich erinnere mich an Ereignisse, die sich gestern oder vor Jahren zugetragen haben, und ich erinnere mich an die Mistkerle, die sie verursacht haben, und würde am liebsten zurückkehren und sie gewaltig zurechtstutzen. Nein, das ist nicht ehrlich. Ich würde am liebsten die Wand mit ihnen streichen."

Sie lag auf dem Bauch, hatte sich auf die Ellbogen gestützt und ließ den Kopf zu mir herunterhängen. „Kannst du mir nicht vertrauen? Glaubst du nicht, dass wir Partner sind, die sich gemeinsam allen Problemen stellen, die des Wegs kommen? Ist es so um unsere Ehe bestellt?"

Sie tippte mir mit dem Finger an den Hals. „Ich habe dir eine Frage gestellt, Soldat."

„Ich habe gerade einem schwarzen Kid in Jeanerette die Daumenschrauben angelegt. Er ist eine miese Kreatur, ein Meth-Dealer und möglicherweise ein Frauenschänder. Aber man reißt ihnen nicht die Speichen raus, wenn die Räder bereits kaputt sind."

Ihr Gesicht befand sich am Rande meines Blickfelds. Ich konnte das Shampoo in ihren Haaren riechen. Sie legte mir die Hand auf die Schulter und drückte sie. „Du hast noch nie in deinem Leben einem Unschuldigen vorsätzlich etwas zuleide getan, Dave", sagte sie. „Du lädst dir das Leid anderer Menschen auf, ohne dass sie dich jemals darum bitten. Deine größte Tugend ist auch deine größte Schwäche."

Ich drehte den Kopf um und schaute ihr ins Gesicht. Ihr

Mund war rosa, ihre Haut schimmerte im Mondschein. Sie hatte die Haare kurz geschnitten, so dass es selbst an den Spitzen, die auf ihre Wangen hingen, dicht war. Einer der Träger ihres Nachthemds war heruntergerutscht, und ich konnte die feinen Sommersprossen auf ihrer Schulter sehen. Sie fuhr mit den Fingern durch meine Haare. „Könntest du bitte vom Boden aufstehen?", sagte sie.

Ich legte mich neben sie und zog sie an mich. Ich spürte ihren Atem an meinem Ohr. Ihre Hände drückten sich an mein Kreuz. Sie schob den Daumen in den Gummizug meiner Unterhose und wollte sie über die Hüfte schieben. Dann gab sie es auf und ließ sie mich selbst ausziehen, während sie Höschen und Nachthemd abstreifte. Ich wollte mich auf sie legen, aber sie schob mich weg, setzte sich auf meine Schenkel und stützte die Hände neben meiner Schulter auf. Sie schaute auf eine Art und Weise zu mir herab, die ich nicht verstand. „Ich weiß nicht, was ich tun würde, wenn dir irgendwas zustoßen sollte, Dave. Ich hätte nie gedacht, dass es mir bei einem Mann mal so gehen würde. Aber bei dir ist es so", sagte sie.

„Molly ...", begann ich.

„Nein, genauso ist es. Jeder, der dir etwas zuleide tun will, muss erst mich umbringen."

Sie griff nach unten und schob mich in sie. Als es vorbei war, legte ich den Kopf an ihre feuchten Brüste und hörte ihr Herz schlagen, laut und satt wie eine Trommel.

Tags darauf, am Dienstag, wühlte ein Obdachloser in einem Müllcontainer hinter einer tierärztlichen Klinik in Baton Rouge herum und spießte mit einem Stock, an dem er einen Nagel befestigt hatte, Dosen heraus. Sämtliche Tiere waren vor dem Hurrikan Rita aus der Klinik weggebracht worden, und der Tierarzt war noch nicht wieder zurückgekehrt. Die Bar nebenan hatte morgens um sieben Uhr schon geöffnet, aber drinnen hielt sich nur eine Aushilfe auf, die das Gebäude lüftete und Müll durch die Hintertür in die Gasse fegte. Der Obdachlose füllte seinen Plastiksack mit Dosen und wollte ihn gerade zubinden, als er einen Laut hörte, der nicht zu den üblichen Morgengeräuschen passte.

Vorsichtig stellte er seinen Sack auf den Asphalt und ließ die Dosen nach unten sinken. Er horchte auf das Geräusch, hörte aber nichts als den Wind, der zwischen den Bäumen des Friedhofs am Ende des Straßenzugs hindurchwehte. Er ging zum einen Ende der Gasse und blickte nach links und nach rechts, dann ging er zum anderen und machte das Gleiche. Die Aushilfe, ein Schwarzer, hielt in seiner Arbeit inne. „Stimmt was nicht?", sagte er.

„Hast du das Geräusch nicht gehört?", fragte der Obdachlose.

„Was für ein Geräusch?", sagte die Aushilfe.

„Ein Geräusch, als ob ein Tier in der Wand gefangen ist oder so was Ähnliches."

„In dem Gebäude sind keine Tiere. Die Besitzer sind hergekommen und ham sie alle abgeholt. Der Blitz hat die Klimaanlage durchbrennen lassen. Und in der Wand sind auch keine Tiere."

Die Aushilfe ging wieder in die Bar, doch der Obdachlose blieb mitten in der Gasse stehen und drehte den Kopf in die eine, dann in die andere Richtung, als der Wind auffrischte und erstarb. Er nahm seinen Sack mit den Dosen und warf ihn sich über die Schulter, so dass ihm die schwere Last an den Rücken schlug. Dann hörte er das Geräusch erneut. Diesmal bestand kein Zweifel daran, woher es kam. Der Obdachlose stellte seinen Sack ab und zog eine schwere Metalltür auf, die in ein Foyer und zum Lieferanteneingang der Klinik führte.

Tief in der Düsternis konnte er eine Rollbahre erkennen, die neben der Kliniktür abgestellt war. Auf ihr lag ein längliches Schemen, das jemand in ein Laken gewickelt und auf einer Gummimatte festgeschnallt hatte, die nach Urin roch. Der Obdachlose hob das Laken hoch, unter dem das Schädeldach eines Schwarzen zum Vorschein kam. Er zog das Laken weiter herunter und sah die Augen des Schwarzen, die unrasierte Kinnlade und eine bandagierte Wunde an seiner Kehle. Aber es lag an den Augen und dem Gesichtsausdruck des Schwarzen, dass dem Obdachlosen die Hände zitterten.

„Ich hol Hilfe. Ich komme zurück. Ich versprech's", sagte er.

Er stolperte über seinen Sack mit den Dosen, als er winkend zur Hintertür der Bar rannte.

Am gleichen Nachmittag bekam ich einen Anruf von Special Agent Betsy Mossbacher aus Baton Rouge. Sie war in Chugwater, Wisconsin, aufgewachsen, trug Jeans und Boots, hatte einmal Pferdedreck in Helens Büro geschleppt und Helen selbst in deren Beisein als Mitglied im „Club der Rillenstreichlerinnen" bezeichnet. Seltsamerweise wurden die beiden Busenfreundinnen.

„Wie läuft's, Dave? Ich übernehme die Ermittlung wegen der Schüsse auf Eddy Melancon und Kevin Rochon. Ich dachte, ich sollte Sie auf den neusten Stand bringen."

Betsy Mossbacher war ein aggressives Cowgirl, die wahrscheinlich ungeselligste Bundespolizistin und schlimmste nüchterne Autofahrerin, mit der ich je zusammengearbeitet habe. Aber ihre Rechtschaffenheit und ihr Mut waren über jeden Zweifel erhaben. Ich hatte zuvor gedacht, die Ermittlung wegen der Schüsse auf Melancon und Rochon würde im Sande verlaufen, entweder, weil man in einer Sackgasse steckte, oder schlicht und einfach wegen bürokratischer Untätigkeit. Dass Betsy zur neuen Sachbearbeiterin ernannt worden war, bedeutete nichts Gutes für denjenigen, der abgedrückt hatte.

„Ich bin nur am Rande mit der Ermittlung in Sachen Melancon und Rochon befasst", sagte ich.

„Ich liebe Ihren Wortschatz. Aber lassen wir den Mist. Ein Obdachloser hat Eddy Melancon heute am frühen Morgen hinter einer Tierklinik gefunden."

„Ist Melancon tot?"

„So könnte man es bezeichnen. Vom Hals aufwärts hat er Gefühl, aber man weiß nicht, wie es in seinem Gehirn aussieht. Er hatte Klebebandspuren an Mund und Nase. Ich vermute, er wurde mittels Sauerstoffentzug gefoltert. Ich glaube, er konnte nichts verraten, und es hat lange gedauert, bis sich seine Entführer damit abfanden."

Sie hielt inne und ließ die Folgerungen einwirken, die sich daraus ergaben. „Was haben Sie vorliegen?"

„Nicht viel. Es fing als Hilfsermittlung nach Katrina an", sagte ich. „Ich habe gestern Nacht in einer Bar in Jeanerette mit Bertrand Melancon geredet. Ich glaube, er besitzt Diebesgut von Sidney Kovick und hat Angst, es zu behalten, aber noch mehr Angst, es zurückzugeben."

„Sie waren mit Bertrand Melancon zusammmen und haben ihn nicht hopsgenommen?"

„Unser Ritz-Carlton ist überfüllt. Wie siehts bei euch aus?"

Ich spürte, dass sie zusehends ungehaltener wurde. „Hören Sie, Dave, dieser Fall würde eingestellt werden, wenn nicht jemand einem siebzehnjährigen Jungen ohne Vorstrafe eine Kugel durchs Hirn gejagt hätte. Zu viele weiße Macker haben sich einen Spaß daraus gemacht, im Uptown-Bereich von New Orleans auf Schwarze zu schießen. Jedenfalls meint das mein Boss. Zweitens ist Sidney Kovick ein Mann, an dem das FBI nach wie vor ein großes Interesse hat. Wenn Sie mit Tätern sprechen, die in meine Zuständigkeit fallen, möchte ich es erfahren."

„Bertrand hat mir erzählt, dass er irgendwelche Steine aus Kovicks Haus hat. Er hat von Steinen geredet, an denen Blut klebt."

Diesmal ließ ich die Schlussfolgerungen einwirken.

„Blutdiamanten?", sagte sie.

„So hat es geklungen."

„Sie meinen, so ein Kleinkrimineller hat bei einem einfachen Einbruch eine Millionenbeute gemacht?"

„Ich glaube, Bertrand würde sie im Moment für eine Busfahrkarte nach Saskatoon eintauschen."

Ich wollte die Melancon-Brüder, die Rochons und Sidney Kovick vergessen, aber Pater Jude LeBlanc ging mir nicht aus dem Kopf. Trotzdem hatte ich seinen Namen gegenüber Betsy Mossbacher nicht zur Sprache gebracht. Warum? Weil der Beruf des Ordnungshüters nichts mit dem Erhalt von Recht und Ordnung zu tun hat. Wir kümmern uns um vollendete Tatsachen. Wir schnappen Kriminelle durch Glück und Zufall, entweder auf frischer Tat oder durch Spitzel. Wegen kriminaltechnischer oder juristischer Schwierigkeiten kann ein Großteil der Straftaten nicht einmal verfolgt werden. Die meisten Häftlinge, die derzeit im Knast sitzen, denken ihr Leben lang darüber nach, wie sie den Justizapparat auf sich aufmerksam machen können. Schließlich ist das Gefängnis der einzige Ort, an dem sie das Gefühl haben, vor ihrem eigenen Versagen geschützt zu sein.

Leider sind die Opfer von Verbrechen die letzten Menschen, an die wir denken. Sie werden zu einem bloßen Anhängsel sowohl bei der Ermittlung als auch bei der Strafverfolgung, Beiwerk statt Hauptpersonen. Man frage die Opfer einer Vergewaltigung oder Menschen, die mit Pistolengriffen oder Metallrohren zusammengeschlagen, beziehungsweise an Stühle gekettet und gefoltert wurden, was sie von der Justiz halten, wenn sie erfahren, dass ihre Peiniger auf Kaution freigelassen wurden, ohne dass man sie verständigt hat.

Ich halte nichts von der Todesstrafe, aber ich widerspreche den Anklägern nicht, die sie befürworten. Die Münder der Menschen, die sie vertreten, sind verstummt. Welcher Rechtsgelehrte würde nicht versuchen wollen, ihnen eine Stimme zu verleihen? Aber was konnte ich für Jude Le-Blanc tun? Er hatte sich aus freien Stücken in den Garten Gethsemane begeben, nicht wahr? Jeder ist für sich selbst verantwortlich.

Das waren die Gedanken, die ich am helllichten Tag mit mir herumschleppte.

An diesem Abend, bei Sonnenuntergang, war der Himmel unmittelbar über mir völlig blau, und die Bäume in unserem Garten waren dunkel und voller Rotkehlchen, die aus dem Norden zurückkehrten. Als wir das Geschirr vom Küchentisch räumten, blickte Alafair zufällig aus dem Fenster. „Clete Purcel ist in unserem Garten", sagte sie.

Er saß am Redwood-Tisch und betrachtete einen Schlepper, der auf dem Bayou vorbeifuhr. Tripod und Snuggs waren auf der Tischplatte und genossen den Abend. Tripod schnupperte in den Wind, während Snuggs auf und ab stolzierte und Clete seinen steifen Schwanz ins Gesicht schlug.

Clete zündete sich eine Zigarette an, was ich seit Monaten nicht mehr gesehen hatte. Ich ging hinaus und setzte mich neben ihn. Sein Gesicht war rot, aber er hatte weder eine Schnapsfahne noch roch er nach Gras. Er bemerkte meinen Blick. „Ich bin mit offenem Verdeck in die Große Schmuddlige gefahren", sagte er.

„Steckst du wegen irgendwas in der Klemme?"

„Courtney und ich sind ein bisschen gierig geworden.“

„Moment, wer ist Courtney gleich wieder?“

„Courtney Degravelle, die Kleine, die an der gleichen Straße wohnt wie Otis Baylor, diejenige, die gesehen hat, wie Bertrand Melancon beinahe ein Propellerboot vom NOPD gerammt hätte.“

Ich nahm Clete die Zigarette aus der Hand, warf sie auf den Boden und trat sie aus.

„Dave, mach mal ein bisschen halblang, ja?“

„Inwiefern seid ihr gierig geworden?“

Er hob Snuggs am Schwanz hoch und ließ ihn auf den Hinterpfoten auf und ab hüpfen. Snuggs hatte einen dicken Hals, kurze weiße Haare, und wenn er lief, spielten seine Muskeln. Seine Ohren waren krumm und zerbissen, sein Fell von rosa Narben durchzogen. Er hatte ein ausschweifendes Liebesleben und war sehr besitzergreifend, was seinen Garten anging. Er focht wilde Kämpfe aus, um Tripod zu beschützen, und schlief nachts häufig auf dem Dach, um sicherzugehen, dass niemand in Tripods und sein Revier eindrang. Clete war der einzige Mensch, der sich ihm gegenüber gewisse Freiheiten herausnehmen durfte, vermute ich, weil Snuggs einen Waffenbruder erkannte, wenn er einen sah.

„Courtney sagt, sie hat vor ein, zwei Wochen einen jungen Schwarzen gesehen, der sich in der Gasse hinter ihrem Haus rumtrieb. Er hat irgendwas aus den Dachsparren in einer Garage rausgezogen. Sie hat nicht groß drüber nachgedacht, bis ich ihr gesagt habe, dass Bertrand Melancon meiner Meinung nach Kovicks Sachen irgendwo in der

Gasse versteckt hat, bevor er seinen Bruder ins Krankenhaus brachte."

„Das hast du ihr erzählt?"

„Hey, sie will helfen. Gestern hat sie mich angerufen
und gesagt, sie hätte ein paar durchgeweichte Scheine in
ihrer Hecke gefunden. Nicht bloß ein paar, ganze Bündel.
Ich glaube, Bertrand hat sie ins Wasser fallen lassen, und
sie wurden zu Courtney getrieben."

„Von wie viel reden wir?"

„Siebzehn Riesen und ein bisschen Kleingeld."

„Du und Courtney wolltet es behalten?"

„Ich habe dran gedacht. Was soll ich denn machen, es zu
Sidney bringen? Was ist, wenn's nicht seins ist? Glaubst du,
er gibt es zu? ‚Gehört mir nicht, Purcel. Behalt du es, weil
du so ein toller Typ bist.'"

„Und was hast du gemacht?"

„Ich hatte ein komisches Gefühl, was die Scheine anging. Wenn sie Sidney gehören, warum sollte er sie dann
in seinem Haus aufbewahren? Selbst wenn das Geld heiß
wäre, könnte er's über 'ne südamerikanische Bank waschen.
Deshalb hab ich ein paar Scheine zu Fat Tommy Whalen
gebracht, erinnerst du dich an ihn, Tommy Orca, hat früher mal mit Schmuck gedealt und für die Carlucci-Truppe
Schmiere gestanden? Tommy hat sich die Scheine mit 'ner
Lupe vorgenommen und ständig beifällige Blubbertöne
von sich gegeben, bis ich schließlich gesagt habe: ‚Hast
du wegen ein paar toten Präsidenten irgendwas in den falschen Hals gekriegt?'

‚Yeah, falsch is das richtige Wort, Purcel', hat er gesagt.

‚Eine wunderbare Arbeit, aber es ist gefälscht. Wer hat das gemacht?‘

Kannst du das glauben? Diese Typen hatten nicht nur das Pech, Sidney Kovicks Haus auszurauben und zu zerkloppen, sie haben auch noch Falschgeld mitgehen lassen."

Sein Bericht war lang und weitschweifig gewesen, wie immer, wenn Clete irgendein Eingeständnis vermeiden wollte.

„Zurück zum Thema", sagte ich.

„Ich möchte am liebsten in Lauge baden. Seit Katrina zugeschlagen hat, hör ich ständig kleine Schweinsfüße zum Trog traben. Hier unten sind haufenweise Typen aus Washington. Jetzt bin ich genauso schmutzig wie die."

Ich schlug ihm mit der flachen Hand zwischen die Schulterblätter. „Du bist der Allerbeste, Clete. Gib Courtney Degravelle die Scheine zurück und sag ihr, sie soll sie dem FBI überlassen. Halte dich von Sidney fern. Ende der Geschichte."

Snuggs machte kehrt, schlug Clete den Schwanz ins Gesicht und wartete darauf, dass er ihn zwischen den Ohren kraulte.

Am nächsten Morgen rief ich Betsy Mossbacher in der FBI-Niederlassung in Baton Rouge an und erreichte ihren Anrufbeantworter.

„Sidney Kovick hatte möglicherweise Falschgeld in seinem Haus versteckt. Ein paar Scheine wurden in eine Gasse ein Stück weiter unten gespült. Aber ich bin mir nicht ganz sicher, ob sie ihm gehören. Viel Glück", sagte ich.

Ich hoffte, dass ich eine Weile nichts von Betsy hören

würde. Drei Minuten später rief sie zurück. „Woher haben Sie von diesen Scheinen erfahren?", fragte sie.

„Vertraulicher Informant", erwiderte ich.

„Richtig."

Dann brachte ich das Thema zur Sprache, das mir keine Ruhe ließ, seit Natalia Ramos mir von Jude LeBlancs möglichem Schicksal erzählt hatte. „Haben Sie etwas von einem ertrunkenen Priester im Lower Nine gehört?"

„Nein."

„Er heißt Pater Jude LeBlanc. Er wollte ein Loch ins Dach einer Kirche hacken, als ihm sein Boot gestohlen wurde. Möglicherweise waren die Melancon-Brüder und die Rochons die Typen, die das Boot genommen haben."

„Viele Leute wurden raus aufs Meer gespült", sagte sie. „Ich glaube, unter den Trümmern liegen noch hunderte von Menschen. Ein paar Staatspolizisten nehmen an, dass unter einem einzigen Gebäude mehr als fünfunddreißig Leute begraben sind. Der Geruch ist scheußlich."

„An der Geschichte ist noch mehr dran, Betsy. Bertrand Melancon sagt, er hätte im Lower Nine leuchtende Leichen unter dem Wasser gesehen. Haben Sie so was schon mal gehört?"

„Ich mache jetzt lieber Schluss."

„Wimmeln Sie mich nicht ab. Melancon hat gesagt, Jude LeBlanc hat die Toten zum Leuchten gebracht. Der Typ hat die Furien am Hals. Er hat da draußen irgendwas gesehen oder getan. Möglicherweise hat er einen Mord begangen."

„Das sind schlimme Zeiten. Warum laden Sie sich eine

Last auf, die Ihnen den Rücken kaputt macht, ohne dass sie für jemand anders leichter wird? Passen Sie auf sich auf, Dave."

Vor vielen Jahren machte US-Senator Huey P. Long, auch der Kingfish genannt, unseren Staat Frank Costello zum Geschenk. Costello wiederum vergab die Prostitution und andere lasterhafte Aktivitäten an einen kriminellen Familienverband aus New Orleans. Das NOPD und der Mob kamen im Großen und Ganzen ebenso miteinander aus, wie der Mob mit den Rechtsorganen in Chicago und New York ausgekommen war. Das French Quarter war Elsie, die Milchkuh, und niemand durfte mit ihr Schindluder treiben. Das Vorbild waren die Caracalla-Thermen. Kongressbesucher aus Omaha und Meridian konnten sich an der Bourbon Street „Striptease total" anschauen. Sie konnten sich in ihren Hotelzimmern mit Whiskey und Soda bespucken und von Nutten flachlegen lassen, die wie Filmstars aussehen. An Mardi Gras konnten sie mit Transvestiten herumtollen und ihre Pimmel auf dem Balkon von Tony Bacinos schwulem Nachtclub schwenken. Nur wenige beschwerten sich, wenn die Rechnung ein bisschen hoch war. Die Benimmregel war einfach: Jeder amüsierte sich prächtig und fuhr glücklich nach Hause. In der Stadt der Sünden war man sicher, und alle Sünden, die man beging, wurden einem vergeben, dank dem NOPD und dem einheimischen Ableger der Mafia.

„Recht und Ordnung" und „Familienwerte" waren nicht nur Begriffe. Hochstapler wurden von Dächern geworfen,

Straßenräuber und Taschendiebe zur Bezirksgrenze gebracht, wo man ihnen die Knochen zurechtrenkte. Jeder, der ein Restaurant oder eine Bar überfiel, in der entweder die Cops oder die Mafia von New Orleans verkehrte, wurde auf der Stelle umgelegt. Keiner wusste genau, was mit Kinderschändern passierte. Ich habe nach wie vor den Verdacht, dass sie als Fischfutter wiedergeboren wurden.

Kulturelle Symbiose war eine Lebensart. Die Führung des Mob war amoralisch und skrupellos, aber sie ging immer pragmatisch vor. Es waren Familienväter, die sich an bestimmte Regeln hielten, darunter die, dass man kein Aufsehen erregte. Als Geschäftsleute waren sie sich darüber im Klaren, wie wichtig öffentliche Kirchenbesuche, patriotische Bekenntnisse und ein anständiges Auftreten waren. Die meisten von ihnen hielten ihr Wort, vor allem im Umgang mit dem NOPD. Genau genommen war das die einzige Währung, durch die sie im Geschäft blieben.

All das änderte sich, als Crack in die Stadt kam. Innerhalb von zwei, drei Jahren war ganz Downtown voller wandelnder Leichen. Schwarze Teenager, die aussahen, als hätten sie ihren Grips an diesem Morgen in der Mikrowelle gebacken, zogen mit .38ern herum, ungerührt von Leid und Tod, die sie verursachten. Die lange und glückliche Beziehung von New Orleans mit der großen Hure von Babylon war vorüber. Ein Kid mit dem IQ eines Deutschen Schäferhundes konnte einen auf dem St. Louis Cemetery ausrauben und im Nachhinein das Gehirn wegballern, ohne einen Grund dafür nennen zu können.

Als John Dillinger im Gefängnis von Crown Point, Indiana, eingebuchtet war, wurde er von einem Reporter gefragt, was er von Bonnie Parker und Clyde Barrow hielt. Er grinste schief und antwortete: „Das sind zwei Drecksäcke. Sie haben den Bankraub in Verruf gebracht." In New Orleans wurde die ehrbare kriminelle Infrastruktur der Stadt von Dumpfschädeln und Gossengesindel abgelöst. Sie waren das neue „Gesocks" und verdarben allen den Spaß.

Aber einige Mitglieder des alten Ordens hingen an ihren Bräuchen und wollten sich nicht damit abfinden, dass sie Dinosaurier waren. Einer davon war ein 265 Kilo schwerer Haufen Waltran namens Fat Tommy Whalen, auch Tommy Orca und Tommy Fins genannt. Er trug eiscremefarbene Leinenanzüge und hatte Schlitzaugen. Der Country Club in seinem Wohnviertel kündigte seine Mitgliedschaft auf, nachdem er eine Arschbombe vom Sprungbrett hingelegt, eine Hochzeitsgesellschaft mit einer Flutwelle überschwemmt und die Braut in ein Blumenbeet gestoßen hatte. Sein Familienwagen war ein SUV, dessen Fahrwerk mit Panzerfedern verstärkt war. Das jüngste seiner fünf Kinder, eine Tochter, wog über zweieinhalb Zentner. Vor vielen Jahren führte Tommy seine ganze Familie jeden Mittwoch und Samstag in ein Restaurant in Metairie aus, wo man sich für sechs Dollar unbegrenzt am Buffet bedienen konnte, und trieb den Besitzer in den Ruin. Er war eine Damon-Runyon-Type, mit der ich einst eine Loge auf der Rennbahn geteilt hatte, eine schwabblige Karikatur von einem menschlichen Wesen, die nach Babypuder, Fliederwasser und Mundspray roch. Aber die Drogenkultur war der Untergang für die respektablen illegalen Unternehmen in New Orleans gewesen, und Tommys persönlicher Ehrenkodex war mit dem der Stadt das Klo runtergespült worden.

Die Kurzversion? Clete Purcel hatte es fertiggebracht, in einen Flugzeugpropeller zu laufen.

Die Zusammenfassung der Geschichte kam in der *Times-Picayune*; die Einzelheiten erfuhr ich von einem Sanitäter aus New Iberia, der gleich nach dem Sturm den Dienst in New Orleans angetreten hatte.

Tommy Fins war in vollem Schick bei Sidney Kovicks Blumenladen in Algiers eingetroffen, mit einer prachtvollen weißen Hose, die einem Rhinozeros gepasst hätte, einem himmelblauen Seidenhemd und einer wehenden Tüpfelkrawatte.

Marco Scarlotti, einer von Sidneys angeheuerten Helfern, öffnete die Tür des SUV, als wäre eine königliche Hoheit vorgefahren, und begleitete ihn zum Eingang des Ladens. Der Morgen war noch kühl, die grün-weiß gestreifte Markise über dem Schaufenster bauschte sich im Wind, der vom Fluss wehte. Marco hielt die Tür für Fat Tommy weit auf. „Sidney kommt ein paar Minuten später. Nimm dir Kaffee und Schokoladendonuts. Wir haben einen ganzen Haufen davon", sagte er.

„Yeah, ich könnte 'nen Imbiss gebrauchen, Marco."

„Ganz recht, Tommy. Gut siehst du aus. Du scheinst ein paar Pfund abgenommen zu haben."

Aber während Tommy Orca mit Marco redete, hatte er nicht auf die Breite der Tür geachtet. Ehe er sich versah, hatte er sich im Türrahmen verkeilt, klemmte mit dem Hintern am einen Pfosten und blieb mit Bauch und Unterleib am anderen hängen. „Du musst mir einen Schubs geben, Marco", keuchte er.

Marco schob ihn von hinten, ging in die Hocke und drückte die Schulter gegen ihn, als wollte er ein Pferd in einen Anhänger laden. Dann kam sein Kollege Charlie Weiss aus dem hinteren Teil des Ladens, zerrte an Tommys Arm und drehte ihn hin und her.

„Du siehst gar nicht gut aus. Ist alles in Ordnung?", sagte Marco. „Hol ihm ein Glas Wasser, Charlie."

„Der wiegt so schon genug. Herrgott, seine Beine geben nach. Steh auf, Tommy. Das ist nicht der richtige Ort, um sich zu setzen. Ach du Scheiße", sagte Charlie.

Als die Sanitäter zu dem Laden kamen, war Tommys mächtiger Leib im Türrahmen zusammengesackt wie ein Heißluftballon, aus dem die Luft entweicht. Seine Lippen waren voller Speichel, und er japste mühsam nach Luft.

„Halten Sie durch, mein Guter. Wir brechen die Wand raus", sagte ein Sanitäter.

Aber Tommy hörte nicht zu. Sein Gesicht war schweißüberströmt, die Augen waren auf Marco gerichtet. „Ich bin erledigt", sagte er.

„Nein, wir holen dich raus. Halt durch", sagte Marco.

Tommy atmete ein und aus, als wollte er sein Blut bewusst mit Sauerstoff anreichern. „Hör zu, bestell Sidney, dass Clete Purcel sein Falschgeld hat. Sag Sidney, er soll sich um meine Familie kümmern."

Dann schloss Tommy der Wal die Augen, schwamm hinaus aufs Meer und ließ Clete Purcel mit einem Mühlstein um den Hals zurück.

15

Otis Baylor kam am Montag in aller Frühe in mein Büro. Er trug eine Hose mit Trägern, ein langärmliges weißes Hemd mit Schlips und schien die Frische des Morgens auszustrahlen.

Aber offensichtlich wollte er nicht, dass ich den Zweck seines Besuchs missverstand. „Ich habe eine Frage, die geklärt werden muss", sagte er.

„Setzen Sie sich."

„Ein Mann namens Ronald Bledsoe kam am Samstag zu meinem Haus, unangekündigt und ungebeten. Er sagte, er wäre Privatdetektiv, der für den Staat arbeitet. Er hat mir eine goldene Plakette und eine Ausweiskarte mit seinem Foto gezeigt. Macht der Staat so was?"

„Ich bin mir nicht sicher. Was wollte der Kerl?"

„Er hat gesagt, er ermittelt wegen der Schüsse auf diese schwarzen Kids. Er hat mich gefragt, ob einer von ihnen in meiner Auffahrt war. Ich hab ihm gesagt, ich weiß es nicht. Er hat mich gefragt, ob ich irgendwelche Gegenstände auf meinem Grundstück gefunden hätte, die möglicherweise aus den Häusern anderer Leute gestohlen wurden."

„Was haben Sie ihm gesagt?"

„Dass ich Diebesgut an die Behörden übergeben hätte, wenn ich irgendwo welches gefunden hätte. Er hat gesagt, mein Nachbar hätte einen der Plünderer in meiner Auffahrt gesehen."

„Welcher Nachbar?"

„Zuerst wollte er's mir nicht sagen. Dann hat er gesagt,

es wäre Tom Claggart gewesen. Die Manieren von dem Mann haben mir nicht gefallen, Mr. Robicheaux."

„Dave bitte."

Er achtete nicht auf meine Berichtigung. „Ich glaube, dieser Mann ist ein Betrüger. Er ist ein seltsam aussehender Kerl. Er hat sonderbare Augen."

Ich holte einen gelben Notizblock aus meinem Schreibtisch. „Hat er eine Visitenkarte hinterlassen?"

„Nein. Ich habe auch um keine gebeten."

„Würden Sie ihn bitte beschreiben."

„Er ist ein großer Weißer mit einem langen Gesicht, das in der Mitte eingesunken ist. Sein Mund hat eine komische Farbe, als hätte er Rouge aufgetragen, oder er passt nicht zu seiner Haut. Er hat eine sanfte Stimme und einen weichen Akzent, wie die Leute aus Carolina. Seine Augen sind grün. Meine Tochter hat im Garten gearbeitet. Er hat ständig zu ihr rüber geschaut. Ich will den Typ nicht mehr in der Nähe meines Hauses sehen."

„Wenn er wiederkommt, sagen Sie ihm, dass er gehen soll. Rufen Sie uns, wenn er's nicht macht."

„Kommen Sie raus?"

„Ja, Sir."

„Das ist alles, was ich wissen muss." Er wollte von seinem Stuhl aufstehen.

„Ich wollte Ihnen noch eine Frage zu einem anderen Thema stellen", sagte ich und schob meinen Block beiseite, als ob das offizielle Gespräch vorüber wäre. „Die erste Waffe, mit der ich beim Militär geschossen habe, war das Springfield '03."

Er stand jetzt auf und wartete darauf, dass ich zur Sache kam.

„Es ist ein prima Gewehr. Haben Sie Ihres in New Orleans gelassen?", sagte ich.

„Nein, es ist in meinem Haus in New Iberia. Wollen Sie's sehen?"

„Ich dachte, ich könnte vielleicht irgendwann damit schießen."

„Jederzeit. Sie müssen ja viel Zeit haben", sagte er.

Als er weg war, drehte ich meinen Stift auf dem Tintenlöscher im Kreis. Otis Baylor war entweder unschuldig oder ein sehr schlauer Mann. Wenn er oder ein Mitglied seiner Familie auf die beiden Plünderer geschossen hätte, wäre er darauf bedacht gewesen, das Gewehr loszuwerden, falls man in einer Hauswand oder einem Baumstamm auf der anderen Straßenseite die Kugel fand. Aber vermutlich war Otis Baylor nicht dahin gekommen, wo er war, wenn er das Vorhersehbare getan hätte.

Ich zog die Akte über die Schießerei aus meinem Metallschrank und blätterte zu den Notizen von meinem Gespräch mit Tom Claggart, dem Nachbarn zurück. Claggart hatte gesagt, er hätte tief geschlafen und den Schuss nicht gehört, der Eddy Melancon verkrüppelt und Kevin Rochon getötet hatte. Aber der Mann, der sich als Privatdetektiv ausgab, behauptete, Claggart habe ihm gesagt, er hätte einen der Plünderer von Otis Baylors Auffahrt kommen sehen. Wenn der Privatdetektiv die Wahrheit sagte, hatte Claggart entweder mich oder ihn angelogen. Warum? Ich wusste es nicht.

Am frühen Dienstagmorgen wachte Clete Purcel in seinem Cottage auf dem Motelgelände beim Gesang der Vögel auf. Auf eine schäbige Art war Cletes zweites Zuhause ein großartiger Ort, wie aus einer anderen Zeit, ohne Telefone in den Zimmern, im Schatten von Eichen, die Böschung zum Bayou hinunter von der Herbstsonne gesprenkelt. Er kochte Kaffee, warf ein Schinkensteak und drei Eier in eine Pfanne, putzte sich die Zähne und rasierte sich, während sein Essen briet. Dann zog er die Jalousien hoch und schaute zu seinem Caddy, dessen Verdeck mit Vogelkot übersät war. Er stand unter einer ausladenden immergrünen Eiche, wo er ihn letzte Nacht geparkt hatte. Ein großer Mann, dessen eingewachster kahler Kopf unnatürlich lang wirkte, musterte ihn, einen Fingerknöchel ans Kinn gedrückt. Er bückte sich, schaute sich die Speichenräder, das rostige Chrom an der hinteren Stoßstange und das mit getrocknetem Lehm verkrustete Nummernschild aus Louisiana an. Mit dem Daumen wischte er den Schmutz von einer Ziffer, dann rieb er sich die Finger ab.

„Kann ich Ihnen irgendwie behilflich sein?", rief Clete aus seiner Tür.

„Ich habe Ihr Fahrzeug bewundert. Ich restauriere in meiner Freizeit alte Autos", erwiderte der Mann. Er hatte dichte Augenbrauen, wie halbmondförmige Streifen Tierfell, die in das ausdruckslose Gesicht geklebt worden waren. „Ich habe einen Rolls-Royce. Aber ich liebe auch Cadillacs. Woher haben Sie Ihren?"

„Eine Filmfirma hat in New Iberia einen Film gedreht. Sie haben sämtliche Fahrzeuge verkauft, als sie abgereist sind."

„Ich wünschte, ich hätte dabei sein können", sagte der Mann. „Mein Name ist Ronald Bledsoe. Wie heißen Sie?"

„Sie müssen mich entschuldigen. Ich frühstücke grade", sagte Clete. Er wollte die Tür schließen.

„Ich bin gerade auf der anderen Seite vom Weg eingezogen und wollte mich vorstellen."

„Komisch. Dort hat eine Familie aus dem Bezirk Cameron gewohnt, die's weggeblasen hat."

„Meine Dienststelle hat ihnen beim Umzug geholfen. Ich bin Privatdetektiv."

„Haben Sie deshalb mein Nummernschild überprüft?"

„Nein, das ist bloß eine Angewohnheit von mir. Wenn ich Schmutz sehe, wische ich ihn weg. Erziehungssache, nehme ich an."

„Vielleicht können Sie mir einen Laden empfehlen, der alte Caddys restauriert."

Der Mann, der sich Ronald Bledsoe nannte, starrte nachdenklich auf den Bayou. „Ich kenne sogar jemanden hier in der Gegend. Ich schreibe Ihnen den Namen auf meine Visitenkarte." Er schrieb auf die Rückseite der Karte und reichte sie Clete. „Sagen Sie ihm, ich hätte Sie geschickt."

„Vielen Dank. Ich weiß das zu schätzen", sagte Clete, hielt die Karte hoch und steckte sie in die Brusttasche seines Hemds.

Clete beendete sein Frühstück, dann rief er mich von seinem Handy an. „Ein Typ mit nuschligem Akzent, der Ronald Bledsoe heißt, hat sich um meinen Caddy rumgedrückt. Der ist krumm wie ein Korkenzieher. Kannst du ihn übers NCIC laufen lassen?"

„Habe ich bereits gemacht."

„Was hast du über ihn rausgekriegt?"

„Der Typ war draußen bei Otis Baylors Haus. Baylor kam er auch nicht ganz geheuer vor. Er behauptet, er ist für den Staat tätig."

„Auf seiner Visitenkarte steht, er kommt aus Key West. Ich habe die Nummer gewählt, aber das Telefon ist abgestellt. Außerdem hat er mich an einen Autorestaurator in Lafayette verwiesen. Der Typ kannte seinen Namen nicht. Meinst du, er arbeitet für Sidney?"

„Möglicherweise."

„Der Typ ist ein richtiger Widerling, Dave."

„Wie viele Privatdetektive sind normal?"

„Ich glaube, ich höre nicht recht."

„Du weißt, was ich meine."

„Gut, dass du's erklärt hast. Sonst hättest du mich schwer beleidigt."

Clete hatte gesagt, seit Katrina hätte er kleine Schweinsfüße zum Trog trippeln hören. Ich glaube, sein Eindruck war zu wohlwollend. Ich glaube, in Wirklichkeit war es weit schlimmer. Die beteiligten Spieler waren viel größer als die einheimischen Parasiten, die Louisiana seit Generationen ausgesaugt haben. Die neue Bande war gebildet und gepflegt, hatte weltweite Erfahrung in Sachen Habgier und Korruption und ließ die Haaröl- und Polyesteranzugträger im Parlament unseres Staates wie ein Kardinalskollegium aussehen. Man stelle sich eine umgedrehte Pyramide vor. Unglaubliche Geldsummen wurden an Unternehmen mit guten Beziehungen verteilt, die die Aufträge ihrerseits an kleine Firmen weitervergaben, die nur nicht gewerkschaftlich organisierte Arbeiter einsetzten. Ein 500 Millionen Dollar schwerer Auftrag zur Trümmerbeseitigung wurde an eine Firma in Miami vergeben, die keinen einzigen Lastwagen besaß, dann wurde die Arbeit Leuten übertragen, die tatsächlich die Trümmer aufluden und wegschafften. Bei der behelfsmäßigen Reparatur der Dächer, den so genannten „blauen Decken", machte man kaum mehr, als blaue Filzrollen auf Sperrholz zu nageln. Die FEMA lieferte den Filz umsonst. Firmen mit Beziehungen bekamen den Auftrag für tausend Dollar pro Quadratmeter und bezahlten den Subunternehmen zwanzig Dollar pro Quadratmeter. In der Zwischenzeit wurden fünfzigtausend nichtorganisierte Arbeiter in die Stadt gebracht, größtenteils aus der Karibik, die für die Arbeit einen durchschnittlichen Stundenlohn von acht bis neun Dollar erhielten.

Warum ich mich darüber auslasse? Es lässt sich nicht vermeiden. Unmittelbar nach Katrina wurde deutlich, dass die Zerstörung von New Orleans eine langfristige nationale Tragödie und ein Scheideweg in der Geschichte des politischen Zynismus in Amerika war. Ich wusste frühzeitig, dass die Ereignisse in New Orleans eine große Belastung für meinen weiteren beruflichen Werdegang, wenn nicht mein Leben sein würden. Selbst wenn ich mir etwas anderes hätte einreden können, hätte mir der Anruf, den ich von Special

Agent Betsy Mossbacher erhalten sollte, rasch jede Illusion genommen.

„Tut mir leid, dass ich Sie schon wieder störe, aber ich habe ein paar widersprüchliche Informationen bezüglich eines Felix Ramos, Straßenname Chula Ramos. Dieser Typ und sein Freund sollten aus dem Bezirksgefängnis von Iberia in unseren Gewahrsam überstellt werden", sagte sie.

„Ganz recht. Er und sein Komplize wurden bei einem Meth-Labor festgenommen. Ich habe sie beide vernommen. Das war unmittelbar vor Katrina. Ihre Leute sollten sie abholen."

„Zwei Informanten sagen unabhängig voneinander, dass Chula als Elektriker und Klempner in New Orleans arbeitet. Ich habe mit fünf unterschiedlichen Leuten im Bezirk Iberia gesprochen, auch mit eurem Knastkontakt. Keiner scheint zu wissen, wo Ramos steckt, was aus ihm geworden ist oder ob es ihn jemals gegeben hat. Können Sie das erklären?"

„Was ist mit seinem Partner?"

„Sein Partner ist im Bau. Mit seinem Partner gibt's kein Problem. Es sei denn, ihr verliert ihn, bevor wir runterkommen."

„Ich melde mich wieder bei Ihnen."

Ich rief im Bezirksgefängnis und bei der Staatsanwaltschaft an. Dann ging ich in Helens Büro. „Das FBI glaubt, wir haben Felix Ramos verloren, einen der Typen, die …"

„Yeah, derjenige, der mich auf Spanisch als Schwuchtel bezeichnet hat."

„Yeah, genau der", sagte ich und wandte den Blick ab.

„Die stellvertretende Bezirksstaatsanwältin, die den Fall übernommen hat, sagt, er sollte in den Gewahrsam des Bundes überstellt werden, deshalb hat sie alles ruhen lassen. Genau genommen dachte sie sogar, das FBI hätte ihn bereits abgeholt."

„Vielleicht haben sie's getan. Vielleicht haben die ihn verloren."

„Betsy Mossbacher ist nicht von der Sorte, die so was vermasselt. Sie sagt, Ramos steht möglicherweise in New Orleans in Lohn und Brot. Viele Typen von den MS-13 sind im Geschäft."

„Lass mir ein paar Minuten Zeit", sagte sie.

Ich ging wieder in mein Büro. Es war kurz vor Feierabend. Ich kam mir vor wie in einem bösen Traum, konnte mich nicht von New Orleans, den Schüssen auf Melancon und Rochon und dem mutmaßlichen Mord an Jude LeBlanc losreißen. Ich wollte heimgehen, mit meiner Familie ein warmes Abendessen zu mir nehmen, vielleicht mit ihnen in der Dämmerung die Main Street entlangspazieren und auf der Terrasse hinter Clementine's Restaurant ein Dessert essen. Ich wollte wieder ein normales Leben führen.

Mein Apparat summte. „Ramos' Name wurde im Festnahmebericht falsch geschrieben", sagte Helen. „Die falsche Schreibweise ist im Computer gelandet. Wir haben drei andere Häftlinge in Gewahrsam, die ähnliche Namen haben. Einer von ihnen hatte während Rita seine Strafe verbüßt. An dem Tag, an dem er entlassen werden sollte, war er zur Behandlung einer Geschlechtskrankheit im Iberia General. Felix Ramos ist an seiner Stelle rausgelassen

worden. Und der Gipfel dabei ist, dass die stellvertretende Bezirksstaatsanwältin sagt, der Haftbefehl hätte wahrscheinlich ohnehin nicht aufrechterhalten werden können.
Ramos war dreißig Meter von dem Labor entfernt, als die
Razzia stattfand, und es gibt weder Beweise noch Augenzeugen dafür, dass er drin war. Geht doch nichts über Rum
und Coca-Cola am Bayou, was, Boss?"

Am Morgen kam ich zu dem Schluss, dass ich mit der Akte
Melancon-Rochon nur weiterkäme, wenn ich einen fron-
talen Vorstoß unternahm und aufhörte, Leute, die mich
angelogen hatten, davonkommen zu lassen. In New Orleans gab es keine normale Telefonverbindung und ich bezweifelte, dass es in absehbarer Zeit eine geben würde. Ich
rief Otis Baylor an und fragte ihn, ob er die Handynummer seines Nachbarn Tom Claggart hätte. „Die könnte in
meinem Rolodex sein", sagte er.

„Könnten Sie vielleicht nachschauen?"

Nach kurzem Zögern sagte er: „Einen Moment."

Er kam wieder ans Telefon und gab mir die Nummer
durch, konnte seine Unruhe aber kaum verbergen. „Wollen Sie Tom Claggart unseretwegen anrufen?"

„Ich bin mir nicht sicher. Aber das ist eine polizeiliche
Angelegenheit, Mr. Baylor. Wir sind nicht dazu verpflich-
tet, die Öffentlichkeit über den Gegenstand einer Ermittlung oder unsere Vorgehensweise zu informieren. Ich halte
es für wichtig, dass wir uns darüber im Klaren sind."

Er legte den Hörer wieder auf die Gabel und unterbrach
die Verbindung.

Ich gab Claggarts Handynummer ein. Er meldete sich beim dritten Klingeln. „Tom Claggart."

„Hier ist noch mal Dave Robicheaux. Ich muss einen Widerspruch zwischen …"

„Woher haben Sie diese Nummer?"

„Darum geht es nicht, Mr. Claggart."

„Für mich schon. Meine Handynummer ist privat."

„Möchten Sie das Gespräch lieber in Handschellen führen?"

„Tut mir leid. Wir stehen hier schwer unter Druck. Ich hätte mich an Otis Baylor halten sollen. Er kann eine Nervensäge sein, aber wenigstens ist er ehrlich."

„Wie bitte?"

„Ich hätte meine Versicherung bei Otis abschließen sollen. Meine lässt mich im Stich. Ich habe gehört, dass Otis die Wasserschäden seiner Kunden auf der Stelle anerkannt hat. Seine Firma scheißt sich bestimmt in die Hosen."

Ich versuchte das Gespräch wieder in die richtige Spur zu lenken. „Es gibt einen Widerspruch zwischen Ihrer Aussage mir gegenüber und der Darstellung, die Sie einem Privatdetektiv bezüglich der Schüsse auf die Plünderer gegeben haben. Sie haben mir gesagt, Sie hätten geschlafen und nichts gesehen. Stehen Sie zu dieser Aussage?"

„Ich hatte in der Nacht ein paar Drinks intus. Irgendwie habe ich einiges durcheinander gebracht."

„Haben Sie zu dem Privatdetektiv gesagt, einer der Plünderer wäre auf Baylors Auffahrt gewesen? Und dass er dort Diebesgut hinterlassen haben könnte?"

„Ich kann mich nicht mehr erinnern. Ich meine, ich

kann mich nicht mehr erinnern, ob ich den letzten Teil gesagt habe."

„Der Detektiv heißt Ronald Bledsoe. Erinnern Sie sich an den Namen?"

„Ich glaube schon."

„Können Sie in mein Büro kommen?"

„Nein, kann ich nicht. Ich bin hier total eingespannt. Ich weiß nicht, was das Ganze soll."

Warum hatte er gelogen? Weil er nichts unternommen hatte, um die Plünderer aufzuhalten? Wollte er einfach verbergen, dass er ein Wichtigtuer war? Menschen lügen wegen Geringerem.

„Haben Sie Bledsoe die Wahrheit gesagt?"

„Vielleicht hab ich einen der Schwarzen im Schatten gesehen. Aber ich habe von den Schüssen nichts gesehen. Schaun Sie, ich will da bloß raus."

„Aus was?"

„Aus allem. Ich habe niemand was zuleide getan. Lassen Sie mich in Ruhe."

Ich konnte seine Angst beinahe riechen. „Mr. Claggart?" Er stellte sein Handy ab.

Vor meinem inneren Auge sah ich einen Mann, der die Augen zusammengekniffen und die Hand um sein Telefon geschlungen hatte, während er jeden falschen Schritt überdachte, den er gerade gemacht hatte. Ich sah einen Mann, der sich wegen seiner Schwäche selbst verabscheute und jetzt eine zusätzliche Bürde zu tragen hatte, weil er wusste, dass er sich aus freien Stücken vor anderen als Lügner und Schwindler, wenn nicht sogar als Feigling entlarvt hatte.

Außerdem hatte er ausgeplaudert, dass er „niemand was zuleide getan" hatte, obwohl es ihm keiner vorgeworfen hatte. Es bestand durchaus die Möglichkeit, dass Tom Claggart von einem anderen Vorfall sprach, vielleicht von einer anderen Straftat, von der ich nichts wusste. Aus irgendeinem Grund hatte er sich all das selbst angetan, ohne von außen dazu provoziert worden zu sein. Ich glaube, Tom Claggart hatte gerade entdeckt, dass es eine Frage der Definition ist, wenn man in der Bredouille steckt, nicht der Geografie.

Nachdem ich aufgelegt hatte, stellte ich drei Reihen Fotos für eine Identifizierung zusammen. Eine Bildzusammenstellung besteht aus sechs Polizeifotos in einem Kartonschuber. Nur auf einem der sechs Fotos ist der Verdächtige zu sehen. Im Idealfall sollten die anderen Bilder von Menschen stammen, die etwa das gleiche Alter haben und der gleichen Rasse angehören wie der Verdächtige. Dem Betrachter, der häufig Opfer eines Gewaltverbrechens ist, wird dadurch ein womöglich peinlicher öffentlicher Auftritt erspart, er muss keine Vergeltungsmaßnahmen von Freunden oder Verwandten des Täters befürchten, und da es sich nicht um eine Gegenüberstellung auf einem Polizeirevier handelt, wird er auch nicht durch die Anwesenheit eines Anklagevertreters oder Verteidigers beeinflusst. Zweitens deuten Fotos darauf hin, dass der Verdächtige schon einmal eingesperrt war und daher wieder eingesperrt werden kann.

Ich schob die Polizeifotos von Andre Rochon, Eddy Melancon und Bertrand Melancon zwischen die Aufnahmen von Altersgenossen, steckte alle drei Serien in einen braunen Umschlag und fuhr auf der Old Jeanerette Road zu Otis Baylors Haus, während aus heiterem Himmel ein Schauer niederging und Regenringe den Bayou kräuselten.

Ich kann nicht sagen, was ich damit erreichen wollte. Ich hatte es satt, dass mich die Leute anlogen, das war klar, aber ich wollte Otis Baylor noch aus einem anderen Grund zur Rede stellen. Wir Amerikaner sind ein merkwürdiges Volk. Wir glauben an Recht und Ordnung, aber wir glauben auch, dass richtige Verbrechen von einer ganz anderen Art von Leuten begangen werden, die nichts mit unserem Leben oder der Welt zu tun haben, der wir angehören, einer Welt, in der man sich vernünftig verhält und gegenseitig achtet. Infolgedessen halten viele Menschen, vor allem in höheren Einkommensschichten, Polizisten für eine Art Wartungspersonal, das man höflich behandeln sollte, die aber von der gesellschaftlichen Bedeutung her kaum über ihren Gärtnern steht.

Schon mal eine der einschlägigen Reality Shows gesehen? Achten Sie auf die Typen, die immer mit ausgelatschten Turnschuhen zwischen Wäscheleinen hindurch und über dunkle Höfe flitzen und deren großes Verbrechen darin besteht, dass sie einen Beutel mit Gras besitzen. Zu welchem Schluss gelangt der Betrachter? Straftaten werden von irgendwelchen Hängern begangen, die nicht mal ein Hemd anhaben. Miethaie und geschmierte Politiker kriegen keine Rolle.

Es wurde Zeit, dass jemand den Männern, der sich unmittelbar vor Otis Baylors Haustür ein Hochgeschwindigkeitsgeschoss eingefangen hatten, ein Gesicht verlieh.

Ich hatte angenommen, dass Otis Baylor noch zu Hause war. War er aber nicht. „Können Sie mir sagen, wo er ist?", fragte ich seine Tochter auf der Galerie.

„Er ist wahrscheinlich im Bezirk Vermillion, unten an der Küste. Seine Firma hat dort viele Häuser versichert."

„Meines Wissens setzt sich Ihr alter Herr für seine Kunden ein."

„Einsetzen, wie denn?", erwiderte sie und klimperte mit den Lidern, als könnte sie meine Beschränktheit kaum ertragen.

„Ihr Vater erkennt die Wasserschäden an, die die Leute geltend machen. Ich habe gehört, dass viele Leute nicht so viel Glück haben."

„Vielleicht wird mein Vater letzten Endes auch noch Vertriebsleiter bei der Zeitung."

„Könnten wir uns irgendwo hinsetzen?"

„Ich habe um eins Unterricht."

„Ist Ihre Mutter daheim?"

„Ich habe Ihnen doch gesagt, dass sie meine Stiefmutter ist. Nein, sie ist nicht da."

„Ich will nicht unhöflich sein, Miss Thelma, aber ich habe Ihre schlechten Manieren ziemlich satt. Kommen Sie bitte ins Licht."

„Wozu?"

„Wir würden gern die Leute identifizieren, die in Ihrer Nachbarschaft geplündert haben. Einer dieser Typen ist tot, und ein anderer, der gelähmt ist, wurde gekidnappt und möglicherweise gefoltert, weil er weiß, wo das Diebesgut versteckt ist. Ich will keine schnippischen Bemerkungen mehr von Ihnen hören. Ich glaube, dass Ihre Familie auf dem besten Weg ist, in ihrer eigenen Scheiße zu ersticken. Vielleicht können Sie Ihren Angehörigen einen Gefallen tun, indem Sie zur Abwechslung mal ehrlich sind."

Wir standen jetzt auf dem Hof. Sie versuchte die Lektion, die sie gerade erhalten hatte, einfach an sich abprallen zu lassen, aber ihr von schwarzen Haaren umrahmtes Gesicht war bleich und ihre Unterlippe zuckte. Ich hatte den Eindruck, als überragte ich sie, und das Gefühl gefiel mir ganz und gar nicht.

„Hier", sagte ich und drückte ihr die Schuber mit den Fotos in die Hand. „Haben irgendwelche von diesen Typen eine gewisse Ähnlichkeit mit denen, die Sie in der Nacht, in der die Schießerei stattfand, vor Ihrem Haus gesehen haben?"

Sie ging die Schuber durch, schob einen über den anderen, betrachtete sie flüchtig, ohne sich die Bilder genau anzuschauen, so als wüsste sie bereits, dass sie keinen der Männer erkennen würde. Aber dann geschah etwas, mit dem ich nicht gerechnet hatte. Sie riss die Augen weit auf, nicht vor Überraschung, sondern um das Wasser zurückzuhalten, das in sie schoss.

„Schau, Kleines, ich war ein bisschen grob zu Ihnen. Setzen Sie sich in die Hollywoodschaukel und lassen Sie sich Zeit. Sie und Ihre Familie sind anständige Leute. Ihr habt einen schweren Schlag einstecken müssen, aber irgendwann kommt ihr drüber weg."

Sie ließ sich schwerfällig in die Hollywoodschaukel sinken, und mir wurde klar, dass ihr etwas weit Schlimmeres aufs Gemüt schlug als der Anblick der Männer, die in ihrem Wohnviertel plündern gegangen waren.

„Was ist los?", sagte ich.

„Was soll los sein? Ich habe diese Leute noch nie gesehen. Es war dunkel. Ich habe noch halb geschlafen. Wie sollte ich diese Leute wiedererkennen?"

Mit spitzen Fingern drückte sie die Fotoschuber zusammen. Dann, fast wie auf eine jähe Eingebung hin, streckte sie mir den Packen hin. Ich nahm ihn nicht entgegen. „Haben Sie auf den Fotos jemand erkannt?", sagte ich.

„Nein, ich hab's Ihnen doch gerade erklärt. Ich weiß nicht, wer sie sind."

Ich setzte mich zu ihr. Ich hörte, wie die Ketten der Schaukel über uns in die Eichenborke schnitten. „Schauen Sie mich an, Thelma."

„Ich möchte Sie nicht anschauen. Bitte gehen Sie, Mr. Robicheaux. Ich habe einen Anthropologie-Kurs. Ich muss mich fertig machen."

Ich nahm ihr die Fotos aus der Hand. „Warum lügen Sie? Warum wollen Sie nicht zugeben, dass Sie auf diesen Fotos jemand erkannt haben? Haben Sie das Gewehr abgefeuert?"

„Nein. Ich habe in meinem ganzen Leben noch keine Schusswaffe abgefeuert. Ich hasse Schusswaffen."

Dann schlug sie sich die Hand vor den Mund und fing an zu würgen. Ich legte ihr meine Hand auf den Rücken. Ihre Bluse war schweißnass und klebte auf der Haut. Ich spürte, wie sich ihre Muskeln bei jedem Atemzug verkrampften. Ein Beben lief durch ihren Körper, dann schluchzte sie auf und fing von Kopf bis Fuß an zu zittern.

Mit einem Mal kannte ich ihr Geheimnis. Nur eine einzige Verwundung fügt einem so viel Leid und Elend zu, wie sie es durchmachte. So etwas vergeht nie, es hängt einem an, man schämt sich, kommt sich entehrt und gedemütigt vor, und verspürt eine Wut, gegen die meine schlimmsten Erinnerungen nicht ankommen.

„Das sind die Typen, die Sie vergewaltigt haben, nicht wahr?"

„Nein", sagte sie, schluckte, zog sich in sich zurück, wischte sich mit den Fingerspitzen die Tränen von den Wangen.

„Doch, sie sind es, Thelma."

„Nein, das dürfen Sie nicht sagen."

„Irgendwie sind sie Ihnen wieder über den Weg gelaufen. Sie haben sie erkannt und Ihrem alten Herrn Bescheid gesagt. Sie wollen es nicht zugeben, weil Sie Angst haben, uns damit ein Motiv für seine Schüsse zu liefern."

„Tun Sie uns das nicht an, Mr. Robicheaux."

„Sie sind ein aufrechtes Mädchen. Aber Sie denken nicht klar. Sobald Sie Ihrem Vater gesagt haben, dass es diese Typen waren, die Sie überfallen haben, hatte er das Recht, sein Heim und seine Familie unter Einsatz von Gewalt zu beschützen. Besorgen Sie sich einen guten Anwalt und sagen Sie ihm die Wahrheit, danach kommen Sie zu mir und machen das Gleiche."

Aber sie rannte bereits ins Haus, wie ein kleines Mädchen, das gerade dazu verleitet wurde, den einzigen Freund zu verraten, den es hat.

16

Clete Purcels Rat für den Umgang mit kriminellem Gesindel und heillosen Drecksäcken war einfach: Wenn sie dir krummkommen, nimmst du sie hoch oder machst sie platt. Aber was machte man mit einem Typ, der sich nicht einordnen ließ? Oder schlimmer noch, der keinen Ansatzpunkt bot?

Am frühen Samstagmorgen ging Alafair mit Clete in den City Park, wo sie einen gewundenen Asphaltweg entlangjoggten, der zwischen immergrünen Eichen hindurchführte und noch tief im Schatten lag. Irgendwie hatte sie sich eingeredet, sie könnte Clete von seiner Vorliebe für Alkohol und fette Braten abbringen und ihm klarmachen, dass es Selbstbetrug war, wenn er meinte, er könnte sein Gewicht halten und den Blutdruck senken, wenn er dreimal die Woche Eisen stemmte und dabei einen Krug Wodka Collins trank.

Der Himmel war mit Regenwolken verhangen und die Luft zwischen den Bäumen war warm und schillerte vor Feuchtigkeit. Clete und Alafair joggten an dem alten, aus Ziegeln gebauten Feuerwehrhaus vorbei, dann quer über das kurz geschnittene St.-Augustine-Gras, das smaragdgrün vom Regen war, an Kameliensträuchern vorbei, Inseln aus Wasserhyazinthen, die auf dem Bayou trieben, und einem von Zypressen gesäumten Teich mitten im Park. Ihre Augen brannten vor Schweiß, und der Geruch nach brennendem Laub haftete an ihrer Haut, als sie über eine hölzerne Fußgängerbrücke trabten. An einem überdachten Picknicktisch vor ihnen sahen sie einen Mann sitzen, der seinen Tennisschuh band und den Mund zu einem Lächeln verzogen hatte, so als amüsiere er sich über sich selbst. Er war zu dick angezogen, trug eine marineblaue Trainingshose, die unterhalb der Taille dunkel vor Schweiß war, und eine dazu passende, offene Windjacke über einem T-Shirt, das an seinem Brustbein klebte.

„Siehst du den Kerl mit dem eingesunkenen Gesicht?", sagte Clete, der vor Anstrengung keuchte.

„Was ist mit ihm?", sagte Alafair.

„Der bedeutet nichts Gutes. Kürz übers Gras ab."

Alafair folgte Clete, als er querfeldein zum Bayou lief, wieder in den Schatten der Bäume, durch Senken, die mit Laub übersät waren und nach bitterem Gas rochen. Dann machte sie einen Fehler. Sie warf einen Blick zurück zu dem Mann mit dem länglichen Kopf und dem sonderbaren Gesicht, das aussah, als wäre es eingeschmolzen und verformt worden.

Kurz darauf hörte sie, wie der Mann schwer atmend hinter ihr über die Grasnarbe trabte.

„Dachte mir doch, das Sie es sind", sagte der Mann zu Clete. „Wer ist Ihre junge Freundin?"

Clete wurde langsamer und rang um Atem. „Wir sind am Joggen", sagte er.

„Passen Sie auf", sagte der Mann. Er sprang auf eine Picknickbank und ergriff mit beiden Händen einen Ast, grinste vom einen Ohr zum anderen und zeigte seinen fischig weißen Bauch mit den platt gedrückten schwarzen Haaren. Er ließ sich zu Boden fallen, wischte die Hände vorne an seiner

Windjacke ab und lächelte unverwandt weiter. Seine grünen Augen lagen tief in den Höhlen und wirkten neckisch wie Murmeln. „Ich bin Ronald", sagte er zu Alafair.

„Wie geht es Ihnen?", sagte sie.

„Sie haben mir nicht gesagt, wie Sie heißen", sagte er.

„Sie wollte es nicht. Wir müssen unser Training durchziehen. Ich plaudere ein andermal mit Ihnen", sagte Clete.

„Ihr seid völlig außer Atem. Ich habe kalte Getränke in meiner Kühlbox. Ich hab auch ein paar Poorboy-Sandwiches." Sein Blick wanderte zu Alafair, und seine Augen leuchteten vor Neugier auf, vielleicht aber auch begehrlich, als gehörte sie ihm. „Sind Sie Mr. Purcels Tochter?"

„Nein, bin ich nicht."

Clete legte beide Hände an einen Baumstamm, atmete durch die Nase und spürte, wie sein Herzschlag langsamer wurde, während sich seine Gedanken überschlugen. „Ich weiß nicht, wie ich's Ihnen klarmachen soll, Partner, aber Sie müssen jetzt ernsthaft die Biege machen. Das heißt soviel wie abzischen. Ist nicht bös gemeint."

„Sind Sie aus South Carolina?", fragte Bledsoe, ohne Clete zu beachten, und deutete mit ausgestrecktem Zeigefinger spielerisch auf Alafair.

Sie schaute auf ihre Uhr und rieb das Glas mit dem Handgelenk ab. Sie tippte mit dem Fingernagel darauf, als wäre der Sekundenzeiger hängengeblieben. In der Stille trat der Mann, der sich Bledsoe nannte, von einem Bein aufs andere und zerknackte mit dem Schuh eine Pekanschale.

„Ich habe in Savannah ein Mädchen gekannt, das auf der andern Seite der Bahngleise wohnte und genauso ausgesehen hat wie Sie", sagte er. „Sie war Halbindianerin und hatte die gleiche Hautfarbe. Sie hatte lange Beine und trug ein Knöchelkettchen, so eins mit lauter kleinen Anhängern. Man konnte sie beim Gehen klimpern hören. Sie hat mich immer ganz kirre gemacht."

„Lauf mal kurz allein weiter", sagte Clete zu Alafair.

„Dave und Molly erwarten uns, Clete", erwiderte sie und drückte seinen Oberarm. „Los, gehen wir."

Er drückte ihr seine Autoschlüssel in die Hand. „Hol den Caddy. Ich bin fix und alle. Gleich geht's mir wieder besser." Er zwinkerte. „Ich komm hier schon klar, glaub mir."

Die Schlüssel fühlten sich hart und schwer an, fremd und irgendwie erniedrigend, so als wäre sie, als Clete sie ihr überreichte, zu einem Objekt geworden, das beschützt werden musste. Die Sonne kam heraus, und sie sah die Brösel dürrer Blätter in den Lichtstrahlen tanzen, die durch die Bäume fielen. Die Luft war feucht und mit dem Geruch des Desinfektionsmittels aus den öffentlichen Toiletten durchsetzt, die ein paar Meter entfernt waren. Sie wischte sich einen Schwarm Moskitos aus dem Gesicht und spürte, wie sie mit einem Mal die Wut packte, so als stiege eine Blase in ihrer Brust empor. Ein rotes Eichhörnchen flitzte an einem Ast über ihr entlang. Unwillkürlich schaute sie nach oben. Als sie den Blick wieder senkte, starrte der Mann, der sich Bledsoe nannte, sie fasziniert an und musterte ihre Züge und die Schweißbäche, die in ihren Sport-BH rannen.

„Ich hol das Auto meines Freundes und komme wieder her", sagte sie. „Wenn Sie meinen Freund oder mich in diesem Park noch ein Mal belästigen, lasse ich Sie festnehmen."

„Ich würde Sie um nichts auf der Welt kränken wollen", sagte Bledsoe und legte die Hand aufs Herz. „Aber Sie haben mir immer noch nicht gesagt, wie Sie heißen, Süße."

Sie ging zu dem Parkplatz bei der betonierten Bootsrampe und ließ Cletes Caddy an, dessen Auspuff eine Wolke aus Ölqualm ausstieß. Als sie zu der Eichengruppe zurückfuhr, sah sie Clete erregt mit Bledsoe reden, die Arme angewinkelt wie ein Baseballtrainer, der wütend auf den Schiedsrichter ist. Bledsoe schaute Clete die ganze Zeit wortlos an, nickte gelegentlich und verzog den Mund zu einem Lächeln, das sie an Regenwürmer erinnerte, die sich auf einem von Hand gerollten Stück Kuchenteig ringeln. Sie stieß aufs Gras und hielt ein paar Schritte von ihnen entfernt an. Das Verdeck des Caddy war offen, und Blätter segelten aus den Bäumen auf die Ledersitze. „Zeit zum Aufbruch, Cletus", sagte sie.

„Recht hast du", sagte er, öffnete die Beifahrertür und warf einen Blick zurück, das Gesicht gerötet, als hätte er eine Ohrfeige bekommen.

Alafair wendete und fuhr aus dem Park. Sie warf einen Blick in den Rückspiegel. „Was hat der Typ gesagt?", fragte sie.

„Gar nichts. Das ist bloß einer von den Typen, die nicht alle Tassen im Schrank haben."

Aber während der ganzen Rückfahrt drehten sich Räder in Cletes Kopf, und der Schweiß trocknete wie eine Glasur auf seiner Haut. Vor dem Haus angekommen, hielt sie am Straßenrand an und stieg aus. „Sag mir, was er gesagt hat, Clete."

„Der Typ ist durchgeknallt. Halt dich einfach von ihm fern." Er rutschte hinters Lenkrad, rieb mit den Händen darüber und schaltete das Radio ein und aus.

„Hör auf, dich wie ein Idiot zu benehmen und erzähl mir, was er gesagt hat."

Clete stieß den Atem aus und blickte zu ihr auf. „Wie wär's, wenn ich euch heute Abend zum Essen ausführe?", erwiderte er.

Ein Stück weiter unten an der Straße, bei einem aus der Zeit vor dem Bürgerkrieg stammenden Haus namens The Shadows, steckte Clete hinter einem Touristenbus fest. An der roten Ampel bog er ab, fuhr über die St. Peter's Street zu seinem Motel und gab meine Nummer in sein Handy ein.

„Dave?"

„Hey, Clete."

„Wir sind im Park diesem Ronald Bledsoe über den Weg gelaufen", sagte er. „Er ist Alafair gegenüber frech geworden."

„Inwiefern?"

„Anzüglichkeiten hauptsächlich. Aber ..."

„Aber was?"

„Mir gruselts's vor dem Typ. Er hat ständig auf Alafairs Körper geglotzt. Das ist ein Sadist. Man riecht es regelrecht. Kann Alafair dich hören?"

„Sie ist nicht da."

„Was meinst du damit? Ich hab sie grade abgesetzt."

Ich legte den Hörer hin und schaute aus der Haustür und

dem Seitenfenster. „Sie ist nicht da, Clete. Was hat dieser Typ gesagt?"

„Ich habe sie weggeschickt und das Auto holen lassen. Er hat ihr hinterhergeschaut, dann hat er gesagt: ‚Alt genug zum Bluten, alt genug zum Schlachten. Das sagen die Bauern daheim in South Carolina.'"

„Ich ruf dich zurück", sagte ich.

Ich rammte die Mülltonne gegen eine Eiche, als ich aus der Auffahrt stieß.

Alafair war mit weit ausholenden Schritten und ruhigen Atemzügen die East Main Street zurückgejoggt und hatte die Zugbrücke bei der Burke Street überquert, deren Stahlgitter unter den Sohlen ihrer Laufschuhe schepperte. Die Sonne stand jetzt über den Bäumen, und ihre Strahlen spiegelten sich so gleißend auf dem Bayou, dass ihr die Augen tränten. Vor sich, im Park, sah sie den Mann, der sich Ronald Bledsoe nannte, an einem Picknicktisch stehen und über den Bayou in Richtung ihres Hauses blicken.

Sie joggte den Asphaltweg entlang, wurde dann langsamer und musterte den Boden, während Bledsoes Silhouette am Rande ihres Blickfelds verharrte. Dave hätte ihr gesagt, dass sie einen gestörten Mann nicht zur Rede stellen, diejenigen nicht aufbauen sollte, deren zerstörerische Kräfte sich immer gegen sie selbst wandten, wenn man sie in Ruhe ließ. Aber Clete hatte sie wie ein Kind behandelt und ihr dann Informationen vorenthalten, so als käme sie mit der Welt nicht zurecht. Und Bledsoe hatte sie mit seinen Blicken, seiner Ausdrucksweise und dem lüstern verzogenen Mund erniedrigt und war ungeschoren davongekommen.

Sie lief zum Ufer des Bayous, etwa zehn Meter von dem Picknicktisch entfernt, und warf einen Stock in die Strömung. Der Wind kräuselte das Wasser und trug den Geruch nach Holzkohleanzünder zu ihr, der auf einem Grill aufloderte.

„Ich wusste, dass Sie zurückkommen", sagte Bledsoe vom Rande ihres Blickfelds aus.

„Ach ja?", erwiderte sie.

Er saß jetzt auf dem Picknicktisch, hatte einen Fuß auf die Bank gestellt und den Mund zu einem schmalen Lächeln verzogen. „Wissen Sie, woher ich das gewusst habe?"

„Nein, aber warum verraten Sie's mir nicht?"

„Weil Sie sich von andern Leuten nicht rumschubsen lassen."

„Wirklich?"

„Sie strahlen eine trotzige Kraft aus. Das heißt, dass Ihnen die Leute nichts vormachen können. Das heißt, dass Sie sich von einem älteren Mann nicht rumkommandieren lassen."

Der Stock, den sie ins Wasser geworfen hatte, drehte sich am Rande der Strömung, und eine grüne Pferdebremse hatte sich darauf niedergelassen. „Ich wollte nicht, dass Sie einen falschen Eindruck kriegen", sagte sie.

„Das weiß ich. Ich weiß, was Sie denken, bevor Sie's denken, Schätzchen."

„Sehen Sie, ich bin Indianerin. Ich bin in einem Dorf in El Salvador geboren. Ein katholischer Priester wollte meine Mutter und mich in die Vereinigten Staaten ausfliegen, aber wir sind beim Southwest Pass abgestürzt. Meine Mutter ist in der Maschine ertrunken. Ich glaube, sie war eine tapfere Frau."

„Sie haben ja was mitgemacht. Mir scheint, Sie sind auch gebildet. Aber Sie haben noch was anderes im Sinn, nicht wahr, Süße? Sie wollten sich von Mr. Purcel nicht behandeln lassen, als hätten Sie keine eigene Meinung."

Er griff in die Kühlbox und holte eine dunkle Bierflasche mit einem silbernen und goldenen Etikett heraus. Er bildete mit Daumen und Zeigefinger einen Ring und wischte das zerstoßene Eis vom Glas, dann hebelte er die Kappe ab. Er trat in die Sonne und ging auf sie zu, die Hand um die kalte Flasche gelegt. „Hier", sagte er. „Nehmen Sie das in den Mund und sagen Sie mir, wie es Ihnen schmeckt."

„Ich habe Ihnen von meiner Mutter erzählt, weil ich Ihnen klarmachen wollte, dass ich mich nicht im Geringsten um die rassistischen und sexistischen Bemerkungen eines perversen Hinterwäldlers schere. Wegen Ihrer ärmlichen Herkunft und Unwissenheit lassen wir Sie mit einer Drei minus als menschliches Wesen davonkommen und hoffen, dass Sie irgendwo hingehen, wo minimale Anforderungen gestellt werden. Aber das ist eine einmalige Ausnahme. Sie sollten nicht davon ausgehen, dass Sie künftig genauso nachsichtig behandelt werden. Können Sie mir folgen?"

„Schätzchen, ich hab's schon im ganzen Land geschafft – schwarze und weiße Mädchen, Indianerinnen, Latinas, einmal sogar ein Eskimomädchen. Ich denke an sie alle mit Hochachtung. Aber nicht der Sattel isses, der zählt. Es ist der Mann, der draufsteigt." Er trat zwischen sie und die Sonne, so dass sein Gesicht im Schatten war. Sie konnte sein Deodorant und das Pfefferminzmundwasser riechen. Seine Hand war feucht, als er sie auf ihren Bizeps legte. Er fing an, ihren Muskel zu massieren. „Willst du eine Runde drehen? In meinem Auto, mein ich. Runter an den Bayou?"

„Lassen Sie mich los."

Er beugte sich vor und fing an zu flüstern. Sie spürte seinen Speichel auf ihrer Haut und seinen Atem im Ohr. An den nächsten Moment erinnerte sie sich eher in Eindrücken und Gefühlen als vom Ablauf her. Sie trat zurück, wirbelte herum und riss sich gleichzeitig von ihm los. Ihr linker Fuß kam so rasch hoch, dass er ihn nicht kommen sah. Er musste einen festen Stand haben, weil ihn der Tritt mit voller Wucht am Mund traf, so dass seine Nase und die Lippen unter ihrer Schuhsohle aufplatzten.

Die Bierflasche kullerte über die Uferböschung hinab ins Wasser. Bledsoe schlug beide Hände vors Gesicht, ging zusammengeduckt zum Picknicktisch und setzte sich, als hielte er sein Gehirn im Kopf fest. Ich bremste meinen Pick-up neben dem Tisch ab und stieg aus, wusste nicht genau, was vorging. Bledsoe nahm einen abgebrochenen Zahn aus der rechten Hand und starrte darauf. Dann grinste er mich mit hellroten Lippen an. „Wetten, dass ich weiß, wer Sie sind. Sie sind ihr Papa, Mr. Purcels Freund. Ich heiße Ronald. Und Sie?"

An diesem Nachmittag glitzerte der Himmel vor Feuchtigkeit, als ich meinen Pick-up vor Sidney Kovicks Blumenladen in Algiers abstellte. Auf der anderen Flussseite erstickte New Orleans in Schimmel und schrumpfenden Abwassertümpeln, und von Weitem sah es so aus, als gäbe es dort keinerlei Autos und Menschen. Clete starrte lange auf seine Geburtsstadt, dann gingen er und ich in den Laden. Sidney kam von hinten, mit einer langen Schürze, die er um die Taille geschnürt hatte. Sein Gesicht war wie immer ausdruckslos. Hinter ihm winkte uns seine Frau mit den Fingern zum Gruß zu.

„Ich mach's kurz, Sidney", sagte Clete. „Ich habe Geld gefunden, das wahrscheinlich aus einer Garage gespült wurde, die ein Stück von deinem Haus entfernt ist. Ich bin damit zu Tommy dem Wal gegangen, weil ich seine Meinung dazu hören wollte. Er hat mir gesagt, dass es gefälscht ist, deshalb hab ich's in einen Umschlag gesteckt, ‚FBI' draufgeschrieben und in einen Briefkasten geworfen. Ich weiß nicht, ob es gefälscht war oder nicht, aber ich hätte es trotzdem in einen Briefkasten geworfen. Deshalb hast du noch lange nicht das Recht, diesen Drecksack von Bledsoe auf mich anzusetzen."

„Achte auf deine Ausdrucksweise", sagte Sidney.

„Clete will damit sagen, dass Sie wahrscheinlich einen gefährlichen Mann zu uns geholt haben", sagte ich. „Heute Morgen hat er ekelhafte Bemerkungen gegenüber meiner Tochter gemacht. Sie hat ihm die Zähne eingetreten, aber ich vermute, er kommt wieder. Wenn das passiert, knipse ich ihm das Licht aus. Aber Ihres knips ich vorher aus."

Sidney sog die Wangen ein, als wollte er den Speichel im Mund sammeln, und seine Nasenflügel blähten sich leicht, als er aus- und einatmete. Er schloss die Tür zum hinteren Teil des Ladens und wandte sich wieder an uns. „Das Pack hat damit angefangen, nicht ich. Zwei von ihnen haben gekriegt, was sie verdient haben. Wenn mir die andern zwei mein Eigentum zurückgeben, sind alle anderen Probleme aus der Welt. Ihr zwei pfuscht mit was rum, das ein paar Nummern zu groß für euch ist."

„Ach ja? Check mal das hier, Sidney. Ich war in Saigon, als Lackaffen wie du den Vietcong mit PX-Ware versorgt haben, also rede nicht um den heißen Brei rum."

Ich tippte Clete unter dem Ladentisch an den Oberschenkel, um ihn zum Schweigen zu bringen.

„Du hast seit jeher zwei Probleme, Purcel. Du bist meistens sternhagelvoll und hast nie gelernt, deinen fetten Schwanz in der Hose zu lassen. Das hat dich deinen Beruf und deine Ehe gekostet, und außer dir weiß das jeder in New Orleans, deshalb wirst du geduldet wie ein Kind. Aber komm nie wieder hierher und benimm dich im Beisein meiner Frau daneben."

„Wir verlieren den Faden, Sidney", sagte ich.

„Nein, lass ihn reden", sagte Clete.

Ich hatte den Blick unverwandt auf Sidney gerichtet und versuchte eine unsichtbare Mauer zwischen mir und Clete und der offenkundigen Verletzung aufzurichten, die Sidney ihm zugefügt hatte. „Meine Tochter hat nichts damit zu tun. Dieser Bledsoe hat sie ohne jeden Anlass beleidigt. Sie verlangen Respekt gegenüber Ihrer Familie, wollen ihn meiner aber nicht zugestehen. Was sollten wir Ihrer Meinung nach dagegen tun?"

251

„Wer sagt denn, dass dieser Bledsoe für mich arbeitet?"

„Wir reden als Familienväter, Sidney. Wenn Sie uns was vormachen wollen, sind wir hier fertig. Ich habe mehr von Ihnen gehalten."

Seine Miene war undurchsichtig, unmöglich zu deuten. „Zu dem, was in New Iberia vor sich geht, hab ich nichts zu sagen."

„Ich bedaure, dass Sie diese Haltung einnehmen", sagte ich.

„Ihr zwei kommt hier rein, als ob eure Scheiße nicht stinkt, droht mir in meinem eigenen Laden, und ich soll schuld sein? Ich weiß, was ein Verlust ist, Dave. Sie sagen, Sie wollen mir das Licht ausknipsen? Ich hab 'ne Neuigkeit für Sie. Ich habe meine Buße schon vor Langem getan."

Unser Besuch war sinnlos. Sidney benutzte jetzt den Unfalltod seines Sohnes als Schutzschild gegen seine eigenen kriminellen Machenschaften. Ich kann nicht sagen, ob es aus Eitelkeit geschah oder ob er wirklich glaubte, dass die Götter ihm Unrecht getan hatten und er deshalb für den Schaden, den er anderen antat, nicht verantwortlich gemacht werden konnte.

Ich schlug Clete auf die Schulter. „Gehn wir, Partner", sagte ich.

„Das ist noch nicht vorbei, Sidney. Ich habe dich durch die ganze Magazine Street geprügelt, als wir Kids waren. Ich kann das wieder machen", sagte Clete.

Die Glocke klingelte über meinem Kopf, als ich Clete die Tür aufhielt. Aber er blieb vor dem Ladentisch stehen, die Fäuste geballt, der Nacken bis zum Haaransatz rot angelaufen, zutiefst verletzt durch den Vorwurf, ein Säufer, Weiberheld und unehrenhaft entlassener Cop zu sein. Sidney fing an, tote Blumen aus einer Vase zu ziehen, schüttelte das Wasser an den Stängeln ab und warf sie in einen Abfalleimer. Er blickte zu Clete auf. „Bist du immer noch da?", sagte er.

Ich wartete im Pick-up auf Clete. Seine Miene war düster, als er aus dem Blumenladen kam, das Tropenhemd klebte an seiner Haut, und der Porkpie-Hut war schief in die Stirn gezogen. Er erinnerte mich an einen Heuhaufen. Schon bei der Marineinfanterie hatten ihn seine Kameraden „Haufen" genannt, nicht mit sich im Reinen, von seinen eigenen Gelüsten verzehrt, von Vorgesetzten auf der Stelle als Unruhestifter erkannt. Aber seine größte Schwäche bestand darin, dass er anderen Macht gab, in diesem Fall Sidney Kovick.

Er stieg in den Pick-up und zog die Tür zu, beherrschte sich mit aller Kraft, damit man ihm seine Wut und Niedergeschlagenheit nicht ansah.

„Mach dir nichts draus, Clete", sagte ich. „Du warst nachsichtig zu Sidney, als er eine Kugel in den Mund verdient hat", sagte ich.

„Ich hab ihn die Füße an mir abstreifen lassen."

„Nein, hast du nicht. Sidney Kovick ist ein Zuhälter. Jeder, der sich mit ihm unterhalten hat, möchte hinterher am liebsten duschen."

Aber Clete kaufte es mir nicht ab. Ich ließ den Pick-up an und fuhr zum Ende des Blocks, bog dann in die Straße ab, die an der Gasse hinter Sidneys Laden vorbeiführte.

Im Vorbeifahren warf ich einen Blick in die Gasse. Inmitten der Mülltonnen und der Bananenstauden zwischen den Garagen sah ich einen Lieferwagen an der Hintertür von Sidneys Laden stehen. Sidneys Frau half einem Latino, Blumen in den Lieferwagen zu laden. Ich trat auf die Bremse und legte den Rückwärtsgang ein.

„Was ist los?", sagte Clete.

„Der Typ in der Gasse, der mit den auftätowierten gotischen Schriftzeichen. Er sieht genauso aus wie Chula Ramos", sagte ich.

„Wie wer?"

„Der Kerl von den MS-13, Natalia Ramos' Bruder. Er wurde versehentlich aus dem Gefängnis von Iberia entlassen."

„Der Bruder von der Nutte, die mit dem Priester zusammengelebt hat?"

„Yeah, genau der."

„Willst du dich wirklich drauf einlassen, Dave?"

„Yeah, will ich."

Ich stieß in die Gasse und hielt auf den Lieferwagen zu. Eine ältere Frau setzte mit einem Spritschlucker aus einer Garage zurück, klemmte ihr Fahrzeug schräg zwischen der Garage und einem Müllcontainer ein. Als ich sie anhupte, starrte sie mich entgeistert an, nahm dann die Brille ab und putzte sie mit einem Kleenex, damit sie mich genauer sehen konnte. Ich hielt meine Dienstmarke aus dem Fenster und winkte ihr zu, dass sie ihr Auto aus dem Weg schaffen sollte. Sie trat aufs Gas und zertrümmerte ihr Rücklicht an dem Müllcontainer.

Ich stieg aus und lief auf den Lieferwagen zu. „Moment mal, Kumpel", rief ich, war mir nicht ganz sicher, ob ich tatsächlich Ramos vor mir hatte.

Der Latino knallte die Fahrertür hinter sich zu und fuhr weg.

„Was ist los, Dave?", sagte Eunice.

„Wer ist euer Lieferwagenfahrer?"

„Chula soundso. Hat er was angestellt?"

Ich hörte Clete hinter mir kommen. „Woher kennen Sie den Typ, Eunice?", fragte ich.

„Sidney hat ihm einen Job gegeben. Chulas Schwester hat früher Sidneys Büro im Quarter geputzt."

„Natalia war Sidneys Putzfrau?", sagte ich.

„Ja, sie sind Flüchtlinge aus Mittelamerika, glaube ich. Sidney wollte ihnen helfen. Wieso?"

Ich schaute ihr ins Gesicht. Sie wirkte offen und ehrlich. Obwohl Eunice eine grobknochige Frau vom Land und Zielscheibe des Spotts unter den Cops des NOPD war, schien sie eine innere Schönheit zu besitzen. Ich bemühte mich um eine möglichst ausdruckslose Miene. Ich wollte nicht, dass Eunice durch mich von den Lügen ihres Mannes erfuhr.

„Haben Sie eine Adresse oder Telefonnummer von Chula? Ich glaube, er weiß möglicherweise etwas, das einer Bundesagentin, die ich kenne, weiterhelfen könnte."

„Ich bezweifle es. Chula kommt und geht in seiner Freizeit. Ich glaube, er arbeitet für die FEMA und wohnt in einer Baracke. Er bringt den Lieferwagen gegen acht zurück. Wollen Sie noch mal herkommen oder eine Nachricht für ihn hinterlassen?"

„Nein, ist schon gut. Ich schnappe ihn mir ein andermal. Vergessen Sie lieber, dass ich hier war, ja?"

„Wenn Sie das wollen."

„War schön, Sie zu sehen, Eunice."

„Gleichfalls, Dave." Als sie lächelte, war ich wie immer überzeugt, dass sie die schönste Frau von New Orleans war.

Ich ging mit Clete zum Pick-up zurück. Als ich den Motor anließ, nahm er seinen Hut ab und kämmte sich. Er steckte den Kamm in die Brusttasche seines Hemds und setzte den Hut wieder auf. „Hat Sidney die Kleine aus El Salvador gepoppt?"

„Klingt so."

„Wie konnte Eunice so einen Scheißkerl heiraten?"

Ich zuckte die Achseln und schaute ihn an. Ich hörte regelrecht, wie sich die Räder in seinem Kopf drehten. „Halt vor dem Laden an", sagte er.

„Willst du ihn vor seiner Frau zurechtstutzen?"

„Mach dir keine Gedanken. Bleib einfach im Pick-up."

„Das ist nicht gut, Clete."

Er öffnete die Beifahrertür, als der Pick-up noch rollte, und stieg aus. Er schlug die Tür zu und schaute durchs Fenster. „Hör auf, über mich zu urteilen, Streak."

Kovick stand hinter dem Ladentisch, als Clete das Geschäft betrat. „Hey, Sidney, ich muss dir was sagen", sagte er.

„Was denn, Purcel?"

„Es wird dich überraschen. Aber versuch damit zu leben, gewöhn dich dran und mach das Beste draus. Kapisko?"

„Nein, ich kapier's nicht. Und eigentlich interessiert's mich auch nicht."

„Ich habe deinen Kopf auf den Gehsteig geschlagen, als wir Kids waren. Das tut mir leid. Halt Bledsoe einfach von Daves Tochter fern. Ich persönlich habe keinen Zoff mit dir."

„Ist das die große Neuigkeit?"

„Yeah, das ist sie. Schließ deinen Schwengel in einen Tresor ein, wenn du schon mal dabei bist."

Sidney steckte sich ein Streichholz in den Mund, rollte es zwischen den Zähnen hin und her und dachte über den Sinn von Cletes Worten nach.

Als Clete wieder in den Pick-up stieg, wirkte er heiter. Er schloss die Tür und lächelte mich mit seinen Augen an.

„Was ist da drin passiert?", sagte ich.

„Nichts."

„Was meinst du mit ‚nichts'?"

„Nichts. Das isses ja", sagte er. „Komm schon, fahr los, Großer."

17

Am Montagmorgen rief ich Betsy Mossbacher beim FBI an und teilte ihr mit, dass Chula Ramos in seiner Freizeit wahrscheinlich als Lieferant für Sidney Kovick arbeitete.

„Was liefert er?", sagte sie.

„Möglicherweise bloß Blumen. Schaun Sie, Clete Purcel und ich haben Sidney erklärt, wir wüssten, dass er Falschgeld in seinem Haus versteckt hat. Er sagte irgendwas in der Richtung, dass Clete und ich uns auf was eingelassen hätten, das ein paar Nummern zu groß für uns ist."

„Was hat Purcel damit zu tun?"

„Nicht viel."

„In einem Briefkasten in Morgan City wurde Falschgeld gefunden. Die Gravur und das Papier sind eindrucksvoll. Ist das das Geld, von dem wir reden?"

„Könnte sein."

„Sagen Sie Purcel, er soll sich aus Angelegenheiten des Bundes heraushalten."

Wir kamen vom eigentlichen Zweck meines Anrufs ab, und ich glaube, genau das wollte Betsy. Ich ließ mich nicht darauf ein. „Warum sollte Kovick uns erklären, dass wir uns auf etwas eingelassen haben, dass ein paar Nummern zu groß für uns ist?", fragte ich.

„Ich glaube, er hat sich eingeredet, dass er ein Patriot ist, der sein Vaterland verteidigt. Ich persönlich halte ihn für psychotisch. Ein Agent in Mississippi glaubt, dass Kovicks Gorillas die Leiche seines Nachbarn in das Fundament eines Casinos in Biloxi eingegossen haben."

„Da komme ich nicht mit, Betsy."

„Die Taliban finanzieren al-Qaida mit dem Verkauf von Heroin. Glauben Sie nicht, dass sie auch zu anderen kriminellen Unternehmungen fähig sind?"

Ich wusste immer noch nicht, wovon sie sprach, und wollte nicht raten. „Sie müssen mir einen Gefallen tun", sagte ich. „Ein gewisser Ronald Bledsoe versucht möglicherweise meiner Tochter etwas anzutun. Er behauptet, Privatdetektiv aus Key West zu sein, aber in Tallahassee liegt so gut wie nichts über ihn vor, außer dass er vor etwa zehn Jahren die Lizenz für ein Kautionsbüro bekommen hat. Das NCIC hat auch nichts. Ich bin davon überzeugt, dass er ein ebenso gefährlicher wie verkommener Mann ist, einer, der irgendwo Spuren hinterlässt. Aber bislang habe ich noch keine gefunden."

„Haben Sie ihn über AFIS laufen lassen?"

„Noch nicht."

„Versuchen Sie es. Unterdessen tu ich, was ich kann. Was hat Ihre Tochter dem Typ getan?"

„Nase und Lippen poliert und einen Zahn ausgeschlagen."

„Ist er deswegen sauer?"

Aber Witze über Ronald Bledsoe waren nicht komisch.

Drei Tage zuvor hatte ein illegaler Einwanderer aus Guatemala im Eingangsflur eines alten Hauses in New Orleans die Zypressenbretter von der Wand gerissen. Der Arbeiter verdiente acht Dollar die Stunde und hatte Angst vor den Behörden dieses und seines eigenen Landes. Aber noch mehr Angst hatte er davor, seinen Job zu verlieren. Der Bauunternehmer, der ihn angeheuert hatte, war auf das Restaurieren historischer Gebäude spezialisiert. Außerdem erzielte er ein beträchtliches Einkommen mit der Verwertung von Ziegeln aus der Kolonialzeit, Sumpfkiefernholzboden, Türklopfern und -angeln aus Messing, Nägeln mit viereckigen Köpfen, Milchglastürknäufen, Badewannen mit Klauenfüßen, eisernen Wandhaken für Kochtöpfe sowie Kartätschen und .58er Miniékugeln, die bei der Machtübernahme der White League in New Orleans im Jahre 1874 in den Fassaden der Häuser stecken geblieben waren. Bei einem Abriss oder einer Renovierung landete jeder Gegenstand mit einem möglichen Wiederverkaufswert auf einem Haufen.

Der Arbeiter aus Guatemala stieß sein Brecheisen in einen Streifen verrottetes Zypressenholz und hebelte es mitsamt einem Schauer aus Formosa-Termiten auf den Boden. Inmitten des Sägemehls, der Insekten und des schwammigen Holzes sah er eine abgeplattete und verbogene Kugel mit Metallmantel, etwa halb so groß wie sein kleiner Finger. Er blies den Staub weg und musterte sie. „Hey, Boss, was wollen Sie damit machen?", fragte er.

Helen rief mich kurz vor Feierabend in ihr Büro. Die ersten Regentropfen fielen an ihr Fenster, und ich sah, wie sich die Bäume beim Friedhof im Wind bogen. Sie beugte sich über ihren Schreibtisch und stützte das Kinn auf die Hand. Diese Haltung nahm sie immer ein, wenn sie sich darauf vorbereitete, mir etwas zu sagen, das ich nicht hören wollte.

„Ich habe grade mit Betsy Mossbacher telefoniert. Sie ist in anderthalb Stunden hier", sagte sie. „Sie hat einen Durchsuchungsbefehl für Otis Baylors Haus."

„Ich habe heute Morgen mit ihr geredet. Sie hat nichts davon gesagt, dass sie nach New Iberia kommt."

„Sie hat den Durchsuchungsbefehl grade bekommen. Letzte Woche haben ein paar Arbeiter auf der anderen Straßenseite von Baylors Haus in New Orleans eine Gewehrkugel aus der Wand geholt. Der Bauunternehmer hatte von den Schüssen auf Melancon und Rochon gehört und das NOPD angerufen. Die haben sie ans FBI weitergegeben. Es ist ein dreißig-null-sechser Geschoss. Es ist durch einen Fensterladen und die Glasscheibe gedrungen und zwischen zwei Brettern stecken geblieben. Sie sagt, es ist in sehr gutem Zustand, wenn man bedenkt, dass es möglicherweise zwei Menschen durchschlagen hat. Jedenfalls wollen sich die FBIler draufstürzen, bevor Baylor was davon erfährt."

„Und?"

„Du musst dabei sein, wenn sie den Durchsuchungsbefehl vorlegen."

„Dazu brauchen sie mich nicht."

„Das ist unser Bezirk. Wir kooperieren mit auswärtigen Behörden, aber wir treten die Rechtshoheit nicht an sie ab. Halt dich an die Regeln, Streak."

Ich aß in meinem Büro ein Sandwich und traf mich um 19 Uhr mit Betsy und einem anderen Agenten auf dem Parkplatz. Im Westen fiel Regen vom hellen Himmel, und die Eichen entlang der Main Street waren dunkelgrün, als wir in Richtung Jeanerette fuhren. Ich saß hinten in ihrem Auto und kam mir vor wie ein Niednagel, wie ein überflüssiger Zeuge bei einem Einsatz, bei dem ein Mann zum Sündenbock gemacht wurde, der in Ereignisse geraten war, die er entweder nicht beeinflussen oder nicht ertragen konnte.

Betsy schwieg den Großteil der Fahrt über. Ich hatte das Gefühl, dass auch ihr bei diesem Einsatz nicht ganz wohl war. Betsy war seit jeher eine Außenseiterin, eine ehrliche Haut, die durch ihre Unbeholfenheit und ihre Cowgirl-Manieren in den Ruf geraten war, eine exzentrische Person zu sein. Wie bei Helen Soileau rissen ihre männlichen Kollegen hinter ihrem Rücken häufig Witze über sie. Tatsächlich aber waren die meisten nicht einmal das Schwarze unter ihren Fingernägeln wert.

„Sie sagen, er hat das Springfield noch?", sagte der Mann am Steuer.

„Das war die letzte Auskunft, die er mir gegeben hat", erwiderte ich.

Der Agent am Steuer hatte die Haare hinten stufig geschnitten. Er hatte die Hände in der Zehn- und Zwei-Uhr-Stellung am Lenkrad liegen, die Augen ständig auf die Straße gerichtet und blickte nicht ein Mal in den Rückspiegel, als er mit mir sprach.

„Warum hat er die Waffe nicht beiseitegeschafft?"

„Weil er weiß, dass es das Erste ist, das jemand tun würde, der schuldig ist."

„Wollen Sie damit sagen, dass er bei dieser Sache Dreck am Stecken hat?"

„Nein, ich will damit sagen, dass Otis Baylor schlau ist.

Außerdem will ich damit sagen, dass er wahrscheinlich für jemand anders den Kopf hinhält", erwiderte ich.

„Ach ja? Wie sind Sie denn darauf gekommen?", fragte er.

„Hunderte, wenn nicht tausende Einwohner von New Orleans sind ertrunken, obwohl es nicht hätte sein müssen. Ich vermute, das ist deswegen passiert, weil es ein paar Leuten in Washington, für die Sie arbeiten, schnurzegal war. Folglich reißt man jemandem, der Versicherungen anbietet, den Arsch kreuzweise auf. So läuft das manchmal."

Diesmal wanderte sein Blick zum Rückspiegel. „Habt ihr hier unten gegen irgendwas Einwände?"

„Wir doch nicht. Wir sind froh und glücklich", erwiderte ich.

Betsy warf mir einen Blick zu, mit dem man die Farbe von einem Schlachtschiff hätte brennen können.

Das Grundstück und die Bäume vor Otis' Haus lagen im Schatten, das Innere war hell erleuchtet, die Luft kühl, erfüllt von Blumenduft, dem Geruch nach frischgebackenem Brot in der Küche und dem Regenwasser, das aus den Eichen aufs Laub tropfte. Sein Heim vermittelte den Eindruck von einer Familie, die mit sich und der Welt im Reinen war. Aber nichts hätte weiter von der Wahrheit entfernt sein können, vor allem nach unserer Ankunft.

Betsy ging auf die mit Fliegendraht umgebene Galerie und klopfte energisch an die Tür, den Mund verkniffen, ihren Dienstausweis in der Hand. In der Abenddämmerung wirkten ihre Haare hellgelb wie Stroh. Sie warf einen Blick auf ihre Armbanduhr und klopfte erneut, diesmal kräftiger und mit dem Handballen.

Otis kam in einem weißen Hemd samt Schlips an die Tür, ein Stück Brathähnchen in der Hand.

„Sind Sie Mr. Baylor?", fragte sie.

„Ja", erwiderte er, während sein Blick von Betsy zu mir wanderte, als hätte ich ihn irgendwie verraten.

„Ich bin Special Agent Betsy Mossbacher. Wir haben einen Durchsuchungsbefehl für Ihr Haus. Ich möchte, dass Sie und Ihre Familie sich ins Wohnzimmer setzen, während wir uns umsehen. Wo ist Ihr Gewehr, Mr. Baylor?"

„Ich hol es für Sie", erwiderte Otis.

„Nein, das tun Sie nicht. Sie, Ihre Tochter, Ihre Frau und alle anderen, die im Haus sind, setzen sich ins Wohnzimmer, dann erklären Sie uns, wo es ist", sagte sie.

„Was zur Hölle soll das?", fragte er.

„Tun Sie, was sie sagt, Mr. Baylor", sagte ich zu ihm.

Er ging wieder in die Küche und kehrte mit Thelma und Mrs. Baylor zurück. Nachdem sie Platz genommen hatten, blickten sie erwartungsvoll zu uns auf, wie Kinder, hin- und hergerissen zwischen dem bei Amerikanern tief verwurzelten Wunsch, dem Gesetz zu gehorchen, und dem Unmut darüber, dass Fremde, die im Grunde genommen nicht anders und nicht mächtiger waren als sie, während des Abendessens in ihr Haus kommen und sie wie Vieh behandeln konnten.

„Das Gewehr ist im Kleiderschrank im Schlafzimmer", sagte Otis. „Eine Patronenschachtel liegt auf dem Regal. Das ist die einzige Schusswaffe im Haus."

„Warum tun Sie das jetzt? Ich dachte, das wäre alles beigelegt?", sagte Mrs. Baylor. Sie hatte ihr Getränk mitgenommen. Es war teefarben, aber ohne Eis. Sie versuchte gefasst zu wirken, hatte den Rücken durchgedrückt und ihren Drink aufs Knie gestützt, aber irgendwie erinnerte sie mich an einen von Haarrissen durchzogenen Porzellanteller. „Wird das an die Medien weitergegeben? Wissen Sie, wie sich das auf die Geschäfte meines Mannes auswirkt?"

„Nein, Ma'am, wir verständigen die Medien nicht", sagte Betsy. „Wir versuchen Sie mit Respekt zu behandeln. Wir bemühen uns darum, so unaufdringlich wie möglich zu sein."

„Warum behelligen Sie uns dann weiter? Verwendet man dafür unsere Steuergelder? Um Gottes willen, Otis, sag irgendwas."

„Die Männer vor Ihrem Haus wurden kaltblütig niedergeschossen, Mrs. Baylor. Nach allgemeinem Verständnis ist das Mord", sagte Betsy. „Der Siebzehnjährige hatte keine Vorstrafe und verlor sein Leben wegen eines Einbruchs. Bürgerwehren haben in Uptown New Orleans Jagd auf Farbige gemacht. Mein Boss will das nicht auf sich beruhen lassen."

„Ich möchte mich mit meinem Anwalt in Verbindung setzen. Ich glaube, ab jetzt sollten wir nicht mehr mit Ihnen sprechen", sagte Otis.

„Das ist Ihr gutes Recht, Sir. Aber wir sind nicht Ihre Feinde", sagte Betsy.

„Hören Sie auf zu lügen", sagte Thelma.

„Wie bitte?", erwiderte Betsy.

„Sie sind hier, um meinen Vater ins Gefängnis zu bringen. Tun Sie nicht so, als wären Sie seine Freundin. Mein Vater hat in seinem ganzen Leben noch niemandem etwas zuleide getan. Ihr seid Abschaum, alle miteinander", sagte Thelma.

„Das reicht, Thelma", sagte Otis.

Betsys Kollege kam aus dem hinteren Teil des Hauses und hatte das Springfield mit offenem Patronenlager und nach unten gerichtetem Lauf über die Schulter hängen. In der linken Hand hatte er eine Schachtel mit .30-06er Patronen. „Der Traum eines jeden Scharfschützen", sagte er.

Betsy blickte auf Thelma hinab. „Haben Sie die Gesichter dieser Schwarzen gesehen?", fragte sie.

„Ja", sagte Thelma.

„Wo?", sagte Betsy verdutzt.

„Mr. Robicheaux hat mir Bilder von ihnen gezeigt."

„Haben Sie sie schon vor der Nacht gesehen, in der sie zu Ihrem Haus kamen?", fragte Betsy.

„Nein."

„Niemand in Ihrer Familie hatte einen Grund, auf sie zu schießen, was?", sagte Betsy.

Thelma dachte fieberhaft nach, während sie Betsy unverwandt und mit ausdrucksloser Miene anschaute. „Sie wissen, dass ich von schwarzen Männern vergewaltigt wurde, nicht wahr? Sie benutzen das, was mir widerfahren ist, um meinen Vater zu belasten."

„Anhand dessen, was ich über Ihren Vater weiß, gehe ich davon aus, dass er nicht willkürlich auf jemanden schießen würde. Was halten Sie davon, Thelma?"

„Das war's. Sie haben bekommen, was Sie wollten. Verlassen Sie jetzt bitte unser Haus", sagte Otis.

„Denken Sie mal darüber nach, Mr. Baylor. Sie sind ein

intelligenter Mann. Wir haben einen Grund, Ihr Gewehr mitzunehmen. Bis morgen Mittag haben wir möglicherweise Beweise, anhand derer wir Sie oder jemanden aus Ihrer Familie für den Rest seines Lebens wegsperren können. Möchten Sie das?"

Seine Augen glitzerten jetzt, die Kinnlade war verkrampft.

Draußen stieg ich wieder hinten in das Fahrzeug, froh darüber, aus dem Haus der Baylors weg zu sein, fort von der Angst und der Furcht, die wir dort verbreitet hatten. Der Himmel war jetzt dunkel, und die Lichter der Häuser spiegelten sich auf dem Bayou Teche. Ich sah Betsys Gesicht im Lichtschein des Armaturenbretts. „Sie waren da drin ziemlich still, Dave", sagte sie.

„Das war, als ob man einen Fisch in einem Swimmingpool mit der Pressluftharpune jagt", sagte ich.

„Komische Einstellung für einen Cop", sagte der Mann am Steuer.

Betsy hatte sich halb umgedreht und musterte mein Gesicht. „Sie wissen etwas, das Sie mir nicht sagen", sagte sie.

„Vielleicht."

„Wir stehen doch auf der gleichen Seite, oder, mein Freund? Wie wär's, wenn Sie aufhören, den großen Schweiger aus dem Kuhkaff zu spielen?", sagte der Fahrer und schaute in den Rückspiegel.

„Thelma Baylor wirkte tief betroffen, als ich ihr Polizeifotos von den Plünderern gezeigt habe. Ich glaube, es waren die Typen, die sie vergewaltigt und gequält haben. Ich glaube, sie wollte mir das verheimlichen, weil das der Nagel für den Sarg ihres Vaters wäre."

„Und das erzählen Sie uns erst jetzt?", sagte der Fahrer.

Ich beugte mich im Sicherheitsgurt nach vorn. Im Nacken des Fahrers waren kleine Grübchen, knapp unter dem ausrasierten Haaransatz. Seine Wangen waren schlaff und faltig, als ob das Gesicht nicht zu dem jugendlichen Körper passte. „Das sind reine Mutmaßungen meinerseits. Genau genommen beruhen sie nur auf persönlicher Wahrnehmung und haben strafrechtlich keinerlei Wert", sagte ich.

Der Mond stand hell am Himmel, und das am Boden liegende Zuckerrohr auf den von Rita platt gewalzten Feldern wirkte hart und trocken, wie tausende weggeworfene Besenstiele. Der Fahrer warf einen Blick auf eine Reihe vorbeihuschender Negerhütten. Etliche hatten ihre Blechdächer verloren und Sperrholz und blauer Filz waren über die freiliegenden Balken genagelt. Vor uns lief ein Betrunkener, dessen Silhouette sich im Schein einer Neon-Bierreklame auf einem als Bar dienenden Wohnwagen abzeichnete, schwankend am Straßenrand entlang. „Das ist vielleicht eine Gegend", sagte der Fahrer. „Man muss hier gewesen sein, um die volle Pracht mitzukriegen."

Am nächsten Morgen sicherte ein Kriminaltechniker vom Acadiana Crime Lab einen Fingerabdruck an der Stelle von Cletes Nummernschild, an der Ronald Bledsoe den Schmutz weggewischt hatte, um die Ziffern besser erkennen zu können. Wir ließen ihn über das Automatische Fingerabdruck-Identifizierungs-System laufen und erreichten gar nichts.

„Ich kapier's nicht", sagte ich zu Helen. „Typen wie der kriegen Scherereien."

„Vielleicht ist er gewitzter, als wir meinen", sagte sie. „Vielleicht ist das neurotische Getue nur gespielt. Vielleicht arbeitet er für die Regierung."

„Wie wär's, wenn ich mir 'ne Möglichkeit einfallen lasse, wie ich ihn herbringen kann?"

„Ich möchte dir nicht zu nahe treten, aber rein rechtlich ist er das Opfer, nicht der Täter. Deine Tochter hat ihm das Gesicht demoliert. Er könnte sie wegen schwerer Körperverletzung drankriegen und euch verklagen, dass euch Hören und Sehen vergeht. Sei froh und dankbar, Pops."

„So seh' ich das nicht."

„Das dachte ich auch nicht", erwiderte sie.

Ich fuhr in der Mittagspause heim. Alafair war auf ihrem Zimmer und tippte an ihrem Computer, den sie bei einem Flohmarkt erstanden hatte, an der ersten Fassung eines Romans. Ich hatte angeboten, ihr einen besseren zu kaufen, aber sie hatte gesagt, ein teurer Computer helfe ihr nicht dabei, besser zu schreiben. Sie hatte ein Notizbuch auf ihrem Nachttisch liegen, in das sie vor dem Einschlafen immer schrieb. Sie hatte bereits zweihundert Seiten voller Notizen und Formulierungsversuche. Manchmal wachte sie mitten in der Nacht auf und schrieb die Träume auf, die sie gerade gehabt hatte. Wenn sie morgens aufwachte, hatte sie schon wieder zwei Szenen im Kopf, die sie in den nächsten Stunden in tausend Worte mit doppeltem Zeilenabstand in ein Manuskript übertrug.

Häufig schrieb sie ganze Absätze mit der Hand und redigierte alles, bevor sie es auf Schreibmaschinenpapier tippte. Sie redigierte jede Seite mit einem blauen Stift, legte sie dann mit dem Text nach unten in einen Drahtkorb und verfasste eine weitere. Wenn sie mich dabei ertappte, dass ich über ihrer Schulter mitlas, stieß sie mir den Ellbogen in den Bauch. Am nächsten Morgen überarbeitete sie alles, was sie tags zuvor geschrieben hatte, und ging dann die nächsten tausend Worte an, die sie sich für diesen Tag vorgenommen hatte. Ich war erstaunt, was für gute Arbeit sie mit ihrer Methode zustande brachte.

Auf der High School hatte sie die Sondererlaubnis zur Teilnahme an einem Kursus in Kreativem Schreiben erhalten, den Ernest Gaines an der University of Louisiana in Lafayette gab. Gaines war der Meinung, dass sie außerordentlich begabt sei. Desgleichen das Aufnahmekomitee am Reed College in Portland. Sie bekam ein Stipendium und machte letztes Frühjahr ihren Abschluss in Englischer Literatur. Außerdem bekam sie ein Doktorandenstipendium an der Stanford University, das sie kommendes Frühjahr antreten wollte. Dass sie sich auf eine Auseinandersetzung mit einem Abartigen wie Ronald Bledsoe eingelassen hatte, wurmte mich derart, dass ich mich kaum beruhigen konnte, vor allem jetzt, da ich mit ihr darüber sprechen musste.

„Hast du einen Moment Zeit, Alf?", sagte ich.

Sie legte die Hände in den Schoß, starrte geradeaus und versuchte sich ihren Ärger darüber, dass sie beim Schreiben gestört worden war, nicht anmerken zu lassen. „Klar, was ist los?", sagte sie.

Ich zog einen Stuhl an ihren Schreibtisch. „Wir haben Bledsoe über AFIS und die Nationale Kriminalauskunftszentrale laufen lassen, aber er ist ein unbeschriebenes Blatt. In gewisser Weise ist das beunruhigender, als wenn wir ein Strafregister gefunden hätten. Er ist offensichtlich ein Freak und die hinterlassen Spuren. Aber dieser Typ ist die Ausnahme."

„Und was sagt dir das?", fragte sie.

„Dass er entweder gewieft ist oder Beziehungen hat."

„Er hat gekriegt, was er verdient hat. Ich sage, scheiß auf ihn."

„Musst du dich so ausdrücken?"

„Er hat mich angefasst. Ich habe seinen Speichel im Ohr gespürt. Soll ich dir sagen, was er gesagt hat?"

„Nein."

„Dachte ich mir doch."

„Okay, Alf."

„Hör auf, mich mit diesem dämlichen Namen anzusprechen."

„Schau, da ist noch was anderes, ich muss Otis Baylor womöglich ins Gefängnis stecken. Ich weiß, dass du mit Thelma befreundet bist, daher ..."

„Ich hab's verstanden. Wie wär's, wenn du mir mehr als zwei Gehirnzellen zutrauen würdest?"

Im Lauf der Jahre war ich, was Weisheit anging, nicht viel weiter gekommen. Aber ich habe gelernt, dass sich der Vater einer jungen Frau nur zwei Lektionen für den Umgang mit seiner Tochter merken muss: Er muss vorbehaltlos zu ihr stehen, wenn sie ihn braucht, und wenn nicht, muss er loslassen. Letzteres war, wenigstens für mich, schwieriger als das andere.

„Hast du denn mehr als zwei Gehirnzellen?", sagte ich.

„Hast du schon mal einen Korb voller Manuskriptblätter an den Kopf gekriegt?", sagte sie.

Ich kehrte um 13:00 Uhr in die Dienststelle zurück. Wally, unser schwergewichtiger, unter Bluthochdruck leidender Telefonist und Komiker vom Dienst, hielt mich auf dem Weg zu meinem Büro auf. „Ich wollte grade diese Nachrichten in dein Fach werfen", sagte er.

„Danke, Wally", sagte ich und nahm ihm die drei rosa Nachrichtenstreifen aus der Hand.

„Der Vorname ist Bertrand. Den Nachnamen hat er mir nicht genannt. Außerdem hat er keine Manieren."

„War das ein schwarzer Junge?"

„Schwer zu sagen. Wenn jemand sagt: ‚Nimm die Q-Tips aus der Nase, weil ich dich nicht verstehn kann, du weiße Arschgeige', heißt das, dass der Typ Rassenprobleme hat?"

„Könnte schon sein. Danke, dass du die Nachricht entgegengenommen hast, Wally."

„Man hilft doch gern. Ich liebe diesen Job. Danke, dass du mich deinen Freunden vorgestellt hast."

Ich ging in mein Büro und gab die Handynummer ein, die Wally auf alle drei Mitteilungszettel geschrieben hatte. „Bertrand?", sagte ich.

„Sind Sie das, Mr. Dave?", meldete sich jemand.

Mr. Dave?

„Ja, ich bin's, Bertrand. Was gibt's?"

„Irgendwas Unheimliches geht vor sich. Jemand gibt kostenlose Handys an Leute aus, die in der Szene sin. Sogar an Leute in Notunterkünften, an jeden, der irgendwas über die Steine wissen könnte. Zu dem Handy gibt's 'ne Telefonnummer. Ich hab Andre mit einem gesehn. Sie sin von Wal-Mart. Ich fühl mich nicht recht wohl, wegen Andres Einstellung."

„Was wollen Sie von mir?"

„Was Sie gesagt ham, dass ich ein Frauenschänder bin, das stimmt. Ich hab's mit Eddy und Andre gemacht – zwei Mal. Wir ham es einem Mädchen im Lower Nine angetan. Ich hab da unten überall nach ihr gesucht. Ich bin auch in Notquartieren gewesen. Vielleicht is sie beim Sturm umgekommen."

Ich wollte nicht sein Beichtvater sein. Genau genommen drehte sich mir der Magen um bei der Vorstellung, wie die drei erwachsenen Männer über ein hilfloses fünfzehnjähriges Mädchen hergefallen waren, das das Pech hatte, allein von einem Straßenfest nach Hause zu laufen.

„Sind Sie noch dran?", fragte Bertrand.

„Ja, ich bin dran. Sie haben sich's eingebrockt, jetzt müssen Sie's auslöffeln."

Aber er hörte nicht zu. „Das andere Mädchen hat in 'nem Auto gesessen, das unten bei den Desire liegen geblieben is. Sie war weiß. Sie hat gesagt, sie kommt von 'nem Abschlussball. Eddy is sauer auf sie geworden und hat sie mit Zigaretten gebrannt. Er hat ihr die Brüste verbrannt."

„Wenn Sie Valium für Ihre Sünden brauchen, haben Sie den Falschen angerufen."

„Wem soll ich's denn sonst sagen, Mann? Die ganze Stadt is voller Leute, die ein Handy ham, damit sie mich verpfeifen. Es heißt, man ruft 'ne bestimmte Nummer an und ein Typ mit so 'nem Landeiakzent erzählt denen, er macht sie reich, wenn sie mich verraten. Ich bin gestern an 'nem Typ in 'ner Unterkunft vorbeigegangen, und er hat Geräusche gemacht, als wenn man 'ne Kettensäge anwirft. Alle fanden das witzig."

„Was ist mit Pater Jude LeBlanc passiert?"

Er stockte, dann hörte ich ihn Luft holen. „Wir sin beim Haus meiner Tante gewesen. 'ne Welle is mitten durchs Panoramafenster gedonnert und hat uns zurückgespült. Wir sin auf 'nen Müllhaufen geschwommen, aber der war voller Einsiedlerspinnen, die Sorte, die einen beißen, und dann is man später total entstellt. Eine Frau war im Wasser und überall im Gesicht und in ihren Haaren warn die braunen Spinnen. Die ham sie gebissen, und sie hat geschrien und auf sie eingedroschen und gleichzeitig Wasser geschluckt. Dann ham wir den Priester gesehn, der sein Boot zu dem Kirchturm zieht und mit 'ner Axt ein Loch reinschlägt. Da hat Eddy gesagt: ,Entweder die Arschgeige oder wir.‘ Wir sin alle ins Wasser und ham auf ihn zugehalten, immer noch mit den ganzen Spinnen in den Klamotten.

Ich war zuerst auf dem Dach. Ich hab gesagt: ,Wir brauchen das Boot. Wir sin zu viert, aber du bist bloß einer. Du kannst vielleicht mitkommen, aber wir nehmen das Boot.‘

Er hört auf zu hacken und sagt: ,Der Dachboden is voller Leute. Die ertrinken. Ihr müsst mir helfen.‘

Ihm helfen? Wie soll ich ihm denn helfen, wenn Eddy

und Andre und Kevin mich ständig anschaun, damit ich was mach, als käm's auf mich an, als will jetzt keiner mehr die Schnauze aufreißen, als ob ich irgendwas machen muss, wenn Eddy nicht mehr der große Macker is? Also pack ich die Axt. Was soll ich denn machen? Vielleicht hätt er mich damit geschlagen. Ich hab gesehn, wie ein Mann 'nen Jungen von 'ner Luftmatratze geschubst hat, einfach die Hand ausgestreckt und ihm ins Gesicht gedrückt hat, 'nem Jungen, der höchstens zehn Jahre alt war. So war das da unten, Mann. Sie warn nicht dort."

„Was haben Sie mit Pater LeBlanc gemacht?", sagte ich und spürte meinen Herzschlag, während ich den Hörer mit klammer Hand hielt.

„Er wollte die Axt nicht hergeben. Er stand zwischen mir und dem Boot, am Rand vom Dach. Ich bin auf ihn zugegangen, und er is einfach dagestanden und wollte nicht aus dem Weg gehn. Ich sag: ,Mann, wir kriegen das Boot so oder so. Lass dich nicht wegen was alle machen, was du nicht ändern kannst.'

Er sagt: ,Ihr wisst nicht, was ihr tut.' Was hat er damit gemeint? Ich hab gewusst, was wir tun. Ich hab mein Leben gerettet. Ich hab Andy, Kevin und Andre das Leben gerettet. Ich hab gewusst, was ich tu. Mir is nix andres übrig geblieben. Wieso sagt er so was zu mir?"

„Was haben Sie getan, Bertrand?"

„Er hat angefangen, mit mir zu kämpfen. Er war überhaupt nicht stark. Seine Arme warn wie Streichhölzer. Er hatte Spuren dran. Ich konnt's kaum glauben, Mann, er war 'n Priester und 'n Junkie. Ich habe seine Zähne gesehn, hab seinen Atem gerochen, und er hat nach meinen Augen gekrallt. Da hab ich ihm eine gedonnert, Mann, 'ne heftige, mit der Faust, mitten ins Gesicht. Er is rückwärts ins Wasser gefallen, und ich hab gehört, wie Eddy sagt: ‚Zieh der Arschgeige die Axt über. Lass ihn nicht ins Boot.‘

Aber ich hab ihn nicht mehr gesehn. Das Wasser war dunkel, und es war, als ob er an der Kirchenwand senkrecht in die Dunkelheit gesunken is, wie 'ne Steinfigur. Wieso hat er das zu mir gesagt? Ich hab gewusst, was ich tu, Mann. Ich hab auf meine Weise Leben gerettet.“

„Sind Sie so blöde? Wegen Ihnen ist ein Großteil der Menschen auf dem Dachboden dieser Kirche umgekommen. Was glauben Sie denn, was er gemeint hat?“

Bertrand Melancon fing an zu weinen, hemmungslos. „Ich komm in die Hölle, nicht wahr?“

Du irrst dich, mein Junge. Da bist du schon, dachte ich.

18

Der Haftbefehl mit Otis Baylors Namen war von Seiten des Bundes ausgestellt, aber irgendwann würde der durch den Sturm lahmgelegte Apparat der Bezirksstaatsanwaltschaft des Orleans Parish wieder in die Gänge kommen und ebenfalls Anklage gegen ihn erheben. Es war eine Ironie des Schicksals, dass die FBIler Otis aufgrund eines Gesetzes aus der Zeit der Reconstruction festnahmen, wonach Mord eine Beraubung der Bürgerrechte darstellt, weil dabei einem Menschen das Leben genommen wird – die gleiche Orwellsche Anwendung des Rechts, mit der man die Klansmänner angeklagt hatte, die 1964 im Neshoba County, Mississippi, drei Bürgerrechtler gelyncht hatten. Otis hatte sich mit der Krawatte in der Müllpresse verfangen. Ich vermutete, man würde seine Überreste mit dem Wasserschlauch vom Häcksler abspritzen müssen, wenn der Justizapparat mit ihm fertig war.

Am Freitagmorgen begleitete ich Betsy Mossbachers Kollegen und einen Staatspolizisten in Uniform zu Otis' behelfsmäßigem Büro an der Main Street, um den Haftbefehl zu vollstrecken. Der FBI-Agent war der gleiche Mann, der das Springfield aus Otis' Schrank geholt hatte. Er hieß Tisdale und war ganz dienstbeflissen. Wir hatten unsere Fahrzeuge beim Bayou geparkt, genau gegenüber von Victor's Cafeteria, und liefen unter einer Kolonnade die Main Street entlang, als er sagte: „Ich muss in knapp neunzig Minuten wieder in Baton Rouge sein. Wir haben von unserer Seite aus sämtlichen Papierkram erledigt. Sie müssen ihm lediglich die Fingerabdrücke abnehmen und ihn in eine Zelle stecken. In zwei, drei Wochen wird er in unseren Gewahrsam überstellt werden. Verpfuschen Sie's nicht."

„Sagen Sie den letzten Teil noch mal", sagte ich.

„Er wird zwischengelagert. Das ist keine Kernphysik. Verpflegen Sie ihn, lassen Sie ihn alle drei Tage duschen, und verlieren Sie ihn nicht, wie es Ihnen mit Chula Ramos passiert ist. Wenn Sie zu irgendetwas eine Frage haben, rufen Sie Mossbacher an. Unternehmen Sie nichts auf eigene Faust. Wenn Sie ein Problem haben, rufen Sie uns an. Das ist der Schlüssel. Wir mieten uns einen Raum in eurem vergitterten Hotel. Sie müssen lediglich dafür sorgen, dass alles reibungslos läuft."

Ich sah, wie mich der Staatspolizist aus dem Augenwinkel anschaute.

„Ich will Ihnen was sagen, mein Freund, wir nehmen Otis für Sie fest, und Sie können wieder nach Baton Rouge fahren", sagte ich. „Wenn Sie wollen, können Sie auch rumstehen, als ob Sie dazugehören, aber Sie müssen den Mund halten und uns aus dem Weg bleiben."

„Gefällt Ihnen Louisiana?", sagte der Staatspolizist mit einem breiten Grinsen zu Tisdale.

Wir nahmen Otis fest und führten ihn in Handschellen aus seinem Büro, die kräftigen Arme straff nach hinten gebogen, während sich sein langärmliges weißes Hemd bauschte und sein Schlips im Wind wehte.

Die meisten Menschen der Mittelschicht verbinden das Wort Gefängnis mit einer Bestrafung mittels Freiheitsentzug. In gewisser Weise haben sie recht. Durch Gefängnisse werden Missetäter von uns anderen ferngehalten. Aber „Freiheitsentzug" beschreibt das wahre Leben in einem richtigen Knast nicht annähernd. Das Wort „Entehrung" ist weitaus treffender.

Es fängt mit der Einlieferung an. Jemand, den man nicht kennt, rollt einem die Fingerspitzen über ein Stempelkissen ab. Dann wird man aufgefordert, sich die Haut mit einem Petroleumgel zu säubern, das aussieht wie eine Drüsenausscheidung. Man wird an eine Wand gestellt und muss ein Schild mit Zahlen halten, während man von vorn und von der Seite fotografiert wird. Dann führt einem ein Schließer den in einem Gummihandschuh steckenden Finger in den After ein und besprüht einen gegen Filzläuse. Man ist nicht mehr Herr über sich selbst, sondern befindet sich in der Hand von Menschen, die nicht wissen wollen, wie man heißt, nicht auf Blickkontakt mit einem gehen und sich auf keinerlei Gespräch einlassen. Die meisten von ihnen mögen einen ebenso wenig, wie sie ihren Beruf mögen.

Bald stellt man fest, dass das Gefängnis kein Ort ist, sondern ein Zustand. Man verrichtet seine Notdurft in Sichtweite anderer. Die Mitgefangenen pinkeln den Toilettensitz voll, den man benutzen muss. Das Essen, das man zu sich nimmt, wird von Leuten zubereitet und serviert, die sich nicht mal mit vorgehaltener Waffe zum Händewaschen bewegen lassen. Man duscht mit Männern, die einem ständig auf die Genitalien blicken, und anderen, die einen von der Leber bis zur Lunge aufschlitzen und in der gleichen Nacht traumlos schlafen.

Wie der Gitarrist Huddie Ledbetter einst riet, denkt man nicht über seine „schwere lange Haft" nach.

Die Übeltäter von einst wurden von einer neuen Sorte Krimineller abgelöst, von denen fünfundachtzig Prozent ihre Lebensweise Betäubungsmitteln verdanken, entweder durch den Verkauf, den Konsum oder beides. Manche von ihnen bekamen ihre erste Dosis Kokain oder Morphiumderivat über die Nabelschnur. Einige waren Misshandlungen ausgesetzt, über die ich mit niemandem sprechen will, nicht einmal mit Kollegen. Fast alle von ihnen stottern ihr Leben ratenweise im Gewahrsam des Staates ab.

Otis Baylor dachte, er könnte seinen Anwalt oder einen Kautionsadvokaten anrufen und binnen weniger Stunden wieder auf freiem Fuß sein. „Das stimmt doch, nicht wahr?", sagte er bei der Einlieferung zu mir. „Mir steht ein Anruf zu und dann hinterlege ich eine Kaution."

„Ich glaube, Sie sind sich über Ihre Lage nicht im Klaren", sagte ich. „Genau genommen befinden Sie sich im Gewahrsam des Bundes, der Ihnen eine Verletzung der Bürgerrechte vorwirft. Eigentlich leisten wir nur Amtshilfe für das Bundesgericht. Das kommt daher, weil der Rechtsapparat in Südlouisiana seit Rita und Katrina zusammengebrochen ist. Ich nehme an, dass Sie von einer staatlichen Strafkammer wegen Mordes angeklagt werden. Ich wünschte, ich könnte Ihnen etwas anderes sagen, aber ich glaube, Sie werden für lange Zeit nirgendwo hingehen."

„Bei mir besteht keine Fluchtgefahr. Ich besitze hier zwei Häuser. Ich habe Familie. Ich bin seit zwei Jahrzehnten bei der gleichen Versicherungsgesellschaft."

„Sie werden irgendwann vor Gericht gestellt werden. Erklären Sie dem Richter Ihre Lage."

Er hatte immer noch die Reinigungscreme an den Händen und wollte seine Kleidung nicht damit berühren. Er blickte sich nach etwas um, an dem er sich die Hände abwischen konnte.

„Auf dem Regal ist eine Rolle Papierhandtücher", sagte ich.

„Ich möchte meinen Anruf tätigen", sagte er.

„Erst bringen wir Sie in eine Arrestzelle, Mr. Baylor. Später wird Sie ein Deputy zum Telefon geleiten", sagte ich.

Er schien keinen klaren Gedanken fassen zu können. Er drückte sich die Schläfen und schaute sich verwirrt im Einlieferungsraum um. „Wo, haben Sie gesagt, sind die Papierhandtücher?", fragte er.

„Hinter Ihnen, Sir."

Aber er vergaß, wonach er Ausschau gehalten hatte. „Meine Tochter ist allein daheim. Sie trifft sich mit mir jeden Morgen auf einen Kaffee und ein Donut. Sie sollte nicht längere Zeit allein sein", sagte er.

Ich habe in meinem Beruf schon stolzere Momente erlebt.

Molly arbeitete für ein katholisches Selbsthilfecenter am Bayou, das arme Leute bei der Geschäftsgründung und dem Bau von Eigenheimen unterstützte. Die Wohlfahrtseinrichtung war von Nonnen der Catholic-Worker-Bewegung ins Leben gerufen worden, die in den 1970er Jahren nach Südlouisiana gekommen waren, um die Zuckerrohrarbeiter zu organisieren. Man kann nur mutmaßen, wie sie damals empfangen wurden. Aber seither haben sie sich Respekt verschafft und sogar die Zuneigung der meisten Leute in der Gegend gewonnen. Nach dem Tod meiner Frau Bootsie lernte ich Molly durch Zufall bei dem Center kennen, und kurz darauf waren wir verheiratet. Wir waren ein Paar, das eigentlich nicht zusammenpasste, eine irisch-amerikanische Arbeiternonne, die regelmäßig vor der School of the Americas demonstrierte, und ein Kriminalpolizist in Diensten des Sheriffs, der bekannt war für seine Gewaltausbrüche und Trunksucht. Freunde, die liebenswürdig sein wollten, wünschten uns alles Gute, aber in ihrem Blick sah ich immer eine Spur Mitleid und Bedenken.

Doch wir überraschten sie. Schwester Molly Boyle war mein Gral, und ich liebte sie genauso, wie ich meine Kirchengemeinde liebte.

An dem Freitag, an dem ich Otis Baylor festnahm, rief ich sie im Center an und bat sie, sich mit mir zum Mittagessen im Patio Restaurant an der Loreauville Road zu treffen. Wir saßen unter einem Ventilator in einer Ecke, abseits des Gedränges am Buffettisch. Ich spürte ihre Blicke auf meinem Gesicht. „Schlechter Tag in der Schmiede?", sagte sie.

„Ich musste den FBIlern helfen, einen Haftbefehl gegen Otis Baylor zu vollstrecken", sagte ich. „Er wurde gerade ins Bezirksgefängnis gebracht."

„Otis?"

„Das FBI hat eine Kugel, die nachweislich aus einem

Gewehr abgegeben wurde, das man in seinem Haus gefunden hat. An der Kugel war DNA von zwei Opfern einer Schießerei."

„So ein Jammer. Er ist ein netter Mann. Ich weiß nicht, wie viele Leute mir erzählt haben, dass er ihre Versicherungsansprüche auf der Stelle bewilligt und sie in einem Motel untergebracht hat. Manche von diesen Versicherungsgesellschaften scheuchen ihre Kunden mit dem Ochsenziemer fort."

„Otis hat möglicherweise einen siebzehnjährigen Jungen getötet und einen anderen zum Querschnittsgelähmten gemacht."

„Ich weiß", sagte sie.

„Ich habe versucht, ihn vor den rechtlichen Folgen zu warnen."

Sie schob ihre Hand vor und berührte meine Fingerspitzen. „Das weiß ich, Dave. Es ist nicht deine Schuld. Nimm es nicht persönlich."

„Möchtest du was vom Buffet?", sagte ich.

„Klar", sagte sie. „Dave?"

Ich sah ihr die Unsicherheit am Gesicht an, wie bei jemandem, der in einem nach Benzin riechenden Lagerraum eine Kerze anzünden will. „Ronald Bledsoe kam heute Morgen zum Center. Er hat die Kollegin am Empfang gefragt, ob wir irgendwelche Notunterkünfte im Bezirk St. Mary unterhalten. Er hat gesagt, er arbeitet für den Staat und sucht zwei flüchtige Schwarze. Er hat ihr Fotos von ihnen gezeigt."

„Was hat sie ihm gesagt?"

„Sie hat gelogen. Sie hatte einen von ihnen gesehen. In einer Unterkunft in Morgan City. Aber sie hat gelogen. Ich stand unmittelbar hinter ihm. Er hat sich umgedreht und mich nach meinem Namen gefragt. Er ist gruselig, Dave."

In dieser Nacht konnte ich nicht schlafen. Ich träumte von Ronald Bledsoe, Pater Jude LeBlanc und dem Geständnis von Bertrand Melancon. Ich träumte von dunklem Wasser, das sich über Judes Kopf schloss, und von Menschen auf einem Dachboden, die ihre Finger durch die Löcher steckten, die Jude mit der Axt ins Dach schlug, als er von Bertrand angegriffen wurde. Ich hörte, wie die Menschen mit ihren Handys um Hilfe riefen, wie sich ein Motorboot entfernte, in dem es sich die Melancon-Brüder und die Rochons gemütlich gemacht hatten.

Ich hasste alles, was sie Jude LeBlanc und seinen Gemeindemitgliedern angetan hatten. Mich persönlich erfüllten sie mit Ekel und Abscheu. Aber ich durfte mir keinen Hass erlauben. Weder als Ordnungshüter noch als trockener Alkoholiker durfte ich das. Bei den Anonymen Alkoholikern lehrt man uns, dass diejenigen, die uns den größten Ärger bereiten, krank sind, nicht viel anders als wir selbst. Manchmal fällt es einem schwer, sich auf dieses Gebot einzulassen. Leider dürfen sich trockene Trinker bei ihren Gefühlen keine Freiheiten herausnehmen. Meine Lieblingsstelle bei Ernest Hemingway wird immer seine Anregung in Tod am Nachmittag bleiben, dass sich die größten Übel beheben ließen, wenn man ein paar Tage lang jeden, den man möchte, erschießen könnte. Weniger erfreulich ist der Nachtrag, dass die Ersten, die er abknallen würde, diverse Polizisten wären.

Ich ging in die Küche und trank im Dunkeln ein Glas Milch. Dunkelgrün standen die Eichen im Mondschein, der Bayou war von den Regenmassen der letzten Wochen angeschwollen und gelb. Ich versuchte all die Bilder aus meinen Träumen zu sortieren, sie irgendwie zuzuordnen und letztlich loszuwerden, aber ein Eindruck hielt sich hartnäckig: Bertrand Melancon rief mich nicht nur ständig an und versuchte sich zu rechtfertigen und Buße für seine Sünden zu tun, sondern er war auch nicht aus der Gegend geflüchtet. Letzteres konnte ich nicht nachvollziehen.

Die Beute bei Kovick war der Wirklichkeit gewordene Traum eines jeden Einbrechers. Hing er so an seinem Bruder, dass er von einer Notunterkunft zur anderen oder von einem Rattenloch zum nächsten lief, in der vergeblichen Hoffnung, dass er Eddy aus einem Krankenhaus verschwinden lassen und in seine persönliche Obhut nehmen konnte, einen Mann, dessen Hirn jetzt praktisch genauso leblos war wie sein Körper?

Warum tauchte er nicht einfach in der weiten Stadtlandschaft von Los Angeles unter und fing von vorne an? Tagtäglich machten das Leute. Bertrand könnte die Blutsteine verhökern und das Falschgeld in Las Vegas oder Reno waschen. Es sei denn, er hatte weder das eine noch das andere in seinem Besitz.

Clete und seine Freundin hatten siebzehn Riesen falsches Geld gefunden, das wahrscheinlich aus einer Garage an der Gasse geschwemmt worden war. Die übrigen Scheine könnten in Gullys verschwunden oder von Nachbarn, die sich nicht die Mühe machten, das NOPD von ihrem Fund zu verständigen, aus Hecken und Blumenbeeten aufgelesen worden sein. Aber was war mit den Blutsteinen? Ihr Wert war unschätzbar. Bertrand könnte ein, zwei davon abstoßen, sich für ein Taschengeld ein heißes oder vom Sturm beschädigtes Auto kaufen und sich in Dallas oder Jackson in ein Flugzeug setzen. Warum machte er das nicht?

Weil er ein Dieb ist, dachte ich, und wie alle Diebe ist er irgendwann zu dem Schluss gekommen, dass ihm mehr zusteht als seinen Kumpanen. Er hat die Steine versteckt und konnte noch nicht wieder an sie rankommen.

Wo?

Ich versuchte seinen Fluchtweg zu rekonstruieren, nachdem er, Eddy und die Rochons Sidneys Haus auseinandergenommen hatten. Was war, wenn er die Steine beim Plündern des Hauses gefunden und beschlossen hatte, den anderen nichts davon zu sagen? Was war, wenn er beschlossen hatte, die Steine zu verstecken, als er Benzin aus Otis' Garage stahl, statt das Risiko einzugehen, dass Eddy und die Rochons sie entdeckten? Ihm war klar geworden, dass er wahrscheinlich heiße Juwelen im Wert von hunderttausenden, wenn nicht Millionen Dollar besaß. Es war die Beute seines Lebens. Warum sollte er die Sache von seinen dämlichen Gefährten vermasseln lassen?

Aber letztlich hatte sich Bertrand selbst angeschmiert. Er hatte die Steine ein paar Häuser weiter an der gleichen Straße versteckt, an der der gefährlichste Gangster von New Orleans wohnte, ein Mann, dessen Haus sie nicht nur ausgeraubt und systematisch demoliert, sondern in dem sie auch die Kronleuchter mit einem eisernen Gartenrechen von der Decke gerissen und auf den Herd, in die Gewürzschubladen und in den Kühlschrank uriniert hatten.

Ich ging wieder zu Bett, legte mich auf die Decke und schlug den Arm über die Augen. Ich hörte das leichte Scharren der Äste auf unserem Blechdach und das gelegentliche Ping, wenn eine Pekannuss auf das Metall schlug. Ich sprach ein stummes Gebet für Pater Jude LeBlanc, und als ich einschlief, meinte ich seine Stimme zu hören, die in einer Blase aufstieg und auf einem schwarzen See zerplatzte, der mit lauter Lichtpunkten übersät war.

Ich erinnere mich gern an die Zeit, in der ich aufgewachsen bin, eine Zeit, die ich mit Entenjagden in der Morgendämmerung verbinde, mit gemeinschaftlichem Krabbenkochen an Sommernachmittagen im Schatten eines Pavillons und mit College-Tänzen unter den mit Lampions behängten Eichen am Spanish Lake. Im Frühling hatten wir das Gefühl, ewig zu leben, und der Herbstanbruch war nur ein kurzes Zwischenspiel, bevor die Blumen wieder blühten. Aber das Louisiana meiner Jugend hatte auch eine Kehrseite, an die ich nicht gern denke. Der Großteil der Menschen war arm, und über Generationen hinweg bot die Oligarchie, die den Staat regierte, alles in ihrer Macht Stehende auf, damit es dabei auch blieb. Der Neger war der Sündenbock für all unsere Probleme, die Gewerkschaften Abgesandte von Unruhestiftern aus dem Norden. Als die Rassenintegration kam, schürte jeder Demagoge im Staat unverzüglich Furcht und Hass. Viele ihrer Anhänger nutzten die Gelegenheit.

Niggerklatschen wurde zu einem Samstagabendsport, bei dem die hiesige Polizei beide Augen zudrückte. Weiße Oberschüler schossen mit Luftgewehren auf Menschen und bewarfen sie an Bushaltestellen mit Knallkörpern. Ein Großteil der Kids, die so was machten, stammte aus Häusern, in denen die Morgensonne durch den Staub drang wie ein ekliger Makel des Versagens. Einer von diesen Kids war James Boyd „Bo Diddley" Wiggins, mein Zimmergenosse, als ich am Southwestern Louisiana Institute aufs College ging.

Sein Vater war Deputy-Sheriff in einem Bezirk in Nordlouisiana gewesen und hatte den Dienst quittieren müssen, als er bei einem verdeckten Einsatz gegen die Prostitution in New Orleans festgenommen wurde. Der Vater starb in Armut, und seine Frau und die Kinder zogen auf eine Genossenschaftsplantage, wo sie mit Farbigen Baumwolle pflückten und Mais ernteten. Aber Bo Diddley besaß eine Fähigkeit, über die seine Geschwister nicht verfügten. Für andere Jungs auf der High School mochte Football eine Sportart sein, für Bo war er die Zauberpforte zu einer Welt, die seine Familie niemals betreten würde.

Er kam mit einem Sportstipendium ans SLI, riss mit einer derartigen Wucht Löcher in die gegnerische Abwehr, dass sich selbst sein Trainer Sorgen machte, und weigerte sich, im Unterricht neben schwarzen Studenten zu sitzen. Er geriet draußen am Highway in schwere Kneipenschlägereien und stank nach Whiskey und Zigaretten, wenn er in die Studentenbude zurückkam, die Kleidung zerrissen, den kurz geschorenen Kopf von Glassplittern zerschnitten, die Nasenlöcher mit Blut verklebt. Ich war fest davon überzeugt, dass Bo nur Frieden fand, wenn er sich so viel Schmerz zufügte, dass er seine eigenen Gedanken nicht mehr wahrnahm.

Er flog vom College und wurde aus der Army entlassen, weil er in Honolulu zwei Militärpolizisten aufgemischt hatte. Aber das Militär hatte mit Bo Diddley etwas gemacht, was niemand anders fertigbrachte – dort hatte man ihm das Elektroschweißen beigebracht und ihn einen Beruf gelehrt. In ganz Louisiana und Texas verschweißte er Pipelines, eröffnete dann in Lake Charles eine eigene Schweißerei und betrieb innerhalb von fünf Jahren in drei Staaten ein Dutzend weitere.

Aber Bo fing gerade erst an. Als das 21. Jahrhundert anbrach, besaß er an der Südküste der Vereinigten Staaten sechs Schiffswerften. Außerdem schaffte er es, sich ein neues Image zuzulegen. Er wurde zum wiedergeborenen Christen, schloss sich der Assembly of God Church an und ließ sich für Weihnachtskarten mit Fernsehpredigern vor einer Schar Waisenkinder aus der Dritten Welt fotografieren. Unmittelbar nach dem 11. September 2001 gehörte er einer Delegation von Politikern aus Louisiana an, die nach New York flogen, um mit dem Präsidenten der Vereinigten Staaten an einer Gedenkfeier am World Trade Center teilzunehmen. Er hatte nach wie vor Segelohren, einen Bürstenschnitt, kleine, tief in den Höhlen liegende Augen, halbmondförmige Narben an den Knöcheln und eine Stimme, die klang, als hätte er einen Priem Kautabak verschluckt, aber er und seine einfältige Frau tauchten regelmäßig auf den Gesellschaftsseiten der Zeitungen in Baton Rouge und Lafayette auf, richteten jedes Jahr ein Golfturnier für wohltätige Zwecke aus und hatten alternde Fernsehprominenz zu Gast.

Aus irgendwelchen Gründen, die ich nie recht verstand, war er über die Jahre hinweg mit mir in Kontakt geblieben. Vielleicht hörte Bo Diddley ebenso wie ich den geflügelten Streitwagen der Zeit vor seiner Tür. Vielleicht wollte er das Rad zurückdrehen und so tun, als hätte auch er an der Unschuld teilgehabt, die bezeichnend für unsere Jugend war. Ich wusste es nicht. Bo Diddley hatte für seine Verfehlungen schwer gebüßt. Seine persönliche Tragödie lag darin, glaube ich, dass er nichts aus ihnen gelernt hatte.

Er wartete neben meiner Bürotür, als ich am Montagmorgen zur Arbeit kam, die grobe Hand ausgestreckt, das straffe, vierschrötige Gesicht vom Aftershave gerötet. „Ich weiß, dass du beschäftigt bist. Ich will dir nicht die Zeit stehlen", sagte er. „Ich hab allerhand Mittel und Möglichkeiten, Dave. Ich glaube, ich kann dir bei 'nem Fall helfen, mit dem du befasst bist."

Mein Eingangskorb quoll über, ich hatte mehr zu tun, als ich schaffen konnte, und bei meinen Scherereien mit Ronald Bledsoe zeichnete sich keine Lösung ab. Es war nicht der richtige Zeitpunkt für den Umgang mit jemandem, der glaubt, er wäre vom Schicksal dazu bestimmt, sich in politische Angelegenheiten einzumischen. Er folgte mir in mein Büro.

„Ist der fette Junge in der Telefonzentrale euer hiesiger Komiker?", sagte er.

„Wally?"

„Er hat mich gefragt, ob ich meine Zigarre in 'ner Reifenfabrik gekauft habe. Er hat gesagt, er möchte auch ein paar, die so riechen."

Ich warf einen Blick auf meine Uhr und versuchte ihn abzuwimmeln. „Ich habe in ein paar Minuten eine Besprechung mit dem Sheriff. Du hast etwas von einem Fall gesagt, mit dem ich befasst bin."

„Es geht um einen Priester, der im Lower Ninth Ward verschollen ist, ein Typ aus New Iberia."

„Jude LeBlanc. Woher weißt du, dass ich nach ihm suche?"

„Meine Frau und ich haben als freiwillige Helfer in den Notunterkünften gearbeitet. Wir sind dieser Frau aus El Salvador begegnet, Natalia soundso. Ich glaube, sie hatte was mit dem Priester, kurz bevor New Orleans den Bach runtergegangen ist."

Bo mochte sich das Gehabe eines wiedergeborenen Christen und erfolgreichen Geschäftsmannes angeeignet haben, aber seine Ausdrucksweise und die Einstellung waren noch genauso ungeschliffen wie bei dem Jungen, den ich vor vielen Jahren gekannt hatte. Für Bo gab es keine Zwischentöne. Die Welt und die Menschen, die auf ihr lebten, waren eindimensional. Ihnen komplizierte Sachen aufzudrängen, war die Freizeitbeschäftigung von Leuten, die er als „saublöde Professorenbande" bezeichnete.

„Weißt du etwas über Pater Judes Schicksal, Bo?"

„Ich hab 'nen Räumungsvertrag für den Lower Nine. Außerdem bau ich für die FEMA überall Trailerdörfer auf, wo wir die armen Teufel unterbringen können. Aber ich sag dir, diese Hundensöhne zum Arbeiten zu bringen, das ist die eigentliche Herausforderung dabei."

„Wie bitte?", sagte ich.

Sein Grinsen erstarb. „Komm mir nicht auf die Grimmige, mein Junge. Viele von den Jungs würden an ihrer Spucke ersticken, wenn man ihnen nicht den Schlund austupft. Dave, ich hab Boten in Notunterkünfte im ganzen Land geschickt, hab gute Jobs bei guter Bezahlung beim Wiederaufbau von New Orleans angeboten. Ich habe nicht einen gottverdammten Bewerber gekriegt."

„Ich habe gehört, wie du es im Fernsehen gesagt hast. Ich habe es damals für Blödsinn gehalten. Ich halte es auch jetzt für Blödsinn", sagte ich.

Er schüttelte den Kopf. „Ich mach niemand schlecht, ich sag dir bloß, was passiert ist. Es ist ein großer Unterschied, ob man die Wahrheit sagt oder jemand schlecht macht."

Ich warf wieder einen Blick auf meine Uhr. „Es ist immer schön, dich zu sehen, Bo."

Er zog die Augenbrauen hoch, und ich dachte, seine unterschwellige Aggressivität und der Wunsch, alles in seinem Umfeld im Griff zu haben, brächen durch. Aber ich irrte mich. „Meine Sekretärin wartet auf mich, deshalb muss ich mich schwingen. Ich wollte mich nicht wichtig machen. Ich dachte bloß, ich helf dir, wenn ich kann", sagte er.

Vielleicht habe ich Bo nicht die Anerkennung gezollt, die er verdient hat, dachte ich.

Von meinem Fenster aus sah ich ihn zu einem Lexus laufen, der gegenüber vom St. Peter's Cemetery parkte. Die

Luft war noch kühl, und das Auto stand im Schatten. Eine stattliche Frau mit weißgoldenem Haar, Sonnenbrille, einem kurzen Rock und enger Bluse stand an der Beifahrertür und rauchte eine Zigarette. Als Bo Diddley seinen Türöffner betätigte, stieß sie den Rauch schräg in die Luft, stieg ein, warf die Zigarette in den Rinnstein und strich ihren hochgerutschten Rock zurecht.

Ich wusste nicht, über welche Fähigkeiten seine Sekretärin verfügte, glaubte aber nicht, dass Maisernten und Baumwollpflücken dazugehörten.

Nach der Mittagspause fuhr ich zum Bezirksgefängnis, um mit Otis Baylor zu reden, dessen Sturheit meiner Meinung nach eher von Hochmut als von Rechtschaffenheit kündete.

Die meisten Gefängnisinsassen wollen keinen Ärger. Sie sitzen ihre Zeit ab, gehen den Wölfen aus dem Weg und halten sich aus Rassenstreitigkeiten heraus. Sie reizen die Wärter nicht und kommen den Typen mit den Tränentattoos nicht frech. Wie die Japaner schaffen sie sich ihren eigenen Raum und verletzen den der anderen nicht. Aber leider erwacht hinter Gittern die genetische Prägung durch unseren Vorfahren, den Affen, wieder zum Leben, und die Starken machen in aller Offenheit und mit Vergnügen Jagd auf die Schwachen.

Einvernehmliche Liebesbeziehungen sind im Gefängnis ebenso eine Selbstverständlichkeit wie Dope, Selbstgebrannter, vergorener Obstsaft und weiße Sklaverei. Knasthuren werden genauso verächtlich behandelt wie Spitzel und können nur überleben, wenn sie sich mit einem mächtigen

Beschützer zusammentun, der wiederum bedingungslosen Gehorsam und Treue verlangt. Ein jugendlicher Straftäter, der im allgemeinen Vollzug landet, wird für gewöhnlich fertiggemacht. Wenn man ausgebufft ist, legt man sich einen Tunnelblick zu, vor allem, wenn es zu Geschlechtsverkehr oder Drogenhandel kommt. Sich selbst zu verteidigen ist unumgänglich, aber die Schwachen zu verteidigen ist etwas für Narren und Leute, die den Märtyrer spielen wollen.

Der Schichtleiter berichtete mir von Otis Baylors ersten drei Tagen im Kahn. Zuerst wurde er als Kuriosität behandelt, als ein Mann, der nicht hierher gehörte, wie jemand, der sich betrinkt, mit dem Auto einen Zebrastreifen überfährt und das Leid nicht fassen kann, das er über sich und andere gebracht hat.

Klugscheißer sagten ihm, er sollte sich für die abendlichen Kinovorstellungen eintragen oder für Gottesdienstbesuche außerhalb der Mauern, zu denen ihn ein Wärter begleiten würde. Dann schauten sie ihm in die Augen und kamen zu dem Schluss, dass sie lieber irgendwo anders im Knast sein wollten. Otis aß allein und weigerte sich, mit anderen zu sprechen oder ihnen auch nur eine Frage zu stellen. Er lief umher wie ein stummer Koloss, dessen Blick stets nach innen gekehrt war. Wenn er in die Dusche ging, sandte er mit seinen breiten Schultern, den dicken Oberarmen und der dichten, weichen Körperbehaarung Warnsignale aus, die alle primitiven Menschen augenblicklich wahrnehmen.

Am Samstagnachmittag war ein aus dem St. Martin Parish stammender Mulattenjunge namens Ciro Goula von einer Pfeifenladung schwarzem Afghanen bedröhnt, die ihm sein „Alter" gegeben hatte. Ciro war ein schwer geschädigtes Menschenwesen, das nicht von Haus aus kriminell war, sich aber stets in der Gesellschaft von Kriminellen und in einem kriminellen Umfeld aufhalten würde, weil er nirgendwo anders zurechtkam. Er war bei der staatlichen Gesundheitsbehörde als Überträger von Geschlechtskrankheiten registriert, war einmal in einer staatlichen Nervenheilanstalt untergebracht und zweimal in Angola eingesperrt gewesen. Er war ein Stricher und Süchtiger, eitel, hochgradig neurotisch und völlig gleichgültig, was sein Schicksal anging. Er verbüßte sechs Monate wegen Drogenbesitzes, und in seiner ersten Woche im allgemeinen Vollzug hatte er sich mit Walter Lantier zusammengetan, einem Weißen, der zwei Tötungsdelikte auf dem Kerbholz hatte. Walter vermietete Ciro für Dope, Kohle oder Zigaretten.

Aber am Samstagnachmittag hatte sich Ciro bekifft und wurde Walter gegenüber aufsässig, weil Walter ihn für einen zusätzlichen Nachtisch an einen geistig zurückgebliebenen Mann verhökert hatte, der den schlimmsten Körpergeruch im ganzen Zellenblock hatte.

„Du willst nicht, was? Du hältst dich für was Besseres? Du glaubst, du hast was zu sagen?", sagte Walter. „Erzähl mir in zwei Tagen, wie du dazu stehst, du Knasthure."

Walter gab die Kunde aus. In den nächsten vierundzwanzig Stunden war Ciro jedermanns Vollzugsmatratze.

Am Sonntagabend nahm ein Häftling von der Aryan Brotherhood Ciro in den Klammergriff und trug ihn in den Duschraum. Dort wurde er gezwungen, Höschen und einen BH anzuziehen und vor drei anderen Männern aufzutreten, deren Augenwinkel mit SS-Blitzen und blauen Tränen tätowiert waren. Bei der AB weisen Tränentattoos darauf hin, dass der Träger jemanden kaltgemacht hat. Die Mitgliedschaft bei der Bruderschaft ist lebenslänglich. Wenn es darauf ankommt, sind sie, was Grausamkeit und Gewaltbereitschaft betrifft, unerreicht. Ciro Goula hatte auf eine absonderliche Art und Weise immer geglaubt, dass ihn seine Zügellosigkeit vor Wölfen schützen würde. Aber Walter Lantier hatte ihn gerade zum Dienst in einem Betonmischer abgestellt.

Die vier AB-Mitglieder im Duschraum lachten ihn aus, dann schändeten sie ihn und tauchten seinen Kopf in die Toilettenschüssel. Als er um Hilfe schrie, tauchten sie seinen Kopf erneut ins Wasser und betätigten die Spülung. In diesem Augenblick kam Otis Baylor herein.

„Was, zum Teufel, ist mit euch Kerlen los? Was für Männer seid ihr denn?", sagte er und zog Ciro aus einer Wasserlache am Boden. „Schämt euch alle miteinander."

„Wo, glaubst du denn, dass du bist, Mann?", sagte einer der Häftlinge.

„Achte auf deine Manieren, mein Freund. Sonst komm ich auf dich zurück", sagte Otis.

Der Häftling, der Otis angesprochen hatte, schaute ihn ungläubig an, ein Streichholz in den Mundwinkel geklemmt. Er versuchte Otis' Blick standzuhalten, schaffte es aber nicht und senkte den Kopf. Seine Freunde standen reglos da, wie Höhlenbewohner, wenn ein Fremder in die Höhle kommt und ihr Essen ins gemeinschaftliche

Feuer kickt. Otis zog Ciro auf die Beine und schleppte ihn halb den Korridor entlang, an den Zellenreihen vorbei zu einer vergitterten Sicherheitspforte, auf deren anderer Seite ihn zwei Wärter in Uniform mit offenem Mund anschauten.

„Dieser Mann muss ins Krankenhaus. Ihr habt hier drin ernsthafte Schwierigkeiten mit der Disziplin", sagte er.

Otis trug Gefängnisdrillich und eine Kette um die Taille, als ihn der Schließer in den Vernehmungsraum brachte. Durch das Fenster sah ich die Stacheldrahtrollen auf dem Zaun, die leeren Felder in der Ferne und eine von Müll gesäumte Landstraße. Ich fragte den Schließer, ob er die Ketten abnehmen könnte. Er schüttelte den Kopf und schloss die Tür hinter sich.

„Hat man Sie in Isolationshaft gebracht?", sagte ich.

„Nennt man das so?", erwiderte Otis.

„Ob Sie's glauben oder nicht, aber das ist zu Ihrer eigenen Sicherheit."

„Warum bin ich dann in Ketten?"

Weil ein Gefängnis nicht anpassungsfähig ist, dachte ich. Aber Otis war ein Sturkopf, und ich wusste, dass meine Worte vergeblich wären. „Ich brauche Ihre Erlaubnis zum Betreten Ihres Grundstücks in New Orleans", sagte ich.

„Wozu?"

„Ich glaube, Bertrand Melancon hat möglicherweise Diebesgut in Ihrer Remise oder in Ihrem Garten versteckt."

„Warum sollte er das tun?"

„An dem Tag, an dem Sie begreifen, warum diese Typen

irgendwas tun, stecken Sie sich eine Knarre in den Mund", erwiderte ich.

Ich dachte, das würde ihn aufmuntern. Tat es aber nicht. „Besorgen Sie sich einen Durchsuchungsbefehl. So macht ihr das doch, nicht wahr?"

Ich beugte mich über den Tisch. Seine Hände waren mit Handschellen an die Kette um seine Taille gefesselt und erinnerten mich an die Flossen am Bauch eines gestrandeten Fisches. „Hören Sie mir zu. Das Diebesgut, von dem ich rede, gehört Ihrem Nachbarn Sidney Kovick. Sie wissen, was für ein Mann er ist. Wenn ich recht habe und Bertrand Melancon Sidneys Sachen auf Ihrem Grundstück versteckt hat, wie lange, glauben Sie, wird es dauern, bis Sidney zum gleichen Schluss kommt? Außerdem sollten Sie sich fragen, wozu Sidney fähig ist, wenn er meint, Sie oder ein Mitglied Ihrer Familie hätte sie gefunden."

Er schaute aus dem Fenster, auf die schimmernden Stacheldrahtrollen am Zaun. „Tun Sie, was Sie tun müssen, Mr. Robicheaux."

„Ich bewundere Sie dafür, dass Sie sich für Ciro Goula eingesetzt haben. Aber er hat sich für das Leben entschieden, das er führt, und Sie können nicht den Kopf für ihn hinhalten."

„Waren Sie schon mal an so einem Ort eingesperrt?"

„Und wenn es so wäre?"

„Dann wissen Sie, dass man kein Stück nachgeben darf."

„George Patton hat seinen Männern mal erklärt, dass Kriege nicht dadurch gewonnen werden, dass man sein Leben fürs Vaterland hingibt. Man gewinnt Kriege, wenn man den anderen armen Hund dazu zwingt, sein Leben für seines hinzugeben."

„Ich bin bereit, in die Zelle zurückzugehen."

„Das können Sie haben", sagte ich. Dann öffnete ich die Tür und brüllte den Korridor entlang zum Schließer: „Pforte, hierher!"

19

Am frühen Dienstagmorgen holte ich Clete Purcel an seinem Motel ab und brach nach New Orleans auf. Als wir auf dem I-10 durch den Orleans Parish fuhren, hatte sich in der Stadt nur wenig verändert, und die ökologischen und baulichen Schäden waren so gewaltig und allgegenwärtig, dass man kaum glauben konnte, dass dieses ganze Zerstörungswerk innerhalb von vierundzwanzig Stunden vonstatten gehen konnte. Ich war auf dem Wasser gewesen, als Audrey 1957 über die Küste von Louisiana hereingebrochen war, und im Auge von Hilda, als 1964 der Wasserturm in Delcambre aufs Rathaus stürzte und die freiwilligen Katastrophenschützer tötete, die drin waren. Aber die Schäden von New Orleans waren, für mich jedenfalls, von einem Ausmaß, das an die apokalyptischen Bilder aus der Bibel erinnerte.

Vielleicht hatte ich zu viele Erinnerungen daran, wie die Stadt früher mal war. Vielleicht hätte ich nicht zurückkehren sollen. Vielleicht erwartete ich, saubere Straßen zu sehen, das Stromnetz intakt, Zimmermannstrupps, die kaputte Häuser reparierten. Aber die Trauer, die ich empfand, als ich die St. Charles Avenue entlangfuhr, war schlimmer als alles, was ich unmittelbar nach dem Sturm durchgemacht hatte. New Orleans war ein Song gewesen, keine Stadt. Wie San Francisco gehörte sie nicht zu einem Staat; sie gehörte einem Volk.

Als Clete und ich an der Canal Street auf Streife gingen, war überall Musik. Sam Butera und Louis Prima spielten im Quarter. Alte schwarze Männer fetzten in der Preservation Hall den „Tin Roof Blues" runter. Die Blechbläser der Beerdigungszüge brachten die Schaufenster an der Magazine Street zum Scheppern. Wenn die Sonne über dem Jackson Square aufging, hing der Nebel wie Zuckerwatte in den Eichen hinter der St. Louis Cathedral. Die Morgendämmerung roch nach stehendem Wasser, mit Flechten überwucherten Steinen, Blumen, die nur bei Nacht blühten, Kaffee und frischgebackenen Beignets im Café du Monde. Jeder Tag war ein Fest, jedermann war eingeladen, und der Eintritt war frei.

Die Straßenbahn an der St. Charles Avenue war das großartigste Gefährt von ganz Amerika. Man konnte unter den Kolonnaden vor dem Pearl Hotel in den rumpeligen, alten, grün gestrichenen Eisenwagen einsteigen und für ein bisschen Kleingeld die wohl schönste Straße der westlichen Welt entlangfahren. Das Blätterdach der immergrünen Eichen auf dem Mittelstreifen bildete einen grünen Tunnel, soweit das Auge reichte. An den Straßenecken verkauften schwarze Männer Eiscreme und Snowballs von ihren mit einem Schirm überspannten Karren, und im Winter leuchtete die rosa und rotbraune Neonreklame der Katz & Besthoff-Drogerien wie elektrifizierter Rauch im Dunst.

Jeder Schriftsteller, jeder Künstler, der New Orleans besuchte, verliebte sich in die Stadt. Sie mochte die große Hure von Babylon gewesen sein, aber nur wenige vergaßen oder bedauerten jemals ihre Umarmung.

Wie sah ihre Zukunft aus?

Ich schaute durch die Windschutzscheibe und sah überall umgestürzte Bäume, von den Masten hängende Strom- und Telefonkabel, tote Ampeln, geplünderte Häuser in Downtown, die so schwer beschädigt waren, dass sich die Besitzer nicht einmal die Mühe gemacht hatten, die herausgerissenen Fenster mit Sperrholz zu vernageln. Die Aufgabe, die hier bevorstand, war von herkulischer Größe, und das Ganze wurde noch durch ein Ausmaß an organisiertem Diebstahl, Inkompetenz und Zynismus von Seiten der Regierung verschlimmert, das außerhalb der Dritten Welt nirgends seinesgleichen hatte. Ich war mir nicht sicher, ob New Orleans eine Zukunft hatte.

Ich bog an der St. Charles Avenue ab und fuhr in Otis' alte Wohngegend. Die Sonne stand jetzt hoch am Himmel, und in den Vorgärten entlang der Straße türmte sich der Schutt, durchsetzt von leuchtend grünen Flecken, wo die Halme des St.-Augustine-Grases durch die netzartige Schicht aus toter Materie wucherten, die das zurückweichende Wasser hinterlassen hatte. Clete wollte beim Haus seiner neuen Freundin anhalten. Ich wartete, während er an die Tür klopfte. Als niemand öffnete, schrieb er eine Nachricht und klemmte sie in den Türrahmen.

„Hast du ihr mitgeteilt, dass sie sich mit uns treffen soll?"

„Nein, ich hab ihr mitgeteilt, dass ich sie später anrufe. Ich will sie von dieser Sache fernhalten."

Ich steuerte vom Straßenrand weg und fuhr weiter zu Otis' Haus.

„Ich habe über diesen Bledsoe nachgedacht", sagte Clete. „Ich glaube, er braucht eine Aufforderung von den unzertrennlichen Zwei, dass er die Gegend verlassen soll."

„Ich glaube, das ist keine gute Idee."

„Der Typ schläft nicht. Bei dem ist die ganze Nacht das Licht an. Samstagnacht hatte er 'ne Nutte bei sich. Sie ist zehn Minuten später wieder gegangen und hat ausgesehen, als ob ihr jemand 'nen Heidenschiss eingejagt hätte."

„Lass ihn in Ruhe, Clete. Helen und ich kümmern uns darum."

„Der Typ hat Eiswasser in den Adern. Er ist ein Psychopath, und er hat einen Brass auf Alafair. Ich sage, wir demolieren ihm das Getriebe, bevor er in die Gänge kommt."

„Warum sagst du mir das jetzt?"

„Weil mir der Typ zu schaffen macht. Weil ich nicht will, dass Alafair was zuleide getan wird. Weil du nicht gesehen hast, wie die Nutte abgezischt ist."

„Hast du letzte Nacht getrunken?"

Er zögerte, bevor er wieder das Wort ergriff, diesmal ohne jede Hitzigkeit. „Ich bin in die Große Schmuddlige zurückgekommen, um dir bei der Suche nach den Steinen zu helfen. Aber ich glaube, das war ein Fehler. Das sind Sidneys Sachen. Wenn er denkt, du weißt, wo sie sind … Herrgott, Dave, gebrauch deine Fantasie. Sogar die Schmalztollen katzbuckeln vor ihm."

Ich hatte zu Otis Baylor fast das Gleiche gesagt, mich aber nicht an meinen eigenen Rat gehalten. Ich hoffte, dass Clete meine Miene nicht deuten konnte. „Hab ich endlich einen Treffer gelandet?", sagte er.

Wir stocherten mit Stöcken in Otis' Blumenbeeten herum und stemmten die Feldsteinplatten in seinem Garten hoch. Wir suchten hinter den Dachsparren in der Garage, unter der hinteren Veranda und stiegen mit einer Leiter auf das Schutzdach neben dem Haus, für den Fall, dass Bertrand die Steine hinaufgeworfen hatte. Wir rissen den Ziegelboden im Patio auf, zerlegten den Schornstein des steinernen Grills, nahmen Vogelhäuser auseinander, durchrechten einen alten Komposthaufen, der von den Ranken der Purpurwinde überwuchert war, trampelten durch die Überreste eines Treibhauses, das von einem Pekanbaum eingeebnet worden war, und schaufelten die festgestampfte Erde in drei große eiserne Zuckerkessel, die als Blumentöpfe verwendet worden waren.

Nichts.

„Was macht ihr da drüben?", rief jemand vom Nachbargrundstück aus.

Tom Claggart stand auf seiner hinteren Veranda und versuchte, durch den umgeknickten Bambus zu blicken, der sein Grundstück von Otis Baylors trennte.

„Ich bin's, Dave Robicheaux, Mr. Claggart", sagte ich.

„Wo ist Otis?"

„Wenn Sie sich mit ihm in Verbindung setzen müssen, können Sie in seinem Haus in New Iberia anrufen", erwiderte ich.

„Ich habe mich nur gefragt, ob Sie die Erlaubnis haben, sein Grundstück zu betreten", sagte Claggart.

„Das hier ist eine polizeiliche Angelegenheit. Gehen Sie wieder in Ihr Haus", sagte Clete.

„Sie müssen nicht gleich pampig werden", sagte Claggart.

„Ruhig", flüsterte ich Clete zu.

„Haben Sie diese Typen geschnappt?", fragte Claggart.

„Welche Typen?", fragte ich.

„Diejenigen, die davongekommen sind. Diejenigen, die in einen Käfig gehören. Sie sollten mal bei Nacht hier sein. Die sind wie Ratten, die aus 'ner Müllkippe kriechen."

„Wer?", sagte ich.

„Was glauben Sie denn? Was ist mit euch los? Das hier ist eine Tragödie. Niemand ist sicher", sagte er. „Ich habe lediglich eine Frage gestellt, und der Mann, mit dem Sie da sind, hat mir befohlen, wieder in mein Haus zu gehen. Das sind nicht mehr die Vereinigten Staaten." Er ging hinein und knallte die Tür hinter sich zu.

„Ich glaube, den hab ich schon mal gesehen", sagte Clete.

„Wo?"

„Ich weiß es nicht mehr."

Als wir ein paar Minuten später wieder in meinen Pickup stiegen, sah ich, wie Claggart uns von einem Fenster im Obergeschoss aus beobachtete. Sobald er sah, dass ich zu ihm schaute, zog er die Jalousie herunter.

„Was ist mit dem Typ?", sagte Clete.

„Er ist ein Waffennarr, bei dem ein paar Schrauben locker sind."

„Es war ein Fehler, hierher zu kommen, Streak. Aber du willst ja nicht auf deinen alten Partner hören, oder? Nein, Sir, das wird nicht passieren."

„Ich möchte runter in den Lower Nine."

„Denk niemals, dass ich die Stimme der Vernunft bin. Das könnte ich nicht ertragen", sagte er.

Er zog eine silberne Flasche aus seiner Hosentasche, schraubte die Kappe ab und ließ sie an einer kleinen Kette pendeln. Er nahm einen Schluck, dann noch einen. Ich sah, wie die Wärme des Brandy durch seinen Körper raste, wie sich die Anspannung in seinem Gesicht löste. Er schraubte die Flasche wieder zu und schob sie in seine Hosentasche. Er rieb sich die Nase und grinste.

„Du bist doch nicht sauer auf mich?", sagte ich.

„Nützt ja eh nichts. Eines Tages wird uns das Glück verlassen. Ich glaube, du treibst uns näher zu diesem Tag, als du solltest, Dave. Aber so isses nun mal. Du wirst dich nie ändern."

Es war nicht die Zerstörung der Häuser im Lower Ninth Ward, die mir unwirklich vorkam. Es war die Loslösung aus ihrem Umfeld, mit der man sich nur schwer abfinden konnte. Sie waren aus ihren Fundamenten gehoben, von den Leitungen losgerissen worden, die sie am Boden hielten, und lagen verkehrt herum oder aneinander getürmt, als wären sie vom Himmel fallen gelassen worden. Manche waren halb unter den erstarrten Schlammströmen begraben, die aus Fenstern und Türen quollen. Innen waren sie alle schwarz-grün vor Schlick und Schimmel, außen mit Codeziffern besprüht, die anzeigten, dass sie bereits nach Leichen durchsucht worden waren.

Aber jeden Tag wurden mehr Tote entdeckt, sei es durch Suchhunde oder zurückkehrende Familienangehörige. Die Leichen waren wie Mumien in trockene Netze aus organischer Materie gehüllt, steckten in Belüftungsschächten und hatten sich zwischen den Sparren der Dächer verkeilt, die bis zum First vollgelaufen waren. Manchmal, wenn der

Wind drehte, drang einem ein Geruch in die Nase, bei dem man sich räuspern und ausspucken musste.

Wilde Hunde streiften durch die Trümmer, desgleichen ein paar Menschen, denen man die Rückkehr in ihre Wohngegenden erlaubt hatte. Clete und ich fanden die Kirche, bei der Pater Jude LeBlanc wahrscheinlich gestorben war. Sie war mit braunem Gipsmörtel verputzt, hatte einen kleinen Glockenturm mit einer Apsis und sah aus wie eine spanische Missionsstation im Südwesten. Vor dem Sturm hatten Bougainvilleen wie Blutstropfen an der Südwand geblüht, und eine lebensgroße Jesusfigur am Kreuz hatte in einem überdachten Gang gehangen, der die Kirche mit einer Grundschule verband. Aber die Bougainvilleen waren weg und das Kruzifix aufs Meer getrieben.

Ich fand niemanden, der etwas über Jude LeBlancs Schicksal wusste. Es ging jetzt auf den Abend zu, und der Himmel war lila-rot und von Rauch durchzogen, der nach brennenden Abfällen schmeckte. Auf einem Grundstück hinter der Kirche sah ich einen älteren Schwarzen Bretter aus einem Haufen ziehen, der einst ein Haus war. Ich stieg über einen Maschendrahtzaun, der wie ein Korkenzieher aufgedreht war, und sank mit den Schuhen in eine ölig grüne Kruste ein, die auf dem Schlamm und ungeklärtem Abwasser getrocknet war.

Ich klappte meine Dienstmarke auf. „Ich bin ein Freund von Pater Jude LeBlanc", sagte ich. „Er war bei dieser Kirche, als der Sturm losging."

„Ich weiß, dass er da war. Ich war auf dem Dach da drüben. Ich hab gesehn, wie eine Frau Kinder aus dem Dachbodenfenster ins Wasser geworfen hat", sagte er. Er hatte in seiner Arbeit inne gehalten, hatte ein mit Nägeln gespicktes Brett in der Hand. Sein Gesicht war von der Arbeit gezeichnet, die Augen waren blassblau, so als hätte ihnen die Sonne den Großteil der Farbe ausgelaugt.

„Sie haben Pater LeBlanc gesehen? Wissen Sie, was mit ihm geschehen ist?"

„Mister, ich hab keine Zeit für was andres gehabt, als meine Frau aus dem Haus zu kriegen. Ich hab's auch nicht geschafft."

„Sir?"

„Ich hab sie nicht gefunden. Das ganze Haus is unter uns eingesackt. Das Wasser is aus dem Kamin gespritzt und hat rund um uns gebrodelt, als ob wir auf einem sinkenden Schiff wärn."

„Mein Beileid."

„Ich bin zurückgekommen, weil ich nach unsern Sachen suchen will. Die Polizei sagt, ich sollte nicht hier sein. Wenn ich nicht hier sein soll, wer dann? Zwei Sachen begreif ich nicht. Wieso hat uns niemand rausgeholt, und was waren das für Lichter im Wasser?"

„Pardon?"

„Es war dunkel, und ein Helikopter is vorbeigeflogen, hoch oben. Ich hab die Lichter im Wasser gesehn und erst gedacht, es wär ein Suchscheinwerfer vom Hubschrauber und die Rotorblätter von dem Hubschrauber würden das Wasser aufwirbeln. Aber so war's nicht. Die Lichter sind rumgeschwommen, wie Fische, die im Dunkeln leuchten, außer dass es viel heller war und das keine Fische warn. Ich glaube, dass womöglich meine Frau da unten war."

Er schaute mir ins Gesicht, wartete, als wüsste ich etwas, das er nicht verstand.

Am Mittwoch kam Clete mittags in mein Büro und bat mich, mit ihm zu Mittag zu essen. Aber offensichtlich hatte er noch etwas anderes auf dem Herzen. Ich fragte ihn, was es wäre.

„Es geht um Courtney", sagte er.

„Wen?"

„Erde, bitte kommen. Courtney Degravelle, die Frau, die in der gleichen Straße wohnt wie Otis Baylor. Die Frau, bei deren Haus ich gestern eine Nachricht hinterlassen habe."

„Vielleicht hat sie sie nicht gefunden."

„Ich habe drei Nachrichten auf dem Anrufbeantworter hinterlassen."

„Ich bitte das NOPD darum, jemanden zu ihrem Haus zu schicken."

„Hab ich schon gemacht. Die wissen nicht mal, wo ein Drittel von ihrer Truppe ist. Komm, lass uns zu Victor's gehn."

Ich freute mich nicht auf das, was mir bevorstand. Und meine Ahnung erwies sich als richtig. Auch in der Cafeteria war Clete aufgeregt und zerstreut und rührte sein Essen kaum an.

„Iss lieber auf", sagte ich.

„Letzte Nacht kam Ronald Bledsoe zu meinem Cottage und hat mich gebeten, einen Sechserpack mit ihm zu

teilen. Heute Morgen hat er mich zum Frühstück eingeladen. Er hat gesagt, Privatdetektive müssen zusammen-
halten, weil Google uns aus dem Geschäft drängt. Ich hab
ihm gesagt, das Problem hab ich nicht, und dass ich wegen
der Privatsphäre, die ich hier habe, auf dem Motelgelände
wohne."

„Was hat er deiner Meinung nach vor?"

„Er wollte mir klar machen, dass er gestern am späten
Abend und heute am frühen Morgen auf dem Motelgelände war. Ich sag dir eins, Dave, wir müssen diesen Schwanzlutscher raus in den Sumpf schaffen und ihn ausquetschen.
Und das ist auch keine Umschreibung."

Die Leute am Nachbartisch hörten auf zu essen und
blickten einander an.

„Ich hole einen Karton zum Mitnehmen", sagte ich.

Aber meine Bedenken wegen Cletes Kraftausdrücken in
einem Restaurant meiner Heimatstadt hätte die geringste meiner Sorgen sein sollen. Am nächsten Morgen, bei
Sonnenaufgang, sah ein Wildhüter, der in einer marschi-
gen Gegend unweit des Golfs eine gestrandete Kuh retten
wollte, die Leichen zweier Menschen am Rande einer Sandbank mitten in einem tiefen See liegen. Bimssteinblöcke
waren mit Seilen um ihre Taille gebunden, und Wellen
schwappten über Beine und Rücken. Beide Leichen hätten
auf den Grund des Sees sinken sollen, aber wahrscheinlich waren sie bei Dunkelheit ins Wasser geworfen worden,
und derjenige, der es getan hatte, nahm an, dass er sich
in einer Tiefwasserrinne befand. Der Wildhüter stellte sei-

nen Außenbordmotor ab und ließ den Kiel auf den Sand schrappen.

Er sprang ins seichte Wasser, schnappte sich das Seil, das die beiden Leichen zusammenhielt und zog sie auf den Sand. Seine Hände zitterten, als er die 911 wählte. „Ich habe hier zwei Mordopfer", sagte er. „Eins wurde erschossen, eins sieht so aus, als wäre es erstickt. Moment. Herr im Himmel, eins von ihnen ist am Leben."

Achtundvierzig Stunden zuvor war Andre Rochon im FEMA-Trailer seiner neuesten Freundin am Stadtrand von Baton Rouge aufgewacht, das kostenlose Handy, das ihm ein Mann gegeben hatte, auf dem Brustkorb. Er musste lediglich die Nummer eingeben, die ihm der Mann auf einen Zettel geschrieben hatte. Was hatte der Typ gesagt? „Liefer uns 'ne kleine Auskunft, und du wirst reich, Bruder." Was schuldete er Bertrand überhaupt? Wenn Bertrand nicht in die Garage gegangen wäre, um Benzin zu holen, wenn sie einfach aus dem Boot gestiegen und zurück zur St. Charles Avenue gewatet wären, wäre auf Kevin und Eddy nicht geschossen worden.

Aber Bertrand musste zeigen, dass er das Sagen hatte, dass alle anderen Luschen waren, und dabei hatte er sie die ganze Zeit um ihren Anteil an der Beute gerippt.

Andre stand von dem schmalen Bett auf, auf dem er geschlafen hatte, und setzte sich gegenüber von seiner Freundin an den Küchentisch. Er trug nur eine Hose und Flip-Flops, befingerte ständig seinen Nabel, kniff in seinen Bauchmuskel und den Rettungsring und starrte aus dem

Fenster auf die Reihen kleiner weißer Wohnwagen in dem FEMA-Park.

„Hast du vor, jemand wegen 'nem Job anzurufen?", sagte seine Freundin.

„Es gibt keine Jobs, Kleine", erwiderte er.

„Ich hab gedacht, deswegen hat dir der Mann das Telefon gegeben. Weil er dir 'nen Job geben wollte. Das hast du mir letzte Nacht erzählt."

Andre konnte sich nicht mehr erinnern, was er in der Nacht zuvor gesagt hatte. Er hatte ein bisschen Wein getrunken, jede Menge Gras geraucht, und irgendwann hatte sich mitten im Gespräch seine Uhr ausgeschaltet und war erst heute Morgen um neun wieder angegangen. „Hast du schon mal 'ne Schwester verpfiffen?", fragte er.

„Ich hab noch nie jemand verpfiffen, Andre. Ich mag's auch nicht, wenn du wie ein Krimineller redest."

Der in Windeln gewickelte Säugling, der bäuchlings in dem Stubenwagen auf der anderen Seite des kleinen Badezimmers lag und schlief, gab Gluckstöne von sich. Es war ein ungünstiger Zeitpunkt für Andre, der seine Freundin wieder in der Kiste haben wollte, aber nicht, dass sie Windeln wechselte und ein Baby fütterte.

„Gib ihm 'ne Flasche. Das hält ihn 'ne Weile ruhig", sagte er. „Hier, ich mach's. Komm schon, leg dich hin und schlaf noch 'n bisschen."

„Kannst du immer bloß an dich denken?", sagte sie.

Er starrte nachdenklich ins Leere und strich mit den Fingern über seine straffen Bauchmuskeln. Seine neue Freundin nervte ihn allmählich. „Ich glaub, ich geh raus und mach 'nen Anruf, check 'n paar Sachen aus. Setz schon mal Kaffee auf, ja, Baby? Vielleicht auch 'n paar Eier und 'n bisschen Toast", sagte er.

Der Mann, der Andres Anruf entgegennahm, sagte ihm, er sollte runter zum Highway laufen und auf ein Auto warten, das ihn abholen würde. Eine Stunde später wurde Andre Rochon von einem schwarzen SUV mit dunkel getönten Fenstern, tiefen Ledersitzen und einem Navigationsgerät verschluckt und an einen Ort gebracht, wo er etwas erfahren sollte, das er sich nie hätte vorstellen können.

Seine neuen Freunde verschwendeten keine Zeit. Sie fesselten ihn mit Klebeband an einen Stuhl, der am Boden verankert war, ließen ihm zehn Sekunden Zeit, um ihre erste Frage zu beantworten, und droschen ihm dann ihre Fäuste mitten ins Gesicht. Die Schläge erfolgten mit mehr Wucht und Kraft, als er sie einem Menschen zugetraut hätte, und waren wie rotes Feuer in seinem Kopf. Innerhalb von Minuten waren sein Mund und die Augen voller Blut, und die von Lagunen und Salzwasserkanälen durchzogenen Riedgrasfelder vor dem Fenster wurden Teil einer Traumlandschaft, die nichts mit Andre Rochon oder der Person zu tun hatte, die Andre Rochon noch an diesem Morgen gewesen war.

Irgendwie hatte er gedacht, der Verrat an seinem Freund wäre alles, was man von ihm verlangte. Woher sollte er wissen, wo die Steine waren? Bertrand hatte ihn ebenso abgerippt wie Sidney Kovick. Er war ein Opfer, genau wie diese Typen. Nein, er wusste nicht, wo Bertrand war, aber er konnte ihn finden. Sie arbeiteten doch alle zusammen, stimmt's?

Als er ohnmächtig wurde, kippten sie ihm einen Eimer Wasser über den Kopf. Dann schlangen sie ihm ein Handtuch ums Gesicht, zogen seinen Kopf nach hinten und gossen ihm Wasser in Nase und Mund.

Nach Einbruch der Dunkelheit hörte er sie über den Schotterweg auf dem Damm wegfahren. Als sie zurückkehrten, rochen sie nach Hamburgern, Zwiebeln und Kaffee. Dann machten sie Sachen mit ihm, die sie vorher nicht gemacht hatten. Als er weinte, gingen sie hinaus und redeten miteinander. Ihre Stimmen waren völlig teilnahmslos, wie bei Footballtrainern, die über einen Spielzug sprechen. Schließlich sagte einer von ihnen. „Es kann nichts schaden. Wir haben zu viel Zeit für den Typ aufgewendet, um ihn einfach wegzuschmeißen."

Was meinten sie damit? Er hatte ihnen doch schon alles gesagt, was er über Bertrand, die Schießerei und das Plündern von Kovicks Haus wusste. Er hatte ihnen sogar gesagt, dass er ein Frauenschänder, Meth-Dealer und Straßenräuber war, dass er zu viel auf dem Kerbholz hatte, um seine Entführer zu verpfeifen. Vielleicht wollten sie ihn in der Nähe haben, ihn auf irgendeine Art und Weise benutzen, ihm einen Job als Insider geben. Yeah, das war's. Bleib ganz cool, sagte er sich. Sie würden ihn hinter Bertrand herschicken, damit er die Arschgeige fand, die all das angefangen hatte, und ihm den schwarzen Arsch dafür strammziehen, dass er allen so viel Ärger eingebrockt hatte.

Sie ließen ihn auf den Abort hinten in der Hütte, dann

fesselten sie ihn wieder an den Stuhl. Einer von ihnen band ihm das nasse Handtuch über die Augen. „Nimm's leicht, mein Junge", sagte er. „Wir sind bald fertig."

Womit?

Durch die Fliegendrahtfenster hörte er den Wind im Riedgras, Fische, die in der Lagune sprangen, und das Brummen eines Arbeitsbootes draußen in der Bucht. Dann wurden Autotüren zugeschlagen, und er hörte die gedämpfte Stimme einer Frau, als sie in das Zimmer geschleift und auf einen Stuhl geworfen wurde.

„Lady, wir haben keinen Zoff mit Ihnen", sagte einer der Männer. „Aber Sie haben Geld gefunden, das Ihnen nicht gehört, und es nicht zurückgegeben. Deshalb wollen wir wissen, was Sie sonst noch gefunden haben. Lügen Sie nicht. Das ist das Schlimmste, was Sie tun können, schlimmer als alles, was Sie jemals getan haben. Haben Sie mich verstanden, Ms. Degravelle? Nicken Sie einfach. Okay, das hätten wir geklärt.

Sehen Sie den schwarzen Jungen da? Er hat von sich aus zugegeben, dass er ein Frauenschänder ist und seinen eigenen Leuten Drogen verkauft. Aber noch schlimmer ist, dass er uns angelogen hat, nachdem er versprochen hat, die Wahrheit zu sagen. Deshalb muss er dafür büßen. Was gleich passiert, ist nicht grausam und nicht unverdient. Es gehört einfach dazu. Schaun Sie nicht weg, Ms. Degravelle. Behalten Sie ihn im Auge."

Danach kehrte Stille ein, die nicht mehr als drei Sekunden andauerte, aber es waren die längsten drei Sekunden in Andre Rochons Leben.

Die Pistolenschüsse hallten laut im Zimmer wider, wie Schüsse aus einem .22er Revolver. Andre bekam eine Kugel in den Hals und zwei in den Kopf, beide heiß wie Wespenstiche.

Spätnachts erwachte er unter dem Sternenlicht, an eine andere Person und eine Reihe Bimssteinblöcke gebunden, als ihn jemand über das Dollbord ins Wasser wälzte, das nach Diesel und Fischlaich roch. Als er sich im dunklen Wasser aufrichtete, die Böschung einer Sandbank hinauflief und die Bimssteinblöcke und den Körper der Frau mit sich schleifte, dachte er an den Priester, der ein Loch in ein Kirchendach hackte, und fragte sich, warum ihm ausgerechnet in diesem Moment ein derart seltsamer Anblick einfiel.

Am Freitagnachmittag beendete Betsy Mossbacher in meinem Büro ihren Bericht über Andre Rochon. „Er hat noch etwa sechs Stunden gelebt", sagte sie. „Die Frau war tot, als sie im Wasser landete. Sie hatte noch die Plastiktüte über dem Kopf. Unser Pathologe sagt, sie ist an einem Herzinfarkt gestorben, der wahrscheinlich dadurch verursacht wurde, dass sie fast erstickt ist."

„Weiß Clete das alles?"

„Ja. Aber er hat uns gegenüber kein Wort gesagt. Wie nahe standen er und die Frau sich?"

„Sie sind miteinander gegangen."

„Ein Jammer. Ronald Bledsoe benutzt Purcel als Alibi. Das muss schwer zu ertragen sein. Können Sie mir erklären, wie Purcel es fertigbringt, in jeden Schlamassel in dieser Gegend zu geraten?"

„Lassen Sie ihn in Ruhe, Betsy."

„Diese Frau ist durch die Hölle gegangen, bevor sie starb. Heben Sie sich Ihr Waffenbrudergetue für jemand anders auf", erwiderte sie.

Ich hörte den Verkehr draußen auf der Straße. Betsy blies eine Backe auf, erhob sich dann von ihrem Stuhl und ging ans Fenster. Sie trug Jeans, ein Baumwollhemd, Cowboystiefel und einen breiten Gürtel. Eine der Eigenschaften, die ich bei Betsy am meisten bewunderte, war, dass ihre Augen immer klar und auf einen gerichtet waren, wenn sie sprach. Sie drehte sich um und schaute mich an. „Interpol meint, dass Sidney Kovick sowohl die Blutsteine als auch das Falschgeld möglicherweise von al-Qaida-Mitgliedern in Südamerika hat. Tatsache ist, dass wir uns nicht für die Blutsteine interessieren. Aber wir möchten wissen, wie Sidney Kovick an al-Qaida rangekommen ist."

„Was sagt Sidney?"

„Nichts. Ich habe versucht, an seinen Patriotismus zu appellieren. Wussten Sie, dass er bei der 173. Luftlandebrigade war?"

„John Ehrlichman hat das Distinguished Flying Cross erhalten. Wenn kümmert's?"

„Haben Sie noch nicht mit Purcel gesprochen?"

„Nein."

„Er ist ganz gut damit klargekommen."

„Sie kennen Clete nicht. Er kommt mit nichts gut klar."

„Trotzdem muss er sich aus dieser Ermittlung raushalten. Ihr Freund hat große Schwierigkeiten, sich um seine eigenen Angelegenheiten zu kümmern."

„Ronald Bledsoe ist sein Nachbar. Seine Freundin wurde zu Tode gefoltert. Seine Heimatstadt ist abgesoffen, während die mächtigsten Politiker dieses Landes auf ihrem Arsch hockten. Wenn das nicht seine Angelegenheiten sind, was dann?"

Auf dem Weg aus dem Büro strich sie mir mit einem Finger über den Nacken. „Man benutzt mich nur einmal als Dartscheibe, Dave."

An diesem Abend fuhr ich zu Cletes Cottage auf dem Motelgelände, aber er war nicht da und meldete sich auch nicht auf meine Anrufe auf seinem Handy. Ich schaute in der Bar des Clementine's vorbei und an einem Gartenlokal am Bayou Teche, wo er manchmal trank, aber niemand hatte ihn gesehen.

Vielleicht war ich patzig zu Betsy Mossbacher gewesen. Aber nur wenige Menschen wussten, wie kompliziert Clete Purcel war. Er ließ sich Schmerz und Verletzungen nicht anmerken; er steckte sie auf die gleiche Weise weg, wie ich es mir bei einem Elefanten vorstelle, der sich einen Steinsplitter in den Fuß getreten hat. Während die Wunde oberflächlich heilt und vernarbt, dringt der Splitter immer tiefer ins Gewebe ein, bis eine Infektion entsteht und die Entzündung sich über die Gliedmaßen in Brust, Schulter und Rückgrat ausbreitet, so dass sein ganzer Körper bei der leichtesten Last tobt, die man ihm auf den Rücken lädt. Bei einem Elefanten traf Letzteres vielleicht nicht zu. Aber bei Clete Purcel war es so.

Ich stand auf der Zugbrücke bei der Burke Street, blickte

auf den Bayou und dachte über den Bericht nach, den Betsy mir vom Martyrium von Andre Rochon und Courtney Degravelle gegeben hatte. Vermutlich könnte man sagen, Rochon hätte sein Schicksal herausgefordert, aber Ms. Degravelle sicherlich nicht. Ich dachte darüber nach, was für Männer ihre Mitmenschen wegen Geld oder aus irgendeinem anderen Grund fesselten und folterten. Im Lauf der Jahre hatte ich ein paar kennen gelernt. Manche verbargen sich in Uniform, andere nicht. Aber alle suchten einen Grund und brauchten ein Banner. Keiner von ihnen, mit Ausnahme derjenigen, die offensichtlich psychopathisch waren, handelte jemals allein oder ohne Zustimmung.

Im Zwielicht war der Bayou Teche zwischen den von Bäumen gesäumten Ufern breit und angeschwollen, und neben den Seerosenblättern wühlten die Rücken der Hornhechte das Wasser auf. Die Sonne war zu einem kleinen roten Schlackebrocken verglüht. Die Luft war mit einem Mal kühl, die Rasenflächen entlang des Bayous wurden von Gaslaternen und manchmal von weißen Lichterketten in den Eichen erleuchtet. William Blake beschrieb das Böse als einen Tiger, der durch die Dschungel der Nacht streift. Ich fragte mich, ob Blakes Tiger jetzt da draußen umging, wie eine Feuerspracht inmitten der Bäume, auf leisen Sohlen über Rasenflächen lief, mit seinem fauligen Atem und seiner Schnelligkeit nur Sekunden von der Stelle entfernt war, wo Kinder spielten und unsere Liebsten weilten.

Ich ging heim, backte im Ofen einen Apfelkuchen und bestand darauf, dass Molly und Alafair unterdessen bei mir saßen und redeten.

20

Am Sonntagmorgen war Clete immer noch nicht aufgetaucht.

Ich hörte die Haustierklappe in der Tür hin- und herschwingen, dann sah ich Snuggs in die Küche laufen, aufs
Fensterbrett springen und hinausschauen. Ich ging auf
die Veranda. Bo Diddley Wiggins war im Garten hinter
meinem Haus und bewunderte den Bayou. Er trug eine
braune Hose und ein kurzärmliges bedrucktes Hemd, das
am Hals offenstand und dessen Kragen auf die Schultern
gebügelt war.

„Hab nicht gewusst, ob ihr noch schlaft", sagte er. „Wie
alt ist der Waschbär?"

„Er ist alt. So wie ich."

„Er hat sein ganzes Papier voller Dünnpfiff gekackt. Davor hab ich die größte Angst. Dass ich mit eingeschrumpel-
tem Schniepel im Rollstuhl sitze und in 'ne Erwachsenen-
windel mache, während mir 'ne Schwarze Haferschleim in
den Mund stopft."

Ich hörte, wie Molly die Küchentür schloss. Bo blickte
zu den Bäumen auf, durch deren Äste die Sonne stach, und
betrachtete ein Eichhörnchen, das auf einem Vogelhaus
schaukelte. Er wartete darauf, dass ich ihn hineinbat.

„Wir wollten gerade nach Lafayette, Bo. Ansonsten würde ich dir einen Kaffee anbieten", sagte ich.

„Ich hab sowieso keine Zeit. Schau, ich misch mich ja
nicht gern ein. Aber wir kennen uns schon lang, und ich
konnte deinen Freund nicht einfach in der Tinte sitzen las-

sen. Wie heißt er doch gleich, das Rhinozeros, das hier in der Gegend ständig in Schwierigkeiten gerät?"

„Clete Purcel?"

„Zwei von meinen Angestellten kümmern sich im Moment um ihn. Sie wollen nicht, dass ihm was zustößt. Aber der Typ ist draußen bei 'ner alten Ölplattform, die ich geleast habe, durchgedreht und hat auf jemand geschossen. Wenn mein Vorarbeiter nicht gewesen wäre, wär dein Freund im Bezirksgefängnis von Lafourche."

„Wo ist er jetzt?"

„Besoffen in 'ner Bar, mit 'nem Holster um die Brust geschnallt. Warum schaust du mich so an?"

„Warum machen sich deine Angestellten wegen Clete Purcel solche Umstände?"

„Weil er da unten angeln geht und sie ihn kennen. Weil einer meiner Angestellten in Vietnam war, genau wie dein Freund. Entschuldige, Dave, aber hab ich irgendwas falsch gemacht, als ich hergekommen bin, weil ich nämlich eindeutig das Gefühl habe."

„Nein, hast du nicht, Bo. Ich danke dir. Wenn du mir den Weg beschreibst, hole ich ihn."

„Ich nehm dich mit. Steig in meinen Pick-up. Warte mal ab, bis du siehst, was dieser Knabe mit einem Allradantrieb auf 'nem Plankenweg fertigbringt."

Bo fuhr sein Auto genauso, wie er alles andere machte – volles Rohr, ohne Rücksicht auf Verluste, als wäre alle Welt zu seinem Feind geworden, nur weil er auf der anderen Seite der Windschutzscheibe saß. Wir passierten kilometerweite Riedgrasfelder, alle durch die Überschwemmung vergilbt, Schlamm und Matsch spritzten über die Haube, ständig wurde die Karosserie durchgestaucht, aber Bo fuhr mit einer Hand am Steuer eine Straße entlang, die man kaum als solche bezeichnen konnte.

Die Bar stand an einer Kreuzung, deren Ampel samt der Trasse, an der sie hing, vom Sturmwind um einen Telefonmast gewickelt worden war. Der Großteil des Blechdachs der Bar war weg und durch Sperrholz, Segeltuch und blauen Filz ersetzt worden. Die Abwassergräben entlang der beiden sich kreuzenden Landstraßen waren mit abgestorbenen Bäumen und Unrat von der Flutwelle verstopft, die den Küstenstreifen des Bezirks von der Landkarte gefegt hatte.

Im Innern der Bar war es dunkel und erstickend heiß, hinten tuckerte ein benzinbetriebener Stromgenerator. Clete saß an einem runden Tisch in der Ecke, das Schulterholster quer über ein Hawaiihemd geschnallt, das wie Kleenex an seiner Haut klebte. Eine Flasche Tequila, ein Salzstreuer, ein Schnapsglas und ein Untersetzer mit Limonenscheiben standen auf dem Tisch. Dazu eine angelaufene Dose Budweiser, die er nahm und ansetzte, ohne eine Miene zu verziehen, als er mich und Bo Diddley hereinkommen sah.

Zwei von der Sonne gebräunte Männer in Khakikleidung tranken an der Bar Kaffee. Sie nickten Bo zu, dann widmeten sie sich wieder ihrem Gespräch.

„Wolltest du mit den Einheimischen Stunk anfangen?", sagte ich zu Clete.

„Wer ist das?", sagte er und deutete auf Bo.

„Bo Wiggins", sagte Bo und streckte die Hand aus. „Arbeiten die Typen an der Bar für Sie?", erwiderte Clete, ohne Bos Hand eines Blickes zu würdigen.

„Sie haben gesagt, Sie hätten auf einer alten Ölbohrstelle, die ich geleast habe, Ärger gehabt. Sie haben gesagt, sie hätten zwei Schüsse im Wind gehört und einen Typ gesehn, der in einem Boot den Kanal runtergedonnert ist. Sie dachten, der Typ hätte vielleicht versucht, Sie auszurauben. Deshalb hab ich bei Dave vorbeigeschaut, und wir sind runtergefahren."

Cletes Gesicht war ölig und aufgedunsen, die Augen waren trüb vor Müdigkeit und dem Sprit am frühen Morgen. „Sehn Sie, so ist das nicht gewesen. Der Typ in dem Boot ist jemand, den ich durch drei Bezirke verfolgt habe. Sehn Sie, er ist ein Typ, der möglicherweise eine Freundin von mir zu Tode gefoltert hat. Sie haben sie eine ganze Zeit lang gefoltert, ihr eine Plastiktüte über den Kopf gestülpt und sie unten beim Meer über die Bordwand gekippt. Sie haben das getan, weil sie Typen von diesem Schlag sind, Typen, denen einer abgeht, wenn sie ihre Fantasien an einer Frau austoben, die sich nicht wehren kann.

Aber im Moment geht's mir vor allem darum, dass Ihre Freunde meinen Caddy irgendwohin geschafft haben und mir nicht sagen wollen, wo er ist. Daher wär's nicht schlecht, wenn Sie sie bitten würden, meinen Caddy herzubringen und mir die Schlüssel in die Hand zu drücken. Denn wenn sie's nicht machen, ist mir der ganze Tag versaut." Clete hielt Bo Diddley das Zifferblatt seiner Uhr hin. „Sehn sie, ich komm schon zu spät zur Kirche."

Bo hörte mit einem leichten Lächeln zu, den Unterarm auf den Tisch gestützt, während sich die Umrisse seines Bürstenschnitts und der Segelohren vor dem Fenster abzeichneten. Sein Nacken war rot, von Aknenarben zerfurcht und glitschig vor Schweiß. „Kein Problem, Mr. Purcel. In fünf Minuten ist Ihr Auto hier", sagte er.

Bo ging an die Bar und sprach mit seinen Angestellten, die nur ihn anschauten und keinen weiteren Blick in Cletes Richtung warfen.

„Du kennst die beiden nicht?", sagte ich.

„Nein, warum?"

„Du hast den einen, der in Vietnam gedient hat, nicht gekannt?"

„Nein, ich habe die beiden noch nie gesehen. Wer ist der Typ, mit dem du da bist?"

„Vergiss ihn. Hast du wirklich auf jemand geschossen?"

„Ist 'ne lange Geschichte, aber drei verschiedene Leute haben mir gesagt, dass sie dieses Boot in der Bucht gesehen hätten, wo Courtneys Leiche gefunden wurde. Ich hab mir ein Propellerboot gemietet und den Typ die ganze Küste entlang verfolgt. Ich hab's aufgegeben, dann hat mir ein Typ an einem Bootsanleger gesagt, er hätte das Boot unten bei einer Ölplattform gesehen. Ich bin mit meinem Auto den Damm runtergefahren und hätte ihn fast gehabt. Als er abgehaun ist, dachte ich mir, der muss Dreck am Stecken haben. Ich habe zwei Schüsse auf die Wasserlinie abgegeben. Dann sind die beiden Jungs von der Bar aufgekreuzt und haben gesagt, ich wäre unbefugt auf fremdem Grund und Boden."

„Wann hast du zum letzten Mal geschlafen?"

„Ich glaube, Schlaf wird hochgradig überbewertet."

„Du hast die Typen an der Bar noch nie gesehen?"

Er stieß den Atem aus. „Ich hab mir die Birne zuge-knallt. Ich habe Courtneys Leiche anhand eines Fotos identifiziert. Das Gesicht war von nahem aufgenommen. Die Plastiktüte war nur ein Teil davon. Ich mach diese Ty-pen kalt, Dave. Versuch nicht, mich aufzuhalten. Das ist beschlossene Sache."

Er griff zu seinem Tequilastamper und trank ihn halb aus, ohne den Blick von mir zu wenden.

An diesem Abend schaffte ich Clete in seinem Cottage auf dem Motelgelände zu Bett, und am nächsten Morgen brach-te ich ihm einen Karton mit einem Frühstück von Victor's.

„Besteht die Möglichkeit, dass du den Typ, auf den du geschossen hast, getroffen hast?", fragte ich.

„Ich habe keine Federn fliegen sehen, wenn du das meinst."

„Wie hat der Typ ausgesehen?"

„Schuldig."

Er ging unter die Dusche, ließ das Wasser auf die Blech-wand trommeln. Ich konnte seinen schnapsgetränkten Irr-sinn nicht mehr ertragen.

Ich ging ins Büro und erzählte Helen, was vorgefallen war. Ihr Gesicht wurde immer düsterer, während sie zuhör-te, und ihre Hand ballte sich ein ums andere Mal um ein Papierknäuel. „Meldest du das dem FBI?", sagte sie.

„Ich halte das nicht für ratsam."

„Mach es, und zwar sofort, Dave. Und jetzt raus mit dir."

Ich konnte es ihr nicht verübeln.

Otis Baylor kam auf Kaution aus dem Gefängnis und wurde prompt von seiner Versicherungsgesellschaft gefeuert. Am gleichen Tag, an dem man ihn feuerte, wurde er zum reisenden Berater für jeden, der Sturmschäden bei seinem ehemaligen Arbeitgeber beziehungsweise bei jeder anderen Versicherungsgesellschaft geltend machte. In einem Café hielt er Besprechungen mit Hausbesitzern ab, brachte ihnen bei, wie sie ihre Ansprüche formulieren und Klage einreichen sollten, wenn ihre Forderungen zu Unrecht abgelehnt wurden. Bäume waren vom Wind umgerissen worden, nicht von einer Flutwelle gegen das Haus geschwemmt. Bauschäden waren durch Windhosen verursacht worden, nicht durch Überflutung. Schimmel war durch den peitschenden Regen entstanden, nachdem die Fenster herausgerissen worden waren. Blitze hatten die Stromleitungen zerstört, die Wände und das Fundament bersten lassen, nicht das Wasser.

Die Worte, „Wasser", „Überschwemmung", „Flut" und „Welle" gab es nicht.

Als ich ihn am Mittwoch unten bei Cletes Büro auf der Straße sah, benahm er sich sonderbar gefasst für einen Mann, dessen Leben in Trümmern lag. Die Brusttasche seines Hemds war voller Kugelschreiber, sein Oberkörper wirkte breit und massig. „Haben Sie auf meinem Grundstück gefunden, was Sie gesucht haben?", fragte er.

Wir waren im Schatten einer immergrünen Eiche, die

326

auf dem Gehsteig stand, und der Wind blies Blätter über den Beton. „Nein, wir nicht, aber möglicherweise versuchen es andere Leute", sagte ich.

„Sie können es haben", sagte er.

„Courtney Degravelle hatte vermutlich die gleiche lässige Einstellung."

„Die Frau, die weiter unten an der Straße wohnt?"

„Wissen Sie es nicht?"

„Was soll ich wissen?"

„Sie wurde ermordet. Andre Rochon ebenfalls. Beide wurden entführt, gefoltert und ermordet."

Er war völlig reglos, nur sein Schlips flatterte leicht unter der Nadel, mit der er am Hemd befestigt war.

„Wer war es?"

„Möglicherweise Sidney Kovicks Leute. Vielleicht auch Typen aus dem Ausland. Wer auch immer sie sein mögen, sie sind gut organisiert."

Er war aschfahl. „Ich kannte Ms. Degravelle. Sie war eine nette Frau. Wurde sie zu Tode gefoltert?"

„Sie ist an einem Herzinfarkt gestorben. Aber ja, sie wurde furchtbar gefoltert."

„Meine Familie ist in Gefahr, nicht wahr?"

„Das kann ich Ihnen nicht mit Sicherheit sagen."

„Ich habe diesen Bledsoe, den Privatdetektiv, in der Stadt gesehen. Er steckt da mit drin, nicht wahr?"

„Haben Sie ihn in den letzten paar Tagen gesehen?"

„Ich hab ihn auf der Straße gesehen, bevor ich festgenommen wurde. Glauben Sie, er hat was mit Ms. Degravelles Tod zu tun?"

„Wir sind uns nicht sicher."

„Das hört nie auf, oder?"

„Ich möchte Ihnen etwas Persönliches sagen, Mr. Baylor. Sie sind ein gläubiger Mensch. Als solcher wissen Sie, dass wir uns gegen sie stellen müssen. Der Kampf ist niemals vorüber, das Feld gehört uns nie ganz."

Ich nehme an, meine Aussage war hochtrabend, vielleicht sogar töricht. Er schaute mich mit ausdrucksloser Miene an. Dann ging er weg, ohne sich zu verabschieden, und lief mitten durch den Verkehr über die Straße, so dass ihm die Autos ausweichen mussten.

Aber ohne dass Otis sich darüber im Klaren war, hatte er etwas getan, das mich davon überzeugte, dass er kein Mörder war. Er hatte keinerlei Interesse am Tod von Andre Rochon gezeigt, einem Mann, der wahrscheinlich seine Tochter vergewaltigt hatte. Diejenigen, die Rache suchen, nehmen die Einladung des Staates an und verfolgen als Zeugen die Hinrichtung ihrer Peiniger, früher durch den elektrischen Stuhl, heute durch die Todesspritze, aber sie finden keine Ruhe, und am Ende ihrer Tage werden sie vom Gespenst eines Feindes heimgesucht, der jetzt ironischerweise in Sicherheit ist und ihrem Zugriff entzogen.

Otis Baylor gehörte jedenfalls nicht dazu.

In einer ganzen Reihe gut geschriebener Drehbücher bereitet ein Kriminalpsychologe dem wahnwitzigen Treiben eines Serienkillers ein Ende, indem er sich irgendwie in den Kopf des Mörders hineinversetzt. Infolge dessen wird der Psychologe selbst ein bisschen verrückt.

Das gibt einen großartigen Unterhaltungsstoff ab. Aber ich glaube nicht, dass es irgendetwas mit der Wirklichkeit zu tun hat. Was geht im Kopf eines Soziopathen vor sich? Niemand weiß es. Sie nehmen ihre Geheimnisse ausnahmslos mit ins Grab und lügen, was ihre Taten und den Verbleib ihrer Opfer angeht, auch wenn sie dadurch nichts zu gewinnen haben. Die einzigen mir bekannten Menschen, die genauso geheimnistuerisch sind, sind Zauberer oder was wir in Südlouisiana „Traiteurs" nennen. Sie behaupten Heiler zu sein, die ihre Kräfte durch die Macht Gottes beziehen. Wenn man sie mit einer Frage bedrängt, fügen sie hinzu, dass ein Traiteur seine Fähigkeiten in der Stunde seines Todes an einen Angehörigen des anderen Geschlechts und nur an ihn weitergeben kann. Bedrängt man sie weiter, bekommt man wahrscheinlich eine Lektion in unterschweliger Feindseligkeit. Warum sind sie so zugeknöpft? Sie sagen es nicht. Und das ist das Beunruhigendste an ihnen.

Am Donnerstagmorgen ging Alafair zu ihrem freiwilligen Dienst in der Notunterkunft im City Park, Molly fuhr zu ihrer Arbeit in der katholischen Selbsthilfestiftung, und weil es so ein schöner Tag war, lief ich die paar Straßenzüge von meinem Haus zur Sheriff-Dienststelle. Mittags besorgte ich mir einen Streifenwagen und fuhr zum Essen nach Hause. Als ich hinter Mollys Auto auf die Auffahrt stieß, sah ich Molly um die Rückseite des Hauses herumkommen. Sie war gerade heimgekommen.

„Dave, komm und schau dir das an", sagte sie.

Ich stieg aus dem Streifenwagen und folgte ihr in den Garten. „Was ist los?"

Sie deutete auf die Fliegendrahttür. Wir hakten sie normalerweise zu, wenn wir weg waren, damit Snuggs und Tripod sie nicht öffneten und durch die Haustierklappe in der Holztür ins Haus gelangten. Der Fliegendraht war zerschlitzt, der Haken aus der in den Pfosten geschraubten Öse gehebelt. Das Schloss an der Holztür war mit einem flachen Schraubenzieher aufgestemmt.

„Bist du drin gewesen?", fragte ich.

Sie schüttelte den Kopf.

„Warte hier", sagte ich und knöpfte die Lederklappe meines Holsters auf.

Ich ging durch die Küche ins Wohnzimmer und ins Schlafzimmer, die Hand am Griff der .45er, die noch immer im Holster steckte. Dann schaute ich ins Badezimmer, ging den Flur entlang und in Alafairs Zimmer.

Ihr Manuskript war in lange Streifen zerrissen und auf dem Fußboden und der Tagesdecke auf ihrem Bett verstreut. Der Bildschirm des Monitors war in der Mitte zertrümmert, vermutlich mit einem Rundhammer. Das Keyboard hing in zwei Stücken am Verbindungskabel über der Stuhllehne. Das Metallgehäuse des Computers war mit Löchern durchbohrt, vom Rahmen gelöst, und die Innereien waren herausgerissen und am Boden zertrampelt worden. Ihr Laserdrucker, den sie sich von dem Geld gekauft hatte, das sie mit ihrer Arbeit im College-Buchladen verdient hatte, war plattgedrückt, wahrscheinlich von jemandem, der sich draufgestellt hatte.

Ihre Sicherungsdisketten waren in kleine Teile zerschnitten. Ihre beiden Notizbücher und die hunderte von Seiten mit blauer Handschrift, die sie enthielten, trieben in einer zentimeterhohen Lache aus dunkelgelbem Urin am Boden ihres Papierkorbes. Ich klappte mein Handy auf und wählte die 911. Als ich den Anruf beendete, stand Molly in der Tür.

„Ronald Bledsoe?", sagte sie.

„Davon kannst du ausgehen", erwiderte ich.

Ich parkte unter den immergrünen Eichen vor dem Freizeitgebäude im City Park und ging hinein. Der Boden des Basketballfeldes stand voller Feldbetten, und auf vielen von ihnen türmten sich persönliche Habseligkeiten, als wäre das Feldbett zum Wohnsitz geworden. Alafair las einer Schar Kinder, die im Kreis am Boden saß, aus einem Buch vor. Ich versuchte ruhig zu wirken, als ich zu ihr ging.

„Hast du einen Moment Zeit?", sagte ich.

Sie legte ein Lesezeichen in ihr Buch und ging mit mir nach draußen. Ich fasste sie am Arm und berichtete ihr, was vorgefallen war. Während ich sprach, starrte sie die Böschung hinab zu unserem Haus auf der anderen Seite des Bayous, ohne auch nur eine Miene zu verziehen.

„Er hat alles zerstört?", sagte sie.

„So sieht es aus", erwiderte ich.

„Aber es gibt keine Beweise, dass es Bledsoe war? Niemand hat ihn gesehen?"

„Ich habe mit den Nachbarn gesprochen. Keiner hat irgendwas gesehen."

„Er hat auf meine Notizbücher uriniert?"

„Er ist ein Perverser. Warum reden wir überhaupt über ihn?"

„Mir musst du nicht sagen, was er ist."

„Wir fahren heute Abend nach Lafayette und kaufen einen neuen Computer und Drucker. Unterdessen sind die Kriminaltechniker im Haus."

„Der Typ ist ein Idiot, Dave. Ich habe meine Arbeitsdatei jeden Tag an eine Freundin in Portland geschickt. Außerdem habe ich Ernest Gaines eine Kopie geschickt. Meine Notizen sind auf einer Sicherungsdiskette oben auf meinem Bücherregal. Ist er an meinem Bücherregal gewesen?"

„Nein."

„Wie schon gesagt, er ist ein Idiot."

„Du bist ein tolles Mädel, Alf."

„Nenn mich nicht so. Wirklich, ich hasse den Namen", erwiderte sie.

Ein Techniker vom Acadiana Crime Lab stellte an Alafairs Schreibtisch und Computer vollständige und Teilabdrücke sicher, fand aber keine, die mit dem Daumenabdruck übereinstimmten, den Bledsoe an Cletes Nummernschild hinterlassen hatte. Kurz vor Feierabend rief mich Clete im Büro an.

„Du wirst es nicht glauben. Bledsoe ist wieder in seinem Cottage", sagte er.

„Ich glaube es. Hast du mit ihm geredet?"

„Er hat mich zum Abendessen eingeladen. Er grillt unter den Bäumen. Herr im Himmel, er hat mir grade zugewunken."

Ich hörte, wie Clete die Vorhänge zuzog.

„Jemand ist heute in mein Haus eingebrochen und hat Alafairs Computer zerstört", sagte ich. „Außerdem hat der Täter ihre Arbeitsunterlagen vernichtet, ihre Notizbücher in einen Papierkorb geworfen und draufgepisst."

„Ein Hausbesuch bei dem Typ ist überfällig."

„Ich denke drüber nach."

Ich hörte ihn mit dem Handy herumspielen, so als wäre er vom Fenster weggegangen und versuchte seine Gedanken zu ordnen. „Ich hab was richtig Schlimmes auf dem Gewissen, Streak. Es zehrt an mir", sagte er.

„Courtney Degravelles Tod ist nicht deine Schuld, Partner."

„Da ist noch was, das ich dir nicht gesagt habe. Wir haben das ganze Falschgeld in einen Briefkasten gesteckt, wie du's vorgeschlagen hast. Ich meine, den Großteil davon."

Er stockte, wartete auf meine Reaktion. Aber diesmal wollte ich ihm nicht auf die Sprünge helfen.

„Schau, Courtney war pleite. Ihre Versicherungsgesellschaft hat sie um ihre Ansprüche beschissen. Sie war mit ihrer Hypothek schon zwei Monate im Verzug. Sie wollte einen Riesen behalten und ihn in einem Casino in Shreveport waschen. Ich war der Meinung, das könnte nichts schaden."

Ich rieb mir die Schläfe und starrte aus dem Fenster, war bestürzt über sein mangelndes Urteilsvermögen.

„Also haben sie's gemacht. Sie und ihre Schwester sind rauf nach Shreveport gefahren, haben den Riesen gesetzt und siebenhundert dazugewonnen", sagte er.

Ich wollte es nicht hören. Außerdem wollte ich nicht

in meine alte Rolle als Cletes Erfüllungsgehilfe verfallen. Aber was soll man machen, wenn der beste Freund innerlich blutet?

„Tommy der Wal hat dich bei Sidney Kovick verpfiffen. Dann haben Sidneys Gorillas rausgefunden, dass du und Courtney ein Paar wart. Sie haben sie sich geschnappt, weil das einfacher war, als dir nachzustellen. Das Geldwaschen hat gar nichts damit zu tun", sagte ich.

„Wir beide wissen es besser."

Ich ließ es sein. Courtney Degravelle war Männern in die Hände gefallen, die freiwillig im Inferno hausen. Vielleicht hatte Clete etwas zu ihrem Schicksal beigetragen. Ich war sein Freund. Sie war tot und Andre Rochon ebenfalls. Mit etwas Glück konnten wir oder jemand anders die Typen drankriegen, die sie umgebracht hatten. Was gab es sonst zu sagen?

Ich musste mich um andere Probleme kümmern und Entscheidungen treffen, die kein rechtschaffener Cop treffen will. Ronald Bledsoe war nach wie vor unantastbar. Jetzt war er in mein Haus eingedrungen und hatte seine eklige Spur auf dem Leben meiner Tochter hinterlassen. Wir könnten ihn uns vorknöpfen und ihm drohen, aber es würde nichts nützen, selbst wenn wir uns die größte Mühe gaben. Bledsoe war langfristig in unserer Mitte, verhöhnte uns und drückte den Stein mit jedem Tag tiefer in die Wunde. Ist es unlauter, unter schwarzer Flagge einen Krieg zur Verteidigung derer zu führen, die sich nicht selbst wehren können? Meiner Meinung nach nicht. Jedenfalls sagte ich mir das, als ich über meine Möglichkeiten in Bezug auf Ronald Bledsoe nachdachte.

21

Es regnete am Freitagabend, und Molly und Alafair waren im Kino, als Otis Baylor sein Auto vor unserem Haus abstellte und an meiner Tür klopfte.

„Sind Sie beschäftigt, Mr. Robicheaux?", fragte er.

„Nein, Sir, kommen Sie rein."

Er setzte sich auf einen Polstersessel in unserem Wohnzimmer und schaute aus dem Fenster auf den Regen, der im Lichtschein der Lampe auf unseren Philodendron fiel. „Ich habe über ein paar Sachen nachgedacht, die ich zu Ihnen gesagt habe. Ich war abweisend, obwohl es unnötig war. Ich glaube, Sie haben versucht, so offen zu mir zu sein, wie Sie konnten. Ich hätte Ihnen ein bisschen mehr Anerkennung zollen sollen."

„Sie standen unter Druck …", sagte ich.

Er unterbrach mich. „Ihre Tochter hat Thelma von der Auseinandersetzung erzählt, die sie mit diesem Bledsoe hatte. Außerdem hat sie Thelma von dem Einbruch in Ihr Haus erzählt. Er war das, nicht wahr?"

„Ich glaube es jedenfalls."

„Alafair sagt, Sie können aber nicht viel unternehmen."

„Nein, bislang war ich dazu nicht in der Lage."

„Ich war schon in Ihrer Situation und weiß, was einem da für Gedanken durch den Kopf gehen."

„Ich konnte mich noch nie besonders gut in andere Leute hineinversetzen, Mr. Baylor, deshalb bitte ich Sie meinerseits darum, mir nicht zu sagen, was für Gedanken mir durch den Kopf gehen."

„Meine Familie war bekannt für ihre Gewalttätigkeit. Mein Vater und sein Bruder haben Sachen gemacht, für die ich mich schäme. Ein paar von ihren gewalttätigen Anwandlungen stecken auch in mir. Das heißt, dass ich sie wiedererkenne, wenn ich sie bei andern sehe. Ich glaube, Sie und ich sind aus dem gleichen Holz geschnitzt. Wenn Sie sich an Bledsoes Fersen heften, lassen Sie sich auf sein Spiel ein."

„Ach?"

„Im Versicherungsgewerbe werden sämtliche Policen nach Risiken und Prozentsätzen abgeschlossen. Es handelt sich dabei nicht um Mutmaßungen. Die einzige andere Industrie, die beim Kalkulieren von Gewinn und Verlust genauso gut ist, ist die Glücksspielindustrie. Deswegen ist es auch keine ‚Glücksspielindustrie'. Der Spieler verliert, die Bank gewinnt. Von der Regel gibt's keine Ausnahme. Können Sie mir folgen?"

„Nein."

„Bledsoe hat keine Anzeige gegen Alafair erstattet, nicht wahr?"

„Nein."

„Warum nicht?"

„Weil er sie sexuell belästigt hat. Weil er widerliche anzügliche Bemerkungen gemacht hat.

„Genau. Und vor einem einheimischen Gericht lägen seine Erfolgsaussichten bei etwa dreißig Prozent. Aber was passiert, wenn Alafairs Vater beschließt, dem Gesetz eigenhändig Geltung zu verschaffen? Meiner Schätzung nach würden Bledsoes Chancen vor Gericht auf etwa achtzig Prozent steigen. Seine Aussichten, eine Zivilklage zu gewinnen, lägen wahrscheinlich bei über neunzig Prozent."

Ich saß ihm am Kaffeetisch gegenüber. Die Fenster waren offen, und durch den Fliegendraht hörte ich den Regen auf die Pflanzen in den Blumenbeeten pladdern.

„Wer hat auf die Plünderer geschossen, Mr. Baylor?"

„Drücken wir's mal so aus. Die DNA-Spuren, die man nach der Vergewaltigung meiner Tochter sichergestellt hat, sind im Sturm verloren gegangen, daher werde ich nie mit letzter Sicherheit wissen, ob es diese Typen waren, die sie überfallen haben. Aber wenn sie es waren, haben sie gekriegt, was sie zu erwarten hatten, und ich bin froh, dass sie niemand anderem mehr was zuleide tun können. Hoffentlich kriegt auch derjenige, der noch auf freiem Fuß ist, seine Quittung."

„Das könnte ein schwacher Trost für einen unschuldigen Mann sein, der im Schatten eines berittenen Wärters Sojabohnen hacken muss."

„Lassen Sie mich nicht bereuen, dass ich hergekommen bin, Mr. Robicheaux."

Und streite dich nicht mit Leuten, die unbelehrbar sind, dachte ich mir. „Auf gar keinen Fall, Sir. Danke, dass Sie vorbeigekommen sind", sagte ich.

Die meisten Menschen, die im Knast sitzen, treffen eine Reihe von Entscheidungen, die ihnen irgendwann garantiert eine Freiheitsstrafe einbringt, so wie trockene Trinker Möglichkeiten finden, wie sie wieder in Saloons gelangen können. Ich fragte mich, welche Tragödie und Gewalttat, welches Ausmaß an Wut einen gutherzigen

Rotarier dazu zwingen mochte, sich in den Bauch der Bestie zu begeben.

Ich schaute ihm hinterher, als er mit seinem Auto weg-fuhr, sah, wie die Hinterräder auf einer Schicht schwarz verfärbter Blätter im Rinnstein durchdrehten, und sprach ein kurzes Gebet für ihn. Ich hatte das Gefühl, dass er jede Hilfe gebrauchen konnte.

Bertrand Melancon konnte sich an keinen Zeitpunkt er-innern, an dem er keine Angst gehabt hatte. Er fürchte-te sich vor seiner Mutter wegen der Männer, die sie mit heimbrachte, und noch mehr fürchtete er sich vor ihren unberechenbaren Launen. Sie konnte einem genauso läs-sig ins Gesicht schlagen, wie sie einem eine Schale Corn-flakes vorsetzte, beziehungsweise beides innerhalb von zehn Sekunden. Die Männer hingegen waren eigentlich gar nicht fies oder gewalttätig, nahmen sie manchmal so-gar zu Ballspielen mit oder gaben ihnen Geld, damit sie ihnen im Eckladen Bier oder Zigaretten holten. Aber oft sagten seine Mutter und der Mann zu ihm und Eddy, sie sollten draußen auf dem Hof bleiben, bis sie zum Abend-essen gerufen würden. Als Bertrand sah, wie die Jalousien heruntergezogen wurden, wurde ihm klar, dass sein Haus ihm nicht mehr gehörte und seine Mutter auch nicht, und diese Erkenntnis war schlimmer als die Hand seiner Mut-ter in seinem Gesicht.

Bertrand wachte jeden Morgen mit einer namenlosen Angst auf, die wie ein hungriges Tier ein Loch in seinen Magen fraß. Die Bilder seiner Träume verfolgten ihn tagsüber, schwer bestimmbar, ohne ersichtliche Herkunft, wie die Gesichter, die sich bei Nacht in einem Straßenbahnfenster spiegelten und ihm sagten, dass er nichts wert war.

Eddy sagte, er machte sich zu viele Sorgen. Aber Eddy hatte sich schon ab der vierten Klasse mit Wermut betrunken, manchmal bereits morgens um halb acht im Schulbus. Eddy hatte sich auf der Jungentoilette mit Klebstoff zugeknallt und den Mädchenumkleideraum in Brand gesteckt. Mit zwölf hatte er ein Messer bei sich und behauptete, er hätte es gegen einen Jungen eingesetzt, der ihm im Park seine Tennisschuhe abnehmen wollte.

Bertrand und Eddy waren in der Mittelschule, als sie ihren ersten bewaffneten Raubüberfall durchzogen. Ein alter Vietnamese wollte gerade die Registrierkasse in seinem kleinen Lebensmittelladen abschließen, als Eddy ihm mit einer Paintball-Pistole eine Farbkugel ins Gesicht schoss. Sie räumten nicht nur die Kasse aus, sondern Eddy schmiss auch Lebensmitteldosen durch die Glasscheibe des Wandkühlschranks. Später fragte Bertrand seinen Bruder, warum er sich die Zeit zum Büchsenwerfen genommen hätte, als der Alte drauf und dran war, Nummern in sein Telefon einzugeben. Eddy runzelte die Stirn und sagte: „Weiß ich nicht. Mir war einfach danach."

Sie planten ihre Beutezüge oder Raubüberfälle nie. Die Gelegenheit schien sich immer von selbst zu ergeben, ohne dass jemand irgendwas dazutat, so wie ein Sturm durch ein Haus fegen oder ein Streichholz eine Benzinlache unter einem parkenden Auto in ein fauchendes Flammenmeer verwandeln kann. So was passierte eben, das war alles. Die zitternden Hände an der Geldschublade, der abgewandte Blick, der aufgerissene Mund, die Platzwunde am Kopf, das waren die Bilder, die er immer wieder vor Augen hatte, wie kleine Papierfetzen, die zum Grund eines Brunnens treiben, ungewollt, führungslos und letztlich unbedeutend.

Eddy machte sich nie Gedanken über das, was sie trieben. Eddy war derjenige, der dem Koch im Bezirksgefängnis vom St. John the Baptist Parish vier Schachteln Zigaretten gegeben hatte, damit er Kakerlakenpaste ins Essen eines Wolfs mischte, der sich damit brüstete, dass er sowohl Eddy als auch seinen Bruder alle machen würde. Eddy war es, der Andre dazu überredete, mit dem Kleinbus an den Straßenrand zu fahren und das Mädchen anzusprechen, das von einem Straßenfest nach Hause ging und ein Plüschtier an seine Brust drückte. Eddy war es, der sie hinten drin gefesselt hatte. Es war immer Eddy, der anfing, aber irgendwie musste Bertrand es zu Ende bringen oder den Dreck wegräumen. Eddy blühte auf, Bertrand brannte ständig der Magen. Die beiden waren an der Hüfte zusammengewachsen, der eine nicht denkbar ohne den andern, ein jeder Zwängen und unstillbaren Begierden unterworfen, die sich keiner von beiden erklären konnte.

Jetzt, im Gefolge von Katrina, hatte Bertrands namenlose Angst ein Gesicht. In der Notunterkunft in Des Allemands hatte jemand eine *Times-Picayune* am Boden der Klokabine liegen lassen. Auf der Gesellschaftsseite war ein Foto von Mr. und Mrs. Sidney Kovick beim Reparieren der Schäden, die ihrem altehrwürdigen Haus durch Plünderer und den Hurrikan zugefügt worden waren. Die Kugel, die sich durch Eddys Kehle und Kevins Schädel gebohrt hatte, wurde in der Bildunterschrift mit keinem Wort erwähnt.

Bertrand konnte die Augen nicht von Sidney Kovicks Gesicht abwenden. Bei dem Anblick schrumpelte irgendetwas in ihm zusammen. Stillschweigend hielt es ihm seine Bedeutungslosigkeit vor, sein Versagen, den verächtlichen Blick seiner Mutter, den Ekel und die Abscheu im Gesicht des weißen Mädchens, das er vergewaltigt und gequält hatte.

Als er die Toilettenkabine verließ, war er davon überzeugt, dass es nur eine Möglichkeit gab, der Angst und dem Selbsthass ein Ende zu bereiten, die ihm den Magen zerfraßen und sein Blut vergifteten: Er musste das Gesicht zerstören, das sich wie ein Spiegelbild in einer getönten Glasscheibe verbarg, wo immer er auch hinging. Er musste Sidney Kovick umbringen.

Sidney liebte die Arbeit in seinem Blumenladen. Der Innenraum des Geschäfts war behaglich und voller Farben und Düfte, und die Leute, die in den Laden kamen, achteten ihn wegen seiner Blumenkenntnisse und der Fähigkeit, den richtigen Strauß für den entsprechenden Anlass auszuwählen oder zu binden. Er kleidete sich stets förmlich, wenn er in den Laden ging, und er stand bei der Arbeit immer und setzte sich nur in der Mittagspause hin oder wenn er am Schreibtisch zu tun hatte. Er war der Meinung, dass ein guter Geschäftsmann ein guter Zuhörer sein musste, und für gewöhnlich dauerte es nicht lange, bis er erriet, was sein Kunde wollte. Nur wenige schienen sich um seinen Ruf außerhalb des Ladens zu kümmern. Wenn ein Kunde einen Scheck ausstellte, bat Sidney nie um einen Ausweis. Seine Ware und die Preise waren in Ordnung, desgleichen seine Kunden. Sidney war ein Gentleman.

Sidney liebte auch seine Frau Eunice. Als sie frisch miteinander gingen, zeigte er ihr sein Haus in Metairie, seine Yacht in Des Allemands und sein Angelcamp auf den Florida Keys. Er erklärte ihr, dass er in der Szene sei, aber weder mit Dope noch mit Pornografie handelte. Als Eunice ihn fragte, womit er handelte, erwiderte er: „Mit allem, was in gegenseitigem Einvernehmen geschieht und Geld bringt. Ende der Geschichte." Eunice war in einem korrupten Umfeld aufgewachsen. Sidneys Erklärung, was seine geschäftlichen Angelegenheiten anging, genügte ihr.

Ihr kleiner Junge war von einem betrunkenen Nachbarn überfahren und getötet worden. Mit Hilfe eines Anwalts gelang es dem Nachbarn, sich bis zum nächsten Tag einem Alkoholtest zu entziehen. Er legte keinen Widerspruch gegen den Vorwurf ein, sich rücksichtslos verhalten und dadurch andere gefährdet zu haben, und durfte ein Jahr lang nur unter Vorbehalt fahren. Er nahm nicht an der Beerdigung des kleinen Jungen teil und entschuldigte sich auch nicht dafür, dass er ihn überfahren und getötet hatte. Manche sagten, er hätte Angst gehabt, andere sagten, er glaube, dass es sich um eine rein rechtliche Angelegenheit handle, und die sei vor Gericht geklärt worden. Aber jeder war der Meinung, dass die Entscheidung des Nachbarn, gar nichts zu unternehmen, falsch war.

Als der Nachbar sechs Monate später verschwand, schrieb seine Frau das Haus zum Verkauf aus und zog nach Omaha.

Sie verfügte über keinerlei Mittel, kaufte sich aber eine Eigentumswohnung, die sie bar bezahlte, und führte mit dem Geld, das sie durch den Verkauf des Hauses erzielte, ein sorgenfreies Leben. Sie beschwerte sich weder beim FBI noch bei den einheimischen Behörden über deren Unfähigkeit, ihren Mann zu finden.

Eunice fragte Sidney nie, ob die Gerüchte bezüglich des Schicksals ihres Nachbarn zutrafen. Aber manchmal, wenn sie allein in der Dunkelheit lagen, nachdem sie sich in ihrem Schlafzimmer im Obergeschoss geliebt hatten, stützte sie sich auf einen Ellbogen und schaute ihm in die Augen.

„Was ist?", sagte er.

„Erzähl's mir", sagte sie.

„Was soll ich erzählen?"

„Erzähl mir, dass du der anständige Mann bist, für den ich dich halte."

„Im Laden bin ich ein anständiger Mann. Bei anderen Gelegenheiten bin ich nicht so anständig. So ist das einfach, Eunice."

Aber vielleicht sollte ich nicht weiter fragen, sagte sie sich, während ihr Arm auf seiner breiten Brust lag und sein großes Herz unter ihrer Hand schlug.

Sie half ihm im Laden und war ebenso stolz und voller Freude wie er, was die Qualität der Blumen anging, die sie verkauften. Am Samstagmorgen kochte sie Kaffee und stellte Tassen, Untertassen und in Goldfolie verpackte Schokolade für die Kunden bereit. Eunices Lächeln ließ den Tag und den Laden erstrahlen, und kaum ein Kunde kam herein, dem es dadurch nicht besser ging. Sidney Kovick verstand nicht viel von Theologie, aber wenn es einen Beweis für die Existenz Gottes gab, dann war es für Sidney die Gegenwart von Eunice in seinem Leben.

Bertrand hatte den .38er aus Sidney Kovicks Haus hinter dem Rite Aid versteckt, in dem sie untergekrochen waren, um ein paar Lines Schnee zu ziehen, bevor sie zurückgekehrt waren und das Haus endgültig auseinander genommen hatten. Das Auto, das er fuhr, war ein neuer Toyota, den ein Freund vom Parkplatz eines Win-Dixie in Houma geklaut hatte. Der Innenraum roch noch nach dem Kokosnussduft des Raumsprays von der Waschanlage. Der Freund hatte Bertrand sogar eine Kassette von Three 6 Mafia gegeben, damit er sie auf der Fahrt nach New Orleans abspielen konnte. „Stell die Karre einfach beim Haus von meim Bruder ab, wenn du fertig bist", sagte der Freund. Aber der Freund hatte keine Ahnung, was Bertrand vorhatte, und er wusste auch nichts von dessen großem Plan, nämlich den Mann zu ermorden, der ihm diesen ganzen Kummer bereitet hatte, und dann mit einem Beutel Blutdiamanten die Biege zu machen, was immer Blutdiamanten auch sein mochten, denn das hatte Bertrand immer noch nicht rausgefunden.

Als er nach New Orleans kam, staunte er darüber, wie viele Stadtteile noch ohne Strom waren und wie viele Häuser ohne Dächer und Fenster, die Gärten voller kaputter Möbel, die die Besitzer dort aufgetürmt hatten. Ein Streifenwagen des NOPD überholte ihn, und der Cop am Steuer warf einen kurzen Blick in den Rückspiegel. Bertrand bog von der Avenue ab und hielt hinter einem Haufen abgebrochener Äste, wo sich prompt seine Geschwüre wieder meldeten.

Als er sich sicher war, dass der Streifenwagen weg war, kurvte er einmal um den Block und hielt neben einer fetten Schwarzen an, die einen Einkaufswagen über eine Kreuzung schob. Der Wagen war mit Unmassen schimmliger Kleider beladen, die aus dem Drahtkorb ragten. „Wissen Sie, wo das Rite Aid is?", fragte er.

„Das ist wahrscheinlich unter dem Schild da drüben, auf dem ‚Rite Aid' steht", erwiderte sie.

„Na klar. Wollen Sie fünf Dollar verdienen?"

Die Frau ließ den Wagen los und legte ihre großen Hände auf den Fensterrahmen. Die Haut an ihren Unterarmen war dunkel und glänzend, mit rosa Narben übersät und dick wie Elefantenschwarte. „Was hast du denn vor, mein Junge?", fragte sie.

„Ich hab mich am Bein verletzt und kann nicht gut laufen. Vielleicht können Sie hinter dem Rite Aid dort was für mich holn."

Sie schaute zu der Drogerie. Ihre Brüste wirkten wie Wassermelonen in Kleidersäcken, ihr Hals war mit Schmutzringen überzogen. „Weißt du, dass du kein Nummernschild an deinem Auto hast?"

„Na klar. Sie ham gute Augen. Muss abgefallen sein."

„Lad meine Kleider hinten rein. Dann fährst du mich hin. Danach gibst du mir fuffzig Dollar und fährst mich heim", sagte sie.

„Meinetwegen", sagte er.

„Du hast 'nen Heidenschiss, mein Junge. Du riechst auch so. Egal, was du machst, mach's nicht zu oft", sagte sie.

Er fuhr die Frau zu einer Stelle, die rund fünfzig Meter vom Parkplatz hinter dem Rite Aid entfernt war. Er ließ den Motor laufen, während sie zu einem Stück Gehsteig ging, das von den Wurzeln einer mächtigen Eiche aufgebrochen worden war. Der Baum war entweder durch einen Blitz oder durch sein eigenes Gewicht gespalten und der Riss mit Beton gefüllt worden. Aber der Beton war weggebröckelt, so dass ein Loch entstanden war, in dem Bertrand den .38er und die Tüte mit Koks in einem zusammengeknüllten Hemd versteckt hatte. Die fette Frau keuchte und schwitzte heftig, als sie wieder ins Auto stieg. Sie legte das zusammengeknüllte Hemd auf den Sitz.

„Da is 'ne Waffe drin", sagte sie.

„Das sin bloß Werkzeuge für mein Auto."

„Gib mir meine fuffzig Dollar und bring mich zur Karre zurück. Du brauchst mich nicht heimzufahrn", sagte sie.

Sie stieg an der Kreuzung aus, die Scheine zusammengeknüllt in der Hand, und schob ihren Wagen, dessen Räder sich auf dem Asphalt verdrehten und verkanteten, die Straße entlang. Als Bertrand ihr zusah, wie sie sich bemühte, den schweren Wagen im Gleichgewicht zu halten, ihr Hinterteil musterte, das in der grünen Stretchhose so gewaltig wie ein Waschbottich wirkte, kam er sich klein vor, allein, wie jemand, der am Strand zurückgelassen wurde, aber er wusste nicht, warum.

Er steckte das Koks in seine Hose, schob den .38er unter den Sitz und fuhr nach Algiers, auf der anderen Seite der breiten Biegung des Mississippi. Die Fenster waren heruntergelassen, und der Wind wehte, als er den Fluss überquerte, aber der Schweiß rann ihm die Brust herab und ein scharfer Gestank stieg aus seinen Achselhöhlen auf. Er zog die Tüte mit dem Koks aus der Hose, tauchte die Finger hinein und rieb sich die Kristalle in die Nasenlöcher und aufs Zahnfleisch.

Aber Kovicks Schnee wirkte bei ihm nicht, entweder weil er zu oft gestreckt worden war, oder weil Bertrand so überdreht war, dass er sich ein Gramm reinknallen und trotzdem weder das Feuer in seinem Bauch löschen noch sein rasendes Herz beruhigen konnte. Als er die Ausfahrt nach Algiers hinuntersteuerte, kam er sich vor, als wäre er in einen Aufzugschacht getreten. Ein Lastwagen kurvte hupend um ihn herum. Ein Stoppschild rauschte an ihm vorbei, als wäre es am Rande seines Blickfelds aufgestellt. Wieder griff er in die Tüte mit dem Koks und stieß sie auf den Boden. Weiter vorn winkte ein Cop die Autos an einer Unfallstelle vorbei. Als er zu der Straße kam, in der sich Kovicks Blumenladen befand, japste er nach Luft und meinte, ohnmächtig zu werden.

Er parkte am Ende des Blocks. Er konnte sich nicht erinnern, jemals so viel Angst gehabt zu haben. Er versuchte sich überzeugende Gründe auszudenken, um nicht in den Laden gehen zu müssen. Zwei Typen, die wie Schmalztollen aussahen, aßen an einem Tisch unter einer Markise vor dem Schaufenster zu Mittag. Wie konnte man von ihm erwarten, dass er sich mit Typen anlegte, die von Berufs wegen Leute umbrachten? Er könnte sich Kovick irgendwo anders schnappen, unter einfacheren Umständen. Es musste nicht hier sein, es musste nicht heute sein. Seinen Kopf zu gebrauchen war keine Schande.

Insgeheim wusste er, dass der wahre Feind in seinem Leben nicht Kovick war, sondern die Angst, die sein steter Wegbegleiter war, in der Dunkelheit in seinem Zimmer und bei jedem Sonnenaufgang, am Frühstückstisch mit seiner Mutter, im Schulbus und auf dem Schulhof, in dem Crackhaus, wo er sich zum ersten Mal schwer zugeknallt hatte, und auf der Matratze, auf der er Mädels gevögelt und Sachen getrieben hatte, bei denen er sich fragte, ob er abartig war. Die Angst war ein grauer Ballon, der von einer Stelle zur anderen trieb, von einem Gegenstand zum nächsten, und jedes Mal, wenn er sich ihr stellen wollte, wanderte sie irgendwo anders hin, und durch sie wurde auch die harmloseste Situation zu einer Zwickmühle, was er aber niemals irgendjemandem gestehen würde, damit keiner erfuhr, was für ein furchtsamer Mann er war.

Jetzt versuchte er vor dem Typ wegzulaufen, der sein Leben in einen Alptraum verwandelt hatte. Was ist schlimmer?, fragte er sich. Hier zu sterben oder gehetzt und ausgelacht zu werden, bis ihn Kovicks Leute irgendwann schnappten, ihm den Mund zuklebten und ihn in einen Keller schleppten, wo Kovick in einem Regenmantel und Gummistiefeln auf ihn wartete.

Aber die Schmalztollen, die sich unter der Markise mit Sandwiches vollstopften, waren keine Einbildung, sagte er sich. An denen kam er nie vorbei. Schon der Versuch war so, als wollte man einem Löwen ins Maul spucken.

349

Als er sich fast davon überzeugt hatte, dass er einen berechtigten Grund hatte, seinen Einsatz in Samarra zu verschieben, beendeten die Schmalztollen ihre Mahlzeit, packten den Müll in eine Papiertüte und fuhren in einem Cabrio weg.

Bertrand kurvte zweimal um den Block und hoffte darauf, dass ein Schwarm Kunden den Laden betrat und ihm einen plausiblen Grund lieferte, nach Houma zurückzukehren. Doch weit und breit war niemand auf dem Gehsteig, und kein Auto hielt am Straßenrand. Stattdessen kam es ihm so vor, als wäre der Blumenladen Ziegel um Ziegel ohne jede Verbindung zur Umwelt errichtet worden, wie eine Insel, auf der Bertrand Melancon sich dem Schicksal stellen musste, das ihn sein ganzes Leben lang nur mit Geringschätzung und Verachtung bedacht hatte.

Er steckte den kurzläufigen .38er in seinen Gürtel, zog sein Hemd über die Schachbrettgriffschalen und stieg aus dem Auto. Er meinte zu spüren, wie die Erde seitlich wegkippte.

Dann wurde ihm klar, dass er keinen Plan hatte. Auf der ganzen Fahrt von Houma bis hierher hatte er sich nur damit beschäftigt, wie er an den .38er und den Schnee rankam. Als das erledigt war, hatte er augenblicklich darüber nachgedacht, wie er der Auseinandersetzung mit Kovick aus dem Weg gehen könnte. Jetzt war er vor Kovicks Laden, hatte den Pimmel in der Hand, aber keinen Plan. Was sollte er machen? Durch die Ladentür gehen und schießen? Was war, wenn er nicht traf? Was war, wenn Kovick eine Knarre unter dem Ladentisch hatte?

Er ging zum Ende des Blocks und trat in die Gasse, die hinter den Laden führte. Umgekippte Mülltonnen lagen auf dem Asphalt und nicht zurückgeschnittene Bananenstauden raschelten im Wind. Die Hintertür des Ladens stand einen Spalt offen. Bertrand spürte, wie sich seine Brust zusammenzog, und seine Lunge brannte, als hätte jemand Batteriesäure hineingegossen. Er legte die rechte Hand auf seinen Hemdschoß, damit der Wind den .38er nicht bloßlegte, und wischte sich mit der anderen den Schweiß aus den Augen. Er hätte nie gedacht, dass irgendjemand so eine Angst haben könnte.

Er zog die Metalltür auf und schaute in den hinteren Teil des Ladens. Eine große Frau stand an einem Arbeitstisch und telefonierte. Sie lächelte ihm zu und winkte ihn mit gekrümmten Fingern hinein.

Er starrte sie verwirrt an. Sie musste ihn für einen Lieferanten halten. Dann dämmerte es ihm allmählich: Sie war Kovicks Frau. Sie war mit ihm auf dem Foto in der *Times-Picayune* gewesen.

Wie kann man's Kovick besser heimzahlen, als wenn man seine Frau umlegt?, dachte er. Eddy würde das sagen, jedenfalls wenn Eddy noch denken könnte, wenn Eddy nicht bloß ein Sack Innereien wäre, der mit einem Schlauch gefüttert wurde.

Die Frau legte den Telefonhörer auf die Gabel. Sie trug ein Sommerkleid und hatte breite Schultern, die gebräunt waren und kräftig wirkten, wie bei einer Bäuerin. „Sind Sie hier, um die Fliesen im Badezimmer aufzureißen?"

„Ma'am?", sagte er.

„Kommen Sie nicht vom Klempner?"

„Ich hab ein Haus gesucht. Ich bin mir nicht sicher, ob ich hier richtig bin."

„Was für ein Haus?"

Er konnte nicht denken. Er hörte sein Blut in den Ohren rauschen. „Das Haus, wo Mr. Kovick is", sagte er.

Herrgott, was hatte er grade gesagt?

„Er ist vorne. Ich sag ihm, dass Sie hier sind. Wie ist Ihr Name?"

„Sie brauchen ihn nicht zu störn. Ich hol meine Werkzeuge. Die sin im Pick-up."

„Einen Moment", sagte sie. Dann war sie vorne im Laden verschwunden.

Er konnte sich nicht entscheiden, ob er fliehen oder den .38er aus dem Gürtel ziehen sollte, bevor Kovick durch den schweren Filzvorhang kam, der den vorderen Teil des Ladens vom hinteren trennte. Ein Lastwagen ratterte an der Hintertür vorbei auf die Seitenstraße und Bertrand blieb fast das Herz stehen. Dann zog Kovick den Vorhang zurück, wie eine Erscheinung in einem Traum, und starrte ihn an. Kovick kam Bertrand wie der größte Mann vor, den er je gesehen hatte. „Was ist los?", sagte er.

Bertrands Mund war so trocken, dass er fast seine Zunge verschluckt hätte, als er sprach. „Gar nix is los, Sir", sagte er, war wie erstarrt und hatte den Daumen seiner rechten Hand in die Hosentasche gehakt.

Kovick trug einen beigen Anzug mit hellroten Streifen, ein lavendelfarbenes Hemd und einen granatapfelroten Schlips. Seine Augen funkelten dunkel, wie Obsidian, und musterten ihn unerbittlich. „Bist du wegen dem Badezimmer hier? Ein paar von den Rohren sind unter den Fliesen, daher musst du vorsichtig sein, wenn du sie aufstemmst. Sie sind alt und zerbrechen leicht."

„Ich bin wegen keim Bad hier", sagte Bertrand.

„Was willst du dann?" Sidney schaute ihn von der Seite an, während er eine leere Vase aus einem Karton am Boden nahm und unter einem Hahn an der Wand halb mit Wasser füllte. Er stellte die Vase auf den Arbeitstisch und blätterte in einem Auftragsbuch herum. „Hast du mich gehört? Was willst du, Junge?"

Nichts außer deinem Leben, du Arschgeige, hörte Bertrand eine innere Stimme sagen.

„Was hast du grade gesagt?",fragte Sidney.

„Nix. Ich hab gar nix gesagt."

„Hast du mich als Arschgeige bezeichnet?"

„Nein, Sir, das hab ich nicht gesagt."

„Ich glaube schon." Sidneys Blick wanderte zu Bertrands Gürtel. „Was hast du da?"

„Gar nix", sagte Bertrand und wich zurück.

„Yeah?", sagte Sidney. Er schlug Bertrand ins Gesicht, aus der Schulter heraus. „Ich habe dir eine Frage gestellt. Was ist da unten?"

„Sir, ich hab nix gemacht. Ich geh jetzt. Sie sehn mich nie wieder. Ich versprech's."

Sidney griff nach unten und riss den .38er aus Bertrands Gürtel, so dass ihm der Stahl die Haut aufschürfte. „Du kleiner Scheißer", sagte er. „Du kommst bewaffnet hierher, wenn meine Frau im Laden ist?"

„Nein, Sir. Ich hab mich bloß verlaufen."

„Lüg nicht", sagte Sidney. Wieder schlug er Bertrand mitten ins Gesicht, dass ihm der Speichel vom Mund flog.

„Ich hab gedacht, es wär 'ne leichte Beute, Mann", sagte Bertrand, dessen Nase sich anfühlte, als wäre sie voller Nadeln, während ihm das Wasser in die Augen trat.

„Gelte ich als leichte Beute? Als Opfer? Willst du mir das in meinem eigenen Laden sagen?"

Bertrand öffnete den Mund und wollte etwas sagen, brachte aber kein Wort heraus. Sidney klappte die Trommel des .38ers auf und ließ die Patronen in seinen Handteller fallen. „Woher bist du?", fragte er.

„Aus Shreveport", sagte Bertrand.

Sidney steckte den .38er in seine Jackentasche, schob die Hand in Bertrands Unterhose und zog sie samt der Hose vom Bauch weg. Er kippte die sechs Patronen in Bertrands Schritt, dann brachte er ihn zur Tür. „Folgendermaßen sieht's aus, mein Junge. Du hast einen Fehler gemacht. Wenn du noch mal hierher kommst, mach ich dich fix und alle."

Sidney schubste ihn in die Gasse und trat ihm so heftig in den Hintern, dass Bertrand das Gefühl hatte, als würden ihm Glassplitter in den After gestoßen. Er humpelte zum Ende der Gasse, war überzeugt davon, dass ihm das Blut an den Schenkeln hinablief. Als er auf die Straße kam, als er meinte, dass ihm in seinem Leben keine weitere Demütigung, kein solches Elend mehr widerfahren würde, sah er einen Abschleppwagen die Schnauze seines Toyota hochziehen.

Am späten Nachmittag klingelte das Telefon auf der Arbeitsplatte in meiner Küche. „Entweder Sie oder Purcel stecken hinter dieser Sache", meldete sich eine Männerstimme.

„Sidney?", sagte ich.

„Sind Sie überrascht, dass ich am Leben bin?"

„Ich komme nicht ganz mit."

„Ich habe einen kurzen .38er in der Hand. Raten Sie mal, woher der stammt? Er wurde aus meinem Haus gestohlen. Ich hab ihn grade einem schwarzen Kid abgenommen, der einen Mundgeruch hatte, als wenn jemand einen fahren lässt. Der Schwarze ist mit meiner eigenen Knarre in den Laden gekommen und wollte mich damit umlegen. Halten Sie das für reinen Zufall?"

„Wo ist der schwarze Junge jetzt?"

„Weiß ich nicht. Ich hab ihn per Arschtritt durch die Gasse gejagt, bevor mir klar wurde, dass er einer von den Typen war, die mein Haus auseinander genommen haben. Aber wenn ich ihn in die Finger kriege, reiß ich ihm sämtliche Gliedmaßen raus und bringe sie euch."

„Schlechte Aussage gegenüber einem Cop, Sidney", sagte ich.

„Sie können mich kreuzweise."

„Ich bin froh, dass Sie unversehrt sind."

Er zögerte, versuchte meine Antwort einzuschätzen. „Wollen Sie damit sagen, dass Sie den Jungen nicht auf mich angesetzt haben?"

„Nein, und Clete Purcel auch nicht."

„Kommen Sie mir nicht mit dem Mist. Purcel hat schon seit Ewigkeiten einen Brass auf mich. Am unteren Ende der Magazine gab's 'ne Schlägerei, als wir Kids waren. Er glaubt, ich hätte dahintergesteckt, als ihm ein Typ ein Rohr übers Auge gedonnert hat. Er ist ein blöder Ire. Wissen Sie, woran man einen blöden Iren erkennt? Sie denken, handeln und sehen aus wie Clete Purcel."

„Lassen Sie Clete in Ruhe. Er hat sich zurückgehalten, als er Sie vor den Augen Ihrer Frau hätte fertigmachen können."

„Ich habe keine Ahnung, wovon Sie reden."

Ich hatte mich in tiefe Gewässer vorgewagt, aber meiner Ansicht nach hatte es Sidney darauf angelegt. „Clete wusste, dass Sie etwas mit Natalia Ramos hatten. Er hätte Sie als den jämmerlichen Scheißkerl hinstellen können, der Sie sind, aber dafür ist er zu sehr Gentleman."

„Ich nehme an, die Lektion lautet, Matschköpfe halten zusammen. Lassen Sie mich mal was klarstellen. Ich bin Natalia Ramos in der Videothek begegnet. Sie mag Filme, genau wie ich. Ich hab ihr einen Job als Putzfrau in meinem Büro gegeben. Außerdem habe ich versucht, dem süchtigen Priester zu helfen, mit dem sie zusammengelebt hat. Er war ein guter Mann, aber wegen seinem Krebs hat er an der Nadel gehangen. Bestellen Sie Purcel, dass er noch blöder ist, als ich dachte."

„Sie kannten Pater Jude LeBlanc?"

„Sie und Dumbo können mit Ihren Segelohren runter in die staatliche Nervenheilanstalt fliegen und zusehen, ob die dort Gehirne transplantieren."

„Ronald Bledsoe ist in mein Haus eingebrochen. Das geht auf Sie, Sidney."

Aber er legte auf, noch ehe ich die Hälfte davon ausgesprochen hatte.

Die Wipfel der Eichen im Garten hinter meinem Haus bogen sich im Wind und Blätter segelten auf den Bayou. Ich sah Kinder auf der grünen Böschung des City Parks Frisbee spielen und hörte übers Wasser ihre Stimmen. Es war ein schöner Abend, der nicht durch Gedanken an Ronald Bledsoe hätte getrübt werden sollen. Aber das Böse ist böse und verschwindet nicht aus unserem Leben, weil wir wünschen, dass es weggeht. Otis Baylors Rat, dass man Bledsoe nicht aufwerten sollte, traf es punktgenau, aber das hieß nicht, dass ich mich auf Bledsoes Spiel einlassen musste.

Ich rief Clete über sein Handy an. „Bledsoe schläft nachts nicht?", sagte ich.

„Nein."

„Was macht er?"

„Nutten eine Heidenangst einjagen oder Karten spielen."

„Karten?"

„An seinem Laptop. An seinem Auto ist ein Aufkleber von einem Casino. Vielleicht ist das sein Haschmich. Diese Typen haben alle einen. Warum?"

22

Am Sonntagmorgen um zwei Uhr fuhr ich zu Cletes Motel. Der Himmel war dunkel, in den Bäumen raschelte der Wind, in Ronald Bledsoes Cottage brannte Licht. Als ich anklopfte, zog er den Vorhang zur Seite und schaute heraus, dann löste er die Sicherheitskette und öffnete die Tür. Er trug einen marineblauen Morgenmantel und flauschige weiße Hausschuhe. Er lächelte, und ich sah, dass der fehlende Zahn durch eine Brücke ersetzt worden war.

„Tut mir leid, wenn ich Sie störe, Mr. Bledsoe. Aber ich habe Licht bei Ihnen gesehen und dachte, Sie hätten nichts dagegen", sagte ich.

„Nicht im Geringsten. Was für ein Vergnügen." Er schaute auf seine Uhr. „Sie sind genau wie ich. Ein Nachtschwärmer sind Sie. Kommen Sie rein."

Das Innere von Bledsoes Cottage war tadellos, das Bett noch gemacht, auf dem Frühstückstisch stand ein aufgeklappter Laptop. „Jede Wette, dass ich weiß, was Sie mich fragen wollen", sagte er.

„Wetten, dass nicht?", sagte ich.

„Sie wollen wissen, ob ich gegen Ihre Kleine Anzeige erstatte."

„Und?"

„Nein, Sir, das ist nicht meine Art."

„Das ist nett von Ihnen. Darf ich Sie Ronald nennen?"

„Macht jeder, weil das mein Name ist." Sein länglicher, eingewachster Kopf glänzte im künstlichen Licht. Er nahm eine Kaffeekanne vom Herd, goss zwei Tassen ein und warf mir einen kurzen Seitenblick zu. „Wollen Sie Zucker und Sahne?“

„Nein, gar nichts“, sagte ich, war kurz von den Bildern auf seinem Laptop abgelenkt.

„Ich habe verschiedene Spiele auf meinem Laptop laufen“, sagte er. „Spielen Sie gern Karten, Mr. Robicheaux?“

„Dave bitte. Ich bin früher ab und zu auf die Rennbahn gegangen. Genau genommen wurde es ein Problem für mich, neben einem noch größeren, das ich schon hatte.“

„Aha?“

Er reichte mir eine Mokkatasse und eine Untertasse mit einem kleinen Löffel. Aber ich stellte sie auf den Tisch, ohne daraus zu trinken. Elektronische Spielkarten schnellten aus dem Schuh und segelten über den Bildschirm des Laptops. „Ich dachte, ich hätte eine Gewinnchance, aber letzten Endes hab ich Prügel bezogen“, sagte ich.

„Aha?“, wiederholte er.

„Das ist die Schwäche eines jeden Spielers, so ähnlich wie bei einem Trinker. Er glaubt, er kann die Zukunft erahnen und beeinflussen, aber sein eigentliches Ziel ist es, zu verlieren.“

„Warum sollte jemand verlieren wollen?“

„Damit er dem Universum die Schuld an allen Problemen geben kann.“

„So habe ich das noch nie gesehen. Sie sind ein schlauer Mann, Mr. Robicheaux. Das hier ist eine eindrucksvolle Stadt. Die Leute im Süden sind die schlausten, die's gibt. Ihre Tochter ist hochgebildet und kultiviert. Man erkennt das, sobald man einen Blick auf sie wirft.“

„Danke, Ronald. Schaun Sie, ich frage mich, ob Sie mir bei einem Problem helfen können. Jemand ist in unser Haus eingebrochen und hat ihr Zimmer verwüstet. Haben Sie davon gehört?"

„Nein, Sir, hab ich nicht."

„Deshalb würde mein Boss Sie gern aus dem Kreis der Verdächtigen ausklammern. Könnten wir einen Abstrich von Ihnen bekommen?"

„Ist das nicht eine Art Durchsuchung, Mr. Robicheaux? Erfordert das nicht einen so genannten ‚hinreichenden Tatverdacht'?" Er lächelte nach wie vor.

„Da haben Sie vollkommen recht."

„Tja, haben Sie eine Vollmacht?", fragte er belustigt.

„Leider nein."

„Dann müssen Sie einen Moment warten", sagte er. Er ging ins Bad und kehrte mit einem Q-Tip zurück. Er steckte es tief in seinen Mund, tränkte es mit Speichel, steckte es dann in eine durchsichtige Plastiktüte und reichte sie mir. „Ich will doch nicht, dass Sie meinetwegen Ärger mit Ihrer Chefin kriegen. Nein, Sir, dazu soll's nicht kommen."

„Hatten Sie einen Partner, als Sie in mein Haus eingebrochen sind?"

Er legte die Hände in den Nacken und schüttelte den Kopf. „Das kränkt mich. Ich wünschte, Sie hätten das nicht gesagt." Er betrachtete mich von oben bis unten. „Haben Sie eine Schusswaffe dabei, Mr. Robicheaux?"

Die ganze Zeit über hatte ich ihn mit dem Vornamen ansprechen dürfen, während er mich weiterhin förmlich anredete, was bei ihm sowohl gönnerhaft als auch überheblich wirkte. Ich schlug die rechte Seite meines Sportsakkos zurück. „Eigentlich sollte ich eine bei mir haben, aber das hier ist nur ein Besuch. Sagen Sie mal, glauben Sie wirklich, Sie könnten in eine Kleinstadt im Süden kommen, an anderen Leuten Ihre Füße abstreifen und wieder heimfahren, ohne sich eine schwere Abreibung einzuhandeln? Glauben Sie wirklich, dass sich der Süden so sehr verändert hat?"

Er trat dicht vor mich, lächelte nach wie vor, und seine Zähne glänzten vor Speichel. „Ich habe schon jede Arbeit gemacht, die's gibt, an jedem Ort, den es gibt. Die Liebe zum Geld ist die Wurzel allen Übels. Das steht in der Bibel. Die Leute waren seinerzeit käuflich, und sie sind auch heute käuflich. Die ganze Stadt hier wäre ein Parkplatz von Wal-Mart, wenn das Geld stimmen würde."

„Sie irren sich."

„Nie im Leben", erwiderte er.

„Sie wissen, was Blutsteine sind, nicht wahr, Bledsoe?"

„In der zivilisierten Welt reden sich höfliche Männer nicht mit dem Nachnamen an, Mr. Robicheaux. Aber um Ihre Frage zu beantworten, nein, ich weiß nicht viel über Blutsteine."

„Wegen solcher Steine werden Kindern die Arme abgehackt. Ich glaube, die werden Sie in Schwierigkeiten bringen."

„In Schwierigkeiten wurde ich an dem Tag gebracht, an dem ich zur Welt gekommen bin. Was halten Sie davon?"

Er stand jetzt so dicht vor mir, dass ich die getrocknete Seife auf seiner Haut riechen konnte. Ich wandte den Blick ab und trat einen Schritt zurück. Dann öffnete ich die Tür und ging hinaus, außer Atem, die Plastiktüte in der Hand.

„Wollen Sie Ihren Kaffee nicht trinken, Mr. Robicheaux?"

Draußen schien sein Geruch an meinem Gesicht zu haften. Als ich meinen Pick-up anließ, stand er unter der Tür, die Hände in den Taschen seines Morgenmantels, während elektronische Karten in einen schwarzen Satinhut auf dem Bildschirm seines Laptops segelten. Er stand im Lampenschein der Hütte, so dass sein Gesicht im Schatten lag, aber im Licht einer Straßenlaterne waren seine glänzenden Zähne zu sehen, als er lächelte. Der Schaltknüppel zitterte in meiner Hand, als ich auf der Zufahrt zurücksetzte, zwischen zwei Reihen Cottages hindurch, und auf die Main Street stieß.

Daheim angekommen, zog ich mich aus und legte mich neben Molly ins Bett. Als sie mein Gewicht auf der Matratze spürte, wachte sie auf und schmiegte sich an mich. Ihr Körper fühlte sich heiß an. Bevor ich zum Motelgelände aufgebrochen war, hatte ich ihr erklärt, ich müsste ins Büro und für den Telefonisten etwas klären. Jetzt lag ich auf dem Rücken und starrte zur Decke hoch. Sie stützte sich auf einen Ellbogen und blickte auf mich herab.

„Alles ist gut. Geh wieder schlafen", sagte ich.

Sie stieß mir mit dem Knie an den Schenkel. „Versuch nicht mich abzuwimmeln, Soldat", sagte sie.

„Ich habe Bledsoe zur Rede gestellt."

„Allein?"

„Clete war in der Nähe. Es war okay."

Sie legte mir die Hand auf die Brust. „Dein Herz hämmert."

„Ich konnte nicht mit ihm im gleichen Zimmer sein. Es ist schwer zu erklären. Ich musste weg von ihm."

„Hat er zugegeben, dass er in unser Haus eingebrochen ist? Hat er dich bedroht?"

„So geht er nicht vor. Der Fürst der Finsternis ist immer ein Edelmann. Desgleichen sein Gefolge."

„Rede nicht so, Dave."

„Ich werde ihn drankriegen. Auf die eine oder andere Art werde ich ihn an eine Scheunenwand nageln."

Sie legte sich wieder hin, ließ den Hinterkopf ins Kissen sinken und starrte zur Decke. Dann sagte sie etwas, das ich niemals von ihr erwartet hätte: „Ich möchte mir eine Pistole kaufen."

Am nächsten Morgen fuhr ich vor Dienstantritt in den Süden des Lafourche Parish und parkte vor der Bar an der Kreuzung, bei der Bo Diddley Wiggins und ich gewesen waren, um Clete abzuholen, nachdem dieser auf einen Mann geschossen hatte, der mit einem Außenborder über einen Kanal geflohen war. Der Barkeeper war allein in der Kneipe; er trug ein Trägerunterhemd, saß vor einem Ventilator und versuchte im schummrigen Licht eine Zeitung zu lesen. Ich klappte meine Dienstmarke auf, legte sie auf die Bar und fragte ihn nach den beiden Männern, die hier gewesen waren, als ich Clete eingesammelt hatte. Auf seinen Schultern wucherten Haarbüschel, und seine Augenbrauen waren von Narbengewebe durchzogen, so dass die Augenwinkel zusammengekniffen waren und fast etwas Asiatisches an sich hatten.

„Kennen Sie die Typen, die meinen Freund hierher gebracht haben?"

„Die arbeiten für Mr. Wiggins. Sie trinken hier manchmal Bier", sagte er.

„Das wusste ich schon vorher. Ich möchte wissen, wo sie jetzt sind."

„Am Sonntag is das schwer zu sagen."

„Ich ermittle wegen eines Doppelmordes. Wollen Sie meine Fragen lieber im Bezirksgefängnis beantworten?"

Er schlug die Zeitung zu und schob sie weg. „Etwa sechs Kilometer die Straße runter is 'n Treibstoffpier. Dort finden Sie womöglich einen von Ihnen."

„Danke", sagte ich und nahm das Etui mit meiner Dienstmarke von der Bar.

„Hey!", sagte er, als ich schon fast draußen war.

„Ja?", sagte ich.

„Ich fahr fünfundfünfzig Kilometer über schlechte Straßen, um zu meinem Arbeitsplatz zu kommen. Ich verdien sechs Kröten die Stunde plus Trinkgeld. Die FEMA sagt, in 'nem Monat krieg ich vielleicht 'nen Trailer. Wie weit fahren Sie zur Arbeit? Hat Ihr Haus ein Dach?"

Ich fuhr nach Süden, zu einem Treibstoffpier, der an der Einmündung eines Süßwasserkanals lag, den eine Ölfirma durch die Marsch gegraben hatte, in eine brackige Bucht. Zerfließende Dieselöllachen trieben auf dem Wasser. Ein rostiger Lastkahn lag halb versunken im Riedgras. Ich sah einen Mann in Khakikleidung aus einem kleinen Büro kommen, das am Ende des Anlegestegs stand. Er betrachtete ein Propellerboot, das über die Bucht röhrte, und hörte mich nicht, als ich mich von hinten näherte.

„Holla, haben Sie mich erschreckt!", sagte er, als er sich umdrehte. Dann erkannte er mich und stellte sich vor. Er sagte, er heiße Tolliver, stamme ursprünglich aus Arkansas und arbeite seit dreizehn Jahren für Bo Wiggins.

„Ihr Freund war abgefüllt, nicht wahr?", sagte er. „Ist er heil nach Hause gekommen?"

„Haben Sie ihn auf jemand schießen sehen, Mr. Tolliver?"

„Nein, ich hab's in der Ferne zweimal knallen hören, so wie 'ne Schrotflinte im Wind klingt. Ein Typ ist in 'nem Außenborder abgehauen, und ich hab gedacht, dieser Purcel ist womöglich ausgeraubt worden. Das ist der einzige Grund, weshalb ich eingegriffen habe."

Er war ein freundlich wirkender Mann, dessen Bauch und Rettungsringe über den Gürtel hingen. Seine Unterarme waren dick und mit rötlichen Haaren bedeckt. Er lächelte oft. Genau genommen war er zu freundlich und lächelte zu viel.

„Sie wissen nicht, wer der Mann in dem Boot war?"

„Nein, Sir."

„Wie lange arbeiten Sie schon an diesem Pier?"

„Zwei, drei Jahre etwa."

„Kommen viele Fremde hierher?"

„Ich betanke bloß Mr. Wiggins' Boote. Ich achte nicht groß drauf, was hier vor sich geht, ich meine, die Leute, die hier angeln und dergleichen mehr."

„Haben Sie schon mal von einem gewissen Ronald Bledsoe gehört?"

„Kann ich nicht sagen."

„Er ist ein seltsam aussehender Typ. Sein Kopf und das Gesicht sehen aus wie ein Dildo."

Er lachte auf und blickte seitwärts auf die Bucht. Er zog eine gelb getönte Pilotenbrille aus der Brusttasche seines Hemdes und setzte sie auf, obwohl die Sonne hinter den Wolken verschwunden war und das Marschland rundum im Schatten lag. Er legte die Arme über das Geländer des Anlegestegs hinter ihm und schüttelte weiter den Kopf, als dächte er über eine Frage nach, die ich gar nicht gestellt hatte.

„Können Sie mich anschauen, Mr. Tolliver?"

„Ich sag Ihnen alles, was ich kann, Mr. Robicheaux. Mehr weiß ich nicht."

Ich richtete den Blick weiter auf sein Gesicht, bis er mich anschauen musste. „Ronald Bledsoe ist ein Mensch, den man nicht vergisst, Mr. Tolliver. Wenn man ihm die Hand schüttelt, hat man das Gefühl, als ob einem ein garstiger Stromstoß durch den Arm fährt. Sagen Sie mir noch mal, dass Sie diesen Mann nicht kennen."

„Dieser Mann ist mir nicht bekannt. Nein, Sir", sagte er kopfschüttelnd. Aber ich sah das Zucken unter seinem linken Auge, so als wäre eine Biene über seine Haut gelaufen.

Ich zog eine Visitenkarte aus meiner Brieftasche und reichte sie ihm. „Sie kommen mir ganz vernünftig vor. Seien Sie gewarnt, Mr. Tolliver. Ronald Bledsoe ist ein böser Mann. Wenn Sie ihm zu Diensten sind, wird er Sie vernichten." Tolliver bemühte sich um eine ausdruckslose Miene, aber als er schluckte, sah es so aus, als hätte er eine Walnuss im Schlund.

An diesem Abend kramte ich eine alte, halbautomatische .22er Ruger aus meinem Schrankkoffer, nahm Molly mit zum Polizeischießstand und zeigte ihr, wie man mit dem Daumen die einzelnen Patronen ins Magazin drückte und durchlud. Dann brachte ich ihr den Umgang mit dem Sicherungshebel bei, wie man das Magazin im Griff auswarf und den Schlitten zurückzog, um sicherzugehen, dass keine Patrone in der Kammer war. Ich machte das gewissenhaft und lustlos, zweifelnd und bedrückt.

Der Himmel war malvenfarben und in den dunklen Bäumen entlang der Staatsstraße wimmelte es vor Vögeln. Es war ein seltsames Gefühl, zuzusehen, wie Molly in Schussposition ging, die Arme ausgestreckt, ein Auge geschlossen, die Schaumgummiohrschützer auf den Kopf geklemmt. Ich konnte mich nur schwer damit abfinden, dass meine Frau, eine ehemalige Nonne und Angehörige von Pax Christi, auf eine Pappzielscheibe mit einer aufgedruckten menschlichen Silhouette ballerte. Als sie die letzte Patrone im Magazin verschossen hatte, sprang der Verschluss auf und ein dünner Rauchfaden stieg aus der leeren Kammer.

„Du wirkst unglücklich", sagte sie.

„Es war ein langer Tag, das ist alles."

„Bist du von mir enttäuscht?"

„Nein", sagte ich.

„Du glaubst, dass wir Macht an Ronald Bledsoe abgeben, nicht wahr?"

„Nein", sagte ich.

„Du kannst alles Mögliche, Dave, aber lügen gehört nicht dazu."

Ich nahm ihr die Ruger aus der Hand und steckte sie in den Segeltuchrucksack, in dem ich mein ganzes Schießzubehör aufbewahrte. Ich legte Molly den Arm um die Schulter und ging mit ihr zu meinem Pick-up, der unter den Bäumen geparkt war. Hunderte von Vögeln zirpten im Schatten und die Sonne war nur mehr ein roter Klecks in einer dunklen Wolkenbank im Westen. Ich hatte das gleiche Gefühl in der Brust, das ich als Kind durchmachte, wenn meine Eltern sich anschickten, unser Zuhause und die Familie zu zerstören. Dieses Gefühl ist mit etwas verbunden, das Psychiater als „Weltzerstörungsfantasien" bezeichnen. Ich lebte damit in meinen Träumen, bevor ich nach Vietnam ging und noch lange nach meiner Rückkehr. Ich ging mit Alkohol und Beruhigungsmitteln dagegen an, und als beides nicht wirkte, versuchte ich es mit purem Adrenalin, wie es durch den Rückschlag einer Pistole in der Hand ausgeschüttet wird, durch den Schießpulvergeruch, der einem in die Nase steigt, und das Sirren, das eine taumelnde Kugel erzeugt, wenn sie einem am Ohr vorbeifliegt.

Ich hatte das Gefühl, dass irgendetwas Unersetzbares aus meinem Leben verschwand, aber ich konnte nicht sagen, warum. War es bloß die Anziehungskraft der Erde, die man in einem bestimmten Alter spürt? Manchmal kann das Scharren einer Schaufel, die tief in den Boden gestoßen wird, zu einem Glassplitter im Ohr werden. Hatte ich mehr Angst vor dem Tod als ich zugeben wollte? Oder brachte Ronald Bledsoe meine Familie dazu, sich nach seiner Vorstellung umzumodeln?

Als wir heimkamen, reinigte Molly die Ruger, ölte sie und gab sie mir nicht zurück.

Am Montagmorgen um neun Uhr siebzehn klingelte das Telefon auf meinem Schreibtisch. „Mr. Robicheaux", meldete sich eine bekannte Stimme.

„Was wollen Sie, Bertrand?", erwiderte ich.

„Ich bin hergekommen, weil ich Hilfe brauch. Ich halt's nicht mehr aus."

„Wohin sind Sie gekommen?"

„Ich bin mit 'nem Güterwagen nach New Iberia gefahrn. Ich hab nicht geschlafen."

„Sie sind in New Iberia?"

„Yeah, ich halt's nicht mehr aus."

„Was halten Sie nicht mehr aus?"

„Alles. Die Leute jagen mich. Die Leute behandeln mich wie Scheißdreck. Kovick hat dafür gesorgt, dass in den FEMA-Lagern jeder weiß, wer ich bin. Ich kann mich nirgendwo verstecken. Ich wollt ihn umlegen. Besser gesagt, seine Frau. Aber ich konnt nix machen, als zitternd dazustehn."

„Sie haben versucht, Sidney Kovick umzunieten?"

„Ich bin kein Killer. Das hab ich am Sonntag gelernt. Ich bin vielleicht ein Feigling, aber ein Killer bin ich nicht."

Er schilderte mir die Szene in dem Blumenladen, die Angst, die wie Rüsselkäferlarven an seinem Herzen fraß, die Ohrfeigen, die .38er-Patronen, die ihm in den Schritt gekippt wurden, den brutalen Tritt, nach dem sein After blutete. Sein Selbstmitleid und Gewinsel waren schwer zu ertragen. Aber ich zweifelte nicht am Ausmaß seiner Seelenpein. Ich vermutete, dass Bertrand insgeheim wahrscheinlich etwa sieben Jahre alt war.

„Sagen Sie mir, wo Sie sind."

Kurzes Zögern. „Deshalb hab ich nicht angerufen. Sie müssen was erklärn. Ich bin zu der Notunterkunft im Park, weil ich seit gestern nix mehr gegessen hab. Das weiße Mädchen, das ich in dem Auto mit der leeren Batterie bei Desire gesehn hab, war da."

„Meinen Sie das weiße Mädchen, das Sie vergewaltigt haben?"

„Yeah, genau die, sie war da, Mann, und hat in der Unterkunft Essen ausgegeben. Ich hab mir gesagt, dass kann nicht sein. Ich hab 'nen Typ gefragt, wer sie is, und er hat gesagt, sie is aus New Orleans und heißt Thelma Baylor. Das is der Name von den Leuten in dem Haus, aus dem der Schuss gekommen is, der Eddy getroffen und Kevin getötet hat."

Mir wurde klar, was passiert war. Thelma war wahrscheinlich mit Alafair zu der Unterkunft gegangen, um auszuhelfen, und Bertrand war hineingeplatzt und hatte sie gesehen. Ich versuchte mich zu konzentrieren, zu verhindern, dass durch seine zufällige Entdeckung Ereignisse ausgelöst wurden, an die ich gar nicht denken wollte.

„Sie hat abgenommen, sie sieht 'n bisschen älter aus, aber sie isses, nicht wahr?"

Allein die Vorstellung, dass er sich einen Eindruck vom körperlichen Zustand einer jungen Frau verschaffte, die er überfallen hatte, und von mir eine Bestätigung haben wollte, verstieß meiner Meinung nach gegen jegliches Moralempfinden. „Die geht Sie nichts an, Partner."

„Ich muss es wiedergutmachen."

„Halten Sie sich von den Baylors fern."

„Ich hab 'nen Plan. Ich meld mich wieder bei Ihnen."

Er unterbrach die Verbindung.

Ich besorgte mir einen Streifenwagen und fuhr zum Freizeitgebäude im City Park. Alafair stapelte gerade die Feldbetten einer Familie übereinander, die nach Dallas umgesiedelt wurde. Sie wirkte gedankenverloren, nicht ganz bei der Sache. Im Hintergrund dribbelte ein Junge mit einem Basketball, den er laut auf den Boden knallen ließ.

„Wo ist Thelma?", fragte ich.

„Ihr Vater hat sie abgeholt. Ich glaube, sie sind heimgefahren", erwiderte sie. Sie hob einen Packen zusammengefalteter Betttücher hoch und schaute mich an.

„Hat sich hier ein Schwarzer, etwa Anfang zwanzig, rumgetrieben? Jemand, den du vorher noch nicht gesehen hast?"

„Wenn ja, ist es mir nicht aufgefallen."

„Er heißt Bertrand Melancon. Er ist einer der Typen, die Thelma vergewaltigt haben."

„Warum ist er hier?"

„Aus Schuldbewusstsein, Angst oder Opportunismus. Ich bezweifle sogar, dass er's selber weiß. Vielleicht spinnt er."

„Hat das etwas mit Ronald Bledsoe zu tun?"

„Ja, hat es. Es hat auch was mit Blutdiamanten zu tun. Wir müssen Melancon in einen Käfig kriegen, zu seinem eigenen Wohl wie auch zu dem aller anderen."

„Ich habe das satt."

„Was?"

„Ronald Bledsoe war heute Morgen hier. Er hat der Unterkunftsleiterin erklärt, er würde gern als freiwilliger Helfer einspringen. Aber er hat mich die ganze Zeit angestarrt und hatte dieses krankhafte Grinsen im Gesicht."

Vor der Eingangstür tollten Kinder auf Schaukeln und Wippen unter den Eichen herum. Ich konnte mich noch daran erinnern, wie Alafair in ihrem Alter gewesen war und das Gleiche gemacht hatte. „Iss mit uns zu Mittag", sagte ich.

„Was wollen wir wegen dieses Arschlochs unternehmen, Dave?", erwiderte sie.

Ich kehrte zur Dienststelle zurück und klopfte an Helens Tür. Die neusten Nachrichten über Bertrand Melancon gefielen ihr ganz und gar nicht.

„Sag mir, ob mir irgendwas entgangen ist. Er hat die kleine Baylor und ein anderes Mädchen im Lower Nine vergewaltigt und wollte Sidney Kovick umbringen, und jetzt ist er in New Iberia und ruft dich wegen seiner Gewissensbisse an."

„Ich glaube, das trifft's in etwa."

„Wo ist er jetzt?"

„Ich weiß es nicht."

„Nimm dir Otis Baylor und seine Tochter vor. Sag ihnen, dass Melancon in der Gegend ist und dass wir ihn uns

372

schnappen werden. Aber mach Baylor klar, dass Melancon uns gehört."

„Ich hab's kapiert."

Sie stand vor ihrem Schreibtisch und stemmte die Hände in die Hüften. Sie trug eine braune Hose im Westernschnitt, einen Gürtel mit Metallbeschlägen und ein enges Hemd. Dann schaute sie mich unverhofft offen an, und ihr Blick und das Gebaren hatten etwas eigenartig Androgynes an sich, durch das sie zu einem bezaubernden Rätsel wurde, das erregend und beunruhigend zugleich war.

„Ich hätte dich nicht nach New Orleans zurückschicken sollen", sagte sie.

„Warum nicht?"

„Weil die FBIler Geld haben, um ihre Sauereien wegzuputzen, und wir nicht. Weil du ein guter Cop bist und niemals einen Fall in der Schublade ablegst. Du behältst jeden, mit dem du dich befasst hast, im Kopf. Wenn du kein Cop wärst, hättest du einen Priesterkragen um." Ihre Augen waren violett, wärmer als sie hätten sein sollen.

„Krieg ich eine Gehaltserhöhung?"

Sie winkte mir mit den Fingern zu. „Bwana gehn jetzt."

Ich ließ das Mittagessen ausfallen und fuhr zu Otis Baylors Haus an der Old Jeanerette Road. Er war in seinem Garten, tief im Schatten, und hatte einen Zwanzig-Liter-Tank mit Insektengift auf dem Rücken, arbeitete sich an der Seitenwand des Hauses entlang und sprühte Blumenbeete und Fundament ein. Im Schatten war es kühl, aber die Leinwandgurte des Sprühtanks hatten Schweißringe auf seinem Hemd hinterlassen. Ich hatte das Gefühl, dass Otis Baylor jeden Dollar zweimal umdrehte.

Ohne auf eine Einladung zu warten, setzte ich mich auf die Vordertreppe, als wäre ich ein Nachbar. Unten, am Fuß der lang abfallenden grünen Böschung des Grundstücks, kräuselte sich der Bayou im Wind, und entlang der Ufer wucherten Elefantenohren. Otis' Haus, das aus dem 19. Jahrhundert stammte, war mit seinen rostigen Fliegengittern, dem tief im Schatten liegenden Blechdach und dem grünen Schimmel am Fundament, ein eher bescheidener Wohnsitz. Aber die Luft zwischen den Bäumen roch kühl, der Bambus raschelte im Wind und Kiefernnadeln trieben über das Dach. Es war ein Ort, an dem ein Mann mit sich und seiner Familie in Frieden leben und allen Ehrgeiz ablegen konnte, der die Seele nie zur Ruhe kommen lässt. Aber ich bezweifelte, dass Otis diesen Frieden jemals finden würde, egal, für welches Leben er sich entschied.

„Ich habe Ihren Rat angenommen", sagte ich.

„In welcher Hinsicht?"

„Mich nicht auf Ronald Bledsoes Spiel einzulassen."

Er sprühte unverwandt das Fundament des Hauses ein, als hätte ich nichts gesagt. „Diese Formosa-Termiten fressen einem glatt das Haus weg, nicht wahr?", sagte er. „Wenn man nicht ständig hinter denen her ist, fressen sie sich bis auf den Beton durch."

„Einer der Typen, die Thelma überfallen haben, ist in der Stadt", sagte ich. „Er hat mich über Handy angerufen. Er heißt Bertrand Melancon. Er ist der Bruder von dem Typ, den es an der Kehle erwischt hat."

Otis nickte mit ausdruckslosem Blick, seine Spritze fuhr zischend über das Lattenwerk am Fuß der Galerie. „Warum hat er Sie angerufen?"

„Er hat Angst. Ich glaube, er bereut auch das, was er getan hat."

Otis pumpte Druckluft in den Tank und blickte ins Leere. „Das sollte er auch."

Sollte er Angst haben oder bereuen? Oder beides? Ich zupfte an meinem Ohrläppchen. „Mein Boss lässt Ihnen Bescheid ausrichten, dass Bertrand Melancon uns gehört."

„Jetzt hören Sie mal zu, Mr. Robicheaux …"

Diesmal unterbrach ich ihn. „Wissen Sie, was Kimberlitdiamanten sind?"

„Nein."

„Vor ein paar Jahren haben Warlords in Afrika sie unrechtmäßig verkauft, um ihre Kriegsmaschinerie zu schmieren. Um an diese Diamanten zu kommen, haben die Warlords viele wehrlose Menschen massakriert und Kindern die Arme abgehackt. Deswegen werden sie Blutdiamanten genannt. Irgendwie hat Sidney einen Haufen davon in die Hände gekriegt. Die Typen, die Sidneys Haus geplündert haben, sind zufällig auf die größte Beute ihres Lebens gestoßen. Können Sie sich vorstellen, was Sidney oder seine Geschäftspartner tun werden, um sie zurückzukriegen?"

Otis hielt in seiner Arbeit inne und starrte in den Schatten. Er streifte sich den Tank vom Rücken, hielt ihn an einem Tragegurt und stellte ihn behutsam ins Gras, so dass das Insektengift, das drin war, kaum schwappte. Er setzte sich auf die Stufe vor mir und rieb die Handrücken aneinander, deren raue Haut ein leises Scharren von sich gab.

„Diese Männer meinen, wir stehen zwischen ihnen und den Diamanten?", sagte er.

„Ich bin mir nicht sicher", erwiderte ich.

„Wo ist der schwarze Junge jetzt?"

„Auch das weiß ich nicht."

„Bei der ganzen Sache geht's um diese Diamanten, was? Es hat nicht das Geringste mit mir oder meiner Familie zu tun, oder?"

„Das würde ich nicht sagen."

Er stand auf und schüttelte mir die Hand, dann ging er wortlos in den Garten hinter seinem Haus.

An diesem Abend fuhr Alafair zu einer Büchersignierstunde zu Barnes & Noble in Lafayette und wollte über Nacht bei einer Freundin bleiben. Molly und ich hängten Boot und Trailer an und fuhren hinauf zum Henderson Swamp. Es war ein schöner Abend, um auf Breitmaulbarsche zu gehen. Der Wind hatte sich gelegt, und die Inseln aus Weiden und Zypressen hatten im Lichte des Sonnenuntergangs einen goldenen Farbton angenommen. Insektenschwärme versammelten sich im Windschatten der Inseln, und man konnte Brassen springen und gelegentlich die schnittige, schwarz-grüne Rückenflosse eines Barsches am Rand der Seerosenfelder durchs Wasser pflügen sehen.

Molly hatte Poorboy-Sandwiches mit gebratenen Austern für uns zubereitet und etliche Dosen Dr. Pepper mit zerstoßenem Eis in eine Kühlbox gepackt, aber ich hatte keinen Appetit und konnte mich weder auf den herrlichen Abend noch auf die Fische konzentrieren, die im Schatten der Bäume, die sich jetzt wie Feuerwerksfontänen vor der Sonne abzeichneten, auf Beute gingen.

Ich wollte mich nicht an Ronald Bledsoe rächen. Ich wollte ihn umbringen. Ich wollte es aus nächster Nähe machen, mit einer .45er, geladen mit 230 Gran schweren Hohlspitzgeschossen mit Messingmantel. Ich wollte das ganze Magazin auf ihn abfeuern. Ich wollte den guten, sauberen, schwindelerregenden Duft des verbrannten Schießpulvers riechen und den hammerharten Rückschlag des Stahlrahmens in meinem Handgelenk spüren. Ich wollte mit Ronald Bledsoe die Wand tapezieren.

„Warum so still?", fragte Molly.

„Einfach so", erwiderte ich.

Hätte ich Molly meine Gedanken gestanden, hätte ich sie nicht nur erschreckt oder vielleicht sogar abgestoßen, sondern auch verraten, dass mir keine rechtlich einwandfreie Lösung für den Umgang mit Bledsoe und seinesgleichen einfiel.

Angeblich sind wir eine christliche Gesellschaft oder zumindest eine, die von Christen begründet wurde. Unserem selbstgestrickten Mythos zufolge verehren wir Jesus, Mutter Teresa und den heiligen Franz von Assisi. Aber ich glaube, in Wahrheit sieht es anders aus. Wenn wir uns gemeinsam bedroht fühlen oder verletzt sind, wollen wir die Gebrüder Earp samt Doc Holliday holen, und wir wollen, dass die üblen Kerle abgeknallt, umgelegt, kaltgemacht und mit Bulldozern untergepflügt werden.

Aus diesem Grund habe ich keine Schuldgefühle oder Scham wegen meiner Anwandlungen. Aber ich rede auch nicht darüber.

Als die Sonne gerade wie ein geschmolzener Ball hinter der Dammstraße zu versinken schien, die sich über den Sumpf erstreckte, warf ich den Mepps-Spinner in einer Rinne zwischen zwei Weideninseln aus. Zwischen den Inseln herrschte Strömung, und die Insekten, die von den Bäumen ins Wasser fielen, wurden in einen schmalen Kanal getrieben, der auf beiden Seiten von Seerosen flankiert wurde. Das Wasser war dunkel, tief und ruhig. Der Mepps segelte in hohem Bogen quer über den Kanal und landete mit einem leichten Aufklatschen neben einem Büschel blühhender Wasserhyazinthen. Ich wollte gerade am Griff meiner Rolle drehen und die Schnur straffen, als ich das Wasser unter den Hyazinthen aufwallen sah, als stiege ein Schwall Luft vom Grund auf. Dann durchschnitt eine Rückenflosse den Wasserspiegel und irgendetwas riss so heftig am Mepps, dass meine Rute wie ein Besenstiel auf das Dollbord knallte.

In den Süßwassergebieten von Louisiana beißt nur der Schaufelkopfbarsch mit derartiger Kraft und Wucht an. Ich schlug hart an, setzte den Drillingshaken fest, versuchte die Rute anzuheben, die Spannung aufrechtzuerhalten und die Schnur zu entlasten. Aber die Spitze meiner Rute bog sich so stark durch, dass ich dachte, sie würde brechen. Wassertropfen glitzerten auf der Schnur. Dann wollte der Barsch den Widerstand loswerden, zog die Schnur unter das Boot und versuchte einen Baumstumpf oder Ast zu finden, um den er sie schlingen konnte. Molly setzte die Ruder ein und drehte uns im Halbkreis, so dass die Schnur unter dem Boot freikam und der Barsch in den Kanal schwimmen konnte. Er tauchte einmal auf, schüttelte den seitlich am Maul sitzenden Mepps, stieß dann wieder tief hinab und versuchte das Boot zu ziehen. Zehn Minuten lang kämpfte er, und als er schließlich mit dem Zug der Leine und dem Haken in seinem Maul schwamm, wusste ich, dass er erledigt war. Es war ein Sieg, auf den ein Angler nicht unbedingt stolz ist.

Ich schob den Kescher unter ihn und hievte ihn ins Boot. Schwer, nass und dickleibig lag er in den Maschen, und die Spitzen des Drillingshakens ragten aus der faltigen Haut neben seinem Maul. Ich benetzte eine Hand mit Wasser, hob ihn mitsamt dem Kescher auf den Bootssitz und löste den Haken von seinem Maul. Dann fasste ich ihn unter dem Bauch und setzte ihn wieder ins Wasser. Ich sah, wie seine Kiemen arbeiteten, dann tauchte er in die Strömung ein wie eine grün-goldene Luftblase, die in die falsche Richtung unterwegs ist.

„Lässt man dieser Tage Gnade walten?", sagte Molly.

„Nur gegenüber Kämpfern und anderen Typen, die es verdienen", sagte ich.

Sie lachte, riss eine Dose Dr. Pepper auf und trank sie schweigend. Dann geschah etwas Merkwürdiges. Vielleicht kam es daher, dass die Sonne untergegangen und der Herbst fortgeschritten war. Vielleicht lag es auch daran, dass die Sterne zeitig am Himmel standen und der Mond aufging. Vielleicht wurden auch die Scheinwerfer der Autos auf der

Dammstraße oder der abendliche Lichtschein von Lafayette von den Wolken reflektiert. Aber in der Rinne zwischen den beiden Weideninseln, in dem dunklen Wasser, in dem ich gerade den wackeren Barsch ausgesetzt hatte, sah ich Lichter schwimmen, die wie Scherben eines zerbrochenen Spiegels wirkten. Ich sah sie ebenso sicher, wie ich diesen Fisch gefangen und ihn fett, schwer und tropfend in meiner Hand gespürt hatte.

23

Wie macht man Straftäter dingfest, wenn sie keinen Ansatzpunkt bieten?

Am Dienstagnachmittag rief mich Clete kurz vor Feierabend im Büro an. „Ein Typ, der Stammgast im Casino ist, ist grade in Bledsoes Cottage gegangen", sagte er. „Der Kerl ist Pokerspieler. Ich hab ihn gesehen, wie er aufm Klo die Rückseite von 'ner Pariserschachtel gelesen hat, im Beisein von sechs Typen, die ihn mit seiner Freundin vor der Tür gesehen haben."

„Meinst du, er könnte uns einen Hinweis geben?"

„Er ist ein Typ nach Bledsoes Geschmack. Bledsoe hat keine Spur hinterlassen, aber wie viele Freunde von ihm haben so ein Glück? Hast du heute Abend irgendwas vor?"

„Überhaupt nichts", erwiderte ich.

„Lass uns zwei Fahrzeuge nehmen. Ich bleibe vorerst bei denen. Lass dein Handy an", sagte er.

Ich wollte gerade aufhängen, als er hinzufügte: „Du glaubst nicht, was die Braut, die auf seinem Cabrio sitzt, für Kannen hat. Ich krieg 'nen Ständer, wenn ich bloß durch die Jalousie schaue."

„Würdest du dich deinem Alter entsprechend benehmen und dieses Gerede sein lassen."

„Recht hast du. An der Bande ist nichts komisch. Jemand muss für das büßen, was sie Courtney angetan haben. Ist 'ne Weile her, dass die unzertrennlichen Zwei von der Mordkommission unter schwarzer Flagge gesegelt sind."

Ich wünschte, ich hätte nichts gesagt.

Anderthalb Stunden später, als Molly und ich das Geschirr abspülten, rief Clete wieder an. „Ich bin etwa vierhundert Meter hinter Bledsoe, seinem Freund und der Braut mit den Glocken wie Elsie die Milchkuh. Ich glaube, die sind zum Casino unterwegs. Wenn du nicht zurückrufst, treffen wir uns dort", sagte er.

Roger, dachte ich, lässiger, als ich hätte sein sollen.

„Wo willst du hin?", fragte Molly.

„Clete hat einen Hinweis auf Bledsoe."

„Ich möchte mitkommen."

„Es ist bloß eine Observation. Das ist ziemlich langweilig."

„Das spielt keine Rolle. Er ist in unser Haus eingebrochen. Er hat in Alafairs Zimmer uriniert. Mir dreht sich der Magen um, wenn ich dran denke. Sie hat mir erzählt, dass er versucht hat, als freiwilliger Helfer im Notquartier unterzukommen."

„Er wird über Bord gehen, Molly. Es ist nur eine Frage der Zeit."

Sie trat einen Schritt näher. „Glaubst du, man muss mich vor der Wirklichkeit schützen? Ich hatte Freundinnen bei den Maryknolls, die in El Salvador vergewaltigt und ermordet wurden. Unsere Regierung hat deswegen nicht das Geringste unternommen. Dave, ich habe nicht vor, hier rumzusitzen, während dieser Mann seine Bosheit in unser Leben bringt."

„Ich verstehe, wie dir zumute ist."

„Wirklich?"

Ich schaute ihr ernstes Gesicht an und wollte sie festhalten. Ich schlang die Arme um sie, legte ihr eine Hand an den Hals. Sie trug ein Sommerkleid und ihre Haut fühlte sich unter den hölzernen Blättern des Deckenventilators kühl und warm zugleich an. Ich rieb meine Wange an ihrem Haar und drückte sie fester. „Ich werde nicht zulassen, dass er uns noch mal etwas antut, das verspreche ich dir", sagte ich.

Sie senkte den Kopf und ich spürte, wie ihre Hände von meinem Rücken glitten. „Wieso glaubst du, dass es immer auf dich ankommt? Wieso kommt es nur auf dich an?"

„Tut es nicht", sagte ich. „Du musst mir vertrauen, wenn ich das sage. Vertrau mir nur dieses eine Mal."

Mein Gesicht glühte, und meine Ohren klingelten von dem scharfen Wortwechsel, als ich hinausging und meinen Pick-up anließ. Der Hof war in Schatten getaucht, und Zikaden zirpten in den Bäumen, wie ein schlimmer Kopfschmerz, der nicht vergehen will. Als ich gerade auf die Straße zurücksetzen wollte, meine Worte bedauerte und mich mit Mollys Wut und Verstimmung abzufinden versuchte, kam sie auf die Galerie und winkte zum Abschied.

So was passiert, wenn man eine Nonne heiratet.

Das Casino lag auf dem Grund und Boden des Reservats unten am Bayou Teche, einer Gegend, die man früher als ländlichen Slum bezeichnete. Jetzt ist das Reservat wohlhabend, und die Menschen leben in ordentlichen Häusern unweit vom Zusammenfluss des Teche mit einer anderen Wasserstraße, die gemeinsam eine Bucht bilden. Die Grundstücke der Häuser, auf denen Dattelpflaumen und

Pekanbäume, immergrüne Eichen und Karibische Kiefern stehen, haben keine Zäune. Es ist eine bezaubernde Gegend, die gewisse ökonomische Wahrheiten kaschiert, mit denen sich nur Wenige befassen wollen.

Die Kunden des Casinos sind arme Arbeiter, die Ungebildeten, die Zwanghaften, die Süchtigen. Der Alkohol ist kostenlos, solange die Gäste weiter zocken. Das Innere ist glitzernd und betörend, das Restaurant erstklassig. Die Bands, die dort auftreten, spielen Cajun-Musik, Zydeco, aber auch Country. In dem hermetisch abgeschlossenen Umfeld, in dem es weder Uhren noch Fenster gibt, verschwinden alle Probleme der Außenwelt.

Nach Katrina und Rita stiegen die Gewinne der Casinos von Louisiana auf eine nie dagewesene Höhe. Wenn man bereits den Großteil der Ranch verloren hat, was spielt es da für eine Rolle, wenn man den Keller ebenfalls verliert?

Clete stand neben seinem Auto auf dem Parkplatz und rauchte eine Lucky Strike, die Züge erwartungsvoll angespannt. Eine Thermosflasche stand auf der Motorhaube. Ich parkte neben ihm, nahm ihm die Zigarette aus dem Mund und warf sie funkensprühend auf den Asphalt. „Sind sie drin?", sagte ich.

„Yeah, die haben sich an einem Tisch für Texas Hold 'Em eingeschrieben. Im Moment sind sie am Buffet." Er schraubte die Thermoskanne auf und trank einen Schluck, bot mir aber nichts an.

„Hast du irgendwas über Bledsoes Kumpel rausgekriegt?"

„Joe Dupree bei der Polizei in Lafayette hat sein Nummernschild für mich überprüft. Das Auto ist auf einen gewissen Bobby Mack Rydel in Morgan City zugelassen. Joes Beschreibung vom Ausweisfoto passt zu dem Typ, der das Auto fährt. Ich weiß nicht, wer die Braut ist. Wie willst du's durchziehn?"

„Was trinkst du da?", fragte ich.

„Wodka Collins. Was dagegen?"

„Ist Rydel ein großer Zocker?"

„Am Hold 'Em-Tisch kaufst du dich für hundert Dollar ein. Ich habe gesehen, wie er sich mit den Scheinen in seiner Hemdtasche für 'nen Riesen Chips gekauft hat."

„Was ist mit Bledsoe?"

„Den hab ich noch nicht in Aktion gesehen. Eins musst du bei Widerlingen aber bedenken. Sie wollen behandelt werden, als wären sie normal. Vor allem in der Öffentlichkeit."

Ich dachte darüber nach. „Spucken wir ihnen in die Punschschüssel. Wo ist ihr Auto?"

„Es ist das Saab-Cabrio zwei Reihen weiter drüben."

„Meinst du, es könnte ein, zwei Mängel haben, die gegen die Straßenverkehrsordnung verstoßen?"

„Ich check's aus", erwiderte er.

Clete lief zwischen den geparkten Autos hindurch und blickte auf das hintere Nummernschild des schwarzen Saab. Dann holte er sein Schweizer Offiziersmesser aus der Hosentasche und ging in die Hocke. Er war länger außer Sicht, als ich erwartet hatte. Als er zurückkehrte, klappte er das Messer wieder zusammen. „Du hast recht gehabt. Das Nummernschild von dem Typ fehlt. Außerdem sind zwei Ventile an den Reifen kaputt. Was für ein Jammer", sagte er.

Wir betraten das Casino und gingen an Reihen von Spielautomaten vorbei, die in schillernd bunten Farben waberten und Ströme klirrender Münzen in die Metallschalen ausspien. Unmittelbar neben den Automatenreihen stand ein Dutzend Hold 'Em-Tische, an denen jeweils neun Spieler saßen. Das Spiel war so beliebt, dass sich die Spieler in Wartelisten einschreiben mussten, bevor sie sich für hundert Dollar einen Stuhl kaufen konnten. Während die Spieler darauf warteten, dass ein Platz frei wurde, fütterten sie die Automaten. Wenn sie es satt hatten zu warten, genehmigten sie sich einen weiteren Drink auf Kosten des Hauses und gaben den Automaten noch ein bisschen mehr Futter.

Clete nickte zu zwei Männern und einer stattlichen Frau mit weiß-goldenen Haaren hin, denen gerade ihre Plätze an einem der hinteren Tische zugewiesen wurden. Bledsoe trug eine taubenblaue Hose, eine dazu passende Weste, einen Bolotie und ein langärmliges Hemd mit silbernen Streifen. Sein länglicher, glänzender Kopf und das hirnlose Lächeln schienen wie ein schimmernder weißer Ballon über den Leuten rundum zu schweben. Sein Freund Bobby Mack Rydel, wenn er denn so hieß, war ein schwergewichtiger Mann mit einem Hohlkreuz, der eine Jeans mit schweren Nieten anhatte. Außerdem trug er einen breiten Cowboygürtel, rotbraune Wildlederstiefel und ein dunkelrotes Hemd mit Perlmuttdruckknöpfen. Er hatte lange Koteletten, die über seine Wangen und das schlaffe Fleisch unter seiner Kinnlade wucherten. Er trug einen australischen Buschhut, die Krempe rund um die Krone nach unten geschlagen, das lederne Kinnband lose um die Kehle. Während ihm sein Platz zugewiesen wurde, hatte er seine Hand ständig am Rücken der Frau.

Ein Wachmann trank am anderen Ende der Bar eine Tasse Kaffee, warf einen Blick auf seine Uhr und gähnte ab und zu. „Was ist los, Dave?", sagte er.

„Im Dienst, Sie wissen ja, wie es ist", erwiderte ich.

„Überstunden sind Überstunden", sagte er.

Clete steckte sich einen Pfefferminzdrops in den Mund und zerknackte ihn zwischen den Backenzähnen. „Sehen Sie den Kerl mit dem Digger-Hut da drüben?", sagte er.

„Dem was?", fragte der Wachmann.

„Den Typ mit dem australischen Schlapphut. Sie sollten vielleicht mal in Ihr Schwarzes Buch schaun", sagte Clete. „Er ist Stammgast", sagte der Wachmann.

„Alle Falschspieler sind Stammgäste. Deswegen landen sie ja im Schwarzen Buch", sagte Clete.

Der Wachmann schaute mich um Bestätigung heischend an. Ich zog die Augenbrauen hoch und zuckte die Achseln.

„Danke für den Tipp", sagte der Wachmann.

„Gern geschehn, mein Guter", sagte Clete.

Wir schoben uns näher zum Tisch vor, an dem Bledsoe, Bobby Mack Rydel und die Frau mit den weiß-goldenen Haaren Texas Hold 'Em spielten. Bledsoe hatte gerade seine zweite verdeckte Karte bekommen und drückte sie mit dem Daumen kurz hoch, um einen Blick darauf zu werfen.

„Hey Dave, schau, das ist Ronnie Bledsoe, du weißt

schon, der olle Ronald McDonald vom Motelgelände", sagte Clete. „Ronnie, wie geht's, wie steht er?"

Bledsoe drehte sich, blickte von seinem Stuhl auf und spitzte den Mund wie ein Guppy bei der Fütterung. Seine Augen strahlten Gelassenheit und Wohlwollen aus. Wortlos schaute er Clete an.

„Tut mir leid, du bist beschäftigt. Wir sehn uns später", sagte Clete. Er deutete auf Bledsoes verdeckte Karten. „Mach sie nieder mit dem Blatt." Er bedachte ihn mit einem wissenden Augenzwinkern, das jeder am Tisch sehen konnte.

Dann ging er zur Bar und bestellte sich einen doppelten Jack Daniel's pur und ein Bier zum Nachspülen.

„Mach langsam, Cletus", sagte ich.

„Nein, nein, Großer. Wir nehmen sie uns mit der Kneifzange vor", sagte er. „Wir müssen zusehen, dass Rydel in Gewahrsam kommt. Schwimm einfach mit dem Strom."

Er kippte sich seinen restlichen Jack hinter die Binde und leerte sein Bierglas. Er strahlte übers ganze Gesicht, als er sich den Mund mit einer Papierserviette abtupfte, und in seinen Augen stand ein gefährlich funkelnder Alkoholglanz.

Er ging auf die Herrentoilette und kam mit einem zusammengefalteten Papierhandtuch in der Hand wieder heraus. Er baute sich hinter Bobby Mack Rydel und der Frau mit den weiß-goldenen Haaren auf. Während der Geber die offenen Karten ausbreitete, legte er das Papierhandtuch zwischen Rydel und seine Freundin und ließ dabei absichtlich die beiden glänzenden, rot-schwarzen Schachteln, die in ihm steckten, auf den Boden fallen.

„Ach, Jesses, tut mir leid", sagte er. Er bückte sich und

hob die Schachteln auf, dann legte er sie wieder unter das Papierhandtuch, nachdem er dafür gesorgt hatte, dass jeder sie gesehen hatte. „Ich glaube, das sind die, die du gewollt hast – die hart geriffelten, richtig?"

Rydel fegte die beiden Kondomschachteln mit dem Ellbogen vom Tisch, ohne Clete eines Blickes zu würdigen. Noch verblüffender aber war, dass kaum jemand am Tisch Clete Beachtung schenkte.

Clete legte den nächsten Gang ein und einen Zahn zu. Er musterte die drei Karten, die offen auf dem Filztuch lagen, Daumen und Zeigefinger ans Kinn gelegt. „Das ist schade. Du hättest vor dem Aufdecken rauskommen müssen. Sieht so aus, als ob du's verbockt hast, Bobby Mack", sagte er.

Das genügte. Rydel nahm seinen Hut ab und hängte ihn am ledernen Kinnband über die Stuhllehne. Dann fuhr er herum, damit er Clete besser sehen konnte. Seine Augen waren bleigrau, die Koteletten sauber ausrasiert, die Haut um den Mund herum blutleer. „Wer sind Sie?", fragte er.

„Erinnerst du dich nicht mehr an mich?", sagte Clete.

„Nein, ich habe Sie noch nie gesehen."

„Kannst du dich an Courtney Degravelle erinnern?"

„Nein. Sie verwechseln mich mit jemand anders."

Der Chef des Wachdienstes war hinter Clete getreten. Er war ein pensionierter Detective von der Sheriff-Dienststelle des St. Mary Parish und hieß Tim Romero. Er hatte grau melierte schwarze Haare und trug ein blaues Sportsakko, eine graue Hose mit messerscharfer Bügelfalte und auf Hochglanz gewienerte Slipper.

„Gibt's hier irgendwelche Schwierigkeiten?", sagte er.

„Nicht mit mir", sagte Clete. „Aber der Typ hier schummelt. Ich hab ihn schon an der Tür gemeldet. Wenn er euch bislang noch keine Karten untergejubelt hat, macht er's irgendwann."

„Haben Sie was dagegen, kurz mit mir rüber zur Bar zu gehen?", fragte Romero.

„Nein, meinetwegen. Aber der Typ ist ein Falschspieler, und sein Partner dort, der Typ mit dem polierten Schädel, ist ein Perverser."

„Das reicht, Mr. Purcel, entweder kommen Sie jetzt mit, oder Sie werden aus dem Casino geleitet."

Clete hob die Hände. „Wenn ihr Gesocks an euren Tischen haben wollt, ist das eure Sache. Ich sag Ihnen mal was, rufen Sie Ihre Kollegen in Atlantic City oder Vegas wegen der zwei Typen an, dann werden Sie schon sehen, was da für eine Rückmeldung kommt."

Ich legte die Hand auf Cletes Schulter und schaute Romero an. „Er ist in Ordnung. Wir holen uns eine Tasse Kaffee", sagte ich.

„Wenn Sie es sagen, Dave. Aber sehn Sie zu, dass ich es nicht bereue, diesen Job angenommen zu haben", sagte Romero.

Clete und ich gingen zur Bar, wo er sich sofort einen Jack und ein Bier zum Nachspülen bestellte.

„Clete ..."

„Vertrau mir", sagte er. „Wir kriegen diese Typen dran. Wir müssen die Schraube nur noch ein bisschen fester anziehn."

„Ich glaube, wir schießen ins Blaue", sagte ich.

„Falsch", sagte er.

Er trank einen Schluck aus seinem Schnapsglas, legte den Unterarm an den Mund und starrte wie gebannt auf Rydel. Rydel blickte zu ihm auf, dann widmete er sich wieder seinen Karten. Dann schaute er erneut auf. Clete starrte ihn noch immer an. Rydel setzte seinen Hut auf und zog die Krempe herunter, als wollte er die Augen vor der gleißenden Sonne schützen.

Ich holte mein Handy heraus und ging zu einer ruhigen Stelle am anderen Ende der Bar. Ich scrollte zu Betsy Mossbachers Handynummer und drückte auf die Anruftaste.

Bitte geh ran, Betsy, dachte ich.

„Dave?", sagte sie.

„Können Sie einen Kerl namens Bobby Mack Rydel überprüfen? Ich brauche es gleich."

„Was ist los?"

„Kommen Sie schon, Betsy, helfen Sie mir. Ich glaube, hier brennt gleich die Hütte."

Ich wusste nicht, wie sie es machte, aber sie machte es. Ich hatte den Verdacht, dass sie oder ein Kollege eine Geheimdienstdatei anzapften. Laut meiner Uhr dauerte es knapp vier Minuten, bis sie zurückrief.

„Sie haben einen Leibhaftigen erwischt", sagte sie. „Rydel war bei den Fernaufklärern der Marineinfanterie, wurde in Fort Benning zum Fallschirmjäger ausgebildet und unehrenhaft entlassen, nachdem er in Japan wegen Vergewaltigung angeklagt wurde."

Clete war zu den Glücksspielautomaten unweit der Kartentische gegangen und hatte sich so aufgebaut, dass er

Rydel genau ins Gesicht schauen konnte. Jedes Mal, wenn Rydel aufblickte, grinste Clete ihn an, die dicken Arme verschränkt, und mampfte seinen Kaugummi.

„Er hat im Nordwesten von Florida eine Ausbildungsstätte für Söldner geleitet und war in den achtziger Jahren vermutlich mit einem Söldnertrupp im Mosambik", sagte Betsy. „Er hat den siebten Dan in Karate. Er hat in Miami einen Mann totgeschlagen und ist davongekommen, weil das Opfer bewaffnet war und Rydel nicht. Hast du das mitbekommen?"

„Yeah, ich bin ganz Ohr", sagte ich.

Rydel hatte gerade hoch gesetzt und versuchte Clete nicht zu beachten, hatte die Augen nur auf das Spiel gerichtet und wartete darauf, dass der Geber die letzten Karten aufdeckte.

„Rydel steht in Frankreich auf der Fahndungsliste. Interpol meint, dass er möglicherweise in Waffenschiebereien verwickelt ist. Er war möglicherweise kurz bei den Contras, aber mit Sicherheit war er in ganz Afrika tätig", sagte Betsy.

Rydel erhöhte und schob drei Stapel Chips in die Mitte des Filztuches. Ein Schwarzer in einem lila Anzug und Ringen an sämtlichen Fingern sagte an und erhöhte ebenfalls. Rydel sagte an, erhöhte erneut und schob seine letzten Chips in die Mitte. Der Schwarze zuckte die Achseln, erhöhte wieder und gähnte, sei es aus Zuversicht oder weil er sich damit abfand, dass er bis über beide Ohren in der Tinte saß.

„Jetzt zum Letzten", sagte Betsy. „Er stand als Sicherheitsbeauftragter bei mehreren Firmen unter Vertrag, die im Nahen Osten tätig waren. Als sein Spezialgebiet gilt die Vernehmung. Bitten Sie mich nicht noch mal um so was."

Unter den offenen Karten, die der Geber in der Mitte des Filztuchs ausgelegt hatte, waren ein Pikass, ein Herzass, ein Herzkönig und der Herzbube. Rydel deckte seine Karten auf, ein Karoass und ein Kreuzass. Mit den beiden Assen aus der Mitte hatte er einen Vierling, ein fast sicheres Siegesblatt.

Der Schwarze verzog das Gesicht, als hätte er gerade auf einen eitrigen Zahn gebissen.

„So ein Blatt krieg ich bloß jedes halbe Jahr", sagte Rydel.

„Yeah, ich weiß, was Sie meinen. Ich auch", sagte der Schwarze.

Er deckte seine Karten auf, einen Zehner und eine Herzdame. Mit dem Ass, dem Buben und dem König in der Mitte hatte er einen Royal Flush, das beste Blatt beim Pokern.

Clete keuchte vor Lachen, seine verschränkten Arme hüpften auf der Brust auf und ab. Er ging an Rydels Stuhl vorbei und schlug ihm auf den Rücken. „Pech gehabt", sagte er. „Falls du Kredit brauchst, das kannst du vergessen. Die nehmen keine Essensmarken."

Ich hörte ihn bis zu den Herrentoiletten lachen.

Rydel saß etwa dreißig Sekunden da und starrte ins Leere, hatte die Hände auf die Schenkel gedrückt und zählte vermutlich nach, wie oft er durch Cletes Albereien vom Spiel abgelenkt worden war.

Er flüsterte der Frau mit den weiß-goldenen Haaren etwas ins Ohr. Sie trug ein weißes Strickkleid mit weiten Maschen, und ihre Brüste hingen schwer wie Honigmelonen im BH. Sie hatte den Blick zur Decke gerichtet und ließ die Wimpern flattern, während Rydel sprach. Ich hatte das Gefühl, dass sie sich den Abend anders vorgestellt hatte. Außerdem wurde mir klar, dass ich sie schon mal gesehen hatte.

Rydel stand vom Tisch auf und folgte Clete auf die Herrentoilette.

„Hallo? Sind Sie noch da?", sagte Betsy.

„Ich bin da", sagte ich.

„Wo?", fragte sie.

„Tief in der Scheiße", erwiderte ich.

Clete war bereit, als Bobby Mack Rydel durch die Tür kam. Jedenfalls meinte er das.

„Wie heißt du, Gordo?", fragte Rydel.

„Clete Purcel, der Freund von Courtney Degravelle, die Frau, die du und deine Freunde zu Tode gefoltert haben."

„Nein, du heißt Gordo Defecado, ein Typ, der sowohl spinnt als auch 'ne Feinabstimmung braucht. Betrachte mich als deinen Mechaniker."

„Ich seh's dir an den Augen an. Ich riech's an deiner Haut. Du hast ihr das angetan, du Mistkerl."

Für einen schwergewichtigen Mann war Rydel erstaunlich flink. Er wirbelte auf einem Bein herum und erwischte Clete mit dem anderen an der Kehle. Dann trat er ihm ins Gesicht und schlug ihn vor den Urinalen nieder. Die Männer, die in den Kabinen und Waschräumen waren oder die

Urinale benutzen wollten, drängten sich durch die Tür in die Halle. Clete versuchte aufzustehen, worauf Rydel ihm in die Rippen kickte, dann wieder seitlich an den Kopf. Er trat auf Cletes Hand und hob den Fuß, um ihn in seinen Nacken zu rammen.

Das war sein Fehler.

Clete klammerte die Hände hinter Rydels Knien zusammen, richtete sich dann auf, hob Rydel hoch und kippte ihn rückwärts, so dass er sich den Hinterkopf am Rand des Waschbeckens aufschlug, als er zu Boden ging.

Bilder, von denen Clete glaubte, er hätte sie längst verarbeitet, tauchten vor seinem inneren Auge auf, wie rote Blasen, die auf einer schwarzen Leinwand in seinem Hinterkopf zerplatzten. Er hörte einen Streichriemen auf seinen nackten Hintern klatschen. Er sah eine Grashütte im Feuerstrahl eines Flammenwerfers vergehen. Er sah eine schwarze Frau auf dem Dach eines überfluteten Kirchenbusses stehen, ein Baby an der Brust, und um Hilfe schreien, ohne dass jemand kam. Er sah eine weiße Frau, die mit Klebeband an einen Stuhl gefesselt war, eine Plastiktüte über den Kopf gezogen, die Augen vor Entsetzen aufgerissen, während ihre Lunge das Plastik in den Mund saugte.

Er zog Rydel auf die Beine und drosch ihm die Faust in den Bauch. Dann erwischte er ihn voll im Gesicht, legte sein ganzes Gewicht in den Hieb, rammte seinen Kopf in den Spiegel und schlug ein Loch in die Mitte. Als Rydel vom Spiegel zurückprallte, traf Clete ihn erneut, worauf seine Lippen aufplatzten. Dann prügelte er ihn rückwärts in eine Kabine, hielt sich selbst seitlich, trat Rydel ins Gesicht und an den Schädel, bis die Kopfhaut blutete.

Ich packte Clete hinten am Hemd und versuchte ihn aus der Kabine zu ziehen. Er drehte sich zu mir um, das Gesicht voller roter Flecken, die Augen funkelnd.

„Diesmal willst du mir nicht in die Quere kommen, Streak", sagte er. Sein Finger zitterte, als er ihn auf mich richtete.

Sein Atem ging keuchend, sein Hemd war am Rücken aufgeplatzt, während er Rydel ein ums andere Mal ins Gesicht trat. Dann riss er den Toilettensitz ab und hängte ihn um Rydels Hals.

„Wie fühlt sich das an, Arschgeige? Wie fühlt es sich an?", sagte er.

Die Detectives der Sheriff-Dienststelle des St. Mary Parish leisteten gute Arbeit und fanden zwei Zeugen, die aussagten, dass Bobby Mack Rydel die ersten Schläge ausgeteilt hatte. Clete wurde von der Geschäftsführung des Casinos mitgeteilt, dass er für immer Hausverbot habe, aber er konnte in dieser Nacht heimgehen, während Rydel Hausverbot erhielt und überdies ins Krankenhaus kam.

Am nächsten Morgen war Clete in meinem Büro, reumütig, verkatert, die eine Gesichtsseite verschwollen, einen froschförmigen Bluterguss an der Kehle. „Ich hab's vermasselt", sagte er.

„Nein, hast du nicht. Du hast den Boden mit ihm gewischt", sagte ich.

„Dave, als ich Rydels Nummernschild abmontiert und

die Ventile an seinen Reifen zerschnitten habe, hatte ich etwas anderes vor. Du warst dabei außen vor. Wenn er einen Abschleppwagen gerufen hätte, wollte ich ihm eine Mitfahrgelegenheit anbieten und zusehen, dass ich ihn allein erwische. Ich hatte von Anfang an meine eigenen Absichten. Ich wollte es ihm bloß heimzahlen. Wie, war mir egal. Ich wollte mir einreden, dass er ausgesehen hat wie der Typ in dem Boot, auf den ich geschossen habe. Ich habe diese Typen wie Straßenköter behandelt. Es war ein Fehler. Die sind viel schlauer."

Ich erwiderte nichts und versuchte meine Betroffenheit über sein Geständnis zu verbergen, dass er persönliche Ziele verfolgt hatte.

„Wenn ich Rydel nicht windelweich geschlagen und ihn damit zum Opfer gemacht hätte, hätten wir ihn festnehmen können. Ich habe die Chance vertan, ihn auszuquetschen."

„Wir haben jemand anders", sagte ich.

„Wen?"

„Rydels Freundin. Ich konnte mich nicht erinnern, wo ich sie gesehen hatte."

Er blickte auf, bedeutete mir, dass ich fortfahren sollte.

„Ich habe sie mit Bo Diddley Wiggins gesehen. Es war von meinem Bürofenster aus, von Weitem, aber ich bin mir sicher, dass sie es war."

„Meinst du, er hat was mit Rydel und Bledsoe zu tun?"

„Wir werden es rausfinden. Sag mal, Helen wollte mich in ihrem Büro sprechen. Wie wär's, wenn ich mich später bei dir melde?"

Eigentlich wollte mich Helen gar nicht sprechen, aber ich wollte Clete aus meinem Büro haben, bevor er sich in meinen Arbeitstag einmischte und uns beiden noch mehr Ärger einhandelte.

„Ruf mich über Handy an", sagte er.

„Abgemacht, Partner."

Seine Oberarme sahen aus wie gepökelte Schinken, als er auf den Flur hinausging und sich den Porkpie-Hut schief auf den Kopf setzte, als verblasste die Erinnerung an das gestrige Gemetzel bereits. Zwei Deputys, an denen er auf dem Flur vorbeiging, schauten geradeaus. Keiner von ihnen sagte etwas. Wenn Clete ihre Aversion wahrnahm, ließ er es sich nicht anmerken. Er war wirklich zerknirscht gewesen, aber mir war klar, dass mein bester Freund niemals mit der Welt im Reinen sein würde. Unser Abstecher zum Casino war jedenfalls eine Katastrophe gewesen.

Helen hatte gerade den Telefonhörer aufgelegt, als ich in ihr Büro ging. Sie war mit dem einmotorigen Flugzeug der Dienststelle wiederholt in New Orleans gewesen und jedesmal niedergeschlagener zurückgekehrt. Sie, wie auch andere, hatte Schwierigkeiten, sich mit dem Ausmaß der Schäden abzufinden, und noch schwerer tat sie sich damit, es gegenüber anderen auszusprechen. Dieses Wochenende hatte sie sich einverstanden erklärt, vier schwarze Häftlinge aufzunehmen, die unmittelbar vor Katrina aus unserem Gefängnis in den Orleans Parish überstellt worden waren. Die Häftlinge waren von ihren Wärtern im Stich gelassen worden und mussten drei Tage lang in ihren eigenen Exkrementen herumwaten. Sie bekamen solche Angst, dass sie die Seitenwände ihrer Zellen herausrissen und einen Gang bis zur Außenwand gruben. Aber die Außenmauer konnten sie nicht durchbrechen und saßen weiter hinter den Gitterstäben fest, bis sie von Cops aus dem Iberia Parish gerettet wurden.

Einer der Cops aus Iberia war ein Drogenfahnder mit Straßennamen Dog Face. Als den aus Iberia überstellten Häftlingen klar wurde, wer einer ihrer Retter war, fingen sie an zu pfeifen, reckten die Daumen hoch und schrien:

„Hey, Dog Face, ich bin's, Lil' Willie, du hast mich an der Ann Street hopsgenommen."

„Was is los, Dog Face? Machst du Stunk, Mann."

„Du bist der Boss, Face. Hast du uns was zu essen mitgebracht?"

Aber Helen stand der Sinn nicht nach lustigen Geschichten über Ereignisse, die sich nach Katrina zutrugen. Der Sheriff des St. Mary Parish hatte ihr gerade den Bericht seiner Ermittler über den Vorfall gefaxt, der sich letzte Nacht im Casino ereignet hatte.

Sie legte die Finger an beide Kopfseiten und rieb sich die Schläfen, massierte sie langsam, als wollte sie eine sich anbahnende schwere Migräne vertreiben. „Folgendermaßen seh ich die Sache, Pops. Ronald Bledsoe mag in dein Haus eingebrochen sein und Alafairs Zimmer verwüstet haben. Aber dafür haben wir keine Beweise. Soweit wir wissen, wurde ihm nirgendwo eine Straftat zur Last gelegt. Gegen seinen Freund, diesen Rydel, liegt kein Haftbefehl vor und soweit wir wissen, ist er an keinerlei unrechtmäßigen Unternehmungen beteiligt. Aber die Mittel und Möglichkeiten der Dienststelle wurden zur Überprüfung und Observierung dieser Leute eingesetzt. Wie soll ich das gegenüber den Steuerzahlern rechtfertigen?"

„Ich war letzte Nacht außer Dienst", druckste ich herum.

Sie blickte auf die Faxe auf ihrem Schreibtisch. „Einer der Detectives von St. Mary sagt, man hat auf dem Parkplatz das Nummernschild von Rydels Wagen gestohlen und die Reifen zerschlitzt. Wenn die Reifen von einem Vandalen zerschlitzt wurden, warum sollte er sich dann die Mühe machen und das Nummernschild mitnehmen?"

„Vielleicht hat er das Nummernschild irgendwo anders verloren."

„Die Schrauben lagen am Boden. Das Nummernschild wurde auf dem Parkplatz gestohlen, offensichtlich von dem gleichen Typ, der die Reifen zerschnitten hat. Wenn das Cletes Werk war, kommt dir das dann nicht ein bisschen pubertär vor?"

Ich berichtete ihr, was ich von Betsy Mossbacher über Bobby Mack Rydels Vorleben erfahren hatte. Ich zählte alles auf, an das ich mich erinnern konnte, unter anderem auch, dass er in Japan wegen Vergewaltigung angeklagt worden war und in Miami einen Mann totgeschlagen hatte. Ich erwähnte, dass seine Spezialität Vernehmungsmethoden waren, was in der Bürokratensprache der Regierungsdienste oftmals eine Umschreibung für Folter ist. Und ich erwähnte auch, dass Bo Wiggins' Sekretärin seine Freundin war.

„Und das heißt, dass Rydel mit einem Typ in Verbindung steht, der stählerne Schiffe baut?"

„Möglicherweise."

Offensichtlich überforderte ich sie mit einer Unzahl an Informationen, für die sie keine Zeit hatte.

„Schau, der Typ hat den Schwarzen Gürtel siebten Grades", sagte ich. „Alafair hat Bledsoe mit einem Karatekick einen Schneidezahn ausgeschlagen. Vielleicht hat sich Bledsoe zu einem bestimmten Zweck mit Rydel zusammengetan."

„Um Alafair etwas anzutun?"

„Auf die Idee bin ich auch gekommen."

Sie ließ mir den Ton durchgehen. „Ich glaube, wir müssen uns darüber im Klaren sein …"

Ich unterbrach sie. „Ich will offen zu dir sein. Ich bin froh, das Clete Rydel aufgemischt hat. Hoffentlich bleibt er lange im Krankenhaus. Wenn Rydel oder Bledsoe hinter meiner Tochter her sind, tu ich ihnen etwas viel Schlimmeres an."

„Nämlich?", sagte sie.

„Ich bringe entweder den einen oder alle beide um."

Sie legte die Hände auf die Schreibunterlage. Ihre Augen wirkten matt und glanzlos, wie bei jemandem, der weiß, dass alle seine Worte nichts nützen. „So ein Gespräch wird in diesem Büro nie wieder stattfinden. Du solltest dich lieber an die Arbeit machen, Dave."

Ich machte Anstalten zu sprechen.

„Lass es lieber bleiben", sagte sie.

24

Bertrand Melancon war zu seiner Großmutter in die so genannten Loreauville „Quarters" weiter oben am Bayou Teche gezogen, etwa fünfzehn Kilometer von New Iberia entfernt. Die zwischen Zuckerrohrfeldern und dunstverhangenen Pferdefarmen versteckten Quarters waren eine Wohngegend mit Mietshütten aus dem 19. Jahrhundert, die aussahen wie gelbe Güterwaggons mit spitzen Dächern und schmalen, im Nachhinein angebrachten Galerien. Einige waren verlassen und mit Sperrholzbrettern vernagelt, aber das Haus seiner Großmutter war ordentlich, sauber und frisch gestrichen, und auf der vorderen Galerie und den Fensterbrettern hatte sie Blechbüchsen mit Begonien und Geranien stehen.

Bertrands Großmutter war eine gute Köchin, aber bei ihrem Enkel waren ihre Künste vergebliche Liebesmüh. Außerdem konnte er nichts essen, an dem Cayennepfeffer oder schwarzer Pfeffer war. Ein oder zwei Mal hatte er, als er von der Galerie spuckte, bemerkt, dass sein Speichel rosa gefärbt war, aber er hatte sich nicht darum geschert. Heute Morgen hatte er dann das trockene Würgen bekommen. Als er in die Toilettenschüssel blickte, gab es keinen Zweifel mehr. Bertrand war sich sicher, dass sich seine Eingeweide auflösten wie nasser Karton, ein Teil nach dem andern. Außerdem war er sich ziemlich sicher, dass er sterben würde, wenn er das Schuldgefühl nicht loswurde, das ihn jeden Morgen erwartete, wie ein Aasgeier, der am Fußende seines Bettes hockte. Das, was er dem Priester auf dem Kirchendach angetan hatte, konnte er nicht ungeschehen machen, und er fand auch das junge schwarze Mädchen nicht, das er, Eddy und Andre im Lower Nine vergewaltigt hatten. Aber irgendwie hatte das Schicksal dafür gesorgt, dass sich seine Wege mit denen von Thelma Baylor kreuzten, und das nicht nur ein, sondern zwei Mal, in New Orleans und jetzt in New Iberia.

Wiedergutmachung bei Thelma Baylor und ihrer Familie ist der Ausweg, sagte er sich. Er konnte ihre Familie reich machen. Vielleicht würden sie ihm nie vergeben und ihn nach wie vor verachten, aber reich wären sie trotzdem, und er wäre frei, seine Bauchschmerzen würden vergehen, und er könnte in Kalifornien von vorne anfangen.

Das Schicksal gab Bertrand eine zweite Chance. Wenigstens sagte er sich das. Wenn seine Vermutungen nicht zutrafen, dann, das wusste er, würde er bald sterben. Dieser Gedanke löste einen so heftigen Krampf aus, dass er an seine Bauchmuskeln fasste und die Augen schloss.

Bei seinem Wunsch nach Wiedergutmachung gab es nur einen Haken: Wie sollte er es anstellen?

Er könnte einen Entschuldigungsbrief schreiben, in dem er den Baylors erklärte, wo sie die Steine finden konnten, und ihn in ihren Briefkasten stecken oder unter der Tür durchschieben. Aber schon als er anfing, in Gedanken Sätze zu formulieren, wurde ihm klar, dass sein Sühneversuch zu einfach war. Er musste Thelma Baylor und ihren Angehörigen ins Gesicht sehen. Bei dieser Vorstellung, vor allem, wenn es darum ging, dass er den Vater anschauen musste, brach ihm der Schweiß auf der Stirn aus.

Warum war alles so schwer?

Am ersten Morgen in den Loreauville Quarters borgte er sich das Auto seiner Großmutter, eine verrostete Schüssel, unter deren Rahmen Ölqualm hervorquoll, und kutschierte am Bayou entlang in Richtung New Iberia. Die Zuckerrohrfelder waren nass, und Nebel zog vom Bayou über die Pferdestallungen, die großen Häuser und die von Eichen gesäumten Auffahrten der Leute, die eigentlich seine Nachbarn waren, auch wenn sie ihn nie als solchen betrachten würden. Er fuhr auf der Staatsstraße weiter nach New Iberia und bog in Richtung Jeanerette und dem Haus ab, in dem Thelma Baylor wohnte. Er passierte sowohl ländliche Slums als auch das gepflegte Gelände der landwirtschaftlichen Fakultät der Louisiana State University. Er fuhr an Straßengräben vorbei, die voller Müll lagen, und an schlichten Häusern inmitten von Pekanbäumen. Er passierte einen Friedhof voller Gruften, der ihn an die Friedhöfe gegenüber vom French Quarter in New Orleans erinnerte.

Aber egal, wohin er schaute, er wurde die Angst nicht los, die wie eine Krebsgeschwulst in seiner Brust saß. Er probierte alle möglichen Begründungen aus, weshalb er Thelma oder ihrer Familie direkt gegenübertreten musste. Reichte es nicht, wenn er ihnen einfach eine Geldsumme gab, die wahrscheinlich ihre kühnsten Träume übertraf? Reichte es nicht, dass es ihm leidtat, dass seine Gesundheit ruiniert, vielleicht sogar sein Leben verwirkt war? Wie sehr sollte er denn leiden?

Aber neben seinen Schuldgefühlen wegen Thelma Baylor, dem Priester auf dem Kirchendach und dem jungen Mädchen im Lower Nine, hatte er noch ein anderes Päckchen zu tragen. Er hatte sich in Sidney Kovicks Laden nicht nur ohrfeigen und von einem unbewaffneten Mann den Revolver abnehmen lassen, sondern er hatte sich auch als Feigling erwiesen und war als solcher behandelt, in Sichtweite von Passanten am Ende der Gasse in den Arsch getreten worden wie ein Nichtsnutz oder Knasthure.

Er kam an einem aus Ziegeln erbauten Plantagenhaus aus dem 18. Jahrhundert vorbei und sah ein bescheidenes grünes Haus mit einer mit Fliegendraht umgebenen Galerie inmitten schattenspendender Bäume stehen. Auf dem Briefkasten stand die gleiche Nummer, die er im Telefonbuch seiner Großmutter gefunden hatte. Er fuhr zur Zugbrücke über den Bayou und schaute geradeaus, falls ihn jemand beobachtete. Er rumpelte über die Brücke und wendete sein Auto, so dass er freie Sicht auf das Haus der Baylors hatte, ohne dass ihn jemand bemerkte. In der Küche war Licht, und Dampf stieg vom Dach auf, wo die Sonne drauffiel. Was wäre, wenn er einfach an die Tür klopfte und erklärte, wer er war? Wenn sie ihn erschießen wollten, konnten sie ihn erschießen. Wenn sie ihn hopsnehmen lassen wollten, konnten sie die 911 anrufen. Was konnte schlimmer sein, als zuzusehen, wie sich seine Innereien in zerfließende rote Klumpen in der Kloschüssel verwandelten?

Er blieb etwa fünf Minuten auf dem Seitenstreifen stehen, unmittelbar auf der anderen Seite der Brücke, während blauer Ölqualm durch den Unterboden drang. Um diese Tageszeit herrschte auf der Brücke nur wenig Verkehr. Aber als er in den Rückspiegel blickte, sah er einen Weißen mit länglichem, eingewachstem Schädel und eingedelltem Gesicht, der vor einem Café stand und sich so beiläufig umschaute, als sei er ein Tourist. Als Bertrand ein zweites Mal in den Spiegel blickte, war der Mann weg.

Er legte den Gang ein, rollte mit dem Auto seiner Großmutter über die Brücke und bog wieder auf die Staatsstraße ein, die an den riesigen Plantagenhäusern und dem eingeschossigen grünen Haus des Mädchens vorbeiführte, das er vergewaltigt und gequält hatte. Im Schatten gegenüber vom Haus hielt er an und schaltete auf Parkstellung. In seinem Kopf drehte sich alles, sei es aus Angst oder wegen des Ölqualms, der durch den Boden aufstieg. Dann hatte er eine Idee. Was wäre, wenn er die Worte aufschrieb, die er sagen musste, zur Tür ging und klopfte? Vor seinem inneren Auge sah er Thelma Baylor, ihren Vater und ihre Mutter gemeinsam an die Tür kommen, gespannt auf seine Entschuldigung, als hätten sie seit der Nacht, in der sie von Sanitätern ins Krankenhaus gebracht worden war, darauf gewartet.

Ja, Mann, lies einfach die Erklärung vor, drück ihnen den Zettel in die Hand, steig in die kleine Karre deiner Großmutter und zisch wieder ab, sagte er sich.

Er fand ein braunes Papierhandtuch auf dem Boden und eine Illustrierte auf dem Rücksitz. Er drückte das Handtuch auf der Illustrierten glatt, legte die Illustrierte aufs Lenkrad und fing an, mit einem Kugelschreiber in Druckbuchstaben zu schreiben:

An Miss Thelma und die Familie von Miss Thelma,

Was ich ihr angetan hab, tut mir leit. Ich war nich imer
so ein Mensch. Vielleicht aber schon. Ich bin mir nich sicher.
Aber ich wills wieder gut machen, auch wenn ich nich weis,
ob man das bei ihr oder irgendjemand, dem so was angetan
worden is, jemals wieder gut machen kann.

Er hielt inne, hörte sein Herz schlagen und schaute auf das,
was er geschrieben hatte. Aus irgendeinem Grund ging es
ihm nach diesen Worten besser als seit Langem. Hinter sich
hörte er Reifen über die Zugbrücke rumpeln und blickte
unwillkürlich in den Rückspiegel. Ein Pick-up hatte gerade die Brücke überquert und fuhr den Bayou abwärts,
in entgegengesetzter Richtung. Aber nicht der Pick-up erregte seine Aufmerksamkeit. Der Weiße mit dem langen
Kopf und dem eingedellten Gesicht hatte einen glänzenden blauen Mercury im Schatten der Bäume vor einem
altehrwürdigen Plantagenhaus geparkt. Die Fahrertür des
Mercury war offen und der Mann stand am Straßenrand,
die Unterarme aufs Autodach gestützt und bewunderte
offenbar die mächtige weiße Fassade und die steinernen
Säulen des Bauwerks. Eine merkwürdig aussehende Arschgeige, dachte Bertrand.

Er widmete sich wieder seinem Brief. Plötzlich ging die
Tür der Baylors auf, und Thelma, ein stämmiger Mann
und eine blonde, braun gebrannte Frau traten auf den Hof,
die Gesichter wie Blumen der Sonne zugewandt.

Bertrand war wie versteinert. Gestern Abend hatte er in
der Klauenfußbadewanne seiner Großmutter gebadet, aber

Essiggeruch stieg aus seinen Achselhöhlen auf. Er wollte aussteigen, ihnen mit dem nicht vollendeten Brief winken, damit sie sich anhörten, was er ihnen als Schadenersatz anbot. Es konnte doch nicht so schwer sein. Mach es einfach, sagte er sich.

Dann stießen die Baylors mit ihrem Auto rückwärts aus der Auffahrt, auf die Straße, und fuhren weg, als wäre er nicht da.

Bertrand öffnete die Autotür und spie auf den Boden. Der Wind wehte ihm ins Gesicht und bauschte sein Hemd auf, aber er wusste, dass er wieder nicht von der Angst erlöst werden würde, und dass sein Versagen und die Selbstverachtung den ganzen Tag über ihren Tribut fordern würden. Er hätte am liebsten geweint.

Er stieg aus dem Auto und schlenderte die Böschung hinab zum Bayou, obwohl seine Beine fast einknickten. Der Mann, der das vor dem Bürgerkrieg gebaute Haus unter den Eichen gemustert hatte, röhrte auf der Asphaltstraße in Richtung New Iberia davon und warf Bertrand im Vorbeifahren einen kurzen Blick zu.

Das Gesicht des Mannes sieht aus wie ein durchgedrückter Daumenrücken, wie ein blasser weißer Daumen, dachte Bertrand. Er konnte sich nicht erinnern, schon mal jemanden gesehen zu haben, der so seltsam aussah. Dann setzte er sich ins Laub und begrub das Gesicht in den Händen.

Am Mittwochnachmittag fuhr ich zu Bo Wiggins' Büro im alten Oil Center von Lafayette. Eigentlich war es mehr als ein Büro. Er hatte das gesamte Gebäude gekauft und über dem Eingang ein Schild mit der Aufschrift „James Boyd Wiggins Industries" anbringen lassen. Er war nicht da, und seine Sekretärin mit den weiß-goldenen Haaren auch nicht. Die Empfangsdame telefonierte. Sie hatte eine offene Zeitschrift auf dem Schoß liegen, blickte darauf, während sie sprach, und rückte die Beine zurecht, damit die Seite nicht umklappte. Als sie auflegte, fragte ich sie, wo ich Bo und seine Sekretärin finden könnte. Sie biss auf einen Nagel und setzte einen geistesabwesenden Blick auf. „Houston?", sagte sie.

„Fragen Sie mich?", sagte ich.

„Nein, Miami. Sie sind mit seinem Privatjet geflogen. Mit ein paar anderen Leuten."

„Was für Leuten?"

„Ein paar Auftragnehmern."

„Was für Auftragnehmern?"

„Denjenigen, die den ganzen Sturmschrott aus New Orleans wegschaffen?"

Wieder hatte sie eine Erklärung in eine Frage umgewandelt.

„Wann kommen sie zurück?", fragte ich.

„Morgen, glaube ich."

Ich wollte dieses Gespräch so schnell wie möglich beenden. Ich gab ihr meine Visitenkarte und fuhr durch einen Regenguss, nach dem rauchende Hagelkörner auf dem Highway lagen, nach New Iberia zurück.

Am Donnerstagmorgen rief mich Helen Soileau in ihr Büro. „Was ich gestern bezüglich der Mittel und Möglichkeiten der Dienststelle gesagt habe, entspricht den Tatsachen. Aber das ändert nichts daran, dass Bledsoe ein gefährlicher Mann ist und in unserem Bezirk nichts verloren hat."

Ich wartete.

„Hol ihn ins Kabuff. Mal sehn, woraus er geschnitzt ist", sagte sie.

„Mit welcher Begründung?"

„Wir wollen ihn vernehmen und zusehen, ob wir ihn in Zusammenhang mit dem Einbruch in dein Haus aus dem Kreis der Verdächtigen ausschließen können."

„So weit war ich schon mal."

„Sag ihm, der Sheriff des Bezirks Iberia will ihn sprechen."

„Was ist, wenn er nicht mitkommen will?"

„Wenn er so ist, wie du sagst, wird er kommen."

„Warum?"

„Weil er uns zeigen will, dass er schlauer ist als wir."

Helen kannte unsere Klientel. Soziopathen und die meisten Schwerkriminellen haben gewisse Eigenschaften gemeinsam. Sie sind größenwahnsinnig, narzisstisch und versuchen andere zu manipulieren. Unabhängig davon, wie ahnungslos und ungebildet sie sind, halten sie sich für intelligenter als gesetzestreue Menschen. Außerdem glauben sie, sie könnten die Gedanken anderer erahnen. Es ist kein Zufall, dass sie oftmals höhnisch grinsen. Ich habe seit jeher den Verdacht, dass ihr Verhalten und ihre Manieren etwas mit der Herkunft des Begriffs „Klugscheißer" zu tun haben.

Ich fand Ronald Bledsoe in einem Liegestuhl vor seinem Cottage vor. Er trug Bermudashorts, ein kurzärmliges, mit grünen Blumen bedrucktes Hemd und eine Sonnenbrille mit runden Gläsern und großem weißem Gestell, trank ein Glas Eistee, las die Zeitung und hatte ein haarloses Bein übers Knie geschlagen.

„Sheriff Soileau möchte, dass Sie zu ihr kommen und mit ihr reden, Mr. Bledsoe", sagte ich. „Es ist freiwillig. Übrigens, der Tumult neulich tut mir leid."

Er faltete seine Zeitung zusammen und legte den Kopf zurück, doch seine Augen waren durch die Brille nicht zu erkennen. „Ich habe allerhand über euren Sheriff gehört. Ich habe gehört, dass sie eine interessante Person ist. Ich glaube, ich würde sie sehr gern kennen lernen. Können wir mit Ihrem Wagen fahren?"

Ich bemühte mich auf dem Rückweg zur Dienstelle nicht allzu sehr darum, mit ihm ins Gespräch zu kommen. Er schien die Fahrt in einem Streifenwagen zu genießen und stellte ständig Fragen nach den diversen Schaltern und Knöpfen an der Mittelkonsole und am Armaturenbrett. Dann nahm er die Brille ab, und ich spürte, wie er mich von der Seite musterte.

„Wissen Sie, was die genaue Definition für einen Kriminellen ist, Mr. Robicheaux?", sagte er.

„Nein, Sir, weiß ich nicht."

„Ein Mann, der nachweislich ein Strafregister hat."

„Yeah, ich glaube, dagegen ist kaum was einzuwenden."

„Sie kommen mir wie ein gebildeter Mensch vor, genau wie Ihre Tochter. Ist Ihnen, als Sie auf dem College waren, in einem Philosophieseminar mal der Begriff ‚Solipsismus‘ begegnet?“

„Ich glaube nicht.“ Wir waren noch immer auf der East Main Street und näherten uns dem historischen Viertel. In knapp fünf Minuten waren wir auf dem Parkplatz des Gerichtsgebäudes, und aller Wahrscheinlichkeit nach würde Bledsoe dann nicht mehr auf persönlicher Ebene mit mir sprechen, was ich nicht wollte. „Was genau ist ‚Solipsismus‘?“

„Der Glaube, dass die Realität nur in uns und durch unsere eigene Wahrnehmung existiert.“

„Das ist mir neu.“

„Ich will Ihnen eine alte Rätselfrage stellen: Wenn in einem Wald ein Baum umstürzt und niemand hört es, ist er dann wirklich umgestürzt? Sagen Sie mir Ihre Meinung dazu, dann sage ich Ihnen meine.“

„Ich würde sagen, er ist umgestürzt.“

Er lachte vor sich hin und betrachtete die viktorianischen Gebäude, die Bauten aus der Zeit vor dem Bürgerkrieg und die Shotgun-Häuser, die am Fenster vorbeiglitten.

„Und was ist Ihre Meinung?“, sagte ich.

„Die habe ich Ihnen schon gesagt. Sie haben bloß nicht aufgepasst.“ Er stieß mir einen Finger in den Arm.

Seine Augen wirkten fröhlich, leuchtend grün unter den dichten, halbmondförmigen und neugierig hochgezogenen Brauen und der vorspringenden Stirn. „Stimmt es, dass euer Sheriff ein Hermaphrodit ist?“

Wir gingen durch die Hintertür des Gerichtsgebäudes, wo ich ihn sofort in den Vernehmungsraum brachte. Meh-

412

rere Cops in Uniform drehten sich um und schauten zu uns, als wir im Flur an ihnen vorbeikamen.

„Ich sage Sheriff Soileau, dass Sie hier sind. Wie wär's mit einem Kaffee und ein paar Donuts?"

„Ich mag Donuts."

„Kommen sofort", sagte ich.

Ich ließ ihn im Vernehmungsraum und bat Wally, ihm ein paar Donuts und eine Tasse Kaffee zu bringen, dann teilte ich Helen mit, dass er da war.

„Wie hat er sich auf der Fahrt benommen?", sagte sie.

„Er hat mich gefragt, ob ich mich mit Solipsismus auskenne."

„Mit was?"

„Das ist ein philosophischer Standpunkt, wonach die Realität nur durch unser Bewusstsein und unsere Wahrnehmungen hervorgerufen wird. Dann hat er mir eine Rätselfrage über einen umstürzenden Baum im Wald gestellt."

„Ob er wirklich umstürzt, wenn ihn keiner hört?", sagte sie.

„Ich hab ihm gesagt, er stürzt um, ob es jemand hört oder nicht. Er hat gelacht."

„Was, glaubst du, wollte er damit sagen?"

„Vorher hat er gesagt, dass das Merkmal eines Kriminellen ein Strafregister ist. Ich glaube, er wollte uns veräppeln, weil wir keine Beweise für irgendwelche kriminellen Umtriebe in seinem Leben finden. Ich glaube, er hat uns seine ganze Arbeitsweise erklärt. Er ist ein Soziopath, der nicht erwischt wird. Wie Bundy oder BTK und wahrscheinlich

413

tausende anderer, die sich im Gebälk verkriechen, so dass keiner weiß, dass es sie gibt, bis das Haus einfällt."

„Wie möchtest du es angehen?", fragte sie.

„Der Typ ist in sexueller Hinsicht ein Alptraum. Ich vermute, dass er Frauen hasst, vor allem weibliche Autoritätspersonen."

„Kann man sich das vorstellen?", erwiderte sie.

Wir gingen zum Vernehmungsraum, einem relativ kleinen Kabuff mit zwei rechteckigen, verglasten Schlitzen in der Wand, durch die man den Verdächtigen vom Flur aus betrachten konnte und selbst kaum zu sehen war.

„Schau ihn dir an", sagte ich.

Helen spähte durch das Glas. „Herr im Himmel", sagte sie.

„Bereit?"

„Wenn du es bist", erwiderte sie.

Ich öffnete die Tür, und wir gingen hinein. Wally hatte Bledsoe mindestens vier Donuts mit Vanillecremefüllung und einen riesigen Pappbecher mit Kaffee gebracht. Er aß sie wie Hamburger, stopfte den ganzen Donut in den Mund, so dass die gelbe Creme auf seinen Fingernägeln schimmerte.

„Ich heiße Ronald. Und Sie?", sagte Bledsoe zu Helen. Er stand halb von seinem Stuhl auf und setzte sich wieder.

„Ich bin Sheriff Soileau, Mr. Bledsoe. Danke, dass Sie hergekommen sind." Sie schloss die Tür hinter uns und warf einen Blick zu der Videokamera an der Wand. „Da es sich hier nur um ein inoffizielles Gespräch handelt, habe ich die Kamera abschalten lassen."

„Ist mir gar nicht aufgefallen."

Am Tisch standen zwei freie Stühle, aber Helen und ich blieben stehen.

„Kommen wir gleich zur Sache", sagte sie. „Jemand ist in Detective Robicheaux' Haus eingebrochen, hat den Computer seiner Tochter zerstört und in den Papierkorb gepisst. Sie haben uns freiwillig Ihre DNA gegeben, und dafür sind wir Ihnen dankbar. Aber wir haben noch ein weiteres Anliegen. Was, zum Teufel, machen Sie in New Iberia?"

Der Tonfall, den sie jetzt anschlug, erwischte ihn auf dem falschen Fuß. Er blickte zu ihr auf. Seine grünen Augen leuchteten wie Smaragde. „Ich bin Privatdetektiv in Diensten mehrerer Versicherungsgesellschaften."

„Welche Gesellschaften?"

„Da dies vertraulich ist, darf ich Ihnen keine Namen nennen."

„Aha. Wissen Sie, was Behinderung der Justiz ist?"

„Durchaus."

„Sie haben sich in eine Mordermittlung eingemischt, Mr. Bledsoe. Ich meine damit die Schüsse auf zwei schwarze Männer vor Otis Baylors Haus in New Orleans."

„Diese Männer waren Plünderer. Sie haben Häuser ausgeraubt, die bei meinen Arbeitgebern versichert waren."

„Hilft Ihnen Otis Baylor beim Sicherstellen des Diebesguts?"

„Das habe ich nicht gesagt."

„Kennen Sie Sidney Kovick?"

„Ich kenne ihn dem Namen nach. Wie jeder in New Orleans."

„Arbeiten Sie für ihn?"

„Nein, ich bin Kautionsagent und Versicherungsdetektiv, so ähnlich wie Mr. Purcel, Mr. Robicheaux' Freund. Können Sie mir erklären, warum Mr. Purcel nicht in Gewahrsam ist, wenn man bedenkt, welch schwere Verletzungen er Bobby Mack Rydel zugefügt hat?"

„Uns geht es um Sie, Mr. Bledsoe."

„Haben Sie mehr Servietten? Die hier sind schmutzig."

„Hat das Ihre Mutter zu Ihnen gesagt? Mach dir die Hände nicht schmutzig?"

„Was war das?", sagte er.

Helen beugte sich vor, bis sie nur mehr Zentimeter von ihm entfernt war, und stützte die Fäuste auf den Tisch. Muskelstränge traten hinten an ihren Oberarmen hervor. Die Haare fielen ihr ins Gesicht. Ihre Körperkraft war regelrecht spürbar, ihr Geruch eine Mischung aus Blumenduft und männlicher Körperhitze. Bledsoes Nasenflügel wurden weiß. Er rutschte auf seinem Stuhl hin und her und legte die Hände vor sich auf den Tisch. Seine Finger waren lang und blass, als wären sie lange im Wasser gewesen.

„Wer, verflucht noch mal, glauben Sie, dass Sie sind?", sagte Helen.

Er schaute geradeaus und schien sich in seiner Kleidung regelrecht zusammenzuziehen. „Sie haben kein Recht, mich anzurühren."

„Wenn ich Sie anrühren würde, Mr. Bledsoe, müsste ich mich mit Wasserstoffperoxid und einer Drahtbürste abschrubben. Stimmt es, dass Ihnen einer abgeht, wenn Sie Freudenmädchen eine Heidenangst einjagen?"

Er warf einen Blick zu der Kamera an der Wand, fragte sich offensichtlich, ob sie wirklich abgeschaltet war und ob das gut oder schlecht für ihn war. „Halten Sie es für logisch, dass ein Mann, der Prostituierte bezahlt, diese Prostituierten vergraulen will?", sagte er.

„Yeah, wenn sie alles an ihm abstoßend finden", sagte Helen.

Zum ersten Mal sah ich etwas Dunkles über sein Gesicht huschen. Helen beugte sich näher zu ihm, streifte ihn wieder mit der Hüfte und versperrte ihm mit ihrem Gesicht das Blickfeld. „Was hat Ihre Mutter mit Ihnen gemacht, als Sie noch ein Junge waren?"

„Sie hat gar nichts gemacht."

„Hat sie Sie in Ihrer eigenen Pisse schlafen lassen, wenn Sie sich eingenässt haben? Hat sie Ihnen den Mund mit Seife ausgewaschen, wenn Sie ihr frech gekommen sind? Hat sie Ihnen gesagt, dass Sie Ihre Unterwäsche verkehrt rum anhaben und dass Bremsspuren drin sind, dass sie sich dafür schämt, dass Sie ihr Sohn sind, dass Sie sie anwidern?"

Er wollte aufstehen.

„Setzen Sie sich. Ich bin noch nicht fertig mit Ihnen", sagte sie. „Sie hat im Dunkeln Sachen mit Ihnen gemacht, nicht wahr? Ihr Vater war nicht da und deshalb waren Sie ihr Dildo. Hat sie mal Ihren Penis in die Hand genommen und Sie hinterher dafür bestraft?"

In dem Zimmer war es wärmer geworden, und ich räusperte mich unwillkürlich.

„Sie erfinden das alles. Sie kennen mich nicht", sagte Bledsoe.

„Sie haben einen Fehler gemacht, als Sie in diesen Bezirk gekommen sind. Sie sind ein abartiger Mann und werden als solcher behandelt. Detective Robicheaux, holen Sie ihm noch eine Tasse Kaffee. Ich möchte mit Mr. Bledsoe noch ein bisschen unter vier Augen sprechen."

„Ich will keinen mehr. Ich möchte jetzt wieder zu meinem Cottage."

„Wissen Sie, warum Sie ständig zu der Kamera schauen, Mr. Bledsoe?", sagte sie. „Weil Sie Ihre ganze Identität selber erfunden haben und nichts als die Person sind, die Sie die Welt sehen lassen wollen. Wir wissen alles über Sie. Sie sind genetisch und psychisch geschädigt. Leute wie Sie, Richard Speck und John Wayne Gacy hätte man fünf Minuten nach der Entbindung mitsamt der Nachgeburt ins Klo spülen sollen. Leider haben eure Mütter das nicht getan, sondern auf dicke Titten fixierte Babys großgezogen, um die sich alle andern kümmern müssen."

Ich nahm seine Kaffeetasse vom Tisch. „Möchten Sie Milch oder Zucker?"

Seine Unterlippe bebte. Helen hatte ihm einen Stich versetzt, der bis auf die Knochen ging.

„Antworten Sie ihm", sagte sie.

Er setzte sich auf, blinzelte und riss die Augen wieder auf, wie jemand, der in einer Taucherkugel eine brutale Dekompression durchmacht. Dann stieß er einen Luftschwall aus der Nase und straffte seine Schultern. Ich vermutete, dass er hinter der vorspringenden Stirn seine geistigen Befestigungsanlagen Stück für Stück wieder aufbaute, ein Vorgang, den er in einer Umgebung gelernt hatte, über die

die meisten von uns nur mutmaßen können. Er biss in einen Donut und drückte sich die Vanillecreme mit den Fingern in den Mund.

„Es war wirklich nett hier mit euch", sagte er. „Ich werde Ihnen Ihre Worte nicht vorhalten. Das ist nicht meine Art. Meine Mutter war eine zauberhafte, liebenswürdige Frau, und Sie haben keine Ahnung, wovon Sie reden."

„Sie müssen mit uns reden, Mr. Bledsoe", sagte ich.

„Nein, Sir, ganz gewiss nicht. Hier wurden heute sehr harte Sachen gesagt." Er stand auf, zog seine Sonnenbrille aus der Tasche, die mit den runden Gläsern und dem weißen Gestell, und setzte sie auf. „Man darf nicht nach Äußerlichkeiten gehen, Ms. Soileau. Wenn Sie Christin sind, sollten Sie vielleicht ein bisschen mehr über die Gefühle anderer Menschen nachdenken."

Damit ging er aus dem Raum, den Flur entlang und aus dem Gerichtsgebäude.

„Kannst du das glauben?", sagte Helen.

„Soll ich ihn heimbringen?", sagte ich.

„Scheiß drauf", sagte sie. Sie ging im Kreis, hatte die Hände in die Hüfte gestemmt. „Meinst du, er hat den Schlag abprallen lassen?"

„Du hast ihm die Haut abgezogen."

„Und?"

„Bledsoe ist ein Psychopath. Er kann es nicht ertragen, wenn ihm von anderen eine Verletzung zugefügt wird, ob tatsächlich oder nur in seiner Einbildung. Er hasst uns bis aufs Blut und wird es uns heimzahlen, so gut er kann."

Ich glaube, Helen hatte sich auf ihre eigenen Kindheitserfahrungen bezogen, als sie Bledsoe die Daumenschrauben anlegte. Außerdem vermutete ich, dass sie bei ihrer Vernehmung auf Eindrücke zurückgegriffen hatte, an die sie sich selbst nicht gern erinnerte."

„Schöner Spaß, was, Bwana?", sagte sie.

Ein paar Stunden später saß Bertrand Melancon auf der Treppe zur Galerie seiner Großmutter und fragte sich, was er als Nächstes tun sollte, als ein blauer Mercury in die Quarters einbog und durch eine Pfütze fuhr, dass der Matsch über den blitzblanken Lack spritzte. Der Fahrer sah Bertrand und bog auf den Hof seiner Großmutter ein.

Eine weitere Gewitterfront war aufgezogen und der Himmel war blau-schwarz und voller zuckender Blitze. Der Fahrer des Mercury stieg aus und ging zur Galerie, wich den Regenpfützen aus und zog die Hosenaufschläge über den zweifarbigen Schuhen hoch.

„Hi", sagte er.

„Was gibt's?", erwiderte Bertrand.

„Ich heiße Ronald. Und Sie?"

„Genauso wie heut Morgen, als 'n Typ mit dem gleichen Gesicht wie Sie mich runter zur Zugbrücke in Jeanerette verfolgt hat."

„Sie sind schlau. Ich wette, Sie waren auf dem College."

„Was wolln Sie, Mann?"

„Darf ich mich setzen?"

„Nein."

Der Mann mit dem eingedellten Gesicht klappte ein Etui

auf, in dem sich ein Ausweis mit Foto und eine schmucke, blau-goldene Dienstmarke befanden. „Ich bin Detektiv bei einer Versicherung. Ich würde Ihnen gern einen Finderlohn bezahlen."

Ist das einer der Typen, die Eddy aus dem Our Lady of the Lake geholt und um den Verstand gebracht haben?, fragte sich Bertrand. Oder Andre vor dem FEMA-Camp in ein Auto gelockt haben? Nein, diese Typen würden nicht am helllichten Tag zum Haus seiner Großmutter fahren, vor den Augen der Nachbarn.

„Finderlohn für was?"

Der Mann, der sich als Ronald vorgestellt hatte, zog einen großen Briefumschlag aus seiner Seitentasche. Er war dick und wellte sich in der Mitte unter zwei doppelt herumgeschlungenen Gummiringen.

„Hier, schaun Sie nach, was drin ist", sagte er und hielt ihn vor Bertrands Gesicht.

Bertrand faltete die Hände und tat so, als blickte er in die Ferne.

„Machen Sie ihn auf", sagte Ronald. „Ein schlauer Mann holt immer Erkundigungen ein, bevor er eine Entscheidung fällt. Ein schlauer Mann sieht sich an, was auf dem Tisch liegt, dann trifft er eine kluge Wahl. Sie schaun sich die Leute genau an, das erkenn ich. Sie sind ein vorsichtiger, ein schlauer Mann. Ich weiß das, weil auch ich mir die Leute genau anschaue."

Der Mann, der sich Ronald nannte, strich mit der Kante des Umschlags über Bertrands Handrücken. „Was haben Sie zu verlieren?", sagte er. „Glauben Sie, die reichen Leute in den großen Häusern unten an der Straße machen sich Gedanken über Sie und Ihre Großmutter?"

Bertrand schaute den Fahrweg entlang, der von schmalen Holzhäusern mit lehmigen Höfen gesäumt war, auf denen die Leute ihre Fahrzeuge parkten. Auf der anderen Seite der Staatsstraße sah er ein Feld voll grünem Zuckerrohr und eine mit weiß gestrichenen Eisenzäunen umfriedete Pferdefarm, auf der Vollblüter gezüchtet wurden, dazu allerlei Stallungen, die mehr kosteten, als die gesamte Wohngegend seiner Großmutter, und hinter allem dräute der Gewitterhimmel.

Bertrand nahm den Umschlag. Er war schwer und prall und fühlte sich gut an, so wie sich ein Bündel Geld in einem Umschlag prall und gut anfühlen kann.

„Wie viel is da drin?", sagte er, so als hätte sich seine Stimme selbständig gemacht, bevor er sich die Worte zurechtlegen konnte, und sein Mund war mit einem Mal trocken.

„Vierzigtausend. Aber das ist bloß der Anfang. Sie kriegen weitere vierzigtausend, wenn wir den Fund sichergestellt haben. Nur zu. Stecken Sie den Finger rein. Schließen Sie die Augen und sagen Sie mir, wie es sich anfühlt. Denken Sie dabei an irgendwas anderes?"

Bertrand riss mit dem Daumen die Gummierung auf und schaute auf die gebündelten Hundertdollarscheine, die drin waren. „Woher weiß ich, dass es kein Falschgeld is?"

„Morgen früh fahr ich mit Ihnen zur Bank. Oder wir gehn heute Abend ins Casino. Wir kaufen uns damit ein paar Chips und sehn zu, was passiert. Die Leute im Casino erkennen Falschgeld auf den ersten Blick. Sie sind ein schlauer Mann, ganz recht."

Bertrand hatte das Gefühl, als ob sich in seinem Kopf ein Kameraverschluss öffnete, und er sah sich in einem Cabrio einen Highway am Ozean entlangfahren, während Wellen über den Sand spülten und zischender weißer Schaum um Korallenfelsen brodelte. Er sah Mädchen in Bikinis, die einen Volleyball über ein Netz hin und her schlugen. Er hörte Musik aus den Lautsprechern seiner Stereoanlage hämmern und spürte die salzige Gischt im Gesicht.

„Höchste Zeit, ein neues Leben anzufangen", sagte Bledsoe.

Nebenan schrie eine Frau ihre Kinder an. Bertrand hörte, wie sie eins von ihnen schlug, ein markerschütterndes Klatschen, mit dem man ein Kind zu Boden schicken kann.

„Sie ham recht", sagte er.

„Das dachte ich mir doch."

„Deswegen interessiert's mich nicht. Außerdem ham Sie den Falschen erwischt", sagte Bertrand.

Er gab Bledsoe den Umschlag zurück und schob die Finger zwischen seine Beine. Rote Flecken trieben vor seinen Augen. Er konnte kaum glauben, dass er gerade so viel Geld in der Hand gehabt und es dem Mann zurückgegeben hatte, der es ihm anbot. Er spie zwischen seinen Knien auf den Boden und verdrängte jeden Gedanken.

„Was Sie gerade gesagt haben, ist nicht nur unlogisch, es ist auch nicht wahr", sagte Ronald, der seinen duldsamsten Tonfall aufbot.

„Was soll das heißen?"

„Wenn Sie der Falsche wären, wüssten Sie nicht genug, um sagen zu können, dass es Sie nicht interessiert. Außerdem sehen Sie genauso aus wie Ihr Bruder."

Bertrand hörte einen Donnerschlag oben in den Wolken, ein elektrisches Knistern, als reiße der ganze Himmel auf. „Woher wissen Sie, wie mein Bruder aussieht?", fragte er.

Ronald Bledsoes Augen strahlten so munter und fröhlich wie eh und je, aber einen Moment lang wirkte sein Blick verhalten, zögerlich, wie ein kurzes Blinzeln, das kein Blinzeln war, als ihm blitzschnell klar wurde, dass ihm ein Schnitzer unterlaufen war.

„Ich habe eure Polizeifotos. Ich habe sie von einem Freund beim NOPD."

„Yeah, weil ja die Cops von New Orleans, die bis zum Kinn durchs Wasser gewatet sind, so was jederzeit für Typen machen, die ihre Dienstmarken aus der Müslischachtel ham."

„Ich versuche, Ihr Freund zu sein, Bertrand. Ich möchte Sie reich machen. Bald schon können Sie die schönsten Frauen der Welt haben."

„Hey, Mann, is nicht bös gemeint, aber ich glaub nicht, dass Sie was von schönen Frauen verstehn."

Bertrand stand von der Treppe auf und ging ins Haus. Er fragte sich, ob er es hatte verbergen können, dass er Bescheid wusste, erkannt hatte, dass Ronald Bledsoe einer der Männer war, die Eddy entführt hatten. Als er durch den Fliegendraht hinausschaute, wendete Ronald sein Auto auf dem Hof und walzte mit einem Rad eine Tomatenstaude im Garten seiner Großmutter nieder. Seine Kopfform erinnerte Bertrand an ein Fragezeichen. Dann ging Ronald auf Blickkontakt mit Bertrand. Beim Anblick von Ronalds Gesichtsausdruck trat Bertrand vom Fliegendraht zurück.

Ein paar Minuten später fuhr Bertrand runter zu dem Lebensmittelladen in Loreauville und besorgte sich am Automaten eine Trinkschokolade. Er trank sie im Auto, auf dem Parkplatz gegenüber von einer katholischen Kirche, und versuchte nicht nachzudenken. Der Typ, dessen Kopf und Gesicht ihn an eine lange, geschwungene Zahnbürste erinnerten, log. Er war einer der Kerle, die sich Eddy geschnappt und ihn gefoltert hatten. Was wiederum hieß, dass er einer der Typen war, die für Sidney Kovick arbeiteten. Aber warum schnappten sie sich nicht auch ihn einfach? Sie wussten, wo er wohnte. Sie wussten, wo er sich herumtrieb. Sie wussten, wo seine Großmutter war. Bertrand hätte mittlerweile Hundefutter sein müssen.

Weil der Typ auf eigene Rechnung arbeitete? Weil der Typ Sidney Kovick linken wollte?

Das war es. Kovicks Mietfreak war von der Leine gegangen und wollte selbst Beute machen, auf Kovicks Kosten.

Wird vielleicht Zeit, dass ich ein paar Leuten den Kopf zurechtrücke und Klartext rede mit einem, der meint, er könnte anderen Leuten ins Gesicht dreschen, dachte Bertrand.

Er wechselte die letzten fünf Dollar von dem Geld, das ihm seine Großmutter gegeben hatte, ging zu dem Münztelefon vorne im Laden und rief die Fernsprechauskunft an. „Yeah, Kovicks Blumenladen in Algiers, das isses, ganz recht", sagte er. „Und halten Sie sich ran, okay? Das is 'n Notfall."

Er schaute auf seine Uhr. Es war 16:56 Uhr. Komm schon, komm schon, dachte er. „Hey, ham Sie noch nie was von Computern gehört? Wo klemmt's denn?" Er federte auf den Fußballen. Auf und ab. „Na schön, sagen Sie's noch mal." Er schrieb die Nummer an die Wand des Lebensmittelladens. „Sagen Sie Ihrer Vorgesetzten, sie soll Ihnen 'ne Gehaltserhöhung geben. Sagen Sie ihr, Bertrand Melancon gibt ihr grünes Licht dazu."

Seine Magengeschwüre brüllten, als er die Nummer in das Münztelefon tippte, sein Kopf fühlte sich durch das Adrenalin, das durch seine Adern strömte, leicht wie ein Ballon an.

Sei da, sei da, sei da, betete er, denn er wusste, dass er den Mut verlieren würde, wenn er Kovick jetzt nicht erreichte, und ihn später nicht wieder aufbringen würde, so wie immer.

Nach dem achten Klingeln wollte Bertrand fast aufgeben. Dann nahm jemand den Hörer ab und sagte: „Kovicks Blumen. Kann ich Ihnen helfen?"

Als er die Stimme am anderen Ende hörte, hatte Bertrand das Gefühl, als würden seine Innereien zu Wasser.

„Kann ich Ihnen helfen?", wiederholte der Mann.

„Nein, du kannst dir selber helfen, Arschgeige."

Einen Moment lang herrschte Schweigen, eher aus Verdruss als vor Überraschung. „Ist das der, der meiner Meinung nach dran ist?"

„Yeah, Bertrand Melancon, der Bruder von Eddy Melancon, falls dir der Name was sagt. Kennst du 'nen Weißbrot, das 'nen blauen Mercury fährt, aussieht, als ob ihm jemand mit 'nem Knüppel das Gesicht eingeschlagen hat, als er noch klein war?"

„Nein."

„Denk scharf nach. Hat 'ne Detektivmarke. Glaubt, Nigger steppen ihm was vor und spucken Wassermelonenkerne aus, wenn er ihnen mit Gold zuklimpert."

„Du bist anscheinend ein bisschen begriffsstutzig, mein Junge. Warum schaust du nicht vorbei, dann reden wir ein paar Takte?"

„Nein, diesmal hörst du zu. Dein Mann war mit 'nem fetten Umschlag voller toter Präsidenten hier. Rat mal, was er machen wollte. Seinen eignen Deal mit den Blutsteinen durchziehn und dich nach Strich und Faden bescheißen. Vielleicht solltest du dir mal 'n paar bessere Zirkusclowns für deine Drecksarbeit anheuern."

„Wo kann ich diesen Typ erreichen?"

„Ich weiß es nicht und es is mir auch wurscht. Ich hab aus 'nem andern Grund angerufen. Vielleicht hab ich das, was du mit mir gemacht hast, verdient. Vielleicht hab ich's drauf angelegt, dass ich vor allen Leuten ein paar Maulschellen und 'nen Arschtritt krieg. Aber mir is dabei was klargeworden, das du nicht begreifen wirst. Mir is klargeworden, dass ich kein Killer bin. Ich konnte dich nicht umlegen, egal, was du mir und Eddy angetan hast. Deshalb bin ich aus der Sache mit was rausgekommen, mit dem du nicht gerechnet hast. Ich weiß jetzt, dass ich nicht so bin wie du, ein Killer, der 'nem Mann die Beine abgesägt hat, und das is mir mehr wert als die Blutsteine."

Am anderen Ende herrschte Schweigen.

„Bist du noch dran?", sagte Bertrand.

„Wo bist du?", sagte der Mann.

„In deinem Kopf, so wie du in meinem gewesen bist. Aber jetzt nicht mehr", sagte Bertrand und legte auf.

Wow, dachte er, und seine Haut prickelte, als wäre er gerade aus einem Iglu gekommen.

25

Das weiße Flackern der Blitze in den Bäumen rund um ihr Haus erinnerte Melanie Baylor an die Sommergewitter, die sie als Kind oben im Norden von Chicago erlebt hatte. Die Familie hatte am Michigan-See gewohnt, in einer vornehmen Gegend mit Hartholzbäumen, gepflegten Zierrasen und Segelbooten, die auf dem azurblauen Wasser, das größer zu sein schien als das Meer, in den Wind halsten. Die Gewitter konnten den See aufwühlen und die Bäume beuteln, aber das große, einstöckige Haus, in dem sie gewohnt hatte, war ein Ort der Geborgenheit, in dem ihr Vater, ein Börsenmakler, vor dem Kamin eine Pfeife geraucht hatte und stets guten Mutes war. Selbst im Winter, wenn das Bootshaus abgeschlossen und der See mit Eis bedeckt war, waren das Haus und die kleine Stadt, in der sie einkaufen gingen, Orte der Geborgenheit, fernab von allen Kriegen und dem Trubel der Stadt. Melanie war sich darüber im Klaren, dass sie eines Tages heiraten und wegziehen würde, vielleicht an die Ostküste, aber sie würde immer ein Mädchen aus dem Mittleren Westen bleiben, und ihr wahres Zuhause würde immer inmitten von Kastanien, Buchen und Ahornbäumen an den Gestaden des Michigan-Sees liegen.

Das war, bevor ihr Vater im Bett seiner Geliebten in Naperville einen schweren Herzinfarkt erlitten hatte. Das war, bevor die Börsenaufsicht seine Maklertätigkeit unter die Lupe nahm. Das war, bevor seine Gläubiger das Privatvermögen einziehen ließen und der Familie jeden Cent nahmen, den sie hatte, einschließlich des Hauses am Michigan-See.

Melanie griff zu der Bourbonflasche auf dem Geschirrregal und füllte ihr Glas knapp zwei Finger breit. Dann goss sie sich nach, holte Eis aus dem Kühlschrank, gab drei Würfel ins Glas und kippte Wasser hinzu. Sie hörte jetzt den Regen aufs Dach pladdern, und die Bäume im Garten waren nass und dunkelgrün, wenn die Blitze in den Wolken zuckten. Otis und Thelma waren noch im Lebensmittelladen in New Iberia. Melanie nahm an, dass sie aufgrund des schlechten Wetters, des weiten Fahrwegs und der vielen Lebensmittel, die sie einkaufen mussten, noch mindestens anderthalb Stunden weg sein würden. Bis dahin wollte sie ihren Bourbon genießen und sich vielleicht noch einen starken Drink genehmigen, kurz bevor sie heimkamen, und das war's dann für den Abend.

Sie war keine Alkoholikerin. Ihr erster Mann war einer gewesen. Eins war sicher. Sie würde nie so werden wie er. Das stand außer Frage.

Otis stellte sie nicht zur Rede, weil sie ihn nicht mehr zurückwies, und er kontrollierte auch nicht, wie viel jeden Tag aus der Chiantiflasche in der Speisekammer oder der Brandykaraffe im Esszimmer fehlte. Otis war ein guter Mann, sagte sie sich immer mit einer gewissen Selbstzufriedenheit, stolz darauf, wie sie es geschafft hatte, ihn, seine Körperlichkeit und den Testosterongeruch hinzunehmen, der manchmal in seiner Kleidung hing.

Sie duschte, wusch sich die Haare und trocknete sich vor dem Spiegel ab. Sie drehte sich zur Seite, stellte sich leicht auf die Zehenspitzen und betrachtete ihren flachen Bauch, die straffen Brüste, ihre sonnengebräunte, glatte Haut. Ein jähes Lustgefühl überkam sie, und sie leckte sich die Lippen und legte den Kopf zurück, so wie in ihren erotischen Fantasien, bei denen sie sich manchmal fragte, ob sie nicht narzisstisch war. Sie biss sich lüstern auf die Unterlippe und schob eine Haarsträhne aus dem Auge. Dann schlüpfte sie in ihre Sandalen und tupfte, während sie sich weiter im Spiegel betrachtete, vorsichtig die Wassertropfen von Wangen und Stirn.

Sie nahm den Drink vom Spülkasten und trank einen Schluck. Otis dachte, er wüsste alles über sie, aber in Wirklichkeit war es ganz anders. Vielleicht sollte sie ihm eines Nachts eine kleine Lektion erteilen. Ihre erotische Macht war weit größer, als er ahnte. Die Männer, die sie mit abenteuerlustigen Blicken musterten, bekamen nie das Gefühl vermittelt, dass sie sich ungehörig benahmen. Vielleicht sollte sich Otis mal ein bisschen darüber klarwerden, welche Begierde sie bei anderen erregen konnte.

Sie zog ihren flauschigen Bademantel an, schlang sich ein Handtuch um den Kopf und nahm ihren Drink mit ins Wohnzimmer. Sie stellte auf der Stereoanlage den Klassiksender der Universität ein, schlug auf ihrem Knie ein Buch auf und trank einen Schluck. Draußen verwirbelte der Wind den Regen, so dass er im Verandalicht wie gesponnenes Glas aussah. Die zweispurige Straße vor dem Haus war schwarz und glitschig, und auf der anderen Seite des Bayous sah sie Lichter in einem Garten und einen Neger auf einer Leiter, der die Ziegel umschichtete, mit denen der blaue Filz und das Segeltuch beschwert waren, die das von Rita hinterlassene Loch im Dach bedeckten.

Wann hörte dieses schlechte Wetter auf? Wann würden all die Probleme überstanden sein, die durch die Hurrikane verursacht worden waren?

Ein Auto, das Ölqualm ausstieß, fuhr am Haus vorbei und wendete bei der Zugbrücke. Kurz darauf gingen seine Scheinwerfer aus. Melanie stellte ihr Glas ab und legte das Buch beseite, ging ans Fenster und raffte unwillkürlich ihren Bademantel am Hals zusammen.

Das Auto war in der Dunkelheit unter den Bäumen kaum zu erkennen. Sie strengte ihre Augen an, konnte aber nicht feststellen, ob der Fahrer drin saß oder nicht. Im Hintergrund, oben auf der Zugbrücke, tauchte plötzlich im Schein der Brückenbeleuchtung ein Fahrzeug auf, mit dem sie in einer ländlichen Gegend in Südlouisiana niemals gerechnet hätte. Ein lavendelfarbener Rolls-Royce rumpelte über das Gitter, bog bei dem Plantagenhaus nebenan ab und fuhr die Straße am Bayou entlang, in die entgegengesetzte Richtung von dem geparkten Auto und dem Haus der Baylors.

Sie überprüfte Schloss und Kette an der Haustür und ließ die Jalousien herunter. Dann setzte sie sich in ihren Sessel und trank ihr Glas aus. Der Bourbon rann in ihren Magen wie ein alter Freund, wärmte sie, stimmte sie zuversichtlich und verstärkte zugleich ihre erotischen Gelüste. Dann breitete er sich in ihrem ganzen Körper aus und betäubte sämtliche Nerven, so als drücke ihr jemand die Augen zu, als flüstere ihr jemand ins Ohr, dass die Welt gut und sicher war und alle Fehler, die man gemacht hatte, im Lauf der Zeit überwunden werden würden.

Konnte man einen besseren Freund haben?

Bertrand Melancon beendete seinen Brief, in dem er der Familie Baylor Schadenersatz anbot, und las ihn noch einmal durch. Er fragte sich, ob sie sich daran stören würden, dass er auf ein Papierhandtuch geschrieben war. Vor allem aber fragte er sich, ob sie durch seinen Besuch abgestoßen sein würden. Aber was auch geschah, es wurde Zeit, dass er sich runter zum Bayou schwang. Er trank einen Schluck aus der Flasche mit Schokomilch, die seine Großmutter für seinen Magen gekauft hatte, faltete das Papierhandtuch ordentlich zusammen und steckte es in sein Hemd.

Der Regen fegte in dichten Schleiern über die Loreauville Quarters, die Zuckerrohrfelder und die Pekanbäume und tanzte im gelben Dunst auf dem Bayou. Er rannte über den überfluteten Hof seiner Großmutter und ließ das Auto an, gab Gas und wartete, bis die Zündkerzen sämtlicher Zylinder heiß genug waren, damit der Motor rund lief, weder Fehlzündungen hatte noch Qualmwolken aus dem kaputten Auspufftopf ausstieß.

Er stieß auf die Staatsstraße und fuhr in Richtung New Iberia, während der Regen so heftig aufs Dach und an die Fenster schlug, dass sich das Gummi von den Scheibenwischern löste. Als er auf die Old Jeanerette Road stieß und am Bayou entlang zum Haus der Baylors steuerte, stellte er fest, dass er noch ein anderes Problem hatte: Die Bremsen reagierten nicht, bis er das Pedal fast auf den Boden durchdrückte. Seine Großmutter hatte vorhin irgendwas von fehlender Bremsflüssigkeit gesagt, aber er war mit seinem Brief beschäftigt gewesen und hatte nicht auf sie geachtet. Jetzt war er mit defekten Bremsen mitten im nächsten Unwetter, und gleichzeitig stieg ihm dichter Ölqualm in die Nase. Was konnte denn noch alles schiefgehen?

Er trat mehrmals das Pedal durch und spürte, wie der Widerstand stärker wurde, aber im nächsten Moment war es wieder weich, und er hätte fast das Stoppschild an der Kreuzung in einem am Bayou gelegenen ländlichen Slum überfahren. An dem Supermarkt am Highway gab es eine Selbstbedienungstankstelle, aber er bezweifelte, dass er dort Bremsflüssigkeit kaufen konnte. Deshalb fuhr er weiter in Richtung Jeanerette und dem Haus der Baylors, während der Regen über die Windschutzscheibe schoss und seine Geschwüre tobten wie ein wild gewordener Mob.

Schließlich kam er an der Alice Plantation vorbei und sah die Lichter der Jeanerette-Zugbrücke im Dunst schimmern. Er fuhr am Haus der Baylors vorbei, wendete an der Brücke und parkte im Schatten der Bäume. Der Regen hatte sich in Nebel und ein leichtes Nieseln verwandelt, das an allem zu haften schien, soweit das Auge reichte. Das Licht auf der Galerie der Baylors war an, desgleichen die Lichter im Wohnzimmer und in der Küche. Vielleicht war die ganze Familie da. Er sah kurz eine Silhouette am Fenster, bevor die Jalousien heruntergezogen wurden.

Bertrand hatte sich immer gefragt, wie Fallschirmjäger den Mut aufbrachten, aus einem Flugzeug zu springen. Was für ein Narr hüpfte ein paar tausend Meter über der

Erde aus einer Tür und hoffte darauf, dass ein Stoffbündel, das sich über seinem Rücken aufblähte, nicht zerfetzte und er nicht ungebremst durch ein Scheunendach schlug? Im Gefängnis des St. John the Baptist Parish hatte er die Gelegenheit gehabt, einem Fallschirmjäger genau diese Frage zu stellen.

Der Fallschirmjäger hatte an seinen Fingernägeln gezupft und gesagt: „Man denkt einfach nicht drüber nach, bevor man's macht, und hinterher denkt man auch nicht drüber nach."

„Das is alles?"

„Yeah, mehr oder weniger", hatte der Fallschirmjäger erwidert.

Bertrand versuchte sich an die Worte des Fallschirmjägers zu halten, um den nötigen Mut aufzubringen und sich Thelma Baylors Haus zu nähern. Aber sie halfen ihm nicht weiter, und er fragte sich, ob es bestimmte Worte gab, die man nie richtig verstand, bis man sich das Recht erworben hatte, sie zu verstehen.

Er holte Luft und ging zur Haustür der Baylors, hatte den Brief immer noch unter seinem Hemd stecken. Hinter sich hörte er ein schweres Fahrzeug über das Gitter der Zugbrücke rumpeln. Er drehte sich um und sah ein luxuriöses, lavendelfarbenes Auto, einen Typ, den er noch nie zuvor gesehen hatte. Der verchromte Kühlerdeckel war außen auf der Motorhaube. Die Karosserie war so elegant, dass sie aussah, als wäre sie aus Plastik, das man in eine Form gegossen hatte. Dann verschwand das Auto auf der Straße, die zu den kantigen Umrissen der alten Zuckermühle führte.

Bertrand ging über den Hof vor dem Haus der Baylors und stieg die Treppe hinauf. Er zögerte einen Moment, dann zog er die Fliegendrahttür auf und ging hinein.

Melanie hörte, wie der Regen nachließ, dann war nur noch das Wispern der Äste auf dem Blechdach zu vernehmen. Der Garten neben dem Haus war mit Nebel verhangen, am Himmel flackerten immer noch Wetterleuchten. Sie hatte sich ein halbvolles Glas Bourbon eingegossen und Eis hinzugegeben, aber kein Wasser. Als sie einen Schluck trank, war der Bourbon so kalt und stark, dass er alles betäubte, was er berührte. Vor allem aber überlagerte oder retouchierte er die Bilder aus der Nacht, in der Katrina auf das Festland gestoßen war und ihr Leben für immer verändert hatte.

Sie meinte ein leichtes Vibrieren zu spüren, verursacht durch Schritte auf der Galerie. Aber Thelma und Otis konnten das nicht sein, oder? Melanie hätte die Scheinwerfer in der Auffahrt gesehen. Außerdem luden Thelma und Otis die Lebensmittel immer unter dem Schutzdach aus und gingen durch die Seitentür ins Haus, so wie in New Orleans.

Sie legte ihr Buch hin und lauschte. Noch war sie sich nicht sicher, ob jemand auf der Galerie war, doch dann hörte sie ein lautes Klopfen. Sie stand auf und trat neben die Tür, so dass sie durch eine der gekrümmten Scheiben schauen konnte, ohne von draußen gesehen zu werden.

Plötzlich hatte sie das Profil eines Schwarzen vor sich. Er war mittelgroß, unrasiert, die Haare nicht geschnitten, das

Gesicht voller Wassertropfen. Er schaute ständig zur Straße, auf die Scheinwerfer eines Autos, das am Straßenrand stand. Dann gingen die Scheinwerfer aus, und der junge Mann wandte sich wieder der Tür zu.

Melanie trat rasch zurück. Der Whiskey, der sich in sämtlichen Winkeln ihres Körpers eingenistet hatte, sie wärmte und tröstete, schien zu verdunsten wie Wasser auf einem überhitzten Holzofen. Ihre Hände zitterten, und sie hatte einen Kloß im Hals. Sie ging in die Küche und wählte die 911, dann wurde ihr klar, dass die Polizei nicht rechtzeitig da sein würde. Sie musste mit dem Schwarzen selbst fertig werden, ihn entweder zur Rede stellen oder nicht beachten.

Aber wenn sie ihn nicht beachtete, nahm er womöglich an, dass niemand zu Hause war, und brach vielleicht ein. Sie schloss die Augen und meinte einen Schuss zu hören, dann wurde ihr klar, dass sie sich das Geräusch nur einbildete, dass ihr der Whiskey einen Streich gespielt hatte und jetzt Erinnerungen wiedererstehen ließ und verstärkte, vor denen er sie bewahren sollte.

Sie hörte die Stimme einer schwarzen Frau aus dem Hörer dringen: „Um was für einen Notfall handelt es sich?"

„Was haben Sie gesagt?", fragte Melanie.

„Um was für einen Notfall handelt es sich?"

„Ein Mann ist vor meiner Tür. Schicken Sie jemanden her."

„Will er einbrechen?"

„Es ist ein Schwarzer. Ich weiß nicht, wer er ist. Er hat hier nichts zu suchen."

„Wir schicken jemand vorbei, Ma'am. Ist noch jemand anders in Ihrem Haus?"

„Nein, Sie schicken niemanden vorbei. Sie kümmern sich lieber um Autounfälle. Ich kenne euch."

„Was meinen Sie mit ‚euch', Ma'am? Brauchen Sie ärztliche Hilfe? Sie klingen, als hätten Sie getrunken."

„Nein, ich brauche keine ärztliche Hilfe, Sie dummes Ding", sagte Melanie. Sie legte den Hörer auf den Tisch, ließ die Telefonistin hängen, ohne die Verbindung zu unterbrechen.

Sie zog ein Schlachtermesser aus einem der Schlitze im Holzblock, in dem sie ihre schärfsten Messer aufbewahrte. Dann ging sie wieder zur Haustür und riss sie auf, versteckte das Messer hinter ihrem Rücken.

Der Schwarze stand vor ihr und hielt mit beiden Händen ein braunes Papierhandtuch, als wollte er ein Weihnachtslied anstimmen.

„Sin Sie Miz Baylor?", fragte er.

„Was wollen Sie?"

„Sin Miss Thelma oder Mr. Baylor da?"

„Ich habe Sie gefragt, was Sie wollen."

„Dann nehm ich an, dass sie nicht da sin. Ich les Ihnen was vor, Ma'am, dann hau ich wieder ab."

Er stellte sich so hin, dass das Licht der Haustürlampe auf das Papierhandtuch fiel.

„Sind Sie verrückt?", sagte sie.

„An Miss Thelma und die Familie von Miss Thelma", las er vor. „Was ich ihr angetan hab, tut mir leid. Ich war nich imer so ein Mensch. Vielleicht aber schon. Ich bin mir nich sicher. Aber ich will's wieder gut machen, auch wenn ich nich weiß, ob man das bei ihr oder irgendjemand, dem so was angetan worden is, jemals wieder gut machen kann.

Andre, mein Bruder Eddy und ich warn diejenigen, die sie bei den Desire überfallen ham. Wir ham das Gleiche mit einem jungen Mädchen im Lower Nine gemacht. Ich möchte ihr ebenfalls sagen, dass es mir leid tut, aber ich kann sie nicht finden. Wenn Sie also wissen, wer sie is, dann richten Sie ihr bitte aus, was ich gesagt hab.

In der Nacht, wo der Sturm war, bin ich in Ihrer Garage gewesen und hab Benzin gestohlen. Wir ham auch so genannte „Blutsteine" von einem Mann gestohlen, der sie von jemand anders gestohlen hat. Weiter unten steht, wo ich sie versteckt hab. Sie gehörn Ihnen. Das, was wir getan ham, können sie nicht wieder gutmachen. Aber Eddy is erledigt, und Andre is tot, und ich glaub, ich hab meine Seele verlorn. Daher is das alles, was ich zu sagen hab, außer dass ich mich für das entschuldige, was wir getan ham.

Vielen Dank, Bertrand Melancon'."

Sie starrte ihn verdutzt an. „Sie haben Thelma vergewaltigt?", sagte sie.

„Ja, Ma'am."

„Sie Scheißkerl, Sie kommen zu unserem Haus und wollen uns Blutdiamanten anbieten? Sie gottverdammter Scheißkerl."

„Ich wollte Sie nicht aufregen."

Die Creme, die er sich in die Haare geschmiert hatte, war zerlaufen, und sie konnte sie an seiner Haut riechen. Sie roch nach Aloe, Körperfett und Kerzenwachs. Vor ihrem inneren Auge sah sie, wie sich eine Kugel durch die Kehle eines Schwarzen bohrte und hinter ihm das Schädeldach eines Teenagers in einer Wolke aus Blut zerplatzte. Sie glaubte, ihr würde übel werden, war sich aber nicht sicher, warum. Eins allerdings war klar. Sie hasste den Schwarzen, der auf ihrer Galerie stand, aus tiefster Seele.

„Sie haben unser Leben ruiniert. Ihretwegen ist mein Mann beruflich erledigt. Wegen Ihnen werden wir alles verlieren, was wir haben. Sie bitten um Vergebung? Sie besitzen die Frechheit, uns um so was zu bitten?"

Er sah das Messer in ihrer Hand. Die Klinge war kurz, breit am Heft und verjüngte sich zu einer scharf geschliffenen Spitze. „Tut mir leid, dass ich Sie behelligt hab, Ma'am. Ich hab gedacht, es wär richtig so. Ich mach's nicht noch mal."

Er versuchte ihr den Brief zu überreichen, den er auf das Papierhandtuch geschrieben hatte. Sie riss es ihm aus der Hand und warf es ihm ins Gesicht. Er wich zurück, durch die Fliegendrahttür, dann fiel er die Treppe hinab in den Hof.

„Nehmen Sie das mit", sagte sie. Sie hob das Papierhandtuch von der Galerie auf, knüllte es zusammen und warf es nach ihm. „Haben Sie mich gehört? Ich hoffe, Sie kommen in die Hölle."

Aber Bertrand rannte bereits zum Auto seiner Großmutter, warf einen Blick zurück und fragte sich, ob ihm jemals Erlösung zuteil werden würde oder ob Wahnsinn bei Menschen die Regel und nicht die Ausnahme war.

Dann sah er das lavendelfarbene Auto wieder, das mit

440

dem verchromten Kühlerdeckel außen auf der Motorhaube. Der Fahrer, dessen länglicher, glänzender Kopf im Licht der Zugbrücke unverkennbar war, stand bei den Scheinwerfern und betrachtete Bertrand.

Du willst einfach nicht aufgeben, was, du Arschgeige? Okay, mal sehn, ob du Eier hast oder Murmeln, sagte Bertrand zu sich.

Er ließ das Auto seiner Großmutter an, legte den Rückwärtsgang ein und trat das Gaspedal durch. Die Reifen schleuderten einen Schwall Matsch und Wasser auf, und schwarze Wolken aus Ölqualm quollen unter der Haube hervor, als das Auto auf die Front des seltsam aussehenden Fahrzeuges mit dem außen liegenden Kühlerdeckel zuraste.

Ich komme, Zahnbürstenfresse.

Bertrand hatte sich umgedreht und schaute durch die Heckscheibe, hielt auf den Mann zu, der sich Ronald nannte, und zog mit den abgefahrenen, mit Matsch verklebten Reifen Schlangenlinien auf Asphalt und Seitenstreifen. Ronald versuchte die Stellung zu halten, aber im letzten Moment sprang er zur Seite und ging hinter dem Stamm einer immergrünen Eiche in Deckung.

Dachte mir doch, dass du keinen Mumm hast, sagte Bertrand zu sich.

Er nahm den Fuß vom Gaspedal, trat die Bremse durch und rechnete damit, dass er ein paar Zentimeter vor dem lavendelfarbenen Auto mit dem außen liegenden Kühlerdeckel zum Stehen kommen würde.

Stattdessen sackte das Bremspedal bis zum Boden durch, als wäre es völlig losgelöst vom Auto seiner Großmutter.

Die hintere Stoßstange krachte in Ronalds restaurierten Rolls-Royce, zertrümmerte den Kühlergrill und übersäte den Asphalt mit zersprungenem Scheinwerferglas, Draht und Chromsplittern.

Ach du Scheiße.

Bertrand legte den Vorwärtsgang ein, trat wieder das Gaspedal durch, stieß auf die Straße und riss Teile von Ronalds Sammlerstück mit. Als er in den Rückspiegel blickte, sah er Ronald entsetzt auf das Werk der Zerstörung starren, das man seinem Fahrzeug angetan hatte.

Pech gehabt, Macker. Tut mir ja leid. Aber jetzt biste breit. Also adios, Hoss.

Bertrand lachte aus vollem Hals, als er die Straße entlangrauschte. Die Sache hatte nur einen Haken. Er hatte die Stoßstange seiner Großmutter samt dem Nummernschild zurückgelassen.

26

Am Freitagmorgen rief ich in Bo Diddleys Büro in Lafayette an. Die Empfangsdame meldete sich, die gleiche, die sich meisterhaft darauf verstand, so wenig wie möglich zu sagen.

„Hier spricht Detective Robicheaux von der Sheriff-Dienststelle Iberia. Ist Mr. Wiggins von seiner Geschäftsreise nach Miami zurück?"

„Er ist gerade in einer Besprechung", erwiderte sie.

„Ist seine Sekretärin da, die Dame mit den weiß-goldenen Haaren?"

„Die ist im Urlaub."

„Geben Sie mir Mr. Wiggins."

„Das kann ich nicht."

„Doch, Sie können. Machen Sie schon", sagte ich.

Ich schaute auf meine Uhr. Fast zwei Minuten vergingen, bis Bo ranging. „Was ist los, Dave?"

„Ich habe das Gefühl, du willst mich nicht sehen."

„Wie kommst du denn auf die Idee?"

„Hat deine Empfangsdame dir nicht ausgerichtet, dass ich am Mittwoch in deinem Büro war?"

„Wahrscheinlich hab ich die Mitteilung übersehen. Lass es nicht an ihr aus."

Ich wartete einen Moment, bevor ich wieder das Wort ergriff. „Ich bin in etwa vierzig Minuten in deinem Büro. An deiner Stelle wäre ich da. Wenn nicht, lassen wir dich von der Polizei von Lafayette abholen."

„Was, zum Teufel, redest du da?"

Meiner Meinung nach wurde es Zeit, dass Bo sich ein paar Sorgen machte. „Das wirst du gleich rausfinden", sagte ich und legte auf.

Es herrschte kaum Verkehr, so dass ich in einer halben Stunde beim Lafayette Oil Center war. Bo hatte ein geräumiges Büro voller Fenster, die einem ansonsten rein zweckmäßigen Ambiente eine gewisse Luftigkeit verliehen. Er stand hinter einer Glastrennwand an seinem Schreibtisch und telefonierte. Er schaute mich über seine Lesebrille hinweg an und winkte mich hinein, als wollte er mich dringend sprechen.

„Hast du letzte Nacht einen draufgemacht?", sagte er.

„Wo ist deine Sekretärin, die Frau, die mit Bobby Mack Rydel im Casino war?"

Bo zog eine entrüstete Miene, so als würde seine frisch gewonnene christliche Nächstenliebe auf die Probe gestellt. „Warum behandelst du mich so, Dave? Wegen irgendwas, was ich seinerzeit auf dem College gemacht habe? Hab ich dich vielleicht verprügelt, als ich betrunken war? Ich habe schon immer das Gefühl gehabt, dass du meinst, ich wär zu grob zu Schwarzen, zu grob zu Leuten, die vielleicht mehr als ich hatten. Tja, wenn das dein Eindruck war, hast du recht gehabt. Aber heute bin ich nicht mehr so."

Er grinste, schaute mich an und wartete auf meine Reaktion. Seine Bescheidenheit, die vermeintliche Offenheit und Empfindsamkeit waren Musterbeispiele in Sachen Manipulation. Aber ihn als scheinheilig hinzustellen, wäre nicht fair. James Boyd Wiggins hatte sein Wertesystem von der Oligarchie gelernt, die ihn geprägt hatte. In Louisiana, wie auch im übrigen Süden, ging es immer um Macht. Mit Reichtum konnte man sie nicht kaufen. Zu Reichtum kam man durch sie. Fernsehprediger und fundamentalistische Kirchen boten ihre Magie feil, um welchen zu erwerben. Der eigene Erfolg war der Gradmesser dafür, inwieweit man seine Mitmenschen ausbeuten, seine Freunde belohnen oder seine Feinde abstrafen konnte. In diesem Staat hat einst ein Demagoge mit Löchern in den Schuhen Standard Oil dazu gezwungen, seinen Ring zu küssen. Bo Diddley mochte Geld schätzen, aber ich hatte den Verdacht, dass er es eher schaufelweise in eine Verbrennungsanlage schippen würde, als den Namen James Boyd Wiggins über dem Eingang seines Bürogebäudes abzunehmen.

„Warum schaust du mich so an?", sagte er, noch immer grinsend.

Ich schüttelte den Kopf. „Seit wann arbeitet Bobby Mack Rydel für dich?"

„Als Sicherheitsmann?"

„Unter anderem."

„Ich unterhalte in Baton Rouge einen Wachschutzdienst für meine sämtlichen Werften. Die geben manchmal Aufträge weiter. Ich glaube, Rydel könnte so ein Auftragnehmer sein, aber ich bin mir nicht sicher. Er ist aus Morgan City, nicht wahr? Geht es um die Schlägerei zwischen ihm und deinem Freund in dem Casino?"

„Rydel ist ein Söldner. Spezialisiert auf Vernehmungen. Das ist eine bürokratische Umschreibung für ‚Folter'", sagte ich. „Schon mal eine Frau gesehen, der man eine Plastiktüte über den Kopf gezogen und sie damit erstickt hat?"

„Nein, bleib mir mit solchem Zeug vom Leib."

Bo war aufgezogen wie eine Uhrfeder. Zeit für einen Themenwechsel.

„Du hast gesagt, du willst mir auf der Suche nach einem Priester helfen, der im Lower Nine verschollen ist", sagte ich. „Ich glaube, dir geht es um was anderes. Ich glaube, dir geht es um die Blutdiamanten, die aus Sidney Kovicks Haus gestohlen wurden."

Er schaute mich unverwandt an, ohne auch nur einmal zu zwinkern.

„Du kennst Sidney, nicht wahr?", sagte ich.

„Wir sind in Louisiana", erwiderte er. „In New Orleans macht man keine Geschäfte, ohne Leuten wie Sidney Kovick über den Weg zu laufen. Sag das mit den Diamanten noch mal."

Verlier den Faden nicht, sagte ich mir. „Aber du kennst Kovick persönlich." Ich ließ es nicht wie eine Frage klingen.

„Nein, ich verkehre nicht mit Gangstern. Und meine Frau auch nicht. Du solltest mal zu unserem Wohltätig-keits-Golfturnier kommen, damit du siehst, wer unsere Freunde sind. Du kennst mich, Dave. Ich bin ein alter Schweißer. Alles, was ich habe, hab ich mir im Schweiße meines Angesichts verdient."

Er schaute mich immer noch unverwandt an. Seine Ge-sichtshaut spannte sich über die Knochen, dicke Adern zogen sich über die Unterarme, die Nasenflügel waren auf-gebläht. Ich wusste, dass er log.

„Bobby Mack Rydel treibt sich mit einem Frauenhasser und Abartigen namens Ronald Bledsoe herum. Ich glaube, die beiden dienen demselben Auftraggeber. Dieser Bledsoe hat meine Tochter beleidigt. Bevor das hier vorbei ist, werde ich das bereinigen."

„Willst du hören, was ich über den Priester rausgefunden habe?"

Er erwischte mich auf dem falschen Fuß. Bo kannte meine Schwächen. Aber es war mir egal. Ich wusste, dass ich von ihm nichts anderes erfahren würde. „Schieß los", sagte ich.

„Ich habe Leute runter in den Lower Nine geschickt. Ich habe Leute in die Notunterkünfte geschickt. Sie haben Evakuierte gefragt, die deinen Freund gekannt haben. Sie haben gewusst, wo seine Kirche war. Sie waren da, als diese Wasserwand über den Bezirk reingebrochen ist. Sie hatten keinerlei Grund zu lügen."

„Komm zur Sache, Bo."

Er wirkte unbeholfen, verzweifelt angesichts seiner Unfähigkeit, außerhalb eines Umkleideraums oder einer Schweißerei voller Selbstbewusstsein zu sprechen. „Der Typ hat's nicht geschafft. Auf dem Dachboden dieser Kirche sind fast alle ertrunken. Ich weiß nicht, warum sie nicht rausgekommen sind, als sie die Gelegenheit dazu hatten. Hunderte von Schulbussen wurden auf einem Parkplatz stehengelassen, bis das Wasser bis an die Fenster gereicht hat. So was passiert, wenn die Leute nicht auf sich aufpassen."

Aber meine Aufmerksamkeit hatte nachgelassen. Ich weiß nicht, worauf ich gehofft hatte. Angeblich stellten die Menschen in uralten Zeiten schwere Steine auf die Begräbnisstätten der Toten, damit deren Geister nicht umgingen.

Ich glaube, es gibt noch eine andere Erklärung. Wenn wir die Toten an die Erde binden und sie sicher in unserer Mitte behalten können, können sie uns nicht dazu zwingen, im Schlaf nach ihnen zu suchen.

„Danke für die Auskunft", sagte ich.

Aber er war noch nicht fertig. Warum er noch etwas hinzufügte, werde ich nie erfahren. Ich habe seit jeher den Verdacht, dass sich Wiedergeborene wie Bo Wiggins in einem Dilemma befinden, das sie nicht erkennen wollen: Wenn sie wirklich an die Grundsätze glauben, zu denen sie sich bekennen, können sie nicht so bleiben, wie sie sind.

„Eine Menge Leute sagen, sie hätten Lichter unter Wasser gesehen, als schwämmen phosphoreszierende Fische rum. So war's aber nicht. Kurz nachdem der Priester vom Dach der Kirche gefallen ist oder vielleicht auch geschubst wurde, ist ein Hubschrauber der Küstenwache drübergeflogen. Er war hell erleuchtet wie ein Puff in Juárez. Was die Leute gesehen haben, war die Spiegelung auf dem Wasser, das von dem Rotorabwind des Hubschraubers aufgewirbelt worden ist."

„Wenn das stimmt, warum hat der Hubschrauber dann die Leute nicht rausgeholt, die am Ertrinken waren?"

„Das musst du sie fragen, mein Junge."

Sein Gesicht wirkte so ausdruckslos wie eine Vogelscheuche.

An diesem Nachmittag kam eine schwarze Streifenpolizistin namens Catin Segura in mein Büro. Sie hatte in der Dienststelle als Notruftelefonistin angefangen und dann am städtischen College in New Orleans einen zweijährigen Studiengang in Strafrecht absolviert. Wie Helen Soileau hatte sie als Politesse gearbeitet, bevor sie Streifenpolizistin in Uptown und Gretna, auf der anderen Seite des Flusses, geworden war. Als Helen beschloss, die Zahl der schwarzen weiblichen Deputys der Dienststelle aufzustocken, war Catin die erste gewesen, die sie einstellte.

Catin war eine kleine, gedrungene Frau, bescheiden, ein bisschen verschlossen, eine alleinerziehende Mutter, die mit ihren beiden Kindern in Jeanerette wohnte. Sie war einer dieser anständigen, normalen Menschen, auf die man sich immer verlassen konnte. Man gab ihr einen Auftrag und musste sich danach nicht mehr darum kümmern. Ich bewunderte immer die Anmut und Würde, die ihr Leben zu bestimmen schienen.

„Was gibt's, Catin?", sagte ich.

„Ich war letzte Nacht auf dem Heimweg, als ich bei der Zugbrücke in Jeanerette eine Unfallstelle gesehen habe. Es sah nach Fahrerflucht aus." Sie zog ein Notizbuch aus der Brusttasche ihres Hemds und blätterte zwei Seiten zurück. „Ein gewisser Ronald Bledsoe behauptet, er hätte am Straßenrand geparkt und mit seinem Handy telefoniert, als ein Irrer ihn beim Zurücksetzen gerammt hat und abgehauen ist. Sein Kühler war aufgeplatzt und das Frostschutzmittel ist auf die Fahrbahn ausgelaufen. Außerdem lag die ganze Straße voller Trümmer von beiden Fahrzeugen. Bledsoe hat einen Rolls-Royce gefahren. Kennst du den Typ, Dave?"

„Der bringt nichts Gutes. Möglicherweise ist er in mein Haus eingebrochen."

Sie warf mir einen Blick zu. „Jedenfalls hat er gesagt, er wartet auf einen Abschleppwagen. Aber er hat nicht die 911 gerufen. Als ich ihn gefragt habe, wieso, hat er gesagt, er hält das für Zeitverschwendung. Ich habe ihm erklärt, dass seine Versicherung vermutlich einen Polizeibericht will. Er hat gesagt, daran hätte er nicht gedacht. Der Typ sieht aus, als ob er aus 'nem Gruselkabinett entsprungen ist."

„Das gehört zu seinem Charme."

„Und jetzt wird's komisch. Otis Baylor kam aus seinem Haus und hat mich und Bledsoe beobachtet. Ich hab ihn gefragt, ob er den Unfall gesehen hat, was er verneinte. Ich habe ihn gefragt, ob jemand in seinem Haus etwas gesehen hätte. Er hat es wieder verneint. Ich dachte, er würde einfach wieder reingehen, aber das hat er nicht gemacht."

„Und was ist passiert?"

„Ich hole meinen Besen aus dem Kofferraum und fang an, das ganze Glas und kaputte Metall an den Straßenrand zu fegen. Dann hab ich das Nummernschild im Gras gesehen. Baylor muss es ebenfalls gesehen haben. Als der Abschleppwagen kam und den Rolls an den Haken genommen hat, ist er auf die Straße gelaufen und hat auf das Nummernschild geschaut. Dann ist er in sein Haus zurückgegangen. Ich konnte ihn im Licht der Verandalampe deutlich sehen. Ich schwöre, dass er einen Stift aus der Tasche geholt und sich irgendwas auf die Hand geschrieben hat."

„Die Autonummer?"

„Das musst du mir sagen. Ich habe sie grade überprüft. Der Wagen ist auf eine gewisse Elizabeth Crochet in Loreauville zugelassen. Sagt dir das irgendwas?"

„Nein, aber gib mir die Adresse."

Sie schrieb sie in ihr Notizbuch, riss dann die Seite heraus und reichte sie mir. „Ich weiß, dass Baylor auf Kaution frei ist, deshalb dachte ich, ich sollte dir Bescheid geben."

„Das hast du ganz richtig gemacht."

„Baylor hat in Uptown auf schwarze Kids geschossen?"

„Das sagen alle."

„Es muss schwer für seine Frau sein."

„Wie das?"

„Ich habe sie in New Orleans gekannt. Sie war in meiner AA-Gruppe. Ihr erster Mann war ein Sadoporno-Süchtiger. Ruf mich an, wenn du noch irgendwas brauchst", sagte sie.

Später rief ich bei Otis Baylor an, aber niemand ging an den Apparat. Außerdem rief ich bei Elizabeth Crochet an. Dort ging auch keiner ran. Kurz vor Feierabend kam Clete Purcel vorbei.

„Entweder leide ich unter einem verzögerten Stresssyndrom oder ich hab am helllichten Tag Alpträume", sagte er.

Es war Freitagnachmittag und ich wollte es nicht hören. „Was ist los?", sagte ich.

„Ich habe Marco Scarlotti im Win-Dixie gesehen."

„Bist du dir sicher?"

„Ich bin ihm nach draußen gefolgt. Es war Marco. Charlie Weiss hat im Auto auf ihn gewartet. Sie hatten zwei große Tüten mit Lebensmitteln. Ich hab ihnen zugewunken, aber sie sind weitergefahren. Was machen Sidney Kovicks Schmalztollen in New Iberia?"

„Da bin ich überfragt."

„Ich war heute Nachmittag im Lafayette Oil Center, um diesen Bo Diddley Wiggins auszuchecken. Er hat gesagt, ich soll mich verpissen. Außerdem hat er mir erklärt, dass er dir alles gesagt hat, was er über Bobby Mack Rydel weiß."

„Das stimmt."

Clete wickelte einen Kaugummistreifen aus. „Du willst mich also aus der Ermittlung rausdrängen?"

„Das würde ich nicht sagen."

Er steckte sich den Kaugummi in den Mund und kaute ihn. Ich hörte, wie ein Vogel ans Fensterglas prallte. „Bobby Mack Rydel ist heute aus dem Krankenhaus gekommen. Ich hab ein paar Anrufe nach Morgan City gemacht. Er ist weder daheim noch im Büro."

Es brachte nichts. Clete würde entweder mit mir arbeiten oder allein. Letzteres wäre für niemanden gut, schon gar nicht für Clete. „Willst du einen Happen mit uns essen und danach rauf nach Loreauville fahren?", sagte ich.

„Was wird gekocht?"

„Ich nehme an, Bertrand Melancon, in einem großen Eisentopf", erwiderte ich.

Bei Sonnenuntergang regnete es, dann klarte der Himmel auf, und die Luft war frisch und roch nach Fischlaich und dem von den Bäumen tropfenden Wasser. Alafair war verabredet und Molly ging zu einer Versammlung von Pax Christi in Grand Coteau. Ich öffnete sämtliche Fenster, um den Wind und den kühlen, herbstlichen Duft der bei

Nacht blühenden Blumen in unserem Garten hereinzulassen. Die Wolken zwischen den Bäumen waren im Westen rot und rosa getupft. Unten am Fuß der Böschung stand ein Blaureiher zwischen den Seerosenblättern, anmutig wie ein Haiku in Federn, und pickte nach Insekten an seinen Schwingen.

Ich wollte Bertrand Melancon nicht jagen oder mich von diesem herrlichen Moment in unserem schlichten Haus am Bayou Teche losreißen. Ich wollte nicht in die Welt der Gewalt und Habgier zurückkehren, die die Zeit, in der wir leben, zu prägen scheint. Als Polizist soll ich nicht hassen. Aber in Wirklichkeit verabscheue ich diejenigen, die unsere Gesellschaft manipulieren und ausbeuten, und ich rede nicht von der jämmerlichen Ansammlung von Übeltätern, für die wir einen Großteil unserer Zeit und unseres Geldes aufwenden, damit sie eingesperrt werden. Aber vielleicht war die Welt schon immer so, wie sie heute ist. Ich kann es nicht sagen. Wie Voltaires Candide wollte ich mich nur in einen Garten zurückziehen und mit niemandem mehr etwas zu tun haben.

Leider läuft das so nicht.

Clete und ich stiegen in sein Cabrio und fuhren wie zwei Jungs in den 1950er Jahren mit ihrer Asphaltflunder den Bayou hinauf zu den Loreauville Quarters und dem Haus von Elizabeth Crochet.

Vor einigen Jahrzehnten, in den 1960er Jahren, schrieb ein schwarzer Pfarrer aus Oakland einen offenen Brief an die Gründer der Black Panthers, junge Männer, die er seit ihrer

Kindheit kannte. Sein Standpunkt war ganz einfach, dass nämlich die Grundlagen der schwarzen Gemeinschaft seit jeher die Kirche und die Familie gewesen seien. Die Familie war matriarchalisch, und bei der Kirche handelte es sich für gewöhnlich um die Südlichen Baptisten. Der Pfarrer fügte hinzu, dass seine jungen Freunde die atavistische Grundlage des Zusammenhalts in der schwarzen Familie nicht verstünden. Im Gegensatz zu den Weißen, die ihre eigenen Kinder dem Gesetz überantworteten, würde sich die Matriarchin eher die Adern öffnen, als ein Enkelkind bei der Polizei zu verpfeifen. Weil die Panthers weder Respekt vor der Kirche noch vor dem Familienethos hätten, würde sich ihre Anhängerschar binnen Kurzem zerstreuen und ihre Bewegung kaum mehr als eine historische Fußnote sein.

Elizabeth Crochet hatte die Haare zu einem Dutt gebunden, ging am Stock und hatte einen schrecklich gebeugten Rücken. Als sie uns die Fliegendrahttür öffnete, konnte sie den Kopf kaum weit genug heben, um uns ins Gesicht zu schauen. Clete nahm seinen Porkpie-Hut ab, und ich zeigte ihr meine Dienstmarke und den Ausweis. Ihr Wohnzimmer war ordentlich, der Schonbezug über der Couch mit Blumenmustern bedruckt, die verblichenen Läufer besenrein. Sie setzte sich auf einen Stuhl und bedeutete uns, dass wir auf der Couch und dem einzigen Polstersessel Platz nehmen sollten. Ihre blauen Augen zuckten, als sie sie auf uns richtete.

„Sie sagen, mein kleines Auto hat 'nen Unfall gehabt?"

„Unten an der Zugbrücke in Jeanerette", sagte ich.

„Is mir neu", sagte sie.

„Wo ist Ihr Wagen jetzt, Ms. Crochet?", fragte ich.

„Isser nicht draußen?"

„Nein, Ma'am", sagte ich.

„Dann nehm ich an, dass er nicht hier is."

Clete unterdrückte ein Gähnen und schaute zur Tür, kannte die Tour seit vielen Jahren.

„Ms. Crochet, wir haben bereits mit einigen Ihrer Nachbarn gesprochen", sagte ich. „Ich weiß, dass Bertrand Melancon Ihr Enkel ist. Ich weiß, dass er bei Ihnen wohnt. Ich möchte nicht, dass ihm etwas zuleide getan wird. Aber ein paar sehr schlechte Männer werden alles Erforderliche unternehmen, um etwas in die Hände zu bekommen, das Bertrand ihrer Meinung nach hat, oder an das er zumindest rankommen kann. Ich kann gar nicht genug betonen, wie gefährlich diese Männer sind."

„Er steckt in Schwierigkeiten, was?"

„Ja, so ist es."

„Es hat mit ihrer Mama angefangen", sagte sie.

„Pardon?"

„Ihre Mama wollte immer einen Städter. Sie is nach New Orleans gegangen, wollte nicht wie 'ne Feldarbeiterin in den Quarters leben, hat sie gesagt. Eddy und Bertrand ham nie einen richtigen Vater gehabt."

Einen Moment lang dachte ich, unser Besuch wäre nicht umsonst. „Wo ist Bertrand zurzeit, Ms. Crochet?"

„Weiß ich nicht."

„Hat sich ein gewisser Otis Baylor bei Ihnen gemeldet?"

„Wer is das?"

Ich schrieb meine private Telefonnummer auf die Rückseite meiner Visitenkarte und legte sie auf ihren Kaffeetisch. „Sagen Sie Bertrand, er soll mich anrufen."

„Ich hab das Gefühl, dass ich ihn nicht wiedersehn werde, Mr. Robicheaux."

Ich war überrascht, dass sie sich meinen Namen gemerkt hatte, dann wurde mir klar, dass ihr Verstand vom Alter weit weniger beeinträchtigt war als ihr Körper. „Wie das?"

„Weil ich immer gewusst hab, dass er jung sterben wird. Er hat nicht geredet, bis er vier Jahre alt war. Wissen Sie warum? Er hat immer Angst gehabt. Ein kleiner Junge, der jeden Tag in seinem Leben Angst gehabt hat. Er ist immer der gleiche kleine Junge geblieben, der beweisen will, dass er vor niemand Angst hat."

„Bertrand hat mir erzählt, dass er eine Tante im Lower Nine hatte. Glauben Sie, er könnte bei ihr sein?" Ich lächelte, als ich das sagte.

„Soweit ich gehört hab, is im Lower Nine niemand übrig geblieben, es sei denn, Sie zähln die Toten dazu."

Ich stand auf.

„Sir?"

„Ja?"

„Was hat Bertrand gemacht? Er hat doch niemand umgebracht? So was hat er doch nicht gemacht, oder?"

Sie erinnerte mich an einen kleinen Vogel, der vom Boden eines Nests aufblickt.

Clete und ich stiegen wieder in sein Cabrio und fuhren den Weg entlang zum Ende der Quarters, nur für den Fall, dass Bertrand bei einem Nachbarn sein sollte. Ich spürte, dass Clete über den Verlauf des Gesprächs ungehalten war. „Warum hast du ihr nicht gesagt, dass ihr Enkel wahrscheinlich einen katholischen Priester umgebracht hat?“, sagte er.

„Weil es nichts genützt hätte. Weil sie zu alt ist, um mit so einer Last umgehen zu können.“

„Du hast auch nicht wegen der Tante nachgehakt.“

„Ich kann ihn nicht durch den ganzen Staat verfolgen, Clete. Ich habe nicht die Zeit oder die Mittel. Geht's auch ein bisschen freundlicher?“

Der rechte Vorderreifen traf auf ein Schlagloch, so dass Wasser über die Windschutzscheibe spritzte und die ganze Karosserie durchgestaucht wurde.

„Es ist dein Fall, aber er ist immer noch mein Ausgebüxter“, sagte Clete. „Und er ist der Typ, der mich mit seinem Auto überfahren hat.“

„Ganz recht, es ist mein Fall. Ich bin froh, dass wir das klargestellt haben.“

Clete schaltete das Radio ein, schaltete es wieder aus, während sein Hals rot anlief.

„Sprich's aus“, sagte ich.

„Es ist dein Fall, handhabe ihn wie du willst. Aber ich glaube, du lässt diesen Mistkerlen zu viel Leine.“

Ich schaute aus dem Fenster und beschloss, diesmal nichts zu erwidern.

Clete bog auf einen anderen Weg ein und fuhr langsam in Richtung Staatsstraße. Der Himmel war dunkel geworden, und in den Shotgun-Häusern zu beiden Seiten gingen die Lichter an. Die mit Brettern vernagelten Fenster, die

Schrottautos, die Wäscheleinen und die offenen Abwassergräben voller Müll sahen aus wie auf den Fotos, die Walker
Evans während der großen Weltwirtschaftskrise aufgenommen hatte, als ob seither keine sieben Jahrzehnte vergangen
wären. Wer war dafür verantwortlich? Ich habe Schwierigkeiten mit dem Begriff Kollektivschuld. Aber wenn ich es
jemandem zur Last legen müsste, würde ich mit der White
League anfangen, den Knights of the White Camellia, den
sonnabendlichen Niggerklatschern und sämtlichen Leuten, die alles in ihrer Macht Stehende taten, um dafür zu
sorgen, dass ihre Mitmenschen arm und ungebildet blieben und sich gegenseitig an die Gurgel gingen, damit sie
weiter als billige Arbeitskräfte zur Verfügung standen.

„Bist du sauer auf mich?", sagte Clete.

„Nein", sagte ich. „Ich glaube, Bertrand Melancon war
bei Otis Baylors Haus."

„Will er das, was er Baylors Tochter angetan hat, wieder
ausbügeln?"

„Yeah, aber wie?"

„Er könnte ihnen die Diamanten geben. Aber ich glaube
nicht, dass ein Schwachkopf wie Melancon so was drauf
hat."

Ich war müde und wollte nicht mehr darüber nachdenken. „Ich spendier dir oben am Miller's Market eine Dr.
Pepper."

„Ich kann's kaum abwarten. Das Leben mit dir ist …"

„Was?"

„Du bist der beste Cop, den ich jemals kennen gelernt
habe. Aber du spinnst, Dave. Schon immer", sagte er. „Das

Leben mit dir ist so, als wäre man mit 'nem Typ zusammen, der statt 'nem Hirn Kryptonit im Kopf hat."

Der Anruf ging mitten in der Nacht ein. Draußen stand der Mond weiß am Himmel, der Wind rüttelte am Haus und fegte das Laub über die Böschung zum Bayou hinab. Ich schaltete das Licht in der Küche ein und nahm den Hörer ab. Die Anruferkennung zeigte an, dass der Anrufer ein Handy benutzte. „Mr. Dave?", sagte eine Männerstimme.

„Hören Sie, Bertrand ..."

„Legen Sie nicht auf, Mann. Jemand hat auf das Haus von meiner Großmutter geschossen. Ich hab am Fenster gestanden und die Kugel is genau durchs Glas gekommen. Ich hab meine Sachen gepackt und meine Großmutter hat mich um ein Glas Wasser gebeten. Wenn ich mich nicht umgedreht hätt, wär ich tot."

„Wer hat auf Sie geschossen?"

„Weiß ich nicht. Dieser Ronald war beim Haus meiner Großmutter, hat so getan, als wär er irgendein Versicherungsbulle, und wollt mich schmieren, damit ich ihm verrat, wo die Steine sin. Ich glaub, er arbeitet für Sidney Kovick, bloß dass er wahrscheinlich Kovick bescheißen und seinen eignen Deal durchziehn will. Deshalb hab ich Kovick angerufen und ihm Bescheid gesagt."

„Sie haben Ronald Bledsoe bei Kovick verpfiffen?"

„Yeah, so könnte man's ausdrücken. Hey, Mann, kann ich noch mehr Ärger kriegen? Ich hab geholfen, Kovicks Haus auseinander zu nehmen. Ich hab seine Diamanten, sein Falschgeld, sein Koks und seinen .38er aus der Wand gestohlen. Wir ham sogar die Kronleuchter von der Decke gerissen."

„Kovick hatte Kokain in der Wand?"

„Bloß 'ne Tüte. Wir ham sie mitgenommen. Es war schon verschnitten. Es war sein Privatvorrat."

Diese Aussage passte nicht, aber ich hakte nicht nach. „Wo sind Sie, Bertrand?"

„An 'nem sichren Ort, mit meiner Großmutter."

„Wo?"

„Schaun Sie, ich hab versucht, mit der Familie Baylor wieder alles gutzumachen. Aber die wollten nicht. Mehr kann ich nicht machen. Sie sin ehrlich zu mir gewesen, Mann, deshalb hab ich mir gedacht, ich erzähl Ihnen alles. Meine Großmutter hat nix damit zu tun. Sie weiß nix von den Verbrechen, die ich begangen hab, also hängen Sie ihr keine Beihilfe an."

„Wie wollten Sie es wieder gutmachen, Bertrand?"

„Was spielt das jetzt noch für 'ne Rolle?"

Es hatte keinen Sinn, ihm noch mehr Informationen entlocken zu wollen. Vielleicht war es an der Zeit, dass ich Bertrand Melancon seinem Schicksal überließ, was auch immer das sein mochte. Aber ich hatte noch eine Frage.

„Als Pater LeBlanc vom Kirchendach fiel und Sie Lichter unter Wasser gesehen haben, ist da ein Hubschrauber der Küstenwache drübergeflogen?"

„Da war kein Hubschrauber. Deswegen sind doch die ganzen Leute ertrunken", erwiderte er. „Wer hat Ihnen denn erzählt, dass da ein Hubschrauber war? Den hätt ich gehört. Ich hab bloß die Leute auf dem Dachboden um Hilfe schrein hörn. Solche Laute vergisst man nie wieder."

27

Ich konnte in dieser Nacht nicht mehr schlafen. Am nächsten Morgen erzählte ich Molly von Bertrands Anruf. Alafair war über Nacht bei einer Freundin in Lafayette geblieben. Es war 8:37 Uhr.

„Wann wollte Alafair zu Hause sein?", sagte ich.

„Hat sie nicht gesagt. Warum?"

„Weil ich glaube, dass Bledsoe etwas vorhat. Er hat versucht, Kovick aufs Kreuz zu legen, indem er Melancon schmiert, dann wollte er Melancon umlegen, um es zu vertuschen. Ich glaube, er will sich absetzen, aber nicht bevor er Alafair den Tritt ins Gesicht heimgezahlt hat."

Molly stand an der Hintertür, hatte Snuggs' Napf in der einen und einen Sack Trockenfutter in der anderen Hand. Die Sonne schien einen roten Strahlenkranz um ihren Kopf zu bilden. „Vielleicht will Bledsoe das gar nicht."

„Ein Typ wie der trifft keine Entscheidungen. Der hat sich schon alles in den Kopf gesetzt. Er ist auf sein persönliches Vergnügen aus oder will sich an seinen Feinden rächen. Das ist häufig das Gleiche."

„Wenn du mir eine Heidenangst einjagen willst, ist es dir gelungen."

Ich ging das Rolodex durch und rief bei Alafairs Freundin in Lafayette an. Niemand meldete sich. Ich versuchte nachzudenken, war aber zu müde und abgeschlafft, um irgendetwas zu durchschauen.

„Melancon hat etwas erwähnt, das keinen Sinn ergibt", sagte ich. „Er hat mir erzählt, dass er und die anderen

Plünderer eine Tüte Kokain, einen .38er, Falschgeld und die Blutdiamanten aus Kovicks Haus mitgehen ließen. Er hat gesagt, das Koks wäre bereits verschnitten gewesen, weshalb Melancon meint, dass es vermutlich Kovicks Privatvorrat war. Aber Sidney ist kein Kokser und seine Frau auch nicht. Ich glaube, das Koks, die Waffe und das Falschgeld haben den gleichen Leuten gehört, von denen Sidney die Diamanten hat."

„Ich kann dir nicht ganz folgen", sagte Molly.

„Vielleicht hat Sidney gar nichts mit Ronald Bledsoe zu tun. Vielleicht ist unser Feind auch Sidneys Feind."

Molly kippte das Trockenfutter in Snuggs' Napf und stellte ihn auf den Boden, öffnete dann die hintere Fliegendrahttür und ließ Tripod herein. Tripod und Snuggs fraßen Schnauze an Schnauze aus demselben Napf und hatten die Schwänze nach hinten ausgestreckt. Molly zündete eine Gasflamme am Herd an und zog eine große Eisenpfanne darüber.

„Bledsoe ist böse, Dave. Mir ist es egal, für wen er arbeitet. Wenn er hierherkommt und vorhat, irgendjemandem aus dieser Familie etwas anzutun, bringe ich ihn um. Das verspreche ich. Setz dich hin. Ich mache Eier und Kaffee."

Es musste Zufall gewesen sein, aber sowohl Snuggs als auch Tripod hörten auf zu fressen und blickten von ihrem Napf auf.

Ich fuhr zu Helen Soileaus Haus in einer alten Wohngegend nahe der Innenstadt. Helens Haus hatte eine breite Galerie und hohe Fenster mit gerippten Läden, genau wie meines.

Fast jeden Samstagmorgen kamen Kinder zu ihr, angeblich um ihr bei der Gartenarbeit zu helfen, aber für gewöhnlich endete das morgendliche Treiben mit selbstgemachter Eiscreme und Hotdogs. An diesem Morgen halfen ihr vier, fünf Kids beim Jäten der Blumenbeete. Ich stellte meinen Pick-up am Straßenrand ab und lief über den Zierrasen. Sie kniete am Boden, stand dann auf und wischte Erdkrumen von ihren Handschuhen. Sie blickte zu mir auf.

„Alles okay, Pops?", sagte sie.

„Wir müssen Bledsoe in Gewahrsam nehmen."

„Gibt's sonst noch was Neues?"

„Er hat gestern Abend möglicherweise auf Melancon geschossen. Falls dem so ist, will er vermutlich die Stadt verlassen. Meiner Meinung nach könnte er sogar versuchen, sich vorher an ein paar anderen Leuten zu rächen."

„Du hast ‚falls' gesagt."

„Vielleicht war es nicht Bledsoe. Sidney Kovicks Gorillas sind in New Iberia. Vielleicht wollen auch sie Melancon den Kopf abreißen. Außerdem glaube ich, dass Otis Baylor womöglich rausgefunden hat, dass Melancon bei seiner Großmutter in Loreauville gewohnt hat."

„Wie schafft es ein schwarzes Kid, dass der halbe Planet hinter ihm her ist?"

„Aber der eindeutige Psychopath in der ganzen Mischpoke ist nach wie vor Ronald Bledsoe. Außerdem hat er das stärkste Motiv. Er wollte mit Melancon seinen eigenen Deal durchziehen, und Melancon hat ihn bei Kovick verpfiffen."

Es war ein kühler Tag mit tiefblauem Himmel und die

durch die Bäume dringenden Sonnenstrahlen fielen wie Goldmünzen auf ihr Gesicht. Sie sah, wie zwei Kinder Holzkohlenanzünder auf den tragbaren Grill im Garten neben dem Haus sprühten. „Überlasst mir das mal", sagte sie. Dann schaute sie wieder mich an, hatte die Daumen seitlich in ihre Jeans gehakt. „Wir haben ihn einmal in die Mangel genommen. Es hat nicht geklappt. Wir können dem Typ nicht sagen: ‚Wir können dich nicht leiden. Bis Sonnenuntergang verlässt du die Stadt'."

„Hättest du ihn gern in der Nähe dieser Kids?"

„Wenn du meinen Job willst, musst du für das Amt kandidieren. Bis dahin belehrst du mich nicht, Streak."

Ich stieg wieder in meinen Pick-up, ohne mich zu verabschieden, und fuhr weg. Im Rückspiegel sah ich sie mit den Fußspitzen im Gras scharren, die Daumen nach wie vor in die Jeans gehakt, wie ein Teenager, der etwas Wertvolles verloren hat.

Alafair kam mittags heim, mit einer Kordeltasche über der Schulter und stieß lautstark den Atem aus, als sie durch die Tür trat. Ich wollte, dass sie mir sagte, ihr Aufenthalt in Lafayette sei ereignislos gewesen, dass meine Sorgen übertrieben waren. Aber ich wusste es besser, noch ehe sie das Wort ergriff.

„Ich glaube, ich habe heute Morgen Ronald Bledsoe gesehen", sagte sie. „Wir haben in einem Café bei der Universität gefrühstückt. Er saß in einem blauen Auto, das unter einem Baum stand. Anschließend sind wir in die Mall gegangen und dort hab ich ihn wieder gesehen."

„Warum hast du mich nicht angerufen, Alf?"

„Weil ich mir nicht sicher war, ob der Mann in dem blauen Auto Bledsoe war. In der Mall war ich es. Hast du vor, ihn festzunehmen, weil er in die gleiche Mall geht wie ich?"

„Wenn sich so was wiederholt, können wir eine einstweilige Verfügung erwirken."

„Bei Bledsoe wäre das so, als ob man den Typen, die Flugzeuge ins Trade Center gesteuert haben, einen Strafzettel ausstellt."

Sie hatte recht. Zu allem Überfluss stritten wir jetzt auch noch untereinander über einen Abartigen.

„Bleib heute in der Nähe, ja, Kleines?"

„Ich bin kein Kind mehr, Dave. Behandle mich nicht wie eines", erwiderte sie.

Clete Purcel hatte immer gesagt: „Nimm sie hoch oder mach sie platt." Aber was macht man mit denen, die ein Leben lang einen Henker gesucht haben, die vielleicht sicherstellen wollen, dass ihr böses Sein und Tun noch lange nach ihrem Tod in uns weiterlebt? Was macht man, wenn diejenigen, die man liebt, wütend werden, wenn man sie beschützen will?

Vielleicht gab es noch eine andere Möglichkeit, wie man mit Ronald Bledsoe fertig wurde.

Ich fuhr zum City Park und rief mit meinem Handy in Sidney Kovicks Blumenladen an. Seine Frau meldete sich am Telefon.

„Dave Robicheaux, Eunice. Ich muss mit Sidney reden."

„Er ist nicht da."

„Am Samstag?"

„Nein, er ist nicht da", wiederholte sie. Aber sie sagte mir nicht, wo er war.

„Ich rufe nicht aus reiner Höflichkeit an. Marco Scarlotti und Charlie Weiss sind in New Iberia. Und ich glaube, ich weiß, warum sie hier sind. Sidney muss mit mir reden."

„Geben Sie mir Ihre Nummer."

Ich gab ihr sowohl meine Handy- als auch meine Privatnummer. Ich dachte, das Gespräch wäre vorüber, war es aber nicht.

„Dave, Sie wissen nicht, was los ist. Vor Jahren hat Sidney eine schreckliche Tat begangen. Sie hat ihm keine Ruhe gelassen. Aber er hat Pater Jude LeBlanc durch Natalia Ramos kennen gelernt, das Mädchen aus El Salvador, das er als Putzfrau für sein Büro engagiert hat. Erinnern Sie sich, dass ich sie Ihnen gegenüber erwähnt habe?"

„Yeah", erwiderte ich, aber ich war schon nicht mehr ganz bei der Sache.

„Pater Jude hat mit Sidney darüber geredet, dass er seinen Lebenswandel ändern und Wiedergutmachung für das leisten müsste, was er getan hat. Sidney bemüht sich nach besten Kräften darum, ein guter Mann zu sein. Es gelingt ihm nicht immer, aber er versucht es. Haben Sie Geduld mit ihm, ja?"

Geduld mit Sidney Kovick? Sidney in der Rolle des Opfers, diese Vorstellung fiel einem schwer. „Er ist in New Iberia, nicht wahr?"

„Ich bin mir nicht sicher."

Doch, bist du, Eunice, dachte ich. Aber ich ließ es durchgehen. „Ich freue mich darauf, von ihm zu hören", sagte ich und klappte mein Handy zu.

Genau genommen war ich mir in diesem Moment nicht ganz sicher, ob ich mit Sidney reden wollte oder nicht. Wollte sich Sidney wirklich ändern oder machte er Eunice nur etwas vor? Ich war versucht, mein Handy abzustellen. Aber während ich an dem überdachten Picknicktisch am Ufer des Bayous saß, schaute ich über das Wasser und sah die Schatten im Garten hinter meinem Haus, die wogenden Caladien um die Baumstämme und die erleuchtete Küche, in der Molly und Alafair ein zeitiges Abendessen zubereiteten, damit wir zur Samstagnachmittagsmesse in Loreauville gehen konnten.

Irgendwo da draußen in der weiten Welt wartete William Blakes Tiger darauf, mir all das zu nehmen.

Was war wichtiger, meine Familie zu beschützen oder mir Gedanken um das Seelenheil eines Mannes zu machen, der einen Regenmantel und Gummistiefel angezogen hatte, bevor er mit einer Kettensäge in einen Keller ging? Vor meinem inneren Auge sah ich sein Opfer – in Handschellen, wahrscheinlich mit Fesseln an den Knöcheln, den Mund zugeklebt, die Augen vor Entsetzen weit aufgerissen. Was für ein Mann konnte einem Mitmenschen so was antun?

Ich wollte gerade zu meinem Pick-up gehen, als das Handy in meiner Hosentasche vibrierte. Ich klappte es auf und hielt es ans Ohr. „Dave Robicheaux", sagte ich.

„Meine Frau sagt, Sie wollen mit mir reden", sagte der Anrufer.

„Sind Sie in der Stadt, Sidney?"

„Warum haben Sie in meinem Laden angerufen?"

„Ich habe Sie schon vor langer Zeit wegen Ronald Bledsoe gewarnt, aber Sie wollten nicht zuhören. Er hat seine eigenen Geschäfte mit den Blutdiamanten laufen. Ich glaube, er hat vor, meiner Tochter etwas anzutun. Wenn das passiert, werden Sie die schlimmste Erfahrung Ihres Lebens machen."

„Nein, Sie sind derjenige, der nicht zuhört, Robicheaux. Marco, Charlie und ein paar andere Jungs von der Familie Giacano arbeiten für mich. Bledsoe nicht. Haben Sie das kapiert? Ich will meine Sachen wiederhaben. Ganz schlichte Angelegenheit."

„Für wen arbeitet er dann?"

„Vielleicht für die freie Bürstenindustrie. Die heuern allerhand Glatzköpfe an."

Noch war Zeit für einen weiteren Vorstoß, bevor Sidney die Verbindung unterbrach. „Haben Sie Ihren Nachbarn gekidnappt, Sidney, nachdem Sie Ihren Sohn verloren haben? Haben Sie ihm die Beine mit einer Kettensäge abgetrennt?"

„Ich will Ihnen eine kurze Antwort darauf geben. Habe ich jemand mit einer Kettensäge traktiert? Nein, hab ich nicht. Ist im Bezirk Jefferson ein Mann verschwunden? Ja. Ist er wieder aufgetaucht? Nein. Bestellen Sie Bertrand Melancon, dass ich der einzige Mensch in diesem Staat bin, der ihn am Leben erhalten kann."

Die Verbindung wurde unterbrochen.

An diesem Nachmittag besuchten wir in Loreauville die

469

Messe und kehrten anschließend nach Hause zurück. Ein heftiger Wind wehte von Süden, und das Wasser des Bayous kräuselte sich wie alte Haut. Ich ging zu einem Meeting der Anonymen Alkoholiker im Obergeschoss der Methodistenkirche an der Main Street, wurde aber das Gefühl nicht los, dass Bledsoe oder einer seiner Komplizen im Begriff war, etwas gegen uns zu unternehmen.

Bledsoe war der Auslöser, aber das Angstgefühl, das ich durchmachte, hatte mir schon zugesetzt, bevor ich ihn kannte. Psychologen glauben, dass andauernde Beklemmungen durch chaotische häusliche Verhältnisse im frühen Kindesalter ausgelöst werden – wenn die Eltern streiten, das Kind geschüttelt oder fallen gelassen wird, ständig jemand in trunkenem Zorn hereingeplatzt kommt. Ich kann nicht sagen, woher es kommt. Für mich war es nicht anders, als sehe man eine Mörsergranate kurz vor der eigenen Stellung einschlagen, gefolgt von einer zweiten, die zu weit fliegt. In diesem Moment weiß man mit absoluter Sicherheit, dass man erfasst ist und die nächste Granate den Unterstand trifft. Man hat dabei das Gefühl, als ob einem jemand die Haut abzieht.

In Wahrheit wollte ich trinken. Vielleicht nicht viel, bloß zwei, drei Kurze mit einem Bier zum Nachspülen, sagte ich mir, gerade genug, um die Butanflamme im Brenner zu drosseln. Oder ich wollte meine abgesägte .12er Pumpgun laden, vielleicht auch mein AR-15 und einen gewaltigen Rabatz veranstalten.

In der Abenddämmerung schaute ich aus dem vorderen Fenster, als ein Streifenwagen mit einem weiblichen schwarzen Deputy in Uniform am Steuer in die Auffahrt stieß. Catin Segura stieg aus und blickte auf die Bäume im Garten und die roten Wunderblumen, die sich im Schatten öffneten. „Sie haben hier so ein hübsches Plätzchen", sagte sie.

„So ist es", sagte ich.

„Ich wollte gerade Schluss machen und dachte, ich sollte Ihnen etwas melden. Ich war auf Streife in den Loreauville Quarters und habe Otis Baylor gesehen, als er mit einer Familie auf deren Galerie geredet hat. Es war das Nachbargrundstück von dem Haus, das von Elizabeth Crochet gemietet wurde, der Besitzerin des Unfallwagens, dessen Nummer ich überprüft habe. Als ich etwa zwanzig Minuten später noch mal durch die Quarters fuhr, hat er eine Straße weiter an eine andere Tür geklopft.

Ich habe ihn gefragt, ob ich ihm bei irgendwas behilflich sein könnte. Er sagte, nein, er wäre ein Versicherungsmann und wollte sich bloß um ein paar Kunden kümmern. Ich habe ihm erklärt, dass ich der Deputy-Sheriff bin, der den Unfall vor seinem Haus aufgenommen hat. Ich habe ihm gesagt, dass er meiner Meinung nach aus anderen Gründen da wäre."

„Was hat er gesagt?"

„,Danke, dass Sie mir helfen wollen'. Dann ist er in sein Auto gestiegen und weggefahren. Worauf hat er es abgesehen, Dave?"

„Auf einen gewissen Bertrand Melancon."

Ich rief mit meinem Handy vom Hof aus bei den Baylors an. Als Otis sich meldete, unterbrach ich die Verbindung. Molly und Alafair wollten ins Kino gehen. Ich wartete, bis sie weg waren, dann fuhr ich die Old Jeanerette Road entlang und stieß auf Otis' Auffahrt. Er kam aus der Haustür, hatte eine Serviette oben in seinem Hemd stecken.

„Waren Sie das, der vor etwa einer Viertelstunde angerufen hat?", fragte er.

„Wie kommen Sie darauf?"

„Weil Sie uns nicht in Ruhe lassen können."

„Nein, darum geht es überhaupt nicht, Mr. Baylor. Es geht darum, dass Sie in den Loreauville Quarters waren. Sie wussten, wer den Unfallwagen gefahren hat, und haben Ihre Beziehungen als Versicherungsvertreter genutzt, um sich anhand der Autonummer die Adresse des Besitzers zu besorgen. Sie waren in den Loreauville Quarters, weil Sie Bertrand Melancon gesucht haben. Aber er war nicht da, und deshalb haben Sie die Nachbarn ausgefragt."

„Wenn Sie das alles wissen, warum machen Sie sich dann die Mühe und sprechen bei mir vor?"

„Ich würde nicht den Schlaumeier markieren. Was ich nicht verstehe, sind Ihre Beweggründe. Melancon hat Ihrer Tochter und Ihrer Familie nicht wiedergutzumachendes Leid zugefügt, aber offenbar hat er versucht, Schadenersatz zu leisten. Wollen Sie dem Typ nach wie vor das Licht ausblasen?"

„Was meinen Sie mit ‚Schadenersatz'?"

„Ich habe mit Melancon geredet. Er hat gesagt, er wollte auch bei Ihnen alles wieder gutmachen. Ich glaube nicht, dass er gelogen hat. Er ist sich wahrscheinlich darüber im Klaren, dass er letzten Endes den Boden düngen wird."

Ich glaube, ich habe noch nie einen Mann gesehen, der

so verblüfft wirkte wie Otis Baylor in diesem Moment. Er starrte mich eine ganze Weile an. „Mr. Robicheaux, drücken Sie sich bitte nicht so unklar und missverständlich aus."

„Ich habe mich klar und deutlich ausgedrückt. Ich glaube, Melancon bedauert das, was er getan hat. Ich glaube, er weiß auch, dass es nur eine Frage der Zeit ist, bis es ihn erwischt. Wenn er Glück hat, nimmt ihn sich vorher niemand mit der Lötlampe vor. Das ist keine Übertreibung. Andre Rochon hat wahrscheinlich die Pein der Verdammten durchlitten, bevor er starb."

„Herr im Himmel", sagte er bestürzt, kreideweiß im Gesicht.

„Was haben Sie getan, Sir?"

Er schüttelte den Kopf, seine Augen trübten sich.

„Reden Sie mit mir, Mr. Baylor. Es wird höchste Zeit."

„Ich habe gar nichts getan", sagte er. „Entschuldigen Sie mich bitte. Wir sitzen beim Abendessen. Ich muss meiner Frau noch in der Küche und meiner Tochter bei den Hausaufgaben helfen. Entschuldigen Sie mich bitte, Sir."

Er ging hinein und ich hörte, wie er den Riegel an der Tür vorlegte. Aber ich ging nicht weg. Ich blieb eine ganze Weile im Schatten stehen, inmitten des Zirpens der Vögel, die sich auf den Wipfeln der Bäume versammelten, und den Rufen der Kids, die mit einer Piroge auf dem Bayou unterwegs waren. Der Wind rüttelte an den Fensterläden und fegte das Laub vom Dach. Die Jalousien waren heruntergezogen, die Fenster von gelbem Licht umrahmt, das von innen durchdrang. Unter anderen Umständen hätte dieses Haus ein Idealbild familiärer Wärme wider die anbrechende Nacht sein können. Aber kein Laut kam aus diesem Haus, und meiner Einschätzung nach hauste hinter diesen Wänden nichts als das Elend.

Am Sonntagmorgen überredete ich Molly und Alafair dazu, mit mir zu einem Camp zu fahren, das am Damm des Henderson Swamp lag. Es war eine prima Hütte, aus Kiefernholz gebaut, die teilweise auf Pfählen stand, mit einer von Fliegendraht umgebenen Galerie und Blick auf eine mit Zypressen und Weideninseln übersäten Bucht. Der Wind hatte sich gelegt, die Sac-a-lait hatten gebissen, und ich wollte raus aus der Stadt, weg von den Sorgen wegen Ronald Bledsoe, wenigstens einen Tag lang. Wir hängten das Boot und den Trailer an, packten Essen und kalte Getränke in die Kühlbox und spannten Elastikseile über die Ruten und Schwimmwesten am Boden des Boots. Ich warf einen Blick zum Himmel im Süden, ging hinein und holte unsere Regenmäntel. Alafair folgte mir.

„Dave, wir müssen das nicht machen", sagte sie.

„Was?"

„Vor diesem Typ davonlaufen."

„Die Übeltäter kommen immer zu Fall. Man muss die Sache nur aussitzen und abwarten, bis sie zu Fall kommen."

„Wie lange hat Hitler gemordet? Zwölf Jahre?", sagte sie.

Als wir zum Camp kamen, fielen Regentropfen auf die Buchten. Die Angler, die in aller Frühe auf Crappies, Süßwasserbarsche oder Sac-a-lait gegangen waren, wie man sie in Louisiana nannte, kehrten bereits zurück. Wir fuhren auf der Dammkrone entlang, an Bootsverleihen, Köderläden und Restaurants vorbei, vor denen auf Französisch und Englisch Sumpftouren angeboten werden. Dann stießen wir auf einen langen, üppig grünen Uferstreifen, der weder von Müll noch von Landerschließungsmaßnahmen verunstaltet war, nicht einmal von Anglerhütten, wie ich eine gemietet hatte.

Alafair und ich ließen das Boot zu Wasser, warfen den Elektromotor an. Wir fuhren hinaus und angelten entlang einer Kette aus Weideninseln zwischen dem Damm und der Bucht. Wir versuchten es mit Elritzen, dann mit Heintz-Blinkern, aber ohne Erfolg. Wind war aufgekommen, und das Wasser war trüb und zu hoch, die Tageszeit haute auch nicht hin. Aber ich scherte mich nicht darum. Ich wollte nur mit Alafair und Molly zusammensein, fernab von der Stadt, fernab von dem Job, fernab von Habgier, Lug und Trug, und von den Leuten, die andere Menschen ausnahmen und von der Verzweiflung und Not ihrer Landsleute profitierten.

Der Wechsel der Jahreszeiten lag bereits in der Luft. Das Laub der Zypressen hatte sich golden verfärbt und der Wind roch nach Faulgasen. Die überfluteten Wälder entlang der Ufer waren dunkel, die Blätter der Seerosen, die im Sommer voll gelber Blüten gewesen waren, bekamen jetzt braune Ränder und rollten sich ein. Ich konnte Fischschwärme im Wasser riechen, eine fruchtbare Ausdünstung, wie bei einer Geburt, aber unter der dunklen Oberfläche war nichts zu sehen, so als ob ein Teil des Lebenszyklus aus meinem Leben entfernt worden wäre.

Oben auf dem Damm holperte ein verschrammter Pick-up mit einer Familie über die Straße in Richtung einer Bootsrampe. Dann fuhr ein Kid mit einem Motorrad vorbei, gefolgt von einem schwarzen Humvee mit halb geöffneten, dunkel getönten Fenstern.

Ein einsamer Truthahngeier kreiste langsam am Himmel, als erwartete er einen Tod, der noch nicht eingetreten war. Dann drehte er ab und glitt weiter hinaus auf die Bucht, suchte vielleicht woanders nach Aas oder einem Ort, an dem er sich ausruhen konnte – ich wusste es nicht. Ich wollte mich nicht mit der in der Bibel vorgegebenen Lebensspanne von siebzig oder höchstens achtzig Jahren befassen. Aber in einem bestimmten Alter kann man das Wissen um die eigene Sterblichkeit nicht einfach ablegen.

„Du machst dir zu viele Sorgen um Molly und mich", sagte Alafair aus heiterem Himmel.

„Meinst du?", sagte ich, während unser nicht verankertes Boot im Wind trieb.

„Es kommt, wie es kommt. Wir haben keine Angst. Wieso sollten wir auch?"

Weil ich in euch lebe, dachte ich. Weil auch ich sterbe, wenn ihr sterbt.

„Was hast du gesagt?", fragte sie.

„Nichts. Ich rede bloß manchmal mit mir selber. Das kommt mit der siebten Runde."

„Du bist vielleicht 'ne Nummer", sagte sie.

Später zog ein Schauer über den Sumpf, dann wurde die Luft kühl, der Himmel klarte auf, und wir kehrten zum Abendessen in einem über dem Wasser gebauten Restaurant am Damm ein. Es war ein schöner Tag gewesen, auch wenn wir keine Fische gefangen hatten, und wir fingen an, die Hütte aufzuräumen, spülten das Geschirr ab, verstauten es und verriegelten sämtliche Fenster. Draußen auf der Bucht, hinter einer Reihe von Bäumen in der Ferne, schien die Sonne vom wässrigen Rand der Welt zu gleiten. Ein unverzagter Angler mit einem Strohhut hatte zwischen den Weideninseln den Anker ausgeworfen, inmitten der Mückenschwärme, die sich vor Sonnenuntergang zwischen den Bäumen versammelten und für gewöhnlich kurz vor Einbruch der Dunkelheit die Sac-a-lait anlockten. Er wischte sich ständig die Moskitos aus dem Gesicht und schwenkte seine Rute, wie ein aufgeregter Mann, der ein fruchtloses Unterfangen mit einem Zauber belegen will. Dann verhedderte sich seine Schnur an einem Baum, worauf er innehielt und sich mit Insektenschutzmittel einsprühte, bevor er von Neuem anfing.

„Gib mir die Autoschlüssel, dann bring ich den Trailer her", sagte Alafair.

„Wie wär's mit einem Stück Pekankuchen, bevor wir aufbrechen?", sagte Molly.

„Ich würde heute gern noch ein bisschen mit meinem Roman weiterkommen", erwiderte Alafair.

Ich gab ihr die Schlüssel und verfolgte durch das hintere Fenster, wie sie den Pick-up anließ, zu der Rampe aus bröckligen Ziegeln fuhr, an der wir immer das Boot zu Wasser ließen, und den leeren, schaukelnden Trailer hinter sich herzog. Ich nahm die Kanne vom Herd, goss mir den letzten Kaffee ein, gab einen Teelöffel Zucker hinzu und trank einen Schluck. Durch das vordere Fenster sah ich, wie Alafair den Trailer rückwärts die Rampe hinunter rangierte, bis die Räder nabentief einsanken und die Rücklichter untergetaucht waren. Dann zog sie ein Paar Gummistiefel an, die sie von der Ladefläche geholt hatte, und watete ins seichte Wasser.

Ich hatte gedacht, sie würde auf mich warten. Wenn wir das Boot wieder auf den Trailer luden, setzte normalerweise einer von uns den Trailer ins Wasser zurück, während der andere den Außenborder anwarf und das Boot auf die Rollen steuerte, damit der Fahrer das Windenseil am Bug festhaken und es per Handkurbel hochziehen konnte.

Ich sah, wie sich der Angler draußen zwischen den überfluteten Weiden bückte und etwas vom Boden des Bootes aufhob. Er stieß den Hut von seinem Kopf, damit er bessere Sicht hatte, und drückte ein Gewehr an die Schulter. Sein Gesicht konnte ich nicht erkennen, aber der Mond war aufgegangen, und in seinem Schein sah ich den kahlen Kopf im Zwielicht schimmern.

Ich war bereits aus der Fliegendrahttür und rannte die Böschung hinab, als er den ersten Schuss abgab.

28

Vielleicht hatte ein Windstoß sein Boot erfasst, oder er hatte sich erschrocken, als ich aus der Fliegendrahttür stürmte, denn die Kugel ging etwa fünf Zentimeter daneben und prallte vom Gehäuse des Außenbordmotors ab. Das Gewehr sah aus wie ein halbautomatischer Karabiner, ein .223er möglicherweise, mit einem Schalldämpfer an der Mündung. Ich bemerkte das kurze Aufblitzen, als der zweite und der dritte Schuss fielen, die genauso klangen wie der erste, so als spucke jemand einen trockenen Gegenstand aus. Alafair war geduckt auf die mir zugewandte Seite des Bootes gerannt und hatte sich dann hinter dem Pick-up zu Boden geworfen. Die hintere Hälfte des Pick-ups stand so tief im Wasser, dass der Schütze nicht darunter her feuern konnte.

Der Schütze gab einen Schuss auf mich ab, als ich in die Hütte zurückrannte. Die Kugel riss einen hellen Holzsplitter aus dem Türpfosten und zertrümmerte irgendwo im Schlafzimmer Glas. Ich landete mit dem Gesicht auf dem Boden und sah, wie Molly, die unter dem Abtropfbrett kauerte, zu mir herüber kroch.

„Hat er Alafair getroffen?", sagte sie.

„Nein, sie ist hinter dem Pick-up. Er kann nicht an sie rankommen, solange er sein Boot nicht von der Stelle bewegt."

Zwei weitere Kugeln zertrümmerten die Scheibe und eine Zimmerpflanze am Küchenfenster, so dass Mollys Kopf und Schultern mit Erde eingestäubt wurden.

Ich kroch auf allen vieren ins Schlafzimmer, wo mein Rucksack in der Ecke lag. Ich griff hinein und bekam die Schachbrettgriffschalen meiner .45er zu fassen. Ich löste den Holsterriemen, schleuderte das Holster beiseite, fand das Reservemagazin, das ich im Rucksack aufbewahrte, und schob es in meine Gesäßtasche. Ich zog den Schlitten zurück und hebelte ein 230 Gran schweres Hohlspitzgeschoss mit Messingmantel in die Kammer.

Ich kroch in die Küche zurück. Molly kauerte neben der Vordertür, hatte ihr Handy in der Hand und versuchte festzustellen, wo Alafair war. „Ich habe die Sheriff-Dienststelle St. Martin angerufen. Ist das Bledsoe?", sagte sie.

„Er muss es sein. Bis hier draußen jemand auf einen Notruf reagiert, kann eine Viertelstunde vergehen. Ich geh raus. Bleib am Boden."

„Ich gehe mit dir raus."

„Nein, nein, nein", sagte ich. „Mach das nicht. Bleib bitte hier. Kein Widerspruch."

„Nein, ich lasse sie da draußen nicht allein."

Ich wollte etwas sagen, wusste aber, dass meine Worte vergebens waren und ich keine Zeit mehr verlieren durfte. In diesem Augenblick eröffnete der Schütze wieder das Feuer, stanzte Löcher in den Pick-up, zerschoss einen Reifen und jagte zwei Kugeln in die Kühlbox. Tief geduckt rannte ich aus der Tür, hatte den rechten Arm ausgestreckt und feuerte auf die Weideninsel.

Wieder sah ich das Mündungsfeuer aufblitzen und mir wurde klar, dass der Schütze den Schusswinkel geändert hatte. Vermutlich hatte er einen elektrischen Hilfsmotor eingesetzt und das Boot näher an den Rand der Weiden gesteuert, damit er leichter Zugang zur Bucht hatte. Ich ging neben Alafair in die Knie.

Sie hatte einen Riss unter dem einen Auge, ihre Kleidung und die Unterarme waren mit Schlamm verkrustet.

„Bist du verletzt, Alf?", sagte ich.

„Nein, ein Stück Aluminium hat mich erwischt, glaube ich", sagte sie. „Ich hab ihn gesehen. Er hat ein halbautomatisches Gewehr."

„Ist es Bledsoe?"

„Konnte ich nicht erkennen."

„Ich schnappe mir diesen Typ. Molly hat bereits die 911 gewählt. Bleib hier, bis die Jungs aus St. Martin eintreffen. Versuch nicht, die Hütte zu erreichen. Der Typ kann nirgendwo an Land gehen."

Ich hatte die Worte kaum ausgesprochen, als Molly tief gebückt aus der Hütte zum Pick-up rannte, das Handy in der einen, einen kleinen Erste-Hilfe-Kasten in der anderen Hand. Sie blies sich die Haare aus den Augen und schaute mich mit geröteten Wangen an. Sie legte die Hand seitlich an Alafairs Hals und musterte sie. Dann tastete sie ihren Hals mit den Fingerspitzen ab. Ein Streifen zog sich darüber, als wäre er von einem Seil aufgescheuert und hätte angefangen zu bluten.

Ich wollte sie anherrschen, weil sie die Hütte verlassen und sich in noch größere Gefahr begeben hatte, aber wie soll man auf jemanden wütend sein, der sein Leben riskiert, um seinen Lieben einen Erste-Hilfe-Kasten zu bringen?

Ich schob mich zur Vorderseite des Pick-ups und feuerte

drei weitere Schüsse auf die düsteren Umrisse der Weiden ab, während die ausgeworfenen Hülsen klirrend auf den bröckelnden Ziegeln landeten. Ich hörte, wie sich eine Kugel in Holz bohrte, eine andere das Wasser aufspritzen ließ und die dritte auf Metall traf. Mein Verschlussstück sprang über der leeren Kammer auf.

Ich warf das Magazin aus, holte das geladene aus der Gesäßtasche und rammte es in den Griff der .45er. Aber ehe ich einen Schuss abgeben konnte, warf der Schütze seinen Außenborder an, steuerte das Boot ins offene Wasser und pflügte quer durch die Bucht davon.

Ich schob mein Boot vom Trailer, stieg in den Bug und ließ den Motor an. Mein Boot war nur knapp fünf Meter lang, rein funktionell gebaut und vom Aussehen her eher unscheinbar. Aber der 115 PS starke Yamaha-Motor am Heck verlieh ihm eine Geschwindigkeit und ein Leistungsvermögen, die man von einem bescheidenen Anglerboot nicht erwartet hätte. Ich gab Gas, bis die Schraube Schlamm und abgestorbene Pflanzen aufwirbelte. Der Bug hob sich in die Luft und der Boden stellte sich schräg, als ich zwischen zwei Weideninseln glitt. Binnen weniger Sekunden raste ich unter lautem Aufklatschen wie mit einem Schnellboot über die Bucht.

Knapp hundert Meter entfernt sah ich den Schützen, der auf ein abgestorbenes Zypressengehölz am Damm zuhielt. Er saß tief geduckt im Heck und warf einen Blick nach hinten, als er in einen mit Algen bedeckten Altwasserarm stieß. Er umkurvte einen umgestürzten Baum, schrammte an geriffelten Zypressenstämmen entlang, schaute wieder zurück und fuhr tiefer in die Altwasserbucht, wo sich seine Schraube wahrscheinlich im Wurzelgeflecht der Wasserhyazinthen verhedderte. Er verschwand zwischen den Zypressen, aber ich hörte seinen Motor winseln, als wenn eine Handkreissäge auf einen Nagel stößt.

Oberhalb der Bucht, auf dem Damm, sah ich die Lichter eines Fahrzeugs an- und ausgehen, dann wurden sie abgestellt. Ich stieß in die Altwasserbucht, glitt über die Spitzen umgestürzter Bäume hinweg und schrammte an den hohlen Stamm eines Tupelobaums. Vor mir, auf der anderen Seite des Zypressengehölzes, sah ich die mit Gras bewachsene Böschung des Damms, auf dem sich die kantigen Umrisse eines Humvee in der Sonne abzeichneten.

Der Mann im Boot steckte in der Klemme. Er konnte nicht durch den Müll im Wasser zum Ufer des Dammes gelangen, und ich war keine zwanzig Meter mehr von ihm entfernt. Im Zwielicht sah ich, wie er sein Gewehr ergriff, sich an einem Ast festhielt und über die Bordwand ins Wasser sprang, in der Hoffnung, auf festen Boden zu stoßen.

Stattdessen geriet er in brusttiefes Wasser und sank mit den Füßen in Schlick und verfaulte Pflanzen ein. Sein rasierter Hinterkopf schimmerte weiß im Mondschein, als er sich zwischen den überfluteten Bäumen hindurch in Richtung Ufer schleppte. Am Rand des Gewässers befand sich ein halb versunkenes Arbeitsboot mit einer aus Sperrholz zusammengezimmerten Kabine am Heck, der ganze Rumpf von Fäulnis aufgeweicht und mit den Abschilferungen der Purpurwinden überzogen, der überflutete Frachtraum ein Tummelplatz für Hornhechte und Alligatoren.

Wenn er dachte, noch mehr Pech könnte er nicht haben, irrte er sich. Der Humvee auf dem Damm wurde angelassen, fuhr weg und überließ den Schützen seinem Schicksal. Er kämpfte sich durchs Wasser, versuchte mit einer Hand Äste abzureißen und mit der anderen das Gewehr hochzuhalten, damit es trocken blieb. Dann trat er hinter einen Baumstamm und ich verlor ihn aus den Augen.

Ich stellte meinen Motor ab, stieg auf ein Zypressenknie und ließ mich ins Wasser. Ich stieß das Boot weg, über eine Lichtung, und sah, wie es durch die Algenschicht auf dem Wasser glitt und an einen Baum stieß.

Hinter dem Ruderhaus des versunkenen Bootes ertönte ein Schuss.

Ich legte meine .45er mit beiden Händen über einen Ast an und zielte auf das Ruderhaus. Ich weiß nicht, warum der Schütze dort in Deckung ging. Das Holz war weich wie fauliger Kork und wirkte nur so, als ob es Schutz bieten könnte. Aber vermutlich blieb dem Schützen in diesem Moment nicht viel anderes übrig, so dass er einen von Menschenhand zusammengezimmerten Aufbau als natürliche Zufluchtsstätte in einem Schwemmlandgebiet betrachtete, in dem er unverhofft und entgegen allen Vorstellungen in der Falle saß und auf sich allein gestellt war.

Ich drückte ab. Flammen stoben in die Dunkelheit und der Rückschlag riss meine Hände hoch. Als ich das zweite Mal feuerte, hörte ich ihn aufschreien. Ich hatte noch sechs Schuss in meiner .45er. Ich feuerte einen dritten ab, und sah, wie das Holz auf der Rückseite des Ruderhauses zerfetzt wurde.

Er watete über den schlammigen Uferstreifen zum Damm, humpelnd, das Gewehr noch immer in der Hand. Ich zielte auf seinen Rücken und drückte erneut ab, aber diesmal schoss ich weiter, bis das Magazin leer war und meine Ohren von den Explosionen dröhnten.

Ich watete durch eine tiefe Stelle in der Bucht, spürte dann, wie meine Füße auf festen Boden stießen. Ich hielt mich am Heck des halb versunkenen Bootes fest und zog mich auf den Uferdamm, war immer noch mitgenommen von der Verfolgungsjagd und dem Schusswechsel. Der Schütze lag bäuchlings im Gras, die Arme nach beiden Seiten ausgebreitet, wie jemand, der aus großer Höhe fällt und mit voller Wucht auf die Erde schlägt. Ich legte die .45er hin und wälzte ihn auf den Rücken. Die Austrittswunden an der Brust waren so groß wie Vierteldollarmünzen, der Stoff um sie herum nach außen zerfetzt.

Zuerst erkannte ich den Schützen nicht, wegen des rasierten Kopfes, der vernähten Wunden auf seinem Schädel und der erstaunten Miene, in der sein Gesicht erstarrt war.

Dann wurde mir klar, dass Ronald Bledsoe nicht nur versucht hatte, meine Familie umzubringen, sondern auch seinen Partner aufs Kreuz gelegt hatte. Vermutlich hätte ich Mitleid mit dem Mann haben sollen, den ich gerade erschossen hatte, aber ich hatte keines. Zumal ich annahm, dass er den Großteil seines Erwachsenendaseins damit verbracht hatte, anderen Böses anzutun. Genau genommen vermutete ich, dass er Taten begangen hatte, von denen wir gar nichts wissen wollen.

Sieht so aus, als ob du beschissen worden bist, Bobby

Mack, dachte ich. Aber wer weiß? Vielleicht ist nicht alles verloren. Vielleicht spielen sie unten in der Hölle Texas Hold 'Em.

Otis Baylor hielt sich nicht für vielseitig begabt, aber einer Sache war er sich sicher: Er war der geborene Versicherungsmann. Er wusste, wie man Vorsorge feilbot, von der Krippe bis zum Grab. Er kannte die Menschen, wusste, was sie brauchten und wie man mit ihnen reden musste. Und er wusste auch, wie man sie finden und etwas über sie herausfinden konnte, wenn sie Ansprüche geltend machten.

Bei seinem Besuch in den Loreauville Quarters hatte er binnen kurzer Zeit von Nachbarn erfahren, dass Bertrand eine Tante im Ninth Ward hatte. Noch schneller hatte er ihren Namen in einer Datei gefunden, die er gemeinsam mit seinem ehemaligen Arbeitgeber nutzte. Sie hatte Ansprüche auf Erstattung der Schäden geltend gemacht, die durch die Wasserfluten aus dem Lake Pontchartrain an ihrem Haus entstanden waren, und wusste wahrscheinlich nicht, dass sie garantiert nichts bekommen würde, wenn sie Wasser auch nur erwähnte.

Aber Otis Baylor machte sich keine Gedanken über das Missgeschick von Bertrand Melancons Angehörigen. Melancon war bei seinem Haus gewesen. Das Nummernschild, das er auf der Straße verloren hatte, war der unwiderlegbare Beweis dafür. Der Zweck seines Besuches war nach wie vor unbekannt, aber allein die Tatsache, dass er da gewesen war, rechtfertigte Otis' Meinung nach alles, was er danach tat.

Dann hatte ein Detective an seiner Tür geklopft, als er am Samstagabend mit seiner Familie zu Tisch saß, und ihm Dinge mitgeteilt, die seine ganze Haltung veränderten, was die Beziehung zu seiner Frau anging, die ihn hintergangen hatte, aber auch gegenüber einem Vergewaltiger, der seiner Tochter die Seele geraubt hatte.

Samstagnachts schlief er nicht, und den Großteil des Sonntags verbrachte er damit, seine sämtlichen Rechnungen durchzugehen und die eine oder andere zu begleichen, damit Strom und Wasser nicht abgestellt wurden und er mit der Hypothek auf das Haus in New Orleans nicht in Verzug geriet. Am Nachmittag wurde ihm klar, dass er nicht zur Ruhe kommen würde, bis er die Wurzel allen Übels anging.

Er rief einen Freund an, der als Gutachter für die Versicherungsgesellschaft tätig war, die die Police für das Haus im Ninth Ward ausgestellt hatte, das Bertrand Melancons Tante gehörte.

„Sie heißt Clemmie Melancon", sagte Otis. „Ich nehme an, dass sie längst weg ist, aber nachdem sie Ansprüche geltend gemacht hat, dachte ich, du hättest vielleicht eine Postanschrift oder eine Telefonnummer, unter der du sie erreichen kannst."

„Sie ist in den Superdome geflüchtet, aber mittlerweile ist sie zurückgekehrt", sagte der Gutachter.

„In den Ninth Ward?"

„Sie wohnt nicht im schlimmsten Teil, aber ja, sie ist wieder zu Hause. Sie hat Parkinson. Ich glaube, die Leute da unten werden irgendwann alle zwangsausgesiedelt."

„Wie sieht's mit ihrem Anspruch aus?"

„Kannst du vergessen."

„Danke für die Hilfe", sagte Otis und wollte auflegen.

„Stimmt es, dass du den Anspruchstellern beigebracht hast, wie sie uns einen reindrücken können?", sagte der Freund.

„‚Reindrücken' ist das falsche Wort. ‚Ruinieren' trifft es eher", sagte Otis, und diesmal legte er auf.

Es war 15:46 Uhr. Der Himmel draußen war grau, ein scharfer Wind wehte und nasse Blätter klebten an den Fenstern des Büros, das er sich in seinem Haus eingerichtet hatte. Otis holte die Autoschlüssel aus seiner Hosentasche und ließ sie um den Finger wirbeln.

„Wo willst du hin, Daddy?", fragte Thelma.

Sie stand unter der Tür, die eine Hüfte an den Pfosten gedrückt, mit fragender, argloser Miene, so wie sie gewesen war, bevor sie und ihr Freund sich in eine Gegend verirrt hatten, die sie binnen weniger Minuten bei lebendigem Leib verschlang.

„Mein Vater und mein Onkel waren beim Ku Klux Klan", sagte er. „Sie haben sich einer auf Hass begründeten Organisation angeschlossen, weil man ihnen beigebracht hatte, sich selber abzulehnen. Mein Vater war ein anständiger Mann, aber er hat nie begriffen, wer sein wahrer Feind war. Das waren nicht die Farbigen. Es war der Drachen, der in ihm lebte. Meinst du nicht, es wird höchste Zeit, dass wir uns die Drachen anschauen?"

Der Regen hatte aufgehört, und der Nachthimmel war klar, als Otis Baylor und seine Tochter in den Ninth Ward des Orleans Parish fuhren. Die ganze Umgebung, die fensterlosen Häuser, die übereinander geschichteten Trümmer der Gebäude und das getrocknete Treibgut wirkten unwirklich, eher wie eine Filmkulisse oder wie zusammengestückelte Szenen aus dem Zweiten Weltkrieg, schwarzweißes Archivmaterial von zerbombten Städten, bar jeder Farbe, nur vom Schein der Kochfeuer erleuchtet, die unter den Wellblechplatten flackerten, die die verbliebenen Bewohner auf Bimssteinblöcke oder Ziegelstapel gelegt hatten.

Thelma schwieg schon seit einer Stunde, und Otis fragte sich, ob er zu viel von ihr verlangt hatte, ob er nicht eine Entscheidung für sie getroffen hatte, die ihm nicht zustand. Er steuerte um ein Straßenstück herum, das eingesackt war wie ein Kanal.

„Daddy?", sagte Thelma.

„Ja?", sagte er.

„Wenn er da ist, was hast du dann vor?"

„Ich weiß es nicht genau. Ich weiß nicht mal, ob ich mir diesbezüglich trauen kann."

„Willst du ihm was antun?"

„Kann ich nicht sagen. Aber es könnte sein. Ich glaube, ich möchte es vielleicht sogar. Bis Mr. Robicheaux zu unserem Haus gekommen ist, habe ich gedacht, ich würde ihn möglicherweise umbringen."

„Ich finde es traurig, dass du so ein Zeug daherredest."

„Warum?"

„Weil das nicht deine Art ist."

Otis erwiderte nichts und behielt seine Gedanken für

sich, damit seine Tochter nicht die Seite seines Charakters sah, vor der sich sogar er fürchtete.

Er wunderte sich, wie mühelos er das Haus fand, das Bertrand Melancons Tante gehörte. Jemand hatte den Briefkasten im Vorgarten aufgestellt und den Schlamm von den Ziffern gekratzt, obwohl im Ninth Ward wahrscheinlich noch monatelang keine Post zugestellt werden würde, wenn überhaupt jemals wieder. Im Hof war praktisch alles aufgetürmt, was das Haus einst enthalten hatte: Sessel und Sofas mit Schonbezügen, ein Kühlschrank, Matratzen, Bettroste, ein Fernsehapparat, Kleidung, Lebensmittel, eine Kommode, über und über mit Blumenabziehbildern beklebt, abgezogene Tapeten und Teppichböden, alles mit einem grünlich-schwarzen Matsch verkrustet, der getrocknet war wie Plastikmasse. Die Fenster des Hauses waren mit Sperrholz vernagelt, am Eingang war eine Fliegendrahttür angebracht. Auf der Auffahrt neben dem Haus saßen ein junger Schwarzer und eine ältere schwarze Frau in einem Kleid, das wie ein Sack an ihr hing, auf Holzstühlen an einem Feuer, das in einem mit Lüftungsschlitzen versehenen Ölfass brannte.

Keiner von beiden blickte auf, als Otis zu ihnen hinging. Sechs Scheiben Weißbrot mit Käsestücken lagen auf dem Gitterrost eines Kühlschranks über dem Feuer.

„Wissen Sie, wer ich bin?", fragte Otis.

Bertrand blickte auf und senkte die Augen wieder. Dann schaute er zu dem Auto, das auf der Straße stand, und der jungen Frau auf dem Beifahrersitz. „Ja, Sir, mir is vollkommen klar, wer Sie sind."

„Wer sind Sie, Ma'am?", fragte Otis die Frau.

„Wer sin Sie überhaupt, dass Sie auf meiner Auffahrt stehn und Fragen stellen?", sagte sie. Ihre Haut war runzlig wie alter Kitt, ihre Brüste waren schlaff und trocken. Sie bewegte sich unsicher, so als hätte sie ihre Motorik nicht im Griff. Eines ihrer Augenlider hing herab. Die Haare waren so dünn, dass sie aussahen, als wären sie an die Kopfhaut gepappt.

„Mein Name ist Otis Baylor. Die junge Frau im Auto ist meine Tochter. Sie heißt Thelma. Ich nehme an, Sie sind Miss Clemmie, Bertrands Tante."

Die Frau sah zu, wie der Käse auf den Brotscheiben schmolz. Sie griff zu einer Blechdose, die auf ihrem Schoß stand, beugte sich vor und spie Kautabak hinein.

„Hat Bertrand Ihnen erzählt, was mit meiner Tochter passiert ist, Miss Clemmie?"

„Sie hat nix damit zu tun, Sir", sagte Bertrand.

„Sie wohnen in ihrem Haus. Sie gewährt Ihnen Zuflucht. Dadurch hat sie was damit zu tun. Wo ist Ihre Großmutter?"

„Drin, sie ruht sich aus. Es is kühl heut Abend. Sie wollt sich ausruhn."

„Mr. Robicheaux hat gesagt, Sie sind bei meinem Haus gewesen und wollten Schadenersatz leisten. Wie kann ein Mann wie Sie Schadenersatz für das leisten, was er getan hat, Mr. Melancon?"

„Ich wollt euch ein paar Diamanten geben, die ich 'nem Mann abgenommen hab, der sie jemand anders abgenommen hat."

„Das ist eine Beleidigung."

„Sir, ich will euch nix mehr zuleide tun. Ich hab gedacht, ich wär …" Er hielt inne und riss die Augen auf, als wäre Rauch hineingeraten. „Ich sag nix mehr. Rufen Sie die Cops oder machen Sie, was Sie machen wollten."

Otis trug ein kurzärmliges Hemd, das mit einem Mal zu klein für seine Brust und den Hals zu sein schien, so klein und eng, dass er nicht atmen konnte. „Sie warten hier", sagte er.

Er ging ins Haus, ohne anzuklopfen. Drinnen war es dunkel, und er konnte das Sirren der Moskitos in den Zimmern hören. Der Boden und die Wände schienen mit dem gleichen grünlich schwarzen Schlamm oder Schimmel überzogen zu sein wie der im Hof aufgetürmte Sperrmüll. Eine Frau lag auf einem Feldbett im Flur, atmete laut und hatte ein Kissen unter den Kopf geschoben. „Bist du das, Bertrand?", sagte sie.

„Nein, mein Name ist Otis Baylor."

Beide Hände der Frau waren verbunden. „Wo is Bertrand?", sagte sie.

„Draußen, auf der Auffahrt."

„Sind Sie einer von den Männern, die auf mein kleines Haus geschossen ham?"

„Nein."

„Sind Sie ein Polizist?"

„Nein."

„Was machen Sie dann hier?"

„Ich bin ein Versicherungsmann."

„Sind Sie wegen Clemmies Anspruch gekommen?"

„Nein", sagte er.

„Können Sie mir aufhelfen?"

Otis bückte sich und wollte ihren Arm ergreifen. Dann hörte er die Fliegendrahttür hinter sich. „Is schon gut, Sir. Ich mach das", sagte Bertrand. Er hatte eine kleine weiße Schale in der Hand. „Sie hat sich am Grill verbrannt. Ich muss ihr mit der Suppe helfen."

„Die Frauen sollten nicht hier sein", sagte Otis.

„Ich kann sie nirgendwo hinbringen", sagte Bertrand.

Otis sah zu, wie Bertrand seine Großmutter fütterte. Er wischte sich die Moskitos aus dem Gesicht. Als der Wind sich drehte, stieg ihm Fäkaliengestank in die Nase. „Ich möchte mit Ihnen reden", sagte er.

„Ich muss erst das hier fertig machen", sagte Bertrand.

„Nein, Sie kommen sofort raus und reden mit mir."

Bertrand stellte die Schale neben dem Feldbett auf den Boden und folgte Otis nach draußen.

„Ich würde Sie am liebsten in Stücke reißen", sagte Otis.

„Kann ich mir denken."

„Gehen Sie rüber zum Auto und entschuldigen Sie sich."

„Sir?"

„Sie haben mich verstanden. Schaun Sie meiner Tochter ins Gesicht und entschuldigen Sie sich, Sie Scheißkerl, bevor ich etwas Schreckliches mache."

Bertrand ging zu Otis' Auto und blieb vor der Beifahrertür stehen, hatte Otis den Rücken zugekehrt und versperrte ihm den Blick auf seine Tochter. Bertrand hatte die Arme verschränkt, während er sprach, und den Kopf zur Seite gewandt. Im Gegenlicht sah es aus, als hätte er keine

Arme, wie ein Holzpfosten, der in die Luft gemalt war. Auf der anderen Straßenseite versuchte ein Hund irgendetwas aus einem schwelenden Müllhaufen zu wühlen.

Bertrand wandte sich vom Auto ab und ging an Otis vorbei zur Haustür. Er wischte sich mit dem Unterarm die Nase ab.

„Kommen Sie hierher", sagte Otis.

„Wozu?"

„Haben Sie mich verstanden?", sagte Otis. Er schob die Hand unter Bertrands Arm und hob ihn fast in die Luft.

„Was wolln Sie von mir? Ich hab alles getan, was ich kann", sagte Bertrand. „Wenn die Männer, die Andre umgebracht und Eddy gefoltert ham, meine Tante und meine Großmutter in die Finger kriegen, was glauben Sie, was dann mit ihnen passiert? Sagen Sie mir das, Mr. Baylor."

Die Frage, die Bertrand gestellt hatte, war berechtigt. Was wollte Otis? Dem seelischen Krebs, der das Herz seines Vaters verzehrt hatte, neues Leben einhauchen? Seine Tochter als Rechtfertigung benutzen, um einen Mann mit den Fäusten blutig zu schlagen?

„Daddy?", hörte er Thelma hinter sich sagen.

Er drehte sich um und starrte sie an.

„Daddy, ist schon gut. Lass ihn los", sagte sie.

„Mein Schatz …", setzte er an.

„Mir geht's gut", sagte sie. „Lass uns heimfahren."

Sie ergriff seine Hand und lächelte ihn an. „Komm schon, Daddy, wir sind hier fertig", sagte sie.

Bertrand Melancon blieb auf dem Hof stehen, als sie wegfuhren. Er wusste nicht genau, was zwischen Otis Baylor und seiner Tochter vorgefallen war, oder was er jetzt tun sollte. Genau genommen wusste er überhaupt nichts mehr. Er fragte sich, ob die Suppe seiner Großmutter kalt geworden war. Er fragte sich, ob seine Tante und seine Großmutter ahnten, was für Verbrechen er begangen hatte. Er fragte sich, ob seine Mutter noch irgendwo am Leben war und ob sie jemals an ihn oder Eddy dachte. Er fragte sich, warum alles, was sich in seinem Leben ereignet hatte, nicht so war, wie er es vorgehabt hatte.

Wie kann das sein?, fragte er sich. Einen Moment lang fragte er sich, ob ihm der Priester, den er umgebracht hatte, eine Antwort geben könnte. Bei diesem Gedanken fing sein Magen an zu brennen und er spie Blut in den Hof seiner Tante.

29

Der Haken bei einem Adrenalinrausch ist, dass man ihn im Gegensatz zu einem vom Alkohol ausgelösten nicht fortsetzen kann. Wenn der Stoß, der das Herz zum Rasen gebracht hat, nachlässt, wenn der saubere Geruch nach verbranntem Kordit vom Wind verweht wird, befindet man sich in der gleichen Todeszone wie ein Säufer. Man wacht morgens mit einem Rauschen in den Ohren auf, so als wäre der Fernseher auf volle Lautstärke aufgedreht, ohne dass ein Bild zu sehen ist. Die Straßen wirken menschenleer, der Himmel spröde, die Luft ist mit Industriedämpfen durchsetzt, die man nicht mit dem Morgen in Verbindung bringt. Die Sonne ist weiß wie eine Glühbirne, die Bäume bieten weder Vogelgesang noch Schatten. Alles, was man berührt, hat scharfe Kanten, und Dummheit und Reue legen sich um alle Gedanken. Die Welt ist ein gnadenloses Gefängnis geworden, in dem die Eindrücke eines falschen Moments nicht mit dem Schlaf verschwinden, sondern einen auf Schritt und Tritt verfolgen. Man verbringt seine Zeit mit Erklärungen und Rechtfertigungen und nimmt die Charakterzüge von jemandem an, den man nicht erkennt. Es ist, als ginge man um eine Ecke und stieße auf eine Straße, auf der keine anderen Menschen sind. Es ist eine Erfahrung, von der man sich nicht ohne Weiteres lösen kann.

Am Montagmorgen kam Helen in mein Büro und setzte sich gegenüber von mir hin. „Alles okay mit dir, Bwana?"

„Alles bestens", erwiderte ich.

Ich hörte sie Kaugummi kauen, sah ihre Kinnlade arbeiten.

„Warum hatte es Bobby Mack Rydel deiner Meinung nach auf dich abgesehen?

„Bledsoe steckt dahinter. Er hat Rydel benutzt, so wie er jeden benutzt."

„Bist du dir sicher, dass du Bledsoe nicht in dem Humvee oben am Damm gesehen hast?"

Ich wusste, was für eine Antwort sie von mir haben wollte.

„Ich habe den Typ in dem Humvee nicht gesehen", sagte ich.

„Schade. Du solltest eigentlich am Schreibtisch bleiben, bis der interne Untersuchungsausschuss die Sache mit den Schüssen geklärt hat, aber bis Dienstschluss sollte das erledigt sein. Wir müssen Bledsoe einbuchten. Ich bin da ganz deiner Meinung, Streak. Mir ist es egal, wie wir es machen. Dieser widerliche Dreckskerl hat uns ein ums andere Mal angespien und ist davongekommen. Lass uns die Sache anders anpacken."

„Wie?"

„Wer hat gesagt: ‚Wenn die Leute sagen, es geht nicht um Geld, geht es um Geld'?"

„H. L. Mencken."

„Hier geht es um diese Blutsteine oder was auch immer. Steck sämtliche Skorpione in eine Streichholzschachtel und schüttle sie durch."

„Bei Bledsoe geht es um was Persönliches. Er genießt es. Wenn ihn nicht jemand dafür bezahlen würde, dass er anderen Menschen wehtut, würde er dafür bezahlen."

„Fang noch mal von vorne an. Nimm dir Otis Baylor vor", sagte sie.

„Zeitverschwendung."

„Wirklich? Ich frage mich, warum er unten ist", erwiderte sie.

Ich piepte Wally an und bat ihn, Otis Baylor heraufzuschicken. Ich rechnete damit, dass Wally einen dämlichen Witz abließ. Aber er überraschte mich. „Ich bin froh, dass dir und deiner Familie nichts passiert ist. Ich bin auch froh, dass du den Kerl umgelegt hast. Die Schüsse waren berechtigt. Jeder hier weiß das. Hast du mich verstanden?"

„Yeah, hab ich, Wally. Danke", sagte ich.

Zwei Minuten später klopfte Otis an die Glasscheibe meiner Tür, und ich winkte ihn herein. Er trug einen marineblauen Anzug, ein weißes Hemd und einen Schlips und seine Schuhe glänzten wie frisch geputzt. Er legte ein liniertes Blatt aus einem Notizbuch auf meinen Schreibtisch. „Das ist Bertrand Melancons Adresse im Ninth Ward. Wenn Sie ihn haben wollen, gehört er Ihnen."

„Setzen Sie sich, Mr. Baylor."

Er widersprach nicht. Er nahm auf einem Stuhl vor meinem Schreibtisch Platz und blickte sich in meinem Büro um.

„Ich werde den Hinweis ans NOPD weitergeben. Und ich gebe ihn ans FBI in Baton Rouge weiter. Vielleicht greifen sie ihn eines Tages auf, aber meiner Meinung nach wird das nicht so bald passieren. Ich glaube, andere werden Bertrand zuerst in die Hände kriegen, und wenn es dazu kommt, werden sie ihm das Fleisch von den Knochen kochen."

„Das liegt dann an euch. Meine Familie und ich sind mit ihm fertig."

„Ich habe das Gefühl, dass irgendetwas passiert ist, seit ich Sie zum letzten Mal gesehen habe. Wollen Sie mir davon erzählen?"

Genau das machte er, in allen Einzelheiten, ließ nichts aus und berichtete, dass er versucht gewesen sei, Bertrand Melancon vor den Augen seiner Tante in Stücke zu reißen, bis seine Tochter eingegriffen und ihn um Gnade gebeten habe.

„Ich bewundere Sie für das, was Sie getan haben, Sir, aber ich habe gestern einen Mann namens Bobby Mack Rydel erschossen. Ich habe ihn getötet, weil er versucht hat, meine Tochter, meine Frau und mich umzubringen. Er hat es getan, weil Ronald Bledsoe ihn damit beauftragt hat. Wissen Sie darüber Bescheid? Weil Sie es anscheinend nicht wissen."

„Nein, ich habe es nicht gewusst. Wir sind gestern erst spätabends aus New Orleans zurückgekommen. Ich habe weder Nachrichten gesehen noch heute Morgen Zeitung gelesen. Ich bin gleich in Ihr Büro gegangen. Tut mir leid, dass Sie in Schwierigkeiten geraten sind."

Meiner Ansicht nach war es an der Zeit, dass ich auf den Hinweis zurückgriff, den mir Deputy Catin Segura im Zusammenhang mit Otis Baylors Frau gegeben hatte.

„Sie haben nicht auf diese Plünderer geschossen, Mr. Baylor. Ich glaube, Ihre Frau war es. Ich glaube, bevor Sie beide sich kennen gelernt haben, wurde sie sexuell missbraucht, wahrscheinlich von jemandem mit sadistischen Neigungen, vielleicht von jemandem, der süchtig nach Sado-Pornos war. Ich glaube, sie hat gesehen, wie sich die Plünderer Ihrem Haus näherten, hat sich erschrocken und hat das Feuer auf sie eröffnet."

Er schwieg einen Moment lang. „Wer hat Ihnen diesen Quatsch über Mrs. Baylor erzählt."

„Wenn kümmert's? Ihre Frau hat das Springfield genommen und wahrscheinlich von der Haustür aus geschossen. Vermutlich hatte sie Angst. Wer hätte da keine? Die Geschworenen sollten dafür Verständnis haben. Ich halte es für ziemlich dumm, jemanden zu decken, der nicht gedeckt werden muss."

Er blieb auf Blickkontakt mit mir, und ich wusste, dass er über die Aussage nachdachte, die ich gerade gemacht hatte. Ich hatte gesagt, die Geschworenen „sollten dafür Verständnis haben". Wie die meisten intelligenten Menschen erkannte Otis Baylor Ausflüchte und sprachliche Feinheiten, wenn er sie hörte. Außerdem war er sich darüber im Klaren, dass ein Ankläger die Geschworenen darauf hinweisen würde, dass der Schütze tödlich genau getroffen und nicht nur einen, sondern zwei Plünderer mit einem einzigen Schuss niedergestreckt hatte. Es war offensichtlich, dass er nicht nur geschossen hatte, um sie zu verscheuchen.

Aber im Moment interessierte es mich nicht mehr, ob Otis mit seinen familiären Schwierigkeiten zurechtkam oder nicht.

„Bertrand hat mir erzählt, dass er Ihnen Schadenersatz anbieten wollte. Ich glaube, er wollte Ihnen einige oder alle Blutdiamanten geben, die er aus Sidney Kovicks Haus gestohlen hat. Ich muss wissen, wo sie sind."

„Damit haben wir nichts zu tun."

„Weiß Ihre Frau, wo sie sind?"

„Nein."

Ich schwieg, drehte einen Stift auf meiner Schreibunterlage im Kreis und überließ ihm die Beweisführung.

„Schaun Sie, Melancon hat einen Brief zu unserem Haus gebracht", sagte er. „Er hatte von Hand eine Entschuldigung an unsere Familie geschrieben und wollte sie vorlesen. Er hat zu meiner Frau gesagt, das Versteck der Diamanten ist unten auf dem Brief aufgeführt. Aber sie hat ihm den Zettel ins Gesicht geworfen. Ich habe den Brief auf dem Hof gefunden. Er war auf ein Papierhandtuch geschrieben. Die Tinte war im Wasser zerlaufen. Er war unleserlich."

„Wo ist er jetzt?"

„Wahrscheinlich noch in der Tonne, die ich für die Gartenabfälle benutze."

„Wenn Sie erlauben, schicke ich jemand raus und lasse ihn abholen", sagte ich.

„Machen Sie, was Sie wollen", erwiderte er.

Ich ließ mir den genauen Standort der Tonne beschreiben und rief im Acadiana Crime Lab an. Nachdem ich aufgelegt hatte, schaute ich Otis eine ganze Zeit lang an. „Ich wünschte, Sie hätten mir das vorher gesagt", sagte ich. „Ihre mangelnde Kooperationsbereitschaft ist für keinen von uns gut, Mr. Baylor, für Sie am allerwenigsten. Ich will Ihnen eine kleine polizeiliche Weisheit anvertrauen: Es ist vergebliche Liebesmühe, für andere Leute den Kopf hinzuhalten."

„Ich kenne mich mit polizeilichen Redensarten nicht aus. Können Sie das anders formulieren?"

„Wenn wir uns von anderen zu Opfern machen lassen, ziehen wir den Krebs an."

„Sind wir fertig, Mr. Robicheaux?"

Ich spürte, wie mein alter Feind, die Wut, in meiner Brust auflodorte. Meine Frau und meine Tochter hätten tags zuvor fast das Leben verloren, und ich hatte den Angreifer erschießen müssen. Trotz allem, was er selbst hatte erleiden müssen, hatte ich Otis Baylors Widerborstigkeit satt.

Er musterte mein Gesicht, wurde sich vielleicht endlich bewusst, das andere Leute ihre Grenzen haben.

„Nein, wir sind nicht fertig. Und es heißt Detective Robicheaux. Was meinen Sie, warum wir Sie uns vorgeknöpft haben?", sagte ich.

„Pech?"

„Weil Ihr Nachbar Sie angeschwärzt hat."

„Tom Claggart?"

„Er hat gesagt, in der Nacht, in der auf die Plünderer geschossen wurde, hätten Sie etwas von wegen ‚schwarzes Elfenbein an die Wand hängen' gesagt. Können Sie sich daran erinnern, dass Sie das gesagt haben?"

„Ja. Aber ich nehm's Tom nicht übel, dass er Ihnen das mitgeteilt hat. Er ist ein einfältiger Mann, der der Obrigkeit zu Gefallen sein will. Er ist aufs Virginia Military Institute gegangen oder auf die Citadel oder irgendeine andere Militärakademie. Mir ist nicht klar, was das damit zu tun hat."

Es hat etwas damit zu tun, dass du unbelehrbar bist, dachte ich. Aber ich behielt meine Meinung für mich.

Ich nahm an, dass Ronald Bledsoe die Stadt verlassen hatte. Doch ich irrte mich wieder. Zwei andere Detectives fuhren am Montag in aller Frühe zu seinem Motel und erfuhren vom Geschäftsführer, dass sie Mr. Bledsoe in einem Pflegeheim neben dem Iberia General antreffen könnten.

Einer der Detectives, Lukas Cormier, rief mich mit seinem Handy vom Parkplatz des Heims aus an. Er hatte einen Bachelorabschluss in Betriebswirtschaft, hatte im Nebenfach Psychologie studiert und war ein guter Ermittler. „Willst du rüberkommen?", sagte er.

„Ich sollte eigentlich am Schreibtisch bleiben, bis mich der interne Untersuchungsausschuss freispricht", sagte ich. „Was ist los?"

„Als wir reingegangen sind, hat dieser Typ, der aussieht, als wäre er aus 'ner Zahnpastatube gedrückt worden, einem Zimmer voller Alzheimer-Patienten ein Harry-Potter-Buch vorgelesen. Er hat gesagt: ,Hi, ich heiße Ronald Bledsoe. Wie heißen Sie?'"

„Wie sieht's mit seinem Alibi für gestern aus?"

„Er sagt, er war bei Barnes & Noble in Lafayette und hat Bücher für seine Alzheimer-Freunde gekauft."

„Hat er irgendwelche Belege?"

„Nein, ich hab ihn gefragt."

„Was ist mit dem Humvee? Hast du irgendwas drüber rausgefunden?"

„Null. Wir haben es bei allen Autovermietern versucht und mit ein paar Händlern gesprochen. Aber ohne Kennzeichen kommen wir mit dem Fahrzeug nicht weiter. Sollen wir ihn reinbringen?"

„Nein, er soll glauben, dass er uns entwischt ist."

„Er hat keinerlei Vorstrafen? Was ist mit Nervenheilanstalten und dergleichen?"

„Nichts. Bledsoe ist ein unbeschriebenes Blatt. Nicht mal ein Verstoß gegen die Straßenverkehrsordnung."

Er schwieg einen Moment, und ich wusste, was jetzt kam.

„Dave, ich will ja nicht den Anschein erwecken, als ob ich deine Erfahrung mit dem Kerl nicht ernst nehme, aber bist du dir sicher, dass wir den Richtigen haben? Ich seh diesen Typ nicht als New Iberias Antwort auf BTK. Typen, die versuchen, einen Cop und seine Familie umzulegen, bleiben nicht an Ort und Stelle. Außerdem haben sie eine Vorgeschichte. Du hast selbst zugegeben, dass Bledsoe nicht der üblichen Stellenbeschreibung entspricht."

„BTK hatte einen Universitätsabschluss in Strafrecht und hat in Wichita, Kansas, als Tierschutzbeauftragter gearbeitet. Dazu hat er Alarmanlagen in Privathäuser eingebaut. Und er war Kirchenvorsteher. Außerdem hat er zwanzig Jahre lang Menschen zu Tode gequält, darunter auch Kinder. Gute Fahrt, Lukas."

Ich legte auf, wütender, als ich hätte sein sollen, vermutete ich. Aber wenn man Prügel bezieht, hat man nicht allzu viel Verständnis für Leute, die nicht offen zu einem sind.

Ich rief in Sidney Kovicks Blumenladen an. Eunice meldete sich am Telefon.

„Ist Sidney aus New Iberia zurück?", fragte ich.

„Ich habe nie gesagt, dass er in New Iberia war", erwiderte sie.

„Richtig, hab ich vergessen. Seit ich am Samstag mit Sidney geredet habe, hat ein Freund von Ronald Bledsoe versucht, mich und meine Familie umzubringen. Ich wollte Sidney dazu aufhetzen, dass er Bledsoe für mich aus dem Verkehr zieht. Aber ich will Bledsoe lebend kriegen, und ich will die Leute haben, für die er arbeitet. Bestellen Sie Ihrem Mann bitte, dass er mich anrufen soll."

Es dauerte einen Moment, bis sie meine Aussage verdaut hatte. „Sie wollten Sidney dazu bringen, die Dreckarbeit für Sie zu machen?"

„Nicht unbedingt. Aber ich hätte nichts dagegen gehabt."

„Dann sollten Sie sich was schämen."

Ich spürte, wie mein Gesicht brannte. „Geben Sie meine Nachricht weiter?"

„Manchmal kommt es mir so vor, als wären Sie völlig ahnungslos. Sidney braucht Ihre Hilfe. Er hat gerade angerufen. Er macht sich Sorgen um Marco und Charlie. Sie sind am Samstag in den Atchafalaya-Sumpf gefahren und nicht zum Motel zurückgekommen. Sie gehen auch nicht an ihre Handys."

„Was haben sie im Atchafalaya-Sumpf gemacht, Eunice?"

„Ich bin mir nicht sicher."

Richtig, dachte ich. „Vielleicht haben sie sich verirrt. Marco Scarlotti und Charlie Weiss könnten wahrscheinlich nicht mal in der Antarktis Schnee finden. Wollen Sie offen zu mir sein oder Sidney in einer Kiste sehen?", sagte ich.

„Sie sind Ronald Bledsoe gefolgt."

„Ich bin in der Sheriff-Dienststelle Iberia. Bestellen Sie Sidney, dass er herkommen oder mich anrufen soll. Sie sind ein vernünftiger Mensch. Ich möchte, dass Sie über die folgende Frage scharf nachdenken. Antworten Sie nicht, denken Sie nur darüber nach."

Eunice war im Lehnswesen des Plaquemines Parish aufgewachsen und wusste aus erster Hand, dass die Justiz tatsächlich blind ist, zumindest wenn es um politische Korruption geht. Ich wartete, bis die Feder stramm aufgezogen war, dann setzte ich den klassischen Trick eines Vernehmers ein und stellte eine Frage, die offenbar auf einer bestimmten Voraussetzung beruhte. „Wenn Bo Wiggins zu Fall kommt, glauben Sie, dass er persönlich den Kopf hinhält? Ein Typ mit Regierungsaufträgen über hunderte von Millionen Dollar? Wenn es um Geld und Prestige geht, ist Bo Wiggins so menschlich wie ein wild gewordener Pitbull. Was, glauben Sie, was er mit Sidney machen wird?"

„Ich weiß es nicht, Dave. Ich bin dem Mann nie begegnet. Ich bin mir auch nicht sicher, ob Sidney ihn kennt. Ich sage ihm, dass er sich bei Ihnen melden soll. Sie brauchen nicht mehr hier anzurufen."

Mein Aufenthalt in der Todeszone schien nicht enden zu wollen.

Aber Sidney rief nicht an, und allmählich glaubte ich, dass sowohl er als auch Eunice verwundbarer waren, als ich gedacht hatte. Wie schon erwähnt, wurde ich aus Sidney nie ganz schlau. Seit jeher kamen die Männer, die die Mafia leiteten, durch Verrat, das Hintergehen von Freunden und die Ermordung von Vorgesetzten an die Macht. Ihr Geschick beruhte auf der Fähigkeit, andere steuern zu können, vor allem diejenigen, die gute „Soldaten" waren und außergewöhnlichen Mut besaßen, der ihnen fehlte.

Bei Sidney war das nicht der Fall. Er hatte keine Angst, und ich hatte nie erlebt, wie er einen seiner eigenen Leute verriet. Im Grunde genommen glaube ich, dass Sidneys Leben von einer besonderen Art weltlicher Theologie geprägt wurde, die in vielerlei Hinsicht so ähnlich war wie bei den Menschen, die Nationalismus, Religion und Geschäfte miteinander verbinden. Für Sidney bildeten „Sünde", „Scheitern" und „Armut" die unheilige Dreifaltigkeit. Wenn es eine ewige Verdammnis gab, dann war es das Haus an der North Villere Street, in dem er aufgewachsen war.

Unglücklicherweise, jedenfalls für Sidney und die Männer, die für ihn arbeiteten, kommt das Böse manchmal in einem Paket, auf dem kein Etikett klebt.

Das glatte Gegenteil von Sidney war Clete Purcel, ein Mann, der unter den gleichen ärmlichen Verhältnissen geboren und aufgewachsen war und zudem noch in jungen Jahren die Ablehnung und unnötige Grausamkeit seines Vaters über sich ergehen lassen musste. Warum wird der eine Mann zum Gangster und der andere zu einem ebenso bierseligen wie bodenständigen fahrenden Ritter? Ich wusste es nicht. Ich war nur froh, dass Clete mein Freund war.

Sobald Clete von der Schießerei gehört hatte, war er zu meinem Haus gekommen. Er blieb fast bis Mitternacht und statt danach wie angekündigt zu gehen, stieß er mit seinem Caddy auf die Auffahrt und legte sich auf dem Rücksitz schlafen, fest entschlossen, Bledsoe nicht noch mal an uns rankommen zu lassen. Wir mussten mit ihm debattieren, damit er sich auf der Couch ein Bett machen ließ.

Am Montagmorgen, kurz nachdem ich mit Eunice Kovick geredet hatte, kam er in mein Büro. „Sidney hat dich also nicht angerufen, was?", sagte er.

„Er wird nicht zugeben, dass er sich selbst in die Enge hat treiben lassen", erwiderte ich.

Draußen war es hell und kühl, und ich zog die Jalousien im Büro herunter, damit die gleißende Sonne nicht mehr einfiel. Als ich die Augen schloss, kamen rote Ringe auf mich zu, und einen Moment lang dachte ich, ich sähe das Mündungsfeuer eines halbautomatischen Gewehrs. Ich spürte, wie Clete mich mit Blicken verfolgte.

„Hör auf", sagte ich.

„Ich habe kein Wort gesagt."

„Sidney will seine Sachen wiederhaben. Er denkt wahrscheinlich, Bertrand Melancon ist noch in New Iberia, oder er meint, Bledsoe kann ihn zu Melancon führen."

„Du glaubst nicht, dass Bledsoe für ihn arbeitet?"

„Jetzt nicht mehr, wenn überhaupt."

„Was ist deiner Ansicht nach mit Bo Diddley Wiggins los?"

„Ich glaube, er steckt mit drin. Aber jetzt kommt der Pferdefuß. Bo Diddley ist Geschäftsmann. Sidney hält sich nur für einen. Ronald Bledsoe und Bobby Mack Rydel sind aus anderem Holz geschnitzt. Wenn ich raten müsste, würde ich meinen, dass Bo und Sidney vermutlich in irgendwas Schlimmes reingeraten sind und nicht wissen, wie sie wieder rauskommen."

Clete wurde zusehends gereizter. „Typen wie Bledsoe und Rydel arbeiten nicht im luftleeren Raum. Sie übernehmen die Jobs, mit denen sich Typen wie Kovick und Wiggins die Hände nicht dreckig machen wollen. Zum Beispiel Courtney Degravelle kidnappen und ersticken. Ich bereue bei dem Ganzen zweierlei, Streak. Erstens, dass ich Courtney reingezogen habe. Zweitens, dass ich es nicht war, der Rydel ein paar Fette auf den Pelz gebrannt hat."

Glücklicherweise klingelte das Telefon auf meinem Schreibtisch. Mack Bertrand vom Acadiana Crime Lab war dran. „Wir haben den Brief bei Otis Baylor abgeholt. Er war in der Mülltonne, wie er gesagt hat. Das größte Problem dabei ist, dass die Mitteilung auf minderwertigem Papier geschrieben war, das im Wasser gelegen hat. Es war fast zu Brei zerweicht, als wir's rausgeholt haben. Jedenfalls habe ich es per Computer rekonstruiert. Worum geht's dir denn vor allem?"

„Hinweise auf Diebesgut. Wie leserlich ist er?"

„Hast du als Kind mal Buchstabensuppe gegessen?"

Nachdem ich aufgelegt hatte, schaute ich Clete an, hatte die Hand noch immer am Hörer und wusste nicht, was ich als nächstes tun sollte. Clete war in der Sheriff-Dienststelle nicht gern gesehen. Er wurde bestenfalls geduldet, weil wir befreundet waren. Schlimmstenfalls betrachtete man ihn als unehrenhaft entlassenen Cop, der für Geld Jagd auf Straßenköter machte. „Ich muss rüber ins Labor", sagte ich.

Er wartete.

„Willst du mitkommen?", sagte ich.

Das Labor war außerhalb der Stadtgrenze, in einer nahezu ländlichen Gegend. Unterwegs lief ein kleiner Hirsch über die Straße. Er sprang über einen Graben und preschte quer über ein aufgeweichtes Feld mit Zuckerrohr, das von den Wasserfluten und dem heftigen Wind zerstört worden war. Wir waren in meinem Pick-up und Clete drehte sich um und spähte aus dem Rückfenster, als der Hirsch über einen Zaun in ein Mooreichengehölz hüpfte. Dann schaute er wieder geradeaus.

„Was geht dir durch den Kopf?", fragte ich.

„Ich habe grade über etwas nachgedacht, was du gesagt hast. Der Grund dafür, dass dieser Fall hinten und vorne nicht hinhaut, liegt darin, dass wir es mit einem Mischmasch aus Geschäftstypen, Schmalztollen und Soziopathen zu tun haben, alle im gleichen Mixer. Die Amateure sind es, die unter dem Radar bleiben. Sie sind nicht berechenbar. Sie machen Geschäfte im Iran und lassen sich in Nigeria einen blasen, danach gehn sie mit ihrer Familie in Washington in die Kirche. Du denkst, du bist hinter Charlie Manson her, und stattdessen hast du's mit dem lieben Biber zu tun."

„Was willst du damit sagen?"

„Wir haben nicht die Beziehungen, um diese Typen zu

schnappen. Ich bin froh, dass du Rydel abgeknallt hast, als du die Gelegenheit dazu hattest."

„Er hat es drauf angelegt."

„Darum geht's nicht. Der Typ wurde abgeschirmt. Er war seit Jahren eine Tötungsmaschine und hatte immer jemand mit Vitamin B, der ihm den Arsch gedeckt hat."

„Meinst du, deshalb taucht Bledsoe in keinem Computer auf?"

„Nein, genau dass isses ja, was ich nicht begreife. Bledsoe ist kein Söldner. Er ist ein Serientäter, ein Typ, der nicht gern Befehle entgegennimmt. Vielleicht hat ihn jemand für einen Kurzeinsatz hinzugezogen. Mehr fällt mir dazu nicht ein. Diese ganze Bande hätte schon seit Langem in einen Seifenspender gehört."

Er schwieg auf der Weiterfahrt zum Labor.

Offiziell war ich noch immer an den Schreibtisch verbannt, aber andererseits war das Labor eine Art verlängerter Schreibtisch. Der leitende Kriminaltechniker dort war Mack Bertrand, ein schlanker, gut aussehender Familienmensch, der immer sehr gepflegt wirkte und seine Pfeife in einem Lederfutteral an seinem Gürtel stecken hatte. Auf Schritt und Tritt zog er eine Duftwolke aus Pfeifentabak mit Apfelaroma hinter sich her. Ich merkte, dass ihm Cletes Anwesenheit im Labor nicht ganz genehm war. Clete spürte es ebenfalls und ging hinaus.

„Hab ich irgendwas gesagt?", fragte Mack.

„Ist schon gut. Was hast du vorliegen?", sagte ich.

Mack hatte auf einem Computerbildschirm ein virtuelles Abbild des aufgelösten Papierhandtuches hergestellt, auf dem Bertrand Melancon seinen Entschuldigungsbrief geschrieben hatte. Bei unserem Telefongespräch hatte Mack den Text mit einer Buchstabensuppe verglichen. Ein Vergleich, der nicht treffender hätte sein können.

Ich konnte einige Worte in dem Brief entziffern, aber nach unten hin waren nur ein paar vereinzelte Buchstaben zu erkennen, die anhand der Tintenspuren und der Abdrücke des Kugelschreibers rekonstruiert worden waren:

Di and in un   die ie l auf r anderen ite von e oh .

„Hilft dir das weiter?", fragte Mack.

„Nicht auf Anhieb. Aber vielleicht komme ich noch dahinter."

„Sag Purcel, dass ich nichts gegen ihn habe. Aber hier sollen sich keine Unbefugten aufhalten. Ich habe ihn schon immer für einen ziemlich anständigen Kerl gehalten."

„Es ist meine Schuld. Ich hätte ihn nicht mitnehmen sollen", sagte ich.

„Hast du die Sache gestern halbwegs verdaut?"

„Ohne Weiteres."

„So ist's recht. Wenn sie's drauf anlegen, knallen wir die Tür zu, Fall abgeschlossen. Richtig? Denk nicht drüber nach", sagte er, war sich aber darüber im Klaren, dass wir uns beide etwas vormachten.

Tags darauf legte ein Schwarzer in einer Gruppe überfluteter Bäume im Atchafalaya-Becken seine Stippangel aus.

Es war nicht der verlassene Mietwagen auf dem Damm, der ihm auffiel. Es war eine graue Wolke aus Gnitzen, die über den kastenartigen Überresten einer Hütte am Fuß des Damms hing. Die Hütte bestand aus Sperrholz und Dachpappe und war vor Jahren von einem Hurrikan hierher geweht oder geschwemmt worden. Schon mehrmals hatte der Schwarze bei Gewittern dort Schutz gesucht, und er wusste, dass die Hütte trocken und sauber war, dass dort weder tote Tiere noch weggeworfene Lebensmittel herumlagen.

Er paddelte mit seiner Piroge zwischen den Bäumen hindurch, warf den mit einem Köder bestückten Haken und den Korkschwimmer in den dunklen Tümpeln aus, die nicht vom Wind draußen auf dem Kanal aufgewühlt wurden. Dann hörte er Fliegen summen und sah Schatten über die mit Gras bewachsene Dammböschung streichen. Als er aufblickte, sah er drei Truthahngeier am Himmel kreisen.

Er kehrte dem Damm den Rücken zu und hob seine Rute an, zog die Schnur wieder in Richtung Kanal und warf den Wurm neben einem Zypressenstamm aus. Der Wind schlug um und wehte über die Dammböschung herab. Ein Gestank, der ihn zum Würgen brachte, stieg ihm in die Nase.

Er holte die Schnur ein und paddelte zwischen den überfluteten Bäumen hindurch zu einer halbwegs im Windschatten liegenden Schlammbank. Er zog die Piroge aufs Gras, kletterte auf den Damm und stieg wieder hinab, so dass er den Wind stets im Rücken hatte. Die Tür zur Hütte hing halb offen. Er nahm einen Stock und wollte sie ganz öffnen, kam sich dann töricht vor wegen seines ängstlichen Getues. Er legte die Hand an den Türrahmen und zog sie auf, bis die Unterkante über den Boden scharrte.

„Oh Gott", murmelte er vor sich hin.

Als Helen Soileau und ich eintrafen, hatte die Sheriff-Dienststelle des St. Mary Parish bereits gelbes Absperrband von den überfluteten Bäumen bis zur Dammkrone gezogen und den Zugang zur Hütte abgesperrt. Der Sheriff von St. Mary war verreist, und die Ermittlung wurde von einem Detective namens Lamar Fuselier geleitet. Seine blonden Haare waren kurz geschnitten und hinten abgestuft, und er trug eine blaue Windjacke, gestärkte Khakisachen und mit Spucke gewienerte schwarze Schuhe. Ich hatte ihn früher manchmal in Red's Fitnessstudio in Lafayette gesehen, wo er freihändig 135 Kilo schwere Hanteln stemmte. Das war zu der Zeit, als er an der Universität Kurse in Strafrecht belegte. Außerdem hatte ich damals gesehen, wie er einem Studenten im Umkleideraum Geld für die Prüfungsunterlagen gab, die in einer Verbindungsmappe abgeheftet waren.

„Was gibt's, Lamar?", sagte ich.

Er schrieb auf ein Klemmbrett, runzelte vor Konzentration die Stirn. Er blickte auf, wandte sich von mir ab und stieß dann die Luft durch die Nase aus. „Riechen Sie das?", sagte er.

„Lässt sich kaum verhindern", sagte ich.

„Wir warten noch auf den Coroner. Der alte Knabe da drüben hat es gemeldet. Wieso seid ihr hier?"

„Wir suchen zwei Typen, die möglicherweise vermisst werden", sagte ich.

„Wenn ich wetten müsste, würde ich sagen, diese Typen waren im Casino. Möglicherweise ist ihnen jemand gefolgt oder war in ihrem Auto und hat sie gezwungen den Damm runterzufahren."

„Um sie auszurauben?", sagte ich.

„Yeah, sie haben weder eine Brieftasche noch einen Ausweis bei sich. Wir haben drinnen vier ausgeworfene .12er Hülsen gefunden."

„Was habt ihr im Mietwagen gefunden?", fragte ich.

„Nichts. Jemand hat das Handschuhfach ausgeräumt. Ich fand das seltsam. Warum sollte der Schütze die Papiere aus dem Handschuhfach mitnehmen?"

„Wahrscheinlich, um uns die Arbeit schwerer zu machen."

„Wenn ihr da drin Kotze seht, die stammt von dem Alten. Ihm ist schlecht geworden, als er reinging." Er lachte vor sich hin.

„Was dagegen, wenn wir einen Blick reinwerfen?", sagte Helen.

„Bitte sehr", erwiderte er, als er endlich Notiz von ihr nahm. Er musterte sie von Kopf bis Fuß. „Wir haben Kotztüten in einem unserer Streifenwagen, falls Sie eine brauchen."

„Geben Sie meine Ihrer Frau", sagte sie.

Die Hüttentür war an der Dammböschung festgeklemmt, so dass die Sonne hineinfiel. Ich holte ein Taschentuch heraus und hielt es mir an die Nase. Der Verwesungsgeruch war wegen der Wunden so schlimm. Beide Männer waren aus nächster Nähe erschossen worden, in den Bauch und ins Gesicht. Die Eingeweide lagen bloß, die Züge waren kaum erkennbar. Ihre Gehirnmasse war über die ganze Wand verspritzt. Beide Männer trugen Sportsakkos, Seidenhemden und teure italienische Schuhe mit Bommeln. Beide lagen auf der Seite und die Überreste ihrer Augen glitzerten.

Ich trat wieder hinaus in die Sonne und stieß den Atem aus. Helen schaute mich an.

„Ich bin mir ziemlich sicher, dass es Charlie Weiss und Marco Scarlotti sind", sagte ich.

„Kovicks Gorillas?"

„Was von ihnen übrig ist."

„Kannst du dir vorstellen, dass Bledsoe dahintersteckt?"

„Bei Bledsoe kann ich mir alles vorstellen", erwiderte ich.

Dann blickte ich zum Damm hinauf und sah, dass Clete uns beobachtete. Er musste den Polizeifunk abgehört und dadurch zum Tatort des Doppelmordes gefunden haben. Lamar Fusilier schaute hinauf und sah ihn ebenfalls.

„Sie haben an diesem Tatort nichts verloren, Purcel. Schwingen Sie Ihren fetten Arsch weg", sagte er.

Clete zündete sich im Wind eine Zigarette an, schnippte das ausgeblasene Streichholz den Damm hinab und ließ den Rauch aus dem Mund quellen, ohne sich von der Stelle zu rühren.

30

Wenn man eine Weile im Kahn gesessen, sich quer durchs ganze Land geschlagen, Heuballen aufgeladen und Melonen geerntet hat oder in einer Leiharbeitervermittlung in einer heruntergekommenen Gegend tätig war, weiß man wahrscheinlich, dass die Menschen unendlich kompliziert und nicht so leicht einzuordnen sind. Ich bin immer wieder erstaunt darüber, dass man die vielschichtigsten Charakterzüge und den größten persönlichen Mut für gewöhnlich bei unseren unscheinbarsten Artgenossen findet. Menschen, die so interessant wie eine Lehmwand wirken, haben eine persönliche Geschichte wie Griechen des klassischen Altertums. Manchmal glaube ich, dass die persönliche Erfahrung eines jeden Menschen, wenn man sie in eine Flamme umsetzen könnte, ausreichen würde, um ihm das Fleisch von den Knochen zu schmelzen. Ich nehme an, das Wort, das ich suche, lautet „Einfühlungsvermögen". Wir finden es bei Leuten, die rein äußerlich keinerlei Eigenschaften von so genannten Lichtgestalten aufweisen.

Ich war von dem Damm im St. Mary Parish sofort nach Hause gefahren, weil ich Angst vor dem hatte, was Ronald Bledsoe als Nächstes tun würde. Der leitende Detective am Tatort würde sämtliche Fingerabdrücke sichern, die er an den Schrotpatronenhülsen und der aus Sperrholz und Dachpappe zusammengezimmerten Hütte fand, aber ich bezweifelte, dass er bei seinen Ermittlungen auf irgendetwas Verwertbares stoßen würde. Meiner Meinung nach

517

war Bledsoe der Schütze und Bledsoe würde nicht von einem Detective dingfest gemacht werden, der Geld für eine Kopie der Prüfungsunterlagen bezahlen musste, um einen Kursus in Strafrecht zu bestehen.

Um 16:41 Uhr stießen Sidney und Eunice Kovick auf meine Auffahrt, und beide wirkten wie Menschen, die sich gerade über das ungeheure Ausmaß ihrer eigenen Fehleinschätzungen klargeworden sind. Sidney, der am Steuer saß, stieg aus und legte eine Hand aufs Dach seines Fahrzeugs. „Ich habe gehört, dass es im Atchafalaya zwei Jungs erwischt hat", sagte er.

„Das stimmt", sagte ich.

„Wer waren sie?"

„Sie hatten keine Ausweise bei sich. Ich vermute, bis heute Abend oder morgen früh wird man in der Sheriff-Dienststelle von St. Mary Genaueres wissen."

„Ich hab im Radio davon gehört. Ich bin in Ihrem Büro gewesen. Keiner wollte mir irgendwas verraten. Sie haben gesagt, Sie wären hier."

„Ich habe Ihnen gesagt, was ich weiß, Sidney", sagte ich.

„Dave", sagte Eunice leise. Sie war noch immer am Beifahrersitz angeschnallt und hatte mir das Gesicht zugewandt.

„Diese Typen haben einen gemieteten Avalon gefahren", sagte ich.

„Haben Sie die Leichen gesehen?", sagte Sidney.

„Der Schütze hat eine .12er Schrotflinte benutzt. Die Gesichter waren schwer zu erkennen. Aber die Opfer sahen aus wie Charlie und Marco", sagte ich.

Sidney ballte die Faust auf dem Autodach. „Wo ist Ronald Bledsoe?"

„Woher soll ich das wissen? Sie haben mich von Anfang an an der Nase rumgeführt, Sidney. Vielleicht wird es Zeit, dass Sie ein bisschen Klarheit in Ihr Leben bringen."

„Sie verstehen nichts, Dave. Sie haben nie verstanden, was vor sich geht", sagte Eunice.

„Wie soll ich auch? Sie geben mir keinerlei Auskunft. Sidney glaubt, die Aufgabe der Polizei besteht darin, ihm Wertsachen wiederzubeschaffen, die er von jemand anders gestohlen hat."

„Hier kommt die Meldung des Tages. Ich habe niemandem irgendwas gestohlen. Ich habe mich auf einen Deal eingelassen, um bestimmte Sachen ins Land zu holen. Ich habe dafür bezahlt. Dann hab ich rausgefunden, dass die Sachen von ein paar Typen befördert werden sollten, die sich den Arsch mit der bloßen Hand abwischen. Deshalb hab ich den Deal platzen lassen, meine Sachen eingesackt und womöglich bei ein paar Typen schlechte Erinnerungen hinterlassen, die sie mit nach Kackistan nehmen können."

„War Bo Wiggins Ihr Partner bei dieser Sache?"

„Bo wer?", sagte er.

„Wir sind hier fertig, Sidney. Kommen Sie morgen in die Dienststelle, wenn Sie Ihren Quatsch aktenkundig machen wollen."

„Hören Sie mir zu, Dave. Marco hat sich in der Sozialsiedlung an meiner Stelle ein Messer in den Arm stechen lassen, als wir noch Kids waren. Charlie Weiss' Vater hat sich mit meinem alten Herrn während der Wirtschaftskrise um Kampfkarten zu fünf Dollar das Stück geprügelt. Charlie hat lieber achtunddreißig Monate in Camp J abgerissen, als mich zu verraten."

„Warum sind sie Bledsoe ins Atchafalaya-Becken gefolgt?", fragte ich.

„Ich weiß es nicht. Sie sind ihm überallhin gefolgt. Wir wollten den schwarzen Jungen finden, der mein Haus geplündert hat. Wir dachten, Bledsoe hätte eine Spur zu ihm. Ich mach mir Vorwürfe."

Sidneys Gesicht lag im Schatten, und durch das Laub, das aus den Bäumen auf den frisch gewachsten Lack seines Autos segelte, war seine Miene kaum zu erkennen. Aber ich glaube, seine Augen glitzerten.

An diesem Abend saß ich in der Küche, probierte allerlei Buchstabenreihen aus und versuchte dahinter zu kommen, was die unleserlichen Überreste von Bertrand Melancons Schadenersatzangebot an die Familie Baylor zu bedeuten hatte. Im Grunde genommen war es mir egal, ob jemand die Blutdiamanten fand oder nicht. Ich wollte nur herausfinden, wer Ronald Bledsoe angeheuert hatte. Ich war immer noch der Meinung, dass er womöglich für Sidney gearbeitet hatte. Aber wenn Sidney nicht log, blieb nur Bo Diddley Wiggins übrig.

„Was machst du da?", fragte Alafair, die mir über die Schulter blickte.

„Vermutlich meine Zeit verschwenden", erwiderte ich.

„Hat das etwas mit dem Brief zu tun, von dem du gesprochen hast, der Nachricht an die Baylors?"

„Ganz recht."

Sie nahm den gelben Notizblock, auf den ich die zusammenhanglosen Druckbuchstaben gekritzelt hatte. „Lass mich mal am Computer ein paar Kombinationen ausprobieren."

„Was soll das nützen?"

„Wenn die Wörter getippt statt von Hand geschrieben wären, wäre es ziemlich einfach. Der Haken bei handschriftlichen Texten ist, dass die Abstände nicht einheitlich sind. Folglich braucht man ein bisschen Fantasie, um das wettzumachen."

„Wirklich?", sagte ich.

„Lass den spöttischen Tonfall", sagte sie.

Ich ging die Böschung zum Bayou hinunter. Die Luft war feucht, der Abendhimmel von den Feuerstapeln bei der Zuckermühle erleuchtet. Ich war so müde wie noch nie zuvor. Vielleicht bildete ich es mir nur ein, aber ich meinte fast, die schwere Bürde zu spüren, die auf dem Land lastete, so als breite sich etwas Dunkles darüber, das aus dem Nichts zu kommen schien und alles Licht raubte. War das nur wieder eine der Weltzerstörungsfantasien, die mich in meiner Kindheit im Traum heimgesucht und mich nach Vietnam und in sämtliche Kneipen des Orients verfolgt hatte? Oder war William Blakes Tiger weitaus größer, als wir annahmen, und seine Zeit schließlich gekommen?

Ich wählte Cletes Handynummer. „Wo bist du?", sagte ich.

„Auf dem Motelgelände."

„Irgendeine Spur von Bledsoe?"

„Nein."

„Ich will das Haus nicht verlassen. Komm rüber."

„Wozu?"

„Wegen nichts. Das ist es ja. Nichts ist los. Und ich bin machtlos und kann nicht das Geringste dagegen tun."

„Wogegen?"

„Ich weiß es nicht. Das ist es ja, ich weiß es nicht. Am Sonntag habe ich einem Typ ein vierteldollargroßes Loch in die Brust geballert. Ich hab's genossen. Ich habe mir vorgestellt, dass der Typ in die Hölle kommt."

„Na und?"

„Wir sind voller Blut, Clete."

„Das ist nur dann ein Problem, wenn es unsres ist und nicht ihres."

„Falsch", sagte ich.

„Lass locker. Ich kutschier rüber."

Und ich hatte Sidney Kovick geraten, ein bisschen Klarheit in seinem Leben zu schaffen. Was für ein Witz.

Am Mittwochmorgen erlebte ich einmal mehr, wie es Menschen ergeht, die in eine Polizeidienststelle kommen und in den nächsten paar Minuten ihr Leben vertrauensvoll einem bürokratischen Apparat überantworten, der so viel Mitgefühl wie ein Würfel hat, der aus einem Lederbecher fällt.

Ich warf zufällig einen Blick aus dem Fenster, als Melanie, Otis und Thelma Baylor das Gebäude betraten. Ich glaubte zu wissen, worum es bei ihrem Besuch ging, und wollte nichts damit zu tun haben. Im Gegensatz zur allgemein verbreiteten Meinung, besteht der Löwenanteil der

Polizeiarbeit aus Verwaltungskram und Schreiberei. Ab und zu schlagen wir die Tür hinter Leuten zu, bei deren Verurteilung nur ein Bruchteil ihrer Verbrechen berücksichtigt wurde, und man freut sich darüber, dass sie von uns ferngehalten werden. Aber manchmal muss man Tätern gegenübersitzen, die kaum anders sind als man selbst. Sie können nicht fassen, was sie sich angetan haben. Schlimmer noch, sie kommen nicht mit den rechtlichen Folgen klar, die sie erwarten. Ich war mittlerweile der Meinung, dass die Baylors darunter fielen, und ich wollte sie bei ihrer Selbstverstümmelung nicht auch noch unterstützen.

Selbstverständlich piepte Wally mich an und teilte mir mit, dass die Baylors mich sprechen wollten.

„Halte sie unten fest", sagte ich.

„Ich hab gedacht, du magst Otis Baylor. Ich hab sie schon raufgeschickt."

„Ist schon okay, Wally. Mach dir keine Gedanken", sagte ich.

Ich nahm sie an der Tür in Empfang und gebot Otis Einhalt, bevor er das Wort ergreifen konnte. „Meiner Meinung nach müssen Sie entweder mit dem Bezirksstaatsanwalt oder Sheriff Soileau sprechen."

„Nein, wir müssen mit Ihnen reden, Mr. Robicheaux. Wir haben Ihnen etwas vorgemacht und müssen ein paar Sachen klarstellen", sagte Otis.

Natürlich hatten sie keinen Anwalt dabei.

„Ich möchte, dass Sie sich über Folgendes klar sind. Die Sheriff-Dienststelle Iberia hat mit den Untersuchungen in Ihrem Fall nicht unmittelbar zu tun, Mr. Baylor. Wir leisten lediglich Amtshilfe für andere Behörden. Nur wegen Katrina sind wir an Ihren Fall geraten. Für Sie sind das FBI und die Staatsanwaltschaft des Bezirks Orleans zuständig. Sir, benutzen Sie Ihren Kopf."

„Halten Sie den Mund, Mr. Robicheaux", sagte Melanie Baylor.

„Wie bitte?"

„Sie wollen uns sagen, dass wir uns einen Anwalt nehmen sollen. Wir haben einen Anwalt. Ich habe zugelassen, dass Sie meinen Mann jagen, und dafür muss ich Rechenschaft ablegen. Ich habe die beiden Schwarzen erschossen. Mein Mann hat damit nichts zu tun und meine Tochter ebenso wenig."

Sie hatte Ringe unter den Augen und roch nach Whiskey und Zigaretten. Ich vermutete, dass sie in ihrer Naivität glaubte, mit ihrem plötzlichen Geständnis würde sie alle entwaffnen und besiegen, die sie und ihre Familie drangsaliert hatten, dass irgendwie Schuldvorwurf und Strafverfolgung durch den heilenden Balsam des Märtyrertums verdrängt werden würden.

„Möchten Sie sich setzen?", sagte ich zu ihr.

„Wozu?", erwiderte sie.

Ich holte einen gelben Notizblock und einen Kugelschreiber vom Regal und legte sie auf meinen Schreibtisch. „Damit Sie einen Bericht darüber schreiben können, was in der Nacht vorgefallen ist, in der vor Ihrem Haus auf die beiden Männer geschossen wurde", sagte ich.

„Ich sehe nicht ein, wozu das nötig ist. Ich habe Ihnen doch gerade erklärt, was vorgefallen ist", sagte sie.

„Sie sind festgenommen, Mrs. Baylor. Sie können sich einen Anwalt nehmen, wenn Sie wollen. Sie müssen nicht mit mir reden, Sie müssen nichts auf diesen Block schreiben. Alles, was Sie von diesem Augenblick an sagen, kann gegen Sie verwendet werden. Sie sind jetzt offiziell in polizeilichem Gewahrsam und werden heute nicht nach Hause zurückkehren. Aber Sie sind aus freien Stücken in mein Büro gekommen. Ich glaube, das wird bei der Beurteilung Ihres Falles eine große Rolle spielen. Ich würde das nicht durch Verschleierung und Widerborstigkeit zunichte machen."

Sie schaute zu ihrem Mann und ihrer Stieftochter.

„Tu, was er sagt, Melanie", sagte Otis.

Dann zerflossen ihre Züge, wie eine Maske aus Pappmaché, die man zu nah an heißes Licht hält.

Mrs. Baylor war keine liebenswerte Frau. Ich glaube, sie hatte mit Bedacht auf Eddy Melancons Kehle gezielt und ihm vorsätzlich das Leben nehmen wollen. Außerdem glaubte ich, dass Kevin Rochons Tod vermeidbar war und dass er und Eddy Melancon keine Gefahr für sie darstellten. Aber wer würde in diesem Moment, da sie in meinem Büro zusammenbrach, ihre Bürde auf sich nehmen und über sie richten wollen?

Ich reichte ihr eine Schachtel Kleenex und betrachtete den Sunset Limited, der über die Bahngleise rumpelte, während sie auf meinem Notizblock schrieb.

Clete holte mich mittags ab, worauf wir in seinem Caddy mit offenem Verdeck zu meinem Haus fuhren. Molly war

bei der Arbeit und Alafair stellte in der Universitätsbibliothek in Lafayette Recherchen für ihren Roman an. Ronald
Bledsoe war immer noch nicht in sein Cottage auf dem
Motelgelände zurückgekehrt. Ich berichtete Clete von Melanie Baylors Geständnis.

„Wie wird es deiner Meinung nach ausgehen?", sagte er.

„Kannst du dich an den japanischen Austauschstuden-
ten erinnern, der am Halloweenabend über eine Auffahrt
in Baton Rouge lief? Der sich an der Seitentür nach dem
Weg zu einer Party erkundigen wollte?"

„Worauf die Frau durchgedreht ist, und der Mann ihn
mit einem .44er Magnum erschossen hat?", sagte er.

„Yeah, der Schütze ist davongekommen."

„Aber nur, weil die FBIler nichts damit zu tun hatten.
Diesmal sind sie dran. Schau, Dave, für uns geht's hier nur
um eins, und zwar die Typen zur Strecke zu bringen, die
dich und deine Familie umbringen wollten." Er bog auf
die East Main Street ein und ein Geflecht aus Licht und
Schatten huschte über sein Gesicht. „Wir haben irgendwas
übersehen. Ich weiß bloß nicht, was es ist. Ich hatte letzte
Nacht einen komischen Traum. Ich bin durch einen Wald
gelaufen und konnte den Herbst in der Luft riechen. Am
Boden waren überall Laub und Pilze, und Weinranken hingen von den Bäumen. Als ich aus dem Wald kam, hast du
mit einem Koffer zu deinen Füßen an einem Bach gestanden, so als wolltest du verreisen. Du hast gesagt: ‚Du bist
über ein Grab gelaufen, Clete. Hast du es nicht gesehen?'
Dann bist du ins Wasser gewatet."

Bei der Schilderung seines Traums sackte irgendwas in

meiner Brust nach unten, als wenn ein Stein in einen Brunnen fällt.

„Was hat das deiner Meinung nach zu bedeuten?", sagte er.

„Gar nichts", sagte ich. „Träume sind Schäume."

„Nein, uns ist irgendwas entgangen. Ich bin auf ein Grab getreten und habe es nicht gesehen. Wir sind hinter Blutdiamanten und Straßengaunern hergewesen und haben uns mit dem Rosenkavalier und seiner Trauten abgegeben, während sich Ronald Bledsoe den Arsch an den Vorhängen abwischt. Bledsoe ist der Schlüssel. Wie kann so ein Typ so lange sein Unwesen treiben, ohne irgendwo wegen irgendwas hopsgenommen zu werden? Dahinter steckt 'ne andere Geschichte, Streak."

Wir erreichten meine Auffahrt. Ich öffnete die Haustür, dann überprüfte ich sämtliche Schlösser und die Fenster. Ich ging in den Garten hinter dem Haus und guckte nach Snuggs und Tripod. Ich kauerte mich sogar hin und suchte unter dem Haus nach Drähten, einem Gerät oder einem Paket, das nicht dort hingehörte. Das kommt davon, wenn man sich Angst einjagen lässt. Ohne sein Haus zu verlassen, macht einen der Feind zu seinem Gefangenen und beherrscht einen tagein, tagaus.

Clete wartete in der Küche auf mich, als ich wieder ins Haus kam.

„Als ich dir von dem Traum erzählt habe, in dem du ins Wasser gegangen bist, hab ich deinen Gesichtsausdruck gesehen. Warum hast du so eine Miene gemacht, Dave?"

„Weiß ich nicht mehr", erwiderte ich und wich seinem

Blick aus. „Lass uns was zu essen machen. Ich muss wieder zur Arbeit."

An diesem Nachmittag kam Wally keuchend vom Treppensteigen in mein Büro. Er hatte ein zusammengefaltetes liniertes Blatt Papier in der Hand. „Das ist aus dem Gefängnis gekommen. Es ist für dich", sagte er.

Ich faltete den Brief auseinander, schaute auf die fließende Handschrift und den Namen darunter. „Danke, Wally."

Als er weg war, setzte ich mich hin und las den Brief. Niemand weiß genau, welche Kräfte einen Alkoholiker umtreiben. In den Schriften der Anonymen Alkoholiker werden die Begriffe „selbstbezogene Angst", „Amok laufender Eigensinn" und „moralische und psychische Unzurechnungsfähigkeit" verwendet. Manche Menschen halten die Trunksucht für eine tief sitzende Neurose und Persönlichkeitsstörung. Aber woher sie auch immer rühren mag, Hochmut ist eins ihrer vornehmlichen Merkmale.

An Detective Robicheaux,
Ich möchte meine Aussage, die ich heute in Ihrem Büro gemacht habe, näher erläutern. Ich habe in die Dunkelheit geschossen, um die Plünderer davon abzubringen, unser Haus zu betreten. Jetzt muss ich dafür Verantwortung übernehmen, obwohl ich glaube, dass sich einer der Plünderer absichtlich in die Schussbahn gestellt hat, vermutlich aufgrund der selbstzerstörerischen Art von Menschen seinesgleichen, auch wenn ich das nicht mit Sicherheit sagen kann.
Ich habe mein „Verbrechen" gestanden, weil Sie meinen

Mann und meine Tochter belästigt haben und unsere Familie nicht in Frieden lassen wollten. Ein Mitglied meiner Aerobic-Gruppe hat mir erzählt, dass Sie früher für Ihre Trunksucht bekannt waren und mit Ihrer aufdringlichen Art vermeiden wollen, dass Sie ständig betrunken sind.

Wenn Sie die Wahrheit darüber erfahren wollen, was in dieser schrecklichen Nacht passiert ist, werde ich es Ihnen jetzt mitteilen, und Sie können dies zu meiner früheren Aussage hinzufügen. Wir waren verkommenen Tieren auf Gnade und Verderben ausgeliefert. Unser Nachbar und seine Freunde sagten, sie würden uns beschützen. Aber der Nachbar mit seiner angeblichen militärischen Ausbildung und seiner Herkunft aus „vornehmer Südstaatenfamilie" ist sowohl ein Angeber und Wichtigtuer als auch ein Trinker wie Sie, und nachdem mein Mann vor Erschöpfung eingeschlafen war, musste ich die Dinge in die Hand nehmen und blindlings in die Dunkelheit schießen, bevor die Plünderer, die zudem früher unsere Tochter vergewaltigt hatten, unsere Tür einschlugen.

Ich vergebe Ihnen das, was Sie getan haben. Für Ihre Unfähigkeit und geringe Intelligenz können Sie wahrscheinlich nichts, für Ihren Alkoholismus aber schon. An Ihrer Stelle würde ich etwas dagegen tun, wenn nicht Ihretwillen, dann wegen der Menschen, die in Ihrem Umfeld leben müssen.

Hochachtungsvoll
Melanie Baylor

Ich machte eine Fotokopie von dem Brief, schickte das Original an die Bezirksstaatsanwaltschaft und hoffte, nie wieder etwas von Melanie Baylor zu hören.

31

Später rief ich Betsy Mossbacher im FBI-Büro in Baton Rouge an. Ich hatte ihr eine Nachricht hinterlassen, nachdem ich erfahren hatte, dass Bertrand Melancon im Ninth Ward war. Außerdem hatte ich sie angerufen, nachdem Bobby Mack Rydel versucht hatte, meine Angehörigen umzubringen. Aber sie hatte nicht zurückgerufen. Diesmal nahm sie ab.

„Wo sind Sie gewesen?", fragte ich.

„Im ganzen Staat. Worum geht es?"

„Ich habe Ihnen eine Nachricht zu Bertrand Melancon hinterlassen. Melancon ist im Haus seiner Tante im Ninth Ward. Außerdem habe ich Ihnen eine Nachricht wegen Bobby Mack Rydel hinterlassen."

„Yeah, das habe ich mit Bedauern zur Kenntnis genommen. Ich bin froh, dass Ihnen nichts fehlt."

Ich wartete, dass sie fortfuhr, tat sie aber nicht.

„Ihr seid ziemlich beschäftigt gewesen?", fragte ich.

„Geben Sie mir Melancons Adresse. Ich sehe zu, was ich tun kann."

Ich spürte, wie mich die Kraft verließ. Wir waren außerhalb unseres Zuständigkeitsbereichs eingesetzt und gebeten worden, Routineaufgaben zu übernehmen, die in die Verantwortung anderer Behörden fielen. Jetzt kam ich zu dem Schluss, dass ich zu einem Ärgernis geworden war. Ich nannte ihr die Adresse von Melancons Tante im Ninth Ward.

„Melanie Baylor hat heute Morgen gestanden, dass sie

auf die Plünderer geschossen hat. Ihr Mann hat sie gedeckt."

„Sheriff Soileau hat uns diese Information vor einer Stunde gefaxt."

„Melancon hat der Familie Baylor einen Entschuldigungsbrief geschrieben. Er hat ihnen Hinweise auf die Blutdiamanten gegeben. Aber der Brief wurde mit Wasser durchtränkt und ist bislang für uns kaum verwertbar. Unterdessen wurden zwei von Sidney Kovicks Jungs im Atchafalaya-Becken kaltgemacht."

„Yeah, das haben wir erfahren."

„Betsy, ich soll Ihnen Informationen zukommen lassen. Wenn Sie das nicht wollen, dann sagen Sie es."

„Wir stecken bis über beide Ohren in Arbeit. Vielleicht wird man das alles eines Tages klären können, aber das wird lange dauern. Haben Sie eine Ahnung, wie viele ungeklärte Tötungsdelikte wir in New Orleans haben? Die Stadt ist ein riesiges Leichenhaus. Ich rede nicht von den Gangsterbanden. Ich rede von Patienten, die man in Pflegeheimen ertrinken ließ. Ist Ihnen klar, wie viele Beschwerden wegen ungerechtfertigten Schusswaffengebrauchs von Seiten der Polizei wir untersuchen müssen? Ich kriege nicht mal Infos über unsere eigenen Leute. Ich glaube, ein paar Navy SEALs haben einige Heckenschützen ausgeschaltet, von denen wir nichts wissen."

Aber die Probleme des FBI interessierten mich nicht. „Ich muss Ronald Bledsoe aus dem Verkehr ziehen. Er macht unser Leben kaputt", sagte ich.

Ich hörte, wie sie durch die Nase ausatmete. Aber ich

ließ sie nicht zu Wort kommen und mich weiter langweilen. „Sidney Kovick hat mir gegenüber durchblicken lassen, dass er die Diamanten ein paar Typen aus dem Nahen Osten abgenommen hat. Sie haben mir selber gesagt, dass er sich für einen Patrioten hält. Vielleicht sind diese Typen von al-Qaida. Sie haben unbegrenzten elektronischen Zugang zu allen Heimatschutzangelegenheiten. Bledsoe ist der lose Faden am Pullover. Wir müssen bloß dran ziehen."

„Guter Versuch, reicht aber nicht."

„Bis dann, Betsy. Ich glaube, Sie arbeiten für den richtigen Verein", sagte ich und knallte den Hörer auf.

Der Mittwochabend war außergewöhnlich schön, als hätten Erde und Himmel beschlossen, sich zu vereinen und Südlouisiana wieder so erstehen zu lassen, wie es war, bevor es von Katrina und Rita zerfetzt wurde. Der Himmel war tiefblau, der Abendstern funkelte im Westen, ein großer, brauner Mond ging über den Zuckerrohrfeldern auf. Durch den Regen waren die Eichen noch dunkelgrüner geworden, und der Bayou Teche war über die Ufer getreten, so dass seine Fluten am Rande unseres Gartens vorbeiwirbelten. Man konnte die Grillfeuer im Park riechen, den herben Duft der Chrysanthemen und einen sauberen, klaren Geruch, der möglicherweise den nahenden Winter ankündigte, aber nicht auf eine unangenehme Art. Aus einem unerfindlichen Grund, war ich friedlich gestimmt, so als wäre ich zu einem Krieg eingeladen worden, hätte aber im letzten Moment beschlossen, nicht daran teilzunehmen.

Alafair musste noch einmal in die Universitätsbibliothek, um ein paar letzte Recherchen für ihren Roman anzustellen, und Molly wollte sie fahren. „Bist du dir sicher, dass du nicht mitkommen willst?", sagte Molly, als sie schon an der Tür stand.

„Ich lese wahrscheinlich ein bisschen und mache einen Spaziergang", sagte ich.

„Ich glaube, ich habe die Worte unten auf dem Brief fast geknackt, den der Schwarze bei den Baylors hinterlassen hat", sagte Alafair. „Man muss nur die richtige Kombination finden, nicht die Buchstaben, sondern die Wörter, damit sie einen Sinn ergeben."

Ich versuchte mir meine mangelnde Begeisterung nicht anmerken zu lassen. „Das ist gut", sagte ich.

„Könnte das Wort ‚Ziegel' irgendwas zu bedeuten haben?", sagte sie.

Ich dachte darüber nach. „Yeah, durchaus."

„Ich sag dir Bescheid, was ich rauskriege. Eigentlich ist das ein toller Stoff. Ich würde ihn gern für meinen Roman verwenden."

Sie verabschiedeten sich und wollten gehen. Alafair schnipste mit den Fingern. „Ich habe meine Handtasche vergessen. Ich habe kein Geld dabei", sagte sie. „Ich wollte ein Dessert besorgen."

„Hier", sagte ich. Ich holte zwanzig Dollar aus meiner Brieftasche und reichte sie ihr. „Ich setz es auf deine Rechnung."

„Wir kommen nicht zu spät", sagte sie.

„Ich bin noch auf", erwiderte ich und zeigte ihr den

hochgereckten Daumen, so wie ich es immer gemacht hatte, als sie noch klein war.

Eine halbe Stunde später sah ich Clete in die Auffahrt fahren. Ich ging hinaus und wartete auf der Galerie auf ihn. Er riss eine Bierdose auf und setzte sich auf die Treppe, den Porkpie-Hut schief in die Stirn geschoben. Er steckte sich eine Zigarette in den Mund, zündete sie an und blies den Rauch in den Garten hinaus. Er hatte noch immer nichts gesagt, von einer abfälligen Bemerkung über die Benzinpreise einmal abgesehen. Ich zog ihm die Zigarette aus dem Mund, ging an den Straßenrand und warf sie in den Gully.

„Dave, mit dir zusammen zu sein ist so, als wäre man verheiratet. Kannst du das lassen?"

„Was belastet dich, Cletus?"

„Mich belastet, dass ich mich entweder zu lange mit meinen eigenen Gedanken beschäftigt oder die Matschbirneritis gekriegt habe."

Ich setzte mich neben ihn. Die Straßenlaternen waren angegangen und das Laubdach der Eichen über uns raschelte, wenn Wind aufkam.

„Kannst du dich noch dran erinnern, wie wir Baylors Grundstück abgesucht haben und der Nachbar rausgekommen ist und uns gefragt hat, was wir machen?", sagte er.

„Yeah, Tom Claggart heißt der."

„Weißt du noch, wie ich dir gesagt habe, dass ich ihn meiner Meinung nach schon mal irgendwo gesehen habe?"

„Yeah."

„Letztes Jahr hab ich ein Mädel auf 'ne Bootfahrt raus

ins Becken mitgenommen. Es war höllisch kalt und mir ist der Sprit ausgegangen. In einem Camp auf einer Insel, etwa dreihundert Meter vom Atchafalaya entfernt, waren Jäger. Sie waren grade dabei, einen Hirsch auszuweiden, als ich zu ihnen gegangen bin. Überall lagen Innereien und Fellstreifen auf dem Boden. Diese Typen sahen aus, als ob ihnen ziemlich unwohl zumute wäre. Dann ist mir eingefallen, dass die Jagdzeit auf Hirsche seit drei Tagen vorbei war.

Einer der Typen sagt: ‚Wir haben diesen Sechsender vor einer Woche erwischt, aber er ist uns eingefroren.‘

Ich hab so getan, als wüsste ich nicht Bescheid oder es wäre mir egal, was er damit sagen will. Sie haben mir zehn Liter Sprit gegeben und wollten kein Geld dafür nehmen. Als ich schon am Aufbrechen war, ist ein Typ mit kugelrundem Kopf und dickem Schnurrbart aus der Tür gekommen und hat mich angeschaut. Ich glaube, es war dieser Claggart.“

„Claggart jagt also möglicherweise Hirsche oder hat eine Hütte im Becken“, sagte ich.

„Auf dem Tisch hinter ihm war ein aufgeklappter Laptop. Ich konnte ihn durch die Tür sehen. Auf dem Bildschirm war ein Haufen Karten, die in einen schwarzen Hut gesegelt sind, du weißt schon, so einen, wie ihn Zauberer haben. Ich glaube, es war eins von diesen Videospielen für Zocker. Bledsoe spielt sie ständig.“

Ich kniff die Augen zu, dann öffnete ich sie wieder. „Nein, er spielt nicht nur. Er spielt genau dieses“, sagte ich.

„Sag das noch mal?“

„Ich habe das Programm auf Bledsoes Laptop laufen sehen, als ich in seiner Hütte war."

„Oh Mann, wir sind direkt drüber gestolpert, oder? Wo willst du hin?"

„Mich beim FBI entschuldigen."

Ich ging in die Küche und wählte Betsy Mossbachers Handynummer.

„Hallo, Dave", sagte sie.

„Können wir das Gespräch von heute Nachmittag vergessen? Ich brauche Ihre Hilfe", sagte ich.

„Sie drängen mich in die Ecke, dann kommen Sie mir mal heiß, mal kalt. Ich weiß nie, mit wem ich's zu tun habe. Das kann ziemlich mühselig sein, Dave."

Widersprich nicht, streite dich nicht, hörte ich eine Stimme sagen.

„Wir haben an den falschen Stellen nach Hinweisen über Ronald Bledsoe gesucht. Wir haben nach einem Strafregister gesucht, das es nicht gibt, und uns die Schuld dafür gegeben, dass wir's nicht finden. In Wirklichkeit verbirgt sich ein Typ wie Ronald Bledsoe hinter dem Anschein von Normalität."

„Ich komme nicht ganz mit."

„Der Grund dafür, dass Typen wie BTK, John Wayne Gacy und der Green River Killer, wie heißt er doch gleich, Gary Ridgway, jahrzehntelang Menschen umbringen können, liegt darin, dass sie gedeckt werden. Ihre Familienangehörigen verschließen sich vor der Realität, weil sie sich nicht damit abfinden können, dass sie mit einem Monster verwandt sind, vielleicht mit ihm geschlafen oder Kinder von ihm haben. Wie würde es Ihnen gefallen, wenn Sie erfahren, dass Norman Bates Ihr Vater ist."

„Ich hab's kapiert. Was brauchen Sie?"

„Alles, was ich über einen Mann namens Tom Claggart kriegen kann. Er wohnt im Nachbarhaus von Otis Baylor in New Orleans."

„Was hat er damit zu tun?"

„Er ist ein Export-Import-Mann. Baylor sagt, er ist entweder auf dem Virginia Military Institute oder in der Citadel gewesen. Die Citadel ist in South Carolina. Dort kommt allem Anschein nach auch Bledsoe her."

„Wie schnell brauchen Sie das?"

„Sofort."

„Ich sehe zu, was ich tun kann."

„Betsy, Bledsoe hat Bobby Mack Rydel auf meine Tochter angesetzt. Sie wäre um ein Haar getötet worden. Wir haben zu euch gehalten. Ihr schuldet mir was."

Sie schwieg einen Moment. „Ich glaube, ja", erwiderte sie.

Der Himmel war dunkelblau geworden, als Molly und Alafair ihr Auto neben der Burke Hall abstellten, dem alten Theater- und Galeriegebäude unmittelbar an einem See, der voller überfluteter Zypressen stand. Molly hatte einen Gasthöreraufkleber an ihrem Auto und parkte fast immer an der gleichen Stelle, wenn sie die Universität besuchte, weil in der Burke Hall keine Abendseminare stattfanden und der Bereich zwischen dem Gebäude und dem See abgeschieden und fast immer leer war. Sie schob ihre Handtasche unter den Sitz, schloss den Wagen ab und ging mit Alafair über den Campus zur Bibliothek.

Das Gras auf dem viereckigen Innenhof war frisch gemäht, die Luft roch nach blühenden Blumen und nassem Heu, feuchtem Laub und Pekanschalen, die jemand zu einem Haufen gerecht hatte und verbrannte. Die überdachten Gehwege rund um den Innenhof waren voller Studenten, das Moos an den immergrünen Eichen zeichnete sich im Schein der Lichter in den Fenstern der Lehrräume und Studentenunterkünfte ab. Eine Studentinnenvereinigung verkaufte vor dem Eingang zur Bibliothek Backwaren. Die Mädchen, die wegen der Kühle Pullover trugen, strahlten etwas Unschuldiges aus, das einen an einen Film aus den 1940er Jahren erinnerte. Die Szene, die ich beschreibe, ist nicht nostalgisch verklärt. Sie entspricht der Wirklichkeit. Es war ein Anblick, an den wir entweder glauben oder nicht. Sie stellt meiner Meinung nach für uns alle einen Moment dar, der ungestört sein sollte.

Leider ist er es nicht.

Nachdem Molly und Alafair das Gebäude betreten hatten, blieb ein Mann in einem Regenmantel an dem Backwarenstand stehen und kaufte sich ein Törtchen. Er trug einen Regenhut, der zu groß für seinen Kopf war und seine Ohren verdeckte, wie eine überdimensionale Melone auf einem Knirps. Außerdem hatte er einen Schnurrbart mit weißen Streifen. Er wirkte nervös und roch nach einer Mischung aus Deodorant und schimmligem Stoff, beziehungsweise Socken, die im Schließfach eines Fitnessstudios liegen gelassen wurden.

Er bezahlte das Törtchen mit einem Fünfdollarschein und wollte kein Wechselgeld. Als er sich das Törtchen in den Mund schob, war sein Blick auf das Innere der Bibliothek gerichtet. Die Studentin, die ihm das Törtchen verkauft hatte, bot ihm eine Serviette an. Er nahm sie, betrat das Gebäude und wischte sich den Mund ab. In der rechten Hand hatte er noch immer die Serviette, die ihm die Studentin gegeben hatte, und das Cellophan, in dem das Törtchen verpackt war. Knapp einen Meter von ihm entfernt stand ein Mülleimer. Aber er knüllte das Cellophan und die Serviette mit der Hand zusammen und schob beides in seine Manteltasche. Dann ging er die Treppe in den ersten Stock der Bibliothek hinauf, das Gesicht hochgereckt, wie ein Jäger, der zum Laubdach eines Waldes aufblickt.

Ich wartete nicht, bis Betsy Mossbacher mich wegen der Informationen über Tom Claggart zurückrief. Ich nahm mein Handy, falls Betsy über Festnetz anrufen sollte, und sprach mit der Staatspolizei in Virginia und South Carolina, aber da bereits Feierabend war, hatten die Diensthabenden das gleiche Problem wie ich, nämlich dass sämtliche staatlichen Stellen, die Auskunft über Tom Claggart geben könnten, geschlossen waren.

Dann griff ich auf die wertvollste und viel zu wenig gewürdigte Nachforschungshilfe der Vereinigten Staaten zurück: die einfachen Präsenzbibliothekare. Ihr Gehalt ist jämmerlich, und niemand dankt ihnen für ihre Arbeit. Ihre Schreibtische sind irgendwo im Magazin versteckt oder in einem abgelegenen Winkel, wo sie lärmende Studenten zum Schweigen bringen oder sich mit Straßenvolk abgeben müssen, das ihnen Weinfahnen ins Gesicht bläst oder schnarchend auf den Polstersesseln hockt. Aber ihre Fähigkeit, schwer zugängliche Informationen zu finden, ist bemerkenswert, und sie sind so zäh, hartnäckig und beharrlich wie Spartaner.

Ich sprach mit einer Frau in der Bibliothek der Citadel, deren singendem Südostküstenakzent zuzuhören eine wahre Freude war. Sie hieß Iris Rosecrans, und ich hatte das Gefühl, dass sie aus einem Telefonbuch vorlesen und es trotzdem so klingen lassen konnte, als trage sie Shakespeare-Sonette vor. Ich erklärte ihr, wer ich war, und fragte sie, ob sie irgendwelche Unterlagen über einen ehemaligen Studenten namens Tom Claggart finden könnte.

„Wie Sie wahrscheinlich schon angenommen haben, Mr. Robicheaux, ist die Registratur bis morgen früh geschlossen", sagte sie. „Ich glaube allerdings, dass ich ein paar Jahrbücher durchgehen und Ihnen trotzdem zu Diensten sein kann."

„Ms. Rosecrans, ich brauche sämtliche Auskünfte, die ich in Bezug auf diesen Mann kriegen kann. Es ist äußerst dringend. Ich möchte Sie nicht mit meiner Situation behelligen oder Ihnen die Ohren volljammern, aber jemand hat versucht, meine Tochter zu töten, und ich glaube, der Verantwortliche ist ein gewisser Ronald Bledsoe. Ich glaube, Ronald Bledsoe könnte auf irgendeine Weise mit Tom Claggart in Verbindung stehen."

Sie schwieg einen Moment lang. „Buchstabieren Sie bitte ‚Bledsoe'."

Zwanzig Minuten später rief sie zurück. „Thomas S. Claggart hat zwei Jahre hier studiert, von 1977 bis 1978. Seine Heimatstadt ist laut Eintrag Camden. Nach 1978 steht er nicht mehr im Jahrbuch. Ronald Bledsoe hat offenbar nie hier studiert."

„Tja, ich danke Ihnen …"

Ich hörte Papier rascheln, so als würde ein Blatt auf einem Block gefaltet. „Ich habe noch eine weitere Auskunft, Mr. Robicheaux", sagte sie.

„Fahren Sie bitte fort."

„Ich habe mit einer Präsenzbibliothekarin in Camden gesprochen. Sie hat in alten Telefonbüchern nachgeschlagen und ist auf einen T. S. Claggart gestoßen, der dort von '76 bis '79 eingetragen war. Ich habe die dortige Polizeidienststelle angerufen, aber niemand hatte von einer Familie Claggart gehört. Der Diensthabende, mit dem ich gesprochen habe, war so freundlich und gab mir die Nummer des Mannes, der seinerzeit Polizeichef war. Ich habe ihn zu Hause angerufen. Möchten Sie seinen Namen haben?"

„Nein, was hat er Ihnen gesagt?"

„Er konnte sich ganz gut an Claggart senior erinnern. Er sagte, er war Sergeant bei der US-Army und in Fort Jackson stationiert. Seine Frau war einige Jahre zuvor gestorben, aber er hatte einen Sohn namens Tom junior und möglicherweise auch einen Stiefsohn. Der Stiefsohn hieß Ronald."

„Bledsoe?"

„Der pensionierte Polizeichef war sich beim Familiennamen nicht sicher. Aber Claggart war es nicht. Er sagte, der

Junge habe eigenartig ausgesehen und sich seltsam benommen. Er hatte das Gefühl, dass der Junge in Pflegeheimen oder Einrichtungen für verhaltensgestörte Kinder gewesen war.

Das war alles, was ich herausfinden konnte. Wir schließen gleich. Möchten Sie, dass ich morgen noch ein bisschen weiter nachforsche? Es macht mir nichts aus."

„Ms. Rosecrans, ich möchte, dass Sie sich eine Insel in der Karibik kaufen. Oder vielleicht den Vatikan darum bitten, dass man Sie frühzeitig heilig spricht."

„Das ist sehr nett von Ihnen."

Ich erzählte Clete, was ich gerade von Ms. Rosecrans erfahren hatte. Er aß im Wohnzimmer ein Sandwich und schaute sich den History Channel an.

„Meinst du, Claggart hat Bledsoe all die Jahre gedeckt?", sagte er.

„Wahrscheinlich. Oder sie arbeiten zusammen. Kannst du dich an den Hillside Strangler in Kalifornien erinnern? Die Täter waren Cousins. Erklär mir mal, wie es zwei solche Typen in einer Familie geben kann."

Er wollte etwas erwidern, aber ich klappte mein Handy auf und tippte eine Nummer ein.

„Wen rufst du an?", fragte er.

„Molly."

„Nur die Ruhe, die sind in der Universität. Ich mein's ernst, mein Guter. Ich werde ganz kribblig, wenn ich dich bloß anschaue."

Ich erreichte Mollys Voicemail, und mir wurde klar, dass sie ihr Handy wahrscheinlich im Auto gelassen oder es abgestellt hatte, als sie in die Bibliothek ging. Ich versuchte es mit Alafairs Nummer und kam auch nicht weiter, dann fiel mir ein, dass Alafair ihre Handtasche zu Hause gelassen hatte.

Das Telefon in der Küche klingelte.

Alafair hatte ihre Karteikarten auf einem Tisch ausgebreitet, der nicht weit von einem Regal mit Büchern über Flora und Fauna des amerikanischen Nordwestens entfernt stand. Sie schrieb sich die Namen von Bäumen und Gesteinsarten auf, die typisch für die Steilabbrüche entlang der Schlucht des Columbia River unmittelbar südlich des Mount Hood waren. Dann brannten ihr vor Müdigkeit die Augen, da sie kaum noch geschlafen hatte, seit Bobby Mack Rydel, ein Mann, den sie nie zuvor gesehen hatte, sie umbringen wollte.

Bei ihren ersten Versuchen als Romanautorin hatte sie die Erfahrung gemacht, dass man allerlei Sachen machen konnte, wenn man müde war, aber eine Handlung auszudenken, Dialoge zu verfassen, sich fiktive Figuren vorzustellen und gut zu schreiben gehörten nicht dazu.

Sie sammelte ihre Karteikarten ein und steckte sie in ihre Büchertasche, dann holte sie den gelben Notizblock heraus, auf den ich die Überreste der Wörter geschrieben hatte, die unten auf Bertrand Melancons Brief an die Familie Baylor gestanden hatten.

Ein Mann mit einem Regenmantel über dem Arm und einem überdimensionalen Hut auf dem Kopf stand bei den Bücherregalen und musterte die Titel der aufgereihten Werke. Er zog einen schweren Band heraus und setzte sich gegenüber von Alafairs Tisch hin, drei Stühle von ihr entfernt. Er schaute nicht zu ihr hin und schien sich ganz auf sein Buch zu konzentrieren, eine Sammlung von großformatigen Landschaftsfotos aus Colorado. Dann fiel ihm offenbar ein, dass er seinen Hut noch aufhatte. Er nahm ihn ab und legte ihn mit der Krone nach unten auf den Tisch. Die Haut auf seinem frisch rasierten Kopf schimmerte knochenweiß.

„Wie geht's Ihnen?", sagte er und nickte.

„Gut, und Ihnen?", erwiderte Alafair.

Er klappte sein Buch auf und begann zu lesen, die Stirn in Falten gelegt. Alafair widmete sich wieder Bertrand Melancons im Wasser zerlaufenen Hinweisen auf den Verbleib von Sidney Kovicks Diamanten. Molly kehrte von der Toilette zurück und blickte ihr über die Schulter. Die noch halbwegs leserlichen Wortfetzen waren *Di and in un   die ie l auf r anderen ite von e oh* . Alafair hatte sie zehnmal mit unterschiedlichen Abständen auf zehn Zeilen geschrieben und auf jeder Zeile andere Kombinationen ausprobiert. Auf der elften Zeile hatte sie daraus eine Aussage entworfen, die vom Satzbau und Schriftbild her einen Sinn ergab.

„Du hättest Kryptographin werden sollen", sagte Molly.

„Die Rechtschreibung ist das Schwierigste", sagte Alafair. „Er schreibt wahrscheinlich die meisten mehrsilbigen Wörter dem Klang nach. Wenn also das erste Wort ‚Die' ist und wir aus ‚and' ‚Diamanden' machen, haben wir schon mal einen Ansatzpunkt zu dem ganzen Satz. Wenn das dritte Wort von der Anzahl der Buchstaben her nicht zu ‚Dia-

manden' passt und wir ‚sind' durch ‚sin' ersetzen, ergibt
sich alles Weitere ziemlich rasch."

Der Mann mit dem Schnurrbart und dem rasierten Kopf
hielt in seiner Lektüre inne, unterdrückte ein Gähnen und
wandte sich von Alafair und Molly ab. Er blickte zu den
hohen Fenstern, als hielte er Ausschau nach Blitzen. Er betrachtete einen hochaufgeschossenen schwarzen Jungen in
einem Basketball-Sweatshirt, dann las er weiter.

„Aus ‚un' machen wir ‚unter' und lassen das ‚die' stehen,
das grammatikalisch vermutlich falsch ist. Dann setzen wir
ein ‚Z' vor ‚ie', fügen ein ‚g' hinzu und bekommt ‚Ziegl'.
‚Auf' bleibt stehen, und aus ‚an' wird ‚andern'. ‚Von' bleibt
wieder stehen, und aus ‚e' wird ‚dem'. Damit haben wir also
‚Die Diamanden sin unter die Ziegl auf der andern Seite
von dem …' Das ‚oh' habe ich noch nicht rausgekriegt."

Molly dachte darüber nach. „Setz ein ‚R' davor und ein
‚r' dahinter'.

„‚Rohr', das ist es. ‚Die Diamanden sin unter die Ziegl
auf der andern Seite von dem Rohr'. Wie wär's damit?",
sagte Alafair.

Der Mann, der die Gebirgsbilder in dem großen Foto-
band betrachtete, das er an beiden Deckeln hielt, so dass
der Rücken auf dem Tisch lag, schaute auf seine Uhr und
gähnte erneut. Er stand auf und stellte das Buch wieder ins
Regal. Dann ging er zu dem Zeitschriftenständer, blätterte
eine Illustrierte durch und warf ab und zu einen Blick auf
den dunklen Himmel draußen vor dem Fenster.

Um 21:53 Uhr verließen Molly und Alafair die Bibliothek und gingen zu ihrem Auto.

Es war 21:12 Uhr, als das Telefon in der Küche klingelte. Ich hoffte, dass Molly dran war. Ich warf einen Blick auf die Anruferkennung und sah, dass sie blockiert war. Ich nahm den Hörer ab. „Hallo?", sagte ich.

„Ich musste ein paar Leute beschwatzen, aber Folgendes habe ich rausgefunden", sagte Betsy. „Tom Claggart besuchte Ende der 70er Jahre die Citadel. Sein Vater war in Fort Jackson stationiert. Der Vater war Witwer und hatte nur ein Kind mit Namen Claggart. Aber mehrmals hat er in seiner Steuererklärung zwei finanziell abhängige Angehörige angegeben, seinen Sohn Tom junior und ein Pflegekind namens Ronald Bledsoe."

„Yeah, das weiß ich schon."

„Das wissen Sie schon? Woher?", sagte sie.

„Von einer Präsenzbibliothekarin in der Citadel."

„Von einer Präsenzbibliothekarin. Danke für die Auskunft."

„Kommen Sie, Betsy, geben Sie mir alles, was Sie haben."

„Dave, versuchen Sie das zu verstehen. Ein Agent in Columbia, South Carolina, ist nach Camden gefahren, dreißig Kilometer weit, und hat Leute gefunden, die sich an die Familie Claggart erinnern konnten. Er hat mir einen Gefallen getan, weil wir gemeinsam in Quantico ausgebildet wurden. Haben Sie ein bisschen Geduld, ja?"

„Ich verstehe", sagte ich und spürte, wie meine Kopfhaut spannte.

„Claggart senior stammte ursprünglich aus Myrtle Beach. Offenbar hatte er mit einer Frau namens Yvonne Bledsoe ein außereheliches Kind. Sie stammte aus einer alteingesessenen Familie, die schlechte Zeiten durchgemacht hatte, und leitete eine Kindertagesstätte. Offenbar hielt sie sich für eine Aristokratin aus dem alten Süden, die zu einem Dasein gezwungen war, das nicht ihrem gesellschaftlichen Rang entsprach. Den Nachforschungen meines Freundes zufolge haben einige Eltern sie beschuldigt, die ihr anvertrauten Kinder missbraucht zu haben. Tom Claggart junior lebte allem Anschein nach mit seinem Vater auf mehreren Militärstützpunkten im ganzen Land, aber Ronald Bledsoe blieb bis zu seinem fünfzehnten oder sechzehnten Lebensjahr bei der Mutter."

„Wo ist sie jetzt?", fragte ich.

„Sie kam bei einem Hausbrand ums Leben, Brandursache unbekannt."

Als ich auflegte, fühlte sich die eine Seite meines Kopfes taub an. Ich wählte wieder Mollys Handynummer, aber niemand meldete sich. Clete schaute mich mit sonderbarer Miene an. „Was ist los?", sagte er.

„Lass uns losfahren", sagte ich.

Molly und Alafair liefen über den im Schatten liegenden Rasenstreifen zwischen zwei Ziegelbauten, überquerten den Boulevard und betraten das nicht erleuchtete Areal neben der Burke Hall. Der Wind war jetzt kälter und zog Streifen durch die erstarrte Algenschicht auf dem See. Die Fahrzeuge, die neben Mollys Auto gestanden hatten, waren weg, die Fenster der Burke Hall dunkel. Molly schloss die Fahrertür auf, setzte sich dann ans Steuer und beugte sich über den Sitz, um die Beifahrertür zu entriegeln. Im Flackern eines Blitzes meinte sie einen Mann auf der Rückseite des Gebäudes stehen zu sehen, der mit verschränkten Armen an der Ziegelmauer lehnte. Als sie wieder hinschaute, war er nicht mehr da.

Alafair setzte sich auf den Beifahrersitz und schloss die Tür hinter sich. „Ich bin müde. Wie wär's, wenn wir das Dessert sausen lassen?", sagte sie.

„Von mir aus", sagte Molly.

Molly holte ihre Handtasche unter dem Sitz hervor und legte sie neben sich. Sie steckte den Zündschlüssel ins Schloss und drehte ihn um. Aber der Anlasser machte keinen Mucks, gab nicht mal ein trockenes Klicken von sich, das auf eine leere Batterie hindeutete. Auch die Armaturenbrettbeleuchtung ging nicht an, so, als wäre die Batterie abgeklemmt.

„Ich habe erst vor drei Wochen eine neue Batterie gekauft", sagte sie.

„Gib mir dein Handy. Ich rufe Dave an", sagte Alafair.

Regentropfen, die von einer jähen Bö über die Zypressen im See gefegt wurden, prasselten auf die Windschutzscheibe. Plötzlich stand der Mann, der Molly und Alafair in der Bibliothek gegenüber gesessen hatte, neben Mollys Fenster, hatte seinen Regenmantel an und den überdimensionalen Hut über die Ohren geschlagen. Er lächelte und bedeutete Molly mit einer kreisenden Handbewegung, dass sie die Seitenscheibe herunterkurbeln sollte. In diesem Augenblick bemerkte sie, dass das Fenster oben einen Spalt offen war, meinte es aber geschlossen zu haben, als sie ausgestiegen war.

548

Sie kurbelte das Fenster eine Handbreit herunter. „Ja?“, sagte sie.

„Ich habe Sie oben in der Bibliothek gesehen“, sagte der Mann.

„Ich weiß. Was wollen Sie?“

„Sieht so aus, als ob Sie eine Autopanne haben. Ich kann den Automobilclub für Sie anrufen oder Sie ein Stück mitnehmen.“

„Wieso meinen Sie, dass wir eine Panne haben?“, sagte Molly.

„Weil Ihr Auto nicht anspringt“, erwiderte der Mann mit einem leichten Lächeln.

„Aber woher wollen Sie das wissen? Der Motor hat keinen Ton von sich gegeben“, sagte Molly.

„Ich habe gesehen, wie Sie ein paarmal den Zündschlüssel umgedreht haben, das ist alles.“

„Wir kommen schon klar. Danke für das Angebot“, sagte sie.

Der Mann schaute in die Dunkelheit, zur Seitenwand des Gebäudes hin, hielt seinen Regenmantel am Hals zu, während sich der Dunst, der aus den Zypressen geweht wurde, auf seinem Gesicht niederschlug. „Ein scheußliches Wetter, bei dem man keinen Hund rausjagen will. Ich glaube, ein Sturm kommt auf.“

Alafair warf Molly einen kurzen Blick zu, zog dann Mollys Handtasche zu sich und legte sie neben ihren Fuß.

Der Mann mit dem über die Ohren geschlagenen Hut und dem von weißen Streifen durchzogenen Schnurrbart beugte sich dichter ans Fenster. „Ich muss Ihnen was sagen.

Ich mach das nicht gern. Sie tun mir leid. So ein Mann bin ich nicht."

„Reden Sie nicht um den heißen Brei herum, sondern sagen Sie, was Sache ist", sagte Molly.

Aber bevor der Mann in dem Regenmantel antworten konnte, zerplatzte Alafairs Fenster, und ein Splitterhagel ergoss sich ins Auto. Alafair zuckte erschrocken zusammen, ihre Haare und die Bluse waren mit Glas übersät. Eine Hand, die einen Ziegelstein hielt, drosch die verbliebenen Scherben bis auf den Fensterrahmen herunter und zermahlte sie auf dem Metall zu Pulver.

Alafair und Molly starrten auf das grinsende Gesicht von Ronald Bledsoe. In der rechten Hand hatte er den Ziegelstein, in der linken eine blau-schwarze .25er Automatik. Er hielt die Mündung unter Alafairs Kinn und verstärkte den Druck, bis sie das Gesicht hob und die Augen schloss.

„Lassen Sie die Haube aufspringen, damit Tom die Batterie wieder anschließen kann, Miz Robicheaux", sagte er. „Danach beugen Sie sich über den Rücksitz und machen mir die Hintertür auf. Wir machen 'ne kleine Spritztour. Und dass Sie mir unterwegs schön brav sind." Er beugte sich vor und roch an Alafairs Haaren. „Mein Gott, ich mag Sie, Miss Alafair. Sie sind ein schnuckliges junges Mädchen und ich weiß, wovon ich rede, weil ich schon die Besten hatte."

Molly zögerte.

„Wollen Sie ihr Hirn auf dem Armaturenbrett sehen, Miz Robicheaux?", sagte Bledsoe.

Molly entriegelte die Haube, beugte sich dann über den Rücksitz und öffnete die Hintertür. Bledsoe rutschte herein und schloss rasch die Tür, bevor die Innenbeleuchtung anging. Molly war noch immer über die Sitzlehne gebeugt, so dass sein Gesicht und die Augen nur Zentimeter von ihrem entfernt waren. Sein Seidenhemd kräuselte sich wie blaues Eiswasser. Sie konnte seine feuchte Haut riechen, die getrocknete Seife, die er zur Schädelrasur verwendet hatte, einen Gestank wie schmutziges Katzenstreu, der aus seinen Achselhöhlen aufstieg.

Der Mann in dem Regenmantel schlug die Haube zu.

„Lassen Sie das Auto an", sagte Bledsoe und stellte die Innenbeleuchtung auf „Aus".

„Ich glaube, das sollte ich lieber nicht tun", sagte Molly.

Der Mann in dem Regenmantel öffnete die hintere Tür und stieg ein. Er kämpfte einen Moment lang mit seinem Regenmantel, bevor er die Tür schließen konnte. Er schaute weder Alafair noch Molly an.

„Wollen Sie am Tod von der Kleinen schuld sein?", sagte Bledsoe. „Wollen Sie an Ihrem eigenen schuld sein, bloß weil Sie sich stur stellen? Das sieht einer Nonne meiner Meinung nach gar nicht ähnlich. Das kommt mir eher wie Hochmut vor."

Mollys Hände zitterten, als sie den Zündschlüssel umdrehte. „Mein Mann wird Ihnen die Hölle heiß machen, mein Junge", sagte sie.

„Das möchte er gern. Aber bislang hat er sich noch nicht so gut dabei angestellt, oder?", sagte Bledsoe. Er drückte Alafair die Mündung der .25er unter das Ohr. „Fahren Sie auf die Straße, Miz Robicheaux."

Molly schaltete die Scheinwerfer ein, wandte den Kopf

nach hinten und setzte zurück. Der Gehsteig und die Rasenfläche vor der Burke Hall waren menschenleer, die riesige Eiche am Eingang verdeckte das Licht von der Kreuzung im Süden.

„Miss Alafair, greifen Sie in Ihre Büchertasche und geben Sie mir den gelben Block, auf dem Sie geschrieben haben", sagte Bledsoe. „So isses richtig, greifen Sie rein und reichen Sie ihn mir. Braves Mädchen. Wenn Sie Ihr Blatt richtig ausspielen, kann man nicht sagen, was passieren könnte. Sie könnten heil aus der Sache hier rauskommen."

Bledsoe nahm Alafair den gelben Notizblock aus der Hand und musterte ihn, während er ihr die .25er an den Kopf hielt. „Miss Alafair, Sie haben grade einen Haufen Leute sehr glücklich gemacht. Ist das nicht ein Ding, Tom? Sie haben die ganze Zeit in deinem Garten gelegen, unter dem großen Generator, da geh ich jede Wette ein. Aber wir haben eine gebildete junge Frau gebraucht, damit wir dahinterkommen. Sie ist schon was Besonderes. Hast du das gehört, Süße? Du bist was Besonderes, und so werde ich dich auch behandeln. Es wird dir gefallen, wenn wir dort sind."

Er zupfte einen Glassplitter aus ihren Haaren und schnippte ihn aus dem Fenster. Er hatte nicht gesagt, wo „dort" war.

Sie stießen auf den Boulevard und fuhren am Wohngebäude der Studentinnen vorbei zu einem Stoppschild an der Grenze des Campus'. Dann bogen sie auf die University Avenue ab und steuerten in Richtung Stadtrand.

Kurz darauf musste ein Jogger ein paar Querstraßen weiter, zwischen einem tief im Schatten von Zedern und Eichen liegenden jüdischen Friedhof und einem alten Eishaus, das in einen Oben-ohne-Club umgemodelt worden war, einem Auto ausweichen, das aus der Fahrspur geschert, über den Mittelstreifen geraten und möglicherweise von einem anderen Wagen erfasst worden war. Wegen des Nebels konnte er im Innenraum kaum etwas erkennen, aber als er die 911 anrief, teilte er dem Telefonisten mit, dass er ein dumpfes Krachen, wie von Knallkörpern, gehört und eine Reihe von Blitzen hinter den Fenstern gesehen habe.

Ich klemmte das tragbare Blaulicht auf das Dach meines Pick-ups und ließ Clete fahren. Als wir die kleine Ortschaft Broussard hinter uns gelassen hatten, war der Highway rutschig, der Himmel schwarz, und der Verkehr staute sich an einer Baustelle kurz vor Lafayette. Wir kamen durch eine ganze Reihe von Vorstadtsiedlungen, die in eine Landschaft wucherten, in der sich zu meiner Studienzeit noch Zuckerrohrfelder und Pekanhaine erstreckt hatten, durchzogen von einer zweispurigen Straße, die auf beiden Seiten von immergrünen Eichen gesäumt war. Aber all das war verschwunden.

Es war kurz vor 22:00 Uhr. Ich hatte unterwegs dreimal Mollys Handy angewählt, aber nur die Voicemail erreicht.

„Du machst dir zu viele Sorgen. Wahrscheinlich sind sie schon zu Hause", sagte Clete.

„Sie hört ihre Voicemail immer ab. Sie ist regelrecht darauf fixiert", sagte ich.

„Denk mal einen Moment nach, Dave. Nichts hat sich seit heute Nachmittag verändert, außer dass wir rausgefunden haben, dass Claggart der Halbbruder von dem Arschloch ist. Das heißt noch lange nicht, dass Molly und Alafair in größerer Gefahr schweben. Willst du wissen, was dir meiner Meinung nach zu schaffen macht?"

„Ich habe das Gefühl, dass du es mir sowieso sagen wirst."

„Du hast Rydel umgelegt, und jetzt willst du saufen."

Als ich nichts erwiderte, sagte er: „Weißt du noch, wie wir den Haufen Kolumbianer erledigt haben? Ich hatte noch nie in meinem Leben so viel Schiss. Ich hab an diesem Abend ein Dutzend doppelte Scotch getrunken, und es hat überhaupt nichts gebracht."

„Clete?"

„Yeah?"

„Würdest du den Mund halten?"

Er schaute mich im Lichtschein des Armaturenbretts an, trat dann das Gaspedal durch, scherte über einen doppelten Fahrbahnstreifen aus und überholte einen Sattelschlepper, so dass wir beide an die Tür geschleudert wurden.

Ich wählte die 911 und erreichte die Notrufzentrale des Lafayette Parish. „Um was für einen Notfall handelt es sich?", sagte eine schwarze Frau.

„Hier spricht Detective Robicheaux, Sheriff-Dienststelle Iberia", sagte ich. „Ich bin zum Campus der Universität unterwegs und suche meine Frau und meine Tochter. Sie parken normalerweise am Cypress Lake, neben der Burke Hall. Sie reagieren nicht auf meine Anrufe. Ich glaube, sie sind möglicherweise in Gefahr. Würden Sie bitte einen Streifenwagen zum Campus schicken und Ausschau nach ihrem Fahrzeug halten lassen?"

Ich nannte ihr Marke und Modell von Mollys Auto.

„Wir haben an der University Avenue einen Unfall mit fünf beteiligten Fahrzeugen, aber wir schicken sobald wie möglich jemand rüber zum Campus", sagte sie. „Soll ich den Campus-Wachschutz anrufen?"

„Ja, bitte."

„Sie haben mir den Grund Ihres Notrufs noch nicht genannt."

„Ein paar Typen haben am Samstag versucht, meine Familie zu ermorden. Sie sind immer noch auf freiem Fuß."

„Geben Sie mir Ihre Nummer, dann rufe ich Sie alle zehn Minuten an, bis wir wissen, dass sie in Sicherheit sind."

„Danke", sagte ich.

Wie schon gesagt, es sind die bescheidensten Angehörigen der menschlichen Familie, die uns an die Orwellsche Mahnung erinnern, dass die Leute stets besser sind als wir meinen.

Clete stieß auf einen freien Abschnitt der vierspurigen Straße und jagte meinen Pick-up hoch. Wir fuhren durch ein hell erleuchtetes Einkaufsviertel, kamen dann in den alten Teil von Lafayette, wo die mit Moos behangenen immergrünen Eichen nach wie vor einen Baldachin über den Straßen bildeten. Wir bogen links in die University Avenue ein und kamen an der Massenkarambolage vorbei, von der die Telefonistin gesprochen hatte. Grauer Nebel trieb zwischen den Bäumen, dem Buschwerk und den Hecken im

Universitätsviertel. Ein Kirchenbus passierte uns in Gegen-richtung, dann ein Tanklastwagen, eine Großraumlimousi-ne und ein Kleinwagen, der hinter der Limousine kaum zu sehen war.

Das Dach des Autos hatte den gleichen rostigen Farbton wie Mollys. Ich drehte mich um und schaute durch die Heckscheibe, aber der Wagen war bereits außer Sicht.

„Waren das Molly und Alafair?", sagte Clete.

„Ich bin mir nicht sicher."

„Soll ich umkehren?"

Ich dachte darüber nach. „Nein, fahr erst zur Burke Hall", sagte ich.

„Wird gemacht, mein Guter", sagte Clete.

Als sie an der Massenkarambolage auf der University Avenue vorbeifuhren, stützte Ronald Bledsoe beide Arme auf die Lehne von Alafairs Sitz, um die .25er Automatik zu verbergen, die er an ihr Rückgrat drückte. Wieder roch er an ihren Haaren und strich mit den Fingern über ihren Nacken. Als sie sich vorbeugen wollte, hakte er den Finger in ihren Kragen.

„Warum hast du mich im Park getreten?", fragte er.

„Wohin fahren wir?", sagte Molly.

„Gradeaus. Ich sag Ihnen, was Sie machen sollen. Re-den Sie nicht mehr, bis ich's Ihnen sage", erwiderte er. Er stupste Alafair mit der Automatik an. „Du hast meine Fra-ge nicht beantwortet, mein Schatz."

„Ich habe Ihnen ins Maul getreten, weil Sie's darauf an-gelegt haben", sagte sie.

„Das hab ich nicht getan. Du solltest nicht lügen."

Alafairs Gesicht wurde angespannter, ihre Züge schärfer. Er legte die Lippen an ihren Nacken, dann zerzauste er mit der freien Hand ihre Haare.

„Glaubst du, wir überlassen diesem abartigen Scheißkerl unser Auto?", sagte sie zu Molly.

„Miss, reden Sie nicht so mit Ronald", sagte Tom Claggart. „Das sollten Sie nicht."

„Was kann er uns denn noch antun? Ihr habt vor, uns umzubringen. Schauen Sie sich an, Sie sind erbärmlich. Ihr zwei habt Köpfe, die aussehen wie eine Vorhaut. Wer war eure Mutter? Die muss mit Hefepilzen befruchtet worden sein."

Die Wirkung ihrer Worte auf die beiden Männer war anders als sie erwartet hatte. Bledsoe legte ihr die Hand unters Kinn und zog ihren Kopf an seinen Mund. Dann biss er ihr in die Haare. Aber Claggart war es, der die Beherrschung zu verlieren schien, so als sehe er das Vorspiel zu Ereignissen, die er schon einmal erlebt hatte und nicht wieder erleben wollte. Er wurde aufgeregt, zuckte mit den Augen. Er rieb seine Hände an den Oberschenkeln auf und ab. Dann bemerkte er, dass sich sein Regenmantel in der Tür verklemmt hatte. Er zerrte daran, als wäre er froh, durch etwas abgelenkt zu werden.

„Halten Sie an. Mein Mantel ist eingeklemmt", sagte er.

„An meiner Stoßstange hängt ein Sattelzug, der achtzig Sachen fährt", sagte Molly.

„Ist mir egal. Halten Sie sofort an. Sorg dafür, dass sie anhält, Ronald", sagte Claggart.

Dann öffnete Claggart die Tür, während das Auto noch fuhr. Molly riss das Lenkrad herum, worauf er zur Seite geschleudert wurde. Bledsoe wusste nicht recht, was geschah. Innerhalb von Sekunden ging die ganze Sache, die er völlig im Griff hatte, in die Binsen. Er spie Alafairs Haare aus und konnte gerade noch Claggarts Arm ergreifen, als die offene Tür von einem in Gegenrichtung fahrenden Auto erfasst wurde.

Alafair griff nach unten. In einer einzigen Bewegung zog sie Mollys .22er Ruger aus ihrer Handtasche, lud durch, riss sie hoch und richtete den Lauf auf Bledsoes Gesicht. Ungläubig starrte er sie an. Aber sein größtes Problem war, dass er den Oberkörper verdreht hatte, mit seinem Bruder um den Regenmantel kämpfte und seine Schulter am Sitz eingeklemmt war, so dass er keinen Schuss auf Alafair abgeben konnte. Die nächste Sekunde war vermutlich die längste in Ronald Bledsoes Leben.

„Lutsch an dem hier, du Freak", sagte Alafair.

Sie drückte viermal ab. Die erste Kugel drang in seinen Mund und durchschlug die Wange. Die zweite grub sich in seinen Unterarm, als er ihn vor sich hielt, die dritte riss ihm eine Fingerspitze ab und die vierte zerschmetterte sein Kinn und schleuderte Blut und Speichel über den Sitz und die Heckscheibe.

Mollys Ohren waren taub vom Widerhall der Ruger. Im Rückspiegel sah sie, wie Bledsoe sie anstarrte, den zerschossenen Mund verzogen wie weiches Gummi, das nach innen gewölbte Gesicht wie die Fratze einer Comicfigur, die nicht verstehen konnte, was ihr gerade widerfahren war.

Mollys Wagen stieß an die Bordsteinkante und kam zum Stehen, während im Nebel Autos hupend um sie herumkurvten. Alafair sprang aus dem Wagen und zog Bledsoe aus der Hintertür auf den Beton. Sie griff nach unten, hob seine Waffe vom Boden auf und warf sie in das Gebüsch am Rande des Friedhofs. Tom Claggart saß wie erstarrt auf dem Sitz, Regenmantel und Hemd mit Blut bespritzt.

Bledsoe starrte vom Rinnstein zu ihr auf, wartend, mit fragendem Blick, wie ein Kind, das von seinem Bettchen zu seiner über ihn gebeugten Mutter aufblickt. Alafair streckte die Ruger mit beiden Händen aus, richtete sie mitten auf seine Stirn.

„Alafair …", sagte Molly beinahe flüsternd.

Alafairs Knöchel wurden weiß, während sie die Griffschalen der Ruger umschloss.

„Hey, Kleines", sagte Molly.

„Was denn?", sagte Alafair unwirsch.

„Wir geben ihnen niemals Macht."

„Er kommt wieder."

„Das bezweifle ich. Aber selbst wenn er's tut, geben wir ihnen trotzdem keine Macht."

Alafair riss die Augen auf und stieß den Atem aus, trat einen Schritt zurück und sicherte die Ruger mit dem Daumen. Sie schluckte, schaute zu Molly, und ihre Augen wurden feucht.

Als Clete und ich am Ort des Geschehens eintrafen, saßen Alafair und Molly hinten in einem Streifenwagen und redeten mit einem Detective auf dem Vordersitz. Tom Claggart hockte in Handschellen hinter der Maschendrahttrennwand eines zweiten Streifenwagens, und zwei Sanitäter luden Ronald Bledsoe in einen Krankenwagen.

Alafair stieg aus dem Streifenwagen, als sie mich vom
Pick-up auf sie zukommen sah. Der Detective hatte ihr
eine Rolle Papierhandtücher gegeben, und sie wischte sich
damit die Haare ab, hob das Kinn und strich sich eine
Strähne aus den Augen. Sie sah wunderschön aus, wie ein
junges Mädchen, das gerade einen aus heiterem Himmel
niedergehenden Schauer überstanden hat. „Was gibt's,
Streak?“, sagte sie.

„Gar nichts, Alf“, sagte ich.

„Sprich mich nicht mit diesem dämlichen Namen an“,
sagte sie.

Molly beugte sich vom Rücksitz des Streifenwagens nach
vorn und strahlte mich an. Dann reckte sie beide Daumen
hoch. „Was hat dich aufgehalten?“, sagte sie.

Epilog

Ich habe lange dem Glauben angehangen, dass die Toten großen Anspruch auf die Lebenden erheben, dass ihre Geister tatsächlich umgehen, sich uns mitten am helllichten Tag zeigen, uns etwas zuflüstern, wenn wir es am wenigsten erwarten. Vor vielen Jahren, zu einer Zeit, da es mir sehr schlecht ging, sprach meine ermordete Frau aus dem Regen zu mir. Angehörige meines Zuges, die, wie ich wusste, gefallen waren, riefen mich mitten im Gewitter an. Im statischen Rauschen hörte ich ihre Stimmen – misstönend, manchmal erschrocken und unverständlich, manchmal abgehackt, wie bei einem Funkspruch, wenn der Sender zu weit entfernt ist.

Ein Psychotherapeut erklärte mir, dass ich eine psychotische Episode durchmachte. Ich widersprach ihm nicht.

Aber wenn Sie jemals so etwas erlebt haben, sind Sie, dessen bin ich mir sicher, zum gleichen Schluss gekommen wie ich. Sie wissen, was Sie gehört und was Sie gesehen haben und zweifeln ebenso wenig an der Stichhaltigkeit Ihrer Erfahrung, wie Sie am Sonnenuntergang zweifeln. Eine große Veränderung hat sich in Ihnen ereignet, eine Veränderung, die darin besteht, dass Sie andere nicht mehr von Ihrer Vorstellung von der Welt überzeugen müssen, weder von dieser noch von der nächsten.

New Orleans war ein Song, der unter den Wogen versank. Manchmal sehe ich in meinen Träumen eine Stadt unter dem Meer. In ihr zockeln noch immer Straßenbahnwagen, die im Jahr 1910 gebaut wurden, auf dem Mittelstreifen durch den Garden District, an Straßenzügen voller viktorianischer Häuser und Villen aus der Zeit vor dem Bürgerkrieg vorbei, an chinesischen Hanfpalmen und mächtigen immergrünen Eichen, an Gästehäusern, Freiluftcafés und Art-déco-Restaurants, deren verschnörkelte lila, rosa-rote und grüne Neonreklamen im Dunst brennen wie der Rauch von Leuchtgranaten.

Noch immer spielt auf dem Dach eines jeden Hotels an der Canal Street ein Orchester, und die Menschen tanzen unter dem Sternenhimmel und überzeugen einander davon, dass die milde Jahreszeit ewig währt und eigens für sie erschaffen wurde. In der Ferne schimmert, von Palmen gesäumt, weindunkel der Lake Pontchartrain, Pelikane huschen über die Dünung, und die Fahrgeschäfte in den Amüsierparks am Wasser leuchten weiß vor dem Himmel. Irving Fazola tritt im Famous Door auf, Pete Fountain in seinem eigenen Laden nahe der Bourbon Street. Der Jackson Square ist eine mittelalterliche Plaza, auf der Jongleure, Pantomimen und Einradfahrer mit auf den Kopf geschnallten Regenschirmen ihre Künste zeigen und vor der St. Louis Cathedral Bands mit Fiedel, Banjo und Gitarre musizieren. Niemand achtet auf die Uhrzeit. Die Stadt ist ebenso genusssüchtig wie religiös. Selbst der Tod wird zum Vorwand fürs Feiern.

Vielleicht ist die Stadt durch ihren eigenen Untergang unvergänglich geworden, wie Atlantis, für immer unter den Wogen gefangen, wo die Sonne niemals sticht, sondern gedämpft wird durch das Grün des Ozeans, so dass weder Rost noch Mottenfraß oder Fäulnis ihr Antlitz berühren.

Das ist der Traum, den ich habe. Aber die Wirklichkeit sieht anders aus. Hurrikane der Kategorie 5 geben kein Pardon, und die Sau, die ihren Wurf frisst, kennt in ihrer Gier keine Gnade.

New Orleans wurde systematisch zerstört, und dieses Zerstörungswerk begann Anfang der 1980er Jahre, als die Bundesmittel für die Stadt um die Hälfte gekürzt wurden und gleichzeitig zu Crack verbackenes Kokain Einzug in die Wohlfahrtssiedlungen hielt. Dass man es versäumt hat, vor Katrina die Deiche zu reparieren und hinterher zehntausende von Menschen ihrem Schicksal überließ, hat Ursachen, die ich andere ergründen lassen will. Aber meiner Ansicht nach steht unwiderruflich fest, dass wir mitangesehen haben, wie eine amerikanische Stadt an der Südküste der Vereinigten Staaten zu einem zweiten Bagdad wurde. Wenn in unserer Geschichte jemals etwas Ähnliches vorgefallen ist wie das, was New Orleans widerfuhr, ist es mir entgangen.

Ronald Bledsoe wurde wegen der Entführung meiner Frau und meiner Tochter zu einer zwanzigjährigen Haftstrafe im Staatsgefängnis Angola verurteilt. Ich glaube, dass er, Bobby Mack Rydel und vermutlich noch andere Andre Rochon, Courtney Degravelle und Sidney Kovicks Helfershelfer ermordet haben, aber Bledsoe verriet niemanden.

Ich glaube nicht, dass Bledsoe dadurch zu einem „zuverlässigen" oder „standhaften" Knacki wird. Ronald Bledsoe gehört zu einem Menschenschlag, der seine Geheimnisse mit ins Grab nimmt. Sie geben ihre Triebe, ihre Motive oder die Methoden, die sie anwenden, niemals preis. Seltsa-

merweise reimen sich Psychiater, Gefängnisleiter und Journalisten irgendwann eine Erklärung für soziopathisches
Verhalten zusammen, die ihnen menschliche Charakterzüge verleiht und in ihrem Interesse wirkt. Ich persönlich
glaube, dass Leute wie Bledsoe theologische Fragen für uns
aufwerfen, die Psychologen nicht beantworten können.

Ich habe nur Angst davor, dass Bledsoe eines Tages aus
der Haft entlassen werden wird. Wenn das geschieht, werde ich auf ihn warten. Ich würde gern sagen, dass mir diese
Feststellung Trost bringt. Aber sie tut es nicht. Manchmal
habe ich beunruhigende Träume wegen Bledsoe, wache vor
der Morgendämmerung auf, gehe in den Garten und trin-
ke an unserem Redwood-Tisch Kaffee, bis die Dunkelheit
vom Himmel weicht. Dann nimmt der Tag seine gewöhnliche Gestalt an und ich mache all die gewöhnlichen Dinge, die gewöhnliche Menschen machen.

Tom Claggart, Bledsoes Halbbruder, versuchte jeden hi-
neinzuziehen, den er konnte, sich ausgenommen. Wenn
man ihm glauben kann, wurde er in Buenos Aires unwis-
sentlich in einen Diamantenschmuggel verwickelt, der von
Akteuren aus dem Nahen Osten organisiert wurde, und
brachte über Sidney Kovick und Bo Diddley Wiggins das
nötige Kapital dafür auf. Sidney wurde von jähem Patriotismus gepackt und nahm die Diamanten samt dem Koks,
einem Revolver und tausenden Dollar Falschgeld von einem Kurier aus dem Nahen Osten entgegen. Sein Patriotismus ging allerdings nicht so weit, dass er die Diamanten
oder die gefälschten Scheine dem Schatzamt, dem Heimat-
schutz oder dem amerikanischen Zoll übergab.

Das Ergebnis.

Raten Sie mal.

Tom Claggart harkt jetzt für den Staat Louisiana Soja-
bohnenfelder, Sidney betreibt seinen Blumenladen und Bo
Diddley und seine einfältige Frau dreschen im Country
Club von Lafayette mit alternden Fernsehprominenten
Golfbälle. Ich habe Bo vor drei Tagen in einem Einkaufs-
zentrum gesehen, die Arme voller Pakete. Mit strahlender
Miene und feuchtem, festem Griff schüttelte er mir be-
geistert die Hand. Seinem Blick nach zu schließen hatte
er weder ein schlechtes Gewissen noch war ihm unwohl.
Vermutlich hätte ich seinen Gruß einfach erwidern und
weitergehen sollen, aber zu viel war geschehen und zu viele
Menschen waren zu Schaden gekommen.

„Bo, diese Frau, Courtney Degravelle, wurde zu Tode gefoltert", sagte ich.

Die Haut unter seinem Auge schien sich kurz zusammenzuziehen. „Ich weiß nicht, worauf du rauswillst, aber
die FBIler haben mir erklärt, dass sie Falschgeld weitergeben wollte oder so was Ähnliches."

„Einen schönen Tag noch, Bo. Wahrscheinlich sehen wir
uns nicht wieder, aber ich hoffe, für dich läuft alles gut",
sagte ich. „Wenn du meine Tochter siehst, dann halte dich
von ihr fern."

Er versuchte seine Pakete fester zu fassen und ließ fast
eins fallen. „Yeah, klar, man sieht sich", sagte er, ohne den
tieferen Sinn meiner Worte zu erfassen.

Melanie Baylor entging einer Anklage wegen Totschlags
und bekam wegen Verstoßes gegen die Bürgerrechte eine

einjährige Haftstrafe in einem Bundesgefängnis. Ich erhalte alle zwei, drei Wochen Postkarten von ihr, in denen sie mich darauf hinweist, wie ich mittels diverser Zwölfstufenprogramme zur Besserung meines Seelenheils beitragen kann. Meine Lieblingskarte enthält folgende Zeilen: *Detective Robicheaux, es gibt Menschen unter uns, die aus psychologischen Gründen nicht ehrlich sein können. Aber auch für die gibt es Hoffnung. Sir, geben Sie nicht auf. Ich und andere hier beten für Sie.*

Otis Baylor hat eine selbständige Versicherungsagentur und einen Lebensmittelladen eröffnet, der ihm gemeinsam mit einem laotischen Flüchtling gehört, der einst Opiumbauer und CIA-Söldner war. Wenn es ein Fegefeuer gibt, dann glaube ich, dass unser Herr Otis Gnade gewährt, weil er durch seine Ehe mit Melanie jegliche Schuld beglichen hat.

Clete ist immer noch der Alte. Er scheint sich mit der Zerstörung der Stadt, in der er geboren ist, abgefunden zu haben, aber er bezeichnet sie nicht mehr als „die Große Schmuddlige". Ich wünschte, er täte es, denn das hieße, dass die Stadt unter dem Meer, von der ich träume, noch immer lebt. Im Gefolge dieser Geschichte kam es in Zusammenhang mit Clete noch zu einer seltsamen Begebenheit, ohne dass er darüber reden oder sie erklären will.

Ich kehrte in den Ninth Ward zurück, um nach Bertrand Melancons Großmutter und seiner Tante zu sehen. Außerdem wollte ich nach Bertrand sehen, weil ich dachte, Clete hätte immer noch vor, ihn als Ausgebüxten aufzugreifen und wieder in Gewahrsam zu bringen. Aber das

Haus von Bertrands Tante stand leer, und auf dem Hof türmten sich die Trümmer anderer abgerissener Gebäude an der Straße bis unters Dach. Als ich die Nachbarn fragte, was aus der Tante und der Großmutter geworden sei, sagten sie, ein Weißer in einem blauen Cadillac-Cabrio hätte ein paar FEMA-Leute zum Haus gebracht, und die FEMA-Leute hätten die beiden alten Frauen in ein Krankenhaus in Nordlouisiana mitgenommen.

„Wo ist Bertrand hin?", fragte ich.

Niemand schien es zu wissen. Aber als ich bereits aufbrechen wollte, kam ein alter Mann, dessen Rücken fürchterlich gebeugt war und der an zwei Stöcken ging, zu meinem Pick-up. Seine Haut spannte sich so schwarz über die Knochen, dass sie wie Teer aussah. „Wollen Sie den Jungen festnehmen?", fragte er.

„Vielleicht."

„Kann nicht sagen, dass er's nicht verdient hat, aber ich glaub, dem is schon was Schlimmes zugestoßen."

„Wie das?", fragte ich.

„Eines Abends, kurz nachdem seine Tante und seine Großmutter weg warn, hat er ein Ruderboot und 'nen Trailer aufgetrieben. Ich hab zu ihm gesagt: ‚Wohin willst du denn mit 'nem Ruderboot?' Er hat nach Süden gedeutet und gesagt: ‚Bis ganz da runter.'

Ich hab gesagt: ‚Da draußen is nix als Wasser. Alle Bäume, das ganze Land is weggerissen. Da is nix als Wasser, soweit das Auge reicht. Und im Wasser gibt's nix als Tote.'

Er hat gesagt: ‚Das macht mir nix aus. Ich will da hin.',"

„Er hat nicht gesagt, wohin, was?", fragte ich.

„Mir isses egal, wohin er is. Der Junge hat nie Frieden gefunden. Jetzt hat er ihn auch nicht."

Ich dankte ihm und fuhr weg. Ich konnte ihn noch lange im Rückspiegel sehen, auf seine Stöcke gestützt, während ihm der von meinen Rädern aufgewirbelt Staub ins Gesicht trieb, umgeben von einer Unmasse von Trümmern, die niemand auch nur annähernd beschreiben kann.

Ich mochte Bertrand Melancon nicht, oder besser gesagt, ich mochte die Welt nicht, für die er stand. Aber, wie ich mir tagtäglich vorhalten muss, viele der Menschen, mit denen ich zu tun habe, konnten sich die Welt nicht aussuchen, in die sie geboren wurden. Manche versuchen ihr zu entrinnen, manche nehmen sie an, die meisten werden von ihr überwältigt und in ihr begraben. Nachdem sein Bruder angeschossen worden war, wollte Bertrand meiner Meinung nach der Mensch werden, der er hätte sein können, wenn er als Kind besser behandelt worden wäre. Aber wer weiß? Wie Clete sagt: Egal ob man aufsteigt oder runterkommt, es ist nur Rock 'n' Roll. Bertrand konnte ein paar gute Taten vollbringen, bevor er verschwand. Das ist mehr, als wir von den meisten Menschen erwarten dürfen, deren Leben so anfing wie seines.

Wenn Clete und ich im Zwielicht draußen auf dem Meer sind und nach Norden, auf den weiten grau-grünen, dunstverhangenen Küstenstreifen von Louisiana blicken, sehe ich manchmal Bertrand Melancon und meinen alten Freund, Pater Jude LeBlanc, vor mir, der in seinem ganzen Leben nur vor einem Angst hatte – dass er das Zittern seiner Hände nicht bezähmen und den Kelch fallen lassen könnte, während er die Kommunion erteilt. In meiner Fantasie sehe ich Bertrand draußen auf dem Wasser, wie er die Ruder durchzieht, die Arme angeschwollen vor Mühe, während die kaputte Stadt New Orleans in der Ferne immer kleiner wird und sich kurz nach Sonnenuntergang eine tiefe Dunkelheit über den Himmel ausbreitet. Die Blasen an seiner Hand werden zu Wunden, die das Holz der Ruder mit Blut beflecken. Wenn der Wind aufkommt und das Wasser noch schwärzer wird, sieht er hunderte, wenn nicht tausende von Lichtern unter der Oberfläche treiben. Dann wird ihm klar, dass es gar keine Lichter sind. Sie sehen aus wie zerbrochene Hostien, und der Schein, den sie ausstrahlen, rührt daher, dass sie zurückgewiesen und zerbrochen wurden. Aber irgendwie, auf eine Art und Weise, die ich nicht ganz verstehe, weiß Bertrand, dass sie jetzt alle in Sicherheit sind, ihn eingeschlossen, geborgen in einem Zinngefäß, das so groß ist wie die Hand Gottes.

James Lee Burke: True Detective

Zu den erfreulicheren Entwicklungen der jüngeren Vergangenheit im deutschen Buchhandel gehört die Renaissance diverser Altmeister der Spannungsliteratur, unter denen James Lee Burke eine exponierte Stellung einnimmt. Warum jetzt, kann man sich fragen – viele unter uns waren dabei, als vor etlichen Jahren schon die Totenglocken für die hardboiled detectives auf dem deutschen Markt geläutet wurden. Und für jeden hartgesottenen Loner, der in den Rentenstand expediert wurde, schwappten Legionen von glattgebürsteten Ermittlern und vor allem Ermittlerinnen – die alle ein vornehmlich weibliches Publikum erreichten – auf die Szene. Das war in vieler Hinsicht logisch und folgerichtig – das durchschnittliche Bild der Geschlechterrollen, und vor allem auch das soldatisch männliche Profil, das die Autoren in der direkten Nachfolge von Raymond Chandler und Dashiell Hammett ihren Helden verpassten, lässt sich mit einiger Berechtigung als „ranzig" bezeichnen, und, hey, manchmal ändern sich die Zeiten auch einfach. Jedenfalls gab es einen Zeitpunkt, an dem man die Leser der härteren Kost an den Zeigefingern eines Einarmigen abzählen konnte; das Publikum hatte seinen Geschmack an der düsteren Seite des Amerikanischen Traums erst einmal verloren oder es suchte das Abseitige in neuer, frischerer Form; alles völlig legitim, der Lauf der Dinge halt. Aber da sich alles immer zyklisch entwickelt, tauchten nach einigen Jahren neue, junge Leser auf, denen die dystopische Weltsicht dieser alten Meister wieder etwas sagte, ebenso wie neue, junge Autoren, die sich explizit auf die Werke von alten Helden wie James Lee Burke, Charles Willeford oder James Crumley bezogen.

Und vergessen wir nicht das Fernsehen: Die innovativen Erzählformen der mit Recht so gefeierten TV-Highlights bezogen ihren künstlerischen Nährstoff direkt von der Quelle, und viele der angewandten Erzähltechniken haben ihren Ursprung in den Romanen von James Ellroy, James Lee Burke, den oben genannten wie Willeford – ein Veteran der Pulps der 50er Jahre – und Crumley – ein exzessiver Zeitzeuge der Hippie-Ära und des Vietnam-Krieges – und vielen weiteren, die in den Reagan-Jahren ein neues goldenes Zeitalter der Hardboiled-Literatur begründeten. Eine Serie wie True Detective atmet bis ins kleinste Detail den Einfluss von Autoren wie Burke. Da wir in einem Zeitalter der grenzenlosen Verfügbarkeit leben, dauerte es nicht lange, bis auch das lesende Publikum – oder zumindest ein hinreichend großer Teil davon, so dass es einen Sinn ergab, die Bücher wieder zu verlegen – sich wieder diesen Büchern zuwandte. Und feststellte, dass es sie mochte, so wie es True Detective mochte. Der Kreis hatte sich geschlossen und die Zeit war wieder reif für klassische Antihelden. Es ist sicher kein Zufall, wenn Leute wie Shawn Ryan – der Schöpfer der Polizei-Serie „The Shield" – sagen, dass sie einfach die Schnauze voll hatten vom Selbstbild des Bush-Amerika und der Nation einen Spiegel vorhalten wollten, der offenbarte, dass definitiv was nicht in Ordnung war.

Natürlich bewegen sich solche Trends immer an der Oberfläche; sie werden auch weder dem Publikum noch den Autoren wirklich gerecht. Was ihr Werk ausmacht, wovon sie wirklich beeinflusst sind, das liegt meist viel tiefer. Und bei James Lee Burke muss man eines einfach konstatieren: Er war immer da, er hat immer geschrieben – auf konstant hohem Niveau. Nur dass seine neuen Bücher nicht mehr in Deutschland erschienen. Damit ist jetzt Schluss, und die deutschen Krimi-Leser können sich darauf freuen, in absehbarer Zukunft nachzuholen, was ihnen vorenthalten wurde.

„Sturm über New Orleans" (Original: „The Tin Roof Blowdown") ist ein idealer Einstieg, um sich wieder mit Dave Robicheaux vertraut zu machen. Die reale Katastrophe des Hurrikans Katrina hat eine tiefe Wunde ins Herz Amerikas gerissen und steht exemplarisch für alle Themen, die Burke immer bewegt haben: eine Gegenwart der hemmungslosen Zerstörung und Herzlosigkeit, die weder vor der Natur noch vor dem Menschen haltmacht, getrieben von einer grenzenlosen Gier und auch einer Bösartigkeit, die sich mit grausamem psychologischen Geschick die Narben und Vorurteile der Vergangenheit einer erstarrten Gesellschaft zunutze macht. Auf seinen ersten hundert Seiten entfaltet das Buch eine ungeheure Wucht, und Burke findet Bilder, die eines Hieronymus Bosch würdig wären. Seine vielschichtigen Charaktere setzen dem Sturm ihre Menschlichkeit und Fehlbarkeit entgegen, zumeist mit tragischen Resultaten. Seine Darstellung von Natur – und vor allem von natürlichen Zersetzungsprozessen – ist überaus intensiv, es ist eine geradezu körperliche Erfahrung, sich in diese Texte zu versenken.

Dave Robicheaux, der gezeichnete Ex- und-immer-wieder-Cop, Mehrfach-Witwer und penetrant passiv-aggressive Ex-Alki, ist eine der spannendsten und sperrigsten Figuren der Detektiv-Literatur, ein Mann, der von den Schatten der Vergangenheit so geprägt ist, dass man ihn manchmal ohrfeigen möchte wegen seiner Unfähigkeit, sich auf eine neue Situation einzustellen. Und die Figur ist überaus konsequent: Das ist übrig geblieben vom klassischen Mann Hemingway'scher Prägung, der seiner Rolle als Ernährer und Beschützer und Hüter der Moral nur noch sehr bedingt gerecht werden kann, wenn die Welt um ihn herum aus den Fugen gerät. Dave, der furchtbar gewalttätige Impulse hat, verschanzt sich hinter seinem Ehrempfinden und seinem fundamentalen Anstand; sein bester Freund Cletus kennt solche Zurückhaltung nicht, er ist fleischgewordenes „Es" in reinster, Freud'scher Form, eine menschliche Abrissbirne mit einem fatalen Sinn für Gerechtigkeit. Es ist eine der großen Stärken von Burke, dass diese extremen Figuren nie auch nur in die Nähe eindimensionaler Rächer geraten; ein Hauch von Don Quixote und griechischer Tragödie umweht sie in ihrem Wüten, und die präzise Darstellung ihrer Wurzeln und ihres sozialen Umfeldes zeugt immer von einem tiefen Verständnis des Autors dafür, welche Umstände ein solches Verhalten hervorbringen. Ebenso profund ist sein Bild von Louisiana und dem amerikanischen Süden mit all seinen klaffenden Widersprüchen, dem einerseits irgendwie glorreichen Erbe einer untergegangenen Kultur und dem Fluch der Sklaverei und der Rassenkonflikte, mit den tiefsitzenden Wunden, die man sich dort gegenseitig zugefügt hat, dem schwierigen Verhältnis zwischen Arm und Reich, dem mit den Sünden der Vergangenheit blutgetränkten Boden und der misshandelten und verheerten Natur, die sich wahrscheinlich eines Tages einfach schütteln wird, um den Menschen abzustoßen wie einen lästigen Floh.

Burke ist ein Arbeiter; er schreibt wie besessen und ohne Unterlass. Sein Weg war hart – für eines seiner frühen Bücher erhielt er 111 Absagen –, aber mit dem dritten Robicheaux-Roman, „Black Cherry Blues" gelang ihm in den USA der Durchbruch, zumindest in einem Umfang, der es ihm ermöglichte, emsig Buch um Buch zu veröffentlichen. Sein Verhältnis zu Plot und Story ist von einer gewissen Nonchalance geprägt; ihm geht es mehr um das Atmosphärische, um seine Charaktere – da ist er näher an Nicht-Genre-Autoren wie William Faulkner oder in jüngerer Vergangenheit Denis Johnson als an Krimi-Mechanikern wie Lawrence Block – und um einen geradezu metaphysischen Konflikt zwischen Gut und Böse. Geprägt haben ihn seine Jahre als Sozialarbeiter und seine frühen Probleme mit dem Alkohol; er ähnelt Robicheaux in vieler Hinsicht. James Crumley und Charles Willeford zählten zu seinen engen Freunden, zwei interessante Pole, zwischen denen sich auch seine Schreibe bewegt: der genialische Chandler-Adept Crumley, der sein Leben dem Exzess widmete und der noch im Delirium poetische Satzwendungen bis zur Decke hochschrauben konnte, und der lakonische „Writer's writer" Willeford, der existenzialistischste aller Noir-Autoren, mit seinem grandios schmucklosen, bis auf den Knochen abgeschmirgelten Schreibstil. Burke ist auch ein bescheidener Mann; mit Demut betrachtet er sich als glücklichen Menschen im Kreis seiner Familie. Befragt nach seinen Lieblingsautoren, antwortet er: „Alle, die durchgehalten haben."

Ich wünsche dem geneigten Leser viel Vergnügen bei der Lektüre von „Sturm über New Orleans" in der Übersetzung von Georg Schmidt, unter dessen Ägide im Ullstein-Verlag die ersten Robicheaux-Romane erschienen sind. Ich hatte damals das Privileg, daran mitarbeiten zu können; Georg Schmidt und ich sind beide auch im Anschluss daran dem Autor verbunden geblieben und haben weitere seiner Bücher übersetzt und betreut. Georg hat uns leider vor ein paar Jahren verlassen; diese Übersetzung ist Teil seines Vermächtnisses.

Oliver Huzly